JOSÉ FRÈCHES

Die Herrscherin

Die Seidenstraße

José Frèches

Die Herrscherin

Roman

Aus dem Französischen
von Nathalie Lemmens

Die Seidenstraße

LIMES

Die Originalausgabe erschien 2004 unter dem Titel
»L'Impératrice de la Soie. L'Usurpatrice«
bei XO Éditions, Paris.

FSC
Mix
Produktgruppe aus vorbildlich
bewirtschafteten Wäldern und
anderen kontrollierten Herkünften

Zert.-Nr. SGS-COC-1940
www.fsc.org

Verlagsgruppe Random House FSC-DEU-0100
Das für dieses Buch verwendete FSC-zertifizierte Papier *EOS*
liefert Salzer, St. Pölten.

1. Auflage

Satz: Uhl + Massopust, Aalen
Druck und Bindung: GGP Media GmbH, Pößneck
Printed in Germany
ISBN 978-3-8090-2512-2

www.limes-verlag.de

Mit Ernst und Eifer schafft der Weise,
wohl gezähmt,
Für sich ein Eiland, das die Flut
nicht überschwemmt.

Buddha

1

Luoyang, Sommerhauptstadt der Tang, China. 19. Juni 658

»Stummer Krieger, pass auf, dass die Kleine sich nicht über das Wasser des Le-Flusses beugt. Nicht dass sie versehentlich noch ihr Gesicht sieht! Das wäre für sie ein unglaublicher Schock!«, wies Kaiserin Wu Zhao den turko-mongolischen Riesen in sanftem, aber bestimmtem Ton an.

»Ich werde mich bemühen, Majestät Wu!«, brummte der zungenlose Diener verdrossen in seiner seltsamen Mischung aus Gebärden und Lauten, die die Herrscherin als Einzige verstand.

Seit die offizielle Gemahlin von Kaiser Gaozong eine skandalöse Affäre mit dem indischen Magier Weiße Wolke unterhielt, hatte sie sich von Stummer Krieger abgewandt. Auch wenn diesem als ihrem Sklaven gar nichts anderes übrig blieb, als jede ihrer Launen zu befriedigen, hatte er doch mit der Zeit Gefallen am perversen Spiel seiner Herrin gefunden. Er hatte sich in diesen geschmeidigen, sinnlichen Körper verliebt, den sie so geschickt einzusetzen wusste, um die Männerwelt für sich einzunehmen. Daher ertrug er die zahlreichen Abenteuer der Kaiserin nur schwer, vor allem ihre kein Ende nehmende Beziehung zu diesem seltsamen Menschen mit den blutunterlaufenen Augen, der sich stets auf seinem weißen Elefanten zur

Herrscherin begab, sodass der gesamte chinesische Hof über seine Anwesenheit Bescheid wusste.

In den Augen von Stummer Krieger war Weiße Wolke sein einziger echter Rivale; der Einzige, der wie er Wu Zhao bei ihrem Liebesspiel den unbeschreiblichen Geschmack von Exotik und Wildheit bescherte.

Diese schmerzliche Situation hatte den Leibdiener der Kaiserin auch äußerlich verändert. Der lange, schmale Schnurrbart hing in seinem riesigen, sonst meist heiter dreinblickenden Gesicht traurig zu beiden Seiten des raubtierhaften Mundes herab.

Stummer Krieger blies Trübsal, aber niemand, nicht einmal die Kaiserin von China, nahm davon Notiz.

Weiße Wolke war jedoch gegenwärtig in Chang'an einquartiert, wo die Herrscherin ihn im Pavillon der Lustbarkeiten untergebracht hatte. So gaben die Reisen nach Luoyang dem zungenlosen Sklaven immerhin die Möglichkeit, der Kaiserin die ganze Lust zu schenken, die sein gewaltiger, wie ein Schiffsmast in die Höhe gereckter Jadestab ihrem Rosental zu bereiten vermochte.

Wenn Wu Zhao sich in Luoyang aufhielt, das sie trotz aller Widerstände zur »Sommerhauptstadt« des Kaiserreichs gemacht hatte, weil es zu dieser Jahreszeit dort kühler war als in Chang'an, »lieh« sie sich als eine Zerstreuung ganz anderer Art auch gerne von Vollendete Leere die Himmlischen Zwillinge aus.

Der große Meister des Dhyana erfüllte ihr diese Bitte nur widerstrebend. Die beiden Kinder brachten ihm reiche Opfergaben von Seiten der Gläubigen ein, die immer zahlreicher ins Kloster der Dankbarkeit für Erwiesene Kaiserliche Wohltaten strömten, um die kleinen göttlichen Wesen anzubeten. Doch es blieb ihm nichts anderes übrig, als sich zu fügen. Denn schließlich war es Wu Zhao gewesen, die sie nach der Abreise von Fünffache Gewissheit und Umara in die Obhut des Abtes gegeben hatte.

Bei diesen Gelegenheiten holte Stummer Krieger die Kinder ab und brachte sie in den Sommerpalast, jene prunkvolle, aus weißem Marmor errichtete und mit subtil harmonierenden blau und grün glasierten Ziegeln gedeckte Residenz, die die Kaiserin im hinteren Teil des weitläufigen Päoniengartens hatte errichten lassen.

Dort konnte Wu Zhao ihre beiden »kleinen Prinzen«, wie sie die Kinder nannte, nach Herzenslust verwöhnen.

Nichts war süß, seidig, kostbar oder unterhaltsam genug für die Himmlischen Zwillinge, denen sie feinstes Gebäck und die vorzüglichsten Geleefrüchte auftischen ließ, ehe sie sie zum Spielen in einen Winkel des riesigen Parks mitnahm, wo sie eine kleine Menagerie aufbauen lassen hatte.

Der Kaiserin von China bereitete es die größte Freude, Juwel und Lotos dabei zu beobachten, wie sie kreischend vor Vergnügen auf ihren kurzen Beinen zwischen den Gänsen, Mandarinenten und Meerschweinchen herumrannten und vor Begeisterung gar nicht mehr wussten, wo ihnen der Kopf stand.

An jenem Nachmittag hatte Kaiserin Wu beschlossen, die Kinder zum ersten Mal zu einem Spaziergang ans Flussufer mitzunehmen. Dazu mussten sie die Wiese überqueren, die ein wenig unterhalb des Parks sanft zum Wasser hin abfiel.

Genau an dieser Stelle, wo sich der Fluss verbreiterte und eine Art Stausee bildete, mussten auf dem Grund des schlammigen Wassers die berühmten mit Inschriften versehenen Steine liegen, die ihr seit ihrem ersten Besuch auf der Baustelle von Longmen nicht mehr aus dem Sinn gingen.

Sie hatte nicht vergessen, wie Vollendete Leere ihr die Existenz der mythischen Felsen bestätigt hatte, deren Inschriften noch kein Mensch gelesen hatte, da nie jemand in ihre Nähe gekommen war.

Den Erkundigungen zufolge, die sie so diskret wie möglich über die Steine eingeholt hatte, war nur eines sicher: Es handelte sich tatsächlich um göttliche Felsbrocken, in die Prophezeiungen eingraviert waren, die sich auf das Schicksal der zukünftigen chinesischen Dynastien bezogen.

Was anfangs nur ein vager Gedanke gewesen war, hatte nach und nach immer deutlichere Formen angenommen: Und wenn diese Steine nun zu ihren Verbündeten würden? Wenn sie den Aufstieg von Kaiserin Wu auf den chinesischen Thron verhießen? Wäre das nicht der untrügliche Beweis dafür, dass ihr Traum eines Tages Wirklichkeit würde?

Denn in China war die Zukunft immer irgendwo niedergeschrieben.

Schließlich hatte die erste Schrift der Chinesen selbst ihren Ursprung im Orakel. Die frühesten Schriftzeichen der Han-Sprache waren Kopien jener seltsamen Risse, mit denen sich die Hüftknochen von Schafen und die Schildkrötenpanzer überzogen, wenn die Wahrsager, die sogenannten *Skapulomanten*, diese über dem Feuer erhitzten, um anschließend ihre Botschaften zu entziffern.

Wenn an den Sommerabenden das gleißende, sich im

Fluss spiegelnde Sonnenlicht allmählich schwächer wurde und ein sanfter Windhauch die trägen Zweige der Trauerweiden erschauern ließ, ging Wu Zhao gerne am Ufer des Flusses spazieren, auf dessen Grund die Steine mit den prophetischen Inschriften ruhen sollten.

Sie wusste, dass sie nur durch ein übernatürliches Ereignis die letzte Stufe jener Treppe erklimmen konnte, die sie immer weiter hinaufgestiegen war, seit sie einst die Aufmerksamkeit des alten Kaisers Taizong erregt hatte, und die sie eines Tages in den Rang eines vollwertigen Kaisers von China erheben würde, einem Manne ebenbürtig, dem das Mandat des Himmels übertragen worden war.

Bislang war es ihr ein Leichtes gewesen, alle Hindernisse zu überwinden und die Komplotte zu vereiteln, die Präfekt Li und General Zhang, aber auch all die anderen am kaiserlichen Hof gegen sie ausheckten. Ihre Widersacher trachteten danach, sie aus lauter Verbitterung über ihren unaufhaltsamen Aufstieg und ihr Bündnis mit den Buddhisten, das darüber hinaus eine große Gefahr für die politischen Institutionen des Landes bedeutete, zu vernichten.

Der Verrat von Grüne Nadel hatte ihre Lage jedoch ein wenig schwieriger gemacht.

Denn mit Hilfe ausführlicher Berichte, die sie von verschiedenen Polizeidiensten hatten verfassen lassen, war es ihren Gegnern gelungen, Gaozongs Zweifel zu wecken. Sie beschuldigten seine Gemahlin, die Seidenschmuggler zu schützen und gegen das Gesetz zu verstoßen, indem sie gesuchten Personen im kaiserlichen Palast Unterschlupf gewährte.

So hatte der verstimmt wirkende Kaiser sie eines Abends mit düsterer Miene auf das leidige Thema angesprochen.

»Meine Liebe, von allen Seiten beschuldigt man Euch schwerwiegender Vergehen! Erzählt mir davon! Dann kann ich Eure immer zahlreicheren Feinde wenigstens zum Schweigen bringen!«

Erleichtert hatte sie festgestellt, dass dem Kaiser eher daran gelegen war, sie zu verteidigen, als auf die Gerüchte einzugehen, die seiner Ansicht nach vor allem darauf abzielten, sie aus dem Weg zu räumen.

Daher hatte sie hastig das Stichwort aufgegriffen und vehement protestiert. Sie behauptete, das sei nichts weiter als der widerwärtige Tratsch all derer, die sie und ihren Gemahl auseinanderbringen wollten. Trotzdem sei sie für ihn selbstverständlich bereit, sich den Gesetzeshütern auszuliefern, sollte er dies für notwendig erachten.

»Ihr werdet nichts dergleichen tun, meine Liebe! Das ist ein Befehl des Kaisers! Es sind nicht Eure Feinde, die hier das Sagen haben!«, flüsterte der Kaiser der Mitte, vor dem sie sicherheitshalber auf die Knie gefallen war, sodass ihr Mund genau auf der richtigen Höhe unmittelbar vor der Wölbung auskam, wo sich sein Jadestab unter dem Stoff seiner Beinkleider abzeichnete.

Nachdem die entsprechende Maßnahme zur großen Zufriedenheit ihres Gatten erledigt war, hatte sich seine Haltung schlagartig gewandelt. Fast schien es, als habe seine Milde lediglich zum Ziel gehabt, Wu Zhaos erfahrene Zunge zu dieser Aufwartung an seiner erhabenen, kaiserlich emporgereckten Fleischeslanze zu bewegen, eine Behandlung, die Gaozong regelrecht die Sinne raubte, Wu Zhao ihm jedoch inzwischen nur noch selten zukommen ließ.

Denn der Kaiser wusste offenbar bereits, auf welchem

Weg die illegale Seide nach China gelangte, da er nicht nur die beiden Oasen Turfan und Dunhuang erwähnte, sondern auch den Manichäern und den Nestorianern, ohne sich zu irren, ihre jeweilige Rolle zuwies.

Wu Zhao, der immer unbehaglicher zumute wurde, erkannte, dass Präfekt Li, Zhang und die anderen Gaozong in ihrem nie versiegenden Groll alle notwendigen Informationen für eine Anklage gegen sie geliefert hatten!

»Man hat mir berichtet, dass Ihr einem jungen Mädchen namens ›Dubara‹ und einem jungen Mann mit Namen ›Achtfache Gewissheit‹ Unterschlupf gewährt hättet. Der kaiserliche Palast darf niemals Zufluchtsort für Personen werden, die sich eines Verstoßes gegen unsere Gesetze schuldig gemacht haben! Außer, wohlgemerkt, ich selbst würde es so beschließen!«, erklärte er halb im Scherz und halb im Ernst, während er seine Beinkleider zurechtzog.

Doch wie stets, wenn sie sich einer ganz besonders heiklen und gefährlichen Situation gegenübersah, hatte sich Wu Zhao wieder einmal selbst übertroffen: Sie hatte die Unverfrorenheit – oder die Genialität! – besessen, sich schuldig zu bekennen.

»Also gut, Majestät, ja, es stimmt! Ich versuche in der Tat, Seide zu beschaffen, aber das tue ich auch für Euch und zum Wohle Eures weiteren Schicksals! Ich segne die Stunde, die mich zwingt, Euch die Wahrheit zu enthüllen. Dieses Geheimnis für mich zu behalten wurde mir mehr und mehr zu Last!«, stieß sie unter Tränen hervor, ehe sie dem Kaiser erklärte, dass sie dem Großen Fahrzeug Seide für jene Malereien schenken wolle, vor denen die Mönche die Sitzmeditation praktizierten.

»Was hat denn das Große Fahrzeug mit alldem zu tun,

meine Liebe? Seid Ihr nicht der Ansicht, dass dieser buddhistische Lehrpfad, dessen finanzielle Mittel die des Ministeriums der Kaiserlichen Truppen angeblich bei Weitem übertreffen, bereits vermögend genug ist?«, fragte Gaozong ungläubig.

»Im Gegenzug haben mir die Mönche jahrelange ununterbrochene Gebete und Fürbitten vor den Bildnissen des Buddha und seiner wichtigsten Nachfolger versprochen. Diese Gebete und Fürbitten, Eure Majestät, werden alle zu Eurem Heil und dem Eurer Nachkommen dargebracht.«

»Das Reich der Mitte wurde durch Krieg und Blut errichtet! Nicht durch frömmlerisches Getue!«, erwiderte er gereizt.

»Ihr solltet den Erhabenen Buddha nicht so missachten! Im Volk sind seine Anhänger sehr viel zahlreicher vertreten als die Konfuzianer, die alle den Eliten entstammen. Braucht ein Herrscher nicht das Volk nötiger als die oberen Schichten, die seiner Sache ohnehin ergeben sind, weil sie aus den gegebenen Verhältnissen ihren Nutzen ziehen?«, hielt sie ihrem kaiserlichen Gemahl entgegen.

»Damit habt Ihr leider recht!«, gab der Kaiser, von dieser Beweisführung ins Wanken gebracht, zu.

»Diejenigen, die Euch nachfolgen, werden das berücksichtigen müssen!«, schloss sie.

Nun wieder zuckersüß gestimmt, hatte Gaozong sie gierig geküsst, weil er hoffte, dass sie sich bereit erklären würde, seinem Jadestab, dem mit zunehmendem Alter und fortschreitender Krankheit immer schwerer eine Reaktion zu entlocken war, noch einmal zum höchsten Genuss zu verhelfen.

Wieder einmal waren es ihre körperlichen Reize und ihr

Glaube gewesen, die Kaiserin Wu die Kraft verliehen hatten, sich aus der äußerst gefährlichen Lage zu befreien, in die ihre Feinde sie manövriert hatten.

Der heikle Vorfall, den sie zum großen Ärger ihrer verleumderischen Widersacher überstanden hatte, die wutschnaubend erkennen mussten, dass ihr Angriff wieder einmal wirkungslos verpufft war, hatte sie lediglich in ihrer Überzeugung bestärkt, wie wichtig es für sie war, sich auf den Buddha und seine Edle Wahrheit zu stützen.

Je mehr Zeit verging, desto stärker empfand sie die Notwendigkeit, seinen göttlichen Schutz zu erflehen. Sie brauchte seinen unerschütterlichen Beistand so sehr, dass sie sich schließlich als fromme, aufrechte Buddhistin eingeredet hatte, dieser würde ihr durch jene prophetischen Felsen zuteilwerden, die ein paar Schritte von ihr entfernt auf dem Grund des Wassers ruhten.

Daher verspürte sie eine gewisse Ergriffenheit, als sie sich mit Lotos und Juwel an der Hand dem Ufer des Le-Flusses näherte, während Stummer Krieger mit dem Nachmittagsimbiss der Himmlischen Zwillinge vorausging.

Es verhieß ein strahlend sonniger Nachmittag zu werden in diesem ungewöhnlich warmen, feuchten Frühsommer, der den zahlreichen Blumen zugutekam, deren herrlicher Duft die Luft erfüllte.

»Wasser! Wasser! Will Wasser!«, riefen die beiden Kinder wie aus einem Mund, als sie den Fluss entdeckten, über dessen goldbrauner Oberfläche sirrende Libellen kreisten.

Wu Zhao hielt sie fest an der Hand, damit die kleine Juwel nicht zu nah ans Wasser heranging und aus Versehen ihr zur Hälfte behaartes Gesicht erblickte.

Die Kaiserin hatte von Vollendete Leere verlangt, dass

die Kinder im Kloster der Dankbarkeit für Erwiesene Kaiserliche Wohltaten in einem eigenen Pavillon untergebracht wurden, aus dem man alle Spiegel entfernt hatte. Außerdem hatte sie darauf bestanden, dass Teppiche oder Tischdecken über alle möglicherweise spiegelnden Oberflächen wie Parkett, Tische oder lackierte Wandschirme gebreitet wurden. Die Mönche, die sich um Juwel und Lotos kümmerten, hatten strikte Anweisung, ihnen keine Schale zu bringen, die groß genug war, dass sie darin ihr Spiegelbild erkennen könnten.

Seltsamerweise lebte Wu Zhao in der ständigen Angst, dass Juwel unvorbereitet jene ihr von der Natur auferlegte Eigenart entdecken könnte, die aus dem kleinen Mädchen trotz seiner zarten, strahlend schönen Züge ein so außergewöhnliches Geschöpf machte und die dazu geführt hatte, dass Tausende von Gläubigen sie als ein göttliches Wesen betrachteten und davon träumten, einmal den Saum ihres Kleides zu berühren.

»Majestät, Ihr scheint Juwel zu lieben wie Euer eigenes Kind!«, sagte Vollendete Leere oft zu ihr, wenn die Kaiserin ihm wieder einmal von den Fortschritten des kleinen Mädchens vorschwärmte, das ein wenig früher zu laufen und zu sprechen begonnen hatte als sein Bruder Lotos.

»Sie ist ein ganz besonderes und schon jetzt äußerst sensibles Kind, das zweifellos auch sehr viel Liebe braucht«, pflegte sie dem strengen Abt zu antworten, dem diese Bemerkung stets ein Lächeln entlockte.

Juwel hingegen strahlte jedes Mal vor Glück, wenn sie ihre erhabene Beschützerin näher kommen sah.

Es war ein entzückender Anblick, wie sie, herausgeputzt wie eine kleine Prinzessin, in die Hände klatschte und vor Freude kreischte, wenn Wu Zhao auf die Veranda des Sommerpalastes trat, vor der ein Mönch die Kinder absetzte, wenn sie die Herrscherin besuchten.

Denn Juwel führte nicht das Leben eines gewöhnlichen kleinen Mädchens.

Wenn sie an der Seite ihres Zwillingsbruders auf ein kleines Podium in einem der Höfe des Klosters der Dankbarkeit für Erwiesene Kaiserliche Wohltaten gesetzt wurde, machte sie immer ein freudloses, fast schon schuldbewusstes Gesicht, als sei es ihr eine Qual, als lebende Reliquie aufzutreten. Vor ihr bildete sich unverzüglich die endlose Schlange der Gläubigen, die ihr Opfergaben darbrachten und sie gleichzeitig um Heilung, ein Wunder oder eine andere Gunst baten.

Obwohl sie noch so klein war, erfüllte sie ihre Aufgabe mit der Ernsthaftigkeit einer Erwachsenen. Die Mönche lenkten den mystischen Überschwang der Gläubigen, die sich vor ihr drängten, rücksichtslos mit Rohrstöcken in geordnete Bahnen und ließen den Menschen kaum genug Zeit, sich vor dem Mädchen zu Boden zu werfen und dabei mit leiser Stimme vorzubringen, was sie von ihr erflehten.

Bei der Kaiserin, die sie voller Liebreiz »Tante Wu« nannte, wurde die kleine Juwel, die die meisten ihrer Tage mit Gold und Seide überhäuft verbrachte, wieder zu einem ganz normalen kleinen Mädchen.

Tante Wu hatte Stummer Krieger angewiesen, eine Matte aus geflochtenem Reisstroh auf dem Rasen auszurollen, und machte sich daran, Kuchen und Orangensaft für den Imbiss der Kinder darauf zu verteilen.

Seit ihrem letzten Besuch im Sommerpalast hatten sie sich schon wieder verändert.

Jetzt konnten sie das Bambusstäbchen, das sie ihnen gegeben hatte, auch schon richtig halten und benutzten es in dem Sandkasten im Garten des Miniaturbauernhofs, wo sie so gerne Sandkuchen backten, wie einen kleinen Griffel.

Und tatsächlich hatte sie vor, nach ihrem Spaziergang ans Flussufer ihnen ein paar Zeichen der geschriebenen Sprache beizubringen.

Denn beim letzten Mal, als die Kinder sie besucht hatten, hatten sie eine Neigung dazu erkennen lassen, einen Griffel zu halten.

»Ich rund! Du Viereck!«, hatte das kleine Mädchen in seiner niedlich stockenden Kindersprache gesagt, ehe es mit seinem schönsten Lächeln, bei dem die Kaiserin vor ihrem kleinen Liebling vollends dahinschmolz, hinzufügte: »Ja, Tante Wu?«

»Ich rund!«, hatte Lotos geschrien, der ein wenig stämmiger war als seine Schwester, fest entschlossen, sich diesmal nichts einreden zu lassen.

Angesichts der Himmlischen Zwillinge, die sich über den Boden beugten, wo sie mit dieser für kleine Kinder typischen Mischung aus Eifer und Ungestüm zeichneten, waren Wu Zhao unwillkürlich ihre eigenen Nachkommen in den Sinn gekommen.

Sie hatte bereits vier Kinder zur Welt gebracht, zwei von ihnen lebten noch, die beiden anderen jedoch, beides Mädchen, waren tot.

Von ihrer ersten Tochter war sie genau ein Jahr nach der Geburt von Li Hong entbunden worden, ihrem ältesten Sohn, der im Februar 656 anstelle von Li Zhong zum Kronprinzen ernannt worden war, den Kaiserin Wang,

Gaozongs verstoßene erste Gemahlin, zuvor zum Thronerben bestimmt hatte.

Die zweite war jenes kleine Mädchen gewesen, das ihr Leib vor etwas über einem Jahr drei Monate vor der Zeit abgestoßen hatte, woraufhin ihr die fette Hebamme des kaiserlichen Palasts von Chang'an ohne jedes Zartgefühl mitgeteilt hatte, dass ein kleiner, verschrumpelter, blau angelaufener Leichnam aus ihrem Körper gekommen sei, aber dies sei ja keine Katastrophe, »denn es war ja bloß ein Mädchen« …

Was ihre beiden anderen Kinder betraf, so hätte sie niemals gewagt, jemandem einzugestehen, dass ihr ältester Sohn Li Hong weit davon entfernt war, ihren Erwartungen und den ehrgeizigen Zielen zu entsprechen, die sie für ihn hegte.

Mit der Zeit hatte sie sogar begonnen, ihn zu verachten, weil sie voraussah, dass dieser schon jetzt schwache, verträumte kleine Junge enden würde wie so viele andere: eher an der Jagd und Ausritten übers Land interessiert als an Hofintrigen und den raffinierten Möglichkeiten, diese zu spinnen. Sein kleiner Bruder Li Xian hingegen, bei dem die meisten am Hof Gaozongs Vaterschaft anzweifelten, war noch keine zwei Monate alt, sodass es noch viel zu früh war, um einschätzen zu können, ob dieser Säugling, dessen Geburt ihre Feinde mit rasender Wut und Bestürzung erfüllt hatte, zum würdigen Nachfolger seiner Mutter heranwachsen würde.

Wie gerne hätte sie es gesehen, dass Li Hong, obwohl so viel jünger, Fünffache Gewissheit ähnlich gewesen wäre! Und ebenso sehnlich hoffte sie, dass ihr kleiner Li Xian zu gegebener Zeit über die gleiche Charakterstärke und den gleichen scharfen Verstand verfügen möge wie der ehemalige Gehilfe von Vollendete Leere.

Seit dieser Chang'an verlassen hatte, um ins Reich Bod zurückzukehren, empfand sie stets leise Wehmut, wenn sie an ihn dachte.

Nach der schroffen Ablehnung, auf die sie gestoßen war, als sie Vollendete Leere auf seinen einstigen Gehilfen angesprochen hatte, hatte sie es nicht mehr gewagt, ihm gegenüber den Namen von Fünffache Gewissheit zu erwähnen. Trotzdem hatte sie sich fest vorgenommen, sich bei nächster Gelegenheit erneut für den jungen Mann zu verwenden und den Abt früher oder später dazu zu bringen, ihm seine Fehler zu verzeihen.

Es verging kein Tag, an dem sie nicht an Umara dachte, die junge Christin, die ihr, bevor sie aus Chang'an fliehen musste, auf so rührende Weise gestanden hatte, dass sie sich als Adoptivmutter dieser Himmlischen Zwillinge fühlte, die nun vor ihren Augen am Ufer des Le-Flusses herumtollten!

Wie mochte es diesen beiden jungen Menschen jetzt wohl ergehen, die Charme, Intelligenz und die außergewöhnliche Fähigkeit in sich vereinten, auf andere zuzugehen und ihnen ihr Vertrauen zu schenken?

War es ihnen gelungen, Tibet zu erreichen? Würden sie bald nach Zentralchina zurückkommen, nachdem der Handel mit geschmuggelter Seide offenbar zum Erliegen gekommen war? Erwartete die sanfte Umara inzwischen selbst ein Kind von Fünffache Gewissheit, der sie so sehr zu lieben schien? Würde Vollendete Leere seinem früheren Gehilfen doch noch irgendwann vergeben und ihn von seinem Gelübde entbinden? Und wäre sie diejenige, die ihn dazu gebracht hätte, wie sie es sich erträumte?

In ihrem Kopf überschlugen sich die Fragen und lenkten sie langsam, aber sicher auf ihr eigenes, so außergewöhnliches Schicksal.

Was hielt die Zukunft für sie bereit?

Würde sie ihre Ziele erreichen?

Niemand konnte das wissen, außer vielleicht diesen Steinen, die einige Schritte vor ihr im Schlamm des Flusses verborgen lagen. Die göttlichen Steine, in deren raue Oberfläche zweifellos ihre eigene Zukunft eingemeißelt war, diese Steine, die seit unvordenklichen Zeiten dort unten auf sie warteten.

Juwels Kinderstimme riss die Kaiserin aus ihren Träumereien.

»Will Wasser gehen, Tante Wu!«, wiederholte das Mädchen immer wieder und klopfte sacht mit ihrer kleinen Hand auf ihre Schulter.

»O ja! Wasser gehen! Wasser gehen!«, rief daraufhin auch Lotos, der zu seiner Schwester herübergekommen war.

»Das Wasser ist kalt, meine Süßen! Wenn ihr nass werdet, habe ich keine trockene Kleidung zum Wechseln für euch!«, antwortete sie, fest entschlossen, Juwel nicht an den Fluss heranzulassen.

»Wasser gehen! Wasser gehen! Tante Wu, Wasser gehen!«, begannen die beiden Kleinen wie aus einem Mund zu betteln, um die Kaiserin dazu zu bringen, ihnen ihren Wunsch zu erfüllen.

Sie umschlangen ihren Hals und überhäuften sie mit Küssen, als sei sie ihre leibliche Mutter, davon überzeugt, dass sie irgendwann schon nachgeben würde.

Doch die Kaiserin wollte sich nicht erweichen lassen. Um sie abzulenken, schlug sie ihnen vor, eines der köstlichen Törtchen aus Reismehl und Honig zu probieren, die der oberste Konditor der kaiserlichen Küchen zubereitet hatte.

Aber an diesem Tag waren die Himmlischen Zwillinge ungewohnt widerspenstig. Die Vorstellung, ihre Hände in das fließende Wasser zu tauchen, dessen sanfte Melodie sie zum ersten Mal hörten, ließ sie so kribbelig werden, dass sie die Süßigkeiten, auf die sie sich sonst mit Heißhunger stürzten, kaum eines Blickes würdigten.

»Wasser gehen! Wasser gehen! Tante Wu! Wasser lieb!«

Das Quengeln der Kinder wurde immer drängender; mittlerweile trommelten sie vor Wut mit ihren kleinen Fäusten gegen die Baumstämme, und Wu Zhao spürte, dass es nicht mehr lange dauern würde, bis sie in Tränen ausbrachen.

Und sie wollte die Himmlischen Zwillinge einfach nicht weinen sehen wie zwei gewöhnliche Kinder, denen ihre Amme eine Bitte abschlug, während sie sie doch einzig und allein verwöhnen wollte!

Sie liebte die entzückende Juwel so sehr, und ihre hübschen, strahlenden, nun schon fast tränenfeuchten Augen ließen sie dahinschmelzen!

So gab sie schließlich nach.

»Aber ihr dürft meine Hand nicht loslassen, versprochen?«, verlangte sie, als sie von der Bank aufstand.

Als sie erkannten, dass sie gewonnen hatten, stießen die kleinen Zwillinge Freudenschreie aus und fielen der Kaiserin um den Hals. Beim besten Willen konnte sie ihrem Charme nicht widerstehen.

»Räumst du das Essen bitte wieder in den Korb, Stummer Krieger? Sonst fallen womöglich noch die Vögel darüber her. Die Himmlischen Zwillinge haben fast nichts angerührt, und sie werden Hunger haben, wenn wir vom Flussufer zurückkommen!«, wies sie den turko-mongolischen Riesen an, der immer noch demonstrativ schmollend im Schatten einer Eberesche hockte und mit seinem Messer an einem Zweig herumschnitzte.

»Wie Ihr wünscht, Majestät!«, brummte der einstige Kriegsgefangene, dem ein chinesischer Offizier nach seiner Ergreifung die Zunge herausgeschnitten hatte.

Dann nahm Wu Zhao an jede Hand ein Kind, hielt sie fest, damit sie ihr nicht entwischen konnten, und ging langsam mit ihnen hinüber ans Ufer des Le.

In der vergangenen Woche waren über der Region von Luoyang heftige Sommergüsse niedergegangen und hatten den Fluss in einen reißenden Strom verwandelt. Im grünlichen Wasser zogen Baumstämme und sogar die Kadaver einiger Tiere vorbei, die flussaufwärts der Sommerhauptstadt vom Hochwasser überrascht worden waren. Der wogende Teppich, der vor den Augen von Wu Zhao und den Himmlischen Zwillingen vorbeirauschte, ließ den Fluss wie einen riesigen Drachen erscheinen, der vom Berg in die Ebene herabgekommen war und seine Schuppen ausgebreitet hatte.

Es war das erste Mal, dass die Himmlischen Zwillinge so reißendes, tosendes Wasser erblickten, über dessen Oberfläche Tausende winziger Tröpfchen in allen Farben des Regenbogens glitzerten und im schimmernden Sonnenlicht verdunsteten.

»Ich darauf gehen! Ich auf großem Teppich gehen!«, rief das kleine Mädchen, fasziniert von dem pfeilschnell dahinströmenden Wasser.

»Ganz bestimmt nicht, mein Liebling! Das ist kein Teppich! Das ist Wasser! Und wenn man da hineinfällt, kann man ertrinken!«, entgegnete die Kaiserin beunruhigt.

Zwar war es bei der reißenden Strömung unwahrscheinlich, dass sich auf der Wasseroberfläche auch nur die flüchtigste Spiegelung bildete, die es Juwel erlaubt hätte, einen Blick auf ihr Gesicht zu erhaschen, doch sollte jemand hineinfallen, bestand für ihn nicht die geringste Hoffnung.

Aber Juwel war wie gebannt von dem flüssigen Teppich. Sie versteifte sich auf ihren Willen und zerrte an der Hand der Kaiserin. Der kleine Lotos war nicht so waghalsig wie seine Schwester und ließ sich, zu Tode erschreckt von dem eigenartigen Brausen des grünen Wassers, schließlich auf den Boden fallen, um nur ja nicht zu nah an das fremde, unheimliche Element heranzukommen.

»Ich da hinten gehen! Ich da hinten gehen!«, schrie das kleine Mädchen und deutete auf die Trauerweiden, die in einer langen Reihe am gegenüberliegenden Ufer gepflanzt worden waren. Ihr Bruder lag unterdessen im Gras und wartete artig darauf, dass Wu Zhao ihn in die Arme nahm.

Die Kaiserin wusste nicht mehr, worauf sie zuerst achten sollte, und während sie noch versuchte, Lotos aufzuheben, entschlüpfte Juwel ihrem Griff.

Als sie panisch hinter dem kleinen Mädchen herrannte und ihm zurief, es solle stehen bleiben, war es bereits zu spät. Aufspritzendes Wasser und ein durchdringender Schrei verrieten ihr, dass das Unwiderrufliche geschehen war: Juwel, das Himmlische Zwillingsmädchen mit dem einzigartigen Gesicht, das Kind, welches die tibetische Nonne Manakunda um den Preis ihres Lebens zur Welt gebracht hatte, der Säugling, den Fünffache Gewissheit und der *ma-ni-pa* sicher durch Tibet und China geleitet hatten, war vor den Augen der Kaiserin von China in den Schuppen des Großen Drachen versunken.

Keuchend blieb Wu Zhao am Ufer des silbrig glitzernden grünen Teppichs stehen, der in schwindelerregendem Tempo dahinjagte. Stummer Krieger, der alles mit angesehen hatte, war ebenfalls herbeigeeilt. Während seine Herrin immer noch mit vor Entsetzen geweiteten smaragdgrünen Augen auf das Wasser starrte, sprang der turko-mongolische Riese, ohne auch nur die Jacke auszuziehen, kopfüber in die tosenden Fluten, schlug einmal kräftig mit den Beinen und verschwand unter der Wasseroberfläche, um den Grund des Flusses abzusuchen.

Voller Angst umschlang die Kaiserin Lotos so fest mit ihren Armen, dass sie ihm beinahe die Luft abschnürte, und die verstreichenden Momente erschienen ihr wie Ewigkeiten. Ihre schönen tränenfeuchten Augen, die überhaupt nichts mehr von der unerbittlichen Herrscherin erkennen ließen, starrten verzweifelt auf die Stelle, wo Stummer Krieger so mutig ins Wasser gesprungen war.

»O Erhabener, erhalte diesem Kind das Leben! Lass es nicht so schnell wieder zu dir zurückkehren! Ihre Zeit hier unten ist noch nicht abgelaufen!«, flüsterte sie, den Tränen nahe.

Wu Zhao betete inbrünstig, mit lauter Stimme, die Augen halb geschlossen, während sie Lotos immer noch an sich drückte. Sie flehte inständig darum, den von Schlamm triefenden Riesen wieder auftauchen zu sehen wie eine gigantische Bronzestatue, in seinen starken, tätowierten Armen das unversehrte Kind haltend.

Sie brauchte Juwel so sehr, schrie sie dem Wind, den

Bäumen, der Sonne und selbst diesem verfluchten Fluss entgegen!

Sie betete nicht nur zum Buddha, sondern zur Sicherheit auch zu den verschiedenen Bodhisattvas, die den Menschen und ihrem Unglück gegenüber zugänglicher waren, da sie, obwohl kurz davor, ins Nirwana einzugehen, immer noch mit einem Fuß in der Welt der Menschen standen.

Und so erbat sie zunächst den Beistand der Hilfreichen Tausendarmigen Guanyin: Besaß sie nicht genügend Hände, um das kleine Mädchen aus dem Schlamm hochzuholen? Dann war Guanyin mit der »unfehlbaren Schlinge« an der Reihe, die die Menschen mit dem Großen Wesen verband, welches in der Lage war, ihnen alles zu gewähren, was sie begehrten, vorausgesetzt, es war gerecht. Sie wandte sich sogar an Guanyin in der Wasser-Mond-Form, die es den Gläubigen ermöglichte, über die Vorstellung der Spiegelung des Mondes im Wasser zu meditieren, Zeugnis jener Unwirklichkeit, von der sich die Menschen so oft täuschen ließen.

Dann flehte sie zu Maitreya, dem zukünftigen Buddha, der im Tushita-Himmel herrschte, zu Manjushri, der auf dem Löwen ritt, und sogar zu Puxian, der für seine »Weisheit« und vor allem seine »allumfassende Güte« bekannt war und den nur besonders gebildete Gläubige anriefen, da seine Lehre so schwer zugänglich war.

Wie eine Besessene ließ sie sie alle vor ihrem inneren Auge Revue passieren und beschwor sogar das Pantheon der Tausend Buddhas, bis sie, die Kehle von all den Mantras und Gebeten noch zugeschnürter als zuvor, endlich entdeckte, worauf sie so sehnlich gewartet hatte.

Stummer Krieger war wie eine göttliche Erscheinung aus dem jadegrünen, mit kupferfarbenen Schlieren durchzogenen Wasser aufgetaucht. Sein Kopf war mit einer seltsamen Kappe aus Algen bedeckt, die wie langes Haar anmuteten, und an seine Brust presste er den reglosen Körper des kleinen Mädchens.

Ihr halb ohnmächtiger Leibdiener hatte Juwel gefunden!

Die Kaiserin brauchte sich nicht lange die entsetzliche Frage zu stellen, ob Juwel tot war oder noch am Leben: Das Gebrüll, das das kleine Mädchen anstimmte, sobald es wieder Luft bekam, und ihr lautes Schluchzen waren das schönste Geschenk für Wu Zhao.

Außer sich vor Dankbarkeit, weil die Gottheiten ihre Gebete erhört hatten, stürzte die Kaiserin vor und überhäufte das Kind mit Küssen, dessen merkwürdiges rotes Mal deutlich blasser war als sonst, weil das kalte Flusswasser das Blut im Körper weniger zirkulieren ließ.

»Mein Liebling, du hast mir den größten Schreck meines Lebens eingejagt! Zum Glück wachen zahlreiche Buddhas über dich«, flüsterte sie, während sie Juwel von Kopf bis Fuß trockenrieb, nachdem sie ihr die nassen Kleider ausgezogen hatte.

»Angst Wasser! Angst Wasser! Wasser böse!«, rief Lotos, der ebenfalls herbeigelaufen war und sich an seine Schwester schmiegte und ihren Arm streichelte.

»Tante Wu, versprochen! Ich nie mehr Wasser laufen! Wasser kein Teppich!«, murmelte das kleine Mädchen, nachdem Wu Zhao es in eine Decke aus Seidenmolton eingewickelt hatte und in ihren Armen wiegte.

Ohne noch mehr Zeit zu verlieren, stellte Wu Zhao dem

turko-mongolischen Riesen die Frage, die ihr auf der Zunge brannte.

»Sag, Stummer Krieger, hast du dort, wo du ins Wasser gesprungen bist, auf dem Grund des Flusses Felsen gesehen?«

Gespannt wartete sie auf die Antwort.

»Ja, Majestät!«

»Und hast du gesehen, ob etwas darin eingraviert war?«, rief sie und klatschte vor Aufregung in die Hände.

»Da unten war alles voller Schlamm, Eure Majestät, und ich habe die Kleine gesucht«, entgegnete Stummer Krieger.

Sie kannte die Schwächen des Riesen, und so bedachte sie ihn mit einem vielsagenden Blick, ehe sie flüchtig seine Lippen berührte, die bereits unter dem langen, zu beiden Seiten des Mundes herabhängenden Schnurrbart erschauerten.

»Ich möchte, dass du noch einmal zu diesen Steinen hinabtauchst. Es sind Inschriften in sie eingemeißelt, die sich als sehr wichtig für uns erweisen könnten ... wenn du verstehst, was ich meine!«, hauchte sie ihm ins Ohr.

Sie hatte mit Absicht »uns« gesagt, um Stummer Krieger in der Illusion zu wiegen, er habe selbst ein Interesse am guten Gelingen ihrer Pläne.

»Ich verstehe, Majestät! Eure Wünsche sind mir Befehl!«, entgegnete der tätowierte Riese, nur zu gerne bereit, seine Gebieterin zufriedenzustellen, ehe er ans Ufer stürmte und mit einem majestätischen Kopfsprung in den trüben Fluten des Le verschwand, um die geheimnisvollen Steine näher in Augenschein zu nehmen.

Als er wieder aus dem Wasser stieg, nachdem er zuvor

mindestens ein Dutzend Mal zurück an die Oberfläche gekommen war, erkannte Wu Zhao an seinem enttäuschten Blick, dass etwas nicht in Ordnung war.

»Majestät, da unten liegen acht würfelförmige Steine, die von Menschenhand behauen wurden. Aber ohne Inschriften! Allerdings müsste man sie schon heraufholen, um ganz sicher zu sein«, seufzte er ein wenig verstimmt und nach Atem ringend.

»Da hast du sicher recht. Wie groß sind sie genau?«

»Riesig. Ich habe es kaum geschafft, einen zu bewegen, als ich mich dagegengestemmt habe!«, stöhnte er.

»Tante Wu, will Kuchen! Kuchen lecker«, erklang plötzlich die Stimme von Juwel, die durch die Aufregung nach ihrem unfreiwilligen Bad hungrig geworden war.

Eilig verteilte Wu Zhao die kleinen Kuchen und Naschereien, die sie für die Himmlischen Zwillinge mitgebracht hatte.

Nachdenklich betrachtete sie den tosenden Le, der immer noch Tiere, Rundhölzer und Bäume mit sich führte, die das Hochwasser an den Ufern mitgerissen hatte.

In diesem gemüsesuppendicken Wasser ruhten friedlich die acht Felsen, die womöglich ihre besten Verbündeten waren, falls sie es schaffte, in ihre Nähe zu kommen.

Wu Zhao wusste, dass sie die würfelförmigen Steine, die dort unten im Schlamm lagen, unter allen Umständen zum Sprechen bringen musste!

Noch ohne jede Idee, wie sie das anstellen sollte, wollte sie Stummer Krieger gerade bitten, die Reste vom Imbiss der Himmlischen Zwillinge wieder in den Weidenkorb zu packen, als sie plötzlich jemanden hinter sich spürte.

Sie fuhr herum.

Vollendete Leere kam auf sie zu.

»Juwel ist in den Fluss gefallen! Zum Glück konnte Stummer Krieger sie wieder herausholen. Ihr Schreck war größer als der Schaden!«, erklärte sie hastig, immer noch durcheinander von dem Geschehenen, als sie ihn herankommen sah.

»Ich hoffe bloß, das Mädchen hat im Wasser nicht sein Spiegelbild gesehen!«, flüsterte der große Meister des Dhyana mit einem Blick auf die Himmlischen Zwillinge, die im Gras mit Marienkäfern spielten, die sie dünne Zweige hinaufklettern ließen.

Denn den Abt trieb die gleiche aufrichtige Sorge um wie Wu Zhao: Er wollte auf keinen Fall, dass die kleine Juwel zu früh das eigenartige Geschenk entdeckte, mit dem die Natur sie bedacht hatte.

»Glücklicherweise nicht. Sie ist ans Ufer gelaufen und kam nicht einmal dazu, sich übers Wasser zu beugen, als sie auch schon hineingefallen war! Aber Ende gut, alles gut«, fügte sie hinzu.

»Der Erhabene persönlich wacht über die Himmlischen Zwillinge!«, entgegnete darauf der Abt vom Kloster der Dankbarkeit für Erwiesene Kaiserliche Wohltaten mit leiser Stimme, ehe er Stummer Krieger und die Kinder ein Stück vorausgehen ließ.

»Daran besteht kein Zweifel, Meister Vollendete Leere!«

Die Kaiserin wunderte sich über seinen Überraschungsbesuch, denn Vollendete Leere ließ sich üblicherweise vorher ankündigen. Aber es dauerte nicht lange, bis sie den Grund für sein Kommen erfuhr.

»Ich möchte Euch etwas fragen, Majestät. Was für eine Frau ist diese junge Umara eigentlich, die Tochter des nestorianischen Bischofs von Dunhuang, in die mein einstiger Gehilfe Fünffache Gewissheit sich so sehr vernarrt hat, dass er ihretwegen seine Gelübde gebrochen hat?«, fragte er sie ohne Umschweife, während sie weit hinter den Kindern, die Wu Zhaos Leibdiener auf dem Arm trug, nebeneinander hergingen.

Wu Zhaos Herz begann zu rasen.

Der Sturz des kleinen Mädchens in den Fluss hatte sie über die Maßen erschüttert, und nun war sie davon überzeugt, dass der Abt mit seinen Worten lediglich einen Einstieg suchte, um sie an ihr Versprechen zu erinnern, ihm Seide für die Herstellung seiner Meditationsbanner zu besorgen.

»Soweit ich weiß, ist Umara ein entzückendes junges Mädchen mit einem sehr guten Charakter! Warum wollt Ihr das wissen?«, entgegnete sie wachsam und gab sich überrascht von einer so direkten Frage, die Vollendete Leere gar nicht ähnlich sah.

»Einer meiner Amtsbrüder hat sie anscheinend dabei ertappt, wie sie heilige Reliquien aus dem Bücherversteck seines Klosters gestohlen hat.«

»Das ist ganz und gar nicht Umaras Art. Mir gegenüber war ihr Verhalten stets einwandfrei. Seid Ihr denn sicher, dass Euer Amtsbruder dieselbe junge Frau gemeint hat?«, erkundigte sich die Kaiserin, die kein Wort von der Anschuldigung glauben konnte.

»Addai Aggai, der nestorianische Bischof von Dunhuang, wird wohl kaum zwei Töchter gleichen Namens haben! Und mein Bruder gehört nicht zu den Menschen, die unter Visionen leiden. Er hat mir versichert, dass er mit eigenen Augen gesehen hat, wie sie das Bücherversteck vom Kloster des Heils und des Mitgefühls durchsucht hat!«, rief der Abt gekränkt.

»Vielleicht ist sie ja zufällig auf das Versteck gestoßen und wurde dabei überrascht, wie sie ein, zwei Manuskripte aufrollte! In den Bergen rings um die Höhlenklöster gibt es unzählige Bücherkammern. Zu jedem Kloster an der Seidenstraße gehört so eine verborgene Höhle. Und es erscheint mir vollkommen ausgeschlossen, dass Umara fremde Reliquien an sich genommen haben soll!«

»Dennoch war es so!«

»Von welchen Reliquien sprecht Ihr überhaupt?«, fragte Wu Zhao, der ihr Ärger allmählich anzumerken war.

»Es handelt sich keinesfalls um belanglose Reliquien, Majestät! Ruhende Mitte, so heißt der Abt, hat mir versichert, dass sie aus seiner Bücherhöhle die heilige Reliquie der Augen des Buddha entwendet hat, welche im ehrwürdigsten Kloster von Peshawar aufbewahrt wird, jener indischen Stadt, in der der heilige Reliquienschrein des höchst frommen Königs Kanishka steht.«

»Ihr solltet Euch vor unbewiesenem Geschwätz in Acht nehmen, Meister Vollendete Leere. Vor allem, wenn dadurch solche Gerüchte in die Welt gesetzt werden!«, versetzte Wu Zhao trocken.

Sie konnte sich einfach nicht vorstellen, dass Umara ihr so etwas verschwiegen hätte.

»Ich würde mir nie erlauben, solche Behauptungen aufzustellen, wenn ich sie für unbegründet hielte! Ich weiß, wovon ich rede, Majestät!«, erwiderte Vollendete Leere unbeeindruckt.

Angesichts dieser Bestimmtheit hielt die Kaiserin unwillkürlich inne. Nachdenklich betrachtete sie die Himmlischen Zwillinge, die über die Rasenflächen im Garten tollten, in den sie an der Seite von Stummer Krieger gestürmt waren.

Das selbstsichere Auftreten von Vollendete Leere brachte ihre Gewissheit ins Wanken: Das geistige Oberhaupt des chinesischen Mahayana würde sich keinen Spaß daraus machen, sie anzulügen, und wenn er eigens in den Sommerpalast gekommen war, um ihr diese Frage zu stellen, musste die Lage ernst sein.

Da schlichen sich ganz allmählich wie Gift, das in den Trunk des Opfers geträufelt wurde, Zweifel in ihre Gedanken.

»Wie soll eine so bedeutende Reliquie überhaupt in ein Kloster des Großen Fahrzeugs in Dunhuang gelangt sein?«, fragte sie schließlich.

»Das ist das größte Rätsel von allen, Majestät, und ich würde es nur zu gerne lösen.«

»Sollte man in dem Fall nicht lieber die Betroffene selbst fragen? Schickt doch einen Boten zu ihr nach Samye. Schließlich habt Ihr Fünffache Gewissheit ja einst auch dorthin entsandt!«, entgegnete die Kaiserin eher schroff.

»Wenn mein Kloster die Möglichkeit hätte, diese heilige Reliquie auszustellen, Majestät, wäre das von größtem Nutzen. Es könnte sogar von entscheidendem Vorteil für unsere gemeinsamen Interessen sein; damit meine ich nicht allein die Anliegen des Großen Fahrzeugs, sondern vor allem die Euren, Majestät«, sagte Vollendete Leere, der sich hütete, näher auf die Worte der Kaiserin einzugehen.

Er kannte Wu Zhao gut genug, um sich auf das einzig günstige Terrain zu begeben, und dem veränderten Gesichtsausdruck der Herrscherin, deren Misstrauen inzwischen Neugier gewichen war, sah er an, dass er ins Schwarze getroffen hatte.

»Von welchen gemeinsamen Interessen sprecht Ihr?«

»Ich rede von Eurem ruhmreichen Aufstieg an die Spitze des chinesischen Reichs. Alles, was das Große Fahrzeug stärkt, wird auch für Euch von Vorteil sein. Habe ich mich in dieser Hinsicht nicht stets klar und deutlich ausgedrückt, Majestät?«

»Wenn ich Euch recht verstehe, wollt Ihr also andeuten, dass dies auch der Fall wäre, wenn die Augen des Buddha in den Besitz Eures Klosters gelangen würden?«

»›Besitz‹ ist vielleicht das falsche Wort, Majestät, denn es handelt sich schließlich um eine Reliquie des Kleinen Fahrzeugs, die zu gegebener Zeit wieder nach Peshawar zurückkehren muss, wo eigens zu ihrer Aufbewahrung der ehrwürdige Reliquienturm des Kanishka errichtet wurde! Es würde mir vollauf genügen, sie für eine Weile in Verwahrung zu nehmen. Ich spreche hier selbstverständlich im Namen meines gesamten Lehrpfads«, erklärte Vollendete Leere in verschwörerischem Ton.

»Ich beginne allmählich zu begreifen!«, murmelte Wu Zhao, die mit einem Mal äußerst nachdenklich geworden war.

Der Vorschlag von Vollendete Leere öffnete der Kaiserin ungeahnte Perspektiven.

»Warum solltet Ihr mich unterstützen, während ich nicht einmal in der Lage bin, Euch die seidenen Banner zu liefern, die ich Euch schon so oft versprochen habe?«, fügte sie betrübt hinzu.

»Jeder weiß, dass immer noch ein großer Mangel an Seide herrscht, Majestät. Und für das Kloster, dem vorzustehen ich die Ehre habe, würden die Augen des Buddha einen sehr viel größeren Gewinn bedeuten als simple Banner!«, antwortete Vollendete Leere hastig, fest entschlossen, seinen Vorteil so weit wie möglich auszubauen.

»Ich kann mir vorstellen, dass die Augen des Buddha dem Kloster der Dankbarkeit für Erwiesene Kaiserliche Wohltaten viel Geld einbringen würden!«

»Wärt Ihr unter diesen Umständen bereit, mir zu helfen, Majestät?«

Sie überlegte kurz, ehe sie wieder zu sprechen anhob, als dächte sie laut nach: »Als Erstes müsste man Fünffache Gewissheit und Umara wieder nach China kommen lassen. Das sollte möglich sein, vor allem hierher nach Luoyang. Vorausgesetzt, Ihr helft mir, sie unterzubringen. Im Reich Bod sind sie sicherer als hier, wo die Spitzel des Zensorats unablässig um mich herumstreifen und jede meiner Gesten belauern, weil sie davon überzeugt sind, dass ich dieses junge Paar, das ihnen im vergangenen Jahr entwischt ist, früher oder später wieder zu mir holen werde«, sagte sie leise.

»Und gesteht es ruhig, Majestät, damit haben sie nicht unrecht! Ganz abgesehen davon, dass Ihr nicht gezögert habt, sie heimlich im kaiserlichen Palast von Chang'an unterzubringen!«, entgegnete der Abt scherzend, um ihr zu schmeicheln und sie vollends einzuwickeln.

»Das stimmt, und das habe ich Euch auch nie verheimlicht! Aber Ihr solltet auch wissen, dass ich es nicht im Geringsten bereue! Diese jungen Leute haben meine Unterstützung mehr als verdient. Wenn Ihr wüsstet, wie entzückend sie zu mir gewesen sind«, entgegnete Wu Zhao mit einem traurigen Lächeln. Die Erinnerung an diese Zeit stimmte sie stets wehmütig.

»Es ist nicht nötig, Umara aus Samye hierher holen zu lassen, Eure Majestät. Die junge Frau befindet sich zur Stunde nur wenige Schritte von hier entfernt im Kloster der Dankbarkeit für Erwiesene Kaiserliche Wohltaten«, erklärte Vollendete Leere daraufhin mit einem Hauch von Theatralik und sah ihr dabei, sich der Wirkung seiner Worte gewiss, direkt in die Augen.

Wu Zhao wäre vor Überraschung beinahe hintenübergefallen.

»Ist Fünffache Gewissheit bei ihr?«, fragte sie, völlig verdattert von dieser Neuigkeit.

»Mein früherer Gehilfe ist nicht hier. Um die Wahrheit zu sagen, ich weiß immer noch nicht, wo er sich aufhält!«, entgegnete der große Meister des Dhyana unwirsch.

»Umara wurde von ihrem Geliebten getrennt! Wie schade. Das haben die beiden nicht verdient. Sie sind wie Biyiniao-Vögel, die nur vereint fliegen können, weil jeder von ihnen nur einen Flügel besitzt!«, flüsterte sie.

»Ich habe Euch bereits gesagt, wie ich darüber denke! Dieser junge Mönch lebt in Todsünde. Er befindet sich auf direktem Wege in die Avici-Hölle. Aber heute geht es um Umara, Majestät, nicht um Fünffache Gewissheit!«

Noch nie hatte sich der Abt der Kaiserin gegenüber zu solch harschen Worten hinreißen lassen.

»Ich dagegen kann mir einen ohne den anderen nicht vorstellen«, erwiderte sie.

»Wenn sich Umara bloß ein wenig kooperativer zeigen würde, könnten wir beide die Augen des Buddha ausfindig machen!«

Da stellte Wu Zhao die alles entscheidende Frage.

»Meister Vollendete Leere, ich verstehe nicht, worauf Ihr hinauswollt! Seid Ihr mein Feind oder mein Freund?«, rief sie, voller Zorn über seine unerbittliche Haltung und seiner ständigen Winkelzüge überdrüssig.

»Ist meine Anwesenheit hier nicht ein Beweis für meine unerschütterliche Treue zu Euch?«, protestierte der Abt.

»Drückt Euch bitte etwas deutlicher aus! Was genau wollt Ihr von mir?«

»Wenn Ihr mir helft, Umara nach dem Verbleib der Augen des Buddha zu befragen, Majestät, wird sich die Zunge der jungen Frau zweifellos auf wundersame Weise lösen. Euch wird sie ihr Herz sicher bereitwilliger öffnen als mir! Obwohl größte Zweifel an ihrer Aufrichtigkeit bestehen, weigert sie sich hartnäckig, diese auszuräumen.«

»Meister Vollendete Leere, Eure Worte und Euer Verhalten sind einfach inakzeptabel! Umara ist ein anständiges junges Mädchen! Sie stiehlt keine Reliquien! Und ich denke gar nicht daran, sie für Euch zu verhören!«

Die entgeisterte Miene und der ungläubige Blick der Kaiserin von China verrieten, wie furchtbar enttäuscht sie war. Sie hasste es gleichermaßen, sich zu täuschen und getäuscht zu werden, und nachdem sie nun endlich durchschaut hatte, wie hinterhältig Vollendete Leere sie zu manipulieren versuchte, war sie zutiefst gekränkt über sein unverschämtes Ansinnen.

»Ihr habt mich missverstanden, Majestät. Ich habe es nur gut gemeint, als ich herkam, um mit Euch über dieses Thema zu reden«, entgegnete der Abt verkniffen, ehe er sich zurückzog. Wu Zhao zerbrach wütend einen dünnen Zweig, der von einem der Bäume gefallen war.

Um ihre Bestürzung zu lindern, hastete die Kaiserin in den Park, um Juwel und Lotos an ihr Herz zu drücken, doch die Kinder waren bereits fort.

Der von einem Novizen gezogene Karren verschwand gerade, gefolgt von der hohen Gestalt des großen Meisters des Dhyana, durch das Tor des Sommerpalasts.

Wie immer in schwierigen Situationen musste sich Wu Zhao ihrem Schicksal alleine stellen.

Als sie in der Abenddämmerung auf einer eleganten steinernen Bank in dem kleinen Marmorpavillon saß, in den sie Sängerinnen und Tänzerinnen hatte kommen lassen, konnte auch die Musik sie nicht von den Ereignissen dieses Tages ablenken: von Juwels Sturz in den Le über die Entdeckung der acht Felsen im Flussbett bis hin zu der unglaublichen Enthüllung von Vollendete Leere, dass er Umara gefangen hielt!

Sie war sogar zu durcheinander gewesen, um die Amme zu besuchen, die sich um ihren Jüngsten, den kleinen Li Xian, kümmerte. Sie schenkte ihm weniger Aufmerksamkeit als den Himmlischen Zwillingen, als ahnte sie bereits, dass ihre eigenen Nachkommen sie enttäuschen und ihr keine große Hilfe bei der Verwirklichung ihrer Pläne sein würden, schlimmer noch, dass ihre Kinder sie in gewisser Weise sogar dabei behindern und sie dadurch zwingen würden, sie unbarmherzig aus dem Weg zu räumen.

2

Turfan, in der Seidenmanufaktur der Manichäer

»Bravo, Speer des Lichts! Ich sehe mit Freude, dass du nicht lange gebraucht hast, um wieder aufzubauen, was die Tujue so leichtfertig zerstört haben! Bald können die Manichäer endlich wieder Seide weben.«

Dieses Kompliment kam von dem buddhistischen Mönch Dolch der ewigen Wahrheit, der genüsslich das kleine Stück grüner Seide betrachtete, das Speer des Lichts ihm stolz hinhielt.

Der Brokatstoff glänzte in der Sonne wie das Wasser eines Sees, da auf dem Webstuhl ein zusätzliches mit Silberfaden bestücktes Schiffchen zum Einsatz gekommen war.

»Bis jetzt hat sich noch kein Tujue bei uns gemeldet, um auch nur ein Stück Seide zu bekommen«, antwortete der Kuchaner zweifelnd.

»Hab nur Geduld. Sobald deine Produktion wieder angelaufen ist, wird sich die Kunde davon über die ganze Seidenstraße verbreiten. Du kannst mir glauben: Es gibt keinen besseren Weg, wie eine Nachricht zu ihrem Empfänger gelangt«, beruhigte ihn der Mönch aus Peshawar.

Dolch der ewigen Wahrheit spielte damit auf das Argument an, mit dem er den jungen Kuchaner manichäischen

Glaubens überzeugt hatte, in Turfan zu bleiben, statt sich Hals über Kopf an die Verfolgung seiner Frau Jademond zu machen, deren Entführer auf ihren pfeilschnellen Pferden so schnell vorankamen, dass kaum Hoffnung bestanden hätte, sie jemals einzuholen.

Tatsächlich war es ihm nicht allzu schwer gefallen, Speer des Lichts davon abzubringen, aufs Geratewohl in eine Stadt zu reisen, von der er gerade einmal den Namen kannte.

Zwar hatte der Anführer der plündernden Horden verkündet, er werde nach dem Raub der jungen Frau nach »Bagdad am Ufer des Tigris« reiten, doch Speer des Lichts wusste nicht einmal mit Bestimmtheit, ob das nicht ein Scherz gewesen war.

Mühsam hatte er all seine geographischen Kenntnisse zusammengeklaubt und war zu dem Schluss gekommen, dass Bagdad das Ende der Welt sei, auch wenn die Stadt noch vor Palmyra und weit vor dem westlichen Ende der Seidenstraße lag, die – so hatte man es ihn in der Schule gelehrt – in der Hafenstadt Beirut endete!

Daher hatte es der junge Manichäer für klüger gehalten, sich auf die Möglichkeit zu konzentrieren, die der Mönch aus Peshawar ihm in den leuchtendsten Farben ausgemalt hatte: Er sollte Jademond von den Tujue zurückkaufen, indem er das Gewicht der jungen Frau mit Seide aufwog.

Solche Geschäfte waren keine Seltenheit zwischen den Tang und den Tujue, und der Austausch von Geiseln war weit verbreitet.

Die liebenswürdige Art der beiden Mönche des Kleinen Fahrzeugs hatte Jademonds Gemahl vollends überzeugt, dass es vernünftiger war, in Turfan zu bleiben, wo er alles darangesetzt hatte, die Seidenraupenzucht wieder aufzunehmen.

»Nur Geduld! Ich bin sicher, dass die Räuber irgendwann hier auftauchen werden! Der Erhabene wacht über dich!«, beteuerte der oberste Gehilfe des verschwundenen Abtes aus Peshawar unablässig, wenn er im Gesicht von Speer des Lichts die ersten Anzeichen von Mutlosigkeit entdeckte.

Fünf Männer plauderten an diesem Nachmittag in dem sorgfältig wieder instand gesetzten Maulbeerbaumgewächshaus, wo die beschädigten Pflanzen in neuen Krügen gediehen: der *ma-ni-pa,* Speer des Lichts, Dolch der ewigen Wahrheit, Heiliger Achtfacher Pfad und Fünffache Gewissheit. Sie tranken Aprikosensaft, den Fünffache Gewissheit, der ehemalige Mönch des Mahayana, aus einem Krug schöpfte, in dem er reife Früchte, die ihm der Besitzer eines Obstgartens geschenkt hatte, zerdrückt und anschließend mit frischen Pfefferminzblättern vermischt hatte. Zu seinen Füßen lag die von der Hitze völlig benommene Hündin Lapika und bewegte sich nicht.

Gerade jetzt im Hochsommer war es besonders angenehm, sich im Schatten der glänzenden Blätter der Maulbeerbäume zu entspannen, wenn die Hitze im Gewächshaus der Kirche des Lichts allmählich abzuflauen begann.

Außerdem hatten so alle Gelegenheit festzustellen, dass die Qualität des gezwirnten Seidenfadens und der gewebten Stoffe dank des Geschicks und der Beharrlichkeit von Speer des Lichts mit jedem Tag besser wurde.

»Ich bin zwar kein Experte, aber die Qualität dieses grünen Seidenbrokats scheint mir an die Gipfel der Berge im Reich Bod heranzureichen! Kaiserin Wu Zhao wird eine freudige Überraschung erleben, wenn der *ma-ni-pa* ihr den ersten Ballen davon bringt!«, lobte Fünffache Gewissheit begeistert, als er Speer des Lichts den Stoff zurückgab, den dieser ihm zur Begutachtung gereicht hatte.

Mit seinen Maulbeerbaumkübeln und den Regalen voller sorgsam an getrockneten Heidekrautzweigen befestigten Kokons bildete das Gewächshaus das Herzstück der heimlichen Seidenmanufaktur. Inzwischen arbeitete sie dank der rund zwanzig Männer, die Speer des Lichts befehligte wie eine regelrechte kleine Armee, wieder mit voller Kraft.

Von morgens bis abends hörte man das Klappern der drei etwas groben, aber funkelnagelneuen Webstühle, die unter der Anleitung des Persers Azzia Moghul zusammengebaut worden waren. Sie standen in einem neu errichteten Nebengebäude und produzierten von Tag zu Tag festere feine, schillernde Seide.

Natürlich war es immer noch kein glänzender Moiré, wie er im Tempel des Unendlichen Fadens in Chang'an gewebt wurde, aber ein Brokat von hervorragender Qualität, der sich in Zentralchina problemlos verkaufen lassen würde.

»Als unbeteiligter Zuschauer kann ich dir versichern, Speer des Lichts, dass eure Seide bald mit den schönsten chinesischen Geweben mithalten kann!«, setzte Dolch der ewigen Wahrheit liebenswürdig hinzu.

»Ich kann mich den Worten von Dolch der ewigen Wahrheit nur anschließen«, warf auch Heiliger Achtfacher Pfad ein, der stets alles zu bekräftigen pflegte, was sein Glaubensbruder von sich gab.

»Wenn es Hort der Seelenruhe jetzt noch gelingt, Wu

Zhao davon zu überzeugen, uns einen chinesischen Baumeister zu schicken, der in der Lage ist, einen Moiré-Webstuhl zu konstruieren, haben wir es geschafft!«, schloss Speer des Lichts.

Denn drei Monate zuvor hatte sich der Große Vollkommene der Kirche des Lichts von Turfan auf den Weg nach Chang'an gemacht. Trotz der Plünderung des Gewächshauses durch die Tujue hatte Hort der Seelenruhe in vollem Vertrauen darauf, dass Speer des Lichts den Wiederaufbau bewerkstelligen würde, und bestärkt durch jenen kaiserlichen Erlass, mit dem der Manichäismus im chinesischen Reich ausdrücklich erlaubt wurde, an der Reise festgehalten.

»Was die Farbe angeht, gebührt das Lob Fünffache Gewissheit!«, erklärte der Manichäer. »Er versteht sich auf die Mischung der Farbstoffe inzwischen genauso gut wie die Färbermeister im Tempel des Unendlichen Fadens in Chang'an. Ohne ihn wären wir immer noch bei diesen fahlen Halbtönen, von denen wir alleine einfach nicht weggekommen sind.«

Um sich von der Angst und Trauer abzulenken, die sie nach dem Verschwinden ihrer beiden Frauen zu überwältigen drohte, hatten sich der Buddhist und der Manichäer mit Feuereifer an die Seidenherstellung gemacht, die mittlerweile den größten Teil ihrer Zeit beanspruchte.

Sie verbrachten Stunden damit, zu überwachen, wie der rohe, vom Kokon abgehaspelte Faden sich in einen weich fließenden Stoff verwandelte, dessen goldbraun schimmernder Glanz dem Auge einen unvergleichlichen Genuss bescherte, während seine Zartheit alle Hände überraschte, die zum ersten Mal danach griffen.

Die Seide lenkte sie von ihrem Unglück ab, und sie dachten nicht unablässig an ihre geraubten Frauen.

Es war inzwischen sechs Monate her, seit Fünffache Gewissheit in Turfan angekommen war, nachdem er sich im letzten Moment aus den sinnlichen Umarmungen, den erfahrenen Händen und vor allem von der glühenden Zunge der schönen jungen Bön-Priesterin Yarpa losgerissen hatte.

Es war ihm nicht leicht gefallen.

Seit dem Tag, an dem er beschlossen hatte zu gehen, bis zu dem, als er seinen Entschluss endlich umgesetzt hatte, waren mehrere Wochen vergangen, in denen die schöne Tibeterin all ihre Reize aufgeboten hatte, um ihn an ihrer Seite zu halten.

Sie hatte nichts ausgelassen.

Ihre Zauber hatten alle Grenzen des Schicklichen überschritten und den armen Fünffache Gewissheit immer wieder gezwungen, die unwiderrufliche Entscheidung, tatsächlich aufzubrechen, auf den nächsten Tag zu verschieben.

Jeden Abend war sie splitternackt zu ihm auf sein Lager gekommen, wo sie mit präzisen Gesten und verheißungsvollen Stellungen im Handumdrehen das unlöschbare Feuer entfachte, das stets in ihm schlummerte.

Und indem sie ihm unumwunden und ohne das geringste Zögern ihre sorgsam mit Yakbutter eingecremte hintere Pforte darbot, während sie gleichzeitig seine Hände auf die harten, bebenden Knospen ihrer Brüste presste und sich wild in den Hüften zu wiegen begann, ehe sie sich in eine kurze, aber stürmische Ekstase fallen ließ, gelang es ihr immer wieder, ihn daran zu hindern, sich von ihr loszureißen.

Jedes Mal beschloss er, alle Scham hinter sich lassend,

noch einen Tag länger zu bleiben, und jedes Mal schwor er sich, dass die nächste Umarmung endgültig die letzte sein würde.

Doch am nächsten Tag begann das Spiel wieder aufs Neue, noch erregender als tags zuvor.

Bis zu jenem letzten Abend, als Fünffache Gewissheit mit einem Mal erkannte, dass er sofort aufbrechen musste, wenn er nicht den Rest seines Lebens bei ihr verbringen wollte.

Noch benommen von der Befriedigung, die Yarpas unbeschreibliche Umarmung ihm geschenkt hatte, blickte er, vor sich hin dösend, zur Rundholzdecke über dem Bett auf, nachdem die Tibeterin erschöpft in seinen Armen eingeschlafen war.

Da hatte er plötzlich in einem gleißenden Lichtkranz Umaras Gesicht vor sich gesehen.

Wie eine göttliche Erscheinung sah ihn seine Geliebte lächelnd an.

Glücklich hatte er sie betrachtet und dabei ihren Namen geflüstert.

In ihren Augen glaubte er einen Anflug von Verwunderung, Traurigkeit oder sogar Wehmut zu erkennen, so als ahnte sie etwas.

Da hatte sich Yarpa im Schlaf bewegt, und ihre Finger waren auf seinem Bauch zu liegen gekommen, woraufhin er wieder das typische Kribbeln verspürt hatte, das stets dem Aufrichten seines Jadestabs vorausging.

Wieder hatte er den Blick zur Zimmerdecke erhoben.

Doch Umaras schönes Gesicht mit den verschiedenfarbigen Augen war verschwunden, und er hatte verstanden, dass er sie verlieren würde, wenn er zu lange wartete.

Daraufhin war Fünffache Gewissheit aus dem Bett geglitten, hatte lautlos seine Sachen zusammengesucht und schließlich eine Enzianblüte neben die schlafende Tibeterin gelegt, die er draußen in der dunklen Nacht gepflückt hatte. Wie ein Dieb hatte sich der einstige Gehilfe von Vollendete Leere auf Zehenspitzen aus dem Refugium der Bön-Priesterin gestohlen, gefolgt von Lapika, die es kaum erwarten konnte, wieder über die von tausend Bächen durchzogenen endlosen Wiesen zu tollen. Er hatte sich nicht einmal mehr umschauen können, so schwer war ihm das Herz bei diesem Abschied.

Endlich den samtenen Klauen dieser betörenden Frau entronnen, hatte er ohne nachzudenken immer nur einen Fuß vor den anderen gesetzt, denn er war davon überzeugt, dass dies der einzige Weg sei, Yarpa zu entkommen.

Dann hatte er beschlossen, nach Turfan zu gehen und dort nach Speer des Lichts zu suchen, dem jungen Kuchaner manichäischen Glaubens, dem er vor zwei Jahren in der Nähe des Jadetors begegnet war.

Knapp dreieinhalb Monate hatte Fünffache Gewissheit gebraucht, um von Yarpas Dorf im tiefsten Tibet die Oase an der Seidenstraße zu erreichen, in der sich die Manichäer niedergelassen hatten.

Der langjährige Anhänger der Kampfkünste, der immer noch über seine ganze körperliche Kraft verfügte, hatte es so eilig, dass er beschloss, die unfehlbare Methode der Fußsoldaten einiger Eliteregimenter zu übernehmen, die darin bestand, abwechselnd zu laufen und zu gehen.

Wie gigantische Treppenstufen schienen die Weiten, die den Wanderer aus dem unwirtlichen Gebirge des Dachs der Welt hinab zum heiteren Strom der Obstgärten und

Weinberge von Turfan führten, die wie durch ein Wunder inmitten der Wüste auftauchten. Fünffache Gewissheit war mager wie ein Windhund, als er nach endlosen Tagen schließlich sein Ziel erreichte.

In Turfan hatte er mühelos das Maulbeerbaumgewächshaus gefunden, wo er Speer des Lichts angetroffen hatte, der gerade seine in Kübeln stehenden Bäume goss.

Beim ersten Blick auf das Gesicht des jungen Manichäers hatte Fünffache Gewissheit erkannt, dass etwas nicht stimmte. Speer des Lichts hingegen hatte neugierig die in Lumpen gehüllte Gestalt gemustert, deren Umrisse sich in der Türöffnung abzeichneten. Da sie im Gegenlicht stand, hatte er ihr Gesicht zunächst nicht sehen können, doch schon bald hatte er die geschlitzten Augen, den freundlichen Blick und das offene Lächeln wiedererkannt.

»Fünffache Gewissheit, komm doch herein! Willkommen in Turfan! Welch himmlische Überraschung! Gelobt sei Mani, der deine Schritte hierhergeführt hat, mein Bruder!«, hatte er gerufen, sobald ihm klar geworden war, wer dort vor ihm stand.

Für sie beide bedeutete dieses Wiedersehen nach ihrer einzigen, zwei Jahre zurückliegenden Begegnung in der Nähe des Jadetors, als sie einander geschworen hatten, eines Tages wieder zusammenzukommen, eine große Freude.

»*Om!* Was sehe ich denn da? Fünffache Gewissheit, was für eine schöne Überraschung! Was machst du denn hier? Ich dachte, du wärst mit Umara in Chang'an!«, hatte auch der *ma-ni-pa* gerufen, der aus dem hinteren Teil des Gewächshauses herangelaufen kam, wo er die Seidenballen nach Farben sortiert hatte.

»Das ist eine lange Geschichte. Und eine traurige obendrein. Umara ist fort, sie ist aus Samye verschwunden! Seitdem suche ich vergeblich nach ihr«, hatte der Geliebte der jungen Frau gestöhnt und war in Tränen ausgebrochen.

»Was ist denn passiert?«

»Ich habe nicht die leiseste Ahnung! Ich habe mit Lapika einen Spaziergang gemacht, und als ich zurückkam, war Umara nicht mehr da!«

»Sie ist doch bestimmt nicht freiwillig weggegangen!«, hatte Speer des Lichts überrascht entgegnet.

»Natürlich nicht. Sie wurde entführt, und ich habe sogar eine ziemlich genaue Vorstellung davon, welcher Schurke sie verschleppt hat!«, hatte Fünffache Gewissheit erwidert und dabei die Fäuste geballt.

Wenn sich Staubnebel in seiner Reichweite befunden hätte, hätte er ihn ohne Zweifel windelweich geprügelt, so fest war er davon überzeugt, dass der junge Chinese für diese Missetat verantwortlich war!

»Mir geht es auch nicht besser. Ein Trupp Tujue hat mir vor sechs Monaten Jademond geraubt, und seitdem habe ich nichts mehr von ihr gehört!«, hatte ihm Speer des Lichts bekümmert anvertraut.

»Wohin haben sie sie gebracht?«

»Nach Bagdad, ans Ufer des Tigris! Das hat zumindest der Kerl behauptet, der mir ihr Anführer zu sein schien!«

Dann hatten die beiden einsamen Freunde sich ausführlich ihre jeweilige Geschichte erzählt. Ihr Blick war dabei von jener Traurigkeit verhangen, die sie nicht mehr verscheuchen konnten, seit sie ihre Frauen verloren hatten.

»Es tut mir so furchtbar leid für dich! Das Schicksal hat

uns beide zur gleichen Zeit und auf die gleiche Weise geschlagen! Es scheint tatsächlich so, als verliefen unsere Lebenswege vollkommen parallel«, hatte der Manichäer mit feuchten Augen festgestellt.

»Und ich hatte so gehofft, mich an eurem Glück erfreuen zu können. Wenn du wüsstest, wie traurig ich für euch bin!«, hatte Fünffache Gewissheit entgegnet, während ihm die Tränen übers Gesicht liefen. »Aber ich bin sehr froh darüber, jetzt bei dir zu sein. Hier werde ich den Mut und den Trost finden, die mir bisher so fehlten. Das Mitgefühl des Erhabenen umhüllt mich immer noch mit seinem sanften Licht!«

»Ich bin genauso glücklich wie du! Der Prophet Mani hatte Erbarmen mit seinem verzweifelten Sohn!«, hatte der junge Kuchaner liebenswürdig geantwortet.

Von ihren Gefühlen überwältigt, fielen sich die beiden Männer ohne ein weiteres Wort in die Arme.

Als Speer des Lichts Fünffache Gewissheit durch seine Anlagen führte, sah dieser plötzlich freudig überrascht Buddhabadras obersten Gehilfen über die Schwelle des Gewächshauses treten.

»Es ist mir eine Freude, dir den Mönch des Kleinen Fahrzeugs Dolch der ewigen Wahrheit aus dem Kloster vom Einen Dharma in Peshawar vorzustellen! Er war es, der mich davon überzeugt hat, hierzubleiben und die Seidenproduktion nach dem Überfall der Tujue wieder in Gang zu bringen!«, erklärte Speer des Lichts, um die beiden miteinander bekanntzumachen.

Fünffache Gewissheit wartete nicht, bis der Manichäer seinen Satz beendet hatte, sondern fiel seinem alten Gefährten aus unglücklichen Tagen um den Hals, der sich damals so selbstlos bereit erklärt hatte, bei ihm zu bleiben, als Fünffache Gewissheit zusammen mit dem *ma-ni-pa* und den Himmlischen Zwillingen von den persischen Räubern gefangen gehalten worden war.

»Ich kenne ihn doch schon längst! Dolch der ewigen Wahrheit ist ein sehr lieber Freund von mir! Er hat mir in Dunhuang geholfen, den persischen Räubern zu entkommen, die die Himmlischen Zwillinge in ihre Heimat bringen wollten, wo es den Brauch gibt, Geschwister miteinander zu verheiraten!«, rief der Anhänger des Mahayana, den beim Anblick seines Freundes unvermittelt eine riesige Freude erfasste.

»Offensichtlich war es der Wille des Erhabenen, dass sich unsere Wege erneut kreuzen sollten! Darf ich dir meinen Bruder Heiliger Achtfacher Pfad vorstellen, der mich aus Peshawar hierher begleitet hat und sich dennoch nicht auf fremdem Boden befindet, denn er wurde in Turfan geboren!«, entgegnete der verblüffte oberste Schüler von Abt Buddhabadra und winkte Heiliger Achtfacher Pfad näher heran.

»Ich werde niemals vergessen, dass du bereit warst, deine Suche nach Buddhabadra aufzugeben, um mich zu begleiten. Du warst ein treuer Gefährte in schrecklichen Zeiten. Ich wage zu hoffen, dass du in der Zwischenzeit endlich etwas über den Verbleib deines Abtes erfahren hast«, sagte Fünffache Gewissheit mit zitternder Stimme.

»Nicht das Geringste! Aber ich gebe nicht auf. Irgendwann werde ich ihn schon finden. Ich hoffe nur, dass er gesund ist«, antwortete Dolch der ewigen Wahrheit leise.

Fünffache Gewissheit, der wusste, welch finsteres Schicksal Buddhabadra erlitten hatte, zögerte nicht lange, seinem Freund die Wahrheit sagen.

Er konnte Dolch der ewigen Wahrheit unmöglich anlügen oder ihm gar falsche Hoffnungen machen, indem er ihm beipflichtete.

»Ach, mein Bruder, Buddhabadra ist tot. Ein gewisser Verrückte Wolke hat ihn auf schändlichste Weise ermordet!«, erklärte er daher mit gepresster Stimme, nachdem er all seinen Mut zusammengenommen hatte.

»Das kann doch nicht sein!«, stieß Dolch der ewigen Wahrheit hervor. Sein Gesicht war bleich geworden wie der Kokon eines Seidenspinners.

»Ich habe es von dem einzigen Zeugen dieser grausigen Szene selbst erfahren!«

»Wer war das? Ich will sofort mit ihm reden. Ich muss ganz genau wissen, was passiert ist. Auch wenn der Erhabene Gewaltlosigkeit und den Verzicht auf Rache predigt, kann ich nicht hinnehmen, dass so ein Verbrechen ungesühnt bleibt!«

»Es handelt sich um Umara! Die Ärmste hat alles mit angesehen!«

»Umara ist Buddhabadra vor seinem Tod begegnet?«, rief Dolch der ewigen Wahrheit ungläubig.

»Ja, und sie hegt an diesen Vorfall äußerst schmerzliche Erinnerungen. Ich hoffe sehr, dass sie eines Tages die Gelegenheit haben wird, dir selbst zu erklären, wie alles geschehen ist«, antwortete Fünffache Gewissheit, ehe er schilderte, was die junge Frau in die verfallene Pagode in der Nähe von Dunhuang geführt hatte, wo der Unschätzbare Abt vom Kloster des Einen Dharma im Verlauf jenes blutigen Rituals von Verrückte Wolke getötet worden war.

»Der Name, den du gerade genannt hast, kommt mir bekannt vor!«, mischte sich plötzlich Speer des Lichts ein, als Fünffache Gewissheit geendet hatte.

»Das ist ja nicht zu fassen! Hast du Buddhabadra etwa auch gesehen?«, rief Dolch der ewigen Wahrheit.

»Ich erinnere mich daran, dass ich vor meiner Abreise nach Chang'an genau hier von einem Inder dieses Namens angesprochen wurde. Er war auf der Schwelle des Gewächshauses ausgerutscht, nachdem er mit mir zusammengestoßen war, als ich gerade herauskam, und hatte sich beim Sturz die Augenbraue aufgeschlagen. Ich habe seine Wunde versorgt!«

Nach und nach kam ihm der Vorfall, dem er damals so wenig Beachtung geschenkt hatte, wieder in den Sinn.

»Hatte er eine dunkle Hautfarbe? Trug er einen silbernen Ring im linken Ohr?«, erkundigte sich der oberste Gehilfe des verschwundenen Abts hektisch.

»Jetzt, wo du es erwähnst, erinnere ich mich daran, dass dieser Mann eine sehr dunkle Haut und ein kahl geschorenes Haupt hatte. Und er trug tatsächlich einen Ring im Ohr!«

»Was hat er zu dir gesagt? Wo wollte er hin? Was hat er hier gemacht?«, fragte Dolch der ewigen Wahrheit mit wild klopfendem Herzen weiter.

Er machte sich bitterste Vorwürfe wegen seiner Verschwiegenheit, die auch durch seinen Widerwillen bestimmt gewesen war, erneut über Buddhabadras unerklärliches Verschwinden und all die Fragen nachzudenken, die es hinsichtlich der Loyalität und Integrität des Abtes vom Kloster des Einen Dharma in Peshawar aufwarf!

Denn deshalb hatte Dolch der ewigen Wahrheit entgegen aller Erwartung Buddhabadras Namen in Gegenwart von Speer des Lichts bisher kein einziges Mal erwähnt!

Doch in Anbetracht der schrecklichen Neuigkeit, die er von Fünffache Gewissheit erfahren hatte, war nun keine Zeit mehr für Reue. Das Einzige, was jetzt noch zählte, war die Antwort auf die drängende Frage, die er dem Manichäer gestellt hatte.

»Er wollte genau das Gleiche wie du: Seide! Er hat mir versichert, dass ich es nicht bedauern würde, wenn ich ihm Seide liefern würde. Zumindest waren das seine Worte, bevor er wieder ging. Er wirkte zufrieden, nachdem er sich meine Anlagen ganz genau angeschaut hatte. Zum Schluss sagte er noch, dass er bald wiederkommen würde«, erklärte der junge Manichäer, verblüfft über seine allmählich wiederkehrenden Erinnerungen an diese zufällige Begegnung.

»Buddhabadra wollte also wieder hierher zurückkommen?«, hakte Heiliger Achtfacher Pfad nach.

»Ganz genau. Aber seit jenem Tag habe ich ihn nicht mehr gesehen! Jetzt fällt mir auch wieder ein, dass er mich schwören ließ, niemandem etwas von unserer Begegnung zu verraten«, schloss Speer des Lichts.

»Hat Buddhabadra womöglich auch versucht, im Austausch gegen Seide eine heilige Reliquie zu beschaffen, bevor er von Verrückte Wolke ermordet wurde?«, fragte sich Heiliger Achtfacher Pfad, um das drückende Schweigen zu brechen, das sich auf sie herabgesenkt hatte.

Die Worte des in Turfan geborenen Mönchs bewogen Dolch der ewigen Wahrheit dazu, Speer des Lichts und Fünffache Gewissheit von dem Handel zu erzählen, den sie Himmlische Segnungen, dem Abt des Mahayana-Klosters von Turfan, vorschlagen wollten. In diesem Kloster wurde nämlich der Heilige Fingernagel des Erhabenen aufbewahrt. Sie wollten ihn gegen Seide eintauschen, die das Kloster benötigte, um daraus die Banner zu nähen, vor denen die Mönche ihre Sitzmeditation praktizierten.

»Jetzt verstehe ich endlich, warum du so großen Wert darauf legst, dass unsere Seide so schön wie möglich wird! Warum hast du mir das denn nicht schon früher gesagt?«, rief der manichäische Seidenraupenzüchter.

»Ich habe nicht gewagt, dir von unseren Plänen zu erzählen, weil ich befürchtete, anmaßend oder vielleicht sogar ein wenig lächerlich zu erscheinen«, rechtfertigte sich Buddhabadras oberster Gehilfe verlegen.

»Wenn ich das richtig sehe, ist euer Auftragsbuch mit Kaiserin Wu Zhao, Vollendete Leere und jetzt auch noch Himmlische Segnungen ja bestens gefüllt!«, setzte Fünffache Gewissheit scherzhaft hinzu und lockerte damit die bedrückte Atmosphäre wieder ein wenig auf.

Und dass schließlich der *ma-ni-pa* aus lauter Freude darüber, seinen alten Weggefährten wiederzusehen, nicht länger stillhalten konnte und aufsprang, um Fünffache Gewissheit um den Hals zu fallen, wobei er mit einem lauten *»Om!«* gegen einen Maulbeerbaumkübel stolperte, heiterte sie endgültig wieder auf.

So hatten sich im Gewächshaus der Manichäer außergewöhnliche Schicksale zusammengefunden, die von nicht weniger außergewöhnlichen Umständen dorthin geführt worden waren. Und diese hatten aus den fünf Männern von so unterschiedlicher Rasse und Religion eine Gemeinschaft geschmiedet, die sich auch im Angesicht widriger Geschicke nie wieder auflösen sollte.

Es waren die Tragödien, die unverdient über sie hereingebrochen waren und sie alle gezwungen hatten, die ausgetretenen Pfade zu verlassen, die sie einander angenähert und wie Waffenbrüder zusammengeschweißt hatten.

Denn welche Gemeinsamkeiten gab es schon zwischen Fünffache Gewissheit, Speer des Lichts, Dolch der ewigen Wahrheit, dem *ma-ni-pa* und Heiliger Achtfacher Pfad, abgesehen davon, dass sie sich alle im Maulbeerbaumgewächshaus von Turfan befanden, während normalerweise doch nur einer von ihnen dort sein sollte?

Wie die Finger einer Hand arbeiteten die fünf Männer von da an zusammen in der notdürftig aufgebauten Seidenmanufaktur, ganz auf das eine Ziel ausgerichtet, Seide herzustellen, die den Vergleich mit der aus den besten Manufakturen Zentralchinas nicht zu scheuen brauchte; ein Gewebe, das mit jenen Ballen wetteifern würde, die ausschließlich für den Kaiser der Mitte bestimmt waren.

Nach einigen Monaten in Turfan war auch Fünffache Gewissheit zu einem Fachmann auf dem Gebiet der Seide geworden.

Er lernte, die Seidenspulen in dem entsprechenden Holzrahmen zu verkreuzen, senkrecht für die Kette und waagrecht für den Schuss, und vor allem die Kette so in den eigentlichen Webstuhl einzuspannen, dass er eine bestimmte Webart erzielte. Dadurch entstanden aus den gleichen Fäden Stoffe von höchst unterschiedlichem Aussehen: Tafte, Musseline, Organdys, Satins, bei denen die Bindungspunkte kaschiert blieben, Kreppstoffe, deren Fäden besonders stark gedreht waren, und nicht zu vergessen Shantung, immer noch das Privileg der chinesischen Weber und äußerst schwierig nachzuahmen.

Trotz der ständigen Aufmerksamkeit, die sein neuer Beruf von ihm verlangte, gelang es dem ehemaligen Mönch des Mahayana nicht, Yarpas Bild aus seinem Geist zu vertreiben. Er bemühte sich, so wenig wie möglich an die schöne Tibeterin zu denken und daran, wie sie reagiert haben mochte, als sie feststellte, dass er verschwunden war und ihr als einziges Andenken eine Enzianblüte auf dem Kopfkissen zurückgelassen hatte.

Hatte er etwa sein Glück aufgegeben, um weiter Luftschlössern nachzujagen? Immer wenn ihn solche heimtückischen Zweifel beschlichen, versuchte Fünffache Gewissheit mit allen Mitteln, sich davon abzulenken, das Für und Wider seines Verhaltens abzuwägen. War Reue nicht das Zerstörerischste, das einen Menschen heimsuchen konnte? War es nicht die sinnloseste Überlegung überhaupt, sich vorzustellen, wie sein Leben aussehen würde, hätte er sich anders entschieden? War es nicht besser, in die Zukunft zu schauen, statt sich in Bedauern und wilden Spekulationen zu verlieren? Und sollte er nicht lieber alles dafür tun, dass das Morgen die bösen Erinnerungen an das Gestern auslöschte?

Das zumindest waren die Prinzipien, an die Fünffache Gewissheit sich zu klammern versuchte, um nicht in völlige Verzweiflung abzugleiten.

Oft zog er sich vor dem Schlafengehen mit Speer des Lichts zurück, um mit ihm über Umara zu reden. Dabei bemühten sich die beiden Männer, einander gegenseitig Hoffnung zu machen. Und indem sie dem anderen immer mehr über ihre Liebste erzählten, bewiesen sie – falls es eines solchen Beweises noch bedurft hätte –, dass sie immer noch ihr Herz ausfüllte.

Zusammen malten sie sich aus, wie es hätte anders kommen können, und schmiedeten tausend Pläne, wie sie die Frau ihres Lebens wiederfinden wollten.

In dieser Hinsicht hatten sie sich rasch darauf geeinigt, dass es das Beste sei, abzuwarten, bis die Qualität ihrer Seide gut genug war, um Kaiserin Wu vorgelegt zu werden. Dann wollten sie die Herrscherin persönlich aufsuchen und ihr mit tief empfundenen Worten ihre Situation schildern.

Denn wer wäre wohl eher in der Lage, ihnen dabei zu helfen, Jademond und Umara wiederzufinden?

Schließlich brauchte sie ihrer Geheimpolizei lediglich die entsprechenden Befehle zu erteilen, und schon würde sie alles über das Schicksal der beiden Frauen erfahren. Sie ahnten ja nicht, dass Wu Zhao nicht nur gar keinen Zugriff auf die Augen und Ohren des Reichs hatte, sondern darüber hinaus selbst unter ständiger Überwachung durch das Kaiserliche Zensorat stand. Sie waren davon überzeugt, dass in einem so sehr von obrigkeitlicher Kontrolle geprägten Land der allmächtigen Kaiserin nichts entgehen konnte.

Ihrer Ansicht nach handelte es sich also bloß noch um ein paar Monate, so lange, wie sie brauchen würden, um die erforderliche Perfektion beim Weben und Färben der Seide zu erreichen.

Ihre wilden Hoffnungen wurden jedoch bitter enttäuscht, als eines Morgens, kurz vor dem Eintreffen der Arbeiter der heimlichen Manufaktur, eine Schar Bewaffneter in der Uniform der chinesischen Ordnungshüter in das Gewächshaus stürmte und den langen Tisch umwarf, auf dem der *ma-ni-pa* gerade das neueste Muster aus einem der Webstühle zur Begutachtung ausgebreitet hatte.

Es dauerte eine Weile, bis die Männer im Maulbeerbaumgewächshaus realisierten, dass ihnen gehöriger Ärger ins Haus stand.

Der Zugriff der Ordnungshüter konnte gar nicht ungelegener kommen, denn sie waren alle fünf versammelt, und bevor sie sich auch nur rühren konnten, wurden sie gefesselt.

Der *ma-ni-pa* hatte noch versucht, seinen Ritualdolch aus seinem Futteral zu ziehen, was ihm eine gewaltige Ohrfeige eintrug, ehe er wie die anderen zu Boden geworfen wurde.

»Was hat das zu bedeuten? Ich lebe schon seit Jahren in Turfan, und meine Papiere sind in Ordnung! Mit welchem Recht dringt Ihr hier ein?«, protestierte Speer des Lichts ungestüm.

»Wir haben einen von Gouverneur Hong dem Roten unterzeichneten Vorführungsbefehl!«, erklärte der Anführer der Ordnungshüter und hielt dem Manichäer ein langes, mit offiziellem Siegel versehenes Blatt Papier vor die Nase, auf dem, wie Fünffache Gewissheit mit Entsetzen feststellte, ihre Namen standen.

»Ihr befindet Euch hier in den Räumlichkeiten der Kirche des Lichts, der der Aufenthalt auf chinesischem Gebiet offiziell gestattet wurde!«, widersprach Jademonds Gemahl erbleichend.

»Aber ihr widmet euch hier verbotenen Aktivitäten. Wir beobachten euch schon seit geraumer Zeit. Darum ist es uns auch gelungen, euch zu identifizieren. Die ursprüngliche Denunziation bezog sich nur auf zwei Personen mit Namen Dolch der ewigen Wahrheit und Heiliger Achtfacher Pfad«, erklärte der Hauptmann, dessen Lächeln zwei

Zahnreihen enthüllte, die trotz seines jungen Alters bereits vollkommen nutzlos waren.

Sie waren verraten worden!

Aber von wem bloß?

Der zornige Blick von Dolch der ewigen Wahrheit ließ vermuten, dass der oberste Gehilfe des verschwundenen Abtes vom Kloster in Peshawar ahnte, aus welcher Richtung dieser hinterhältige Schlag erfolgt war.

Als man sie wie Mehlsäcke vor den kleinen, dicken Gouverneur mit dem fettigen Haarzopf warf, der in seinen gewaltigen Ebenholzsessel gequetscht saß und Sonnenblumenkerne knabberte, verkündete Hong der Rote ohne Umschweife: »Ich verhafte euch wegen widerrechtlicher Herstellung von Seidenfaden und Seidenstoffen; diese Tätigkeiten sind nach den Gesetzen des Reichs der Mitte verboten. Ein indischer Mönch namens Juwel der reinen Lehre ist eigens aus Peshawar hergekommen, um euch zu denunzieren.«

»Dieser Mistkerl! Ich wusste, dass er hinter dieser Gemeinheit steckt! Dafür hat er die Avici-Hölle verdient!«, entfuhr es Heiliger Achtfacher Pfad.

Dolch der ewigen Wahrheit, der sich größte Vorwürfe machte, dem Verräter das Ziel und den Zweck ihrer Reise enthüllt zu haben, hatte leider richtig vermutet: Es war tatsächlich sein Rivale gewesen, der sich über alle Regeln des Sangha hinweggesetzt hatte und zu einem Denunzianten geworden war.

»Wenn es einen Schuldigen gibt, Gouverneur Hong, dann mich ganz alleine! Möge der Prophet Mani mich auf der Stelle in ein Aschehäufchen verwandeln, wenn diese Männer jemals auch nur einen einzigen Seidenfaden angerührt haben!«, beteuerte Speer des Lichts mit einem Wink zu seinen Freunden hin, fest entschlossen, alle Schuld auf sich zu nehmen, um seinen Gefährten das Leben zu retten.

»Ihr seid zusammen verhaftet worden, jetzt werdet ihr auch zusammen überstellt!«, entschied der Gouverneur kurz angebunden.

Die Ergreifung dieser fünf Männer war seine einzige Heldentat seit Monaten und bedeutete vor allem gegenüber seinen Vorgesetzten ein hochwillkommenes Geschenk des Himmels.

»Wohin denn überstellt?«, fragte Fünffache Gewissheit mit angsterfüllter Stimme.

»Nach Chang'an natürlich! Alle Verbrecher, die sich am Besitz des Kaiserreichs vergreifen, werden dem Zensorat übergeben«, versetzte Gouverneur Hong, nachdem er achtlos die Schale eines Sonnenblumenkerns vor die Füße des ehemaligen Mönchs gespuckt hatte.

»Seht Euch vor, Gouverneur Hong: Ihr seid im Begriff, eine schlimme Ungerechtigkeit zu begehen!«, rief der Manichäer, der sich nach Leibeskräften wehrte, als man ihnen auf Befehl von Hong dem Roten die Füße in Ketten legte.

Nachdem sie ungefähr eine Woche in einer winzigen Arrestzelle geschmort hatten, die so niedrig war, dass sie kaum aufrecht darin stehen konnten, wurden sie rücksichtslos in einen von drei Maultieren gezogenen fahrbaren Käfig gepfercht.

Damit begann für die fünf ein wahres Martyrium.

Denn im Spätsommer und unter diesen Bedingungen – angebunden, ohne sich auch nur einen Zoll rühren zu können, bald unter sengender Sonne, bald in sintflutartigem

Regen den heftigen Winden ausgesetzt – war die Reise über die Seidenstraße von Turfan bis zum Jadetor in der Großen Mauer eine regelrechte Tortur, vergleichbar mit der Passion des Mani für die Manichäer oder der Jesu Christi für die Christen.

Sie konnten kaum den Kopf zur Seite drehen, wenn sie an den winzigen Festungen in der Wüste vorbeikamen, lauter Gefängnissen, aus denen niemand fliehen konnte. Dennoch sahen sie, wie die dorthin deportierten Mandarine, einem entsetzlichen Brauch folgend, mit aller Kraft einen kleinen Stein gegen die westliche Wallmauer der Festung schleuderten, in die sie bis an ihr Lebensende eingekerkert werden sollten. Denn es hieß, dass, falls der Kiesel zurücksprang, der Verbannte auf ein mildes Urteil hoffen durfte, das es ihm erlauben würde, eines Tages in seine Heimat zurückzukehren, um am Grab seiner Eltern zu beten.

»Wie gerne würde ich auch kleine Kiesel gegen diese Mauern schleudern!«, rief Dolch der ewigen Wahrheit, als er zum ersten Mal das seltsame Verhalten der in Ungnade gefallenen Beamten bemerkte.

»Wenn ich die Wahl hätte, würde ich sie lieber unseren Bewachern an den Kopf werfen!«, schimpfte Speer des Lichts, dessen Kampfgeist trotz der erbärmlichen Bedingungen ihrer Reise ungebrochen war.

Die Spötteleien, Beleidigungen und das Spucken der Kinder in den Dörfern, die sie durchquerten, ließ für das Schicksal, das sie am Ende der Reise erwartete, nichts Gutes ahnen. Aber die Tafeln, die sie wie jeder Verbrecher auf dem Weg zu seinem Urteil um den Hals trugen, forderten die Verachtung und das Misstrauen der Bevölkerung, die bereits durch Plünderer und Ordnungshüter genügend in Angst und Schrecken versetzt wurde, ja auch geradezu heraus. Alle sahen in diesen aufrecht stehenden Männern mit den an den Bambusstäben ihres rollenden Käfigs festgebundenen Händen, den in Ketten steckenden Füßen, den bleichen, eingefallenen, verdreckten Gesichtern und den von weißen Schweißkrusten umrandeten Augen nichts als gewöhnliche Diebe, deren Köpfe nicht mehr lange auf ihren Schultern sitzen würden. Denn von den rund fünfhundert Artikeln, die das Strafgesetzbuch der Tang bereits umfasste, sahen gut die Hälfte für Verstöße die Todesstrafe vor.

Da der kleine Gouverneur Hong davon überzeugt war, dass dies seiner weiteren Verwaltungslaufbahn ungemein förderlich sein würde, eskortierte er seinen unverhofften Fang persönlich nach Chang'an. Dort wollte er seine Verdienste vor Han Yuan, dem Leiter der Kaiserlichen Kanzlei, herausstreichen, der unter anderem für die Berufung und Beförderung der hundertacht Präfekten und Gouverneure in den verschiedenen Provinzen verantwortlich war. Diese sorgfältig ausgewählten hohen Beamten bildeten das wichtigste Gerüst des dichten Kontroll- und Verwaltungsnetzes, mit dem das gesamte Reichsgebiet seit der Ernennung des ersten kaiserlichen Präfekten durch den ersten Kaiser Qin Shihuangdi überzogen worden war. Zwischen ihnen herrschte ein erbarmungsloser Konkurrenzkampf, denn jeder träumte nur davon, ein bedeutenderes Amt anzutreten.

So auch der Gouverneur von Turfan, der dafür sorgte, dass er gleich am Tag nach seiner Ankunft in Chang'an von Han Yuan empfangen wurde.

Dazu hatte er lediglich dem persönlichen Sekretär des Kanzlers den genauen Grund für seine Bitte um eine Audienz und die Namen der Personen zu nennen brauchen, die er gefasst hatte.

»Mein lieber Gouverneur, da habt Ihr ja einen unverhofften Fang gemacht. Seit Monaten suchen alle Ordnungshüter des Kaiserreichs nach dem ehemaligen Mönch des Großen Fahrzeugs Fünffache Gewissheit und dem Manichäer Speer des Lichts«, begrüßte der fette Han Yuan den kleinen Hong den Roten hocherfreut.

»Der Geist von Meister Kong* war mit mir. Die Verhaftung der fünf Personen erfolgte nach einer äußerst hilfreichen Denunziation!«, entgegnete der eingeschüchterte Gouverneur von Turfan, bevor er sich auf die Zunge biss, aus Furcht, diese ungeschickte Bemerkung könne seine Verdienste schmälern, dank derer er sich in eine Stadt versetzen lassen wollte, die dem Zentrum der Macht näher lag.

»Verrate mir doch einmal, wie du das angestellt hast!«, fuhr der Kanzler fort, dessen Hinterteil wie ein gewaltiges Seidenkissen aus seinem mit ausgesägten Ornamenten verzierten Sessel quoll.

»Eines Tages suchte mich heimlich ein indischer Mönch namens Juwel der reinen Lehre auf und versicherte mir, dass die Manichäer von Turfan widerrechtlich Seide herstellen! Anfangs glaubte ich, einen zwanghaften Lügner vor mir zu haben. Aber dieser Mann beharrte so lange auf seiner Geschichte, bis ich schließlich die Kirche des Lichts überwachen ließ. Nach einigen Tagen stießen meine Männer auf ein Gewächshaus mit Maulbeerbäumen, vor dem

* Konfuzius

ich drei Spitzel postieren ließ. Dann brauchte ich nur noch zu warten, bis diese fünf Männer alle versammelt waren, um sie zu ergreifen, als sie gerade einen Ballen Seide prüften. Glaubt mir, Eure Exzellenz, das war kein Kinderspiel«, erklärte Hong der Rote mit stolzgeschwellter Brust.

»Was ist aus diesem verräterischen Mönch geworden? Hast du ihn verhaften lassen?«

»Leider nicht!«

»Warum denn nicht? Kennst du etwa die Vorschriften nicht: Denunzianten dürfen nicht wieder auf freien Fuß gesetzt werden«, versetzte der Kanzler, der eine gewisse Schadenfreude dabei empfand, die Angst dieses nichtswürdigen Präfekten noch zu steigern.

»Als Lohn für seine Information verlangte er, dass wir ihn gehen ließen! Das Gefängnis des Gouverneurs von Turfan besitzt doch nur einen einzigen Raum, nicht viel mehr als eine Ausnüchterungszelle!«, stammelte der Angegriffene bekümmert.

»Hier halten wir Denunzianten immer fest. Sie verdienen keinerlei Respekt!«, fügte Han Yuan hinzu, ehe er in zweideutigem Ton, um Hong den Roten im Zweifel darüber zu lassen, wie seine Worte zu verstehen waren, fortfuhr: »Was für ein schönes Stück Arbeit!«

»Soll ich das als Lob oder als eine Zurechtweisung auffassen?«, fragte der füllige Gouverneur mit leiser Stimme. Der sadistische Minister hatte ihn völlig aus der Fassung gebracht.

»Deine Gefangenen sind durchaus von großem Wert!«, schloss der Kanzler und brach in Gelächter aus.

»Verdient in diesem Fall nicht jede Mühe ihren Lohn, Eure Exzellenz?«, fragte Hong der Rote daraufhin hastig.

»Damit meinst du wohl eine Beförderung? Du bist inzwischen lange genug auf deinem Posten in Turfan, ist es das, was du damit andeuten willst?«

»Eure Exzellenz verfügen nicht nur über große Intuition, sondern auch über beträchtlichen Scharfsinn!«, rief der kleine Hong in vollem Ernst, hocherfreut darüber, seinen Schnitzer mit einer Schmeichelei wieder wettmachen zu können.

Aber der fette Han Yuan schien diese Bemerkung, die ihm aus dem Mund eines unbedeutenden Präfekten fünften und somit niedrigsten Ranges wie eine unglaubliche Anmaßung erschien, nicht sonderlich zu schätzen.

»Das werden wir später sehen! Der Kaiser der Mitte stellt die Liste der Beförderungen im Laufe des letzten Wintermondes zusammen! Du wirst zu gegebener Zeit sehen, ob du dazugehörst!«, versetzte er mürrisch, zum großen Kummer des Beamten, der seinen Traum von Größe zerplatzen sah.

»Ich hoffe, Seine Majestät wird mit dieser Leistung zufrieden sein, ich habe mich bemüht, die mir übertragenen Aufgaben so gut wie möglich zu erfüllen«, stammelte er dennoch, als ein Türhüter ihm bedeutete, dass die Audienz beendet war und es Zeit wurde, das Arbeitszimmer des Leiters der Kaiserlichen Kanzlei zu verlassen.

Gleich am nächsten Tag wurden die fünf Gefangenen im Verhörraum des Zensorats, einem Raum, dessen Mauern so dick waren, dass die Schreie der Gefolterten nicht durch sie hindurchdrangen, vor den Präfekten Li geführt.

Der Großzensor machte keinen Hehl aus seinem unbändigen Frohlocken, als sie in Halseisen vor ihn traten.

Endlich hatte er etwas in der Hand, um Kaiserin Wu

Zhao zu stürzen, und es fiel ihm nicht schwer, sich die freudige Miene des alten Generals Zhang auszumalen, den er noch an diesem Abend aufsuchen wollte, um ihm die Neuigkeit zu überbringen.

Sein Plan war einfach: Er würde Fünffache Gewissheit gestehen lassen, dass die Herrscherin persönlich ihn nicht nur im kaiserlichen Palast versteckt, sondern ihm darüber hinaus auch noch zur Flucht verholfen hatte, als die Häscher des Zensorats im Begriff waren, ihn zu verhaften. Danach wollte er dem Manichäer Speer des Lichts unter der Folter noch das Geständnis abpressen, dass er den Seidenhändler Leuchtendes Rot umgebracht hatte.

Und diesmal würde er Wu Zhao keine Gelegenheit geben, seine Pläne zu durchkreuzen, indem sie ihren Einfluss bei Gaozong geltend machte. Um sich gegen die unvermeidliche Reaktion der Kaiserin zu schützen, würde er dafür sorgen, dass sie erst so spät wie möglich von der Festnahme des ehemaligen Mönchs und seines Kumpanen Speer des Lichts erfuhr. Deshalb hatte er dem Kanzler eingeschärft, niemandem gegenüber auch nur ein Wort über die Heldentat des Gouverneurs zu verlieren.

Genüsslich musterte Präfekt Li aus seinen zu Schlitzen verengten Augen die fünf gefesselten Männer vor ihm.

»Jeder von euch soll seinen Namen nennen und mir in knappen Worten schildern, wer er ist und woher er kommt. Alles, was ihr sagt, wird von einem Schreiber festgehalten und kann gegen euch verwendet werden. So entspricht es den Strafgesetzen des chinesischen Reichs der Tang«, verkündete er, während ein Sekretär den Raum betrat.

Dieser war ganz in Schwarz gekleidet und hatte ein verschlagenes Gesicht. Um seinen Hals hing ein Tablett, das ihm ermöglichte, mit einem Stift auf die Papierrolle zu schreiben, die er gerade ausgebreitet hatte.

Die Befragung begann mit Dolch der ewigen Wahrheit und Heiliger Achtfacher Pfad.

Die beiden indischen Mönche nannten ihren Namen und ihre Herkunft, woraufhin Präfekt Li den obersten Gehilfen des verstorbenen Abtes aus Peshawar der Form halber nach dem Grund für seine Anwesenheit in dem Gewächshaus in Turfan fragte.

»Wir versuchen, Seide für unsere religiösen Zeremonien zu beschaffen. In Peshawar ist dieses edle Gewebe unbezahlbar!«, antwortete er dem Kaiserlichen Großzensor kurz angebunden.

»Ich verstehe«, entgegnete dieser abwesend.

Offensichtlich hatte es Präfekt Li vor allem auf Fünffache Gewissheit und Speer des Lichts abgesehen, die er aus dem Augenwinkel fixierte.

»Seid ihr zum ersten Mal in Zentralchina?«, wollte er von Dolch der ewigen Wahrheit und Heiliger Achtfacher Pfad wissen.

»Ja. Es ist ein sehr weiter Weg von Peshawar hierher. Normalerweise kommen eher die chinesischen Mönche zu uns, um danach bei einer Pilgerreise zu den Heiligen Orten im Leben des Buddha auf seinen erhabenen Spuren zu wandeln*!«, antwortete Dolch der ewigen Wahrheit.

* Der berühmteste chinesische Pilger, Xuanzang (602–664), verließ China im Jahr 629, um nach Indien zu reisen, von wo er nach langjährigem Aufenthalt neben seinen Reiseerinnerungen mehrere Hundert buddhistische Schriften zurückbrachte, die er anschließend ins Chinesische übersetzte.

»Was mich betrifft, ich bin in Turfan geboren«, erklärte Heiliger Achtfacher Pfad.

»Es heißt, in Turfan sei die Erde so heiß, dass man das Fleisch nur auf den Boden zu legen brauche, um es zu braten. Stimmt das?«, erkundigte sich Präfekt Li daraufhin.

»Turfan wird zu Recht auch das ›Feuerbecken‹ genannt. Vor allem die kleineren Kinder laufen dort nie barfuß. Ihre Fußsohlen würden bei der Hitze verbrennen«, erklärte der Weggefährte von Dolch der ewigen Wahrheit.

Doch der Großzensor, der es kaum erwarten konnte, sich den beiden einzigen Gefangenen zuzuwenden, die ihn wirklich interessierten, hörte ihm gar nicht zu.

»Wachen, lasst diese Männer frei! Sie haben hier nichts zu suchen. Man soll ihnen die nötigen Geleitbriefe aushändigen, um die Zollsperren zu passieren!«, rief Präfekt Li zur Verblüffung der beiden Mönche, die, gleichermaßen erleichtert wie verzweifelt darüber, ihre unglücklichen Gefährten im Stich lassen zu müssen, unverzüglich aus den Räumlichkeiten des Zensorats geworfen wurden, woraufhin sie mit hastigen Schritten davoneilten.

Jetzt blieben nur noch der unverwandt auf seine Fußspitzen starrende *ma-ni-pa*, Speer des Lichts, der den Blick auf Präfekt Li gerichtet hielt, und Fünffache Gewissheit, der diesen sogar noch herausfordernd anstarrte.

»Wer bist du?«, fragte der Kaiserliche Großzensor den *ma-ni-pa* argwöhnisch.

»*Om!* Ein buddhistischer Wandermönch aus dem Reich Bod!«, stammelte dieser, eingeschüchtert von den klirrenden Schwertern der Wachen, die in den Raum gekommen waren.

»Du bleibst hier! Vor Tibetern muss man sich in Acht

nehmen«, brummte der Präfekt und verzog angewidert das Gesicht.

Mit einem Wink befahl er den Wachen, den *ma-ni-pa* zu ergreifen und ihn durch eine verborgene Tür fortzuschaffen.

Nun wandte sich der Kaiserliche Großzensor an Fünffache Gewissheit. Um den ehemaligen Mönch zu beeindrucken, war er aufgestanden und marschierte inmitten seiner finster dreinblickenden Schergen auf und ab.

»Es gibt genügend Gründe, dich aufs Schafott zu bringen: Beteiligung an einem gemeinschaftlich betriebenen Verstoß gegen ein staatliches Monopol; unerlaubter Aufenthalt im privaten Bereich des kaiserlichen Palasts; Verschwörung gegen das Kaiserreich. Ich habe die Qual der Wahl! Aber du sollst wissen, dass ich es nicht eilig habe. Ich brauche dein schriftliches Geständnis!«

»Und wenn ich Euch das verweigerte?«

»Früher oder später geben alle Insassen der Hundefestung klein bei, auch wenn es bei starrsinnigen Kerlen wie dir manchmal etwas länger dauert«, bemerkte der Präfekt geheimnisvoll.

»So leicht werdet Ihr mich nicht dazu bringen, Verbrechen zu gestehen, die ich nie begangen habe! Ich bin weder ein Verschwörer noch ein Schmuggler. Nur ein ehemaliger Mönch des Großen Fahrzeugs, dem sein Abt eine Mission übertrug, die sich als etwas komplizierter erwies als gedacht«, versetzte Fünffache Gewissheit unbeeindruckt.

Er gab sich keinen Illusionen hin, was sein weiteres Schicksal betraf, und seit die Häscher von Hong dem Roten ihn in den rollenden Käfig hatten steigen lassen, hatte er sein Leben in die Hände des Erhabenen gelegt, wobei er diesen lediglich anflehte, Umara die Gnade zu gewähren, ihn vergessen zu können, falls er sterben sollte.

Er wollte auf keinen Fall, dass die junge Frau das leere, freudlose Leben jener untröstlichen Witwen führte, deren gesamtes Dasein sich auf ihre Trauer und die Erinnerung an den geliebten Mann beschränkte.

»Das werden wir ja noch sehen!«, erwiderte Präfekt Li trocken.

Daraufhin zerrten mehrere Wachen Fünffache Gewissheit an seinem Halseisen aus dem Verhörraum.

Noch bevor er Speer des Lichts viel Glück wünschen konnte, wurde er in einen winzigen fensterlosen Palankin gesteckt und die Tür hinter ihm zugesperrt.

»Zur Hundefestung!«, schrie eine der Wachen den beiden Trägern zu, die den Kasten auf die Schultern hoben.

In ganz Zentralchina war die Hundefestung bekannt und gefürchtet, nicht nur bei Verbrechern, sondern auch bei den zahllosen Unschuldigen, die die Tyrannei der Herrschenden dorthin verbannte.

Von schmalen Schießscharten durchbrochen, ragten die hohen Mauern dieses den schlimmsten Gesetzesbrechern vorbehaltenen Gefängnisses etwa eine Wegstunde vom Zentrum der Stadt entfernt über dem offenen Land auf.

Die düstere Farbe der Steine spiegelte perfekt ihren Ruf als ein finsterer Ort wider, den man nur mit den Füßen voraus wieder verließ. Das Hundegefängnis war aus dunkelgrauem Lavagestein erbaut, welches bei all jenen, die dieses Symbol der Willkürherrschaft der Tang zum ersten Mal erblickten, den Eindruck erweckte, es sei gerade erst durch einen verheerenden Brand zerstört worden.

Es war vollkommen unmöglich, in die Nähe dieses Grabmals aus Leid, Folter, Gefangenschaft und Tod zu gelangen: Die Mauern war von Wassergräben umschlossen, die durch einen unterirdischen Fluss gespeist wurden, in dem große fleischfressende, aber äußerst wohlschmeckende Karpfen schwimmen sollten. Entlang dieser Gräben, an denen die Fischer der Umgebung trotz der Gefahr ihr Glück versuchten, patrouillierten unablässig mit langen Piken bewaffnete Wächter, und nachts konnte man das funkelnde Ballett ihrer Fackeln erkennen, die das Gebäude erhellten.

Um den verfluchten Ort zu betreten, musste man eine Zugbrücke passieren, die zum einzigen Tor führte, wo ein Wachtposten jeden kontrollierte, der hinein- oder herauswollte.

Nachdem Fünffache Gewissheit aus seinem Palankin gezerrt worden war, sah er überrascht, dass ihn ein junger Wächter mit freundlichen Zügen in Empfang nahm.

»Willkommen im Maul des Hundes!«, begrüßte dieser ihn.

Bei dem Scherz brach die Horde von schmutzigen, lärmenden Soldaten, die die unheilvolle Pförtnerloge bewachten, in schallendes Gelächter aus.

Als der junge Wächter ihn durch das Tor in einen dunklen Gang stieß, bemerkte Fünffache Gewissheit den Geruch von Feuchtigkeit, der die Luft erfüllte. Er verstärkte sich noch, als er die Wendeltreppe hinabstieg, die zu den Zellen der am schärfsten bewachten Gefangenen führte.

Auf der untersten Ebene der Festung, weit unterhalb des Erdbodens, reihten sie sich zu beiden Seiten eines mit schwarzem, glänzendem Wasser gefüllten Grabens auf, der von der zittrigen Flamme einer Kerze in der Hand des jungen Wächters beleuchtet wurde.

»Jetzt verstehe ich, warum es hier so feucht ist!«, sagte der neue Gefangene, während er an einer endlosen, mit Moos bewachsenen und von Schimmel zerfressenen Mauer entlangging.

»Die Hundefestung wurde über einem unterirdischen Fluss erbaut; die Geomanten von Kaiser Taizong haben ihm erklärt, dass dieses Wasser der Schweiß eines großen Drachen ist, der genau hier drunter schläft!«, entgegnete der junge Mann wie selbstverständlich.

In seiner Stimme schwang die Angst vor diesem Ungeheuer mit, an dessen Existenz in den Tiefen der Erde er nicht den geringsten Zweifel zu hegen schien.

»Und dieser Fluss speist dann die Wassergräben«, folgerte der ehemalige Mönch.

»Genau. Siehst du diesen Karpfen? Er kommt aus den Wassergräben, um seine Eier im Kühlen abzulegen. Wenn ich meinen Finger ins Wasser hielte, würde er ihn mir womöglich abbeißen!«, antwortete der Wächter, als er einen großen Fisch erblickte, der an der Oberfläche des schwarzen Flusses herumzappelte.

Nachdem die Tür hinter seinem Kerkermeister zugefallen war, dauerte es eine Weile, bis Fünffache Gewissheit den schmalen Lichtstreifen registrierte, der durch das winzige Fenster dicht unter der Decke der Zelle hereinfiel, die so niedrig war, dass er nicht einmal aufrecht darin stehen konnte.

Umhüllt von dieser feuchten, trüben Nacht, erschauerte er unwillkürlich, als er an das Schicksal dachte, das ihn erwartete.

Ohne Licht zu leben war das, was ihm am meisten widerstrebte.

Alles wäre leichter, wenn er wenigstens meditieren könnte, wie die Eremiten, die ein Jahr lang in einer abgeschiedenen Höhle mitten im unzugänglichen Gebirge leben konnten, ohne auch nur eine Menschenseele zu Gesicht zu bekommen. Danach verließen sie das Refugium frisch und munter und versicherten, dass sie gar nicht gemerkt hätten, wie die Zeit vergangen war, weil sie in ihrem Geist Leere geschaffen hatten!

Er fragte sich, wie seine Zukunft wohl aussehen mochte, und sein erster Impuls bestand darin, sich in das Gebet zum Erhabenen Buddha zu versenken und diesen anzuflehen, ihm einen winzigen Krümel seines unendlichen Mitgefühls zu schenken.

Was blieb ihm in der feuchten, hoffnungslosen Dunkelheit seines finsteren Verlieses auch anderes übrig?

3

Luoyang, Kloster der Dankbarkeit für Erwiesene Kaiserliche Wohltaten

Zum ersten Mal, seit Umara eingesperrt war, hörte sie, wie jemand an ihrer Tür kratzte!

Anfangs hatte sie beschlossen, nicht darauf zu reagieren. Sie hatte viel zu große Angst.

Außerdem würde es ja bald dunkel werden.

Deshalb vergrub sie den Kopf unter ihrem Kissen, um das Geräusch nicht mehr hören zu müssen, und hoffte, es möge aufhören.

Doch wer auch immer dort hinter den grob zusammengezimmerten Brettern stand, kratzte unbeirrt weiter.

Ihr kam der Gedanke, dass ein einfacher Stoß mit der Schulter genügen würde, um die Tür aufzubrechen.

Schließlich stand sie mit klopfendem Herzen auf und öffnete.

»Staubnebel! Was für eine Überraschung! Was machst du denn hier?«, rief die nestorianische Christin, als sie trotz des kahl geschorenen Hauptes und der Mönchsrobe den jungen Chinesen wiedererkannte.

Auf dem schönen Gesicht von Bischof Addai Aggais Tochter spiegelte sich eine Mischung aus Verblüffung und Traurigkeit, als ihr einstiger Spielgefährte so unvermittelt in die Zelle platzte, in der Vollendete Leere sie gefangen hielt.

»Es hat lange gedauert, bis ich endlich unbemerkt zu dir durchdringen konnte!«

»Wie hast du mich überhaupt gefunden?«, entgegnete sie, mit einem Mal misstrauisch.

Das unmerkliche Zittern ihrer Hände verriet, wie aufgewühlt sie war.

Ihre Zelle lag im obersten Stock eines eleganten Verwaltungsgebäudes, zu dem weder die gewöhnlichen Pilger noch besondere Besucher Zutritt hatten.

Seit Monaten schmorte sie schon dort oben, von der Welt abgeschieden, und der einzige Mensch, den sie überhaupt zu Gesicht bekam, war dieser Mönch mit den lang gezogenen Ohrläppchen namens Erste der vier Sonnen, die die Welt Erleuchten, der ihr ihre Mahlzeiten brachte.

So war es nicht verwunderlich, dass das unerwartete Auftauchen ihres früheren Spielgefährten für die junge Klausnerin eine Überraschung bedeutete.

»Ich habe mich als Mönch verkleidet! Danach brauchte ich mich nur noch unter die ganzen Pilger, Mönche und Nonnen zu mischen, die ins Kloster strömen, sobald es bei Sonnenaufgang seine Pforten öffnet, und so hat niemand auf mich geachtet!«, erklärte Staubnebel mit einem strahlenden Lächeln und deutete auf die safranfarbene Robe, die er zusammengerollt unter dem Arm trug.

Tatsächlich war es nicht schwer, zwischen den zehntausend Mönchen des Kloster der Dankbarkeit für Erwiesene Kaiserliche Wohltaten unsichtbar zu werden, wenn man das gleiche Gewand trug wie sie und sich den Kopf kahl geschoren hatte.

»Seit Vollendete Leere den Pilgern erlaubt, herzukommen und die Gewänder der Himmlischen Zwillinge zu berühren, kommen jeden Tag unzählige Menschen ins Kloster!«, murmelte die junge Christin, die sich noch immer nicht von ihrer Verblüffung erholt hatte.

»Der Abt versteht sich darauf, die Kassen seines Klosters zu füllen!«, entgegnete Staubnebel unbestimmt.

»Woher wusstest du, wo ich bin? Meister Vollendete Leere hat mich gleich nach meiner Ankunft hier verstecken lassen, und ich sehe niemanden außer diesem Mönch mit den abstehenden Ohren, der mich von Fünffache Gewissheit fortriss und mir jetzt immer meine Schale Reis und Gemüse bringt.«

»Bei den Inseln der Unsterblichen, ich habe dich seit Samye nicht aus den Augen gelassen! Ich bin deinen Entführern gefolgt! Die Gebirgspfade sind voller Kurven, und es gibt genügend Felsen, um sich vor einer Gruppe von Wanderern zu verstecken und ihnen gleichzeitig dicht auf den Fersen zu bleiben!«

»Das ist mir gar nicht aufgefallen!«, sagte die junge nestorianische Christin verdattert.

»Mehr als einmal habe ich mein Lager sogar ganz in eurer Nähe, gleich hinter einem großen Felsen, aufgeschlagen!«

»Wenn ich gewusst hätte, dass du da bist, hätten wir ihnen doch entwischen können!«, seufzte sie.

»Sie waren zu dritt und ich alleine. Und die Schwerter an ihren Gürteln haben mir diesen Gedanken ausgetrieben.«

Das war eine glatte Lüge. Staubnebel hatte auf dem ganzen Weg vor allem deshalb nicht eingegriffen, weil ihn Verbitterung und Eifersucht davon abgehalten hatten.

Nachdem er mit offenem Mund und beinahe frohlockend beobachtet hatte, wie die junge Frau von den drei unauffällig gekleideten Fremden überwältigt worden war, hatte er in dem Glauben, sie sei Straßenräubern in die Hände gefallen, von perverser Neugier getrieben beschlossen, ihr zu folgen.

Erst nach zwei Tagen, als Umaras Entführer sich in aller Ruhe umgezogen und wieder ihre safranfarbenen Roben angelegt hatten, hatte er erkannt, dass es sich bei diesen Chinesen um Mönche des Mahayana handelte.

Und je länger er zusah, wie sie immer mehr verkümmerte, je weiter sie sich von Fünffache Gewissheit entfernte, desto mehr wandelte sich der bittere Geschmack, der nach ihrer Zurückweisung seinen Mund erfüllt hatte, in das köstliche Aroma der Rache.

Das Elend der jungen Frau, die Tag für Tag verzweifelte Tränen vergoss, tat dem abgewiesenen Liebhaber gut, und um nichts in der Welt hätte er diesem Zustand abhelfen wollen.

So hatte er sich damit begnügt, Umara und ihren Entführern bis nach Luoyang zu folgen. Diese hatten sich während der ganzen Reise nicht ein einziges Mal umgedreht oder waren auch nur im Geringsten misstrauisch geworden.

Staubnebel war ihnen immer dicht auf den Fersen geblieben, hatte in ihrer unmittelbaren Nähe geschlafen und sich von den Überresten ihrer Mahlzeiten ernährt, bis sie schließlich Zentralchina erreichten. Doch dann war das schwere Tor des Klosters der Dankbarkeit für Erwiesene Kaiserliche Wohltaten vor seiner Nase zugefallen und hatte ihn von der jungen Frau getrennt, die er immer noch aus tiefstem Herzen liebte und deren einziger Fehler darin bestanden hatte, seine Gefühle nicht zu erwidern!

Gleichzeitig hatte sich der junge Chinese mit einem Mal ganz alleine in Luoyang wiedergefunden, einer riesigen Stadt, in die er bis dahin noch nie einen Fuß gesetzt hatte.

Da er keine Lust hatte, ein Bettler zu werden, was es ihm ermöglicht hätte, jeden Tag in einem der rund hundert buddhistischen Klöster der Sommerhauptstadt der Tang eine Suppe zu erhalten, hatte er Arbeit bei einer Familie von Wäschern angenommen.

Schon seit mehreren Generationen schlug die Familie Wasserschläger, wie ihr Name schon sagte, die Wäsche der wohlhabenden und adligen Familien in einem der zwei großen städtischen Waschhäuser von Luoyang.

Nachdem Staubnebel ein paar Monate lang tagein, tagaus die bunten Stoffe geschlagen, ausgewrungen und danach wieder auf die flachen Steine der Becken des Waschhauses geschlagen hatte, war sein zuvor schmächtiger Körper nun kräftig und muskulös.

Zwar war diese Tätigkeit nicht gerade abwechslungsreich, aber zumindest hielt sie ihn davon ab, an etwas anderes zu denken, und kanalisierte gleichzeitig den Zorn, der in seinem Herzen loderte.

Anfangs hatte er sich über das Los gefreut, das das Große Fahrzeug Umara beschied, auch wenn er den Grund dafür nicht kannte.

Schließlich war es nur gerecht nach der Kränkung, die die junge Christin ihm zugefügt hatte, obwohl er sie mindestens genauso aufrichtig liebte wie Fünffache Gewissheit!

Doch mit der Zeit keimten in dem einsamen, ratlosen jungen Chinesen Gewissensbisse auf, und ihm wurde klar, dass er sein Glück nicht auf Umaras Unglück aufbauen könnte. Weiterhin Wäsche zu schlagen, während die junge Frau in diesem Kloster verkümmerte, war keine besonders sinnvolle Perspektive. Inzwischen war er sogar so weit, sich nach einem harten Arbeitstag erschöpft mit den Laken zu vergleichen, die er stundenlang ausgewrungen hatte.

Sich über das Unglück anderer zu freuen bedeutete im Grunde nichts anderes, als sich selbst Schmerzen zuzufügen.

Und so hatte Staubnebel es eines schönen Morgens nicht länger ausgehalten und beschlossen, Umara zu helfen, aus dem Gefängnis zu fliehen, in das Meister Vollendete Leere sie aus unerfindlichen Gründen eingesperrt hatte.

Dazu hatte er sich eines jungen Novizen aus dem Kloster der Dankbarkeit für Erwiesene Kaiserliche Wohltaten bedient, der ihm schon gelegentlich dabei aufgefallen war, wie er Süßigkeiten von den Ständen der Zuckerbäcker stahl. Er war ihm heimlich gefolgt und hatte sich auf ihn gestürzt, nachdem der Junge gerade bei einem fahrenden Obst- und Gemüsehändler eine Mango stibitzt hatte.

»Ich beobachte dich schon seit einer ganzen Weile. Du bist eine Schande für deine Gemeinschaft! Wir gehen jetzt zusammen in dein Kloster, und dort übergibst du diese Frucht deinen Oberen!«, hatte er gerufen, nachdem er den jungen Novizen beim Kragen gepackt hatte.

»Wenn du das tust, bin ich verloren! Mein Abt, Meister Vollendete Leere, kennt keine Gnade und ist furchtbar streng! Ich flehe dich an, hab Erbarmen!«, hatte der andere gestöhnt, während er sich gegen seinen Griff zur Wehr setzte.

Als Preis für sein Schweigen hatte Staubnebel von dem

Novizen verlangt, ihm sein Mönchsgewand zu leihen. Dann hatte er einen Barbier aufgesucht und sich den Kopf kahl scheren lassen, ehe er sich unauffällig in den endlosen Strom der Mönche und Pilger vor dem riesigen Kloster einreihte, dessen Tor von Sonnenaufgang bis Sonnenuntergang offen stand.

Im Inneren des Klosters angelangt, hatte er nach einem Reisstrohbesen gegriffen, der ihm den Anschein verlieh, als sei er zum Kehren eingeteilt, und hatte damit so lange herumgeschnüffelt, bis er schließlich den abgelegenen Raum gefunden hatte, in dem Umara untergebracht war.

Am nächsten Tag war er, immer noch in Gelb gekleidet, spätnachmittags zurückgekehrt und hatte an ihre Zellentür geklopft.

»Eine Frage beschäftigt mich schon die ganze Zeit, aber ich finde einfach keine Antwort darauf: Warum hat Meister Vollendete Leere dich überhaupt entführen lassen?«, wollte er von ihr wissen.

»Ich habe nicht die geringste Ahnung. Ich bin diesem Mann nur ein einziges Mal begegnet, und zwar am Abend nach meiner Ankunft!«

»Was hat er denn gesagt?«

»Er hat mir nur erklärt, dass mir kein Leid geschehen werde, und mich dann trotz meiner Proteste einfach stehen lassen! Seit jenem Abend habe ich ihn nicht mehr wiedergesehen!«

Umaras Argwohn war immer noch nicht ganz verflogen, und so erzählte sie Staubnebel nicht die ganze Wahrheit darüber, was nach ihrer Ankunft im Kloster der Dankbarkeit für Erwiesene Kaiserliche Wohltaten geschehen war.

Denn die junge Christin hatte sich nicht damit begnügt,

zu protestieren, als Erste der vier Sonnen, die die Welt Erleuchten sie von Kopf bis Fuß verschleiert in das Büro des großen Meisters des Dhyana geführt hatte.

In Wirklichkeit war die junge Frau vor Verzweiflung und Zorn geradezu explodiert.

Nach dem wochenlangen, ununterbrochenen Marsch, in dessen Verlauf Erste der vier Sonnen, die die Welt Erleuchten ihr lediglich seinen Mönchsnamen genannt und abgesehen davon kaum ein Wort gesprochen hatte, war Umara außer sich vor Angst und Wut. Als sie in Luoyang eintraf, war sie erschöpft von der anstrengenden Reise und verzweifelt über die abrupte Trennung von ihrem Geliebten. Seinen ungeheuren Schmerz konnte sie sich mühelos ausmalen, da er sicherlich genauso groß war wie ihr eigener.

Und so hatte die Tochter des nestorianischen Bischofs, als sie schließlich vor dem beeindruckenden Asketen stand, ihm empört über die Behandlung, die man ihr angedeihen ließ, rückhaltlos alles an den Kopf geworfen, was sie auf dem Herzen hatte.

»Ihr habt mich völlig grundlos dem Mann meines Lebens entrissen, als wäre Krieg und ich eine gewöhnliche Geisel, für die Ihr Lösegeld erpressen wollt! Sind solche Methoden etwa eines buddhistischen Mönchs würdig? Von dort, wo er ist, wird Euer Erhabener Buddha Euer Verhalten zweifellos aufs Schärfste verurteilen!«, hatte sie geschrien, ohne zu ahnen, dass sie vor dem geistigen Oberhaupt des chinesischen Großen Fahrzeugs stand.

»Das hier ist keine Entführung! Wir müssen lediglich einige Fakten überprüfen! Im Übrigen werdet Ihr hier mit allem gebotenen Respekt behandelt werden. Was jedoch das Urteil des Buddha über meine Taten betrifft, so seid

Ihr mehr als ungeeignet, Euch dazu zu äußern. Ich maße mir auch nicht an, mich an die Stelle Eures Einen Gottes zu erheben!«, hatte Vollendete Leere, durch die harschen Worte der jungen Frau nicht im Mindesten aus der Fassung gebracht, kühl entgegnet.

»Ein Mönch entführt keine unschuldigen Frauen, um sie dann einzusperren!«

»Ich weiß sehr gut, was ich tue!«

»Und ich weiß, was ich tun würde, wenn ich mich frei bewegen könnte: Ich würde auf der Stelle die Ordnungshüter Eures Landes aufsuchen und mich über Euch beschweren. Dann würdet Ihr ja sehen, welchen Skandal das gäbe!«, hatte sie erwidert, und der Zorn loderte immer stärker in ihr, nachdem sie während des langen, kräftezehrenden Marsches geschwiegen und ihre Empörung für sich behalten hatte.

Der Abt des Klosters von Luoyang hatte es für klüger gehalten, den Rückzug anzutreten und die Befragung dieser aufsässigen jungen Frau auf einen späteren Zeitpunkt zu verschieben.

Daher hatte er ihre Unterredung beendet und sie in die winzige Zelle im abgelegensten Teil des Klosters bringen lassen, wo Staubnebel sie aufgestöbert hatte.

Dort war die Geliebte von Fünffache Gewissheit schließlich zusammengebrochen.

Sie hatte sich auf ihr Bett geworfen und war zum ersten Mal seit ihrem unfreiwilligen Aufbruch aus Samye in haltloses Schluchzen ausgebrochen.

Und dazu hatte sie auch allen Grund!

Noch lange würde sie sich an den entsetzlichen Moment erinnern, als diese Männer plötzlich auf der Schwelle der kleinen Schäferhütte aufgetaucht waren, in der sie so glückliche Tage mit Fünffache Gewissheit verlebte!

Sie hatte alles versucht, um ihnen zu entwischen, hatte sich gewehrt wie ein wildes Tier, sodass sie gezwungen waren, sie wie ein Bündel Feuerholz zu verschnüren und sie die beiden ersten Tage lang auf den Schultern zu tragen, während sie selbst ununterbrochen nach Fünffache Gewissheit gerufen hatte, dessen Name endlos von den Bergen widerhallte, weil sie hoffte, ihr Geliebter würde ihre Hilfeschreie hören.

Doch es war keine Antwort gekommen.

So hatte sie schließlich schweren Herzens eingewilligt, neben ihren Entführern herzugehen, nachdem diese wieder ihre Mönchsgewänder angelegt hatten. Doch es war ihr nicht gelungen, ihnen auch nur die geringste Information zu entlocken. Anhand ihrer Route – der gleichen, der sie auch mit Fünffache Gewissheit gefolgt war –, hatte sie jedoch erkannt, dass ihr Ziel in Zentralchina lag.

Wie zu jener Zeit üblich, war die Mönchsrobe in den von chinesischen Behörden kontrollierten Gebieten der beste Passierschein, und so hatten sie ohne Schwierigkeiten alle Stadtzollschranken hinter sich gebracht. Schließlich gelangten sie in die Nähe von Chang'an, um das sie einen Bogen schlugen, um auf direktem Wege nach Luoyang weiterzureisen, jener herrlichen Stadt mit den zahllosen, von Parkanlagen umgebenen Pagoden. Dort hatte sie entdeckt, dass ihre Entführer der Gemeinschaft des größten buddhistischen Klosters angehörten.

»Was kann ich für dich tun, Umara? Ich bin zu dir gekommen, weil ich dir helfen will!«

Es bestand kaum ein Zweifel an seiner Aufrichtigkeit.

»Dann hilf mir, von diesem finsteren Ort zu fliehen! Oder sag Fünffache Gewissheit, dass ich hier bin! Du hast die Qual der Wahl! Aber dazu musst du erst einmal wieder gehen. Gleich kommt der Mönch mit den abstehenden Ohren, um mir mein Essen zu bringen!«

»Du kannst dich auf mich verlassen!«, versprach Staubnebel geheimnisvoll, ehe er verschwand.

Als Erste der vier Sonnen, die die Welt Erleuchten ihr ihren mit Kohl- und Karottensuppe getränkten Reis brachte, verkündete er zu ihrer großen Überraschung, dass Vollendete Leere sie zu sehen wünsche. Wenige Minuten später führte er sie in das Büro des großen Meisters des Dhyana.

»Ich wollte mich schon lange einmal in Ruhe mit Euch unterhalten! Aber meine vielfältigen Verpflichtungen haben mir keine Zeit dazu gelassen. Ich hoffe, Ihr habt Euch inzwischen beruhigt!«, erklärte dieser Umara, nachdem er sie aufgefordert hatte, ihm gegenüber auf einem schmalen, recht unbequemen Stuhl Platz zu nehmen.

Die aufbrausende Reaktion der jungen Christin am Abend ihrer Ankunft hatte Vollendete Leere dazu bewogen, lange Zeit verstreichen zu lassen, ohne ihr das geringste Lebenszeichen zu geben.

Denn der große Meister des Dhyana wusste sehr gut, dass nichts besser dazu geeignet war, aufsässige, widerspenstige Geister gefügig zu machen, als Zeit und Einsamkeit.

Wenn junge Novizen, die gegen ihren Willen von ihren Eltern ins Kloster geschickt worden waren, rebellierten und sich weigerten, die ihnen übertragenen Aufgaben zu erfüllen, oder gar anklingen ließen, dass sie nicht vorhatten, in der safranfarbenen Robe alt zu werden, war ein ausgedehnter Aufenthalt in einer der winzigen Einsiedeleien im Longmen-Gebirge, wo ihre einzige Gesellschaft aus ein paar daoistischen Hexern bestand, die am Fuß der von Geistern bevölkerten Bäume und Felsen meditierten, das beste Heilmittel.

»Ich freue mich, dass ich jetzt endlich die Erklärung bekomme, die Ihr mir schuldet!«, erwiderte Umara, während sie sich bemühte, Haltung zu bewahren.

»Kennt Ihr die Augen des Buddha?«

Zumindest hielt der Abt aus Luoyang sich nicht mit unnötigen Vorreden auf.

»Warum wollt Ihr das wissen?«, entgegnete sie, fest entschlossen, ihm nicht nur die Stirn zu bieten, sondern vor allem endlich herauszufinden, warum sie nun hier vor ihm stand.

»Habt Ihr schon einmal von dem heiligen Mandala des Vajrayana gehört?«, fuhr Vollendete Leere ungerührt fort.

»Ich werde Euch nichts sagen, bevor Ihr mir nicht den Grund für meine Entführung genannt habt! Ihr habt mich dem Mann entrissen, den ich mehr liebe als alles andere auf der Welt! Das ist nicht zu entschuldigen!«, warf sie ihm an den Kopf und bewies damit, dass sie nicht die Absicht hatte, sich von ihm wie ein kleines Mädchen behandeln zu lassen.

»Fünffache Gewissheit war vor allem mein bester Gehilfe, dazu ausersehen, zu gegebener Zeit meinen Platz einzunehmen. Ihr mögt vielleicht Euren Geliebten vermissen, aber ich habe den einzigen geistigen Erben verloren, der würdig gewesen wäre, mir nachzufolgen!«

»Lasst Euch versichern, dass nichts jemals die Liebe zerstören wird, die Fünffache Gewissheit und ich füreinander empfinden!«, erwiderte sie und starrte ihn herausfordernd an.

»Umara, ich frage Euch noch einmal: Kennt Ihr die Augen des Buddha und das heilige Mandala des Vajrayana?«, beharrte der große Meister des Dhyana.

»Ich will Fünffache Gewissheit wiedersehen. Ich liebe diesen Mann! Ohne ihn hat mein Leben keinen Sinn!«

»Wenn Ihr bereit wärt, auf meine Fragen zu antworten, könnte ich erwägen, ihn herkommen zu lassen, und wir könnten über die Möglichkeit reden, ihn wieder in den Laienstand zurückkehren zu lassen. Dann dürftet Ihr ganz offiziell heiraten, ohne dass diese Verbindung für ihn eine Todsünde wäre«, versuchte der große Meister des Dhyana die junge Frau umzustimmen.

»Er ist sicher losgezogen, um mich zu suchen, wie wollt Ihr da in der Lage sein, meinen Geliebten zu finden, oder habt ihr ihn etwa ebenfalls entführen lassen?«, schäumte sie.

»Ich weiß genauso wenig wie Ihr, auf welchen Pfaden Fünffache Gewissheit gegenwärtig wandelt. Aber wenn ich beschlösse, in allen Mahayana-Klöstern des Landes nach ihm Ausschau halten zu lassen, würde es nicht lange dauern, ihn zu finden.«

»Er irrt bestimmt verzweifelt durch das Reich Bod!«, stöhnte sie.

»Ich bin der festen Überzeugung, dass sich die göttlichen Augen des Buddha sowie das heilige Mandala des Vajrayana in Eurem Besitz befinden! Lügen steht einem Anhänger des Einen Gottes ebenso wenig zu wie denen des Erhabenen Buddha!«, versetzte er, diesmal in drohendem Ton.

Doch die rebellische Umara saß mit verschränkten Armen wie eine verstockte Schülerin auf ihrem schmalen Stuhl und war fest entschlossen, kein Wort mehr zu sagen.

»Hol mir unverzüglich Ruhende Mitte her!«, befahl der große Meister des Dhyana dem Novizen, den er mit einem Glöckchen hereingerufen hatte.

Da verstand Addai Aggais Tochter plötzlich, warum sie hier vor dem geistigen Oberhaupt des Großen Fahrzeugs saß.

Ruhende Mitte!

So hieß der niederträchtige Abt vom Kloster des Heils und des Mitgefühls in Dunhuang, dem sie in ihrer Naivität den Inhalt des kleinen Sandelholzherzens hatte verkaufen wollen und der versucht hatte, ihr diesen Schatz zu stehlen.

Mit einem Mal war der jungen Christin alles klar.

Ruhende Mitte hatte Vollendete Leere von ihrem Besuch erzählt, woraufhin dieser sie hatte entführen lassen, weil er zweifellos glaubte, die kostbaren Reliquien befänden sich immer noch in ihrem Besitz.

»Ihr seid ein erbärmlicher Mistkerl! Ihr habt die Naivität eines unwissenden jungen Mädchens ausgenutzt! Ihr habt versucht, mich zu bestehlen, weil Ihr ganz genau wusstet, wie wertvoll die Gegenstände waren, die ich Euch vorgelegt hatte!«, schrie Umara den Abt aus Dunhuang an, kaum dass dieser den Raum betreten hatte.

»Eure Erinnerung scheint ja pfeilschnell wieder zurückzukehren«, bemerkte Vollendete Leere ironisch.

»Ich wollte meinem Vater helfen, indem ich einige kostbare Gegenstände verkaufte, die durch reinen Zufall in meine Hände gelangt waren. Ich hatte keine Ahnung, worum es sich dabei handelte, und dieser Mönch hat sich gehütet, mir etwas darüber zu sagen! Ich habe leider erst sehr viel später erfahren, dass es in Wirklichkeit die heiligsten Reliquien des Kleinen Fahrzeugs und des tibetischen Lamaismus waren!«, widersprach sie schluchzend.

»Das entspricht nicht gerade dem, was Ruhende Mitte mir erzählt hat!«, entgegnete der große Meister des Dhyana aufgebracht und sah dem Abt aus Dunhuang, in dessen Miene sich leise Verlegenheit spiegelte, fest in die Augen.

»Ich sage die Wahrheit! Ich schwöre es beim Leben von Fünffache Gewissheit! Dieser Mönch hat sich mir gegenüber wie ein gemeiner Betrüger aufgeführt. Um mich aus seinen Klauen zu befreien, musste ich sogar behaupten, dass mein Vater über meinen Besuch bei ihm Bescheid wisse. Ansonsten hätte er die Schätze, die ich ihm vorgelegt hatte, einfach behalten! Es ist ihm sogar gelungen, mir einzureden, dass ich jedem, dem ich von diesen Reliquien erzählen sollte, furchtbares Unglück bringen würde!«

»Stimmt das, was dieses junge Mädchen sagt, Ruhende Mitte? Du hast sie also nicht dabei überrascht, wie sie diese Reliquien aus dem Bücherversteck deines Klosters geraubt hat! Du weißt doch, dass jede Lüge dich unweigerlich in die kalte Avici-Hölle führen wird!«, dröhnte der große Meister des Dhyana streng.

»Meister, hätte nicht jeder Mönch angesichts der Augen des Buddha und des heiligen Mandalas von Samye ganz genauso gehandelt wie ich? Euer demütiger Diener glaubte das Richtige zu tun, zum Wohle unseres Lehrpfads«, ächzte Ruhende Mitte kleinlaut.

»Im Gegensatz zu Euch Mönchen heiligt der Zweck für mich niemals alle Mittel!«, rief Umara.

Ihre Worte wirkten wie eine kalte Dusche auf den Abt von Luoyang, der unwillkürlich den Kopf senkte.

»Was in Dunhuang geschehen ist, war höchst bedauerlich. Aber jetzt, meine liebe Umara, geht es mir vor allem darum, zu erfahren, wo sich diese heiligen Reliquien befinden! Ihr braucht es mir nur zu sagen, dann werdet Ihr unverzüglich freigelassen!«, erklärte Vollendete Leere mit sanfterer Stimme, nachdem er Ruhende Mitte mit einer knappen Geste bedeutet hatte, sein Arbeitszimmer wieder zu verlassen.

»Das werdet Ihr nicht erfahren, solange ich keine Nachricht von Fünffache Gewissheit habe!«

»Starrsinn ist ein schlechter Ratgeber, Umara!«

»Das ist mir vollkommen egal! Ich kann auch weiter als Einsiedlerin leben. Ohne den Mann, den ich liebe, interessiert mich das Leben nicht!«

Von so viel Widerstand aus dem Konzept gebracht und verärgert über Ruhende Mitte, der durch seine Lüge die Situation deutlich komplizierter gemacht hatte, lief der sonst so beherrschte Vollendete Leere vor ihr auf und ab wie ein Wolf in seinem Käfig.

»Ihr tut unrecht daran, Euch so zu sträuben. Ich will Euch doch nichts Böses!«, sagte er schließlich.

»Ihr solltet mich in das Gefängnis zurückkehren lassen, in das Ihr mich gesperrt habt«, murmelte sie nach einer langen Pause.

»Ich sehe schon, ich werde aus Euch nicht mehr herausbekommen. Ich hoffe, Ihr werdet ein wenig gesprächiger sein, wenn ich Euch vor die Kaiserin von China führe! Wie es heißt, sollt Ihr die Herrscherin ja sehr schätzen!«, verkündete Vollendete Leere dramatisch.

»Ich glaube, das beruht auf Gegenseitigkeit. Und Ihr sollt wissen, dass ich Wu Zhao gegenüber nicht verhehlen werde, wie schäbig ich Euer Verhalten finde! Die Kaiserin von China wird dies zu würdigen wissen, seid dessen versichert!«, erwiderte sie mit Nachdruck.

»Die Kaiserin weiß bereits, dass Ihr hier seid!«

»Ihr lügt! Dann wäre sie längst gekommen, um mich zu holen!«

»Die Augen des Buddha wären ihr bei ihren Unternehmungen eine unschätzbare Hilfe! Gebt sie ihr, und im Gegenzug sollt Ihr alles bekommen, was Ihr Euch wünscht!«, erklärte er, vor dreister Übertreibung nicht zurückschreckend.

»Wozu würde Wu Zhao diese Reliquien denn verwenden?«

»Das wird sie Euch selbst sagen, wenn Ihr vor ihr steht!«

»Und wenn ich der Kaiserin die Augen des Buddha aushändige, werdet Ihr Fünffache Gewissheit vergeben?«, entgegnete sie geistesgegenwärtig, um ihm zu zeigen, dass sie keinesfalls bereit war, sich von ihm manipulieren zu lassen.

»Ganz bestimmt! Das verspreche ich! Ich schwöre es Euch sogar, und zwar ohne das Urteil des Erhabenen Buddha zu fürchten! Ihr habt zwei Nächte, um über alles nachzudenken!«, schloss das geistige Oberhaupt des Großen Fahrzeugs, als sie, wütend und niedergeschlagen zugleich, von Erste der vier Sonnen, die die Welt Erleuchten aus seinem Büro geführt wurde.

Am nächsten Tag erzählte Umara Staubnebel, der sich erneut in ihre Zelle geschlichen hatte, was am Vortag passiert war.

»Auch wenn es so aussieht, als hätte dieser niederträchtige Ruhende Mitte ihn getäuscht, das Verhalten von Vollendete Leere ist einfach skandalös! Jetzt schreckt er nicht einmal mehr davor zurück, die Kaiserin von China in seine Machenschaften mit hineinzuziehen!«, rief er, als die junge Frau geendet hatte.

»Er ist das Oberhaupt einer Institution, daher nutzt er alle Mittel, die ihm notwendig erscheinen, um ihre Interessen zu schützen. Und was Wu Zhao betrifft, muss ich gestehen, dass ich nicht mehr so recht weiß, was ich von ihr halten soll«, murmelte Umara nachdenklich und mit trauriger Stimme.

»Willst du damit sagen, dass dein Vater unter vergleichbaren Umständen genauso gehandelt hätte?«, widersprach der junge Chinese empört.

»Er wäre vielleicht nicht ganz so weit gegangen, auch wenn daran durchaus Zweifel erlaubt sind. Schließlich hat er ja auch nicht gezögert, sich zum Wohl der nestorianischen Kirche einer Tätigkeit zu widmen, die nach chinesischem Recht ausdrücklich verboten ist!«, antwortete sie. Dabei spielte sie auf den Seidenschmuggel an, den Addai Aggai zusammen mit Hort der Seelenruhe aufgezogen hatte.

»Bei Wu Zhao mag das ja noch angehen: Sie ist die Kaiserin, eine ehrgeizige Frau und wahrscheinlich besessen von dem Wunsch, Ansehen, Ruhm und Macht zu erringen. Aber dass es bei Kirchen genauso ist, wusste ich bis jetzt nicht!«, rief Staubnebel angewidert.

»Alle Institutionen, auch solche mit göttlichen Zielen, sind und bleiben leider immer noch nur menschliche Organisationen!«, murmelte die junge Christin, deren Liebe zu

Fünffache Gewissheit sehr viel stärker war als ihr Glaube an den Einen Gott.

»Ich habe nie eine bestimmte Religion angenommen, und das wird auch nicht so bald passieren!«, schloss der Chinese.

»Ich erinnere mich noch sehr gut daran, wie du vor Ramahe sGampo gesagt hast, dass du weder Gott noch Meister kennst. Und vielleicht hast du ja sogar recht damit!«, seufzte Umara.

»Je weiter ich komme, desto mehr bin ich davon überzeugt!«

Umara trat auf Staubnebel zu und legte sanft eine Hand auf seine Schulter. Unwillkürlich erschauerte er bei ihrer Berührung.

»Seit Samye hatte ich genug Zeit, um nachzudenken. Mir war nicht bewusst, wie sehr ich dich verletzt habe, als ich Dunhuang verließ, ohne dir ein Wort zu sagen, Staubnebel. Ich hätte aufmerksamer sein sollen und nicht vergessen dürfen, was wir beide zusammen erlebt haben«, sagte sie.

»Auch ich habe nachgedacht, Umara. Mit der Zeit habe ich den Löwen gezähmt, der in meinem Herzen schlummerte, und inzwischen bereue ich zutiefst, wie ich mich dir gegenüber verhalten habe. Der Grund dafür war Enttäuschung. Meine enttäuschte Liebe!«, stieß der junge Chinese unter Tränen hervor, nachdem er vor der jungen Frau auf die Knie gefallen war.

»Ich wünsche mir so sehr, dass wir Freunde bleiben könnten, vor allem in diesen schweren Zeiten!«, sagte sie, ohne näher auf seine letzten Worte einzugehen.

»Du bist eingesperrt, und man hat dich von dem Mann

getrennt, den du liebst, Umara! Mir hat niemand so etwas angetan! Ich bin frei, zu tun und zu lassen, was ich will.«

»Das ist lieb von dir, Staubnebel! Deine Worte berühren mich tief«, wisperte sie und griff nach seiner Hand.

»Und deine Worte sind der beste Balsam, um meine Schmerzen vollends zu heilen, Umara«, flüsterte der junge Chinese und lächelte die junge Frau an, die endlich das gesagt hatte, was er von ihr hören wollte.

»Mach dir keine Sorgen um mich. Wenn dieser Abt den Fehler macht, mir die Möglichkeit zu geben, der Kaiserin von seinen Machenschaften zu erzählen, bin ich gerettet. Ich bin mir sicher, dass Wu Zhao mir wohlgesinnt ist.«

»Aber Vollendete Leere ist bestimmt nicht auf den Kopf gefallen!«

»Dann werde ich hier wohl noch lange gefangen bleiben!«, stöhnte sie.

»Nicht, wenn es mir gelingt, das wieder in Ordnung zu bringen, was das Scheitern der Zusammenkunft in Samye zerstört hat. Die Anhänger des Mahayana halten dich trotz des Friedenspaktes, der beim Konzil von Lhasa geschlossen wurde, gefangen, weil sie glauben, dass die Reliquien der beiden anderen Lehrpfade in deinem Besitz sind!«

»Wie kommst du darauf, dass ausgerechnet du den Frieden zwischen den buddhistischen Lehrpfaden wiederherstellen kannst, wo du doch nicht einmal diesem Glauben angehörst?«, fragte sie ein wenig gereizt.

»Ich habe die ganze Nacht wachgelegen und nachgedacht. Es gibt einen Mann, der die Macht hat, all die Fäden wieder zusammenzufügen.«

»Und wer soll das sein?«

»Der ehrwürdige Ramahe sGampo natürlich! Um die

Wahrheit zu sagen, er scheint mir als Einziger über die nötige Autorität und Weisheit zu verfügen, um Vollendete Leere dazu zu bringen, dich freizulassen. Es brauchte lediglich ein neues Konzil, um die Versöhnung zwischen den buddhistischen Lehrpfaden zu besiegeln, und schon wären die Augen des Buddha kein Machtmittel mehr.«

»Du hast recht, im Gegensatz zu Vollendete Leere verfügt dieser blinde Greis über Mäßigung und große Weisheit.«

»Also mach dir keine Sorgen, wenn du mich in der nächsten Zeit nicht wiedersiehst, Umara. Ich mache mich auf den Weg nach Samye, um Ramahe sGampo darüber zu unterrichten, dass Meister Vollendete Leere dich gefangen hält. Ich bin mir sicher, dass er nicht untätig bleiben wird.«

»Aber Samye ist so weit weg, es liegt so dicht beim Dach der Welt, dass man beim Anstieg dort hinauf leicht alle Kräfte verliert! Viele ziehen es ja auch vor, dort oben zu bleiben«, murmelte sie.

Versonnen dachte Umara an die endlosen, anstrengenden Tage, die es dauerte, um von Zentralchina das Reich Bod zu erreichen, an den Marsch über die schmalen, steilen Pfade, auf denen vielleicht gerade Fünffache Gewissheit ziellos umherirrte, immer auf der Suche nach seiner Geliebten.

»Meine Beine sind noch keine zwanzig Jahre alt, und ich verfüge über die ganze Kraft der Jugend. Gleich morgen mache ich mich auf den Weg! Der große tibetische Abt weiß sicher besser als jeder andere, was Mitgefühl bedeutet. Er wird eine solche Ungerechtigkeit nicht zulassen.«

»Warum nimmst du diese Mühe überhaupt auf dich?«, fragte Umara, der immer deutlicher bewusst wurde, wie sehr sie den jungen Chinesen seit ihrer Zeit in Dunhuang verletzt haben musste.

»Wenn ich mir sagen könnte, dass ich dir dabei geholfen habe, dein Glück wiederzufinden, würde mich das selbst zum glücklichsten Mann auf Erden machen, Umara. Dank dir habe ich mit mir Frieden geschlossen. Und das ist ein unbezahlbares Geschenk!«, antwortete Staubnebel.

Als sie ihn anschaute, glaubte sie den Jungen mit dem staubbedeckten Haar wiederzuerkennen, der auf einem Baum im Obstgarten des nestorianischen Bischofssitzes von Dunhuang hockte, als sie sich zum ersten Mal begegnet waren.

Vor ihr stand wieder der schalkhafte, verspielte, arglose Junge, dem es gelungen war, ihr aus den bis dahin unüberwindlichen Mauern des Bischofssitzes hinauszuhelfen, und nicht mehr der überempfindliche, gekränkte Mann, der sich in Samye, wo das Schicksal sie durch ein unglaubliches Zusammentreffen von Umständen wieder zusammengeführt hatte, hartnäckig geweigert hatte, ihr in die Augen zu sehen.

Staubnebel hatte ihr verziehen!

»Ich weiß noch genau, was du bei Ramahe sGampo gesagt hast: dass du an das Glück und das Unglück glaubst. Dem kann ich mich nur anschließen, Staubnebel! Und ich wünsche dir, dass du auch eines Tages von Herzen glücklich sein wirst!«, sagte sie, zu Tränen gerührt.

»Wir werden sehen, was die Zukunft für mich bereithält«, entgegnete er lächelnd und bemühte sich, so unbeschwert wie möglich zu klingen.

»Ich werde Gott anflehen, dass er deine Schritte zu all dem lenken möge, was du verdienst, Staubnebel.«

»Dann habe ich also von jetzt an eine gute Fürsprecherin, um von ihm einen Platz in deinem Paradies zu bekommen«, scherzte er und entlockte der jungen Frau damit ein leises Lachen.

Doch als Umara zum Abschied mit den Lippen seine Wange berührte, erschauerte Staubnebel erneut, und unwillkürlich dachte er bei sich, dass die Krankheit der Liebe wohl die einzige sei, von der man niemals genesen konnte.

Die junge Christin hingegen verspürte, als sie sich schluchzend an seine Brust schmiegte, eine seltsame Mischung aus Angst, Traurigkeit und Mitleid, als flüsterte ihr eine innere Stimme zu, dass sie Staubnebel, das einsame chinesische Waisenkind, das wie aus dem Nichts in ihr Leben getreten war, den Jungen, von dem sie erst so spät bemerkt hatte, dass er vor Liebe zu ihr brannte, niemals wiedersehen sollte.

4

Kaiserlicher Palast von Luoyang.
1. Oktober 658

Wu Zhao war aufgeregt wie ein kleines Mädchen vor einer Partie Versteckspiel mit seiner besten Freundin.

Sie war fest davon überzeugt, dass dieser nach einer Woche ununterbrochenen Sonnenscheins beinahe sommerlich anmutende Herbsttag ein ganz besonderer Tag werden würde.

Bislang hatte die Kaiserin von China Weiße Wolke noch nie in die Sommerhauptstadt der Tang kommen lassen, in die sie trotz des nahenden ersten Reifs immer noch regelmäßig reiste.

Doch es gab einen bestimmten Anlass für seine Anwesenheit, über den sie mit ihm reden wollte, sowie sie sich im Pavillon der Orchidee ihren gewohnten körperlichen Vergnügungen hingegeben hatten. Das elegante achteckige kleine Gebäude stand in einem abgelegenen Winkel des Päoniengartens, dessen einsame Lage es Wu Zhao ermöglichte, ihren Besucher dort in aller Diskretion zu empfangen.

»Ich bin sehr froh, dass du eingewilligt hast, nach Luoyang zu kommen! Ich hoffe, die Reise war für den weißen Elefanten nicht allzu beschwerlich«, begrüßte sie ihn mit heller Stimme, ehe sie zum Käfig ihrer Grille hinüberging und ihn mit einem Schal zudeckte, um das Insekt zum Schweigen zu bringen.

Der heilige Elefant des Klosters vom Einen Dharma in Peshawar, der zum treuen Gefährten von Weiße Wolke geworden war, faszinierte die Kaiserin von China. Heimlich träumte sie davon, einmal auf seinen Rücken zu steigen, um das herrliche Gefühl zu verspüren, auf dem Gipfel dieses lebenden Berges mit seiner blassrosafarbenen Haut zu sitzen, die sein Herr zusätzlich noch mit weißem Pulver bestäubte, wenn er in den Durchgangsstraßen der Hauptstadt der Tang Aufsehen erregen wollte. Doch das verbot sich durch die strenge Etikette, der die Herrscherin unterworfen war, ganz abgesehen davon, dass der Elefant normalerweise auf einem Bauernhof in einem der Vororte von Chang'an untergebracht war, wodurch es Wu Zhao unmöglich wurde, ihm unerkannt einen Besuch abzustatten.

»Der weiße Elefant befindet sich im Pferdestall des Palastes der Durchreisenden Gäste, wo er von den kaiserlichen Pferdepflegern gehegt und gepflegt wird!«, entgegnete der Inder lächelnd.

»Ich habe die Dienerschaft angewiesen, uns den ganzen Tag lang ungestört zu lassen!«, erklärte Wu Zhao, während sie ihn umarmte, ehe sie eine Hand in die bauschige Hose des Mannes gleiten ließ, auf dessen Bauch das Wort »Tantra« geschrieben stand.

»Für die Vereinigung von Lingam und Yoni ist es ohne Belang, ob sie in der Sommer- oder der Winterhauptstadt des Reichs der Mitte vollzogen wird!«, scherzte dieser.

Es war inzwischen über ein Jahr her, seit Verrückte Wolke sich unter dem Namen Weiße Wolke auf den Weg nach Zentralchina gemacht hatte, um in die Nähe der Kaiserin zu gelangen und sie zum Tantrismus zu bekehren.

Er hatte inzwischen genügend chinesische Wörter gelernt, um die Sprache korrekt zu beherrschen, auch wenn er es sich nicht abgewöhnen konnte, sie indisch auszusprechen, also eher abgehackt und mit der Betonung auf bestimmten Lauten.

Es war keine Übertreibung zu behaupten, dass Wu Zhao Verrückte Wolke seit ihrer ersten Begegnung verfallen war. Sobald sich die Nachricht von der Anwesenheit dieses Tantrikers wie ein Lauffeuer in ganz Chang'an verbreitet hatte, hatten Neugier und ihre Vorliebe für außergewöhnliche Menschen sie dazu verleitet, ihn in den kaiserlichen Palast zu rufen.

Schon Wochen vorher hatte man in Chang'an Gerüchte über die bevorstehende Ankunft des Mannes mit unvergleichlichen Kräften gehört, dem der schmeichelhafte Ruf vorauseilte, halb Magier, halb Arzt zu sein. Dieser Ruf war auf den gewaltigen Anklang zurückzuführen, den er und sein einzigartiger weißhäutiger Elefant bei den riesigen Menschenmengen fanden, die sich ständig um ihn drängten, um ihn um eine Gunst, Heilung oder auch nur einen simplen Gefallen zu bitten.

Es war das erste Mal, dass sie in so bestimmten Worten über einen Menschen urteilen hörte. Für die einen war er der Teufel und das Böse in Person, während er für die anderen ganz im Gegenteil das Gute verkörperte, das auf die Erde herabgestiegen war.

Und was hatte sie schon zu verlieren, wenn sie sich mit eigenen Augen ein Bild von diesem Menschen machen wollte?

Er hatte seine gewünschte Wirkung auf die Kaiserin sorgsam vorbereitet und Wu Zhaos Boudoir nur mit einem Lendenschurz bekleidet betreten, sodass die Herrscherin Gelegenheit hatte, die seltsamen Male auf seinem Körper und die beiden bronzenen Ringe in seinen Brustwarzen zu betrachten.

»Ihr scheint körperliche Schmerzen zu mögen!«, hatte sie, fasziniert von der düsteren Schönheit seines Asketenkörpers, nur halb im Scherz bemerkt.

»Schmerz und Lust liegen sehr nahe beieinander! Vor allem wenn es einem gelingt, sie ins Extreme zu steigern!«, hatte er bedächtig erwidert.

Dann hatte er ihr vollkommen unerwartet und ohne die geringste Einleitung erklärt, dass die Vereinigung von Lingam und Yoni ein Gefühl unvergleichlicher Ekstase bescherе.

Sprachlos angesichts dieses freizügigen Auftritts, hatte Wu Zhao ihn zunächst noch argwöhnisch aufgefordert, diesen Gedanken weiter auszuführen; daraufhin hatte ihr halbnackter Besucher lediglich sanft nach ihrer Hand gegriffen und sie auf seinen flachen, muskulösen und so bizarr eingeritzten Bauch gelegt – damals wusste sie noch nicht, dass es sich um das Wort »Tantra« handelte –, ehe er sie behutsam über seine von Ringen durchstochenen Brustwarzen streichen ließ, die wie bei allen initiierten Yogis von der Fähigkeit eines Menschen zeugten, den Schmerz vollkommen unter Kontrolle zu halten.

Noch heute erinnerte sich Wu Zhao an die Schauer, die ihr über den Rücken gelaufen waren, als ihre Handfläche die fast schwarze Haut des seltsamen Inders berührt hatte. Sie standen sich ohne Zeugen gegenüber, und das Leuchten in seinen blutunterlaufenen Augen bohrte sich durch ihren ganzen Körper.

»Ich schlage vor, Ihr probiert es aus, Majestät, dann werdet Ihr ja sehen! Ihr braucht Eure Diener lediglich anzuweisen, uns während zwei Stunden nicht zu stören. Ich verspreche Euch, Ihr werdet es nicht bereuen!«, hatte Verrückte Wolke erklärt, wobei er den linken Zeigefinger in ein durch seinen rechten Daumen und Zeigefinger geformten Kreis schob.

Fassungslos über diese obszöne Geste und wohl wissend, dass sie einen einzigartigen Menschen vor sich hatte, dessen Bann sie fürchtete, hätte Wu Zhao trotz des merkwürdigen köstlichen Kribbelns, das sie immer noch an ihrer Handfläche spürte, beinahe einen ihrer Kämmerer angewiesen, den Mann unverzüglich zum Tor des Kaiserpalastes zu geleiten.

Doch plötzlich war etwas Unvorstellbares geschehen. Der Tantriker hatte seinen Lendenschurz angehoben, um der Kaiserin, der er an diesem Tag zum allerersten Mal gegenüberstand, freien Blick auf sein dunkles, angeschwollenes Glied zu gewähren, das sich vor ihr aufrichtete wie eine Kobra vor ihrer Beute.

»Dieser Lingam, Majestät, ist fähig, die Frau, deren Yoni das Glück hat, ihn in sich eindringen zu lassen, so glücklich zu machen wie eine Göttin!«, hatte er leise gemurmelt und seinen schrecklichen rubinroten Blick in ihre smaragdklaren Augen versenkt.

Dieser Magier war eindeutig mit keinem der Männer vergleichbar, die sie bis dahin verführt hatte. Er war sogar ohne Zweifel die unglaublichste von all den mehr oder weniger wunderlichen Gestalten, die sie bisher kennengelernt und zum größten Teil in ihrem Bett empfangen hatte. Und er war vor allem der Einzige, der es gewagt hatte, den ersten Schritt zu tun.

Seine Unverfrorenheit faszinierte sie, und während sie den eindrucksvollen Lingam musterte, beschlich sie das Gefühl, ein Wesen vor sich zu haben, das bereits nur noch zur Hälfte in dieser Welt lebte und demzufolge ihr Interesse verdiente. Einer zum Angriff erhobenen Lanze gleich, ähnelte das Glied des Inders keinem anderen, das sie bis dahin liebkost und geleckt hatte. Es war geradezu ein Ritualdolch, der die zartesten und unbeschreiblichsten Verletzungen herbeiführen musste.

Doch gleichzeitig machte er ihr Angst.

Deshalb zögerte sie noch, als ihr mit einem Mal bewusst wurde, dass ihre Kopfschmerzen wie durch ein Wunder verflogen waren.

Und die Erkenntnis, dass die schreckliche Haube aus Schmerz, die seit zwei Tagen ihren Kopf umschloss, in genau dem Augenblick verschwunden war, als der Inder ihr sein aufgerichtetes Glied zeigte, hatte die Herrscherin dazu bewogen, das Wagnis einzugehen.

Was hätte sie nicht alles getan, damit diese grässlichen stechenden Schmerzen aufhörten, die bis in ihr Gesicht ausstrahlten, wenn sie einen Anfall hatte?

Daher hatte Wu Zhao Stummer Krieger unverzüglich angewiesen, niemanden in ihr Gemach zu lassen und sie bis zum späten Nachmittag unter keinem Vorwand zu stören.

Nachdem sich Verrückte Wolke davon überzeugt hatte, dass sie alleine waren, hatte er die Kaiserin auf direktestem Wege auf die ekstatischen Pfade des Tantra geführt.

Er hatte seinen eigenartigen Gottesdienst damit begonnen, dass er sie mit langsamen, konzentrierten Gesten, die der heiligsten Rituale würdig gewesen wären, vollständig entkleidete, als blättere er in einem Buch mit göttlichen Orakeln. Verblüfft von seiner Selbstsicherheit, hatte sie ihn gewähren lassen: Da verfuhr dieser Weiße Wolke, den sie erst seit wenigen Minuten kannte, mit ihr, als sei er seit Jahren ihr Geliebter!

Wu Zhao liebte nichts mehr, als überrascht zu werden, und bei ihm war sie auf ihre Kosten gekommen.

Ohne Vorwarnung war der Inder mit seinem zum Bersten angeschwollenen Lingam tief in sie eingedrungen, als sei sein Glied eine Waffe.

Er hatte kaum mit zwei Fingern über das bereits geöffnete, feuchte Geschlecht der Kaiserin zu streichen und die steinharte Spitze seines Gliedes in sie hineinzustoßen brauchen, als die Lust in Wu Zhao aufbrandete, ihr die Sinne raubte und in einer ersten Ekstase jedes Gefühl für Raum und Zeit auslöschte.

Der Höhepunkt war viel überwältigender und vor allem sehr viel schöner gewesen als bei allen anderen Männern zuvor, selbst bei dem daoistischen Fangshi, obwohl dessen Jadestab diesen unvergleichlichen Geschmack von Wildheit gehabt hatte! Dabei waren nicht wenige Weiße Wolke zwischen den dürstenden Schenkeln der Kaiserin von China vorausgegangen, deren Haut inzwischen so weich und glühend heiß war wie die Sandhügel der Wüste Gobi, wenn sie auf den Regen warteten, der sie wieder ergrünen lassen würde.

Zum Glück war die Tür zu ihrem Gemach gepolstert, so konnte Wu Zhao alle Hemmungen fahren lassen und jedes Mal aufschreien wie eine Löwin, wenn der knotige Lingam von Weiße Wolke, der wie eine heilige Säule unter seinem dunklen, flachen, muskulösen Bauch herausragte, mit Wucht voller in sie hineinstieß.

Dieser so überzeugenden ersten Sitzung waren weitere, immer ausgefallenere gefolgt, und jedes Mal schienen die Empfindungen noch intensiver zu sein, als gelangte sie in den Armen dieses einzigartigen Mannes, der sie im Laufe ihrer Treffen alle Stellungen aus dem *Sutra der Liebe** lehrte, von einer krönenden Erfüllung zur nächsten.

Eine von Wu Zhaos Lieblingsstellungen bestand darin, ihre Zeigefinger in den bronzenen Ringen in den Brustwarzen von Verrückte Wolke zu verhaken und sich dann rittlings auf seinen aufgereckten Lingam zu setzen, um so noch besser die Lust zu spüren, die sie sich selbst auf diese Weise bereitete.

Dann brauchte sie sich bloß noch leicht auf und ab zu bewegen, um erst eine und dann immer weitere Wogen der Leidenschaft hervorzurufen, bis hin zur endgültigen Explosion, bei der alles, was sie in sich trug, plötzlich entwich. Als würden mit einem Schlag alle Kraft und Energie, die in den Tiefen ihrer Seele schlummerten, freigesetzt und lösten dieses gleißende Lustempfinden aus, welches dem Entrollen der Kundalini-Schlange folgte, die mit geöffnetem Maul aus der Region zwischen dem Anus und den Geschlechtsorganen zum Tausendblättrigen Lotos, dem *sahasrara*, aufstieg, dem Zentrum der Körperenergie am Scheitelpunkt des Hinterkopfs.

Denn in dem Moment, in dem die Kundalini die im

* Das *Kamasutra*

menschlichen Körper eingeschlossene Energie »verschlang«, verwandelte sie diese in »höchste Glückseligkeit«.

Dann mutete das Gestern beinahe schal und sehr viel weniger eindrucksvoll an als die Gegenwart, und ohne jeden Zweifel würde das nächste Mal noch viel intensiver sein.

Es gelang ihr nicht, dieses ausgemergelten, durchstochenen, über und über mit Narben bedeckten Körpers überdrüssig zu werden, dessen vor ihr aufgerichtetes dunkles Glied dem Bildnis eines Gottes glich, dem sie mit ihrem Mund zu opfern schien, wenn sie dieses fleischerne Schwert gierig mit den Lippen umschloss.

Je länger sie sich mit Weiße Wolke in allen, selbst den absonderlichsten Stellungen paarte, desto mehr hatte Wu Zhao das Gefühl, diesen Geliebten zu beherrschen, als gehörte er ihr ganz und gar.

Doch die Wahrheit war eine andere.

Denn genau das Gegenteil war geschehen, und der Tantriker hatte es geschafft, sich den Körper dieser Frau gleich beim ersten Mal, als er sich mit ihr vereinte, so sehr untertan zu machen, dass sie nicht mehr ohne seine Liebkosungen sein konnte.

Es war die Herrscherin, die in diesem seltsamen, innerhalb kürzester Zeit durch eine ekstatische Beziehung miteinander verbundenen Paar nicht nur zur willigen Schülerin des Kundalini-Yoga, sondern in mancherlei Hinsicht auch zur Sklavin ihres Yogi geworden war.

Aber um die Kaiserin von China auf den Gipfel sexueller Ekstase zu führen, hatte Weiße Wolke auch wahrhaftig nicht mit Einfallsreichtum gegeizt. Jedes Mal, wenn die beiden Liebenden sich heimlich hinter der gepolsterten

Tür von Wu Zhaos Gemach vereinten, ließ er sie ein neues Ritual entdecken.

Und ihr bereitete es den höchsten Genuss, dem Lingam von Verrückte Wolke zu opfern.

Kurz vor dem körperlichen Akt ergötzte sich Wu Zhao am Anblick der zum Anschwellen bereiten Adern unter der zarten Haut, die schon von der außergewöhnlichen Neigung seines Gliedes zeugten, sich wie ein zorniger Naga aufzurichten und sich auf seine Beute zu stürzen.

Doch was sie mit ebenso großem Interesse betrachtete, als wäre es die kostbarste Reliquie des Buddha, war die Spitze jener Muskellanze, rosig schimmernd wie eine Pfingstrosenknospe und dabei hart und glatt wie das Innere einer Muschel, wenn sie sich anschickte, mit fiebriger Hast ihre Zunge darübergleiten zu lassen.

Das Glied von Verrückte Wolke war zum Griffel geworden, der in feurigen Lettern die esoterische Schrift des Kundalini-Yoga und der Beherrschung der unauflöslichen Einheit von Körper und Geist auf die Haut der Kaiserin schrieb.

Wu Zhaos neugieriger Geist war unweigerlich beeindruckt gewesen von dem, was Weiße Wolke ihr über die rituelle Verwendung der Sexualität erzählt hatte. Der Tantriker hätte sie nur zu gerne dazu verleitet, das Ritual auf den Buddhismus anzuwenden, um so der Edlen Wahrheit des Erhabenen zusätzliche Kraft zu verleihen, doch Wu Zhao wollte nichts weiter, als die einzigartige Macht zu zähmen, die aus der Vereinigung der roten Energie des weiblichen Geschlechts, das Weiße Wolke mit dem hübschen Namen »yoni« bezeichnete, mit jener weißen Energie erwuchs, die dem Lingam ihres Gefährten entsprang.

Weder die Zeit noch die recht günstigen Umstände waren dazu angetan, die Leidenschaften der Kaiserin zu zügeln. In der Gewissheit, dass die chinesischen Gemeinschaften des Großen Fahrzeugs unerschütterlich hinter ihr standen, beruhigt durch ihren Einfluss auf einen Gemahl, den das Voranschreiten seiner Krankheit mit jedem Tag ein wenig mehr beeinträchtigte, und voller Zuversicht, dass es ihr auch in Zukunft gelingen würde, die unaufhörlichen Angriffe ihrer Feinde zurückzuschlagen, fühlte sie sich stärker denn je.

Und die wöchentlichen erotischen Spiele, die all ihre Sinne in Ekstase versetzten, steigerten ihre sichere Gelassenheit noch.

Das einzige Sandkorn, das diese sanfte Euphorie hätte stören können, hieß Umara. Die Kaiserin von China empfand die Tatsache, dass Vollendete Leere die bezaubernde junge Christin gefangen hielt, als ausgesprochen schädlich und ungerecht.

»Warum gebt Ihr sie nicht in meine Obhut? Ich würde sie genauso gut von allen anderen fernhalten wie Ihr, aber zumindest könnte sie hier im Päoniengarten spazieren gehen!«, hatte sie Vollendete Leere bei einer ihrer Unterhaltungen vorgeschlagen.

»Dieses junge Mädchen weiß ganz genau, wo sich die heiligen Reliquien befinden, die wir für unsere gemeinsamen Ziele benötigen! Solange sie nicht redet, werde ich sie unter keinen Umständen aus meinem Kloster herauslassen!«, hatte der große Meister des Dhyana ohne Umschweife erklärt.

»Würde es Eure Meinung ändern, wenn ich Euch ein paar Ballen Seide für Eure Banner besorgte?«, hatte sie, ein wenig verärgert über seine unbeugsame Haltung, entgegnet.

Da die Epidemie, die die Seidenspinner befallen hatte, kurz zuvor ausgerottet worden war, kam die Seidenproduktion in den kaiserlichen Manufakturen allmählich wieder in Gang, sodass das Eintreffen der manichäischen Seide für die Pläne der Herrscherin von nicht mehr ganz so entscheidender Bedeutung war. Wu Zhao wusste also, dass sie dieses Versprechen ohne größere Schwierigkeiten würde halten können.

»Nun seid Ihr am Zug, Majestät!«, hatte der große Meister des Dhyana, der über die Gabe verfügte, sich stets alle Türen offen zu halten, lächelnd erwidert.

Wieder einmal hatte Wu Zhao grenzenloses Geschick bewiesen, um ihr Ziel zu erreichen.

Indem sie den Seidenminister Tugend des Äußeren im Namen von Gaozong persönlich und unter dem Vorwand, der Stoff sei für die Gewänder des Kaisers bestimmt, unter Druck setzte, hatte sie für den Abt einige herrliche Ballen roten und weißen Seidenmoiré besorgt. Dieser hatte sie sofort an die Stick- und Malerwerkstätten des Klosters der Dankbarkeit für Erwiesene Kaiserliche Wohltaten weitergeleitet, wo daraus bald ein knappes Dutzend Meditationsbanner gefertigt würden. Gleich im Anschluss hatte sie Vollendete Leere zu sich gerufen, um ihn erneut zu fragen, ob er endlich bereit sei, Umara in ihre Obhut zu übergeben.

»Ich möchte mich Eurem Anliegen nicht verschließen, Majestät. Dennoch solltet Ihr Euch das gut überlegen«, hatte er lediglich geantwortet.

»Das Schicksal dieser jungen Frau ist ungerecht. Woher

wollt Ihr wissen, dass sie Euch überhaupt etwas über den Verbleib der Reliquien sagen kann, nachdem die Höhle, in der sie versteckt waren, geplündert wurde?«

»Eine so heilige Reliquie verschwindet nicht einfach! Der Erhabene wacht über das, was er den Menschen hinterlassen hat!«

»Und ich dachte immer, die Lehre des Großen Fahrzeugs lege mehr Wert auf die Sitzmeditation als Weg zur Erlösung als auf die Verehrung heiliger Reliquien, wie sie von den Mönchen in Indien praktiziert wird.«

»Die Macht des Großen Fahrzeugs beruht auf der Zahl seiner Mönche, und die Kosten für ihre Ausbildung und Versorgung steigen unaufhörlich. Deshalb benötigen wir von Jahr zu Jahr mehr Geld, Majestät.«

»Wenn ich recht verstehe, wollt Ihr also eine weitere Wallfahrt organisieren! Die Himmlischen Zwillinge genügen Euch nicht mehr«, hatte sie spöttisch erwidert.

»Seit ich diese Kinder den Gläubigen präsentiere, fließt das Geld wie nie zuvor! Wenn dazu noch die Augen des Buddha kämen, könnte unser Kloster riesige Grundstücke in bester Lage mitten im Zentrum der Stadt erwerben!«

»Und zu welchem Zweck?«

»Um sie an das Reich weiterzuverkaufen! Und genau dabei wäre Eure Unterstützung für uns von entscheidender Bedeutung!«, versetzte das Oberhaupt des chinesischen Mahayana, ohne zu zögern.

»Das heißt, Ihr wollt meine Hilfe, um zu gegebener Zeit bei diesem Geschäft den größtmöglichen Gewinn herauszuholen«, hatte sie, regelrecht benommen von so viel Gerissenheit und unmoralischer Machtpolitik, gemurmelt.

»So ist es. Wenn ich es abstritte, würde ich lügen!«

»Und inwiefern würde dies meinen Aufstieg auf den chinesischen Thron fördern?«, hatte sie geflüstert, während sich ihre Kehle bei diesen Worten, die so explizit zum ersten Mal über ihre Lippen kamen, zusammenschnürte.

»Ganz einfach, Majestät: Durch einen entsprechenden, an den Toren der rund zehntausend chinesischen Pagoden angeschlagenen Text würde sich das Große Fahrzeug offen auf Eure Seite stellen.«

»Eine einfache Erklärung wird dazu sicherlich nicht genügen! Vergesst nicht, dass der Hof dazu gebracht werden müsste, zu akzeptieren, dass der Kaiser von China, der in der Mingtang* den himmlischen Auftrag erhält, die Geschicke des chinesischen Volkes zu lenken, eine Frau wäre«, rief sie. Allein schon der Gedanke an die zahllosen Hindernisse, die sich ihr in den Weg stellen würden, ehe sie ihren Traum verwirklichen könnte, raubte ihr den Atem.

»Zweifellos. Aber ich glaube, dafür gibt es eine Lösung«, hatte Vollendete Leere geheimnisvoll hinzugefügt.

Erst nachdem Wu Zhao ihn nachdrücklich gedrängt hatte, willigte der Abt ein, seine rätselhaften Worte zu erläutern.

»Allmorgendlich strömen die Gläubigen in mein Kloster, um das Gewand der Himmlischen Zwillinge zu küssen. Ein überdurchschnittlich Gebildeter von ihnen hat in dem Wissen, dass Ihr die offizielle Beschützerin dieser beiden Kinder seid, behauptet, Ihr wärt eine frühere Inkarnation des zukünftigen Buddha Maitreya. Und das hat mich auf eine Idee gebracht.«

»Was für eine Idee?«, stieß sie, durch die wilde Hoff-

* Mit diesem Namen wird die Halle des Lichts bezeichnet, in der der Kaiser am Tag seiner Krönung das »Himmlische Mandat« erhält.

nung, die er in ihrem Herzen weckte, in höchste Erregung versetzt, hervor.

»Die Vermutung dieses Mannes ist schwer zu widerlegen, handelt es sich doch um den Buddha der Zukunft, von dem niemand genau weiß, wann oder in welcher Gestalt er kommen wird. Mein intellektueller Ruf würde es mir somit erlauben, diese Theorie zu stützen, ohne Widerspruch von Seiten Eurer Feinde fürchten zu müssen. Es würde zum Beispiel genügen, wenn ich ein Sutra verfasste, in welchem diese Annahme weiter ausgeführt und schließlich bestätigt würde. In dieser Schrift würde, natürlich ohne Euren Namen zu nennen, ein Bild dieser früheren Inkarnation gezeichnet werden, in dem jeder Euch mühelos erkennen sollte! Ich habe sogar schon eine Idee, wie es heißen könnte: der *Klassiker der Bedeutenden Wolke* *«, hatte Vollendete Leere in verschwörerischem Ton erklärt.

»Wie seltsam, ich habe selbst schon gelegentlich geträumt, ich sei eine Inkarnation des zukünftigen Buddha Maitreya!«, entfuhr es der Kaiserin, die diesen Traum tatsächlich regelmäßig hatte, auch wenn sie bislang nie gewagt hatte, jemandem davon zu erzählen.

Wenn die Kaiserin bei dieser Unterhaltung erkannt hatte, wie weit der Abt aus Luoyang zu gehen bereit war, um die Augen des Buddha in seinen Besitz zu bringen, so hatte ihr Gespräch sie vor allem in ihrem Willen bestärkt, die Steine mit den prophetischen Inschriften aus dem Fluss Le heben zu lassen.

* Dieses Buch hat es wirklich gegeben. Darin wurde die These vertreten, die Kaiserin sei eine Inkarnation des zukünftigen Buddha Maitreya.

Deshalb hatte sie an diesem Tag auch etwas ganz Bestimmtes im Sinn, während sie begann, langsam über ihr Yoni zu streichen, als Weiße Wolke mit seinem angeschwollenen Lingam in sie eindrang.

Sie brauchte die Hilfe des weißen Elefanten. Das war der einzige Grund, aus dem sie Weiße Wolke gebeten hatte, zu ihr nach Luoyang zu kommen: Mit seiner gewaltigen Kraft sollte der Elefant die Felsen aus dem Wasser ziehen, die Stummer Krieger kaum hatte bewegen können, als er in den Fluss gesprungen war, um die kleine Juwel zu retten.

Und nachdem sie nun ihre Lust ausgekostet hatte, konnte sie es kaum erwarten, ans Ufer des Le zu eilen.

»Ich brauche die Dienste deines weißen Elefanten«, wisperte sie Verrückte Wolke ins Ohr, der, in seine Ekstase versunken, nachdem er verstohlen eine seiner Pillen geschluckt hatte, gerade im Begriff war, auf dem nackten Zimmerboden einzuschlafen.

»Dazu brauche ich nur in den Pferdestall zu gehen, Majestät, selbstverständlich steht er Euch zur Verfügung«, gähnte Verrückte Wolke.

»Dann geh und hole ihn!«

Kurz darauf wiegte sich der riesige Elefant mit der weißlich rosa schimmernden Haut vor der Kaiserin von China, die eigens vor die Tür des Pavillons der Orchidee getreten war, um ihn zu begrüßen.

Sie ging auf das Tier zu, dessen große Ohren sanft durch die Luft schwangen, und legte eine Hand auf seine breite faltige Stirn.

Neben seiner riesigen Gestalt erinnerte Weiße Wolke sie auf eigentümliche Weise an Puxian, den Bodhisattva Samantabhadra, der ebenfalls einen weißen Elefanten zum

Reittier hatte. Ihr kam der Gedanke, dass die Aura, die Weiße Wolke umgab, wahrscheinlich darauf beruhte, dass zahllose Gläubige davon überzeugt waren, Puxian und der Inder mit den durchstochenen Brustwarzen seien ein und derselbe.

»Wie kann der Elefant Euch zu Diensten sein, Majestät?«

»Er soll acht große Felsbrocken aus dem Fluss ziehen, die tief unten auf seinem Grund liegen. Für Menschenkraft sind sie zu schwer, nicht wahr, Stummer Krieger?«, rief sie, an den turko-mongolischen Riesen gewandt, dessen finstere Miene von dem tiefen Hass zeugte, den er Weiße Wolke entgegenbrachte.

»Hol drei starke Hanfseile!«, fügte sie hinzu, ohne auf den grimmigen Blick zu achten, den ihr Leibdiener dem Inder zuwarf.

Denn noch kurz zuvor hatte der Riese sie, krank vor Eifersucht und von rasendem Begehren erfüllt, aus seinem Versteck auf der Veranda des Pavillons der Orchidee dabei beobachtet, wie sie es miteinander trieben wie zwei brünstige Tiere.

In seinen Armen hatte sich Wu Zhao niemals so hingegeben wie in denen dieses Inders mit den blutunterlaufenen Augen, der unablässig diese dunklen Pillen schluckte, die er heimlich aus dem kleinen ledernen Beutel in seiner Tasche holte.

Verbittert hatte Stummer Krieger erkennen müssen, dass das Glied von Weiße Wolke zwar weniger dick und auch nicht so lang war wie sein eigenes, das Liebesspiel mit dem Rivalen der Kaiserin aber dennoch zehnmal mehr Befriedigung zu schenken schien!

»Nicht wissen, wo finden!«, erwiderte er in seiner unnachahmlichen Sprache.

»Im Schuppen liegen ganze Rollen davon! Beeil dich! Du weißt genau, dass ich nicht gerne warte«, versetzte sie trocken.

Widerwillig gehorchte der Grillenträger und kam wenige Augenblicke später mit schweren Tauen zurück, wie sie verwendet wurden, um die Schiffe auf dem kaiserlichen Kanal zwischen Chang'an und Luoyang zu treideln.

Dann gingen sie zusammen mit dem langsam und majestätisch einherschreitenden heiligen Elefanten des Klosters vom Einen Dharma in Peshawar ans Flussufer.

Wu Zhao war wie verwandelt!

Sie war zu einer regelrechten Feldherrin geworden, erteilte den beiden Männern präzise Befehle, die gehorsamst ausgeführt wurden, überprüfte die Befestigung der Seile an der Brust des Tieres, nahm die Fläche in Augenschein, auf die die Felsen gezogen werden sollten, und schätzte die Neigung und Höhe des grasbewachsenen Ufers ab.

Das schöne Gesicht der Herrscherin strahlte die gleiche Härte aus wie das eines befehlshabenden Generals, der vor der Schlacht seine Truppen aufstellt.

»Stummer Krieger, spring ins Wasser und zieh ein Seil unter dem ersten Felsen durch, damit der Elefant ihn ans Ufer holen kann!«, wies sie ihren Diener an.

»Majestät, Wasser sehr kalt!«, ächzte dieser, nachdem er einen Zeh in den Fluss gesteckt hatte.

»Tu, was ich dir sage!«, beharrte sie, woraufhin Stummer Krieger widerstrebend gehorchte.

Während Verrückte Wolke sich hinter einen Baum zurückzog, um eine seiner unvermeidlichen Pillen zu schlucken, sprang der turko-mongolische Riese in die eisigen jadegrünen Fluten.

Wu Zhao starrte auf die konzentrischen Kreise, unter denen ihr zungenloser Diener verschwunden war, und wartete gespannt darauf, dass sein Kopf wieder die Oberfläche durchbrach. Als er nach einigen Minuten, die der Kaiserin wie Jahrhunderte erschienen, den Kopf voller Algen, endlich wieder auftauchte, hörte sie zu ihrer Verwunderung, wie er verstockt erklärte: »Zu schwierig! Nicht möglich!«

Unwillkürlich durchzuckte sie die Erkenntnis, dass er sie erpresste.

Sie nutzte die Tatsache, dass Weiße Wolke ein wenig abseits stand, kniete am Rand des Wassers nieder, beugte sich zu dem turko-mongolischen Riesen hinab und strich mit ihrer Zunge sacht über seinen halb geöffneten Mund, während er allmählich wieder zu Atem kam.

»Wenn du es schaffst, das Seil um die Felsen zu binden, sollst du heute Nacht reich dafür belohnt werden!«, flüsterte sie und schenkte ihm ihr verheißungsvollstes Lächeln.

Wu Zhaos feste Brüste, an deren nach Mango schmeckenden Knospen Stummer Krieger so gerne saugte, schmiegten sich in den weiten Ausschnitt ihres Oberteils. Da tauchte er ohne zu zögern auf den Grund des Flusses zurück, und als er wieder hochkam, hielt er triumphierend die beiden Enden des Seils in der Hand.

Nachdem das Seil wie ein Geschirr an der Brust des Elefanten befestigt worden war, brauchte Weiße Wolke ihn lediglich zärtlich hinter dem rechten Ohr zu kraulen, und schon ging er, unbeeindruckt von den starken Tauen, ein paar Schritte vorwärts. Bald schon tauchte ein erster grünlicher Felsen aus den Fluten auf.

Beim Anblick des großen moosbewachsenen Würfels stieß die Kaiserin von China unwillkürlich einen Freudenschrei aus. Sie holte eine Banane aus einem kleinen Beutel und schob sie in das Maul des Elefanten, der zum Zeichen des Dankes den Rüssel hob.

Schon bald lagen acht ungefähr gleich große würfelförmige Felsen in einer Reihe auf der Wiese am Flussufer.

Während sich die beiden von der Anstrengung erschöpften Männer unter einen Baum fallen ließen, stürzte sich Wu Zhao unter dem beinahe amüsiert wirkenden Blick des heiligen Elefanten aus Peshawar auf die ehrwürdigen Steine, die zu ihren wichtigsten Verbündeten für die Zukunft geworden waren.

Mit klopfendem Herzen strich sie mit der Hand darüber, um sie von der seltsamen glibberig grünen Masse zu befreien. Es ging ganz leicht, die Handkante genügte, um sie abzuwischen und an verschiedenen Stellen die Oberfläche freizulegen.

Es dauerte nicht lange, bis sie entdeckte, dass die Felsen nicht die geringste Inschrift oder Gravur aufwiesen.

Nachdem sie sich vergewissert hatte, dass ihre beiden Gefährten immer noch schliefen, strich sie die abgekratzte Algenpaste wieder zurück auf den Felsbrocken.

Da lagen nun die riesigen grünen Steine, bar jeder Inschrift und alles in allem von bestürzender Banalität, und schienen sie zu verspotten. Wahrscheinlich waren sie einst Bestandteil eines verschwundenen Bauwerks gewesen – einer Brücke vielleicht – und ihre Versenkung hatte nicht das Geringste mit der Legende zu tun.

Sie war gleichzeitig enttäuscht und erleichtert: Da die Steine bislang keine Inschrift trugen, konnte sie sie in aller Ruhe selbst gravieren lassen.

Sie rief sich die Worte von Vollendete Leere über eine mögliche Inkarnation des Buddha Maitreya in ihrer Gestalt ins Gedächtnis; sie erinnerte sich an die unnachgiebige Haltung des großen Meisters des Dhyana, was die Augen des Buddha betraf; sie hörte das aus den Tiefen Chinas emporgestiegene Gerücht, dem zufolge Verrückte Wolke die Reinkarnation des Bodhisattva Puxian sei; sie dachte an den Respekt, die Verehrung, ja beinahe die Furcht, die die Himmlischen Zwillinge erregten, wenn sie in ihrem Palankin durch die Stadt getragen wurden.

Es lag auf der Hand: Wenn das Heilige, das Irrationale in den Geist der Menschen Einzug hielt, war alles andere dagegen machtlos.

Brauchte sie Vollendete Leere und seinen *Klassiker der Bedeutenden Wolke* überhaupt?

Reichte es nicht, die Entdeckung der zuvor mit entsprechenden Schriftzeichen versehenen Felsen geschickt zu inszenieren? Danach würde sich die Neuigkeit, dass Kaiserin Wu Zhao womöglich eine Inkarnation des Buddha Maitreya sei, wie ein Lauffeuer in ganz China verbreiten.

Und auch den Himmlischen Zwillingen wies sie bereits ihre Rolle zu: Ihrer wundersamen Hilfe sei es zu verdanken, dass sie die berühmten prophetischen Felsen auf dem Grund des trüben Wassers überhaupt gefunden habe.

Dann wäre mit einem Schlag alles möglich und das Mandat des Himmels zu erlangen eine reine Formalität.

Plötzlich dachte sie voller Wehmut an Umara, die junge nestorianische Christin. Was hätte sie nicht darum gegeben, dass die junge Frau, der sie sich so verbunden fühlte, hier neben ihr am Ufer des Le stehen könnte!

Wu Zhao erkannte in Umara einiges von sich selbst wieder: die gleiche strahlende, mit Intelligenz gepaarte Schönheit, die Beharrlichkeit, den leidenschaftlichen, kompromisslosen Charakter und den gleichen Drang nach einem scheinbar unerreichbaren Absoluten.

Doch im Gegensatz zur Kaiserin hatte die junge Christin all ihre Fähigkeiten in den Dienst ihres Strebens nach Glück gestellt, während die sehr viel einsamere Wu Zhao ihren verrückten Traum von der höchsten Macht verfolgte.

Nur die Zukunft konnte entscheiden, welche von ihnen den richtigen Weg gewählt hatte. Wie groß waren ihre Aussichten, ihr Ziel zu erreichen? Keine von beiden war bereits am Ziel ihrer Mühen oder ihrer Überraschungen angelangt.

»Darf ich dich um einen Gefallen bitten, Weiße Wolke?«, flüsterte Wu Zhao und schüttelte den Inder sacht, um ihn aufzuwecken.

»Sagt mir nur welchen, Majestät.«

»Ich müsste den weißen Elefanten um einen weiteren Dienst bitten.«

»Ja?«

»Sorge dafür, dass er die acht Felsen in den hinteren Teil des Parks bringt, ohne dass irgendjemand etwas davon bemerkt!«

Dabei war Wu Zhaos Blick so hart, dass es sogar Verrückte Wolke schwerfiel, ihm standzuhalten.

5

Zitadelle von Palmyra

»Braucht Ihr etwas, meine Prinzessin?«

Die Frage kam von einer dicken, ordinären Kammerfrau, deren Bauchwülste faltig wie die Haut eines Elefanten aus der engen schwarzen Pluderhose quollen.

Jede Stunde platzte die Matrone mit diesen Worten in das mit Marmor ausgekleidete Zimmer, in dem die junge Chinesin eingesperrt war, einerseits, um sich zu vergewissern, dass es Jademond an nichts mangelte, andererseits aber sicher auch, um sie besser unter Kontrolle zu halten.

Die Gemahlin von Speer des Lichts gab ihr matt zu verstehen, dass ihr ein Getränk, und sei es auch bloß lauwarm, sehr willkommen wäre.

Bei der drückenden Hitze, die das Zimmer in ein Schwitzbad verwandelte, ertrug die junge Chinesin nicht einmal mehr den Geruch der Weihrauchkörner und Jasminblüten, die die Kammerfrau jeden Morgen auf den bunten Bodenfliesen verstreute. Zu ihrer Erleichterung brachte sie ihr nun ein Glas Tee mit Kardamom, das Jademond gierig hinunterstürzte.

Die Sonne brannte so heiß, dass sie sich nicht einmal mehr auf dem Fensterbrett ihres prunkvollen Gefängnisses abstützen und hinausschauen mochte, obwohl das sonst ihre einzige Beschäftigung darstellte.

Von der Festung von Palmyra, in der sie festgehalten wurde, einer atemberaubenden Burg, die sich an einen steilen Felssporn klammerte, der nur über einen schmalen Weg zu erreichen war und in einer in den Fels geschlagenen Treppe endete, genoss man einen einzigartigen Blick auf das alte Tadmor, das damals die hübschen Namen »Palmenstadt« oder Palmyra trug.

Morgens und abends stand Jademond stundenlang am Fenster, ohne jemals dieses unglaublichen Anblicks überdrüssig zu werden, den die Menschen im Laufe der Jahrtausende geschaffen hatten.

In der Ferne flimmerten die schönsten Ruinen der römischen Welt in der erbarmungslosen Spätsommersonne: das Theater, in dem so viele Schauspieler über Jahrhunderte hinweg zur größten Freude der gehobenen Kaufmannsgesellschaft, die der Stadt ihren Reichtum beschert hatte, die großen lateinischen und griechischen Autoren aufgeführt hatten; der Tempel des aus Babylonien stammenden Gottes Bel, der nicht nur über die Sonne, den Mond und die Planeten gebot, sondern auch als Herrscher über die menschlichen Schicksale galt, und vor allem die berühmte Kolonnade, die die Hauptstraße der Stadt zierte, welche im Gegensatz zu den Gehwegen auf beiden Seiten nicht gepflastert war, damit die Kamele nicht ins Rutschen gerieten.

Am Ende dieser breiten Straße lag inmitten eines Durcheinanders von Zelten und wackligen Buden der berühmte Weihrauchmarkt, Endpunkt der Handelsroute aus dem »Glücklichen Arabien«, der wichtigsten Gewinnungsstätte für das sogenannte »Gummiarabikum«.

Palmyra duftete nicht nur nach Weihrauch und Gewürzen, man fand dort auch das beste Obst und Gemüse, die raffiniertesten Marmeladen und feinen Backwaren sowie das zarteste Lammfleisch im ganzen Mittleren Orient, das an fahrenden Garküchen gebraten wurde, um damit ungesäuertes Brot zu füllen, das ganz warm aus den Öfen kam.

Die arme Jademond hatte nie einen Fuß in die »Palmenstadt« setzen können, um ihre unzähligen Düfte und kulinarischen Köstlichkeiten zu genießen.

Denn auch wenn die Mauern ihres Zimmers aus rosafarbenem Marmor bestanden und prunkvolle persische Teppiche den Boden bedeckten, war die Gemahlin von Speer des Lichts doch nichts anderes als die Gefangene eines Sultans.

Als sie ihm am Tag ihrer Ankunft zum ersten Mal vorgestellt worden war, hatte sie, obwohl darauf bedacht, sich ihre Angst nicht anmerken zu lassen, am ganzen Leib gezittert.

Der lüsterne Blick dieses fetten und wie ein Affe behaarten Mannes hatte sie mit Schrecken und Abscheu erfüllt. Nachdem der dicke, haarige Sultan, der nicht ein Wort Chinesisch sprach, sie mit begehrlichen Blicken taxiert hatte, verlangte er nach einem Übersetzer.

»Sultan Raschid wünscht, dass Ihr ihm sagt, aus welcher chinesischen Stadt Ihr stammt«, hatte der Übersetzer, ein Sogdier mit pockennarbigem Gesicht, der nicht weniger als sechs Sprachen, darunter auch Chinesisch und Arabisch, sprach, als Erstes gefragt.

Zum großen Leidwesen des Tujue-Hauptmanns, der sie Sultan Raschid gerade zu einem horrenden Preis angeboten hatte, hatten Jademonds Lippen nicht einmal gezittert.

Daraufhin hatte der Sultan ein paar knappe Befehle erteilt, und sie war von Wachen in das Zimmer mit dem Marmorfußboden geführt worden, wo sie sich, kaum dass die Tür hinter ihr zugesperrt war, auf das flauschig weiche Bett im Alkoven geworfen hatte.

Und dort hatte sie, zum ersten Mal seit langem wieder alleine, endlich bittere Tränen vergossen.

Seit Wochen schon wartete sie auf diese Gelegenheit, ihren Geist und ihr Herz von dem unfassbaren Schmerz reinzuwaschen, der sich dort eingenistet hatte, seit sie ihr ungeborenes Kind verloren hatte.

Bis dahin hatte sie sich in ihrem Leid eingemauert und tapfer die Zähne zusammengebissen, um die Tränen zurückzuhalten.

Denn nach fünf Tagen ununterbrochenen Ritts auf dem unermüdlichen Pferd des Tujue-Hauptmanns, der sie an seinen Rücken gebunden hatte, hatte sie mitten in der Nacht, als ihr Trupp am Fuß eines Steilhangs lagerte, eine Fehlgeburt erlitten.

Geistesgegenwärtig hatte sie sich von der Gruppe entfernt, um keinen Verdacht zu erregen, und hatte ganz alleine, ein Tuch in den Mund gepresst, um nicht laut zu schreien, den toten Fötus vor einer Spalte in der Felswand aus ihrem Körper gepresst, während alle anderen um die Wette schnarchten und nicht ahnten, dass ihre Geisel gerade viel zu früh niederkam.

Am nächsten Morgen war sie durch den Blutverlust so geschwächt, dass sie kaum sprechen konnte, als der Anführer der Tujue, dem ihre ungewöhnliche Blässe aufgefallen war, sie mit Hilfe von Gesten fragte, ob etwas nicht in Ordnung sei.

»Nein, nein. Es war bloß eine Eule, deren Rufen mich

heute Nacht wach gehalten hat«, hatte sie lediglich geantwortet.

Den Rest ihrer Reise hatte die unglückliche Jademond wie in einem Albtraum durchlebt.

Wie stark musste sie sein, um nicht einfach aufzugeben! Denn der Weg von Turfan nach Bagdad hatte kein Ende genommen. Wie ein Automat hatte die verzweifelte junge Frau zahlreiche Oasenstädte passiert: Hinter Yarkhoto, das von den Chinesen Jiaohe genannt wurde und einige Tagesmärsche von Turfan entfernt am Zusammenfluss zweier Flüsse auf einem Lösshügel lag, hatte sie sehr viel längere Etappen überstehen müssen. Sie durchquerten Korla im Norden des Tarimbeckens und zogen am Himmelsgebirge Tianshan entlang, dessen Steilhänge von Höhlen durchlöchert waren, in denen Einsiedler des Großen Fahrzeugs beteten.

Das Herz war ihr schwer geworden, als sie Kucha erblickte, die Heimatoase von Speer des Lichts, inmitten von Gärten, in denen Aprikosen angebaut wurden, deren Haut so zart war wie die Haut eines Säuglings, und Weinbergen, in deren Furchen Pflaumenbäume mit rosafarbenen Früchten wuchsen.

Dort wäre sie ihren Entführern nur zu gerne entwischt, doch sie wurde streng bewacht, und der Anführer der Tujue, der, wie sie nach einer Weile verstanden hatte, den Namen Kaled Khan trug, ließ sie nicht aus den Augen.

Hinter dem eindrucksvollen »Sandkorridor«, einem langen Wüstenstreifen, auf dem nur winzige, dornige Pflanzen wuchsen und dessen Durchquerung gut zwei Wochen dauerte, tauchten in einer nahezu wasserlosen Region die ersten Ausläufer des Pamir auf. Dann waren sie nach Aksu gekommen, wo sie sorgsam ihre Krüge und ledernen Wasserschläuche wieder aufgefüllt hatten, nachdem sie beim obersten Brunnenmeister der Stadt die Gebühr bezahlt hatten.

Auf ihrer nächsten Station hatte sie den riesigen, chaotischen Markt von Kashgar oder Kashi entdeckt, wie diese auf der ganzen Welt am weitesten vom Meer entfernt gelegene Stadt von den Chinesen genannt wurde, wo das Seidenhändlerviertel von bewaffneten Männern bewacht wurde, die jeden kontrollierten, der hineinwollte.

Kashgar bedeutete damals für die Kultur und den Handel der Welt das Gleiche wie eine Wasserscheide für Flüsse: Zu beiden Seiten der Handelsoase wirkten Anziehungskräfte und Einflüsse, östlich davon gen Orient, auf der westlichen Seite Richtung Okzident.

Nachdem sie diese von Grund auf kosmopolitische und für einen Chinesen bereits so westlich anmutende Stadt hinter sich gelassen hatten, verschwanden die zuvor schon recht spärlich gewordenen Spuren der chinesischen Kultur allmählich wie kleine Tröpfchen nach dem Regen, nicht nur aus den Gesichtern der Menschen, sondern auch aus der Form der Dächer und den Ernährungsgewohnheiten.

Nur die Seide, dieses einzigartige Gewebe, zeugte weiterhin von der Raffinesse einer ebenso fernen wie unbekannten großen Zivilisation.

Danach hatten Jademonds Entführer ausgedörrte, öde Ebenen überwinden müssen, wo sich gewaltige Felsspalten unter den Hufen ihrer kleinen »Blut schwitzenden«*

* Der Parasit *parafilaria multipapillosa* unter der Haut der Steppenvollblüter ließ kleine Bluttröpfchen austreten, die sich mit ihrem Schweiß vermischten.

ferghanischen Pferde auftaten, die auch »Himmelspferde« genannt wurden. Wie durch ein Wunder gelang es diesen Pferden dank ihrer Wendigkeit und trotz ihres wilden Galopps, sich nicht die Beine zu brechen. Das hätte ihre Reiter gezwungen, sie erbarmungslos zu töten, damit sie nicht den Geiern zum Opfer fielen, deren entsetzliche Klauen und scharfe Schnäbel sie bei lebendigem Leib zerfleischt hätten.

Nachdem sie wochenlang von morgens bis abends auf dem Pferderücken gesessen hatte, spürte die unglückliche junge Chinesin ihren Bauch, ihre Beine und ihren Rücken nicht mehr, als sie den Amu-Darya überquerten. Und nach Tagen, die ebenso lang waren wie die öde Landschaft eintönig, hatten sie schließlich Maschhad in Baktrien und dann Isfahan in Persien erreicht.

So war Jademond widerstrebend in eine Welt eingetaucht, von deren Existenz sie bis dahin nicht einmal etwas geahnt hatte.

Nichts glich mehr dem, was sie in der Vergangenheit gesehen hatte: von der Farbe des Himmels, dessen tiefes Azurblau niemals von einer Wolke durchbrochen wurde, bis hin zur weißlich grauen Färbung der Hügel und Berge, die übergangslos mit dem Wüstensand verschmolzen.

An dieser Stelle war die Seidenstraße nur noch eine einfache Piste, über die ein sandiger Wind dahinpeitschte, der alle Spuren der seltenen Karawanen auslöschte und den Reisenden zu steter Wachsamkeit zwang, wenn er sich nicht in irgendeinem verlorenen Tal verirren wollte, in dem niemand jemals seine ausgedörrte Leiche finden würde.

Nach so vielen Entbehrungen und Trostlosigkeit hatte

sie der unvermittelte, zunächst noch flirrende Anblick von Bagdad unweigerlich bezaubert. Zwiebelkuppeln aus rosafarbenen Ziegeln krönten die unzähligen Paläste dieser majestätischen Stadt, die sich zwischen zwei Biegungen des Tigris schmiegte und ihren Rang als stolze und unabhängige Hauptstadt noch für lange Zeit bewahren sollte.

In Bagdad, dessen Name damals noch Baudac lautete und wo bereits prächtige Baldachine aus »nasidsch« gefertigt wurden, womit man im Arabischen Seidenbrokat bezeichnete, war alles unvorstellbar teuer. Die Einwohner dieser herrlichen Stadt, die fast genauso schön war wie Chang'an, dieses unumgänglichen Knotenpunkts auf dem westlichen Teil der Seidenstraße, waren an Luxus gewöhnt.

Gleich nach ihrer Ankunft war Jademond von einigen Soldaten mit furchteinflößenden Gesichtern, deren lange Krummschwerter gegen ihre Beine schlugen, in den Harem gebracht worden.

Die Atmosphäre im Palast des Herrschers ließ sie nichts Gutes ahnen, und erst recht nicht die im Harem, wo eine alte chinesische Kurtisane, die dort vor ewigen Zeiten von einem Gesandten der Tang vergessen worden war, ihr mit einer Fülle abscheulicher Details ihr zukünftiges Schicksal ausgemalt hatte.

»Du wirst sehen, der König ist geradezu besessen von der ›hinteren Pforte‹. Du tust gut daran, dich darauf einzustellen und sie mit Lammfett einzucremen, ehe du dich in seine Arme legst«, hatte ihr die zahnlose Frau zugeflüstert, deren übel riechender Atem Jademond einen Schritt hatte zurückweichen lassen.

Als sie im Tempel des Unendlichen Fadens von Chang'an noch von allen Arbeitern umschwärmt worden war, hatte sie sich trotz des inständigen Flehens ihrer Liebhaber, die teilweise bereit gewesen wären, viel Geld für eine solche Gunst zu zahlen, stets geweigert, ihre kleine Pforte zu öffnen.

»Wenn er mir zu nahe kommt, werde ich nicht zögern, diese Vase auf seinem Schädel zu zertrümmern«, hatte sie erwidert, als ihr Blick auf eine herrliche bunte Keramikvase fiel, in der eine riesige Lilie stand.

»Dann läufst du Gefahr, deinen Kopf zu verlieren. An deiner Stelle würde ich mich fragen, ob es nicht besser ist, bei einer Kleinigkeit nachzugeben, wenn das Ganze auf dem Spiel steht«, hatte die verlassene Kurtisane, die die Aussicht, das hübsche Gesicht dieser jungen Frau vor die Füße des Henkers rollen zu sehen, eher zu freuen schien, in unverändert süßlichem Ton entgegnet.

Zu Jademonds großer Erleichterung hatte ihre Abreise nach Palmyra diese heikle Frage geklärt. Denn obwohl Bagdad das eigentliche Ziel ihrer Reise gewesen war, hatten ihre Entführer sie nicht dort lassen wollen, da der örtliche Herrscher verächtlich das Gesicht verzogen hatte, als er hörte, welchen Preis der Anführer der Tujue für die strahlend schöne junge Chinesin verlangte. Daher hatte Kaled Khan nach einer recht hitzigen Unterredung mit dem geizigen Potentaten beschlossen, seinen Ritt auf der Seidenstraße noch ein wenig fortzusetzen und Jademond dem Sultan von Palmyra anzubieten.

»Hier musst du sehr nett zu Sultan Raschid sein!«, hatte er sie angewiesen, als sie unter dem aus Olivenzweigen zusammengesetzten Triumphbogen in Palmyra einritten und die berühmte Hauptstraße erreichten. Wegen ihrer über einen Kilometer langen römischen Kolonnade mit korinthischen Kapitellen wurde sie von allen Reisenden gepriesen.

Jademond hatte kaum die Kühle der riesigen Palmenpflanzung genießen können, die die Stadt von Sultan Raschids Festung trennte, als der Tujue sie auch schon zum Herrscher brachte, voller Hast, dem Käufer die unbestreitbare Qualität der versprochenen »Ware« zu präsentieren.

Am Tag nach ihrer Ankunft in der Festung der »Palmenstadt« war sie in Begleitung eines neuen Übersetzers, dessen stattliches Äußeres sie von Beginn an beeindruckt hatte, ein zweites Mal vor dem Sultan erschienen.

»Der Sultan lässt die Prinzessin fragen, ob sie gut geschlafen hat«, hatte sich der Übersetzer erkundigt.

Auf seinem dunklen Gesicht mit der schmalen Nase und den schwarzen, mit Khol umrandeten Augen zeichneten sich ein sorgfältig gestutzter Bart und ein ebenso gepflegter Schnurrbart ab.

»Das Bett in meinem Zimmer ist in der Tat recht bequem«, hatte sie zur großen Freude des fetten Sultans kurz angebunden erwidert, der entzückt feststellte, dass sie ihr Schweigen abgelegt hatte.

»Eure Herrlichkeit, Prinzessin Jademond ist heute besser aufgelegt. Ich glaube, für mich ist es nun an der Zeit, mich wieder auf den Rückweg zu machen. Seit Wochen schon erwarten mich meine Auftraggeber in der Präfektur Kang*! Ich denke, Ihr seid von der Qualität der Ware nicht enttäuscht«, hatte Kaled Khan angedeutet.

Mit dieser hilfreichen Lüge wollte er nichts anderes, als den Sultan, den der Preis, den der Tujue für die junge Chi-

* Chinesischer Name der Stadt Samarkand in Transoxanien.

nesin verlangte, noch zögern ließ, zu einer Entscheidung drängen.

Gehorsam hatte der attraktive Übersetzer die Worte des Tujue weitergegeben, der es offensichtlich kaum mehr erwarten konnte, seinen Lohn für die Übergabe von Jademond zu erhalten, bevor irgendein Zwischenfall dieses außergewöhnliche Geschäft doch noch vereiteln könnte.

Den Blick unverwandt auf Jademonds schlanken Körper gerichtet, dessen herrliche Formen unter dem leichten Seidenkleid zu erahnen waren, das die dicke Kammerfrau ihr an diesem Morgen übergestreift hatte, entgegnete der Herrscher: »Du kannst dich zurückziehen; geh zum Schatzmeister und lass dir von ihm auszahlen, was dir zusteht! Aber richte deinen Auftraggebern bei Gelegenheit aus, dass ihre Preise für den Verkauf von Geiseln viel zu hoch sind. Sie sollten nicht vergessen, dass es sich bei ihren Käufern um ehrenvolle und stolze, aber nicht mit Reichtümern gesegnete Königreiche handelt.«

Nachdem Kaled Khan sich, dem Protokoll gehorchend, dreimal verbeugt hatte, war er eilig verschwunden, während die junge Chinesin nicht müde wurde, diesen Räuber zu verfluchen, der dafür gesorgt hatte, dass sie jetzt vor diesem fetten, abstoßenden, wie ein Affe über und über mit Haaren bedeckten Mann stand.

Nun war sie also nicht mehr nur eine Geisel, sondern auch noch eine Prinzessin!

Während der sympathisch wirkende Übersetzer sie wieder in ihr prunkvolles Gemach zurückbegleitete, in dem sie von allen anderen abgeschieden gefangen gehalten wurde, hatte sie ihn nach dem Grund für diese Vorzugsbehandlung gefragt.

»Angesichts Eures Ranges ist ein solches Vorgehen üblich. Der chinesische Hof bedient sich häufig des Austauschs von Geiseln, um den Frieden mit jenen Königreichen aufrechtzuerhalten, die noch nicht unter seinem Schutz stehen. Ein sogdischer oder sassanidischer Prinz im Austausch gegen einen chinesischen Prinzen: Das hat es schon so manches Mal gegeben. Und als Prinzessin werdet Ihr ebenfalls zu gegebener Zeit Bestandteil eines solchen Tauschs werden! Der Hof von Chang'an hält gegenwärtig einen arabischen Gesandten gefangen, da dieser Mann angeblich den Stadtzoll nicht in chinesischen Münzen habe bezahlen können, obwohl er ein Maultier mit einem ganzen Sack voller Münzen aus reinem Gold auf dem Rücken bei sich hatte!«

»Ich soll also als Tauschgeld dienen!«, hatte sie verblüfft gemurmelt.

»Das ist durchaus möglich. Die Entscheidung darüber liegt bei Sultan Raschid. Als Mitglied einer der edelsten chinesischen Familien hat man in diplomatischen Beziehungen ein großes Gewicht.«

»Woher wisst Ihr von meiner Herkunft?«, hatte sie mit zitternder Stimme gefragt.

»Der Tujue-Hauptmann hat uns alles darüber berichtet. Seid versichert, auch wenn der Sultan Euren Reizen gegenüber nicht unempfänglich zu sein scheint, kennt er Euren Wert doch viel zu gut, um Euch auch nur ein Haar zu krümmen!«, hatte der Übersetzer ihr mit einem strahlenden Lächeln anvertraut.

»Wer seid Ihr, dass Ihr Euch dessen so sicher sein könnt?«

»Mein Name ist Firuz, und ich bekleide die Stellung eines

Außerordentlichen Bevollmächtigten Botschafters des Sultanats von Palmyra. Damit will ich Euch keineswegs beeindrucken, verehrte Prinzessin, sondern Euch lediglich über meine Funktion in Kenntnis setzen.«

»Das ist sehr freundlich von Euch, Firuz«, hatte sie leise erwidert und dabei im Stillen den Tujue-Hauptmann noch ein wenig mehr verflucht, weil er nicht einmal davor zurückgeschreckt war, sie, die Tochter chinesischer Bauern, die gezwungen gewesen war, sich als Arbeiterin zu verdingen, nachdem ihre Eltern sie im Stich gelassen hatten, als eine hohe Han-Prinzessin auszugeben!

»Erzählt mir ein wenig von Eurer Familie. Ich bin selbst von adliger Herkunft, auch wenn der Rang meiner Sippe von dem der Euren weit entfernt sein muss!«

»Ach, in Chang'an, der größten Stadt der Welt, gibt es unzählige adlige Familien«, hatte sie verlegen geantwortet.

»Ihr seid bescheiden. Das zeugt von einer ausgezeichneten Erziehung.«

»Ich kenne durchaus auch einfache Menschen, die über die Zierde der Bescheidenheit verfügen!«, hatte sie unwillkürlich erwidert.

»Eure Worte beweisen, welch noble Ansichten in der edlen Familie gepflegt werden, der Ihr entstammt.«

Jademond hatte Firuz charmant gefunden; er war ebenso liebenswürdig wie unbefangen und schien nicht einen Moment an ihrer adligen Herkunft zu zweifeln, die dieser Halunke von Tujue vor dem Herrscher von Palmyra angepriesen hatte.

Dennoch hatte sie es für klüger gehalten, ihn nicht aufzuklären.

»Wie hat dieser Tujue-Hauptmann überhaupt davon erfahren, dass ich mich in Turfan aufhielt?«, hatte sie gefragt.

»Durch reinen Zufall, wie er uns sagte. Ein Perser namens Majib soll ihm gegen eine hohe Summe verraten haben, dass es in Turfan eine heimliche Seidenmanufaktur gab. Eigentlich wollte Kaled Khan die kostbare Ware rauben, doch als er entdeckte, dass in der Manufaktur seit Monaten nichts mehr gewebt worden war, hat er mit Euch vorliebgenommen! Und das war beileibe kein schlechter Tausch, wenn ich bedenke, welchen Preis Sultan Raschid für Euch gezahlt hat.«

Was Jademond widerfuhr, war also nur eine weitere Folge von Hauptmann Majibs Rache für die Demütigung, die er während des unseligen Vorfalls bei der nestorianischen Quelle erlitten hatte, die er trotz seiner angeblichen Mogmart-Kräfte nicht wieder zum Sprudeln gebracht hatte!

Nicht zufrieden damit, die Oase Dunhuang durch eine Horde Tujue verwüsten zu lassen, hatte sich sein Zorn auch gegen Turfan gerichtet, wo es, wie Bischof Addai Aggai ihm unvorsichtigerweise anvertraut hatte, eine Manufaktur gab, in der heimlich Seide gewebt wurde.

Angelockt von dem »Berg aus Seide«, von dem Hauptmann Majib ihm vorgeschwärmt hatte, hatte der Tujue zu spät erkannt, dass es sich nur um eine bescheidene Werkstatt handelte, die gerade erst aufgebaut wurde. Es war ihm gar nichts anderes übrig geblieben, als stattdessen Jademond mitzunehmen und sie als eine hochgeborene chinesische Prinzessin auszugeben, wodurch er das Fiasko doch noch in einen Erfolg umwandeln konnte!

»Ich bin also nur durch Zufall hierher gelangt«, hatte sie nachdenklich gesagt.

»Der Zufall sorgt manchmal für glückliche Fügungen«, hatte ihr Gegenüber lächelnd erwidert.

Dabei war ihr das strahlende, von seiner braunen Haut noch betonte Weiß seiner Zähne aufgefallen, das seinem Lächeln einen unbestreitbaren Charme verlieh.

»Ich wäre lieber anderswo«, hatte sie geseufzt, während er sich ehrerbietig von ihr verabschiedete.

In den darauffolgenden Tagen hatte Firuz sie regelmäßig besucht und ihr Blumen und Obst sowie seltsame Steine mitgebracht, die die Kameltreiber »Wüstenrosen« nannten.

Mit der Zeit lernte sie die Gesellschaft dieses kultivierten, gebildeten Mannes schätzen, dessen Manieren und Worte so ganz anders waren als die der Barbaren, mit denen sie seit ihrer Entführung unausgesetzt zusammen gewesen war.

Und auch seine Geschichte war nicht alltäglich.

Nach dem Studium an der diplomatischen Universität seiner Heimatstadt Bagdad hatte sich Firuz durch Fleiß und Findigkeit zu einer Art wanderndem Botschafter in Diensten der Könige dieser Wüstenreiche hochgearbeitet, die schon in naher Zukunft von der mächtigen Dynastie der Umayyaden vereint werden sollten, der seine Familie die Treue geschworen hatte. Vor diesen glorreichen Tagen verfügten jene winzigen Königreiche über keinerlei diplomatische Instrumente und kannten in den Beziehungen zu ihresgleichen nur die Sprache der Gewalt. Firuz war es gelungen, die Herrscher davon zu überzeugen, ihm zu vertrauen und ihm die Vollmacht zu erteilen, sie bei fremden Mächten zu vertreten.

So teilte der Mann aus Bagdad, der auch der »Umayyade« genannt wurde, sein Jahr in vier gleich lange Abschnitte, die er den vier Reichen widmete, für die er tätig war, und der Zufall hatte dafür gesorgt, dass Jademonds Eintreffen gerade in jene Phase fiel, in der er in Diensten des Sultanats Palmyra stand.

Eines Morgens jedoch erlebte Jademond die unangenehme Überraschung, dass statt des fröhlichen Firuz der pockennarbige sogdische Übersetzer vor ihr stand, der sie beim ersten Mal zum Herrscher geleitet hatte.

»Sultan Raschid erwartet uns, Prinzessin aus China. Bitte bedeckt Eure bloßen Schultern mit einem Schal und folgt mir!«, wies er sie an.

Durch einen schweren Türvorhang aus kunstvoll gearbeitetem Leder führte man sie in ein Gemach, wo der Sultan sie auf einem Sofa erwartete. Sie bemerkte, dass der achteckige Raum mit den gleichen farbigen Marmorplatten ausgekleidet war, wie sie auch den Fußboden in ihrem Zimmer schmückten. Natürlich konnte sie nicht wissen, dass es sich um Platten aus römischem Travertin handelte, die die Erbauer der Festung von den Fassaden der prächtigsten Monumente Palmyras gerissen hatten.

Dem widerlich süßen Geruch nach zu urteilen, der das winzige, überhitzte Zimmer erfüllte, hatte sich der Sultan mit Patschuliöl besprengt. Er trug eine scharlachrote Pluderhose und ein schlichtes, weit ausgeschnittenes weißes Hemd, das den Blick auf seine mit langen schwarzen Haaren bedeckte Brust freigab.

»Sultan Raschid wünscht, dass Ihr ablegt«, erklärte der Sogdier der jungen Chinesin mit einem breiten Lächeln, nachdem der Herrscher ein paar Worte gesprochen hatte.

Entsetzt bemerkte sie ein unheilvolles lüsternes Funkeln im Blick des Sultans, während dieser seinen Worten Taten folgen ließ und mit langsamer Geste sein Hemd noch weiter über dem schwarzen Pelz auf seiner Brust öffnete.

»Sagt dem Sultan, dass es heute schwierig ist! Mein Monatsfluss«, stammelte sie.

Kaum hatte der Sogdier ihre Worte übersetzt, als der Herrscher enttäuscht das Gesicht verzog.

Als Firuz sie am nächsten Morgen besuchte, war Jademond so aufgewühlt, dass sie ihm weinend in die Arme fiel.

»Warum wart Ihr gestern nicht da?«, schrie sie völlig aufgelöst, ehe sie ihm von der unerfreulichen Begegnung mit dem Sultan berichtete.

»Ich habe in der Bibliothek von Palmyra Reiseberichte über die Routen in den Orient konsultiert. Im Rahmen meiner zukünftigen Missionen werde ich wahrscheinlich nach China reisen müssen. Und da will ich lieber vorher wissen, was mich erwartet. Ich werde nicht gerne von den Ereignissen überrascht! Und um ehrlich zu sein«, fügte er hinzu, »hat man mich nie aufgefordert, Euch als Übersetzer zu dienen.«

Firuz wirkte aufrichtig, und er schien offensichtlich betrübt zu sein, Jademond in diesem Zustand anzutreffen. Die Ringe unter ihren Augen verrieten ihm, dass sie die ganze Nacht geweint haben musste.

»Ihr sollt tatsächlich nach China reisen?«, fragte sie atemlos, und mit einem Mal durchzuckte sie neue Hoffnung.

»Sultan Raschid drängt mich schon seit Monaten dazu. Ich vermute, er möchte dem Herrscher des Reichs der Seide einen Tausch vorschlagen, von dem beide Seiten profitieren: Er würde ihm Weihrauch liefern, und im Gegenzug soll der Kaiser seine Ställe mit ›Himmelspferden‹ füllen. Es heißt, sie seien die schnellsten Pferde der Welt. Hier haben wir nur Esel und Dromedare.«

»Nehmt mich mit, Firuz, und Ihr sollt reich dafür belohnt werden!«, flehte sie, nachdem sie sich ihm zu Füßen geworfen hatte und mit ihren schlanken Händen seinen Arm umklammerte.

Von der Reaktion dieser jungen Frau, die er immer noch für eine chinesische Prinzessin von hoher Abkunft hielt, aus der Fassung gebracht, wusste der wandernde Botschafter nicht so recht, was er darauf erwidern sollte.

»Zunächst müsste Sultan Raschid von diesem Gedanken überzeugt werden. Euren Worten zufolge scheint er eher Gefallen an Euch gefunden zu haben!«

»Ihr könntet ihn überreden, Euch als seinen Gesandten nach China zu schicken, um die Pferde zu besorgen, mit denen er liebäugelt. Und in dem Fall wäre es nur normal, dass ich Euch begleite! Darüber hinaus wäre meine Anwesenheit ein Glücksfall für Euch, denn dadurch wäre garantiert, dass Eure Mission von Erfolg gekrönt sein wird. Ich sehe schon den glorreichen Empfang vor mir, den meine Familie Euch bereiten wird, wenn ich plötzlich wieder vor ihr stehe!«, rief sie enthusiastisch, als sei alles, was sie ihm verhieß, bereits kurz davor, Wirklichkeit zu werden.

»Dabei ist Palmyra eine der schönsten Städte der Wüste! Und der Sultan wird sich Euch gegenüber großzügig zu zeigen wissen. Dieser Mann liebt die Frauen.«

»Aber ich liebe ihn nicht!«

»Wisst Ihr, dass dies sehr unvorsichtige Worte sind?«

»Ich weiß, dass Ihr sie nicht vor anderen wiederholen werdet!«

»Seid Ihr Euch dessen so sicher?«, fragte er scherzend.

»Ich flehe Euch an, nehmt mich mit nach China!«, antwortete sie, zwischen Lachen und Weinen schwankend.

Sie war zu allem bereit, um Firuz davon zu überzeugen, sich bei seinem Herrn für diese Reise einzusetzen. Sogar dazu, ihn zu verführen, was nichts anderes hieß, als Speer des Lichts zu betrügen.

Aber was hätte sie aus Liebe zu ihren Gemahl nicht alles getan, um den umayyadischen Gesandten dazu zu bewegen, sie dorthin zurückzubringen, wo Speer des Lichts auf sie warten musste?

Ohne sich dessen bewusst zu sein, hatte sie sich in die muskulösen Arme des wandernden Botschafters geschmiegt, wo sie seinen Geruch nach Zimt und Moschus einatmete.

Es war ein köstlicher, berauschender Duft, und so unvermittelt davon umhüllt zu sein, weckte in Jademond eine unbeherrschbare Wehmut und Traurigkeit, als käme alles, was sie seit ihrer Entführung in ihrem tiefsten Inneren vergraben hatte, mit einem Schlag wieder hoch.

Das haltlose Schluchzen befreite sie und tat ihr gut, während Firuz sacht über ihr Haar strich.

Nach den langen Wochen der Einsamkeit und eisernen Selbstbeherrschung hatte die junge Chinesin ein solches Bedürfnis danach, sich einfach fallen zu lassen, dass sie Firuz widerstandslos gewähren ließ, als seine Liebkosungen drängender wurden.

Ihre Augen schlossen sich, und sie spürte, wie sie nach und nach von einer sanften Wolke eingehüllt wurde. In dem

Moment erschienen plötzlich die fein geschnittenen Züge von Speer des Lichts vor ihr.

Sie sah seine strahlend blauen, vor Klugheit blitzenden Augen und die Kappe aus lockigem Haar, das so dicht und schwarz war wie das Fell mancher Lämmer, die sie auf den Märkten entlang der Seidenstraße gesehen hatte. Er lächelte ihr liebevoll zu.

Wo war er jetzt, ihr geliebter Mann, den der Tujue-Hauptmann im wahrsten Sinne des Wortes aus ihrer Gruppe verstoßen hatte?

Seltsamerweise verstärkte der Moschus- und Zimtgeruch des Mannes, der sie in der drückenden Hitze ihres Zimmers in den Armen hielt, die Erinnerung an ihrem Gemahl nur noch.

Sie bemerkte nicht einmal, dass der umayyadische Botschafter sie behutsam zum Bett hinübergetragen hatte, als habe er Angst, sie aufzuwecken, nachdem sie eingeschlafen sei.

Als er sie zärtlich auf ihr Lager bettete, schlug sie die Augen wieder auf.

In ihrem Kopf verschwamm alles zu einem unauflöslichen Gemisch wie in einem gigantischen Strudel, in den sie ihre furchtbare Müdigkeit und die seelischen Nachwirkungen ihrer tragischen Fehlgeburt mitrissen: Turfan und Palmyra; die Wüste Gobi und die Taklamakan-Wüste; die Seide der Chinesen und der grobe Wollstoff der Barbaren; Speer des Lichts und Firuz; die Himmlischen Zwillinge und der kleine tote Fötus, den sie in ein Tuch gewickelt und im Sand vergraben hatte; ihr brennender Wunsch, nach China zurückzukehren, um ihren Gemahl wiederzufinden, und die körperliche Anziehung, die sie für diesen umayyadischen Botschafter mit seinen ruhigen, präzisen, raffinierten Gesten empfand.

War sie überhaupt hier oder doch anderswo? Es war ihr gleich.

Sie wusste nur eines: Firuz, der sie inzwischen vollständig entkleidet hatte, war der erste freundliche und aufmerksame Mann, dem sie begegnet war, seit die Tujue sie von Speer des Lichts fortgerissen hatten.

Und so ließ sie ihn gewähren, fest entschlossen, ihm die Reise nach China abzuringen.

Sie versuchte, sich aus ihrem Körper zu lösen, den der fahrende Botschafter, trotz seiner Erfahrung von ihrer Schönheit zu Tränen gerührt und durch das Ausbleiben einer Reaktion ermutigt, begierig zu erkunden begann.

Da spürte sie plötzlich zu ihrer Überraschung ein Kribbeln, und die ersten Schauer rannen über die Haut an ihrem Bauch.

Als sie dem Umayyaden ihre Zunge darbot, umschloss dieser sie mit seinen Lippen, gewohnt, die sinnlichen Kurtisanen in den Harems jener Herrscher zu küssen, denen er mit seinem erfahrenen Rat diente. Unwillkürlich dachte sie bei sich, dass er wundervoll küsste und alles Weitere zweifellos entsprechend sein würde. Mit Firuz zu schlafen, um dadurch zu Speer des Lichts zurückkehren zu können, erschien ihr als ein durchaus akzeptables Opfer.

Ihr positiver Eindruck bestätigte sich, als sie, voller Hast, Firuz' Instrument der Lust zu betrachten, den Gürtel an seiner Hose löste und seine Liebeslanze erblickte, aufgerichtet und bereit, ihr die süßesten Verletzungen zuzufügen.

Vielleicht lag es ja an ihrem verwirrten Zustand, aber es

kam ihr vor, als gliche das erregte Glied des Mannes aus Bagdad, wenn auch ein wenig dunkler, zum Verwechseln dem von Speer des Lichts!

Mit halb geschlossenen Augen schenkte sie dieser so verlockenden, seltsam vertrauten Waffe fiebrig die Aufwartung ihrer bereits nach Lust dürstenden Lippen, und sie wäre gar nicht mehr in der Lage gewesen, zu sagen, ob sie sich gerade mit ihrem Gemahl vergnügte oder mit einem neuen Liebhaber.

Firuz' Lanze begann zu vibrieren, während sie vor Jademonds geheimem Tempel aufragte wie eine Säule aus Fleisch und Muskeln.

»Speer des Lichts … ich liebe dich!«, flüsterte sie.

»Warst du das gerade? Wen hast du so genannt?«, fragte Firuz leise.

»Dein Speer des Lichts streicht so wundervoll über meinen Leib!«, erwiderte sie hastig und biss sich auf die Lippen.

Ihr Bauch begann sich zu wellen wie das Segel eines Bootes, als der diplomatische Berater der Wüstenkönige sein Glied in die Hand nahm, um damit wie mit einem Pinsel die Liebesgedichte auf ihre Haut zu zeichnen, die er ihr gleichzeitig ins Ohr flüsterte.

Bereitwillig ließ sich Jademond in jene Welten entführen, die ihr Firuz-Speer des Lichts unter dem hübschen Namen »Reich der Liebe« beschrieb.

Dort erstreckten sich azurblaue Seen, durch silbrige Wasserfälle miteinander verbunden, über mehrere Ebenen zu Füßen von goldglänzenden Bergen; blütenweiße Tauben wachten über die Spiele der Liebenden, die sich tausendundeine Nacht lang miteinander vergnügten; der Honig der Bienen hatte den unvergleichlichen Geschmack des Himmels, und das Gras auf den Wiesen war so weich und tief wie die herrlichsten Teppiche aus Shiraz; und mit dem Sand der Wüsten konnte man Ziegenmilch süßen. Aber vor allem konnten die Männer im »Reich der Liebe« nicht mehr ohne die Frauen sein und die Frauen nicht mehr ohne die Männer, denn in diesem märchenhaften Land herrschte nichts als Luxus, Ruhe und Sinnenfreude.

»Weiter! Weiter! Erzähl mir mehr vom Reich der Liebe, Firuz«, hauchte Jademond unablässig, während ihr Liebhaber sie erzittern ließ wie die Saite einer Laute.

»Das ist das Reich, in dem ich meine Tage beschließen möchte, schöne Jademond!«, flüsterte er, als er seine schwellende Weihesäule in den heiligen Tempel seiner Geliebten eindringen ließ, wo es so weich und warm war wie im Schwitzbad eines Hamam.

Sie biss sich auf die Lippen, um nicht vor Lust zu stöhnen. Ihr neuer Geliebter bewegte sich in ihr vor und zurück und entlockte ihr immer tiefere Seufzer, bis ihr letztes Röcheln beinahe zu einem Schrei wurde, sodass er seine Hand auf ihren Mund pressen musste, um die dicke Kammerfrau nicht zu alarmieren, die nicht weit entfernt sein konnte.

Als Jademond spürte, dass sie zum Höhepunkt gelangte, vergewisserte sie sich, dass es Firuz genauso erging. So hielt sie es auch mit ihrem Gemahl: Sie wartete den Moment ab, in dem er sich in sie ergoss, um ihr eigenes Verlangen ungehindert zum Gipfel der Lust ansteigen zu lassen.

Und so verschmolzen sie miteinander wie zwei erfahrene, lang vertraute Geliebte in einer anhaltenden gemeinsamen Ekstase.

»Man könnte meinen, wir wären füreinander geschaffen«, bemerkte der Umayyade aufgewühlt.

Jademond lag splitternackt an seine muskulösen Schenkel geschmiegt, deren braune Haut einen scharfen Kontrast zum strahlend weißen Fleisch ihrer eigenen schlanken Beine bildete.

Die junge Chinesin war erschüttert darüber, mit welcher Leichtigkeit sie sich einem anderen als Speer des Lichts hingegeben und dabei sogar größte Lust empfunden hatte, und da sie diesen aufmerksamen Mann, dessen Liebeskünsten nur seine Höflichkeit und sein kultiviertes Feingefühl gleichkamen, nicht belügen wollte, antwortete sie lieber gar nicht.

So vergingen ein knappes Dutzend Liebesnächte, bis eines Tages der pockennarbige Übersetzer wieder vor der Tür ihres Zimmers stand und die angenehme Wendung durchbrach, die die Ereignisse zu nehmen schienen.

»Seine Exzellenz, der Sultan von Palmyra, wünscht Euch zu sehen!«, verkündete der Sogdier der jungen Chinesin, der bei diesen Worten das Blut in den Adern gefror.

Als sie vor den fetten Wüstenherrscher geführt wurde, erkannte die junge Frau, dass dieser keinen Widerspruch mehr dulden würde. Kaum hatte sie das kleine achteckige Gemach betreten, rief er auch schon: »Jetzt bist du sicher in einer Phase, in der wir freie Hand haben!«, womit er auf ihre Regelblutungen anspielte, die sie zwei Wochen zuvor als Ausrede benutzt hatte.

Sie war in ihre eigene Falle getappt!

Das lüsterne Funkeln in seinen Augen, die weit gespreizten Beine und das über seinem behaarten, dicken Bauch aufgehakte Hemd sagten mehr als tausend Worte.

Grob zerrte er sie neben sich auf den Diwan, vor dem ein Diener ein kupfernes Tablett abgestellt hatte, auf dem Gläser mit Pfefferminztee und Schalen mit Pistazien standen. Dann legte er seine dicken, mit Ringen geschmückten Hände auf die Schultern der jungen Frau.

»Ich will dich ja nicht umsonst gekauft haben!«, rief er, ohne dass sie seine Worte verstand, da der Sogdier sich vorsichtshalber zurückgezogen hatte.

Er zog sie an sich.

Mit seinem ganzen Gewicht lag der schweißtriefende Körper von Sultan Raschid nun auf Jademond, die darunter kaum noch Luft bekam.

Sie wehrte sich nach Leibeskräften, als der fette Herrscher versuchte, ihr seine Zunge in den Mund zu stecken, den sie um nichts in der Welt auch nur einen Spalt weit geöffnet hätte. Aber den Sultan von Palmyra, der es nicht gewohnt war, dass sich eine Frau ihm widersetzte, vor allem nicht, wenn er so viel für sie bezahlt hatte, kümmerte das nicht. Als er erkannte, dass sich der Mund seiner verstockten Gefangenen nicht öffnen würde, machte er sich mit seinen fetten Wurstfingern an ihrem Oberteil zu schaffen.

Sie schrie, doch es half nichts, Sultan Raschid, dessen Gesten immer fiebriger wurden, schaffte es, eine Hand auf ihre Brust zu legen. Diese entsetzliche Berührung erfüllte Jademond, die sich aus lauter Ekel vor dem dicken, haarigen Mann beinahe übergeben musste, mit unbezwingbarer Panik.

Mit einem letzten Aufbäumen riss sie sich los und sprang auf wie ein gehetztes Wild, das sich im letzten Moment der Umklammerung des Jägers entwindet.

Und im gleichen Augenblick versetzte sie ihm eine schallende Ohrfeige.

Sie hatte all ihre Verzweiflung in diesen Schlag gelegt, und während ihre Handfläche mit voller Wucht auf Raschids linke Wange traf, zersprangen gleichzeitig die Pfefferminzteegläser auf den bunten Fliesen des Gemachs in tausend Stücke.

»Du bist ja völlig von Sinnen, du dummes Ding! Du weißt nicht, was du tust!«, schrie Sultan Raschid die in Tränen aufgelöste junge Chinesin an, die von seinem zornigen Gebrüll nicht ein Wort verstand.

Gleich darauf brachte ein betreten dreinschauender Diener sie wieder zurück in ihr Zimmer, wo Firuz, der von dem Eklat gehört hatte, sie heimlich besuchte.

»Sultan Raschid könnte dich teuer dafür bezahlen lassen«, murmelte er aufrichtig bestürzt und besorgt.

»Ein Grund mehr, nach China aufzubrechen. Du musst ihm klarmachen, dass ich eine halsstarrige Irre bin, die lieber verhungern und verdursten würde, als mit einem Mann wie ihm zu schlafen! Und damit du es weißt, von heute Abend an werde ich nichts mehr essen oder trinken«, versicherte sie ihm unter Tränen.

»Ich verspreche dir, dass ich alles tun werde, um ihn zu überzeugen! Aber ich fürchte, das wird keine leichte Aufgabe sein!«

Als Firuz bei Sultan Raschid um eine Audienz ersuchte, um mit ihm über das Problem Jademond zu sprechen, lag diese bereits seit einigen Tagen abgemagert und fiebernd auf ihrem Bett und verweigerte hartnäckig alle Nahrung oder auch nur einen Becher Wasser.

»Die chinesische Prinzessin verkümmert in ihrem Zimmer und wird zusehends schwächer, mein Fürst! Seit einer Woche weigert sie sich, etwas zu essen oder zu trinken«, stöhnte der Umayyade.

»Soll sie doch zum Teufel gehen! Dieses hirnlose Weibsstück weiß nicht, wo ihr Platz ist!«, schrie Sultan Raschid, auf dessen linker Wange immer noch die Erinnerung an die Ohrfeige brannte, die die junge Frau ihm verpasst hatte.

»In Anbetracht der Summe, die Ihr für sie bezahlt habt, sollte sie besser nicht sterben. Es wäre ein herber Verlust für die Schatztruhen Eures Königreichs, und gleichzeitig wären damit auch all Eure Hoffnungen dahin, den Kaiser von China zu überreden, Euch ›Himmelspferde‹ zu verkaufen!«

»Glaubst du wirklich?«, fragte Raschid beunruhigt.

»Ich kann mir kaum vorstellen, dort mit einer Leiche in einer Holzkiste anzukommen, Eure Majestät! Bei der Hitze hier ist das nur noch eine Sache von Stunden, fürchte ich! Die Ärmste ist verrückt. Das Beste wäre, sie zurück in ihre Heimat zu bringen und dafür eine ordentliche Entschädigung zu erhalten«, erklärte Firuz ängstlich.

Er war sich darüber im Klaren, dass er alles auf eine Karte setzte, denn der Sultan neigte zu Starrsinn und reagierte häufig mit Wutausbrüchen auf Versuche, ihn von seiner einmal gefassten Meinung abzubringen.

Doch Firuz' Argumente hatten offensichtlich Gehör gefunden, denn nach einer Weile grummelte er schließlich: »Wenn das so ist, müssen wir uns beeilen! Wann willst du aufbrechen?«

»Wenn es Euer Wunsch ist, könnte ich mich gleich morgen auf den Weg machen. Ich brauche lediglich gute Kamele und ein paar bewaffnete Wächter als Eskorte. Die chinesische Prinzessin wird verschleiert reisen, auf diese Weise wird niemand wissen, dass es sich um eine Han von edler Herkunft handelt. Auf der Seidenstraße wimmelt es von Räubern, die nur darauf warten, hochrangige Reisende zu entführen, um ein hohes Lösegeld für sie zu fordern«, antwortete der überglückliche Umayyade hastig.

Sultan Raschid ließ auf der Stelle seinen persönlichen Schreiber kommen, ein schmächtiges Kerlchen, dessen von einer Hakennase beherrschtes, scharf geschnittenes Gesicht in einem langen, dünnen weißen Bart endete.

»Lass acht Kriegskamele bereit machen und eines davon mit einer Sänfte versehen. Wähle die tapfersten Kameltreiber aus und versorge sie mit den schärfsten Schwertern. Wie viele Fässchen Weihrauch liegen noch in unseren Lagerräumen?«

»Vier, mein Fürst, davon eines schon zum großen Teil aufgebraucht«, antwortete der Schreiber.

»Gib eines davon Firuz! Und dazu noch ein Fässchen mit Pfeffer.«

»Aber mein Fürst, das entspricht einer gewaltigen Summe! Wir haben nicht eine Münze mehr in unseren Kassen, um diesen Vorrat wieder aufzufüllen«, stöhnte darauf der weißbärtige Mann mit der Hakennase, zu dessen wichtigsten Aufgaben es gehörte, diese unschätzbar wertvollen Waren, Palmyras einzigen Reichtum, den der Sultan mit hohem finanziellem Aufwand aus dem »Glücklichen Arabien« kommen ließ, zu hüten wie seinen Augapfel.

»Firuz braucht Handlungsspielraum. Wenn seine Mission beim König des Reichs der Seide erfolgreich ist, wird es meinem ganzen Volk zugutekommen, denn dann verfügen wir über Pferde, die dazu geeignet sind, unsere Feinde zu vernichten! Hast du mich verstanden?«

Die Stimme des Sultans von Palmyra hatte einen drohenden Klang angenommen.

»Wie Ihr befehlt, Majestät! Firuz wird zwei Fässchen mit Pfeffer und arabischem Weihrauch mitnehmen«, rief sein persönlicher Schreiber.

»Ich verlasse mich darauf!«, versetzte der fette, behaarte Herrscher.

Drei Tage später machte sich die Karawane des Außerordentlichen Bevollmächtigten Botschafters Firuz, des Abgesandten von Sultan Raschid an den chinesischen Kaiserhof, zu Jademonds großer Erleichterung auf den Weg.

Der Botschafter sollte ein vom Sultan unterzeichnetes, an den »Herrscher des Reichs der Seide« gerichtetes Schreiben überbringen – denn in Palmyra war Gaozongs Name unbekannt –, in welchem der Wüstenkönig sich erbot, dem Kaiser von China »als Unterpfand der Freundschaft und der Zusammenarbeit zwischen beiden Völkern« die hochgeborene chinesische Prinzessin mit Namen Jademond zu überantworten.

Als die letzte römische Säule der Hauptstraße von Palmyra am Horizont verschwunden war, verspürte die von Kopf bis Fuß verschleierte Jademond ein eigenartiges Gefühl, in dem sich die wilde Hoffnung, ihren Gemahl wiederzufinden, mit einem leisen Ekel vor sich selbst verband.

Das Bild ihres kleinen toten Fötus ließ ihr keine Ruhe. Tief drinnen in ihrem Leib verspürte sie immer noch die Wunde.

Und sie war überzeugt, dass sie von diesem schrecklichen Schmerz, diesem furchtbaren Geschmack nach Tod in ihrem Mund nur durch ein neues Kind von Speer des Lichts geheilt werden könnte.

Aber würde ihr dieses Glück eines Tages beschieden sein?

6

Im tibetischen Gebirge

Staubnebels Körper war schlaff wie ein halb gefüllter Getreidesack.

Verzweifelt wehrte er sich gegen den Schwarzbären, doch gleichzeitig bemühte er sich nach Kräften, zur Ruhe zu kommen, während er den Tod erwartete.

Trotz seiner Erschöpfung war sich der junge Chinese darüber im Klaren, dass sein Leben an einem seidenen Faden hing.

Oder vielmehr an den spitzen, messerscharfen Krallen dieses schwarzen Bären mit dem glänzenden Fell, dessen Brust ein breites »V« aus weißen Haaren zierte und der ihn mit einem lauten, heiseren Brüllen völlig überraschend angegriffen hatte. Ihm war das Blut in den Adern gefroren, und im gleichen Moment hatte er auch schon den heißen Atem des Tieres gespürt.

Kurz zuvor hatte er drei Geier bemerkt, die über seinem Kopf ihre Kreise zogen, so tief, dass er ihre gewaltigen Klauen erkennen konnte, bereit, sich in das Aas zu krallen, auf das sie herabstürzen würden. Doch da ahnte er noch nicht, dass er es war, auf den sie es abgesehen hatten, denn die Raubvögel hatten den mörderischen Bären entdeckt, der ihm durch das dichte Rhododendrongebüsch nachschlich.

Schwarzbären griffen selten Menschen an, nur dann, wenn es ihnen wie an diesem Winteranfang nicht mehr gelang, genügend Honig und wilde Beeren zu finden. Zunächst hatte die Bestie sich vor dem jungen Chinesen zu ihrer vollen Größe aufgerichtet und sich dann, als dieser vor Angst laut schreiend die Flucht ergriffen hatte, an seine Verfolgung gemacht. Es hatte nicht lange gedauert, bis sie ihn mit einem einzigen Tatzenhieb zu Boden gerissen und ihn wie einen simplen Stofffetzen umgedreht hatte.

Aus der Nähe betrachtet, war das Maul dieses Bären mit Sicherheit das Furchteinflößendste, was Staubnebel je in seinem Leben gesehen hatte. Die riesigen, handtellerlangen Eckzähne konnten mit einem einzigen Biss den Kopf eines Menschen zerfleischen und zermalmen. Sie schwebten so dicht vor seinen Augen, dass er ihre scharfen, schwärzlichen Spitzen erkennen konnte. Vor Angst wie gelähmt, konnte er den Blick nicht mehr davon abwenden. Die gleiche Reaktion zeigten auch Wüstenmäuse, wenn sie von der hochgiftigen Hornviper angegriffen wurden: Regungslos warteten sie auf den Tod.

Staubnebel war bereit zu sterben und dachte an Umara. Das Bild der jungen nestorianischen Christin erfüllte seinen Geist, der schon bald seinen Körper verlassen sollte, wenn dieser bloß noch ein Haufen blutigen Fleischs sein würde.

Ohne sie wäre er jetzt nicht hier, mitten in Tibet, im Maul eines Bären.

Aber im Grunde, dachte er bei sich, war dieses Ende ja nur gerecht nach all den üblen Gedanken und dem Hass, die sein Verhalten bestimmt hatten.

Dieser wie aus dem Nichts aufgetauchte Schwarzbär,

der sich anschickte, ihn zu verschlingen, war eigentlich nur die wohlverdiente und logische Folge all der Fehler, die er begangen hatte, seit er aus Dunhuang fortgegangen war.

Das Schicksal führte einen häufig auf Umwege, doch schlussendlich brachte es einen immer wieder dorthin zurück, wo man sein sollte!

Dass er nun hier auf dem Boden lag, halb erstickt vom Gewicht des gewaltigen Bären, war die Folge einer Begegnung, von der er bislang noch niemandem etwas erzählt hatte.

Kein einziges Mal hatte er darüber gesprochen, was nach der Plünderung von Dunhuang in den brennenden Vororten der Oase geschehen war.

Er war auf einen Haufen verkohlter Abfälle zugegangen, um zu sehen, ob er darin etwas Essbares finden könnte, als er bemerkte, dass sich der Müllhaufen bewegte und ein alter, halb blinder Mönch daraus hervorkroch, der ihn um etwas zu trinken bat.

»Du vollbringst ein gutes Karma, wenn du mir etwas Wasser gibst!«, hatte der zerbrechliche Greis gemurmelt, dessen von Asche geschwärzte Mönchsrobe lose an seinem nur noch aus Haut und Knochen bestehenden Körper hing.

»Warum versteckst du dich unter dem Abfall?«, hatte Staubnebel gefragt, nachdem der Mönch seinen Durst gestillt hatte.

»Weil das der beste Weg ist, um aus dem Blick der Menschen zu verschwinden. Nur die Ärmsten achten auf Müllhaufen, Plünderer nicht!«

»Welchem Lehrpfad gehörst du an?«

»Ich bin ein tibetischer Mönch, ein Anhänger des buddhistischen Lamaismus. Meine Heimat ist das Reich Bod«, hatte der alte Mönch geflüstert, den die grauenvolle Plünderung der Oasenstadt kaum zu berühren schien.

»Trotz des Grauens um uns herum wirkst du so gelassen!«, stellte Staubnebel fest, während er den kleinen Beutel mit dem Sandelholzherz an seine Brust drückte, das er aus dem Bücherversteck geholt hatte.

»Wenn man wie ich lange Jahre so nah beim Dach des Universums gelebt hat, betrachtet man die Erschütterungen der irdischen Welt mit einem gewissen Abstand. Meine Augen haben das Leid in der Welt akzeptiert, deshalb erscheinen sie dir so jung.«

»Du hast große Weisheit erlangt. Darum beneide ich dich!«

»Ich habe Frieden mit mir selbst geschlossen. Ich versuche, mit einem Fuß hier unten zu leben und mit dem anderen im Reinen Land des Buddha.«

»Wie schafft man das?«, fragte Staubnebel, den das überraschende Verschwinden von Umara zutiefst verletzt hatte und der immer noch nicht wusste, wohin er sich wenden sollte.

»Man muss sich auf die Suche nach sich selbst begeben.«

»Muss man dazu ins Reich Bod gehen?«, hatte der junge Chinese etwas naiv wissen wollen.

»Ehe man überhaupt irgendwohin geht, muss man sich zunächst von allem lösen. Der Weg des Heils beginnt bei dir selbst und endet bei dir. Man darf nichts mehr ersehnen, nichts begehren. Dann legt sich der Schmerz. Das, was du an dein Herz drückst, als sei es ein kostbarer Schatz, zeigt, dass noch ein weiter Weg vor dir liegt«, murmelte der alte Mönch mit leiser Ironie.

»Soll ich dir zeigen, was darin ist?«, fragte Staubnebel etwas unschlüssig, ehe er den Inhalt der kleinen herzförmigen Schatulle hervorholte.

»Diese beiden wie der Vollmond funkelnden Edelsteine habe ich noch nie gesehen, aber das kostbare Mandala hier kenne ich wie kein zweites!«, rief der alte Mann. Seine Hände zitterten, als er nach dem viereckigen Stück Seide griff und es mit den Fingerspitzen auffaltete, nachdem er vorsichtig daran gerochen hatte.

»Was meinst du damit?«, fragte der junge Chinese voller Spannung.

»Was du da in Händen hältst, junger Mann, ist die heiligste Reliquie von ganz Tibet, denn sie gehört Samye, dem ältesten und ehrwürdigsten Kloster dieses Landes. Es handelt sich um das heilige Mandala des Vajrayana!«

»Das wusste ich nicht!«

»Woher hast du es?«, wollte der alte Lama wissen, und seine Stimme klang mit einem Mal ernst und streng.

»Ich habe versprochen, das nicht zu verraten«, stammelte der junge Chinese, denn er wollte diesem Mönch, den er gerade erst kennengelernt hatte, nicht das Geheimnis des Bücherverstecks offenbaren.

»Wenn ich dir einen Rat geben kann, dann den, diese heilige Reliquie ins Kloster von Samye zurückzubringen, wo sie herstammt!«

»Ich soll ins Reich Bod gehen? Aber ich weiß ja nicht einmal, wo das liegt oder wie lange man dorthin unterwegs ist!«

»Du brauchst nur dem südlichen Abschnitt der Seidenstraße zu folgen und in Hetian nach dem Weg aufs Dach der Welt zu fragen. Glaub mir, dort unten kennt ihn jeder.«

»Warum sollte ich diese Schatulle überhaupt nach Tibet zurückbringen? Sie ist nur durch Zufall in meine Hände gelangt, und nach allem, was du andeutest, würde sie mich zu einem reichen Mann machen, wenn ich sie verkaufe.«

»Ganz einfach: Du würdest dadurch zu einem heiligen Mann werden, und der Abt des Klosters Samye, Meister Ramahe sGampo, würde seinen Mönchen empfehlen, dir jeden Tag ihren Dank zu bekunden! Der Erhabene würde dich mit Sicherheit in den Rang eines Bodhisattva erheben. Du brauchtest nicht einmal mehr Frieden mit dir selbst zu schließen, und das Leid in der Welt könnte dir nichts mehr anhaben!«

»Ich will kein Arhat oder halber Buddha werden! Ich habe nie den buddhistischen Glauben angenommen und habe es auch jetzt nicht vor«, erwiderte Staubnebel leicht gereizt.

»Hast du denn nicht wenigstens einen Wunsch, den du vorbringen möchtest, oder etwas, dessen Verwirklichung du dir sehnlichst erhoffst?«, fragte ihn der Tibeter daraufhin.

»Ich suche ein junges Mädchen, in das ich mich verliebt habe. Sie hat Dunhuang verlassen. Ich würde alles darum geben, sie wiederzufinden«, gestand Staubnebel kleinlaut, der sich von Umara im Stich gelassen und gedemütigt fühlte, seit sie ohne ein Wort der Erklärung verschwunden war.

»Könnte es nicht sein, dass sie einem anderen Mann gefolgt ist?«

»Ich habe keine Ahnung! Wie kommst du darauf?«, rief der junge Chinese, den die Frage ins Mark traf.

»Frauen neigen manchmal zu unüberlegten Handlungen. Aber manchmal kommen sie auch wieder zur Vernunft.«

»Das würde mich zum glücklichsten Menschen auf der Erde machen«, sagte Staubnebel leise.

»Wer weiß? Wenn du dieses heilige Mandala nach Samye zurückbringst, wird der Erhabene vielleicht deine Klagen erhören.«

»Wirklich? Meinst du das ernst? Das ist kein Scherz?«, rief Staubnebel, in dem plötzlich wilde Hoffnung aufbrandete.

Umara wiederfinden!

War das nicht sein sehnlichster Wunsch?

»Wenn du Abt Ramahe sGampo das heilige Mandala zurückgibst und ihm deine Lage schilderst, wird er dir zu danken wissen. Und, weißt du, wer Samye einmal gesehen hat, für den wird es zu einem so magischen Ort, dass er unweigerlich dorthin zurückkehrt.«

Das hatte der alte Mönch zu ihm gesagt. Zunächst waren ihm seine Worte zwar rätselhaft erschienen, doch inzwischen hatte sich ihm ihre ganze Bedeutung erschlossen.

Danach hatte sich der alte Lama von Staubnebel verabschiedet und war so rasch verschwunden, dass er, als der junge Chinese seinen Abschiedsgruß erwidern wollte, schon nicht mehr zu sehen gewesen war.

Darauf bedacht, den Rat des alten Mönchs, dessen Worte ihm neue Hoffnung geschenkt hatten, in die Tat umzusetzen, hatte sich Staubnebel unverzüglich auf den Weg ins

Reich Bod gemacht, wo sich die prophetischen Worte des Tibeters durch die Begegnung mit Umara im Nachhinein mehr als bewahrheitet hatten.

Die Folge jedoch hatte den Erwartungen des jungen Chinesen nicht entsprochen, und er hatte erleben müssen, wie all seine Hoffnungen zerstoben, das Herz von Addai Aggais Tochter jemals für sich zu gewinnen.

Und nun hatte ihn das Zusammentreffen mit dem alten Lama schlussendlich an seine letzte Station geführt, geradewegs ins Maul eines Bären, der sich anschickte, ihn zu zerfleischen!

Dabei hatte der Beginn seiner zweiten Reise ins Schneeland, in der er vor allem eine Möglichkeit sah, seine Verfehlungen wiedergutzumachen, unter den besten Vorzeichen gestanden: Dem Ratschlag des alten Lama in Dunhuang entsprechend hatte er seinen Frieden mit sich gemacht. Er hatte die Tatsache akzeptiert, dass Umara ihm Fünffache Gewissheit vorzog, und ihr danach angeboten, ihr zu helfen, sich aus den Klauen von Vollendete Leere zu befreien. Das bedeutete, dass er Ramahe sGampo aufsuchen und ihn bitten musste, einzugreifen, um die guten Beziehungen zwischen den drei großen Strömungen des Buddhismus wiederherzustellen.

Und so hatte Staubnebel bei jedem Schritt ein wenig mehr das Gefühl gehabt, dass ihm Flügel wuchsen.

Ganz auf sein hehres Ziel ausgerichtet und davon überzeugt, dass er auf seine eigene Heiligkeit zuwanderte, spürte er, wie ihn nach und nach die Reinheit seiner Absichten durchdrang, was ihn aus tiefstem Herzen glücklich machte und ihn für die Schönheiten der Landschaft mit ihren leuchtenden Tupfen aus türkisfarbenen Seen inmitten von Wiesen, die so grün waren, dass sie zu phosphoreszieren schienen, völlig blind werden ließ. Er bemerkte nicht einmal das Granitgeröll, das ein schalkhafter Riese absichtlich dort verteilt zu haben schien, um den Menschen den Aufstieg zu erschweren.

Getrieben von dem unstillbaren Drang nach Gerechtigkeit hatte er nur noch eines im Sinn: nach Samye zu kommen und dort Ramahe sGampo alles über das schändliche Verhalten von Vollendete Leere zu erzählen.

Eine Unschuldige entführen zu lassen und sie anschließend einzusperren, um ihr ein Geständnis abzuringen, bloß weil er glaubte, sie habe die Augen des Buddha in ihrem Besitz, entsprach nicht gerade der Vorstellung des jungen Chinesen von der Moral eines hochrangigen buddhistischen Mönchs.

Wie weit konnte der Machthunger, selbst wenn er spiritueller Natur war, solche religiösen Führer treiben, die ihre Anhänger dazu aufriefen, ausschließlich im Namen moralischer Prinzipien zu handeln, die sie selbst unter dem Vorwand, die Interessen ihrer Kirchen oder Götter zu schützen, ohne zu zögern über Bord warfen.

Der junge Chinese hatte sich also zum Ziel gesetzt, mit Hilfe von Ramahe sGampo den großen Meister des Dhyana zum Nachgeben zu zwingen.

Doch leider würde der riesige Bär, der den tapferen jungen Reisenden mit seinem ganzen Gewicht zu zerquetschen drohte, ihn daran hindern, indem er seinem seltsamen, tragischen Schicksal nun ein Ende bereitete!

Hatte der alte Lama aus Dunhuang vorausgesehen, dass Staubnebels Geschichte so enden würde?

Die wichtigsten Episoden seines kurzen Lebens zogen

in schwindelerregendem Tempo vor seinem inneren Auge vorbei. Bis zu seiner Begegnung mit Umara im Obstgarten des nestorianischen Bischofssitzes war er sich kaum seiner Existenz bewusst gewesen, seine Tage waren ausschließlich mit dem Kampf ums Überleben ausgefüllt. Mutterseelenallein war er auf der Seidenstraße von Oase zu Oase gezogen, und sein alltäglicher Horizont beschränkte sich auf die Suche nach Essbarem in den Abfällen, die die wandernden Kaufleute zurückließen, und nach einem Dach, unter dem er schlafen konnte, wenn es zu kalt wurde, um die Nacht unter freiem Himmel zu verbringen.

Vor Addai Aggais Tochter hatte sich nie jemand für ihn interessiert. Als sich der Blick dieses wunderschönen Geschöpfs auf ihn gerichtet hatte, hatte er ihn in gewisser Weise auch sich selbst enthüllt. Zum ersten Mal hatte er das Gefühl verspürt, jemand zu sein.

Endlich war er nicht mehr nur ein wandernder Schatten, ein »Staubnebel«, wie man ihn nannte, vor allem darauf bedacht, nicht die Aufmerksamkeit der anderen Bettler zu erregen, die nicht davor zurückschreckten, den Schwächeren und Jüngeren ihre magere Ration zu stehlen.

Und so hatte er den überstürzten Aufbruch des jungen Mädchens wie eine Ablehnung seiner selbst empfunden, nach der er unweigerlich wieder in jenen Zustand eines Nichts absinken würde, in dem er sich befunden hatte, bevor er ihr zum ersten Mal begegnet war.

Für ihn stand Umara an beiden Enden seines Lebens, da sie es gewesen war, dank der er sich seiner Existenz bewusst geworden war. Gleichzeitig war sie aber auch der Anlass dafür, dass er bald zwischen den Zähnen eines Bären sterben sollte, dessen Arbeit die Geier zu Ende führen würden. Danach würde von ihm nichts mehr übrig sein außer makellos gebleichten Knochen.

Und so ergab sich Staubnebel in sein Schicksal, die Nase in das »V« aus weißem Fell gepresst, dessen unerträglicher Gestank ihm das Atmen unmöglich gemacht hätte, würden seine Lungen nicht ohnehin schon so sehr von dem Gewicht des Bären zusammengepresst, dass sie gar keine Luft mehr aufnehmen konnten.

Am Himmel hörte er trotz des lauten, heiseren Atems des Bären die Rufe der Geier, die in Erwartung ihres makabren Festschmauses über ihm kreisten.

Die feuchte Schnauze des Tieres schnüffelte an seinem Hals, ein Vorspiel zu dem tödlichen Prankenhieb, der seinen Kopf so leicht abreißen würde wie das Beil eines Henkers.

Da verlor der arme Staubnebel, nicht allzu traurig darüber, diese grausame Welt zu verlassen, in der es für ihn keine Hoffnung gab, die Frau, die er liebte, für sich zu gewinnen, das Bewusstsein.

Als er wieder erwachte, sah er über sich gebeugt zwei fremde, kahl geschorene Köpfe, die leise miteinander redeten.

Im ersten Moment glaubte er, es seien zwei Geister, die ihn in der Welt der Toten in Empfang nahmen.

Dann fühlte er etwas Warmes und Feuchtes, das immer wieder über seine Wange strich und weder dem Biss eines Bären noch den Schnabelhieben eines Geiers ähnelte.

Über seinem Kopf zogen die Geier immer noch ihre finsteren Kreise, woraus er schloss, dass er vielleicht doch noch nicht ganz tot war.

Zu seiner Überraschung gelang es ihm, sich mühsam

aufzurichten. Entsetzt bemerkte er neben sich einen anderen Bären mit hellerem Fell als dem desjenigen, der ihn angegriffen hatte, ehe er zu seiner gewaltigen Erleichterung die riesige Hündin von Fünffache Gewissheit erkannte.

Zum zweiten Mal hatte sich Lapika im Reich Bod auf ihn gestürzt!

Aber diesmal war die gelbfellige Amme der Himmlischen Zwillinge auf das Raubtier losgegangen, um Staubnebel, den sie gleich wiedererkannt hatte, vor seinen entsetzlichen Kiefern zu schützen.

Als echte Wachhündin, die es mit Wölfen, Schneeleoparden und Schwarzbären aufnehmen konnte, hatte sie den Bären, der gerade seine Eckzähne in Staubnebels Gesicht schlagen wollte, beim Hals gepackt. Nach dieser unangenehmen Überraschung hatte sich das Raubtier, das sich auf ein friedliches Festmahl gefreut hatte, ängstlich davongemacht und war, mit seinem riesigen Hintern wackelnd, hinter einem Dickicht verschwunden.

Wie betäubt von der Geschwindigkeit, mit der ihn die Hündin den Klauen des Todes entrissen hatte, richtete sich der junge Chinese auf zitternden Beinen auf und streichelte die Brust der Hündin, die ihn so freudig begrüßte, als habe sie ihren Herrn wiedergefunden.

»Diese Hündin kenne ich doch! Lapika, meine liebste Beschützerin, du hast mir das Leben gerettet! Ich weiß gar nicht, wie ich dir danken soll«, murmelte er am Ende seiner Kräfte, als habe er ein menschliches Wesen vor sich.

Plötzlich entdeckte er hinter ihr zwei dick eingemummte Männer, bei denen es sich, ihrer Kleidung und ihren geschorenen Köpfen nach zu urteilen, nur um buddhistische Mönche handeln konnte.

»Ich brauchte ihr nicht einmal zu befehlen, den Bären anzugreifen. Mein Name ist Dolch der ewigen Wahrheit, ich bin ein Mönch des Kleinen Fahrzeugs aus Peshawar, und das ist Heiliger Achtfacher Pfad aus demselben Kloster.«

»Diese Hündin gehört dem Mahayana-Mönch Fünffache Gewissheit! Ich würde sie unter tausend anderen erkennen! Und sie erinnert sich auch noch genau an mich; seht nur, wie sie sich freut«, entgegnete Staubnebel keuchend.

Er hatte sich vor Lapika hingekniet, um sie zu streicheln, während sie ihm eifrig das Gesicht leckte.

»Du hast recht. Die Hündin saß vor dem Ausgang des Gefängnisses von Chang'an, in das uns die chinesischen Behörden gesperrt hatten, ehe wir kurz darauf wieder freigelassen wurden. Sie schien verzweifelt auf ihren Herrn zu warten. Als sie Fünffache Gewissheit nicht herauskommen sah, ist sie uns nach kurzem Zögern schließlich gefolgt und seit diesem Tag nicht mehr von unserer Seite gewichen«, erklärte Dolch der ewigen Wahrheit, der fast genauso überrascht war wie der junge Chinese.

»Fünffache Gewissheit sitzt in Chang'an im Gefängnis?«, rief dieser verblüfft.

»Wer bist du, dass du Fünffache Gewissheit kennst?«, fragte Dolch der ewigen Wahrheit zurück.

»Mein Name ist Staubnebel. Ich habe diesen Mönch über Umara kennengelernt, die Tochter von Addai Aggai, dem nestorianischen Bischof von Dunhuang, die sich in ihn verliebt hat.«

»Wie klein die Welt doch ist! Man könnte fast meinen, der Berg Meru sei nur ein winziger Hügel und der Zylinderturm des Universums, den der Erhabene beschrieben hat, nicht höher als ein Maß Getreide*«, murmelte Heiliger Achtfacher Pfad nachdenklich.

»Nur der Erhabene und niemand sonst bestimmt über die Größe der Erde! Er kann ebenso gut ein Senfkorn daraus machen wie eine endlose Weite, deren Ausmaß dem menschlichen Auge entgeht«, korrigierte Dolch der ewigen Wahrheit seinen Gefährten, dessen Worte ihm offensichtlich etwas unpassend erschienen, streng.

»Entschuldige, Dolch der ewigen Wahrheit, ich habe schneller geredet als gedacht! Du musst aber zugeben, dass diese Begegnung schon etwas ungewöhnlich ist«, setzte der aus Turfan stammende Mönch hastig hinzu.

»Wo ist diese junge Frau, die du so gut zu kennen behauptest, mein lieber Staubnebel?«, erkundigte sich Dolch der ewigen Wahrheit, überwältigt von der unglaublichen Vorstellung, mitten in Tibet herauszufinden, wo sich die Frau aufhielt, die Fünffache Gewissheit so gerne in die Arme geschlossen hätte.

»Im Kloster der Dankbarkeit für Erwiesene Kaiserliche Wohltaten in Luoyang, wo Vollendete Leere sie heimlich gefangen hält!«

»Bist du dir sicher?«, rief der oberste Gehilfe des verstorbenen Abts Buddhabadra bestürzt.

* Nach der ursprünglichen buddhistischen Kosmologie besteht das Universum aus übereinanderliegenden Ebenen, sei es in Gestalt des Berges Sumeru oder in der eines Turms. Diese vertikale Struktur ist in verschiedene »Ebenen« eingeteilt: die der Formen und die der Nicht-Formen, von denen jede wiederum mehrere Stockwerke umfasst; außerdem in verschiedene »Bereiche«: den des unendlichen Raums, den des unendlichen Bewusstseins, den des Nichts, denjenigen, in dem es keine Wahrnehmung mehr gibt, und den, in dem nicht einmal mehr die Abwesenheit von Wahrnehmung existiert.

»Ich habe sie mit eigenen Augen dort gesehen und ihr angeboten, den Ehrwürdigen Ramahe sGampo aufzusuchen und ihm alles zu erzählen, denn dieser Mann ist aufgrund seines Ansehens und seiner großen Weisheit der Einzige, dem es gelingen könnte, Meister Vollendete Leere zum Einlenken zu bewegen«, antwortete der junge Chinese.

»Jetzt verstehe ich, warum du hier bist! Du willst Ramahe sGampo als Schiedsrichter anrufen«, schloss Dolch der ewigen Wahrheit.

»Weite Wege scheinen dich nicht zu schrecken. Von Chang'an nach Samye ist es nicht gerade ein Katzensprung«, fügte Heiliger Achtfacher Pfad hinzu.

»Das Gleiche gilt aber genauso gut für uns«, entgegnete Dolch der ewigen Wahrheit.

»Wenn ich recht verstehe, haben wir also alle das gleiche Ziel?«, bemerkte Staubnebel, der allmählich wieder zu sich kam, leise und lächelte.

»Und du könntest hinzufügen, dass wir aus einem ähnlichen Grund nach Samye wollen wie du. Wir möchten den hochweisen ehrwürdigen blinden alten Lama um seinen Rat bitten«, erklärte Dolch der ewigen Wahrheit.

»Ich wäre der glücklichste Mensch auf Erden, wenn ich meinen Weg gemeinsam mit euch fortsetzen könnte. Die Einsamkeit schlägt mir doch allmählich aufs Gemüt«, sagte Staubnebel.

Wieder fiel dem jungen Chinesen die Weissagung des Lama aus Dunhuang ein: Samye war tatsächlich jener magische Ort, an den man unweigerlich zurückkehrte, sobald man einmal dort gewesen war.

Sie hatten sich wieder auf den Weg gemacht, und nach

einer Weile tauchten vor ihnen eine Reihe von Häuschen auf, die das nächste Dorf ankündigten, wo es die übliche Herberge geben würde.

»Magst du dich nicht ein wenig stärken?«, schlug Buddhabadras Gehilfe dem jungen Chinesen vor.

»Gerne, ich bin hungrig wie ein Wolf.«

»Das macht sicher die Aufregung. Nachdem du um ein Haar von einem Schwarzbären verputzt worden wärst«, scherzte Heiliger Achtfacher Pfad, der auch kein Fettnäpfchen auslassen konnte.

Die gewürzte Brennnesselsuppe und die knusprigen Pfannkuchen aus Gerstenmehl schmeckten köstlich. Nach einem mehr als üppigen Mahl schlief der junge Chinese auf seinem Stuhl ein, umringt vom lauten Stimmengewirr der Gäste, die auf eine Kellnerin mit üppigem Busen und ausladendem Hintern schimpften, deren vielsagendes Zwinkern mehr als deutlich verriet, mit welchen Diensten sie ihren Lohn aufbesserte.

Zwei Wochen später erreichten die drei Männer nach einem Marsch, der Staubnebel geradezu mühelos erschienen war, den berühmten Pass vor Samye, dessen zwei Stupas feierlich den Weg einrahmten.

Lama sTod Gling wäre vor Überraschung beinahe hintenübergefallen, als er die unglaubliche Reisegesellschaft in Empfang nahm. Die drei Besucher baten darum, sofort von Ramahe sGampo empfangen zu werden, da sie über »höchst wichtige Informationen« verfügten, die sie dem Abt von Samye unverzüglich mitteilen wollten.

Daher führte er sie eiligst in die Zelle des Abtes, wo der blinde Lama reglos im Lotossitz saß wie eine jener Zedernholzstatuen von Arhats, die so echt aussahen, dass sich die

Gläubigen vor ihnen verneigten, weil sie glaubten, dass es sich um lebende Menschen handelte.

Dolch der ewigen Wahrheit ergriff als Erster das Wort und schilderte dem blinden Greis, wie er erfahren hatte, dass sein Abt ermordet worden war. Dann berichtete er, wie Heiliger Achtfacher Pfad und er selbst zusammen mit Fünffache Gewissheit und dem Manichäer Speer des Lichts nach Zentralchina verschleppt worden waren.

»Buddhabadra ist tot, mein Ehrwürdiger Abt! Ermordet von Verrückte Wolke, der ihm in einem Anfall von Wahnsinn das Herz aus der Brust gerissen hat! Diese Nachricht wird meine Brüder aus der Gemeinschaft vom Einen Dharma in tiefste Verzweiflung stürzen«, endete der oberste Gehilfe des Verstorbenen.

»Welch ein verabscheuenswürdiger, finsterer Mensch dieser Anhänger des indischen Tantrismus doch ist! Ich hatte schon immer meine Zweifel daran, dass er wirklich normal sei. Das ist ein großes Unglück für uns alle«, antwortete der blinde Abt, dessen Stimme dabei noch dumpfer klang als sonst.

»Ich wusste, dass diese Neuigkeit Euch nicht unberührt lassen würde! Und ich bereue nicht, den weiten Weg auf mich genommen zu haben, um sie Euch zu überbringen!«, sagte Dolch der ewigen Wahrheit, vollkommen erschöpft von all den Emotionen, die ihn bestürmten.

»Allmählich verstehe ich einige Zufälle, die mir bislang äußerst merkwürdig erschienen«, fuhr Ramahe sGampo nachdenklich fort, und aus seiner Stimme sprach deutlicher Ärger.

»Das Trio der Äbte, die sich alle zehn Jahre zum Konzil von Lhasa versammelten, gibt es nicht mehr. Wenn ich diesen Verrückte Wolke jemals finden sollte, wird er teuer dafür bezahlen, auch wenn mich die Mönchsregeln zu Gewaltfreiheit verpflichten!«, entgegnete Dolch der ewigen Wahrheit.

»Der Geist dieses Mannes ist so verwirrt, dass er wahrscheinlich nicht einmal weiß, wohin er geht! Vielleicht ist er auch, ohne es zu bemerken, nach Indien zurückgekehrt. Wie dem auch sei, es dürfte schwierig werden, ihn aufzustöbern, wenn er nicht sogar in irgendeine Schlucht gestürzt ist, was mich, nebenbei bemerkt, nicht gerade traurig stimmen würde«, rief Lama sTod Gling, der ebenso aufgebracht war über das, was er gerade gehört hatte, wie Ramahe sGampo.

»Ich verstehe deinen Groll, Dolch der ewigen Wahrheit. Du bist unzählige Tage umsonst gewandert und hast dein Leben bei der Suche nach einem Leichnam aufs Spiel gesetzt. Aber du darfst nicht vergessen, dass Hass ein schlechter Ratgeber ist«, sagte der alte blinde Lama leise und winkte den Anhänger des Hinayana näher zu sich heran.

»Trotz des Fluchs, der sich an unsere Fersen zu heften scheint, war das Glück wenigstens einmal zur Stelle! Wer hätte gedacht, dass wir als freie Männer davonkommen würden, als wir der Verletzung des Seidenmonopols angeklagt und vor den chinesischen Großzensor geführt wurden? In China wird dieses Verbrechen normalerweise mit Enthauptung bestraft!«, erklärte Buddhabadras oberster Gehilfe.

»Das ist nicht zu leugnen! Ganz abgesehen davon, dass die chinesische Gerichtsbarkeit in dem Ruf steht, solche Angelegenheiten recht zügig abzuhandeln!«, entgegnete Lama sTod Gling nachdenklich.

»Und was ist mit dir, Staubnebel, ich würde gerne wissen, was dich dazu bewogen hat, nach Samye zurückzukehren«, fragte Ramahe sGampo mit seiner sanftesten Stimme den jungen Chinesen, der bis dahin noch überhaupt nichts gesagt hatte.

»Ich bin gekommen, um Eure Heiligkeit zu bitten, Euch bei Vollendete Leere dafür zu verwenden, eine schlimme Ungerechtigkeit zu beenden«, flüsterte der junge Chinese aufgewühlt.

»Vollendete Leere hat Umara, die hier mit Fünffache Gewissheit glückliche Tage verlebte, entführen lassen und hält sie gegenwärtig in Luoyang gefangen!«, erklärte Dolch der ewigen Wahrheit Ramahe sGampo.

»Der Meister des Dhyana ist davon überzeugt, dass sie im Besitz der Augen des Buddha ist!«, ergänzte Staubnebel.

»Das ist ja nicht zu fassen! Wie kommt Vollendete Leere bloß dazu, sich so zu verhalten?«, entfuhr es dem empörten Ramahe sGampo.

»Es ist die reine Wahrheit, Eure Heiligkeit. Ein gewisser Ruhende Mitte, der oberste Vertreter des Mahayana in der Oase Dunhuang, hat ihm diesen Gedanken in den Kopf gesetzt, nachdem Umara ihn arglos aufgesucht hatte, um ihm den Inhalt des Sandelholzherzens zu zeigen, das sie verkaufen wollte, um ihren Vater zu unterstützen.«

»Das ist einfach unglaublich!«, bemerkte Lama sTod Gling.

»Ich muss hinzufügen, dass sie dort streng genommen nicht misshandelt wird. Es mangelt ihr an nichts, außer der Freiheit und natürlich Fünffache Gewissheit«, erklärte Staubnebel.

Zum ersten Mal gelang es ihm, den Namen des ehemaligen Mönchs auszusprechen, ohne dass sich dabei sein Mund vor Verbitterung verzog.

»Dass das geistige Oberhaupt des Großen Fahrzeugs, dessen hohe spirituelle Überzeugungen ich aus eigener Erfahrung kenne, sich dazu hat hinreißen lassen, bestürzt mich! Ich frage mich, ob das alles nicht mit dem Scheitern unserer letzten Zusammenkunft zusammenhängt und mit den tief greifenden Missverständnissen, zu denen es danach zwischen uns Äbten kam, die wir einander gegenüber viel zu misstrauisch sind!«, sagte Ramahe sGampo nachdenklich.

»Wenn ein hochrangiger Vertreter einer Religion so sehr von der Verbreitung seines Glaubens besessen ist, dass er dafür alles tun würde, ohne den moralischen Aspekt seiner Mittel zu bedenken, benimmt er sich auch nicht anders als ein gewöhnlicher politischer Führer einer weltlichen Gemeinschaft. Könnte es nicht sein, dass Vollendete Leere dieser Schwäche verfallen ist?«, fragte Dolch der ewigen Wahrheit nicht nur den alten blinden Weisen, sondern auch sich selbst.

»Das wäre möglich. Aber es muss auch noch einen konkreteren Grund geben, wahrscheinlich eine Abmachung zwischen Buddhabadra und Vollendete Leere«, murmelte der blinde Greis.

»Wollen Eure Heiligkeit damit etwa andeuten, die beiden Äbte hätten hinter Eurem Rücken ein Abkommen geschlossen?«, wollte Staubnebel wissen.

»Ihrem Verhalten nach zu urteilen, erscheint mir das im Rückblick doch sehr wahrscheinlich. Ich habe mich schon immer gefragt, warum Vollendete Leere das *Sutra über die*

Logik der Vollkommenen Leerheit hiergelassen hat, obwohl es für ihn doch viel einfacher gewesen wäre, es gleich wieder mit nach Luoyang zurückzunehmen.«

»Zumindest eines ist sicher: Buddhabadra wirkte besorgt, als er zum letzten Mal aus Peshawar aufbrach und unseren heiligen weißen Elefanten mitnahm. Seinen aufgelösten Gesichtsausdruck werde ich nie vergessen«, erklärte Dolch der ewigen Wahrheit.

»Selbst wenn Buddhabadra nicht ermordet worden wäre, ist es nach so viel Niedertracht nur schwer vorstellbar, wie das Konzil von Lhasa selbst bei bestem Willen aller Teilnehmer weiter hätte abgehalten werden können!«, murmelte Lama sTod Gling gedankenverloren.

»Das ist wirklich bedauerlich! Je länger ich darüber nachdenke, desto mehr halte ich diese Zeremonie und den geheimen Pakt für eine geniale Idee, die es den drei Lehrpfaden ermöglichte, eine Rivalität zu vermeiden, die sie letztlich bloß alle drei dauerhaft schwächen würde!«, entgegnete der oberste Gehilfe des verstorbenen Abtes aus Peshawar.

»Noch ist nicht alles verloren, da die kostbaren Pfänder sicher im Lagerraum unserer Bibliothek aufbewahrt werden!«

»Aber nach Buddhabadras Tod scheint das kaum möglich!«, stöhnte Dolch der ewigen Wahrheit.

»Wenn die Partitur und die Instrumente existieren, spricht nichts dagegen, notfalls die Musiker auszutauschen. Vor allem nicht, wenn einer von ihnen auf hinterhältige Weise umgebracht wurde. Dein leider verstorbener Abt verfügte über unbestreitbare Qualitäten. Aber ich bin mir sicher, dass du ebenfalls einen ausgezeichneten Botschafter des Kleinen Fahrzeugs abgeben könntest!«, sagte der blinde Abt leise.

»Ihr wärt bereit, mir so viel Vertrauen zu schenken?«, fragte Dolch der ewigen Wahrheit mit zitternder Stimme.

»Das hängt nicht alleine von mir ab.«

»Ihr sprecht natürlich von Vollendete Leere.«

»Ich bin bereit, nach Luoyang zu reisen, um, neben anderen Dingen, mit ihm darüber zu reden«, entgegnete Ramahe sGampo.

»Wenn Eure Heiligkeit tatsächlich die weite Reise nach Zentralchina auf Euch nehmen würden, wäre ich Euch bis ans Ende aller Zeiten dankbar!«, flüsterte Staubnebel aufgewühlt, und er beglückwünschte sich zu seiner Entscheidung, ins Reich Bod zu kommen.

»Ich habe ein Wörtchen mit meinem geschätzten Kollegen des Großen Fahrzeugs zu reden! Als Ältester der drei Äbte hatte mein Wort immer ein gewisses Gewicht«, brummte der alte Abt.

»Das bezweifle ich nicht. Euer ganzes Wesen, Meister sGampo, verleiht Euch eine unvergleichliche moralische Autorität!«, entgegnete Dolch der ewigen Wahrheit.

»Vielleicht gibt es ja auch bei mir etwas, das es zu verzeihen gilt!«

»Wollen Eure Heiligkeit uns etwa glauben lassen, dass Ihr fehlbar wärt!«, widersprach Staubnebel scherzhaft.

»Ein geistiges Oberhaupt, das sich eher als politischer Führer denn als Mönch verhält, wird manchmal dazu verleitet, Dinge zu tun, die der Moral, die er anderen predigt, widersprechen. Das war bei Vollendete Leere der Fall. Warum sollte es bei mir nicht genauso sein?«, entgegnete der Abt von Samye.

»Es war Meister Ramahe sGampo, der als Erster auf den Gedanken kam, das Konzil von Lhasa ins Leben zu rufen. Er griff zu seinem Pilgerstab, und es gelang ihm, seine Standesbrüder zu überzeugen, daran teilzunehmen«, fügte Lama sTod Gling erklärend hinzu.

»Dieser scheinbar allwissende Lama stand noch nicht in meinen Diensten, als ich heimlich und nur von einem Führer begleitet erst nach Peshawar und dann nach Chang'an reiste, wo mein Vorschlag bei meinen Brüdern aus dem Kleinen und Großen Fahrzeug Gehör fand«, ergänzte das Oberhaupt des tibetischen Lamaismus trocken, woraufhin Lama sTod Gling den Blick niederschlug.

Bei diesen Worten entfuhr Dolch der ewigen Wahrheit ein bewunderndes Seufzen. Es war also Ramahe sGampo gewesen, ohne Zweifel der weiseste und selbstloseste der drei Äbte, der am Ursprung des Konzils von Lhasa stand, jenes außergewöhnlichen Garanten des Friedens und der Stabilität zwischen den drei großen Strömungen des Buddhismus!

»Ich habe immer davon geträumt, eines Tages die Hauptstadt von Zentralchina zu besuchen! Es wäre eine wunderbare Gelegenheit, wenn ich Euch begleiten dürfte, Erhabener Meister sGampo!«, rief Lama sTod Gling, den die Vorstellung sichtlich in Aufregung versetzte.

»Ich wüsste auch nicht so recht, wie ich ohne einen Führer dorthin gelangen sollte«, erwiderte der blinde Abt in beinahe scherzhaftem Ton.

»Wann gedenken Eure Heiligkeit aufzubrechen?«, fragte Staubnebel gespannt.

»Je eher, desto besser. Ich werde die Pfänder mitnehmen. Hol sie uns doch gleich einmal her«, bat der blinde Greis

Lama sTod Gling. »Dann können Dolch der ewigen Wahrheit und sein Gefährte sie sich in aller Ruhe anschauen.«

Nachdem Lama sTod Gling verschwunden war, um die beim Konzil von Lhasa verwendeten Pfänder zu holen, fügte der Abt hinzu: »Dieser Lama vergewissert sich jeden Tag aufs Neue, dass sie auch tatsächlich noch in der Tresorkammer der Klosterbibliothek liegen.«

»Man könnte ja fast glauben, er hätte Angst, den Reliquien würden plötzlich Flügel wachsen!«, scherzte Heiliger Achtfacher Pfad.

»Es hat in der Tat den Anschein!«, antwortete der blinde Greis, dessen asketische Züge von einem sanften Lächeln erhellt wurden.

Tatsächlich wollte Lama sTod Gling auf gar keinen Fall derjenige sein, der Ramahe sGampo mitteilen müsste, dass diese außergewöhnlichen Reliquien, die vor der Plünderung gerettet worden und so auf wundersame Weise zu ihnen gelangt waren, sich unter genauso mysteriösen Umständen auch wieder in Luft aufgelöst hatten.

Und so war es nur natürlich, dass er fürchtete, sie könnten von geisterhaften Kreaturen geraubt werden, die in der Lage waren, die dicken Mauern der Tresorkammer zu durchdringen. Zur großen Erheiterung von Ramahe sGampo, dem er seine Ängste schließlich anvertraut hatte, hielt es Lama sTod Gling für geboten, täglich vor den Augen des Buddha, der Heiligen Wimper des Erhabenen, dem heiligen Mandala von Samye und natürlich dem *Sutra über die Logik der Vollkommenen Leerheit* ein Ritual zu vollziehen, von dem er überzeugt war, dass es böse Geister fernhielt.

Daher nahm der abergläubische junge Lama immer seine

Zange mit den Skorpionscheren und sein Ritualhorn mit, wenn er die Tresorkammer der Bibliothek aufsuchte.

Als er kurz darauf zurückkehrte, in der einen Hand das kleine Herz aus Sandelholz und in der anderen das Manuskript, Frucht jahrelangen Sinnens des Abtes aus Luoyang, hingen die Werkzeuge immer noch an seinem Gürtel.

Sorgfältig legte er alles auf den gleichen niedrigen Tisch, auf dem die »kostbaren Pfänder« auch schon beim letzten Mal von Staubnebel und Fünffache Gewissheit ausgebreitet worden waren.

Auf dem heiligen Mandala des Vajrayana funkelten die Augen des Buddha in herrlichem Glanz.

»Es rührt mich zu Tränen, dass ich die Heiligen Augen aus dem Reliquienschrein des Kanishka aus solcher Nähe betrachten darf! Wenn irgendjemand mir erzählt hätte, dass ich jemals die Gelegenheit dazu haben würde, hätte ich ihn ohne Zweifel einen Lügner geheißen! Diese Edelsteine werden normalerweise in einem pyramidenförmigen Schrein aus purem Gold aufbewahrt, der nur anlässlich der Großen Wallfahrt aus seiner steinernen Nische geholt wird!«, rief Dolch der ewigen Wahrheit mit vor Erregung zitternder Stimme.

»Nur der heilige weiße Elefant unseres Klosters ist befugt, sie auf seinem Rücken zu tragen«, fügte Heiliger Achtfacher Pfad hinzu, der, ebenso ergriffen wie sein Gefährte, vor den Reliquien auf die Knie gefallen war.

»Und hier ist die Heilige Wimper! Gib acht, dass du sie nicht fallen lässt«, mahnte Lama sTod Gling Buddhabadras obersten Gehilfen und hielt ihm das winzige Haar entgegen, das er mit Daumen und Zeigefinger aus der Ecke seines hölzernen Reliquienschreins geklaubt hatte.

»Nein danke, ich sehe mir lieber das Sutra von Vollendete Leere an, um dessentwillen Fünffache Gewissheit hierhergeschickt wurde!«, entgegnete Dolch der ewigen Wahrheit, der die Schriftrolle aus dem mit roter Seide ausgeschlagenen Etui genommen hatte. Vor seinen Augen erschienen in Tausenden von Zeichen die mystischen Überlegungen, die Vollendete Leere über die Tugenden des Nichts und der Vollkommenen Leerheit angestellt hatte.

Wie zwei Schüler beugten sich die beiden Mönche des Hinayana über den Anfang des Manuskripts, dessen prächtige Malereien sie ebenso bewunderten wie die zahlreichen Anmerkungen und Widmungen.

»Was für unvergleichliche Miniaturen!«, rief Heiliger Achtfacher Pfad.

»Sie stammen von einem der berühmtesten Kopisten Chinas«, erklärte Ramahe sGampo.

Dolch der ewigen Wahrheit konnte den Blick nicht mehr von dem prachtvollen Manuskript abwenden. Er hatte begonnen, die Kommentare zu lesen, die die ehrwürdigsten Leser der Schrift als Kompliment für den Autor an den Anfang geschrieben hatten.

»Seltsam, da ist eine Widmung, die ich nicht entziffern kann!«, sagte er gegen Ende seiner sorgfältigen Prüfung.

»Das ist ja auch kein Wunder, sie ist in Tibetisch verfasst!«, rief Lama sTod Gling, der sich nun ebenfalls über das Manuskript von Vollendete Leere beugte.

Da er es nie wagte, die Schriftrolle aus ihrem Etui zu nehmen, wenn er sich vergewisserte, dass die kostbaren Pfänder immer noch an Ort und Stelle lagen, hatte er auch noch nie Gelegenheit gehabt, die zahlreichen Inschriften rings um ihren Titel in Augenschein zu nehmen.

»Eine tibetische Anmerkung? Das ist ja eigenartig! Könntest du sie mir vorlesen?«, bat Ramahe sGampo nachdenklich.

Lama sTod Gling begann zu lesen, erst langsam, doch dann immer schneller angesichts des dramatischen Inhalts der Zeilen, die er für eine simple Widmung gehalten hatte und die sich nun als eine herzzerreißende Botschaft erwiesen: »*Dies ist eine flehentliche Bitte der Nonne Manakunda an den Erhabenen Buddha. Sie bereut zutiefst, was Verrückte Wolke ihr zugefügt hat, indem er einen Pflock aus Fleisch in ihren Körper führte. In dem Bewusstsein, eine schreckliche Sünderin zu sein, wagt sie dennoch zu hoffen, dass ihre Reue ihr zur Vergebung des Erhabenen verhelfen möge.* Gezeichnet ›Manakunda‹.«

So lautete Manakundas Testament, in einer ungelenken Handschrift auf dem Sutra zurückgelassen, die, falls es eines solchen Zeichens noch bedurft hätte, von der grenzenlosen Verzweiflung seiner Verfasserin zeugte.

Totenstille hatte sich auf die Meditationszelle des Abtes herabgesenkt, nachdem Lama sTod Gling diese wenigen, in ihrer Nüchternheit so entsetzlichen Zeilen vorgelesen hatte.

»Ich empfinde größtes Mitleid mit dieser Manakunda! Verrückte Wolke ist also nicht nur ein Verbrecher, sondern auch noch ein Vergewaltiger«, murmelte Dolch der ewigen Wahrheit bestürzt.

»Diese Inschrift enthält eine fürchterliche Anschuldigung, Meister Ramahe sGampo!«, sagte Lama sTod Gling wie benommen.

»Die Zeilen sind erschütternd. Eine Nonne, die sich der Sünde des Fleisches schuldig macht, gelangt auf direktem

Weg in die Avici-Hölle«, flüsterte Heiliger Achtfacher Pfad ängstlich.

»Manakunda hat in dieser Welt genug gelitten, um der Hölle zu entgehen!«, versetzte Ramahe sGampo, der endlich aus seinem Schweigen erwachte, scharf.

»Diese Vorstellung gefällt mir schon besser!«, entgegnete der Mönch aus Turfan.

»Ich mache mir schreckliche Vorwürfe!«, fuhr der blinde Greis mit matter Stimme fort. »Ich hätte der jungen Nonne mehr Aufmerksamkeit schenken sollen!«

»Das müsst Ihr nicht, Eure Heiligkeit! Es ist geschehen, was geschehen sollte!«, wandte Staubnebel zögernd ein.

»Wie einsam sie sich gefühlt haben muss. Wenn ich das gewusst hätte, hätte ich die arme Kleine aufgefordert, zu mir zu kommen, um ihre Verfehlung zu beichten, statt ihre Reue in schriftlicher Form kundzutun!«

»Das wollte sie nicht, Ehrwürdiger Abt! Dafür schämte sie sich viel zu sehr«, murmelte Lama sTod Gling, dem die junge Nonne als Einzigem anvertraut hatte, dass sie ein Kind erwartete. »Ich werde es niemals bereuen, dass ich ihr geholfen habe, so gut ich konnte! Manakunda war ein unschuldiges Opfer. Ich hätte mir nie träumen lassen, dass Verrückte Wolke der Vater der Himmlischen Zwillinge ist!«

»Wenn ich schon früher von dem Geheimnis dieser jungen Nonne erfahren hätte, wäre nach dem Scheitern der letzten Zusammenkunft viel Zeit gewonnen gewesen, und viele Missverständnisse hätten sich mit Sicherheit vermeiden lassen! Dieser Mensch hat uns tatsächlich noch viel mehr hintergangen, als man sich überhaupt vorstellen kann«, flüsterte der Abt von Samye niedergeschlagen.

»Zumindest ein Rätsel ist gelöst. Jetzt weiß ich, warum Verrückte Wolke bei Eurer Zusammenkunft nicht anwesend war, Ehrwürdiger Abt: Während Ihr hier mit Vollendete Leere und dem verstorbenen Buddhabadra sehnsüchtig auf sein Eintreffen gewartet habt, trieb dieser abscheuliche Kerl mit einer Eurer Nonnen Unzucht!«, bemerkte Lama sTod Gling hellauf erzürnt.

»Das ist ja widerlich!«, rief Staubnebel, den die bedrückende Lektüre zutiefst bestürzt hatte.

»Ich werde es nicht dem Samsara überlassen, über das Schicksal von Verrückte Wolke zu befinden; ich hoffe von ganzem Herzen, dass diese Hände Gelegenheit haben werden, ihn für all seine bösen Zauber bezahlen zu lassen!«, wetterte Dolch der ewigen Wahrheit und reckte die Fäuste gen Himmel.

»Ich bin mir sicher, dass Vollendete Leere mir einiges darüber zu erzählen hat«, murmelte der blinde Greis, dessen Stimme einen drohenden Klang angenommen hatte.

»Ihr scheint anzudeuten, dass der Abt aus Luoyang mit Verrückte Wolke gemeinsame Sache gemacht haben könnte.«

»Mit Verrückte Wolke wahrscheinlich nicht! Er schien genauso wenig wie wir etwas über den Grund für das Fortbleiben dieses Kerls zu wissen. Aber er und Buddhabadra haben mit Sicherheit zusammen etwas ausgeheckt! Ich habe keine Zweifel daran, dass Buddhabadras tragischer Tod ihre gemeinsamen Pläne über den Haufen geworfen hat.«

»Dann seid Ihr also davon überzeugt, dass sie etwas gegen Euch im Schilde führten?«, wollte der Mönch aus Peshawar wissen.

»Diese Formulierung ist vielleicht übertrieben! Aber wahrscheinlich haben sie versucht, mit so viel Gewinn wie möglich aus der ganzen Sache herauszukommen!«

»Welchen Grund sollten sie denn gehabt haben, Euch auszuschließen?«, fragte Dolch der ewigen Wahrheit.

»Da das Reich Bod so abgeschieden liegt, ist der Lamaismus von allen drei buddhistischen Strömungen am besten vor äußeren Einflüssen geschützt! Auf meinen Schultern lastet nicht der gleiche Druck wie auf den ihren. Außerdem bin ich blind. Wie dem auch sei, statt ›die Eintracht weitere fünf Jahre zu wahren‹, hat die letzte Zusammenkunft zwischen den Konzilen zum Bruch zwischen meinen beiden Standesgenossen und mir geführt«, erklärte der Abt von Samye nüchtern.

»Ihr hattet keine Zeit mehr, Euch mit Buddhabadra auszusprechen?«, wollte dessen einstiger Gehilfe wissen.

»Ich dachte, wir würden noch Gelegenheit haben, miteinander zu reden. Über etwas, das ich mit ihm besprechen wollte. Aber er hat das Kloster verlassen, ohne sich auch nur von mir zu verabschieden. Vollendete Leere und er müssen in der Zwischenzeit ihre heimlichen Absprachen getroffen haben!«, antwortete Ramahe sGampo bedauernd.

Die Verwirrung von Dolch der ewigen Wahrheit war grenzenlos. Je mehr er zu verstehen versuchte, was geschehen war, desto mehr neue Informationen verkomplizierten die Situation und machten jede plausible Erklärung zunichte.

Jetzt schien auch noch Ramahe sGampo auf irgendeine Vereinbarung zwischen Buddhabadra und ihm selbst anzuspielen, bei der sein Abt nicht Wort gehalten hätte!

So viele Fragen ohne Antwort!

Würden sich die Rätsel jemals auflösen?

Warum hielt Vollendete Leere Umara gefangen, nachdem er das »kostbare Pfand« seines eigenen Lehrpfads in Samye zurückgelassen und danach Fünffache Gewissheit nach Bod geschickt hatte, um es wieder zurückzuholen? Durch welchen Zufall waren Buddhabadra und Verrückte Wolke plötzlich gemeinsam unterwegs, als steckten sie unter einer Decke? Warum wirkte Ramahe sGampo so enttäuscht darüber, dass er keine Gelegenheit gehabt hatte, sich unter vier Augen mit Buddhabadra zu unterhalten?

Eines jedoch war sicher: Buddhabadras Verhalten war mehr als verdächtig.

»Nach allem, was passiert ist, kann ich leider nicht länger stillschweigend über das Tun meines ehemaligen Abtes hinweggehen. Ihr müsst wissen, dass er unserer Gemeinschaft verschwiegen hat, dass er die Augen des Buddha mitgenommen und an der Spitze des Reliquienturms des Kanishka nur die leere goldene Pyramide zurückgelassen hat«, sagte Dolch der ewigen Wahrheit. Und damit hatte er Ramahe sGampo noch längst nicht das ganze Ausmaß der Verdächtigungen anvertraut, die er seinem früheren Abt gegenüber hegte.

»Ihm blieb doch gar nichts anderes übrig! Ohne diese heilige Reliquie fehlt dem Kloster des Einen Dharma seine Daseinsberechtigung. Wie hätte deine Gemeinschaft denn reagiert, wenn ihr Unschätzbarer Abt ihr verkündet hätte, dass er die Augen des Buddha ins Schneeland mitnehmen müsse?«, entgegnete Ramahe sGampo leise.

»Eure Worte lassen mich vermuten, dass Buddhabadra

keine andere Wahl hatte, als sie hierherzubringen, Meister Ramahe sGampo.«

»Damit magst du recht haben.«

»Was hat das zu bedeuten, Eure Heiligkeit?«, fragte Staubnebel unvermittelt.

»Staubnebel! Dich hört man ja fast gar nicht. Ich will es nicht versäumen, dir noch einmal zu danken. Ohne dich wäre das kleine Sandelholzherz heute nicht hier«, erklärte der blinde Greis nach einer kurzen Pause, die Dolch der ewigen Wahrheit verhieß, dass er von ihm nicht mehr über die wahren Gründe erfahren würde, aus denen Buddhabadra die Augen des Buddha mit auf die Reise genommen hatte.

Der oberste Gehilfe des ermordeten Abtes verlor sich in Spekulationen, bis ihn nach und nach jene abgrundtiefe Verwirrung überwältigte, die letztlich alles Verständnis lähmt.

Wie hatte Buddhabadra nur so verlogen sein können, ihnen vorzugaukeln, die Augen des Buddha befänden sich im Reliquienschrein des Kanishka, während die heilige Reliquie in Wirklichkeit als »kostbares Pfand« des Kleinen Fahrzeugs beim geheimen Pakt von Lhasa diente?

Das bereits recht negative Bild des Gehilfen von seinem Meister verwandelte sich mehr und mehr in Enttäuschung und Zynismus.

Trotz des schmalen Fensters lag die Meditationszelle des blinden alten Abtes inzwischen in strahlendes Sonnenlicht getaucht, und die Augen des Buddha blitzten und funkelten, als Staubnebel, sich der Wirkung seiner Worte gewiss, auf die Frage von Ramahe sGampo antwortete.

»Dass meine Schritte mich hierher führten, Eure Heiligkeit, ist merkwürdigerweise einem alten Lama aus Eurem Kloster zu verdanken«, erklärte der junge Chinese. Er berichtete ihnen, wie der alte tibetische Mönch, dem er nach der Plünderung der Oase in den noch rauchenden Ruinen von Dunhuang begegnet war, ihn nachdrücklich aufgefordert habe, nach Samye zu gehen, indem er ihm verhieß, dass dieser Schritt es ihm ermöglichen würde, die Tochter von Bischof Addai Aggai wiederzufinden, was sich auch tatsächlich als zutreffend erwiesen hatte.

»Sakya Panchen! Du hast also Sakya Panchen getroffen, auch genannt ›der Große Weise‹, den fähigsten Übersetzer unter meinen Mönchen. Ich hatte ihn nach Dunhuang geschickt, um dort so viele Sutras aus den buddhistischen Klöstern der Oase wie möglich in die tibetische Sprache zu übertragen!«, rief Ramahe sGampo aufgewühlt.

»Dieser Mönch machte auf mich den Eindruck eines ganz besonders kundigen Gelehrten. Als ich ihm den Inhalt des kleinen Sandelholzherzens zeigte, überzeugte er mich, Euch diese Gegenstände zu bringen, indem er mir versicherte, dass diese Geste Euch dazu bewegen würde, für mich zum heiligen Buddha zu beten und ihn zu bitten, mir dabei zu helfen, das junge Mädchen wiederzufinden, von dem ich jede Spur verloren hatte. Und die Weissagung von Sakya Panchen erfüllte sich, denn auf der Straße nach Samye kreuzte mein Weg tatsächlich den von Umara und Fünffache Gewissheit.«

»Statt seiner letzten Übersetzungen hat uns Sakya Panchen, von dem wir seither traurigerweise ohne Nachricht sind, also die ›kostbaren Pfänder‹ geschickt! Ich habe diesen Mönch schon immer für einen über die Maßen erleuchteten Geist gehalten. Sakya Panchen ist ein heiliger Mann, und als solcher sieht er weiter als alle anderen. Ich bin mir sicher, dass er uns von dort, wo er jetzt ist, sei es hier unten auf Erden oder im Himmel des Nirwana, vergnügt beobachtet!«, rief der blinde Greis, dessen Stimme vor lauter Rührung gepresst klang.

Denn Ramahe sGampo dachte mit großer Wehmut daran zurück, wie er diesen außergewöhnlichen, sprachbegabten Lama, der in der Lage war, gleich welchen auf Chinesisch oder Sanskrit verfassten Text ins Tibetische zu übertragen, vor einigen Jahren nach Dunhuang gesandt hatte. Es war eine gute Idee gewesen, denn zweimal hatte Sakya Panchen aus der großen Oase an der Seidenstraße einen Trupp Yaks zurück nach Tibet geführt, auf deren Rücken er unzählige Schriftrollen verschnürt hatte. Sie umfassten das nahezu vollständige Korpus der grundlegenden Texte des Buddhismus des Kleinen und des Großen Fahrzeugs und wurden seither sorgsam in der Bibliothek des Klosters Samye aufbewahrt.

»Ohne diese unverhoffte Begegnung mit Sakya Panchen stünde ich jetzt nicht vor Euch, Meister sGampo, genauso wenig wie ich Umara wiedergefunden hätte!«, bemerkte Staubnebel lächelnd.

»Du musst dich an den Gedanken gewöhnen, dass nichts in der Welt jemals dem Zufall geschuldet ist, Staubnebel!«, entgegnete der blinde Greis.

Ein Novize hatte ihnen mit Yakbutter vermischten Tee eingeschenkt, den sie nun schweigend tranken, da sie alle nach einer solchen Flut von Enthüllungen mit ihren Emotionen zu kämpfen hatten.

»Meister sGampo, könnten wir das Datum festlegen, an dem Ihr in Luoyang einzutreffen gedenkt?«, bat Dolch der ewigen Wahrheit, nachdem er seine Schale Tee ausgetrunken hatte.

»Warum reisen wir nicht alle zusammen? Das wäre doch praktischer!«, schlug Staubnebel vor.

»Ihr müsst mir genügend Zeit lassen, um vorher einen Umweg über Peshawar zu machen. Ich bringe es nicht über mich, meine Gemeinschaft noch länger über das Schicksal von Buddhabadra im Ungewissen zu lassen. Wenn meine Brüder noch lange auf unsere Rückkehr warten müssen, droht das ganze Kloster des Einen Dharma auseinanderzubrechen! Es wird mir nicht leicht fallen, ihnen die Wahrheit zu sagen, aber leider führt kein Weg daran vorbei!«

Allein schon beim Gedanken daran, nach Peshawar zurückzukehren und den Mönchen vom Tod ihres Unschätzbaren Abtes zu berichten, hatte sich ein Schleier aus Sorge und Traurigkeit vor die Augen von Buddhabadras einstigem Gehilfen geschoben.

»Bei der Gelegenheit könntest du ihnen auch gleich die Heilige Wimper zurückbringen. Neben den Augen des Buddha ist diese Reliquie im Grunde überflüssig. Dann würdest du zumindest nicht ganz mit leeren Händen heimkommen. Ansonsten bin ich einverstanden, dass wir uns in der Sommerhauptstadt des chinesischen Kaiserreichs verabreden«, antwortete Ramahe sGampo auf den Vorschlag von Dolch der ewigen Wahrheit.

»Ich weiß gar nicht, wie ich Euch für Euer Verständnis danken soll. Ihr seid ein von Grund auf guter Mensch, ehrwürdiger Meister. Die Heilige Wimper will ich meinen Brüdern gerne zurückbringen; es wird sie freuen, auch wenn sie vielleicht Zweifel an ihrer Herkunft hegen werden, denn ich habe ihnen gestehen müssen, dass ich mir selbst eine Wimper ausgerissen habe, als ich entdeckte, dass Buddhabadra das kleine Sandelholzherz mit auf seine Reise genommen hatte«, entgegnete Dolch der ewigen Wahrheit, wobei er ein Lächeln nicht unterdrücken konnte.

»Statt eines Konzils von Lhasa könntet Ihr dort das Erste Konzil von Chang'an abhalten! Auf diese Weise könnte die Eintracht zwischen den drei Lehrpfaden wiederhergestellt werden!«, rief Lama sTod Gling.

»Falls ich tatsächlich würdig sein sollte, meinen Unschätzbaren Abt zu ersetzen!«, seufzte Dolch der ewigen Wahrheit, der den Blick nicht von den Augen des Buddha abwenden konnte.

»Ich für meinen Teil hege daran keinerlei Zweifel! Daher schlage ich vor, dass wir uns alle in sechs Mondmonaten in Luoyang wieder treffen; das lässt euch genügend Zeit für eure Reise nach Peshawar, vorausgesetzt, ihr haltet euch dort nicht allzu lange auf!«, entschied Ramahe sGampo.

Ohne Zeit zu verlieren, machten sich Dolch der ewigen Wahrheit und Heiliger Achtfacher Pfad gleich am nächsten Morgen auf den Weg zum Kloster des Einen Dharma, denn es drängte sie, ihren Brüdern die schreckliche Wahrheit über das Schicksal ihres Abtes zu verkünden, der durch sein Martyrium sicherlich genügend für sein früheres Verhalten gebüßt hatte.

Staubnebel wurde schwer ums Herz, als die beiden Mönche aus Peshawar in Begleitung der gelben Hündin ihm ein letztes Mal zuwinkten, ehe sie zwischen den beiden Stupas auf der Passhöhe verschwanden.

»Wirst du auch in Chang'an sein, wenn ich Ramahe sGampo dorthin begleite?«, fragte ihn Lama sTod Gling.

»Ich hoffe es«, murmelte der junge Chinese, dessen Blick sich verdunkelt hatte.

»Du wirkst nachdenklich.«

»Ich gehe ein wenig spazieren. Hier in Samye leide ich immer an der Höhenkrankheit. Ich schlafe schlecht, und mir ist übel, ganz zu schweigen von den Kopfschmerzen, die mich ununterbrochen plagen.«

»Sei vorsichtig. Im Reich Bod sollte man lieber nicht von den festen Wegen abweichen, vor allem nicht am späten Nachmittag. Die Nacht bricht hier sehr schnell herein.«

»Mach dir keine Sorgen, Lama sTod Gling, seit ich aus Dunhuang fortgegangen bin, habe ich gelernt, mich im Gebirge vorsichtig zu bewegen!«

Als er die Pforte von Samye durchschritt, um zum gegenüberliegenden Kamm aufzusteigen, von wo aus er sich einen freien Ausblick auf das Nachbartal erhoffte, überkam Staubnebel eine eigenartige Traurigkeit.

Wie eine gewaltige Wolke, die den Himmel überzog, erschien plötzlich Umaras schönes Gesicht mit den verschiedenfarbigen Augen zwischen den zwei kleinen Pagoden auf der Passhöhe, hinter der vor wenigen Augenblicken die winzigen Gestalten von Dolch der ewigen Wahrheit und Heiliger Achtfacher Pfad verschwunden waren.

Sie lächelte ihn an, und das tat ihm gut.

So gut sogar, dass er nicht umhinkonnte, sich einzugestehen, dass er sie immer noch liebte wie am ersten Tag.

Nur widerwillig hatte er sich Fünffache Gewissheit gebeugt, und der Schmerz darüber, dass sie den ehemaligen Mönch ihm vorzog, war immer noch nicht verheilt, auch wenn er seinem früheren Rivalen gegenüber keinen Hass und keine Bitterkeit mehr empfand.

Allmählich verschwamm das Gesicht seiner Geliebten am Himmel; schon hatte sich eines ihrer Augen im violett angehauchten Blau der heraufziehenden Abenddämmerung aufgelöst, und er fürchtete den Moment, in dem er sie überhaupt nicht mehr sehen würde.

Den Blick unverwandt auf ihr Antlitz gerichtet, ging er voran, ohne darauf zu achten, wohin er trat. Er brauchte ihren Blick so sehr!

Die Nacht schickte sich an, Umara zu verschlingen, und für Staubnebel, dessen gesamten Lebensinhalt sie darstellte, war dieser Gedanke unerträglich.

So unerträglich, dass er, als einer seiner Füße ins Leere trat, nachdem er geradeaus weitergegangen war, als der Weg eine Biegung machte, ohne zu zögern den zweiten folgen ließ und kopfüber in den bodenlosen Abgrund neben dem Weg stürzte. Und ehe er unten auf den Felsen aufschlug, blieb ihm in seinem schwindelerregenden Fall genügend Zeit für einen letzten Schrei: »Umara-aa …!«

Und das Echo des Namens der jungen nestorianischen Christin hallte noch lange an den steilen Wänden der letzten Ruhestätte des Jungen wider, der sie von ganzem Herzen geliebt hatte.

7

In einer Berghöhle im Südwesten des heutigen Xinjiang

»Morgen ziehen wir weiter!«, verkündete der Wächter kurz angebunden.

»Wohin?«

»Das wirst du noch früh genug erfahren!«

»Sag Kaled Khan, dass ich mit ihm reden möchte. Sag ihm, ich kann jetzt wieder aufstehen und laufen!«

»Ich werde es ihm ausrichten! Hier, deine Suppe!«

»Die anderen stellen sie immer ein ganzes Stück von mir entfernt ab, als wäre ich ein ausgehungerter Hund, der sie anfallen könnte!«

»Ich habe Schnupfen. Der Gestank stört mich nicht. Ich stelle sie dir hierhin.«

»Ihr Mistkerle!«

»Du scheinst ja heute richtig gut in Form zu sein«, stellte der verschnupfte Wächter fest.

Seit ein paar Tagen fühlte sich der unglückliche Bischof Addai Aggai wieder ein wenig kräftiger.

Er wusste nicht, dass er an Skorbut erkrankt war, dieser schrecklichen durch Vitaminmangel hervorgerufenen Krankheit, die die Zähne ausfallen ließ und zu inneren Blutungen führte, wodurch sie den Leidenden alle Kraft raubte. Auch ahnte er nicht, dass sein unbeherrschbarer

Juckreiz von der Krätze kam, die bereits seine ganze Haut zerfressen hatte.

Wie üblich war es ein unerfreuliches Erwachen gewesen, denn der unerträgliche Schimmelgeruch, der ihn kaum atmen ließ und ihm gleich wieder sein trauriges Schicksal in Erinnerung rief, hatte sofort den immer wiederkehrenden Traum einer gelungenen Flucht zerstört, dem er sich Nacht für Nacht genussvoll hingab.

Selbst seine abgehärtetsten und kampferprobtesten Bewacher konnten diesen Gestank nicht ertragen und hielten sich jedes Mal die Nase zu, wenn sie sich ins tiefste Innere des Berges wagten, wo der Gefangene notdürftig auf einem Lager aus Zweigen untergebracht worden war.

»Deine Suppe!«, riefen sie ihm aus sicherem Abstand zu.

»Wenn ihr mich noch lange quält und mir das Licht des allmächtigen Schöpfers vorenthaltet, werdet ihr überhaupt nichts mehr für mich bekommen, weil mich der Eine Gott vorher zu sich genommen hat! Sag das Kaled Khan«, murmelte Addai Aggai dem Mann zu, der bereits auf dem Absatz kehrtgemacht hatte, nachdem er ihm seinen üblichen Becher Kichererbsensuppe hingestellt hatte.

Da er in der Dunkelheit nicht erkennen konnte, dass sein Kerkermeister schon wieder fort war, streckte Addai Aggai daraufhin noch seine von zu engen Fesseln blutig gescheuerten Handgelenke in seine Richtung.

Der Bischof war nicht unzufrieden mit sich: Zumindest war er kräftig genug, um zu protestieren.

Der nestorianische Bischof von Dunhuang, der am hinteren Ende dieser feuchten, dunklen Höhle lag, in die niemals das Licht der Sonne fiel, war leichenblass. Für einen Christen wie ihn, und sei er auch ein Schismatiker, bedeutete es eine Gnade Gottes, im Namen seines Glaubens zu sterben. Doch mit aller Kraft wehrte sich Umaras Vater gegen die Vorstellung, als Märtyrer zu sterben, ohne noch ein letztes Mal die Gelegenheit gehabt zu haben, seine geliebte Tochter in die Arme zu schließen.

Seitdem eine Horde Tujue den Bischofssitz geplündert hatte, den er mit eigenen Händen aufgebaut hatte, durchlitt er eine Art Kreuzweg, bei dem sich jede neue Station als immer noch ein bisschen schrecklicher erwies als die vorhergehende.

Nach einigen Wochen kräftezehrenden Marschs, bei dem er mit zusammengebundenen Händen hinter einem Pferd hergezerrt worden war, bot der bis aufs Skelett abgemagerte Bischof einen furchteinflößenden Anblick. Seine Kräfte schwanden mit jedem Tag, während die offenen Wunden auf seiner Haut sich entzündeten, bis sie schließlich einen abscheulichen Gestank verströmten, der ihn befürchten ließ, dass ihm nicht mehr allzu viel Zeit auf Erden beschieden war.

Seine Entführer waren inzwischen in südwestlicher Richtung von der Seidenstraße abgebogen. Sie zogen nun durch völlig verlassene Berge, wo lediglich Wildpferde die Abhänge hinunterstürmten. So konnte er auch nicht auf das Mitleid fremder Reisender hoffen, die die Tujue zur Ordnung rufen und sie zwingen würden, ihm eine angemessenere Behandlung zukommen zu lassen.

Endlich erreichten sie das Lager des Großkhans der Tujue am Ufer eines Flusses. Der große Kaled Khan ließ sich gerne Kaiser der Steppe nennen, und jeder in der Wüste fürchtete seinen Zorn.

Das Lager des Nomadenkönigs war ein richtiges Dorf

aus Leinen und Tierfellen. Wie groß es war, konnte der nestorianische Bischof erkennen, als er es zum ersten Mal von der Spitze des Steilhangs über der Aufschüttungsebene aus erblickte, auf der der Khan seine Zelte aufgeschlagen hatte.

Die östlichen Tujue umfassten zu jener Zeit eine Vielzahl von Stämmen, deren Oberhäupter sich allesamt für mächtige Könige hielten, während sie in Wahrheit nichts als unbedeutende lokale Machthaber waren, die dank ihres Kampfgeists und ihrer Grausamkeit gewaltige Wüstenflächen beherrschten, auf denen Hirten lebten, die genauso sanftmütig waren wie die Schafe, die sie hüteten.

Kaled Khan war das Oberhaupt eines etwa siebzig Familien umfassenden Klans, was ihn zu einem der bedeutenderen Stämme dieses Nomadenvolks machte, dessen gefürchtete Reiter die Bevölkerung jener Landstriche in Angst und Schrecken versetzten, die sie ohne Unterlass eroberten und je nach Laune der Chinesen, Khotanesen, Perser und Sogdier auch wieder verloren.

In der Luft hing der für die Tujue-Küche typische Geruch von ranziger Butter und heißem Fett. Zwei Tage später war der Nestorianer zum ersten Mal vor seinen neuen Besitzer geführt worden, der ihn mit dem gleichen Eifer in Augenschein nahm, wie er es bei einem Pferd getan hätte.

Genau wie die Krieger seines Stammes trug Kaled Khan einen langen Schnurrbart und einen Pferdeschwanz. Sein massiger Körper war in einen langen Mantel aus Ziegenfell gehüllt, und die seltsame Kappe aus Schneeleopardenpelz auf seinem Kopf verstärkte den Eindruck animalischer Wildheit, der von seinem gesamten Äußeren ausging.

Addai Aggai verstand damals noch kein einziges Wort

der Tujue-Sprache. Daher wusste er auch nicht, dass der Mann, der gerade seinen ganzen Körper abtastete, dem enttäuscht dreinblickenden Steppenfürsten erklärte, dass sein Verkauf auf einem Sklavenmarkt in Samarkand oder anderswo nicht einmal genug einbringen würde, um davon einen seidenen Schal zu kaufen.

Am nächsten Morgen hatte der Stamm sein Lager abgebrochen. Da die Nomaden daran gewöhnt waren, in aller Eile zusammenpacken zu müssen, wenn sie von feindlichen Horden überfallen wurden, dauerte der Abbau des labyrinthischen Zeltdorfs am Ufer des Flusses nicht lange. Alle hatten sich daran beteiligt, sogar die Frauen und Kinder. Innerhalb kürzester Zeit war alles – auch der ausgezehrte Körper von Addai Aggai – auf Karren verladen, und der Zug hatte sich eilig in nördliche Richtung in Bewegung gesetzt, wie Addai Aggai anhand des Sonnenstands schloss.

Der weitere Verlauf seiner langen Reise, die er, immer noch gefesselt, auf seinem Maultierkarren zurücklegte, hatte sich davon nicht unterschieden. Die Tujue wanderten nach Lust und Laune umher, von einem Lagerplatz zum nächsten, wo sie genauso gut zwei Tage wie mehrere Monate verbringen konnten. Auch wenn er sich jetzt in der Hand des höchsten Stammesführers der Tujue befand, hatte der Nestorianer nicht den Eindruck, inzwischen bessergestellt zu sein: Er war immer noch eine lebende Ware, auf Gedeih und Verderb seinem Besitzer ausgeliefert.

Zumindest brauchte er sich nicht mehr hinter einem Pferd herzuschleppen, sondern lag zwischen Ballen voller Nahrungsmittel eingezwängt auf einem Karren, umringt von vier berittenen Wächtern, die ihn nicht einen Moment aus den Augen ließen und so jeden Fluchtgedanken im Keim erstickten.

Nachdem sie ihr Lager an einem sicheren Platz im Schutz eines unzugänglichen, gekrümmten Steilhangs aufgeschlagen hatten, waren eines schönen Morgens alle kampffähigen Männer des Stammes hinter Kaled Khan auf ihren »Himmelspferden« davongeritten und hatten den nestorianischen Bischof in Gesellschaft der Frauen, Greise und Kinder zurückgelassen.

Von einem der ältesten Tujue hatte Addai Aggai schließlich erfahren, dass ihr Anführer einen Hinweis erhalten habe und nun mit seinen Kriegern auf dem Weg nach Turfan sei, »um einen großen Vorrat an Seide aus dem Besitz der leuchtenden Kirche an sich zu bringen«.

Die äußerste Sorgfalt, mit der die Tujue-Krieger erst ihre Schwerter und Pfeilspitzen geschärft und dann ihre Bogensehnen nachgespannt hatten, sprach Bände über die kämpferischen Absichten des Steppenkaisers.

Addai Aggai hatte aus ihren Vorbereitungen geschlossen, dass Kaled Khan nicht die Absicht hatte, Milde walten zu lassen, und er konnte sich die Verzweiflung seines manichäischen Kollegen Hort der Seelenruhe lebhaft vorstellen, falls dieser überhaupt mit dem Leben davonkommen sollte.

Als Kaled Khan und seine Männer nach sechs oder sieben Monaten, die dem Bischof wie eine Ewigkeit vorgekommen waren, unter den Jubelrufen der anderen von ihrem Raubzug zurückgekehrt waren, hatte der Steppenkaiser kurz in der Höhle vorbeigeschaut, in der Addai Aggai vor sich hin dämmerte. Wahrscheinlich wollte er sich vergewissern, dass er immer noch am Leben war.

Was war geschehen, nachdem der Khan Turfan erreicht hatte? War sein Raubzug erfolgreich gewesen, oder hatte er unverrichteter Dinge wieder abziehen müssen? Seiner zufriedenen Miene nach zu urteilen, hatte er reiche Beute gemacht. Wie hätte der nestorianische Bischof auch ahnen sollen, dass der Tujue gerade aus Palmyra zurückkam, wo es ihm gelungen war, Jademond zu einem ausgesprochen guten Preis zu verkaufen?

»Man hat mir gesagt, du seist Nestorianer …«, bemerkte Kaled Khan beiläufig.

Wie der Tujue-Anführer das Wort »Nestorianer« aussprach, hätte seinem Gegenüber beinahe ein Lächeln entlockt, doch er blieb auf der Hut.

»Das stimmt. Ich glaube an den Einen Gott, dessen Sohn nicht göttlicher Natur ist, wie es Bischof Nestorius beschrieben hat.«

»Erzähl mir von deinem Einen Gott. Handelt es sich um den des Propheten Mohammed*?«

»Ich kenne diesen arabischen Propheten kaum. Doch was ich über ihn weiß, lässt mich vermuten, dass wir beide den gleichen Einen und Allmächtigen Gott verehren«, antwortete Addai Aggai.

»Mein Großvater hat sich zu der Religion bekehrt, die Allah dem Propheten offenbarte, und mit ihm unser gesamter Stamm. Aber was ist mit diesem Propheten, der Christus genannt wird?«

* Der Prophet Mohammed starb im Jahr 632. Zur gleichen Zeit begannen seine Anhänger sein im Koran festgehaltenes Wort zu verbreiten, wozu sie schon 635 den Euphrat überquerten, die Sassaniden aus dem Iran vertrieben und das Kalifat der Umayyaden errichteten.

»Bischof Nestorius hat die Unterscheidung zwischen Gott und Christus betont. Das hat meiner Kirche großen Ärger eingebracht«, antwortete Addai Aggai mit zunehmendem Unbehagen.

Da er nicht wusste, was sein Gegenüber mit seiner Aufforderung bezweckte, hatte er beschlossen, ihm so wenig wie möglich von dem Streit über die göttliche Natur von Christus, Gottes Sohn, zu erzählen, der dazu geführt hatte, dass Nestorius, der Patriarch von Konstantinopel, vier Jahrhunderte zuvor in aller Form exkommuniziert worden war.

»Ich weiß«, entgegnete Kaled Khan geheimnisvoll, ehe er hinzufügte: »Der Streit zwischen Nestorius und seinen Kirchenoberen ist mir bekannt.«

»Ihr wisst ja erstaunlich viel«, sagte der Bischof von Dunhuang leise. Er hatte Mühe, seine Überraschung zu verbergen.

Wie mochte der Anführer eines Tujue-Stammes, der auf ihn den Eindruck eines unkultivierten Wilden machte, von einem so fernen Schisma erfahren haben?

»Leider weiß ich längst nicht alles. Ich könnte dir zum Beispiel gestehen, dass ich nicht den geringsten Orientierungssinn besitze und oft genug sogar Norden und Süden verwechsle!«, entgegnete der nachdenklich wirkende Tujue.

Dieses Eingeständnis hatte den Bischof, der durch das vorübergehende sesshafte Leben trotz der erbärmlichen Bedingungen seiner Gefangenschaft wieder ein wenig zu Kräften gekommen war, hoffen lassen, dass er mit etwas Glück bald freikommen würde.

Doch leider hatte er sich getäuscht.

Kaled Khan hatte offenkundig nicht vor, ihn gehen zu lassen, denn nach seinem ersten unerwarteten Besuch hatte er ihn nicht ein einziges Mal wiedergesehen.

Plötzlich fiel Addai Aggai die Schale mit Suppe wieder ein, die ihm sein Bewacher vor die Füße gestellt hatte, und er trank sie in einem Zug aus. Seit einiger Zeit waren die entsetzlichen Schmerzen in seinen Eingeweiden einem gesunden Hungergefühl gewichen.

Am nächsten Morgen wurde er aus seiner Höhle geholt.

»Ich verlange, Kaled Khan zu sprechen!«, brüllte er einen der Wächter an, die ihn wie ein Reisigbündel hinausschleppten, ehe sie ihn ohne viel Federlesens auf einen Haufen Felle warfen, die den Nomaden als Zeltwände dienten.

Die Antwort der Männer bestand aus einem kurzen höhnischen Auflachen, dann vergewisserten sie sich, dass er auch sicher verschnürt war, und knebelten ihn zusätzlich.

Danach setzte sich der Stamm unter ohrenbetäubendem Lärm, in dem sich die Rufe von Tieren und Kindern mit dem Knirschen schlecht geölter Achsen und dem Ächzen der zum Zerreißen gespannten Seile verbanden, wieder einmal in Bewegung.

Dem Stand der Sonne nach zu schließen, zogen die Tujue nach Norden.

In den nächsten Wochen durchquerten sie eine Region mit grasbewachsenen Ebenen, wo sich die »Himmelspferde« von den Strapazen des langen Beutezugs erholen konnten. Doch mit einem Mal gelangte ihr Trupp in eine sehr viel feindseligere Umgebung, in der man an den immer kleiner werdenden Kieseln leicht erkennen konnte, dass die Wüste nicht mehr fern war.

Die geografischen Kenntnisse des nestorianischen Bischofs ließen ihn befürchten, dass Kaled Khan geradewegs auf die schreckliche Taklamakan-Wüste zuhielt.

Und tatsächlich, als ihr Zug eines Tages abrupt zum Stehen kam, während Kaled Khan wild vor sich hin fluchend von dem Karren sprang, erschienen am Horizont die ersten charakteristischen Dünen aus grauem Sand.

Seit seiner Ankunft in Dunhuang hatte Addai Aggai häufig erschütternden Berichte von Reisenden über diese tödliche Falle gehört, eine unermessliche Weite aus Sand und Steinen, über die oft Winde hinwegpeitschten, die alle Spuren der tapferen oder leichtsinnigen Entdecker auslöschten, die sich in sie hineinwagten. Die alten chinesischen Annalen aus der Han-Zeit bezeichneten sie als Liu sha oder »fließenden Sand«. Die Gebeine von Menschen und Tieren lagen wie trostlose Meilensteine auf den Pisten dieser Hölle aller Reisenden, in die man um keinen Preis geraten durfte.

Im Sommer war es dort so heiß, dass man in weniger als drei Stunden verdurstete. Ständig brachen trockene Gewitter los, die schrecklichen *kara-buran*, deren Blitze alles, was sich bewegte, in Brand setzen konnten. Dann schien der kohlschwarze Himmel über der Taklamakan mit dem Sand der Dünen zu verschmelzen, den die Wirbelstürme wie Staubberge in die Höhe rissen, während sie gleichzeitig Steine aufwirbelten, die so groß waren, dass sie einen Maulesel erschlagen konnten.

Im Winter ließen die eisigen Winde Tiere und Menschen zu Eisstatuen erstarren, die von den Wölfen zerrissen wurden, sobald sich ihr Fleisch unter den Strahlen der blassen Sonne jener Jahreszeit erwärmte, in der der Himmel nur selten von Wolken verdunkelt wurde.

Voller Sorge erkannte der Nestorianer, dass die Nomadenkrieger die falsche Richtung eingeschlagen hatten.

Kaled Khan wurde immer nervöser. Er stieg aufs Pferd und suchte offensichtlich nach einem Weg aus dieser gefährlichen Region.

Der Wind hatte ihre Spuren auf dem Boden verwischt, sodass man sich nur schwer orientieren konnte, und Addai Aggai, der sich nicht einzumischen wagte, beschlich mit der Zeit das unangenehme Gefühl, dass das Oberhaupt der Tujue seinen Stamm im Kreis herumführte.

Glücklicherweise versperrte ihnen unversehens eine Schar Soldaten den Weg, die hinter einem Sandhügel hervorgekommen waren. Ihre Uniformen und Flaggen wiesen sie als Angehörige der chinesischen Armee aus.

Aus einigem Abstand beobachtete Addai Aggai die ausführlichen Diskussionen, die sich zwischen dem Anführer der Chinesen und Kaled Khan entspannen. Den entschiedenen Gesten des chinesischen Hauptmanns nach zu urteilen, riet dieser dem Steppenkaiser nachdrücklich davon ab, noch weiter zu ziehen. Nach einer Weile hatte es den Anschein, als wolle Kaled Khan, der mit der Zeit seine ganze hochmütige Selbstsicherheit eingebüßt hatte, sich schließlich fügen.

Der Nestorianer täuschte sich nicht, denn kurz darauf befahl Kaled Khan seinen Leuten kehrtzumachen, und die chinesischen Soldaten setzten sich vor die Vorhut der Tujue, als wollten sie den ganzen Stamm wieder zurück auf den richtigen Weg führen.

Nach zwei Tagen strammen Marschs unter der Führung der Chinesen erreichten die Nomaden eine Stelle, an der sich riesige Steilhänge aneinanderreihten, so weit das Auge reichte. Sie glichen den schwindelerregenden Mauern einer geheimnisvollen Festung, über der am strahlend blauen Himmel Raubvögel mit ausgebreiteten Schwingen ihre Kreise zogen.

Der nestorianische Bischof, der in den zwei Tagen weder etwas zu essen noch zu trinken bekommen hatte, war am Ende seiner Kräfte, und er hatte nicht die leiseste Ahnung, wo sie sich befanden, als man ihn, immer noch an Händen und Füßen gefesselt, von seinem Karren heruntersteigen ließ.

Die Tujue bauten ihr Zeltlager am Fuß der Felswand auf, in deren Flanke sich einige Höhlen öffneten. Tag und Nacht herrschte darin mehr oder weniger die gleiche Temperatur, wie Addai Aggai feststellen konnte, da man ihn gleich am ersten Abend hineinwarf.

Alle Höhlen ähnelten einander. Nie gelangte ein Sonnenstrahl in ihr Inneres, sodass der Bischof trotz seines verbesserten Gesundheitszustands schon bald nicht mehr wusste, wie viel Zeit seit seiner Ankunft vergangen war, ein Gefühl, das er verabscheute.

Da beschlich ihn allmählich wieder die alte Verzweiflung. Und wie stets kam die gute Nachricht in dem Augenblick, als er aufgehört hatte, daran zu glauben. Er erkannte, dass sich sein Status geändert haben musste, als ihm ein rotgesichtiger Wächter ein Stück mit Aprikosen gefüllter Pastete gab, auf die er sich nach all den Monaten, in denen er sich mit grässlicher Kichererbsensuppe hatte begnügen müssen, gierig stürzte.

Was hatte ihm diese verbesserte Behandlung eingebracht?

»Die ist viel zu gut für dich!«, erklärte der Mann boshaft, während Addai Aggai die köstliche Leckerei verschlang.

»Was für ein Tag ist heute?«, fragte Umaras Vater, ohne sich große Hoffnungen auf eine Antwort zu machen, statt wie üblich mit einem Fluch abgespeist zu werden.

»Wen kümmert das schon? Heute ist auf jeden Fall ein großer Tag. Du sollst vor dem Großen Kaled Khan erscheinen!«, versetzte der Mann lediglich, ehe er sich brüsk abwandte.

Addai Aggai hätte ihm um den Hals fallen können.

Kurz darauf wurde der Gefangene aus der Höhle geführt. Das Licht blendete ihn so sehr, dass er um ein Haar über die kleinen Steine, mit denen die Wiese übersät war, gestolpert und hingefallen wäre. Man schrubbte ihn von Kopf bis Fuß, ehe er entlaust wurde, dann ließ man ihn andere Kleider anziehen. Nachdem seine erste Euphorie verflogen war, hatte er genügend Zeit, über den möglichen Grund für diese unerwartete Vorladung nachzudenken.

Welche Überraschung hielt der Kaiser der Steppe für ihn bereit? Würde er ihm das Ende seines Martyriums verkünden oder doch den Tod?

Obwohl er nach seiner Säuberung kaum wiederzuerkennen war, hatte der Nestorianer Mühe, seine Angst zu verbergen, als er vor das Oberhaupt des Nomadenstamms geführt wurde. Aber erleichtert stellte er fest, dass dieser ihn mit einem Lächeln auf den Lippen empfing.

Sofort fiel ihm der Kontrast zwischen den wulstigen Lippen, die den Blick auf strahlend weiße Zähne freigaben, und den kleinen boshaften Augen dieses Mannes auf, dessen unglaublicher, zu beiden Seiten des Mundes herabhängender Schnurrbart Addai Aggai noch länger erschien als gewöhnlich, was den grausamen Gesamteindruck des Steppenfürsten noch verstärkte.

»Hast du Neuigkeiten von deiner einzigen Tochter?«, fragte Kaled Khan ohne Einleitung.

»Woher wisst Ihr, dass Umara verschwunden ist?«, rief Addai Aggai, der an nichts anderes mehr denken konnte als an seine Tochter.

»Ich weiß mehr über dein Missgeschick, als du glaubst. Ein persischer Hauptmann namens Majib hat mir erzählt, wie verzweifelt du sie an jenem bewussten Morgen in einer Senke in der Wüste Gobi gesucht hast, wo eine winzige Wasserquelle dir ziemliches Kopfzerbrechen bereitet haben soll«, antwortete der Anführer der Tujue.

»Ich würde zehn Jahre meines Lebens geben, um sie wiederzusehen, und wäre es auch nur für einen Augenblick!«

»Was brauchst du, um sie wiederzufinden?«

»Zuallererst meine Freiheit!«

»Dann hätte ich einen Vorschlag für dich.«

»Was für einen Vorschlag?«, entgegnete der Bischof, dem fast schwarz vor Augen wurde.

»Ein arabischer Gesandter begleitet gegenwärtig eine junge Chinesin von Palmyra nach Chang'an. Meine Späher haben mir berichtet, dass sie vor kurzem Dunhuang passiert haben. Wenn du es schaffst, sie mir zu bringen, bist du ein freier Mann und hast alle Zeit der Welt, um nach deiner Tochter zu suchen. Du weißt, ich mag Frauen«, erklärte Kaled Khan und unterstrich seine letzten Worte mit einem vielsagenden Zwinkern.

»Handelt es sich um eine große Gruppe?«

»Alles in allem acht Kamele und genauso viele Reisende, eine davon ist die junge Frau!«

»Ist sie eine jener hochrangigen Geiseln, die die verschiedenen Reiche untereinander austauschen, um kriegerische Auseinandersetzungen zu vermeiden?«

»Sie ist eine einfache Abenteurerin ohne jeden diplomatischen Wert. Ich weiß jedoch mit Sicherheit, dass sie Chinesin ist, und eine sehr hübsche noch dazu. Ihr Name lautet Jademond.«

»Und was würdet Ihr sagen, wenn ich Euren Vorschlag annähme?«, entgegnete der nestorianische Bischof, der sich nicht nur fragte, wo er diesen Namen schon einmal gehört hatte, sondern auch, was sich hinter diesem höchst merkwürdigen Angebot wohl verbergen mochte.

»Ich scherze nicht im Geringsten! Wenn ich diese junge Frau in die Finger bekommen könnte, wäre ich ein sehr glücklicher Mann«, verkündete der Tujue geheimnisvoll.

»Warum solltet Ihr mir vertrauen?«

»Ein nestorianischer Bischof steht zu seinem Wort.«

Der Bischof, der in diesem Vorschlag nur zu gerne ein Geschenk des Himmels sehen wollte, hütete sich, Kaled Khan zu fragen, wie es ihm alleine gegen sieben Männer überhaupt gelingen sollte, die junge Chinesin zu entführen, deren Raub ihm die Freiheit einbringen würde.

Was hätte er nicht alles getan, um diesen Nomaden zu entkommen!

»Ich bin bereit, sofort aufzubrechen. Ihr braucht mir nur zu sagen, welchen Weg sie eingeschlagen haben. Aber wenn die Karawane Dunhuang schon hinter sich gelassen hat, könnte es schwierig werden, sie noch einzuholen«, stieß

Addai Aggai hervor, als mit einem Mal wilde Hoffnung in ihm aufbrandete.

»Ich gebe dir Gleißender Blitz, eines unserer besten Himmelspferde. Er legt weite Strecken genauso schnell zurück wie ein Vogel.«

»Ich kann mich kaum auf einem Pferd halten«, entfuhr es dem Bischof.

»Keine Sorge, trotz seiner Rasse und seines Temperaments ist Gleißender Blitz lammfromm.«

Kaled Khan hatte nicht gelogen: Nachdem ein Pferdeknecht Gleißender Blitz herangeführt hatte, ließ er den Nestorianer gehorsam aufsitzen.

Der Hengst war mit seinem glänzenden braunen Fell und der flammenden Mähne nicht nur schön und feurig, sondern auch sehr ruhig.

Nachdem Addai Aggai die Flanke des Tieres nur sanft mit der Ferse berührt hatte, fiel dieses in einen leichten Trab, und als der Bischof einen leisen Windhauch – den Atem der Freiheit! – auf seinem Gesicht spürte, durchströmte ihn nach so vielen Monaten der Einsamkeit eine unermessliche Freude.

Vor seinen Augen erstreckte sich eine Felslandschaft, in der nicht eine einzige Pflanze zu sehen war, doch ihm erschien dieser Anblick ebenso wohltuend wie der einer sattgrünen Wiese.

Kaled Khan hatte ihm zuvor noch die Richtung gewiesen: Er brauchte lediglich dem Steinweg zu folgen, der ihn nach zwei Tagen auf die Seidenstraße führen würde, und sich dort an die Verfolgung der acht Kamele zu machen, die sehr viel langsamer vorankamen als Gleißender Blitz.

Am Abend des ersten Tages machte der immer noch euphorisch gestimmte Addai Aggai neben einem ausgetrockneten Bach Halt, in dessen Bett noch ein wenig Gras vom letzten Regen wuchs. Nachdem er vom Pferd gestiegen war und sich umgedreht hatte, bemerkte er zwei Reiter, die sich hastig an die Felswand drückten, um nicht gesehen zu werden.

Er wurde verfolgt!

Wütend schalt er sich, dass er so naiv gewesen war, Kaled Khans Vorschlag für bare Münze zu nehmen, obwohl dieser viel zu schön gewesen war, um ehrlich gemeint zu sein. Jetzt war er mutterseelenallein zwei Tujue-Reitern ausgeliefert, die ihn genauso gut in aller Ruhe umbringen konnten.

Die ersten Vorboten eines Sandsturms wehten die Bedenken des Bischofs davon. Über seinem Kopf verdunkelte sich innerhalb kürzester Zeit der Himmel, während gleichzeitig das unheilvolle Heulen des Windes zu hören war. Der Lärm war so ohrenbetäubend, dass er bald unerträglich wurde, und der Nestorianer konnte die Augen kaum noch offen halten, weil ihm immer mehr Sand ins Gesicht geschleudert wurde. Die Ohren von Gleißender Blitz zuckten in alle Richtungen, ein Zeichen dafür, dass das Pferd in Panik geriet. Erst Kiesel, dann Steine und schließlich immer größere Felsbrocken rutschten die steilen Abhänge herunter, zwischen denen sich der Weg hindurchschlängelte.

Dort stehen zu bleiben und abzuwarten hätte mit Sicherheit den Tod bedeutet. Dem riesigen Steinhaufen nach zu urteilen, der genau auf die Stelle gestürzt war, an die sich seine beiden Verfolger kurz zuvor zurückgezogen hatten, mussten diese bereits mitsamt ihren Pferden erschlagen worden sein.

Doch Addai Aggai, der sich inmitten einer dichten Wolke vorantastete, um der Falle aus Stein und Wind zu entkommen, die über ihm zuzuschnappen drohte, kümmerte ihr Schicksal nicht.

Er wusste, dass es für ihn jetzt um Leben und Tod ging.

Nachdem er eine Weile suchend in den Staub gestarrt hatte, entdeckte er schließlich etwas links von ihm einen dunklen Fleck, der sich auf der grauen Masse des Berges abzuzeichnen schien. Es musste eine Felsspalte sein, die sich in der Flanke des schwarz umwölkten Steilhangs öffnete. Es gelang ihm, die Zügel seines Pferdes zu packen, bevor er sich, die Hände an die Felswand gepresst, unter der Wucht der Sturmböen schwankend und geblendet vom Sand, der ihm ins Gesicht peitschte, vorsichtig in ihre Richtung bewegte. Er kannte nur noch einen Gedanken: sich vor dem wirbelnden Sand und den herabstürzenden Steinen in Sicherheit zu bringen.

Am Ziel angekommen erkannte er erleichtert, dass es sich tatsächlich um eine Felsspalte handelte, und mühsam zwängte er sich mit Gleißender Blitz hinein.

Der Sturm wütete endlose Stunden mit verdoppelter Wucht, während es draußen so dunkel war, dass man glauben konnte, es sei Nacht. Doch ganz allmählich wurde es ruhiger, und schließlich legte sich der Wind und ließ den Sandstaub auf den Boden zurücksinken. Nach und nach schälte sich die reglose Landschaft aus Bergen und Geröll wieder aus dem Grau.

Da hörte Addai Aggai plötzlich ein Wiehern, das ihn zusammenzucken ließ. Es konnte nicht Gleißender Blitz gewesen sein, denn der presste seinen Kopf an seine Schulter.

Mit einem Mal tauchte aus einer benachbarten Spalte ein zweites Pferd auf, und neben ihm ein über und über mit Sandstaub bedeckter Mensch.

Als der Nestorianer die Gestalt erblickte, kam ihm Lots Frau in den Sinn, die der Bibel zufolge zur Salzsäure erstarrt war, als sie sich umgedreht hatte, um die Städte Sodom und Gomorrha zu betrachten. Unwillkürlich ballte er die Fäuste.

Die Statue bewegte sich nicht nur, sie klopfte sich auch noch den Staub vom Leib!

»Ulik, das kann doch nicht wahr sein! Mit dir hätte ich hier ja nie gerechnet!«, rief Addai Aggai, als er den persischen Übersetzer erkannte. »Ich bin von dem Wirbelsturm überrascht worden und konnte mich gerade noch rechtzeitig in Sicherheit bringen.«

»Genau wie ich: Wir sind zwei Geister aus dem Reich der Toten!«

»Ich dachte, du seist bei Hauptmann Majib!«

»Ich habe ihn vor einiger Zeit verlassen. Das hatte ich schon seit einer ganzen Weile vor. Majib wird immer jähzorniger. Wir sollten eigentlich nach Persien zurückkehren, und ich hatte mich schon darauf gefreut, meine Familie wiederzusehen, aber dann hat er seine Meinung wieder geändert. Ich hatte keine Lust mehr, ihm auf seinen ziellosen Streifzügen zu folgen. Ich bin es leid, über die Straßen zu irren, immer auf der Suche nach dem ›großen Schlag‹, wie er es nennt, der dann doch nie kommt!«

»Wo willst du denn hin, Ulik?«

»Ich weiß es nicht genau. Und du?«

»Ich versuche eine junge Chinesin namens Jademond einzuholen, die ein Gesandter aus einem westlichen Königreich nach Chang'an begleitet. Der Tujue Kaled hat mir die Freiheit versprochen, wenn ich sie ihm bringe. Das schien mir ein gerechter Tausch zu sein. In einer stockfinsteren Höhle werde ich meine Umara bestimmt nicht wiederfinden.«

»Seit einigen Wochen hört man überall von dieser Karawane, deren Anführer freigebig Pfefferkörner und Weihrauch verteilt, sobald er in einer Herberge ankommt! Es heißt, diese junge Frau soll eine hohe Han-Prinzessin sein.«

»Alles, was du sagst, trifft zu, bis auf die Tatsache, dass diese Jademond bloß eine einfache Abenteurerin ist! Zumindest hat mir das Kaled Khan versichert.«

»Der Anführer der Karawane, der sich als Außerordentlicher und Bevollmächtigter Gesandter bezeichnet, spricht von ihr aber immer als einer Prinzessin von höchster Abkunft; sie soll der Familie des Kaisers so nahe stehen, dass er angeblich keine Schwierigkeiten haben wird, gleich nach seiner Ankunft in Chang'an von Gaozong persönlich empfangen zu werden«, entgegnete der persische Übersetzer verwundert.

»Dieser Araber irrt sich. Man muss ihn getäuscht haben. Ich weiß genau, dass Kaled Khan die Bezeichnung ›Abenteurerin‹ benutzt hat, und er schien dabei weder zu scherzen noch zu lügen.«

»Das ist mir im Grunde auch ziemlich gleich«, schloss Ulik. »Mein Traum ist es, nach Zentralchina zu gehen und mich dort einbürgern zu lassen! Ich habe genug davon, zu den Ausgestoßenen zu gehören, die von Eroberern vertrieben werden und ständig gezwungen sind, irgendwo anders Zuflucht zu suchen. Ich bin nicht zum Opfer geboren. In China kenne ich jemanden, der mir bestimmt dabei helfen kann, endlich einmal auf die Füße zu fallen.«

Der junge Perser dachte an Fünffache Gewissheit, dessen Namen er vorsichtshalber verschwieg, da er alles vermeiden wollte, was seinem Freund womöglich schaden könnte.

Der nestorianische Bischof hingegen zweifelte nicht an der Aufrichtigkeit des jungen Persers, der alle Brücken hinter sich abbrechen und sein bis dahin nicht sonderlich befriedigendes Dasein in Diensten eines so ruchlosen Kerls wie Hauptmann Majib hinter sich lassen wollte.

»Ich wusste gar nicht, dass die chinesische Obrigkeit Fremden so leicht das Bürgerrecht gewährt.«

»Das tut sie auch nur im Austausch gegen einen Dienst, den man dem chinesischen Reich erwiesen hat. Ich muss also einen Weg finden, sie davon zu überzeugen, dass ich es verdiene, ein Han zu werden! Ich werde mein Glück versuchen. Ich habe einen Freund in Luoyang, der mir dabei helfen wird; er ist einer der raffiniertesten Burschen, die mir je begegnet sind. Um die Wahrheit zu sagen, in meiner jetzigen Lage habe ich nicht viel zu verlieren. Wenn du einverstanden bist, könnten wir uns doch zusammentun und gemeinsam nach Chang'an reisen.«

»Warum nicht? Zu zweit sind wir besser gegen die zahllosen Gefahren des Weges gerüstet. Ich segne bereits meinen Einen Gott dafür, dass er mir den Sandsturm geschickt hat. Dank ihm habe ich dich getroffen, und die Männer, die der Khan hinter mir hergeschickt hat, sind im Steinhagel umgekommen«, antwortete Umaras Vater enthusiastisch.

»Der Anführer der Tujue hat dich also verfolgen lassen?«

»Davon bin ich überzeugt. Diese beiden Männer, die hinter mir hergeritten sind und versuchten, sich zu verstecken, als ich mich umdrehte, waren sicher nicht nur zufällig dort.«

»Hast du gesehen, wie die Felsen auf sie gestürzt sind?«

»Genau an der Stelle, an der sie standen, war später ein kleiner Steinhügel. Er muss sie unter sich begraben haben.«

»Dann ist der Weg also jetzt frei! Lass uns aufbrechen! Je schneller wir die nächste Herberge an der Seidenstraße erreichen, desto besser!«, rief Ulik und zog den Bischof mit sich.

»Sieh nur, Ulik: Der Himmel ist auf unserer Seite!«, sagte der Bischof leise und schloss den jungen Perser in die Arme.

Wenn nach den endlosen Sandstürmen die Stunde der Abenddämmerung nahte und die Winde sich wie durch ein Wunder legten, färbte sich der Himmel am Rand der Taklamakan stets in einer unerwartet zarten Mischung aus Grün und Orange, an der die roten Strahlen der tief stehenden Sonne leckten.

Drei Tage später erreichten sie Minfeng, eine hübsche Siedlung, deren Weinberge einen Traubenwein von guter Qualität hervorbrachten.

»Jetzt müssen wir einen Herbergswirt finden, der bereit ist, uns für ein oder zwei Bronzetael ein kleines Zimmer zu vermieten. Es ist viel zu kalt, um draußen zu schlafen«, brummte Addai Aggai, der nicht eine Münze in seinen Taschen hatte.

»Das ist alles, was mir an Erspartem bleibt. Es ist sauer verdientes Geld. Hauptmann Majib bezahlt seine Männer mehr als kümmerlich. Die Münzen sind mindestens ihr Gewicht in Silber wert, und entlang der Seidenstraße mangelt es nicht an Waagen«, entgegnete Ulik fröhlich, nachdem er einen kleinen Lederbeutel aus seinem Gürtel gezogen hatte.

Sie entdeckten ein kleines Gasthaus mit einer baufälligen Fassade, die einen niedrigen Zimmerpreis verhieß.

»Ich kann euch nur aufnehmen, wenn ihr im Voraus bezahlt!«, erklärte der Wirt, ein kleiner Mann, dessen Gesicht so faltig war wie die Haut einer getrockneten Aprikose, gleich zum Einstieg.

Der junge Perser reichte ihm zwei kleine Münzen, die der Wirt hastig in die Tasche steckte, ehe er hinzufügte, dass sie damit auch Anrecht auf eine Schale heißer Suppe hätten, die im Speisesaal im Erdgeschoss serviert wurde. In dem Raum hingen dichte Rauchschwaden, die aus den langen Pfeifen aufstiegen, die die meisten der auf den Tischen zusammengesunkenen Gäste rauchten.

Nachdem sie gegessen hatten, kam der Wirt erneut zu ihnen herüber und flüsterte ihnen ins Ohr: »Ich nehme an, ihr wollt nach Zentralchina, oder? Wenn ihr nicht genug Geld dafür habt, hätte ich einen interessanten Vorschlag für euch.«

»Was für einen Vorschlag?«, fragte Ulik.

Mit verschwörerischer Miene führte der Mann sie hinter das Hauptgebäude in einen kleinen Hof, an dem ein kleiner, fest verriegelter Schuppen lag. Nachdem er sie hineingeschubst hatte, schloss er sorgfältig die Tür hinter sich.

»Hier liegt genug, um ganz Chang'an drei Monate lang

mit Yapian* zu versorgen! Die Kunden wollen immer mehr davon. Yapian kuriert Fieber und lässt die Menschen besser schlafen. Ich selbst kann gar nicht mehr ohne sein!«, erklärte er stolz und deutete auf zahlreiche übereinandergestapelte Holzkisten.

»Woher stammt die Ware?«, wollte Addai Aggai wissen. Er hatte noch nie von dem Mohnextrakt gehört, den türkische Karawanenführer einige Jahre zuvor nach China gebracht hatten, wo seine Heilwirkungen dazu geführt hatten, dass die Pflanze von unzähligen chinesischen Bauern im Westen von Gansu und in Yunnan angebaut wurde, die sich auf diese Weise etwas dazuverdienten.

»Ein Kaufmann aus Arabien beliefert mich damit; in Chang'an habe ich einen sehr gewissenhaften und absolut ehrlichen Verkäufer. Aber dieser Mann kann wegen gesundheitlicher Probleme nicht selbst herkommen und seine Ware abholen. Ich stecke in der Klemme! Wenn ihr euch bereit erklärt, sie für mich nach Chang'an zu bringen, gebe ich jedem von euch zehn Silbertael!«

»Ist dein Verkäufer auch vertrauenswürdig?«, erkundigte sich der Bischof.

»Mondgesicht ist ein erfahrener und zuverlässiger Mann. Ich arbeite seit fast fünfzehn Jahren mit ihm zusammen, und er hat immer sofort bezahlt, ohne auch nur ein halbes Bronzetael von unseren Abmachungen abzuweichen.«

»Wird der Handel mit Opium von den chinesischen Behörden geduldet?«, fuhr Addai Aggai fort, der lieber genau wissen wollte, worauf er sich einließ.

* *Yapian*: chinesische Bezeichnung für Opium.

»Yapian unterliegt nicht dem kaiserlichen Monopol. Aber wir ziehen es vor, die Steuern zu umgehen, die auf An- und Verkauf erhoben werden«, erklärte der Herbergswirt mit gedämpfter Stimme.

»Dein Geschäft ist also illegal. Damit kenne ich mich aus«, bemerkte der Bischof. Er wusste, wovon er sprach.

»Die Steuern sind einfach zu hoch. Es gibt keinen Kaufmann im gesamten Reich der Mitte, der nicht auch ein wenig betrügt. Das System verlangt es so. Dafür können weder du noch ich etwas!«

»Dieser Mondgesicht geht ein hohes Risiko ein, falls euer Handel eines Tages auffliegen sollte.«

»Für die Auslieferung der Ware haben wir eine Methode entwickelt, die kaum aufzudecken ist«, entgegnete der Yapian-Schmuggler geheimnisvoll.

»Kannst du uns das nicht etwas genauer erklären?«

»Doch natürlich! Sagt mir nur, ob ihr mein Angebot annehmt! Ich erhöhe auf zwölf Silbertael für jeden von euch, die ihr in Chang'an von Mondgesicht bekommt!«

»Ich bin einverstanden! Vorausgesetzt, du gibst jedem von uns zwanzig Tael, von denen uns die Hälfte sofort ausgezahlt wird. Ansonsten können wir unterwegs nicht einmal in einer Herberge übernachten!«, rief Ulik, ohne zu zögern.

Addai Aggai sagte kein Wort und überließ seinem Gefährten das Feilschen.

Ihm war es gleichgültig, ob sie Yapian – oder irgendetwas anderes – nach Zentralchina mitnahmen. Er wollte nur seine Freiheit dazu nutzen, so schnell wie möglich nach Chang'an zu kommen, weil er hoffte, dort etwas über Umaras Verbleib zu erfahren.

Ulik und der Herbergswirt einigten sich rasch auf achtzehn Tael für jeden von ihnen.

»In Chang'an braucht ihr nur in den konfuzianischen Tempel der Rechten Mitte zu gehen und euch in aller Ruhe vor die Bronzestatue des Konfuzius zu setzen, bis jemand kommt und euch ein Zeichen gibt. Der Mechanismus ist so fein ausgetüftelt wie der einer Wasseruhr!«, flüsterte daraufhin der Herbergswirt in verschwörerischem Ton.

»Von mir aus ja«, sagte Addai Aggai lediglich, als sein Gefährte ihn nach seiner Meinung fragte.

»Ich besorge euch einen Karren und zwei Maultiere. Das reicht vollauf, um die zwölf Kisten zu transportieren, die Mondgesicht erwartet. Um die Stadtzollschranken zu passieren, braucht ihr bloß eine Handvoll Yapian-Pastillen an die Zöllner zu verteilen, dann werden sie euch unbehelligt durchlassen.«

Weder Ulik noch der Nestorianer bemerkten die drei Chinesen, die sie aufmerksam beobachteten, als sie in den Speisesaal zurückkehrten, nachdem sie ihr Geschäft abgeschlossen und vereinbart hatten, sich unverzüglich mit der Ware auf den Weg zu machen.

Ihrer Kleidung nach, auf der kein Abzeichen zu sehen war, hätte man sie für Kaufleute halten können, wie sie zu Tausenden auf dieser langen Handelsstraße dahinzogen.

Wie hätten Ulik und Addai Aggai ahnen sollen, dass die Agenten des Präfekten Li sie von nun an nicht mehr aus den Augen lassen würden?

8

Kashgar, Oase an der Seidenstraße

In diesem undurchdringlichen Labyrinth enger Gassen, in denen die aufgehäuften Waren den Käufern den Weg versperrten, einen Hund wiederzufinden, und sei er auch so groß wie Lapika, war nahezu ein Ding der Unmöglichkeit.

»Ich fürchte, einer dieser unredlichen Kaufleute hat sie uns gestohlen!«, stöhnte Heiliger Achtfacher Pfad, während er etwas desillusioniert die zahllosen Verkaufsstände und kleinen Läden der riesigen überdachten Karawanserei betrachtete. Sie diente in Kashgar als Markthalle, wenn im Winter der Handel unter freiem Himmel unmöglich wurde.

»Du siehst immer alles so schwarz, Heiliger Achtfacher Pfad! Wir werden uns noch einmal drinnen umschauen. Ich bin mir sicher, dass Lapika bellt, wenn sie unseren Geruch wahrnimmt, selbst wenn sie in einem Käfig oder einem Verschlag eingesperrt sein sollte«, schlug Dolch der ewigen Wahrheit vor, der nicht so schnell aufgab.

»Ich wüsste nicht, warum ich alles in rosigem Licht sehen sollte. Wir kehren von unserer Wanderung nur mit einer unbedeutenden Reliquie, dafür aber mit der grauenvollen Nachricht von Buddhabadras Tod zurück. Unsere Brüder werden vielleicht ein Gesicht machen, wenn sie hören, was wir ihnen zu sagen haben«, seufzte der Mönch aus Turfan traurig.

»Sieh nur! Hatte ich nicht recht? Man sollte nicht immer gleich das Schlimmste vermuten«, rief der einstige Gehilfe des verstorbenen Buddhabadra, als Lapika plötzlich wie aus dem Nichts auftauchte und an ihm hochsprang, um sein Gesicht zu lecken.

»Ich bin zu pessimistisch! Das wird eines Tages noch mein Untergang sein«, gab sein Gefährte zu.

»Von jetzt an nehmen wir sie an die Leine, wenn wir eine Oase erreichen. Diese Hündin ist nicht nur mutig, sondern auch ausgesprochen freundlich. Unser Sangha wird sie ganz sicher gerne adoptieren.«

»Sie wird das Verschwinden des heiligen weißen Elefanten nicht wettmachen können.«

»Hör auf, Trübsal zu blasen. Das Wichtigste ist doch, niemals die Hoffnung zu verlieren. Denk nur an all die Gefahren, denen wir entronnen sind. Nicht viele kehren lebend oder gar unversehrt aus dem Schneeland zurück«, rief Dolch der ewigen Wahrheit, dem die ständige Verdrießlichkeit seines Gefährten zunehmend auf die Nerven ging.

Nachdem sie den so genannten »Steinernen Turm« passiert hatten, wanderten sie an den ersten Ausläufern des Pamir vorbei. Der steinige Weg schlängelte sich am Ufer eines smaragdgrünen Sees entlang, dessen Wasser so kalt war, dass man höchstens eine Zehenspitze hineintauchen konnte. Dolch der ewigen Wahrheit begann mit seinem Gefährten zu beraten, wie sie Juwel der reinen Lehre entgegentreten sollten, dessen Verrat die Zerschlagung der heimlichen Seidenmanufaktur und ihre Deportation nach Chang'an zur Folge gehabt hatte.

»Ich hoffe bloß, dass dieser Kerl irgendwann für sein schäbiges Verhalten bezahlen muss. Er ist schuld daran, dass unsere Freunde jetzt im Gefängnis schmoren!«, rief Heiliger Achtfacher Pfad.

»Lass uns erst einmal abwarten, ob er es überhaupt geschafft hat, nach Peshawar zurückzukehren«, entgegnete Dolch der ewigen Wahrheit.

»Solche Halunken haben das Glück immer auf ihrer Seite. Wenn es regnet, schlüpfen sie zwischen den Tropfen hindurch, während die ehrlichen Leute bis auf die Knochen nass werden«, antwortete Heiliger Achtfacher Pfad scherzhaft mit einem alten Sprichwort aus Turfan.

Als sie einige Wochen später das Kloster vom Einen Dharma erreichten, stellten sie fest, dass sich während ihrer Abwesenheit so manches verändert hatte.

Als Erstes fiel ihnen auf, dass im Gegensatz zu sonst nicht die geringste Betriebsamkeit herrschte, obwohl man sie zweifellos von der Passhöhe hatte herunterkommen sehen wie alle Reisenden, die aus dem Schneeland oder China eintrafen. Kein einziger Novize – nicht einmal einer von den jüngsten – war auf den Wachtürmen postiert, kein Mönch stand auf dem Wehrgang.

Als die beiden Mönche das Kloster durch den Haupteingang betraten, den auch der weiße Elefant bei der Großen Wallfahrt durchschritt, bemerkten sie verwundert, wie einige ihrer Brüder, die sie schon seit ewigen Zeiten kannten, sie kaum grüßten, als habe man mit ihrer Rückkehr weder gerechnet, noch sei diese erwünscht.

Sie traten zu einer kleinen Gruppe von Novizen, die den Haupthof fegten.

»Was ist hier los?«, wollte Dolch der ewigen Wahrheit

von ihnen wissen. »Uns schlägt überall Gleichgültigkeit entgegen. Dabei glaubte ich, die Gemeinschaft wäre froh, Heiliger Achtfacher Pfad und mich wiederzusehen!«

»Juwel der reinen Lehre ist inzwischen der Unschätzbare Abt vom Kloster des Einen Dharma. Dein Platz ist also nicht länger hier, fürchte ich!«, antwortete einer von ihnen, ohne ihn auch nur eines Blickes zu würdigen.

»Aber das ist unmöglich! Solange der Sangha nicht weiß, was aus Buddhabadra geworden ist, kann niemand von uns seinen Platz einnehmen!«, entgegnete Heiliger Achtfacher Pfad erregt.

Da bemerkte Dolch der ewigen Wahrheit vor dem Eingang eines Gebetssaals, der auf den riesigen kiesbedeckten Hof hinausging, einige seiner älteren Brüder.

Sie alle musterten den ehemaligen obersten Gehilfen des Abtes mit finsterer, verschlossener Miene, manche sogar mit unverhohlener Feindseligkeit, und ihre Haltung sprach Bände darüber, was Juwel der reinen Lehre ihnen erzählt haben mochte.

»Ihr fragt mich nicht einmal, wie meine Reise verlaufen ist, dabei habe ich sie nur euretwegen auf mich genommen«, sagte er gekränkt.

»Wir haben dich nicht mehr hier erwartet! Der Unschätzbare Abt hat uns erklärt, dass du eher Richtung China blicktest als nach Peshawar und es unter diesen Umständen sehr wahrscheinlich sei, dass du, genau wie Buddhabadra, nie wieder zurückkehren würdest!«, rechtfertigte sich einer von ihnen, während die anderen verlegen auf ihre Füße starrten.

»Wo ist Juwel der reinen Lehre? Ich muss mit ihm reden!«, fragte Dolch der ewigen Wahrheit mit tonloser Stimme.

»Ich wette, er ist bereits in Buddhabadras Zelle gezogen«, schrie Heiliger Achtfacher Pfad, dem das, was er gerade gehört hatte, sehr naheging.

»Juwel der reinen Lehre hat alle Funktionen Buddhabadras übernommen. Unter diesen Umständen ist es doch wohl selbstverständlich, dass er auch über sein Zimmer verfügen kann!«, belehrte ein etwas älterer Mönch den ehemaligen obersten Gehilfen des Abtes schulmeisterlich.

»Und was wäre, wenn Buddhabadra zu uns zurückkehren würde? Habt ihr überhaupt die Konsequenzen dieser Entscheidung bedacht? Vergesst nicht die grundlegende Regel des Sangha, die besagt, dass der Abt eines Klosters diesen Rang sein Leben lang bekleidet und nur der Tod ihn von seinen Ämtern entbindet?«, rief Dolch der ewigen Wahrheit herausfordernd.

Daraufhin löste sich die kleine Gruppe langsam auf, und die Mönche kehrten schuldbewusst in ihre Zellen zurück. Sie sahen aus wie Kinder, die man bei etwas Verbotenem ertappt hatte.

Ohne Zeit zu verlieren, eilte Buddhabadras einstiger Gehilfe zum alten Zimmer seines Meisters und klopfte.

»Du hier! Welch schöne Überraschung, mein lieber Dolch der ewigen Wahrheit«, säuselte der Usurpator, auch wenn sich angesichts dieser unerwarteten Erscheinung leise Bestürzung in seinen Zügen spiegelte.

»Du hast wohl nicht mehr damit gerechnet, mich wiederzusehen. Bestimmt hast du mich in einem Verbrechergrab irgendwo in Zentralchina vermutet! Ich empfinde nichts als Verachtung für das, was du getan hast! Mit deiner rachsüchtigen Tat hast du dafür gesorgt, dass Unschuldige verschleppt wurden, die jetzt in chinesischen Kerkern schmachten«, fuhr Dolch der ewigen Wahrheit ihn an.

»Ich habe zum Wohl des Sangha des Einen Dharma gehandelt!«, entgegnete der neue Abt mit verschlossener Miene.

»Mögest du im Körper eines Insekts wiedergeboren werden und als Brei im Magen eines Vogels enden!«, knurrte Dolch der ewigen Wahrheit, kurz davor, die Hand gegen diesen ruchlosen Schurken zu erheben.

»Wir haben einander nichts mehr zu sagen!«, erwiderte Juwel der reinen Lehre darauf und läutete ein bronzenes Ritualglöckchen, dessen Griff den mitfühlenden Bodhisattva Avalokiteshvara darstellte.

Im gleichen Augenblick stürmten zwei außergewöhnlich kräftig gebaute Novizen in den Raum, in dem Buddhabadra und die lange Reihe seiner Vorgänger die Geschicke des Klosters vom Einen Dharma gelenkt hatten.

»Diese beiden Mönche sind geübt in den indischen Kampfkünsten. Sie werden dich in deine Zelle zurückbegleiten«, verkündete Juwel der reinen Lehre seinem Rivalen, den er mit seiner Intrige von seinem rechtmäßigen Platz hatte vertreiben können, mit drohender Stimme.

»Ich bin alt genug, um alleine dorthin zu finden!«, entgegnete dieser wutentbrannt, ehe er zornig die Tür hinter sich zuschlug.

»Ich habe vergeblich mit mehreren unserer Brüder gesprochen. Die Gemeinschaft des Einen Dharma hat ihr Schicksal in die Hände von Juwel der reinen Lehre gelegt! Wir sind hier zu Eindringlingen geworden«, flüsterte Heiliger Achtfacher Pfad, der aufgelöst im Korridor auf ihn wartete.

Dolch der ewigen Wahrheit bedeutete ihm mit einem Wink zu schweigen. Die Mönche, die an ihnen vorbeigingen, warfen ihnen feindselige Blicke zu.

»Du hast leider recht. Dieser Mönch ist teuflisch geschickt«, entgegnete Dolch der ewigen Wahrheit, nachdem sie die Tür seiner Zelle hinter sich geschlossen hatten, in die wie durch ein Wunder noch kein anderer Mönch eingezogen war. »Bei allem, was im Kloster vor sich geht, ist es ein merkwürdiges Gefühl, wieder hier zu sein«, fügte er ein wenig ratlos hinzu.

»Unsere Anwesenheit muss diesem Usurpator mächtig ungelegen kommen.«

»Er hat nicht damit gerechnet, dass wir noch einmal hier auftauchen würden. Bestimmt heckt er jetzt irgendetwas aus.«

»Glaubst du etwa, wir sind in Gefahr, Dolch der ewigen Wahrheit?«

»Wahrscheinlich. Je eher wir uns wieder auf den Weg nach Chang'an machen, um dort wie versprochen Ramahe sGampo zu treffen, desto besser für uns.«

»Hier hält uns nichts mehr. Wenn du möchtest, können wir gleich morgen aufbrechen.«

»Wo ist Lapika eigentlich?«, fragte Dolch der ewigen Wahrheit plötzlich beunruhigt, als ihm die gelbe Hündin wieder in den Sinn kam.

»Im Hundezwinger, dort wird sie gut behandelt. Der Hundemeister des Einen Dharma bemüht sich sehr um seine Schützlinge. Du wirkst besorgt.«

»Ich bin auf der Hut, das ist alles. Heute Nacht werde ich die Tür zu meiner Zelle abschließen, und du tust gut daran, es genauso zu halten.«

Erst im Morgengrauen schlief er ein, nachdem er die ganze Nacht hindurch über die Machenschaften von Juwel der reinen Lehre und die Undankbarkeit der anderen Mönche gebrütet hatte, die nicht gezögert hatten, ihn zu verraten, während er unablässig versucht hatte, sein Kloster aus dem Schlamassel zu befreien, in den Buddhabadra sie gestürzt hatte.

Er träumte gerade, wie Juwel der reinen Lehre vor den Erhabenen trat, der ihm mit sanfter und doch fester Stimme sein niederträchtiges Verhalten vorhielt, als er durch dumpfe Geräusche geweckt wurde.

Er öffnete ein Auge und erkannte, dass jemand an seine Tür klopfte. Misstrauisch öffnete er sie einen Spalt. Doch es war bloß Heiliger Achtfacher Pfad, der beim ersten Morgenrot aufgestanden war, um vor der Tür von Dolch der ewigen Wahrheit Wache zu halten.

»Im Flur wartet ein Juwelier, der sagt, er sei während deiner Abwesenheit schon mehrmals hier gewesen«, erklärte er leise.

»Ich bin müde und will niemanden sehen! Sag dem Mann, dass ich meine Sachen packe«, entgegnete Dolch der ewigen Wahrheit, dessen angespannte Züge von seiner kurzen, ruhelosen Nacht zeugten.

»Er besteht aber darauf. Er behauptet, es sei sehr wichtig, und du würdest es bestimmt nicht bereuen, ihn anzuhören.«

»Dann bring ihn schon her! Und wenn irgendjemand zu mir will, während ich mit ihm rede, hältst du ihn auf, verstanden?«, entgegnete der oberste Schüler des verstorbenen Abtes schließlich um des lieben Friedens willen.

Gehorsam postierte sich Heiliger Achtfacher Pfad vor

der Tür, nachdem er den Juwelier in die Zelle geführt hatte.

Der Zeit nach zu urteilen, die zwischen Beginn und Ende ihrer Unterredung verstrich, musste der frühe Besucher Dolch der ewigen Wahrheit viel zu erzählen haben.

Und als Heiliger Achtfacher Pfad nach dem Aufbruch des Handwerkers die Zelle seines Gefährten betrat, bemerkte er in dessen Gesichtsausdruck eine eigentümliche Mischung aus Zufriedenheit und Bestürzung.

»Was ist denn los? Du wirkst nicht gerade wohlauf. In diesem Zimmer ist es so stickig, dass man kaum atmen kann! Du hast heute Nacht sicher zu viel Weihrauch in deinem Räuchergefäß verbrannt!«, rief er und griff nach seinem Arm.

»Mir fehlt nichts. Wahrscheinlich bin ich nur müde nach der Reise!«, antwortete Dolch der ewigen Wahrheit, tief in Gedanken versunken.

»Bestimmt liegt es auch an der Enttäuschung über unseren Sangha, der fast einstimmig deinen ärgsten Feind an den Platz gewählt hat, der eigentlich dir zusteht. Habe ich damit nicht recht, Dolch der ewigen Wahrheit?«

»Das kann ich nicht bestreiten. Juwel der reinen Lehre versteht sich meisterlich darauf, andere mit Worten einzuwickeln, und meine häufige Abwesenheit hat die Mönche vollends davon überzeugt, dass ich nicht gerade vertrauenswürdig bin«, stimmte er ihm geistesabwesend zu.

»Aber du bist doch nur fortgegangen, um im Interesse unserer Brüder Nachforschungen anzustellen. Sie sind die Einzigen, die das nicht verstehen. Juwel der reinen Lehre ist es gelungen, Zweifel in ihren Köpfen zu säen.

Weißt du, dass er Misstrauen gegenüber den beiden anderen buddhistischen Lehrpfaden predigt? Es ist bereits die Rede davon, den chinesischen Pilgern des Mahayana, die auf ihrem Weg zu den wichtigsten Orten im Leben des Erhabenen hier Station machen, die Gastfreundschaft des Einen Dharma zu verweigern«, entgegnete Heiliger Achtfacher Pfad nicht ohne Bitterkeit.

»Das überrascht mich nicht sonderlich; aber in meinen Augen kann man so eine Haltung nur verurteilen. Der Rückzug auf sich selbst ist immer der erste Schritt zum Niedergang!«, murmelte Dolch der ewigen Wahrheit.

»War das, was dieser hartnäckige Juwelier zu erzählen hatte, wenigstens von Interesse für dich?«, fragte Heiliger Achtfacher Pfad schließlich.

»Zweifellos. Mir sind Dinge zu Ohren gekommen, die ich nie vermutet hätte.«

Obwohl Heiliger Achtfacher Pfad darauf brannte, Näheres zu erfahren, war ihm klar, dass er nicht mehr aus seinem Freund herauslocken würde.

»Wann sollen wir aufbrechen?«

»Je früher, desto besser«, antwortete Dolch der ewigen Wahrheit, während er sein Reisebündel zuschnürte.

»Dann muss ich Lapika jetzt aus dem Zwinger holen.«

»Lass uns zusammen gehen. Dann verlieren wir weniger Zeit. Diese Stille hier verheißt nichts Gutes.«

Er ahnte nicht, wie recht er damit hatte. Kaum waren sie ein paar Schritte weit gekommen, als am Ende des langen Korridors, an dem die Zellen der ehrwürdigsten Mönche des Kloster vom Einen Dharma lagen, Juwel der reinen Lehre auftauchte, gefolgt von seinen beiden Leibwächtern.

Wutschnaubend stürmte der Usurpator wild gestikulierend auf sie zu.

»Am besten gehen wir zurück in meine Zelle. Wenigstens sind wir da in Sicherheit«, flüsterte Dolch der ewigen Wahrheit, ehe er Heiliger Achtfacher Pfad zurückzog und hastig von innen den Riegel vorschob.

»Mach sofort die Tür auf, Dolch der ewigen Wahrheit; wir müssen miteinander reden!«, rief der Usurpator und trommelte wie ein Besessener gegen das Holz.

»Wenn er es schafft, hier hereinzukommen, werden wir diesen Raum nicht mehr lebend verlassen!«, ächzte Heiliger Achtfacher Pfad.

»Das fürchte ich auch«, stimmte Dolch der ewigen Wahrheit ihm zu.

»Und wenn wir uns durchs Fenster davonmachen?«

»Dieser Gedanke kam mir auch gerade.«

Das kleine Fenster der im Erdgeschoss liegenden Zelle ging, genau wie die der anderen Räume, auf einen kleinen Innenhof hinaus, den man über einen schmalen Durchgang verlassen konnte, durch den sie huschten, nachdem sie mühelos ins Freie gesprungen waren.

»Schnell zum Hundezwinger!«, befahl Dolch der ewigen Wahrheit.

»Kostet uns das nicht zu viel Zeit?«

»Ich werde Lapika auf gar keinen Fall diesem Schurken überlassen!«

In dem Schuppen gleich neben dem Elefantenstall, in dem sich die Zwinger und Verschläge aneinanderreihten, in denen die Mönche die Hunde der auswärtigen Besucher unterbrachten, die diese nicht mit in die Schlafsäle nehmen durften, herrschte größte Aufregung.

»Dein tollwütiger Hund hat schon zwei Novizen in die Hand gebissen!«, rief der Hundemeister, ein Mönch von beträchtlicher Leibesfülle.

»Wo hast du Lapika untergebracht?«, wollte Dolch der ewigen Wahrheit wissen.

»Ganz hinten am Ende des Ganges. Sie gebärdet sich wie eine wilde Raubkatze.«

»Ich hole sie.«

»Das geht nicht, der Verantwortliche für die Schlüssel ist gerade für einen Moment fortgegangen! Du kannst den Zwinger nicht öffnen.«

Dolch der ewigen Wahrheit hatte es eilig, Juwel der reinen Lehre zu entkommen, und so zerriss es ihm bereits das Herz bei der Vorstellung, das Kloster ohne den riesigen Hund von Fünffache Gewissheit zu verlassen, als hinter ihnen unvermittelt ein gewaltiger Lärm losbrach.

Es war der tobende Juwel der reinen Lehre, diesmal in Begleitung von sechs Mönchen. Jeder von ihnen hielt einen langen Knüppel in der Hand, wie sie die Einsiedler bei ihren langen Aufenthalten in den Bergen benutzten, um sich gegen angreifende Schneeleoparden zur Wehr zu setzen.

»Haltet sie auf! Lasst sie nicht gehen! Diese beiden Mönche sind gefährlich. Sie haben vor, den Sangha zu spalten!«, brüllte der Usurpator.

»Wir sitzen in der Falle«, stöhnte Heiliger Achtfacher Pfad, während Dolch der ewigen Wahrheit ihn in den hinteren Teil des Gebäudes zog, wo er versuchen wollte, Lapikas Zwinger zu öffnen.

Als die riesige Hündin ihn erblickte, sprang sie freudig auf ihn zu, um ihn zu begrüßen. Dabei stieß sie ein Bellen aus, das laut und grollend wie das Brüllen eines Tigers durch den Schuppen hallte und die hinter ihnen herstürmenden Leibwächter von Juwel der reinen Lehre für einen Moment zurückschrecken ließ.

Vor dem Zwinger, dessen Stäbe die Hündin vor lauter Sträuben und Toben schon verbogen hatte, schob Dolch der ewigen Wahrheit hastig einen Finger hinter das Schnappschloss.

Doch leider war es verschlossen.

»Wir müssen uns beeilen! Hilf mir, den Käfig umzustoßen«, rief Dolch der ewigen Wahrheit, denn er hatte bemerkt, dass der Zwinger keinen Boden besaß.

Mit vereinten Kräften kippten sie ihn um, sodass die Hündin herausschlüpfen konnte.

»Auf sie, Lapika! Los, auf sie!«, schrie Dolch der ewigen Wahrheit und hetzte sie auf den kleinen Trupp bewaffneter Mönche, die sich um Juwel der reinen Lehre versammelt hatten und ihnen am anderen Ende des Ganges den Weg versperrten.

Die gelbfellige Hündin ließ sich nicht lange bitten und stürzte sich auf die Männer, die ihrem Herrn Böses wollten.

Wie ein Blitz ging sie mit gefletschten Zähnen auf die Angreifer los, woraufhin diese hastig zurückwichen, erst noch geordnet, sich dann aber in alle Richtungen zerstreuten wie ein Schwarm Spatzen. Panik erfüllte sie bei der Vorstellung, von diesen entsetzlichen Kiefern zerfleischt zu werden, die sogar Schwarzbären und Schneeleoparden in die Flucht schlagen konnten.

»Ruhig, Lapika! Ganz ruhig!«, rief Dolch der ewigen Wahrheit und schlang rasch ein Halsband mit Leine um den Hals der Hündin. »Der Weg ist frei! Lass uns zusehen, dass wir hier fortkommen.«

Vom Hof vor dem Hundeschuppen aus brauchten sie nur noch einen zweiten Hof zu durchqueren, um den Ausgang des Klosters zu erreichen.

»Folge mir einfach! Sie haben eine Riesenangst vor Lapika. Wir haben gut daran getan, sie mitzunehmen«, bemerkte Dolch der ewigen Wahrheit, während hastig alle Türen zugeschlagen wurden, an denen sie vorbeikamen.

Draußen stellten sie erleichtert fest, dass niemand es wagte, ihnen zu folgen. Eilig rannten sie den gewundenen Weg entlang auf die Berge zu, an deren Fuß sich die riesige Ebene von Peshawar erstreckte.

»Wir haben weder Kleider noch Verpflegung dabei! Wie die wandernden Heiligen werden wir ›im Gewand des Himmels‹* nach Zentralchina reisen«, scherzte Dolch der ewigen Wahrheit, als sie weit genug entfernt waren, um vor etwaigen Verfolgern sicher zu sein.

»Der Winter bricht bald an. Ab einer gewissen Höhe wird uns das Gewand des Himmels nicht mehr genügen!«, stöhnte Heiliger Achtfacher Pfad.

»Mit Lapika haben wir eine tapfere Beschützerin, das ist immerhin etwas!«

»Trotzdem hätten wir uns die Rückkehr in dieses Schlangennest sparen können! Diese lange Reise von Samye hierher, nur um mit anzusehen, wie Juwel der reinen Lehre die Macht an sich gerissen hat, und dann auch noch um

* Der indische Ausdruck bezeichnet die Asketen, die splitternackt durchs Land ziehen.

ein Haar getötet zu werden, das ist einfach furchtbar!«, seufzte der Mönch aus Turfan.

»Was mich betrifft, war die Reise nicht umsonst«, murmelte Dolch der ewigen Wahrheit nachdenklich. »Im Gegenteil, sie war sogar höchst aufschlussreich.«

»Was meinst du damit?«

Buddhabadras einstiger Gehilfe tat so, als habe er die Frage nicht gehört.

Der Moment war noch nicht gekommen, ihm zu enthüllen, was er von dem Juwelier erfahren hatte. Erst musste er dafür sorgen, dass sie auch pünktlich zum vereinbarten Zeitpunkt nach Luoyang kamen.

Er rechnete rasch nach. Von Samye nach Peshawar hatten sie gut zwei Monate gebraucht. Das bedeutete, dass sie sich beeilen mussten, um innerhalb der festgesetzten Frist in Luoyang einzutreffen, vor allem da sie im Winter reisten!

Zum ersten Mal, seit er die Pforte des Klosters vom Einen Dharma durchschritten hatte, blieb Dolch der ewigen Wahrheit stehen und hob den Kopf. Vor ihm ragte, endlos und chaotisch, der geröllbedeckte Abhang auf, wo sich zwischen den Steinen nur noch vereinzelte Grasflecken behaupten konnten. Er drehte sich um und sah die Dächer von Peshawar, die im Licht der kurz vor ihrem Höchststand angelangten Sonne flimmerten.

Zum dritten Mal verließ er nun schon sein Kloster.

Aber diesmal waren die Umstände viel schlimmer als bei den letzten beiden Malen, denn nun rannte er wie ein gemeiner Dieb davon.

Würde er eines Tages zurückkehren?

Er versuchte, in seinem Kopf Leere zu schaffen, indem

er nur noch auf seine Füße starrte, die sich Schritt für Schritt auf dem steinigen Weg vorwärtsbewegten, der sich in Schleifen zu einer Aufeinanderfolge von Pässen hinaufwand.

»Kleider sind das eine, wir tragen ja immerhin welche! Aber wir haben weder Nahrung noch etwas zu trinken dabei«, flüsterte mit einem Mal der Mönch aus Turfan, bei dem sich Hunger und Durst bemerkbar machten.

Da erkannte Dolch der ewigen Wahrheit anhand des Sonnenstands, dass sie schon seit über vier Stunden unterwegs waren.

Bevor sie auf die Hochebenen gelangten, wo die Hirten Ziegen und Schafe züchteten und Bauern auf schwer anzulegenden Terrassen Gemüse anbauten, mussten sie die karge Bergkette überwinden, zu deren Füßen das Kloster vom Einen Dharma errichtet worden war und deren erste Ausläufer sie gerade erst erreicht hatten.

Bestürzt fiel Dolch der ewigen Wahrheit ein, dass es fünf Tage dauerte, ehe man diese unwirtliche, trostlose, völlig menschenleere Gegend hinter sich gebracht hatte, in der nur die besten Jäger einen Wildhasen oder eine Waldmaus fingen. Darüber hinaus erinnerte er sich nicht daran, in dieser Region auch nur eine Wasserstelle gesehen zu haben, und die Tatsache, dass Lapika durstig die Zunge aus dem Maul hängen ließ, beunruhigte ihn. Ein Hund von dieser Größe würde ohne Wasser nicht lange überleben.

Was sollte er jetzt tun? Die schreckliche Frage peinigte Dolch der ewigen Wahrheit so sehr, dass er sich schließlich Vorwürfe machte, zu überstürzt aus dem Kloster vom Einen Dharma aufgebrochen zu sein.

Aber wieder nach Peshawar zurückzukehren war viel

zu gefährlich und damit ausgeschlossen. Im Grunde hatten sie gar keine andere Wahl, als weiter ins Gebirge aufzusteigen und zu hoffen, dass sie auf andere Reisende treffen würden, die ihnen eine Tasse Tee und ein paar Krumen Weizenfladen abgeben würden.

Sie marschierten, bis es dunkel wurde, und übernachteten, eng an Lapika geschmiegt, in einer kleinen Höhle, ehe sie am nächsten Morgen mit leerem Magen weitergingen.

Den Morgen über wanderten sie schweigend nebeneinander her, denn beide hatten Angst, ihren Gefährten zu entmutigen, und hofften im Stillen, dass sie bald jemandem begegnen würden, der ihnen aus der Klemme half.

»Vielleicht hat der Erhabene beschlossen, uns seine Hilfe zu gewähren! Wir sind nicht die Einzigen auf diesem Weg«, bemerkte Dolch der ewigen Wahrheit am Nachmittag erleichtert.

Er deutete mit dem Finger auf eine Reihe gelber Punkte weit vor ihnen am Berghang, und als Heiliger Achtfacher Pfad die Augen zusammenkniff und genauer hinsah, erkannte er, dass sie sich im Gänsemarsch vorwärtsbewegten.

»Lass uns versuchen, diese Reisenden einzuholen; das ist unsere einzige Chance, nicht vor Kälte oder Hunger umzukommen«, fügte Dolch der ewigen Wahrheit hinzu.

»Beeilen wir uns! Mir hängt der Magen schon in den Kniekehlen«, stöhnte der Mönch aus Turfan, der zum ersten Mal wagte, sich zu beklagen.

Und so beschleunigten sie trotz ihrer Erschöpfung nach mehr als einem Tag ohne Nahrung und einer unter freiem Himmel verbrachten Nacht ihre Schritte.

An dieser Stelle wurde der Weg steiler, was sie mit größeren Schritten ausglichen. Keuchend näherten sie sich Stück für Stück den Wanderern, die ein ruhiges Lied vor sich hin sangen.

Als die gelb gekleideten Wanderer eine flache Stelle erreichten, machten sie Halt, stellten ihre Reisebündel ab und zogen Kürbisflaschen und Verpflegung heraus.

Dadurch konnten Dolch der ewigen Wahrheit und Heiliger Achtfacher Pfad relativ schnell zu ihnen aufschließen, und sie erkannten, dass es sich um ungefähr zwanzig buddhistische Mönche handelte.

Abgesehen von einem Mann in reiferem Alter bestand die gesamte Gruppe aus jungen Novizen. Wie es sich gehörte, trugen sie alle eine safrangelbe Robe. Die meisten von ihnen hatten geschlitzte Augen und eine helle Haut, was auf eine chinesische Herkunft hindeutete. Unter ihnen waren auch noch sehr kleine Kinder, deren geschorene Häupter sie wie Säuglinge anmuten ließen.

Ob es an den Liedern lag, die sie vor ihrer Pause gesungen hatten, am kindlichen Aussehen der Novizen, aus deren Augen der Schalk blitzte, oder aber am mitfühlenden, gütigen Blick des etwas älteren Mönchs, der ihr Führer zu sein schien, auf jeden Fall vermittelte diese kleine Gruppe einen rührenden Eindruck von Sanftmut und Lebensfreude. Ein untrügliches Zeichen dafür war auch die Tatsache, dass Lapika kein einziges Mal gebellt hatte, seit sie sie bemerkt hatte, und freudig auf sie zugelaufen war, um am Saum ihrer Roben zu schnüffeln.

»Guten Tag! Möge der Erhabene euch auf eurer Reise beschützen!«, rief Dolch der ewigen Wahrheit ihrem Anführer auf Chinesisch zu.

»Ich danke dir! Möge der Buddha euch ebenfalls seinen

Schutz gewähren! Wir sind vor drei Jahren zu einer Reise auf den Spuren des Erhabenen Buddha aufgebrochen und kehren nun, von seiner heiligen Wahrheit erfüllt, in unsere Heimat zurück. Auf diese Weise vollenden meine Novizen ihre Ausbildung in der Edlen Wahrheit des Erhabenen Buddha!«, antwortete dieser.

»Wie ich diese Kinder beneide! Ich träume immer noch davon, eines Tages ans Ufer des Ganges zu reisen, um jene heiligen Orte zu sehen, an denen er lebte!«, seufzte der Mönch aus Turfan.

Dolch der ewigen Wahrheit und Heiliger Achtfacher Pfad empfanden große Sympathie für diesen Mönch, dessen Novizen seine Worte geradezu aufzusaugen schienen.

»Diese Hände haben den göttlichen Pipalbaum berührt, unter dem dem Erhabenen die Erleuchtung zuteilwurde und er zum Erwachten wurde! Für sie wird nichts jemals wieder so sein wie zuvor! Genauso wenig wie für meine Augen, die den Park von Lumbini schauten, wo der Buddha als Kind seine ersten Schritte machte!«, erklärte ihr Gegenüber mit bewegter Stimme und streckte den Flüchtlingen seine Arme entgegen.

»Wir haben auch den Park mit den uralten Bäumen besucht, in dem der Erhabene, umringt von Gazellen und Hirschen, seine ersten Schüler die Edle Wahrheit lehrte, und den heiligen Ort, wo er ins Nirwana aufstieg«, bekräftigte einer der Novizen begeistert.

»Welchem Kloster gehört ihr an?«, erkundigte sich Dolch der ewigen Wahrheit, gerührt von so viel Offenherzigkeit.

»Wir kommen aus dem Kloster vom Kahlen Berg, etwa drei Tagesmärsche westlich von Luoyang.«

»Seid ihr Anhänger des Mahayana?«

»Wie die meisten chinesischen Buddhisten sind wir in der Tat der Auffassung, dass der Weg des Heils nicht nur Mönchen vorbehalten ist.«

»Das ist ein religiöser Streit, auf den ich mich nicht einlassen möchte. Das Kloster vom Einen Dharma in Peshawar, aus dem wir stammen, gehört dem Lehrpfad des Hinayana an. Ansonsten zählen für mich Toleranz und Frieden zwischen den Lehrpfaden, deren Anhänger alle an die Edle Wahrheit des Erhabenen glauben«, antwortete Dolch der ewigen Wahrheit.

»Ich bin ganz deiner Meinung. Unsere Gemeinsamkeiten sind stärker als das, was uns trennt!«, entgegnete der chinesische Mönch.

Die Novizen beeilten sich, den beiden Mönchen des Hinayana ihre Kürbisflaschen zu reichen, und diese ließen sich nicht lange bitten, ihren Durst zu stillen.

»Wie schaffst du es bloß, mit so jungen Novizen auf diesem steilen Bergpfad voranzukommen?«, wunderte sich Heiliger Achtfacher Pfad.

»Genau wie Heiligkeit ist auch Willenskraft keine Frage des Alters. Diese Jungen sind von einem so starken Glauben erfüllt, dass im Gebirge zu wandern ihnen nicht schwieriger erscheint, als einmal um ein Zierbecken herumzulaufen!«, erklärte der Anhänger des Mahayana.

»Und wohin seid ihr unterwegs?«, fragte daraufhin einer der jüngsten Novizen mit heller Stimme.

»Wir sind auf dem Weg ins Kloster der Dankbarkeit für Erwiesene Kaiserliche Wohltaten in Luoyang«, antwortete der Mönch aus Turfan lächelnd.

»Dieses Kloster liegt auch auf unserem Weg. Der große

Meister Vollendete Leere unterhält freundschaftliche Beziehungen zu unserem ehrwürdigen Abt Allumfassendes Mitgefühl, sie schätzen einander sehr«, entgegnete der ältere Mönch.

Sie alle waren unendlich freundlich und voller Aufmerksamkeit für ihre neuen Weggefährten. Ein Novize hatte einen Napf vor Lapika hingestellt und gab der großen Hündin zu fressen und zu trinken, woraufhin diese zufriedene Quietschlaute von sich gab und dankbar mit dem Schwanz wedelte.

»Ihr habt ja weder Reiseschuhe noch ein Bündel!«, bemerkte ein anderer Novize, der kaum älter als zehn Jahre zu sein schien.

»Wir hatten keine Zeit, auch nur einen Beutel mitzunehmen. Wir haben keine Vorräte und keine Kleidung zum Wechseln!«, antwortete Heiliger Achtfacher Pfad, dessen Vertrauen die jungen Mönche durch ihre Treuherzigkeit gewonnen hatten.

»Seid ihr etwa Flüchtlinge?«, wagte ihr Anführer eine Vermutung.

»›Flüchtlinge‹ ist leider tatsächlich eine treffende Bezeichnung für uns! Mein Abt ist gestorben. Sein Nachfolger hat die Macht an sich gerissen, indem er die Angst und Naivität der Mönche ausnutzte, und jetzt will er mir an den Kragen! Es ist eine traurige Geschichte, die beweist, dass manche Mönche trotz der Gelübde, die sie abgelegt haben, immer noch nur Menschen sind«, antwortete Dolch der ewigen Wahrheit leise, ehe er sich seinem Gegenüber vorstellte.

»Ich heiße Heilsame Medizin«, antwortete dieser daraufhin.

Obwohl er ein wenig älter war als Fünffache Gewissheit, ähnelte er ihm verblüffend. Er hatte die gleichen fein geschnittenen Züge, und in seinem so außergewöhnlichen Blick lag dieselbe seltene Verbindung aus Verschmitztheit und Güte.

»Wenn das dein Name ist, heilst du sicher die Seelen der Menschen?«, fragte ihn der aus Peshawar verbannte Mönch.

»Ich habe in Luoyang bei einem großen Gelehrten, der alle Verse der *Abhandlung über die Heilpflanzen** des Shennong auswendig kannte, Medizin studiert. Ich versuche die Krankheiten der Menschen zu heilen und ihre Schmerzen zu lindern. Erst in vorgerücktem Alter bin ich ein Mönch des Mahayana geworden. Mehr als zehn Jahre lang habe ich die Erkrankungen der Haut behandelt und wurde auf diesem Gebiet zu einem geachteten Experten! Ich habe gelernt, Lotionen und Salben herzustellen und die Kranken auf die heißen Quellen zu verweisen, die die Vernarbung von Wunden beschleunigen und Rötungen verschwinden lassen. Weil ich aber davon überzeugt bin, dass Seelen sehr viel zerbrechlicher sind als Körper, bin ich in einem Alter ins Noviziat eingetreten, in dem ein Mönch durchaus schon den Rang eines Abtes bekleiden kann.«

»Dein Werdegang ist nicht alltäglich. Von der Heilung der Leiden der Haut zu denen der Seele«, bemerkte Dolch der ewigen Wahrheit.

»Es war eine Entscheidung, die ich nie bereut habe. Von

* Dabei handelt es sich um das älteste chinesische Handbuch der Medizin. Der Tradition zufolge soll es um 2000 v. Chr. verfasst worden sein.

dieser Pilgerreise nach Indien kehre ich zurück mit frischem Mut und erfüllt von dem Wunsch, Gutes zu tun. Und aus diesen jungen Novizen werden mit Sicherheit vorbildliche Mönche«, verkündete Heilsame Medizin mit einer Geste zu seinen Begleitern hin, die sich, nachdem sie gegessen und getrunken hatten, anschickten, ihre Reisebündel wieder auf die Schultern zu nehmen.

Alles an Heilsame Medizin verströmte Güte und aufrichtiges Mitgefühl.

»Warum willst du eigentlich nach Luoyang? Eine so weite Reise unternimmt man doch nicht ohne Grund«, fragte der chinesische Mönch, zu dessen Füßen es sich Lapika inzwischen bequem gemacht hatte.

»Ganz einfach. Um die Wahrheit zu verkünden und eine Ungerechtigkeit wiedergutzumachen. Wenn mir das gelingt, kann ich erhobenen Hauptes in mein Kloster zurückkehren. Mein Ziel ist es, wieder Eintracht und Frieden zwischen dem Mahayana, dem tibetischen Lamaismus und meinem eigenen Lehrpfad zu ermöglichen«, antwortete Dolch der ewigen Wahrheit geheimnisvoll, woraufhin sein Gegenüber große Augen machte.

»Ich habe nicht den Eindruck, dass zwischen den drei Lehrpfaden Krieg herrscht.«

»Täusche dich nicht! Sie könnten durchaus wieder in jene zerstörerische Konkurrenz zurückfallen, die sie über Jahrzehnte hinweg zu Rivalen machte. Mein früherer Abt Buddhabadra, Friede seiner Asche, war Teilnehmer eines Rituals, bei dem ich nun seinen Platz einnehmen könnte, wenn alles so läuft wie vorgesehen.«

»Wenn du und dein Gefährte uns bis Luoyang begleiten wollt, würde ich euch mit größter Freude in unserer Mitte willkommen heißen«, bot Heilsame Medizin ihm lächelnd und ohne eine Sekunde zu zögern an, als sei diese Einladung eine Selbstverständlichkeit.

»Ich möchte euch keinesfalls etwas von euren Vorräten wegnehmen oder euch aufhalten. Wir haben nicht einmal anständige Wanderschuhe!«

Der chinesische Mönch bat einen Novizen, zwei Paar Schuhe aus Leder und Filz zu holen, deren beschlagene Sohlen das Vorankommen im Gebirge erleichterten.

»Probiert sie an! Sie gehören euch. Damit könnt ihr weitermarschieren, ohne dass sich eure Füße in Brei verwandeln.«

»Ich weiß wirklich nicht, wie ich dir danken soll«, murmelte Dolch der ewigen Wahrheit.

»Es ist doch ganz natürlich, dass Mönche einander helfen. Ich würde sagen, ihr wandert noch zwei Stunden mit uns weiter, und dann schlagen wir unser Lager auf und bereiten euch ein schönes warmes Abendessen.«

Die beiden Mönche aus Peshawar waren überzeugt, dass diese unverhoffte Begegnung ein Geschenk des Erhabenen sein musste, und als sie sich mit ihren neuen Schuhen wieder auf den Weg machten, war ihnen das Herz so leicht wie eine Feder.

»Es gibt so viele Orte, wo die Menschen so arm sind, dass sie nicht einmal genug haben, um den Mönchen das kleinste Almosen zu geben. Wie hast du es geschafft, so weit von deiner Heimat entfernt drei Jahre lang mit deinen achtzehn kleinen Gefährten durchzuhalten?«, fragte Dolch der ewigen Wahrheit, der die Novizen gezählt hatte, seinen neuen Freund, als sie abends zusammen am Lagerfeuer saßen.

»Meine medizinischen Kenntnisse sind mir eine große Hilfe. Wenn wir in einem Weiler ankommen, pflege ich die Kranken, und die Menschen vergelten es uns hundertfach. In den drei Jahren hat es uns nie an Unterkunft und Verpflegung gemangelt. Nicht einmal in den allerärmsten indischen Dörfern.«

»Mögt Ihr eine Schale heißer Suppe, Meister Dolch der ewigen Wahrheit?«, fragte ein Novize und hielt ihm einen bis zum Rand gefüllten Napf hin, den er eilig annahm.

Die heiße Flüssigkeit tat den beiden indischen Mönchen gut. Ihre Körper fingen bereits an auszukühlen. Bald schliefen sie, in eine Decke eingewickelt, mit Lapika zu ihren Füßen, auf dem kleinen felsigen Überhang ein, auf dem die Novizen von Heilsame Medizin ihr Lager aufgeschlagen hatten.

Wie groß das Einvernehmen zwischen ihnen war, zeigte sich daran, dass sowohl die beiden Mönche aus Peshawar als auch Heilsame Medizin, als sie morgens durch die ersten Sonnenstrahlen, die hinter dem Bergkamm hervorlugten, aufwachten, bei dem Gedanken, die Reise gemeinsam fortzusetzen, die gleiche Freude verspürten.

Und obwohl sie einander erst am Vortag begegnet waren, hatten sie bereits das Gefühl, sich seit Ewigkeiten zu kennen, so wie es allen guten Menschen ergeht, wenn sie zufällig aufeinandertreffen.

Für Dolch der ewigen Wahrheit und Heilsame Medizin war die gemeinsame Reise auch eine Möglichkeit, sich gegenseitig Trost und Kraft zu schenken. Dies verstärkte die tiefe Vertrautheit, die sich zwischen den beiden Mönchen entwickelt hatte.

»Was für ein Mensch ist Vollendete Leere eigentlich?«,

erkundigte sich Dolch der ewigen Wahrheit schließlich bei seinem chinesischen Bruder, während sie einen imposanten Bergkessel durchquerten, dessen ewiger Schnee sich in einer Vielzahl von Seen mit türkisfarbenem Wasser spiegelte.

»Warum willst du das wissen?«

Da erzählte der Mönch aus Peshawar seinem Begleiter, wie sein Abt nach der gescheiterten Zusammenkunft von Samye ermordet worden war. Er schilderte ihm seine Suche nach Buddhabadra, die Begegnung mit Fünffache Gewissheit und den Himmlischen Zwillingen und schließlich seine Reise mit Heiliger Achtfacher Pfad, ihre Verhaftung und ihre Deportation nach Chang'an, von wo aus sie nach einem erneuten Umweg über Samye nach Peshawar zurückgekehrt waren.

Schon beim Zuhören wurde Heilsame Medizin schwindlig.

»Du hast dich in der letzten Zeit ja nicht gerade gelangweilt!«, bemerkte er scherzhaft, als Dolch der ewigen Wahrheit endete.

»Das kann man wohl sagen! Es muss ein Missverständnis zwischen Buddhabadra und Vollendete Leere gegeben haben. Deshalb stelle ich mir zwangsläufig Fragen. Ist der Abt von Luoyang deiner Meinung nach imstande, die Interessen seines Lehrpfads über alles andere zu stellen, selbst auf die Gefahr hin, dass er sich damit eines verwerflichen Handelns schuldig macht?«

»Ich kenne den Abt vom Kloster der Dankbarkeit für Erwiesene Kaiserliche Wohltaten nicht gut genug, um diese Frage zu beantworten. Man hat uns, wie allen anderen Mönchen auch, am Ende unserer Novizenzeit kurze Auszüge aus seinem Sutra über die transzendentale Meditation zu lesen gegeben, in dem er über die Segnungen der Vollkommenen Leerheit reflektiert. Nur wenige erfassen die gesamte Bedeutung dieses Werks, so subtil erscheinen die Gedankengänge von Meister Vollendete Leere.«

»Manchmal verhalten sich geistige Führer auch nicht anders als Krieg führende Generäle!«, murmelte Dolch der ewigen Wahrheit nachdenklich, ehe er seinem neuen Freund alles erzählte, was er über die Konzile von Lhasa erfahren hatte.

»So ein geheimer Pakt erscheint mir ungemein klug! Jetzt verstehe ich, was du gemeint hast, als du sagtest, du seist auf dem Weg nach Luoyang, um dazu beizutragen, dass die Eintracht zwischen den drei buddhistischen Strömungen gewahrt bleibt«, entgegnete Heilsame Medizin nach dem Ende seiner Schilderung.

»Glücklicherweise gibt es in diesem ganzen Durcheinander einen weisen Mann, dessen Eingreifen hoffentlich alle Missverständnisse aus der Welt räumen wird.«

»Von wem sprichst du?«

»Von dem hochehrwürdigen heiligen Ramahe sGampo, dem Leiter des ältesten Klosters des Schneelands. Er ist schon fast achtzig Jahre alt, und obwohl von Geburt an blind, sieht er mehr als du und ich!«

»Das will ich gerne glauben! Sehr viel mehr als die Augen ermöglichen es Weisheit und Erfahrung, zu erkennen, was sich ringsum zusammenbraut.«

»Wir haben uns in Luoyang mit ihm verabredet. Ich kann es kaum erwarten, an der großen Aussprache teilzunehmen, die wir zusammen mit Vollendete Leere abhalten wollen. An diesem Tag schlägt die Stunde der Wahrheit: Entweder wird sich zwischen unseren drei Strömungen alles wieder einrenken, oder es kommt zum endgültigen Bruch.«

»Das wird auf jeden Fall ein denkwürdiger Augenblick. Ich wette, es kommt zu einer großen Versöhnung. Dafür wird der Erhabene schon sorgen. Was du mir über Ramahe sGampo erzählt hast, lässt mich vermuten, dass dieser große Weise über den nötigen Einfluss verfügt, die eitlen Streitereien zu beenden, die das Verhältnis zwischen den buddhistischen Lehrpfaden getrübt haben!«

»Für das Mahayana wäre es ein Gewinn, einen Mönch wie dich an seiner Spitze zu haben und nicht einen unübertrefflichen Philosophen mit einem Herzen aus Stein, der besessen davon ist, die Vorherrschaft seines Lehrpfads zu sichern«, bemerkte Dolch der ewigen Wahrheit leise, als führte er Selbstgespräche.

Abends in ihrem Lager, das sie vor der Jurte von Nomaden aufgeschlagen hatten, die sie aufgenommen hatten, nachdem Heilsame Medizin eines ihrer kleinen Kinder versorgt hatte, stellte Dolch der ewigen Wahrheit eine Frage, die ihm schon länger auf der Zunge brannte.

»Ich möchte dir gerne eine medizinische Frage stellen«, sagte er leise, während er seine Schale Tee austrank, der mit ranziger Yakbutter vermischt worden war.

»Nur zu! Aber ich kann dir nicht versprechen, dass ich auch die Antwort kenne!«, entgegnete Heilsame Medizin bescheiden.

»Es handelt sich um das Mädchen, dessen Gesicht zur Hälfte mit Haar bedeckt ist.«

»Das Mädchen der Himmlischen Zwillinge?«

»Genau! Ich habe mich immer gefragt, ob sie nicht an einer Missbildung des Gesichts leidet. Um die Wahrheit zu sagen, ich habe nie so recht geglaubt, dass sie wirklich von göttlicher Abkunft ist, wie ein tibetischer Wandermönch Fünffache Gewissheit versicherte. Dieser *ma-ni-pa* behauptete, sie stamme vom Affen und der Felsdämonin ab, dem göttlichen Paar das, wie die Tibeter glauben, vor Tausenden von Jahren die ersten Bewohner des Schneelands hervorgebracht hat!«

»In einem abgeschiedenen Dorf im Tal des Gelben Flusses bin ich einmal einem jungen Mann begegnet, der genau das gleiche Merkmal aufwies, bis auf die Tatsache, dass sein Kinn verschont geblieben war. Seine Eltern und alle Bewohner des Dorfes glaubten, er sei verflucht.«

»War seine Haut rot und mit einem feinen dunklen Flaum bedeckt, sodass sie aussah wie eine Maske?«

»Diese Beschreibung trifft genau auf das Phänomen zu, das ich bei diesem Jungen beobachtet habe; seine Eltern hatten ihn in eine Hütte gesperrt wie ein wildes Tier. Ich erklärte ihnen, dass es meiner Ansicht nach keineswegs das Zeichen für einen Fluch sei, sondern vielmehr ein Vermächtnis der Natur, wie man es manchmal bei Büffeln erlebt, bei denen ein Horn kürzer ist als das andere. Sie willigten ein, ihn freizulassen. Von dem Tag an führte er ein ganz normales Leben. Er hat sogar geheiratet. Und ich habe mich mit eigenen Augen davon überzeugen können, dass keines seiner drei Kinder auch nur den kleinsten haarigen Fleck am Körper aufweist.«

»Dann wäre es also bloß das Unbekannte, das uns so schockiert!«

»Das Bizarre macht den Menschen häufig Angst. Ich bin in meinem tiefsten Inneren davon überzeugt, dass der Mensch die Asymmetrie fürchtet, weil sein eigener Körper scheinbar vollkommen symmetrisch ist; dabei vergisst er bloß, dass er nur einen Kopf besitzt, zwar mit zwei Augen, aber auch nur mit einem Mund; und vor allem hat er auch nur ein Herz.«

»Ich vermute, es gibt keine Arznei, um diese Art von Hautflecken zu heilen?«

»Arzneien sind dazu da, Krankheiten zu heilen, nicht Eigentümlichkeiten. Wenn dieses kleine Mädchen seinen Zustand akzeptiert und nicht unglücklich darüber ist, dann ist doch alles in Ordnung«, entgegnete der zum Buddhismus bekehrte ehemalige Arzt.

Er wollte gerade fortfahren, als ihn ein Knurren zusammenzucken ließ. Die von den Geräuschen aufgeschreckten Novizen rannten auf sie zu wie die verängstigten Lämmer der Nomaden, die sich in ihrer Einfriedung an die Mutterschafe drängten.

Auch Lapika, die die Gefahr in der Nähe witterte, hatte mit gespitzten Ohren und zurückgezogenen Lefzen, die den Blick auf bedrohliche Eckzähne freigaben, zu knurren begonnen.

Die Geräusche wurden deutlicher und gingen allmählich in ein Heulen über.

»Das muss ein Rudel ausgehungerter Wölfe sein! Ich erkenne ihr Heulen wieder. In der Wüste von Turfan streifen sie häufig um die Häuser, wenn der Winter anbricht«, rief Heiliger Achtfacher Pfad.

Um sie herum begannen die Novizen zu jammern, während die Hirtenfamilie mitsamt Frauen und Kindern voller Angst aus der Jurte stürzte.

»Wir müssen dicht beim Feuer bleiben! Davor haben die Wölfe Angst!«, schrie Dolch der ewigen Wahrheit.

»Legt Holz nach. Je höher die Flammen auflodern, desto weiter bleiben die Wölfe weg!«, ordnete Heiliger Achtfacher Pfad an und hastete zusammen mit den Novizen zu dem Stapel Brennholz, das sie gesammelt hatten, als sie ihr Lager aufgeschlagen hatten.

Das Heulen der Raubtiere, die man bei dem wolkenverhangenen Himmel in der Dunkelheit kaum erkennen konnte, wurde immer bedrohlicher. Die Kinder der Nomaden und die jüngeren Novizen weinten, völlig verängstigt durch Dutzende von roten Augenpaaren, die die Flammen unvermittelt im Dunkeln hatten aufleuchten lassen.

Dolch der ewigen Wahrheit hatte Lapika am Rücken gepackt, um die Hündin davon abzuhalten, auf das Rudel loszugehen. Es schienen so viele Wölfe zu sein, dass sie trotz ihres Mutes kaum mit ihnen fertig würde.

»Beweg dich nicht. Ich habe etwas, das sie vielleicht in die Flucht jagen wird!«, rief Heilsame Medizin mit einem Mal. Er lief zu seinem Reisebündel hinüber und zog ein winziges hölzernes Fässchen heraus, dessen Inhalt er in konzentrischen Kreisen um das Feuer zu verteilen begann.

»Sei vorsichtig! Geh nicht zu weit! Gleich schnappen sie nach dir!«, rief Dolch der ewigen Wahrheit ängstlich, als er sah, wie sein Freund den rubinrot leuchtenden Augen gefährlich nahe kam.

»Mach dir keine Sorgen. Du wirst es gleich sehen«, antwortete der Mönch aus dem Kloster vom Kahlen Berg. Er hielt einen brennenden Zweig an das Pulver, das er auf dem Boden verstreut hatte.

Plötzlich ertönte eine laute Explosion, gefolgt von einem kräftigen Windhauch, während die Spirale, die er auf die Erde gezeichnet hatte, aufloderte und eine zitternde Flammenwand bildete, deren Feuerzungen die Mäuler der Wölfe verbrannten und sie zwangen, kläglich den Rückzug anzutreten, bis man ihr Jaulen in der Ferne verklingen hörte.

»Du hast ja tatsächlich wirkungsvolle Heilmittel bei dir! Dank deines Fässchens sind wir dem Schlimmsten entronnen!«, rief Heiliger Achtfacher Pfad.

»Das ist Unsterblichkeitspulver, das mir ein daoistischer Priester vor einigen Jahren geschenkt hat, als ich noch als Arzt arbeitete. Seit ich mich zum Buddhismus und seinen Edlen Wahrheiten bekehrt habe, glaube ich nicht mehr an dieses alberne daoistische Geschwätz. Aber mir ist aufgefallen, dass dieses Mittel recht schnell in Brand gerät, deshalb habe ich ein wenig davon behalten. Ich benutze es, um unser Feuer anzuzünden, wenn das Holz zu feucht ist«, erklärte der Anhänger des Mahayana.

»Gelobt sei der Erhabene! Ohne deine Geistesgegenwart wären wir alle von den Wölfen zerrissen worden, Heilsame Medizin!«, rief Dolch der ewigen Wahrheit.

»Gelobt sei Heilsame Medizin!«, fügte Heiliger Achtfacher Pfad hinzu und wischte sich den Schweiß aus dem Gesicht.

»Ein Hoch auf Heilsame Medizin!«, riefen die Novizen im Chor und trugen ihren Vormund im Triumphzug um das Lagerfeuer herum wie einen siegreich aus dem Kampf zurückgekehrten Helden.

Die Hirtenfamilie schenkte den Mönchen mit Fruchtmark gefüllte Kuchen, mit denen sich die kleinen Novizen ausnahmsweise hemmungslos den Bauch vollschlugen. In der finsteren Nacht eines sternenlosen Himmels ertönten die freudigen Rufe der Kindermönche, die unter dem begeisterten Beifall der Nomaden tanzend die unermesslichen Tugenden ihres Vorbilds, des Buddha Gautama, feierten.

»Es wird höchste Zeit, schlafen zu gehen! Morgen machen wir uns wieder früh auf den Weg!«, verkündete Heilsame Medizin seinen Schäfchen, nachdem er ihnen eine Weile Gelegenheit gegeben hatte, sich nach Herzenslust auszutoben, um die Angst zu bannen, die sie beim Angriff des Wolfsrudels ergriffen hatte.

Zwar verlief die Nacht ruhig und erholsam, doch das Erwachen hielt für Dolch der ewigen Wahrheit und Heilsame Medizin, die vor allen anderen aufgestanden waren, eine äußerst unangenehme Überraschung bereit.

Statt der Nomaden, die das Weite gesucht haben mussten, umringte sie ein Trupp in Lumpen gekleideter bewaffneter Männer.

Die Einfriedung der Schafe und Lämmer war leer.

Seltsamerweise hatte die sonst so wachsame Lapika sich weder gerührt noch gebellt. Sie war sogar auf den Anführer dieser seltsamen Soldaten zugelaufen, als würde sie ihn kennen.

»Sie wirken nicht gerade freundlich«, wisperte Heilsame Medizin seinem Gefährten ins Ohr.

Dieser unterdrückte einen überraschten Aufschrei. Inmitten der Fremden hatte er trotz des Schmutzes, der sein Gesicht bedeckte und die Falten vertiefte, die groben Züge von Hauptmann Majib erkannt.

»Majib der Perser, erkennst du mich wieder?«, fragte er ihn auf gut Glück auf Chinesisch.

»Ich dich gut kennen! Du kommen aus Peshawar mit Elefant Sing-sing!«, entgegnete dieser barsch und deutete mit einem spitzen Schwert in seine Richtung.

Trotz dieser wenig einladenden Geste stellte Dolch der ewigen Wahrheit erfreut fest, dass sich Majib, wenn auch holprig, auf Chinesisch verständigen konnte. Als er ihm damals in jener Herberge im Schneeland zum ersten Mal begegnet war, wo er wegen der tiefen Schrunden an den Füßen seines Elefanten festsaß, war dies noch nicht der Fall gewesen.

»Ist Ulik bei dir?«, fragte der Mönch weiter, da er den jungen offenherzigen Übersetzer in guter Erinnerung behalten hatte.

»Ulik verfaulte Frucht! Ulik zum Teufel gehen!«, schimpfte der Perser zornig.

Die Aussage war deutlich: Der junge Perser war seinem Herrn davongelaufen, und der schien darüber äußerst verärgert zu sein.

Hauptmann Majib erteilte ein paar knappe Befehle, woraufhin sie alle trotz der Proteste der Novizen, die rücksichtslos geweckt und mit Gewalt unter ihren dicken Decken hervorgezerrt worden waren, an Händen und Füßen gefesselt wurden.

Lapika bekam einen Maulkorb und wurde an eine lederne Leine gelegt.

»Ich fürchte, wir stecken in der Klemme! Dieser Mann wirkt ja ziemlich brutal«, flüsterte Heilsame Medizin Dolch der ewigen Wahrheit ins Ohr.

»Brutal ist Hauptmann Majib ganz sicher«, antwortete der Inder, der davon ein Lied zu singen wusste.

Der chinesische Mönch bemühte sich, so furchtlos wie möglich aufzutreten, um sich vor seinen Novizen nichts von seiner Angst anmerken zu lassen.

Fünf Tage lang ließ der persische Hauptmann sie bis zur

Erschöpfung marschieren und verwandelte damit ihre Reise, die so gut begonnen hatte, in einen Albtraum.

Wohin wollte er bloß?

Niemand wusste es, bis auf ihn, der schon seit Jahren auf der Seidenstraße umherirrte, wohin ihn sein Herrscher einst geschickt hatte, um seine leeren Kassen zu füllen.

Auch Heilsame Medizin und Dolch der ewigen Wahrheit, denen das höllische Tempo, das Hauptmann Majib der kleinen Gruppe auferlegte, immer mehr zu schaffen machte, hatten keine Ahnung, wohin er sie führte. Überdies ließ er sie nach anstrengenden Tagesmärschen, bei denen sie wegen des unerbittlichen Tempos nicht ein Wort miteinander wechseln konnten, jeden Abend unter freiem Himmel auf dem nackten Boden schlafen und erlaubte ihnen nicht einmal, eine warme Mahlzeit zuzubereiten.

Auch Lapika, die unter ihrem zu eng geschnürten Maulkorb nicht anständig fressen konnte, bot einen mitleiderregenden Anblick. Ihr glanzloses Fell fiel ihr inzwischen büschelweise aus und verteilte sich auf der Straße, die sie mechanisch entlangtrotteten. Und je mehr Zeit verstrich, desto überzeugter waren sie davon, dass sie am Ende des Weges nichts Gutes erwartete.

»Hauptmann Majib, wir wollen wissen, was ihr mit uns vorhabt! Wenn ihr uns noch lange in diesem Tempo marschieren lasst, werden wir alle unterwegs sterben«, erklärte Dolch der ewigen Wahrheit am fünften Abend in feierlichem Ton, nachdem er sich mit seinem Gefährten aus dem Kloster vom Kahlen Berg beraten hatte.

»Das dürft ihr nicht!«, rief ihr Entführer, was darauf schließen ließ, dass er seine Gefangenen irgendwo zu Geld machen wollte.

Denn Hauptmann Majib hatte einen Plan.

Seit Wochen schon war überall von dem berühmten »Frühlingsfest« die Rede, das jedes Jahr unter dem Vorsitz des Kaisers der Mitte abgehalten wurde, um nach dem winterlichen Schlaf das Wiedererwachen der Natur zu feiern und gleichzeitig um gute Ernten für den Sommer zu bitten. Viele Händler reisten zu dieser Gelegenheit mit ihren Waren über die Seidenstraße nach Zentralchina, weil sie sicher waren, sie dort zu hohen Preisen an den Mann bringen zu können. Denn die Feierlichkeiten waren nicht nur ein Anlass für zahlreiche Geschenke innerhalb der Familien, sondern auch für eine gewaltige, von den Obrigkeiten organisierte Verteilung von Lebensmitteln an die Ärmsten in der Bevölkerung.

In diesem Winter drehten sich noch in der kleinsten Herberge an der Seidenstraße die Gespräche um die Entscheidung des kaiserlichen Paares, das Frühlingsfest diesmal nicht auf dem Vorplatz der Mingtang in Chang'an zu feiern, sondern auf dem heiligen Berg Taishan, dem »Großen Berg« der Daoisten, dessen majestätischer Gipfel über der Bergkette aufragte, die sich wie ein Rückgrat über die Halbinsel Shandong zog.

Diesseits und jenseits der Großen Mauer forderten an öffentlichen Plätzen angeschlagene Tafeln darüber hinaus alle Städte mit mehr als zehntausend Einwohnern auf, eine Delegation mit Huldigungsgeschenken für den Kaiser der Mitte zum Fest zu entsenden.

Das galt auch für die wichtigsten Oasen in der Wüste, und die Kaufmannsgilden und Stadtoberen zerbrachen sich die Köpfe darüber, wie sie dem Wunsch des Kaisers entsprechen konnten, ohne davon in den Ruin getrieben zu werden, was sie dazu zwang, möglichst knapp zu kalkulieren. Denn bei den Huldigungsgaben, sei es in Naturalien oder in klingender Münze, verstand das chinesische Reich keinen Spaß. Und wehe den Städten, die sie verweigerten: Sie wurden auf eine schwarze Liste gesetzt und zu gegebener Zeit erbarmungslos bestraft. Die chinesische Armee erhielt den Befehl, tatenlos zuzusehen, wenn sie von kriegerischen Nomadenstämmen geplündert wurden, denen die Beamten des Zensorats diskret die Namen jener Städte zukommen ließen, zu denen der Zugang frei war.

Für Majib, der noch einmal ein so lukratives Geschäft abschließen wollte wie mit dem Verkauf des Hinweises auf die manichäische Seidenmanufaktur in Turfan an Kaled Khan, glich die Gefangennahme von Dolch der ewigen Wahrheit und Heilsame Medizin einem Geschenk des Himmels.

Denn der Perser hatte nicht lange etwas von dem bis zum Rand mit Bronze- und Silbermünzen gefüllten kleinen Fässchen gehabt, mit dem Kaled Khan ihn für seinen Fingerzeig bezahlt hatte.

Kurz nachdem sich Ulik im Land der Uiguren davongemacht hatte, waren er und seine Männer – so trifft es jeden einmal! – in einen Hinterhalt tibetischer Räuber geraten, die ihnen ihre Waffen und ihre gesamten Habseligkeiten abgenommen hatten.

Obwohl Hauptmann Majib Kaled Khans kleines Fässchen in seinem Gürtel versteckt hatte, war es den scharfen Augen der Gebirgsbewohner nicht entgangen, und sie hatten ihren Fund darüber hinaus zum Anlass genommen, den persischen Hauptmann böse zu verprügeln, weil er ihnen diesen kleinen Schatz verschwiegen hatte.

Der einzigen Beute beraubt, die er seinem Herrscher hätte zurückbringen können, war Majib nichts anderes übrig geblieben, als erneut ziellos die Seidenstraße entlangzuziehen und auf eine günstige Gelegenheit zu hoffen.

Vom Heulen der Wölfe, die das Nomadenlager angriffen, angelockt, hätte er nie damit gerechnet, plötzlich vor Dolch der ewigen Wahrheit zu stehen, dem er vor zweieinhalb Jahren in einer Herberge im tibetischen Gebirge begegnet war.

In der Hoffnung, das Glück zu wenden, hatte er beschlossen, die kleine Gruppe von Mönchen, die ihm durch Zufall in die Hände gefallen war, mitzunehmen.

Sollte er nach China gehen, um dort das Frühlingsfest auf dem Berg Taishan zu nutzen, oder doch lieber in seine Heimat zurückkehren und seine Geiseln dort zu Geld machen?

Durch seine zahlreichen Missgeschicke verunsichert, zögerte der persische Räuberhauptmann noch. Sicher, der Wert seiner neuen Gefangenen dürfte nicht einmal ein Zehntel von dem der Himmlischen Zwillinge betragen, aber jetzt war nicht der rechte Moment für Bedauern oder Ausflüchte.

Hauptmann Majib grübelte immer noch, wie er den größten Profit aus seinen Gefangenen schlagen könnte, als er eines Abends beobachtete, wie Heilsame Medizin leise zu ihm schlich, wobei er darauf achtete, dass seine Gefährten nichts bemerkten.

»Hauptmann Majib, ich will dir einen Vorschlag machen!«, flüsterte der chinesische Mönch verschwörerisch.

»Was denn?«

»In Zentralchina wird für einen Mann wie den Hinayana-Mönch Dolch der ewigen Wahrheit viel Geld bezahlt, das kannst du mir glauben!«

»Wirklich?«, entgegnete der Perser, und seine hochgezogene Augenbraue verriet, wie wenig Glauben er dieser Behauptung schenkte.

»Ganz China hat sich dem Mahayana verschrieben. Darum wird jeder Versuch des Hinayana, sich ins Land einzuschleichen, streng bestraft. Glaub mir, mit diesen beiden indischen Mönchen ist dir ein kostbarer Fang geglückt. An deiner Stelle würde ich mir diese Gelegenheit nicht entgehen lassen!«, beharrte der Mönch aus dem Kloster vom Kahlen Berg.

»Tatsächlich ich sein auf Weg zum Frühlingsfest. Es heißt, dieses Jahr Geld dort fließen in Strömen. Kaiser beschließen, feiern es auf heiligem Berg mit Namen Taishan. In Herbergen nur davon reden!«, erklärte Hauptmann Majib, dessen Interesse nun offensichtlich doch geweckt war.

»Wenn es auf dem Taishan abgehalten wird, ist es bestimmt noch viel glanzvoller als in den vergangenen Jahren. Lass mich dich dorthin führen, und du wirst mit Sicherheit einen guten Preis für Dolch der ewigen Wahrheit und seinen Gehilfen verlangen können. Beim Frühlingsfest hast du ungehinderten Zugang zu den höchsten Würdenträgern meines Landes und brauchst so nicht einmal einen Vermittler.«

»Das scheinen keine schlechte Idee«, murmelte der Perser.

»Glaub mir, wenn du meinem Rat folgst, wirst du ein reicher Mann!«, fügte Heilsame Medizin mit Nachdruck hinzu.

Ringsum schliefen die Perser, die Chinesen und nicht zuletzt die beiden indischen Mönche, erschöpft von dem langen Marschtag durch Steine und Staub.

»Das muss natürlich unter uns bleiben! Wenn die beiden Mönche des Hinayana davon erfahren sollten, würden sie bestimmt versuchen, unseren Plan zu vereiteln!«, erklärte der chinesische Mönch.

»Ich kein Idiot! Pakt bleiben geheim!«, versetzte der Wegelagerer in einem Ton, der keinen Zweifel daran ließ, dass er den Köder des Chinesen gierig geschluckt hatte.

Daraufhin bekräftigten die beiden Komplizen ihre Abmachung mit einem raschen Handschlag.

»Ihr hattet euch ja gestern Abend viel zu erzählen!«, bemerkte Dolch der ewigen Wahrheit am nächsten Morgen etwas spitz zu Heilsame Medizin, während der Perser ihn argwöhnisch musterte.

»Hauptmann Majib hatte Kopfschmerzen. Ich hoffe, ich konnte ihm ein passendes Heilmittel geben«, entgegnete der Mönch des Mahayana und zwinkerte dem Perser nachdrücklich zu.

»Ich haben Kopf gespalten wie von Krummschwert! Dank Pillen von Mönch, ich verbringen fast normale Nacht«, bestätigte dieser.

Für Majib war diese Lüge des chinesischen Mönchs der endgültige Beweis dafür, dass ihr Pakt besiegelt war. Er konnte ganz beruhigt sein.

Als sie erneut aufbrachen, nun endgültig in Richtung Dunhuang, war den Novizen aus dem Kloster vom Kahlen Berg schon sehr viel weniger bang ums Herz: Mit seiner vergnügten Miene wirkte ihr väterlicher Führer deutlich gelassener als während der vergangenen Tage.

Und das war für diese frommen Jungen mit den reinen Herzen das Wichtigste.

Dolch der ewigen Wahrheit hingegen hatte nur einen Wunsch: nach Luoyang zu kommen. Zur Stunde der Wahrheit, in der endlich der Schleier vor so vielen Rätseln und dunklen Geheimnissen zerreißen würde!

Aber würde der indische Mönch, den das Schicksal beharrlich immer wieder von seinem Weg abbrachte, dazu die Gelegenheit bekommen?

9

Chang'an, Hauptstadt des Tang-Reichs

»Pack das in eine Schublade, schnell!«, rief der alte General Zhang, der genüsslich Scheibe für Scheibe eine riesige Wassermelone verspeiste, die ein Diener mit kahl geschorenem Haupt und perfekt geflochtenem Zopf zu seinen Füßen zerschnitt.

Mit diesen Worten hielt der ehemalige Erste Minister von Kaiser Taizong seinem Diener hastig einen kleinen Beutel aus scharlachroter Seide hin, in den er etwas gesteckt hatte, was sein Besucher um nichts in der Welt sehen sollte.

»Sehr verehrter Erster Minister, ich freue mich, Euch zu sehen!«, erklärte Präfekt Li ausnahmsweise einmal zufrieden gestimmt, nachdem er das Arbeitszimmer des alten Generals betreten hatte.

»Bring uns zwei Tassen Tee! Heißt es nicht, aromatisierter Tee sei für den Genießer das Gleiche wie ein klarer Reim für ein süßes Gedicht?«

Der alte Zhang sprühte an diesem Morgen von poetischem Feuer, vielleicht lag das aber auch nur an der Wirkung der berühmten Spezialmischung, die er kurz vor dem Eintreffen des Großzensors geraucht hatte.

Der Diener senkte beflissen den Kopf, stand auf und eilte unverzüglich hinaus.

»Ich kann es kaum erwarten zu hören, wie Eure Yinjian-Runde* durch die verbündeten Gebiete im Süden verlaufen ist!«, fuhr General Zhang, an Präfekt Li gewandt, fort.

»A-ausgesprochen gut, General!«

Der Großzensor, der es schon seit Monaten nicht mehr gewohnt war, gute Nachrichten zu überbringen, frohlockte so sehr, dass er ins Stottern geriet.

»Sehr schön!«, entgegnete der alte General verdrossen.

»Ich habe endlich etwas in der Hand, um die Thronräuberin aus dem Weg zu räumen! Bald werden wir hier in Chang'an über einen wichtigen Zeugen für die Schandtaten dieser schrecklichen Frau verfügen«, verkündete er ohne Umschweife.

»So etwas höre ich nicht zum ersten Mal aus Eurem Mund«, erwiderte der ehemalige Erste Minister zweifelnd, während sein Diener, immer noch fast bis zum Boden verneigt, zwei elegante Celadonschalen voll honiggelbem, mit Orchideenblüten aromatisiertem Tee brachte.

»Ich versichere Euch, General, uns ist ein großartiger Coup gelungen! Es handelt sich um den nestorianischen Bischof Addai Aggai aus Dunhuang, einen der beiden Hauptverantwortlichen für den illegalen Seidenschmuggel, den Kaiserin Wu Zhao damals gedeckt hat. Und wir werden ihn gleich nach seiner Ankunft in Chang'an pflücken können wie eine Blume«, erklärte der Großzensor voller Stolz. Für ihn war Addai Aggai eine Möglichkeit, seinen Stern wieder heller strahlen zu lassen, nachdem er in den vergangenen Monaten immer mehr an Glanz verlo-

* Yinjian: »Überprüfung der Siegel«, ein Ausdruck, mit dem unter den Tang eine Inspektion der Verwaltung bezeichnet wurde.

ren hatte, je weiter Wu Zhao ihren Einfluss auf die Angelegenheiten des Reichs ausgedehnt hatte.

»Was Ihr nicht sagt!«, versetzte der General, der ihm kein Wort glaubte.

»Wenn dieser Mann erst einmal anfängt zu reden, werden seine Worte die Wirkung eines gewaltigen Baozhong-Böllers entfalten, der lauter sein wird als der Atem des Drachen, der den Geomanten zufolge unter dem Kahlen Berg bei Luoyang schlummert«, rief der Kaiserliche Großzensor.

»Und auf welch wundersamem geflügeltem Tier soll dieser Priester aus dem Westen hierherkommen? Im Ernst, Präfekt Li, wie sollte dieser Mensch ausgerechnet nach Chang'an kommen?«, fügte der verbitterte alte Konfuzianer hinzu, dessen Zweifel immer größer wurden.

»Der göttliche Drachenkönig Long Wang hat damit nichts zu tun. Es ist sehr viel einfacher, General Zhang: Dieser Mann wird von ganz alleine herkommen. Auf seinen eigenen Füßen tappt er geradewegs in die Falle, die wir ihm gestellt haben«, gluckste der Großzensor.

Er schien sich seiner Sache so sicher zu sein, dass das Misstrauen des alten Generals ins Wanken geriet.

»Das wäre natürlich eine gute Sache«, murmelte er, immer noch nicht ganz überzeugt.

»Ich versichere Euch, dass wir unserem Ziel noch nie so nahe waren. Es ist ein wahres Wunder. Ich werde es nicht versäumen, zu gegebener Zeit im Tempel von Meister Kong dafür meinen Dank darzubringen.«

»Wäre es zu viel verlangt, mein lieber Präfekt, mir zu erläutern, wie Euch eine solche Meisterleistung gelungen ist?«, fragte der General spitz.

»Caishen, der Gott des Glücks, hat mir endlich seinen Segen gewährt, verehrter Erster Minister! Um ihm zu danken, lasse ich seit einer Woche bündelweise Räucherstäbchen verbrennen. Bald werden unsere Freunde mir den Beinamen Li der Glückliche geben!«, rief der Großzensor, der in Anbetracht der Umstände vor Pathos nicht zurückschreckte.

Zum Abschluss seines Satzes führte der ansonsten so steife Präfekt Li sogar einen grotesken gehüpften Tanzschritt aus.

»Lasst uns zu den Fakten zurückkehren, mein lieber Präfekt! Zu den Fakten!«, versetzte General Zhang, der die Freiheiten, die sich der Leiter der chinesischen Geheimpolizei herausnahm, nur mäßig schätzte.

»Als ich im Verlauf meiner erfolgreichen Yinjian-Reise nach Hetian kam, traf ich unseren Gouverneur in lebhaftem Gespräch mit einem gewissen Kaled Khan an, dem Anführer eines Tujue-Stammes, der in der Region sein Lager aufgeschlagen hatte. Unser tapferer Beamter hatte diesem Mann und seinem gesamten Stamm – Frauen, Kinder und Greise eingeschlossen! – das Leben gerettet, indem er sie im letzten Moment davon abgehalten hatte, weiter in die Taklamakan-Wüste hineinzulaufen, in deren ersten Ausläufern sie sich bereits verirrt hatten.«

»Dabei dachte ich immer, die Tujue seien Feinde des Reichs der Mitte!«, entgegnete der alte Zhang verstimmt.

»Durch diesen klugen Schachzug war Kaled Khan unserem Gouverneur zu Dank verpflichtet und demzufolge ein Verbündeter des Reichs der Mitte. Um den chinesischen Behörden zu danken, hat dieser Barbar uns angeboten, uns Addai Aggai, den ehemaligen nestorianischen

Bischof von Dunhuang, auszuliefern, den er gefangen hielt. Als der Tujue diesen Namen erwähnte, stockte mir das Blut in den Adern! Es war die Tochter dieses Christen, die die Thronräuberin damals im Kaiserlichen Palast versteckt hat«, erklärte Präfekt Li, den der Verweis auf diesen unseligen Vorfall erschauern ließ.

»Ich kann mich noch sehr genau daran erinnern, dass sie Euren Männern nur um Haaresbreite entwischt ist!«, entgegnete der Greis, dessen Gedächtnis noch einwandfrei funktionierte, kurz angebunden.

»Ihr versteht, General, warum ich es kaum erwarten kann, mich dafür zu rächen.«

»Und aus welchem Grund sollte sich Addai Aggai bereit erklären, nach Chang'an zu kommen und sich so geradewegs ins Maul des Drachen zu begeben?«

»Er hat natürlich keine Ahnung! Als ich Kaled Khan meinen Wunsch vortrug, diesen westlichen Priester vor unsere Gerichtsbarkeit treten zu lassen, um ihn des Seidenschmuggels anzuklagen, schlug der Tujue selbst eine passende Lösung vor: Da der Bischof auf der Suche nach seiner einzigen Tochter war, erbot er sich, ihn glauben zu machen, dass er ihm die Freiheit schenken würde, wenn es ihm gelingen sollte, eine chinesische Prinzessin in seine Gewalt zu bringen, die mit ihren Begleitern auf der Seidenstraße unterwegs sei. Als ich Kaled Khan am nächsten Tag wiedersah, versicherte er mir, dass Addai Aggai den Köder geschluckt habe.«

»Wie kann er sich sicher sein, dass der Bischof seine Freilassung nicht dazu genutzt hat, einfach zu verschwinden?«

»Er lässt ihn heimlich von zweien seiner Männer verfolgen, die ihn zu gegebener Zeit den unseren ausliefern werden. Zur Sicherheit habe ich außerdem in allen Herbergen entlang der Seidenstraße Wachen postieren lassen!«

»Ihr habt keine Scheu vor energischen Maßnahmen. Das ist sehr gut!«

Es war das erste Mal, dass der Großzensor von dem alten Konfuzianer ein Kompliment erhielt.

»Ich bemühe mich, Euer würdiger Erbe zu sein, General Zhang, auch wenn das sehr schwer ist!«, antwortete Präfekt Li, um das Kompliment seines Gegenübers zu erwidern.

»Dieser Barbarenführer – Kaled Khan, wie Ihr ihn nennt – scheint gewitzter zu sein als die anderen! Das ist selten. Die Barbaren jenseits der Großen Mauer können den Han normalerweise nicht das Wasser reichen«, bemerkte der hochdekorierte General, der gar nicht wusste, wie recht er mit seinen Worten hatte, denn er ahnte nicht, dass Kaled Khan zwei Fliegen mit einer Klappe zu schlagen hoffte, indem er nicht nur die chinesischen Behörden zufrieden stellte, sondern auch noch Jademond zurückbekam, um sie ein zweites Mal zu verkaufen.

»Ich kann dem Gott des Glücks gar nicht genug danken!«

»Wo hält sich dieser Teufel von Nestorianer denn gegenwärtig auf?«, wollte der ehemalige Erste Minister wissen, nachdem ihn die Worte von Präfekt Li endgültig überzeugt hatten.

»Zur Stunde muss Bischof Addai Aggai irgendwo auf der Seidenstraße sein. Ich erwarte jeden Moment, von ihm zu hören. Wie ich Euch bereits erklärt habe, verfolgen ihn meine besten Männer und erstatten mir mit Hilfe von berittenen Boten regelmäßig Bericht. Ein Großteil der Pferde des Zensorats sind für diese Aufgabe herangezogen worden.«

»Ihr habt also alles Nötige in die Wege geleitet«, stellte der konfuzianische General ausnahmsweise zufrieden fest.

»Voll und ganz. Diesmal wird die Falle um die Thronräuberin zuschnappen wie die Kiefer eines Tigers um die zarte Antilope. Ich werde persönlich dafür Sorge tragen«, verkündete der Großzensor, ehe er sich verabschiedete.

Kaum hatte er den alten Offizier alleine gelassen, als dieser auch schon seinen Diener heranwinkte.

»Hol mir meine Pfeife«, befahl er.

Der Mann gehorchte und brachte dem ehemaligen Ersten Minister von Taizong dem Großen den Beutel aus scharlachroter Seide, den er zuvor in der Kommode verstaut hatte.

»Ihr habt aber heute früh schon geraucht«, protestierte er schüchtern.

Tatsächlich hatten die Ärzte des alten Zhang ihn schwören lassen, nicht öfter als einmal am Tag an der Mischung aus Opium, Weihrauch und getrockneten Blättern des Ginkgo biloba zu ziehen, mit der er die winzige Pfeife stopfte, an der er nun aufgeregt herumspielte.

»Meine ›Spezialmischung‹ zu rauchen ist das Einzige, was mir noch Kraft schenkt, auch wenn ich mir keinerlei Illusionen darüber mache, ›zehntausend Jahre länger zu leben‹*! Und den Frauen hat mein altes Gerippe ohnehin schon lange nichts mehr zu bieten«, murmelte der alte Mann, ehe er seine Finger in die kleine lackierte Dose tauchte, die der Diener ihm gereicht hatte.

* Chinesischer Ausdruck für die Unsterblichkeit

Die »Spezialmischung« verströmte einen so intensiven Duft, dass der Diener – der hin und wieder selbst heimlich etwas davon rauchte – unwillkürlich genüsslich erschauerte, als der alte Zhang den Deckel der Schatulle angehoben hatte.

Vorsichtig legte der opiumsüchtige Konfuzianer die kleine Pfeife, die kaum größer war als ein Gelehrtengriffel, auf seine Knie und stopfte sie; dann nahm der Diener dem mittlerweile festen Ritual folgend General Zhang die Pfeife aus der Hand und hielt ein brennendes Streichholz daran, ehe er seinem Herrn das Werkzeug des einzigen Vergnügens zurückgab, das ihm noch geblieben war.

»O wie gut! Vergiss nicht, meinen Vorrat an ›Spezialmischung‹ wieder aufzufüllen, ich sehe, es ist kaum noch etwas davon da«, flüsterte der alte Mann kurzatmig, nachdem er einen ersten Zug genommen hatte.

»General, ich glaube, ich habe Euch bereits gesagt, dass Mondgesicht seit fast drei Monaten schon kein Yapian mehr hat! Er behauptet, er sei krank und könne daher nicht zu seinem Lieferanten reisen«, antwortete der Diener mit einem begierigen Blick auf die Pfeife seines Herrn.

»Bei Konfuzius, du scheinst zu glauben, dass er diese Krankheit nur vorschiebt!«

»Mondgesicht sieht schon seit Monaten schlecht aus. Aber habt Ihr mir nicht selbst immer geraten, in Bezug auf Yapian stets wachsam und misstrauisch zu sein?«

»Das ist wahr!«

»Mondgesicht muss Angst bekommen haben. Vielleicht ist er der Ansicht, das Risiko sei zu groß.«

»Da täuscht er sich!«

»Wie könnt Ihr so etwas behaupten?«

Die Stimme des Dieners zitterte vor Empörung.

»Ich muss dir etwas anvertrauen: Ich bin nicht der Einzige, der diesem Zeitvertreib frönt. Selbst wenn Mondgesicht gegen unsere Steuergesetze verstößt, hat er nichts zu befürchten. Sein gesamtes Netzwerk wird beschützt. Vom Finanzminister bis hin zum Leiter der Ordnungshüter von Chang'an hat keiner seiner Kunden ein Interesse daran, dass sein kleines Geschäft bekannt wird«, erklärte er mit matter Stimme seinem Diener, der bei diesen Worten aus allen Wolken fiel.

Hatte sein Herr – dieser gerissene Kerl – ihn nicht stets zu größter Vorsicht gemahnt, wenn er ihn zu Mondgesicht schickte, um seine Mischung zu holen, da dieser seine Geschäfte schließlich ohne Wissen der Behörden betrieb?

Nach seinem Eingeständnis war der alte General vom mühsamen Einatmen des Rauchs so ausgelaugt, dass er die Augen schloss. Von nun an schwebte sein Körper wie auf einer Wolke.

Obwohl er vor Erschöpfung einem Schwächeanfall bei jedem Mal näher kam, war Opium zu rauchen für ihn so unverzichtbar geworden, dass er die immer ernsteren Auswirkungen dieser Gewohnheit auf seine kranken Lungen gerne in Kauf nahm.

Nachdem er endgültig weggedämmert war, nutzte sein Diener wie stets die Gelegenheit, dass sein Herr für mindestens eine Stunde schlafen würde, um seinerseits hastig nach der kleinen Pfeife zu greifen.

Während sich der alte Zhang seinem letzten Vergnügen hingab, war Präfekt Li in sein Büro zurückgekehrt, wo ihn sein persönlicher Sekretär erwartete, der ein wenig nervöser wirkte als gewöhnlich.

»Herr Präfekt, Addai Aggai ist nicht mehr alleine auf der Seidenstraße unterwegs. Unsere Leute lassen mitteilen, dass der Nestorianer inzwischen von einem jungen Mann begleitet wird.«

»Ist das nicht eigenartig?«, fragte der Großzensor, während ihn mit einem Mal wilde Angst durchzuckte.

»Der Bote ist unten und löscht seinen Durst. Er ist zehn Tage ohne Pause geritten und wird Euch das alles genauer erklären können als ich, Herr.«

»Lass ihn sofort hochkommen!«

Kurz darauf stand der immer noch schweißüberströmte Bote in Habachtstellung vor ihm.

»Unseren Informationen zufolge trägt der Mann, der Addai Aggai begleitet, den Namen Ulik.«

»Aus welchem Volk stammt er?«

»Es war uns nicht möglich, das herauszufinden, aber er spricht gut Chinesisch. In den Herbergen, in denen sie übernachten, handelt er die Preise aus.«

»Die beiden haben Geld?«

»Das ist anzunehmen. Oder aber eine kostbare Ware: Sie reisen auf einem von zwei Maultieren gezogenen Karren und schlafen nie unter freiem Himmel.«

»Hat man irgendeine Ahnung, was sie da transportieren?«

»Leider nicht. Die Ware ist mit einer Plane bedeckt, die sie nie abnehmen. Wünscht Ihr, dass wir sie kontrollieren?«

»Auf keinen Fall! Idiot! Wenn sie verbotene Waren mit sich führen oder die erforderlichen Steuern nicht bezahlt haben, wären wir gezwungen, sie festzunehmen, und damit würde mein ganzer Plan scheitern. Sie müssen unbehelligt in Chang'an ankommen, hast du mich verstanden?«

»Sehr wohl, Herr Großzensor! Wir werden dafür sorgen, dass diese beiden Männer heil und gesund hier eintreffen!«

»Und auf freiem Fuß!«, brüllte Präfekt Li, diesmal an seinen Sekretär gewandt, dessen Aufgabe es war, den Befehl weiterzuleiten.

»Selbstverständlich, Herr Präfekt!«, murmelte dieser mit tonloser Stimme.

Dem jungen Mann, der seinen Herrn gut kannte, da er von morgens bis abends mit ihm zusammen war, war klar, dass Präfekt Li nicht scherzte, und er zitterte wie ein Blatt im Wind.

»Wann werden sie voraussichtlich hier ankommen?«, fragte Präfekt Li mit dröhnender Stimme.

»Wenn alles gut geht, in zwei bis drei Wochen«, erklärte der Bote, nachdem er kurz nachgerechnet hatte.

»Ich verlasse mich darauf, dass ihnen nichts zustößt«, fügte der Kaiserliche Großzensor drohend hinzu.

Und jeder Einzelne bemühte sich, diese Anweisung zu befolgen, denn genau achtzehn Tage später informierte ein Mitarbeiter den erfreuten, von seinen Sorgen erlösten Präfekten, dass die beiden Männer mit ihrem Karren an der Stadtzollpforte des Westtors der Hauptstadt eingetroffen seien, wo die Zöllner Befehl hatten, sie passieren zu lassen, ohne auch nur zu fragen, welche Waren sie mit sich führten.

»Innerhalb der Stadt muss die Beschattung so unauffällig

wie möglich weitergeführt werden. Ich alleine entscheide, an welchem Tag und zu welcher Stunde der Bischof verhaftet wird!«, hatte der Urheber dieser Intrige, die endlich zu Wu Zhaos Sturz führen sollte, nachdrücklich verlangt.

Wie es sich gehört, wurden die Befehle des Großzensors aufs Wort befolgt, und so fanden Addai Aggai und Ulik gleich nach ihrer Ankunft in der Hauptstadt erstaunlich mühelos zum Erhabenen Tempel der Rechten Mitte, ohne zu ahnen, dass sie unter ebenso diskreter wie strenger Beobachtung standen.

Zuvor hatten sie vorsichtshalber ein Zimmer in einer Herberge gemietet, die über einen kleinen Innenhof verfügte, der als Stall genutzt wurde und in dem sie die beiden Maultiere und ihre wertvolle, sorgfältig unter einem Haufen Stroh verborgene Yapian-Fracht unterbringen konnten.

Tatsächlich war der größte konfuzianische Tempel von Chang'an schon von Weitem zu sehen.

Die Kolonnade dieses riesigen prunkvollen, schwerfälligen Baus, der Monotonie und protokollarischen Pomp ausstrahlte, erhob sich auf einem gewaltigen steinernen Podest am Ende der breiten Straße der Rituale des Glücklichen Gelingens, die das hauptsächlich von Beamten frequentierte Heiligtum mit dem Kaufmannsviertel verband.

Wenn man in das Halbdunkel eintrat, konnte man die bronzene Nachbildung des Hochehrwürdigen Konfuzius unmöglich übersehen. Denn das Erste, was der Besucher erblickte, war das lächelnde Gesicht der Statue des alten Meisters, die der Bronzegießer in Lebensgröße ausgeführt hatte, was ihren erstaunlich realistischen Eindruck noch verstärkte.

Vor der dem Eingang des Erhabenen Tempels der Rechten Mitte gegenüberliegenden Wand erhob sich die Gestalt des alten Weisen auf einem Sockel aus vergoldetem Holz majestätisch vor den Besuchern. Hunderte von Kerzen erleuchteten ihn.

Seine Verehrer zündeten diese an, bevor sie bei den Zulassungsprüfungen der Kaiserlichen Verwaltung antraten, um ihre weitere berufliche Laufbahn in die Hände des Gott-Philosophen der Chinesen zu legen.

»Wir brauchen uns einfach nur dorthin zu setzen und abzuwarten!«, wisperte Ulik, der die Worte des Herbergswirts noch genau im Ohr hatte.

Addai Aggai war zwar nicht ganz so zuversichtlich, setzte sich aber dennoch neben ihn auf eine lange marmorne Bank zu Füßen der Statue.

»Ich hoffe, der Wirt, bei dem wir die Maultiere gelassen haben, ist ein ehrlicher Mensch!«, seufzte er.

»So kurz vor dem Ziel ist nicht der rechte Zeitpunkt, sich Sorgen zu machen!«, entgegnete der persische Übersetzer, der von Natur aus optimistisch veranlagt war.

»Wir haben einem Yapian-Schmuggler vertraut, der uns weiß Gott was erzählt haben könnte.«

»Vergiss nicht, dass wir es ohne die geringsten Schwierigkeiten hierher geschafft haben.«

»Genau das kommt mir ja so verdächtig vor«, entgegnete der Nestorianer, ehe er verstummte, als ein Mann das Heiligtum betrat.

Doch es war nur ein frommer Beamter, der eine Kerze vor der Statue anzünden wollte, und schon bald folgten ihm andere, verneigten sich zu Konfuzius' Füßen und erflehten seinen Segen.

Seit fast drei Stunden saßen die beiden Männer nun schon auf ihrer Bank. Die Zeit wurde ihnen allmählich lang, und der Nestorianer schien Recht zu behalten, als sie schließlich eine dunkle Gestalt hereinkommen und eilig über die steinernen Fliesen huschen sahen. Zu dieser Tageszeit fiel kaum Licht durch die hohen Fenster des Tempels. Sie trug einen Kapuzenmantel, unter dem ihr Gesicht nicht zu erkennen war.

Die Gestalt setzte sich zwischen Addai Aggai und Ulik auf die steinerne Bank.

»Ich komme von Mondgesicht«, wisperte die Kapuze.

»Und wer beweist uns das?«, erwiderte Umaras Vater argwöhnisch.

»Niemand anders als ihr beiden; kein frommer Besucher des Tempels bleibt so lange auf dieser Bank sitzen«, entgegnete der Unbekannte, während Ulik seinen Gefährten strafend ansah, als wollte er ihm zu verstehen geben, dass sein Misstrauen nicht angebracht war.

»Na gut. Welche Nachricht hast du für uns?«, erkundigte sich der nestorianische Bischof von Dunhuang mit wild klopfendem Herzen.

»Mondgesicht rät euch zu äußerster Vorsicht. Verlasst den Tempel erst heute Abend kurz vor der Schließung zusammen mit den Gläubigen, die herkommen werden, um sich vor Einbruch der Nacht hier zu sammeln. Und zieht das hier über!«, erklärte der Mann mit der Kapuze, ehe er ihnen ein dunkles Stoffbündel reichte.

»Was ist das?«, fragte Ulik, als er das Paket entgegennahm.

»Zwei Roben von Verwaltungsrichtern. Heute Abend kommt ihre Bruderschaft her, um ihren Schutzpatron zu ehren. Es werden mindestens hundert von ihnen sein. Ihr braucht euch nur unter sie zu mischen, dann gelangt ihr unbemerkt hinaus.«

»Und was sollen wir dann tun?«, wollte Addai Aggai wissen.

»Euch trennen und in Chang'an untertauchen, denn mein kleiner Finger sagt mir, dass euch die Häscher des Zensorats auf den Fersen sind. Am besten verschwindet ihr so schnell wie möglich aus dieser Stadt. Es heißt, hier käme nicht weniger als ein Polizist auf vier Einwohner! Ich meine es ernst, ohne diese Verkleidung habt ihr keine Chance, hier herauszukommen.«

»Woher weißt du das?«, fragte der Bischof.

»Die Kunden von Mondgesicht sind Persönlichkeiten von ausreichend hohem Rang, um über diese Art von Informationen zu verfügen und sie an diejenigen weiterzuleiten, die sie schützen möchten. Es sind sogar Beamte des Zensorats dabei!«, flüsterte der Unbekannte.

»Warum sollten Würdenträger des chinesischen Kaiserreichs denn unsere Haut retten wollen?«, fuhr der Bischof ein wenig spitz fort.

»Sie hätten viel zu verlieren, wenn der Yapian-Schmuggel aufgedeckt würde. Der Handel mit Waren ohne Entrichtung der anfallenden Steuern ist ein schweres Verbrechen, das mit der Todesstrafe geahndet wird.«

»Wenn ich dich recht verstehe, schützen sich die Kunden von Mondgesicht nur selbst, indem sie uns helfen!«, bemerkte Ulik, der zu erkennen begann, in welche Falle sie geraten waren.

»Man könnte es nicht besser ausdrücken. Seit Wochen haben euch die Agenten von Präfekt Li auf der Seidenstraße verfolgt! Alles, was ihr gesagt und getan habt, wurde an ihn weitergeleitet. Und die Kerker dieses Mannes verlassen nur die wenigsten lebend«, entgegnete der Fremde.

»Ich habe es gewusst. Es kam mir schon die ganze Zeit merkwürdig vor, dass wir nicht ein einziges Mal auf Schwierigkeiten gestoßen sind. Jetzt verstehe ich, warum wir so leicht alle Stadttore und Zollstationen passieren konnten! Niemand hat versucht, uns Geld abzupressen! Selbst die Wegelagerer müssen Bescheid gewusst haben«, sagte der Nestorianer nachdenklich.

Er war zwar verärgert, im Grunde aber gar nicht so überrascht von dieser Wendung. Rückblickend dachte er vor allem, dass er sehr naiv gewesen war.

»Und die Ware? Was wird aus der Ware?«, wandte Ulik ein.

»Sagt mir nur, wo sie sich befindet, dann werden wir uns darum kümmern.«

Ohne eine Sekunde zu zögern nannte der persische Übersetzer dem Boten von Mondgesicht die Adresse ihrer Unterkunft in Chang'an.

Sobald er diese Information erhalten hatte, steckte der Unbekannte jedem von ihnen unauffällig eine Geldbörse zu und verschwand genauso unauffällig, wie er gekommen war.

»Das ist ja unglaublich! Wir sind von Anfang an manipuliert worden. Wenn dieser Yapian-Schmuggel nicht von hochstehenden Persönlichkeiten geschützt würde, säßen wir längst im Gefängnis! Wir sind gerade noch einmal davongekommen!«, bemerkte der Bischof nervös.

»Aber das zeigt immerhin, dass es nicht immer so schlimm kommt, wie man denkt«, entgegnete Ulik und streifte einen der langen Kapuzenüberwürfe aus schwarzem Satin über, die der Unbekannte ihnen gegeben hatte.

Addai Aggai folgte seinem Beispiel, während sich der Erhabene Tempel der Rechten Mitte allmählich mit Verwaltungsrichtern füllte. Sie alle trugen die gleiche Robe wie sie, hatten die Kapuze über den Kopf gezogen und traten würdevoll vor das heilige Standbild, vor dem sie sich verneigten und den großen Meister anflehten, ihnen und ihren Angehörigen Erfolg bei den Auswahlprüfungen für die Beamtenlaufbahn zu gewähren.

Es waren Beamte jeglichen Alters und unterschiedlicher Herkunft, die alle der gleichen allmächtigen Juristenzunft angehörten.

Nachdem sie sich alle verneigt hatten, ergriff ein Mann, der ihr Oberhaupt zu sein schien und direkt vor der bronzenen Statue stand, mit lauter Stimme das Wort.

»Dank sei unserem Hochehrwürdigen Meister Kong. Möge er die Mitglieder unserer Bruderschaft schützen. Diejenigen unter euch, die sich einer Prüfung stellen werden, mögen die Hand heben!«, verkündete der Richter, woraufhin sich eine Vielzahl von Armen erhoben.

Er begann sie zu zählen.

»Mein Sohn möchte Richter ersten Ranges werden. Er hat das gesamte Strafgesetzbuch der Zhou-Könige* auswendig gelernt. Jetzt schickt er sich an, das Gleiche auch

* Die Dynastie der Zhou herrschte von 1122 bis 722 v. Chr., in dieser Zeit wurden die großen Gesetzes- und Ritualtexte der Chinesen verfasst.

mit ihrem Ritualbuch zu tun. Ich möchte seinen Erfolg in die Hände von Meister Kong legen und bin bereit, die nötigen Opfergaben darzubringen, damit mein Wunsch erfüllt werde!«, rief einer der Teilnehmer der Zeremonie.

Danach erläuterte jeder in der Runde den Grund für seine Anwesenheit im Erhabenen Tempel der Rechten Mitte. Der eine erbat den Segen des Meisters für seinen Sohn, der andere für seinen Schwiegersohn und mancher sogar für sich selbst, weil er eine Stufe in der Verwaltungshierarchie aufsteigen wollte.

Das Oberhaupt der Richter hatte nach einem Räuchergefäß gegriffen und verbreitete damit wohlriechende Düfte, die die beflissenen, ehrgeizigen Beamten mit tiefem Wohlbehagen erfüllten. Überall eilten Bedienstete mit großen lackierten Tabletts für die Opfergaben und Almosen hin und her, die nachdrücklich von jedem eingefordert wurden.

Unwillkürlich belustigt betrachteten die beiden Flüchtlinge den malerischen Anblick dieser Männer, die in ihrem Aufzug wie seltsame Raben anmuteten und sich wie gehorsame Kinder vor ihrem Lehrer vor der Bronzestatue drängten, die ihnen ihre Wohltaten gewähren sollte.

»Mir ist die heitere Gelassenheit buddhistischer Tempel lieber als die sehr weltliche Stimmung in konfuzianischen Tempeln!«, wisperte Ulik Addai Aggai zu.

»Mir geht es genauso.«

»Falls ich die Religion wechseln sollte, würde ich nie die des Konfuzius wählen.«

»Der gar kein Gott ist, sondern eher ein Philosoph! Übrigens, findest du nicht, dass es allmählich Zeit wird, uns unter die Leute zu mischen?«, fragte der Nestorianer, als er beobachtete, wie sich die Menge nach und nach auf den Ausgang zubewegte, nachdem die Sammlung und die Ansprachen beendet waren.

»Einverstanden. Und wäre es nicht das Beste, uns gleich hier zu trennen, damit wir nicht beide gefasst werden, falls einer von uns enttarnt werden sollte?«, flüsterte der Übersetzer.

»Das wollte ich dir auch gerade vorschlagen«, sagte der Bischof leise und mit bewegter Stimme, denn es schmerzte ihn, den jungen Perser verlassen zu müssen, der ihm in den vergangenen Wochen zum Freund geworden war.

Ulik reihte sich in die Schlange der Richter ein, die sich auf die Pforte des Tempels zubewegte. Addai Aggai ließ ein paar Minuten verstreichen, dann zog er sorgsam die Kapuze seines Umhangs tiefer ins Gesicht, ehe er hinter eine Gruppe von Beamten schlüpfte, die sich langsam dem Ausgang näherte.

Draußen konnte er nicht erkennen, ob sich Ulik noch in der dicht gedrängten Masse der Richter aufhielt, die schwatzend auf der Freitreppe des konfuzianischen Tempels stehen geblieben waren. Wachsam und ohne auch nur den Versuch zu machen, zu erraten, bei welchen der Schaulustigen es sich um Spitzel des Zensorats handeln mochte, schlich er zu einer Ecke der Kolonnade hinüber und entwischte hastig durch eine schmale, gewundene Gasse, nachdem er die breite Straße der Rituale des Glücklichen Gelingens überquert hatte, auf der es von Menschen nur so wimmelte.

Als er sich umdrehte, erkannte er erleichtert, dass ihm niemand durch die Gasse zu folgen schien, in der nur ein paar schmutzige Kinder einen Reifen vor sich hertrieben.

Er beschleunigte seine Schritte, um so schnell wie möglich vom Erhabenen Tempel der Rechten Mitte und den getarnten Ordnungshütern fortzukommen, die dort herumschwärmen mussten.

Aber wo sollte er jetzt hin? In Chang'an kannte er niemanden.

Seit der Veröffentlichung des Erlasses, mit dem die Ausübung der nestorianischen Religion auf chinesischem Gebiet untersagt worden war, war es nicht ratsam, jemandem zu offenbaren, dass man dieser Kirche angehörte: Denunzianten aller Art wussten um den Wert einer Information, die die Verhaftung eines Gesetzesbrechers wie Addai Aggai ermöglicht hätte, mit Sicherheit der größte Fang, den es bei der Verfolgung dieser verbotenen Religion zu machen galt. Daher war es vollkommen ausgeschlossen, einfach den erstbesten Passanten anzusprechen.

Er war durstig.

Als er einen kleinen Platz erreichte, der zum größten Teil mit langen Tischen und Bänken vollgestellt war, auf denen Gäste saßen und Tee tranken, ließ er sich ebenfalls nieder.

»Möchtest du ein oder zwei Maß Tee?«, fragte ihn eine gehetzte Kellnerin, die von einem Tisch zum anderen eilte.

»Eine große Schale bitte«, antwortete der Nestorianer, wobei er sich bemühte, einen chinesischen Akzent anzunehmen.

Dann erst streifte er seine Kapuze ab, um bequemer trinken zu können.

»Addai Aggai!«

Als Umaras Vater seinen Namen hörte, gefror ihm das

Blut in den Adern. Er drehte sich zu dem Mann um, der unmittelbar neben ihm saß und seinem Gesicht gerade einen Namen gegeben hatte.

»Hort der Seelenruhe!«, entfuhr es ihm.

Auch er hatte nun den Manichäer aus Turfan erkannt. Ihre Überraschung kannte keine Grenzen, als sie einander überschwänglich begrüßten.

»Wir müssen leise reden. Die Häscher des Zensorats sind hinter mir her!«, flüsterte der Bischof seinem ehemaligen Komplizen zu, während er hastig wieder die Kapuze über den Kopf zog.

»Komm einfach mit. Ich wohne ganz in der Nähe in einer Familienpension, deren Besitzer ganz wunderbare Leute sind.«

»Ich hoffe, sie sind auch vertrauenswürdig. Ich habe den Eindruck, dass hier jeder dafür bezahlt wird, seinen Nachbarn zu verraten.«

»Meine Vermieter sind gute Menschen. Ich werde ihnen sagen, du seist mein Cousin. Sie mögen mich sehr, und außerdem zahle ich im Gegensatz zu vielen anderen ihrer Gäste die Miete immer sofort und vollständig«, versicherte der Große Vollkommene.

Hort der Seelenruhe führte Addai Aggai zu seiner Unterkunft, die zwei Straßen entfernt lag.

»Seit wann wohnst du hier?«, fragte der Bischof, nachdem er die Zimmertür hinter sich zugesperrt hatte.

»Seit etwas mehr als einem Monat. Es hat eine Ewigkeit gedauert, von Turfan nach Chang'an zu kommen, weil ich an eine Karawane von Kaufleuten geraten bin, die sich ständig verirrt haben.«

»Und warum bist du jetzt hier in Zentralchina?«

»Nach der Veröffentlichung des Erlasses, mit dem der Manichäismus in China offiziell gestattet wurde und für den angeblich Wu Zhao persönlich verantwortlich sein soll, hielt ich es für sinnvoll, die Gelegenheit zu nutzen und herzukommen, um persönlich mit ihr zu reden.«

»Wozu das?«

»Es heißt, Wu Zhao suche nach einer Möglichkeit, Seidenmoiré zu bekommen. Wenn ich ihr den liefern könnte, wäre das für die Kirche des Lichts zweifellos von größtem Nutzen. Daher habe ich um eine Audienz bei ihr ersucht, um sie zu bitten, mir einen Moiré-Webstuhl zu beschaffen oder mir den Namen eines Baumeisters zu nennen, der ein solches Gerät zusammensetzen kann. Damit könnten wir in Turfan wahre Wunder vollbringen!«

»Also führst du jetzt die Aktivitäten alleine weiter, für die wir uns einst zusammengeschlossen haben.«

»Das kann man so sagen. Speer des Lichts, mein ehemaliger Gehilfe, hat die Produktion trotz einiger Widrigkeiten wieder anlaufen lassen. Genau wie Dunhuang fällt auch Turfan hin und wieder Plünderungen zum Opfer.«

»Weißt du denn schon, wann du von der Kaiserin empfangen wirst? Nach allem, was man hört, dauert es nicht weniger als sechs Monate, ehe sie einem ein Treffen von nur ein paar Augenblicken zugesteht.«

»Stell dir vor, die Audienz ist für morgen angesetzt.«

»Hast du ein Glück!«

»Es war nicht gerade leicht, zu Kaiserin Wu Zhao durchzudringen. Zu viele Dämme trennen sie von Leuten wie mir, die niemanden haben, der sie bei ihr einführt, sondern gezwungen sind, den normalen Weg zu gehen. Ich hatte mich schon fast damit abgefunden, unverrichteter

Dinge nach Turfan zurückzukehren. Aber zum Glück ist vor zwei Tagen ein echtes Wunder geschehen!«

»Bist du sicher, dass es eines war?«

»Als ich wie jeden Tag vor dem Audienzschalter in der Schlange stand, sprach mich der Leibdiener und persönliche Grillenträger der Kaiserin an. Dieser frühere Kriegsgefangene, dem nach seiner Ergreifung die Zunge herausgeschnitten wurde, ist in Chang'an bekannt wie ein bunter Hund. Er hat dafür gesorgt, dass ich so schnell empfangen werde. Ohne diese unverhoffte Begegnung stünde ich mit Sicherheit immer noch da.«

»Wenn sie tatsächlich eingewilligt hat, dir eine private Audienz zu gewähren, führt sie mit Sicherheit etwas im Schilde. Wu Zhao steht nicht in dem Ruf, gerne ihre Zeit zu verlieren«, murmelte Addai Aggai und ließ sich erschöpft auf das schmale Bett im kleinen Zimmer des Manichäers fallen.

Am nächsten Morgen erschien Hort der Seelenruhe in blütenweißer Kleidung und mit einer weißen Kappe auf dem Kopf vor der Kaiserin. Zuvor hatte ihm der nestorianische Bischof versprochen, nicht einmal seine Nasenspitze aus der Zimmertür zu stecken. Hort der Seelenruhe ahnte nicht, dass die Kaiserin ihn empfing, weil Stummer Krieger, verbittert darüber, dass seine Geliebte unzählige Stunden in den Armen von Weiße Wolke verbrachte, hoffte, damit ihr Interesse wieder in andere Bahnen zu lenken.

Denn Wu Zhao befand sich gerade mitten in einer jener Phasen, in denen sie es keinen Tag ohne ihren sexuellen Guru aushielt.

Diese Phasen hatte sie ungefähr alle drei Monate. Da sie

sich der Gefahr bewusst war, allzu süchtig nach seinen Tantra-Praktiken zu werden, bemühte sie sich wochenlang, darauf zu verzichten, ehe es sie unweigerlich doch wieder zu ihm hinzog, so stark waren die Empfindungen, die ihr die Vereinigung mit dem Vater der Himmlischen Zwillinge und Buddhabadras Mörder bescherte.

Vor allem aber verschwand wie durch ein Wunder ihre Migräne, wenn sie sich mit Weiße Wolke vergnügte. Daher hatte sie immer das Gefühl, unter Entzugserscheinungen zu leiden, wenn sie von diesen Kopfschmerzen geplagt wurde, die ihr den Schädel spalteten, und brauchte jede Nacht ihre Arznei. Sie ließ den Inder in ihr Bett kommen, und morgens konnten Stummer Krieger und ihre Dienerinnen feststellen, dass sie in dieser Nacht nicht nur geschlafen hatte.

Stummer Krieger litt immer stärker unter jenen Tagen, an denen es ihm verboten war, Wu Zhaos Körper zu berühren, weil dieser ganz und gar von den Segnungen des Lingams seines verhassten Rivalen erfüllt war.

»Ein Priester, der in Turfan lebt und der manichäischen Religion anzugehören behauptet, würde gerne im Palast empfangen werden, Majestät. Dieser Mann steht seit Wochen in der Schlange vor dem Audienzschalter. Er hat mir gegenüber darauf gedrängt, Euch zu sehen«, hatte der turko-mongolische Riese gesagt, wobei er sich wie gewohnt jener bizarren Mischung aus Gesten und Lauten bediente, die sie als Einzige verstand.

»Was will er von mir?«

»Angeblich hat er Euch ein äußerst interessantes Geschäft vorzuschlagen!«

»Ich habe Wichtigeres zu tun!«

»Majestät, dieser Mann schien es ernst zu meinen. Ihr solltet darüber nachdenken. Was kann ich ihm ausrichten?«

»Nichts!«

»Dieser Manichäer möchte mit Euch über Seidenmoiré reden!«

»Wie lautet sein Name?«, entgegnete die Kaiserin nach einem Moment der Verblüffung.

»Hort der Seelenruhe, Eure Majestät.«

»Warum hast du das nicht gleich gesagt? Er soll übermorgen früh vor mir erscheinen! Ich werde ihn im Pavillon der Lustbarkeiten empfangen, dort sind wir ungestört! Aber sorg dafür, dass niemand etwas von dieser Audienz erfährt!«, hatte sie erklärt.

Danach hatte sie ihr mit goldenen Schmetterlingen besticktes grünes Seidenkleid geglättet, das bei dem erst kurz zurückliegenden Ansturm von Weiße Wolke zerknittert worden war.

Und Stummer Krieger, der dabei einen flüchtigen Blick auf die spitzen Brüste seiner Geliebten erhascht hatte, waren Tränen des Zorns in die Augen geschossen, ehe er ihr Gemach verlassen hatte, um Hort der Seelenruhe darüber in Kenntnis zu setzen, dass die Kaiserin eingewilligt hatte, ihn zu empfangen.

Wieder alleine, hatte Wu Zhao Muße, in Ruhe nachzudenken. Nachdem sie sich in Erinnerung gerufen hatte, was Umara ihr über die Rolle von Hort der Seelenruhe, dem Manichäer aus Turfan, erzählt hatte, der für die Herstellung des Seidenfadens zuständig war, den die Nestorianer in Dunhuang zu Stoffen webten, kam sie zu dem Schluss, dass der Mönch glaubwürdig war.

Und so drängte es sie, Näheres zu erfahren, als Stummer Krieger ihren Besucher in den kleinen Salon des Pavillons der Lustbarkeiten führte, dessen Wände mit lackierten Tafeln verkleidet waren, die Berge und Wasserfälle zeigten.

Dank der stürmischen Nacht, die hinter ihr lag, war dies einer der glücklichen Tage, an denen der Kaiserin ihre Kopfschmerzen erspart blieben, weshalb sie sehr viel entgegenkommender war als gewöhnlich.

»Soweit ich weiß, liegt Turfan nicht gerade nebenan. Was also ist der Grund für deine weite Reise?«, erkundigte sie sich beim Vollkommenen, kaum dass dieser den Raum betreten hatte.

»Majestät, die Kirche des Lichts benötigt einen Webstuhl, auf dem man Seidenmoiré herstellen kann. Ich möchte Euch um einen auf Webstühle spezialisierten Baumeister bitten, der uns dabei helfen würde, einen solchen zu konstruieren. Damit wären wir in der Lage, Euch einen Moiré von herausragender Qualität zu liefern. Soweit ich weiß, ist das der Stoff, nach dem Ihr verlangt!«, platzte der Vollkommene heraus. Es war ihm unangenehm, dass er so schnell zur Sache kam, aber die Schönheit dieser so prunkvoll gekleideten Frau hatte ihn ein wenig aus der Fassung gebracht.

»Seidenmoiré! Du hast recht, zu Zeiten der Seidenknappheit war es vollkommen unmöglich, auch nur einen Zoll davon aufzutreiben«, murmelte die Herrscherin, während sie mit einer Hand über ihr Kleid strich, das ebenfalls aus einem herrlichen Moiré geschneidert war.

»Die Kirche des Lichts wird Euch für alle Zeiten dankbar dafür sein, dass Ihr ihr gestattet habt, sich offiziell in Zentralchina niederzulassen und hier zu gedeihen. Sie ist nicht mehr länger dazu verdammt, ihr Dasein in Höhlen, Grotten und weit entfernten Oasen an der Seidenstraße zu fristen. Bald wird sie in dieser Hauptstadt über eine Kirche verfügen. Daher ist sie bereit, Euch unentgeltlich so viel Moiré zu liefern, wie Ihr benötigt, Majestät. Darüber hinaus werde ich unseren Propheten Mani anflehen, all Eure Wünsche zu erfüllen«, erklärte der Große Vollkommene, der wieder mutiger geworden war.

»Das ist ein schöner Beweis für deine Ergebenheit«, sagte sie leise, ehe sie wie zu sich selbst hinzufügte: »Die Unterstützung des Propheten Mani kann sicher nicht schaden!«

Sie ließ Tee bringen, den der Manichäer in einem Zug austrank. Er sah, dass er in kleinen goldenen Schalen serviert wurde, die noch kostbarer waren als seine Ritualgefäße in Turfan. Hort der Seelenruhe »begriff« im wahrsten Sinne des Wortes, welchen Kult das chinesische Kaiserreich um seine Herrscher zelebrierte.

»Majestät, es gibt da noch etwas, über das ich gerne mit Euch reden würde. Aber ich möchte nicht, dass das üble Folgen für die Person nach sich zieht, deren Namen ich Euch gleich nennen werde«, sagte der Manichäer nach einer längeren Pause mit leiser Stimme.

»Sprich! Ich höre dir zu. Von dem, was hier gesagt wird, braucht nichts nach außen zu dringen.«

»Nun gut, Majestät: Ich habe in Chang'an Addai Aggai, den nestorianischen Bischof von Dunhuang, wiedergetroffen, der wie eine ruhelose Seele durch die Stadt irrte. Dieser Mann hat keinen Passierschein; die Häscher des Zensorats sind ihm auf den Fersen. Er weiß nicht, wohin. Im Gegensatz zu meinen manichäischen Brüdern genießen die Nestorianer hier kein Aufenthaltsrecht. Im Moment wohnt er bei mir in meiner Herberge, aber diese Situation ist viel zu unsicher. Und wenn ich wieder nach Turfan zurückkehre, hat er niemanden mehr, der ihm hilft. Er ist ein guter Mensch«, brachte der Große Vollkommene zögerlich hervor, nachdem er vor Wu Zhao auf die Knie gefallen war.

Er hoffte von ganzem Herzen, dass sie sich dazu bewegen lassen würde, Umaras Vater zu retten.

»Ich weiß sehr gut, wer Addai Aggai ist. Bring ihn her! Ich muss mit ihm reden!«, entgegnete die Kaiserin zu seiner Verblüffung.

»Er kann gleich hier sein. Mein Gasthaus ist nur ein paar Schritte von hier entfernt.«

»Dann soll er sich beeilen.«

Addai Aggai war schweißgebadet und stand tausend Ängste aus, als Stummer Krieger ihn und den manichäischen Vollkommenen, der unverzüglich mit ihm zurückgekehrt war, vor die Kaiserin führte.

»Habt Ihr Neuigkeiten von Eurer Tochter?«, fragte sie, kaum dass der Bischof den kleinen, mit Lacktäfelung geschmückten Salon im Pavillon der Lustbarkeiten betreten hatte.

Ihre Frage traf ihn wie ein Pfeil mitten ins Herz, und so bemerkte der Nestorianer im Gegensatz zu seinem manichäischen Begleiter nicht einmal, dass Wu Zhao in ein eng anliegendes Gewand aus grünem, mit Schmetterlingen und Vögeln besticktem Moiré gekleidet war, dessen Schönheit alles übertraf, was in seiner Manufaktur jemals gewebt worden war.

»Ich würde alle Jahre geben, die mir noch bleiben, um

meine geliebte Tochter wiederzufinden! Seit mein teures Kind in der Wüste Gobi verschwunden ist, habe ich trotz meiner unablässigen Gebete nie wieder etwas von Umara gehört. Manchmal war ich sogar schon kurz davor, die Hoffnung aufzugeben«, rief der Vater der jungen Frau. Er konnte sich nicht länger beherrschen und begann zu weinen wie ein kleines Kind.

»Umara lebt, und soweit ich weiß, ist sie auch bei guter Gesundheit. Im Moment befindet sie sich im Mahayana-Kloster der Dankbarkeit für Erwiesene Kaiserliche Wohltaten in Luoyang, dessen Abt Vollendete Leere sie aufgenommen hat.«

»Meine Tochter soll eine buddhistische Nonne geworden sein? Das kann doch nicht wahr sein! Wenn die arme Golea das hörte, bekäme sie einen Herzanfall!«, flüsterte Addai Aggai, dem vor Empörung die Luft wegblieb.

»Eure Tochter hat sich nicht von ihrem Glauben abgewandt, zumindest weiß ich nichts davon«, entgegnete die Herrscherin leise.

»Aber was macht sie dann dort? Ich werde sofort nach Luoyang reisen und sie holen!«

»Das Problem ist, Umara kann sich nicht frei bewegen. Sie wird gegen ihren Willen festgehalten.«

»Meine Tochter wird von einem Abt des Mahayana gefangen gehalten? Das ist unerhört und unwürdig!«

»Vollendete Leere ist davon überzeugt, dass sie etwas über den Verbleib der Augen des Buddha weiß, die zu den heiligsten Reliquien Indiens zählen. Der große Meister des Dhyana würde sie zu gerne in sein Kloster holen«, erklärte Wu Zhao.

»Meine Tochter hat mit diesen Augen des Buddha nichts

zu schaffen; Umara wurde im christlichen Glauben erzogen! Sie ist ein reines und aufrichtiges Geschöpf«, stammelte Addai Aggai, und seine Stimme bebte vor Zorn.

»Ich habe durchaus die Macht, den Abt von Luoyang anzuweisen, Euch Eure Tochter zurückzugeben, wie sehr er sich auch dagegen sträuben mag!«, entgegnete die Kaiserin, die mit einem Mal sehr nachdenklich war.

Wu Zhao hatte nicht lange gebraucht, um sich zwischen Umara und den Augen des Buddha, zwischen der jungen Frau, die sie selbst gerne gewesen wäre, und den heiligen Reliquien, die Vollendete Leere in seinen Besitz bringen wollte, zu entscheiden: Sie wählte die junge Frau.

Und von nun an hatte sie nur noch ein Ziel: sie ihrem Vater zurückzugeben.

»Wenn Ihr das tun würdet, Majestät, würde ich Euer Schicksal meinem allmächtigen Gott anbefehlen!«, rief der nestorianische Bischof.

»Eure Tochter liebt einen Mann. Ihr müsst ihr erlauben, sich mit ihm zu vermählen. Kann ich mich auf Euer Wort verlassen?«

»Ist dieser Mann Christ?«, erkundigte sich der Bischof mechanisch.

»Er ist Anhänger des Mahayana. Sein Name lautet Fünffache Gewissheit.«

»Fünffache Gewissheit! Der junge Mönch, der die Himmlischen Zwillinge bei sich hatte! Um die Wahrheit zu sagen, so etwas hatte ich fast schon geahnt. Er ist zur gleichen Zeit verschwunden wie meine Tochter.«

»Sie ist aus Liebe zu diesem jungen Mann aus Dunhuang fortgegangen. Die beiden haben sich Hals über Kopf ineinander verliebt. Nachdem ich Gelegenheit hatte, sie zusammen zu sehen, kann ich Euch versichern, dass sie einander von ganzem Herzen zugetan sind. Ihr Anblick ist eine wahre Freude. Versprecht mir, dass Ihr Umara keine Vorhaltungen machen werdet!«, beschwor ihn die Herrscherin.

Sie war auf den Bischof zugetreten, und er registrierte den Duft von Jasmin und Rosenwasser, mit dem ihre Zofe sie jeden Morgen besprengte.

»Meine Tochter soll zurückkommen, und ich werde ihr alles verzeihen. Das Einzige, was ich will, ist, dass sie glücklich ist. Genügt Euch das?«, entgegnete der Bischof nach kurzer Bedenkzeit.

Wenn er auf seinen Verstand gehört hätte, hätte er Umara zweifellos mit Vorwürfen überschüttet, sobald sie vor ihn getreten wäre. Eine Christin, noch dazu die Tochter eines Bischofs, die im strikten Glauben erzogen worden war, hatte nicht das Recht, so in die Irre zu gehen und sich in einen Mann zu verlieben, der ihren Glauben nicht teilte.

Aber angesichts der beruhigenden und aufrichtigen Worte der Kaiserin von China, einer Frau, die eigentlich für ihren Pragmatismus und ihre Härte bekannt war, beschloss Addai Aggai, nur sein Herz sprechen zu lassen: Umara war sein kleiner, aus dem Nest gefallener Vogel, und er konnte es kaum erwarten, sie wieder in seine schützenden Arme zu schließen.

»Ich bin sehr glücklich über Eure Entscheidung. Umara hat Euer Verständnis mehr als verdient«, entgegnete Wu Zhao, ehe sie Stummer Krieger heranwinkte, der immer noch im Schatten verborgen dastand.

Zum ersten Mal seit Monaten erstrahlte ein echtes Lächeln auf Addai Aggais Gesicht.

»Hol mir einen Schreiber!«, wies sie den turko-mongolischen Riesen an.

Kurz darauf betrat ein Mann mit schwarzer Kappe und dem Griffel des Gelehrten den Raum. Er hielt eine kleine hölzerne Tafel in der Hand, auf der ein paar Blatt Reispapier befestigt waren.

»Schreib auf: Kaiserin Wu Zhao befiehlt Meister Vollendete Leere, innerhalb von zwei Wochen im kaiserlichen Palast von Chang'an zu erscheinen!«, wies Wu Zhao den Gelehrten an, der wie alle Bediensteten, die unerwartet zu einem der beiden Herrscher gerufen wurden, ausgesprochen nervös war.

Eilig zog der Mann seine Tinte aus der Tasche und begann unverzüglich die Nachricht für den Abt aus Luoyang niederzuschreiben.

»Stummer Krieger, gib das dem schnellsten Reiter des Botendienstes. Ich will, dass diese Vorladung vor Ablauf von vier Tagen zu Vollendete Leere gelangt und ihm persönlich übergeben wird. In der Zwischenzeit wird Bischof Addai Aggai im Pavillon der Lustbarkeiten wohnen.«

»Eure Majestät, wenn ich um Eure erhabene Gunst ersuchen dürfte, wäre es möglich, dass der Große Vollkommene Hort der Seelenruhe hier bei mir bleibt? Sein Gasthaus gehört nicht gerade zu den komfortabelsten«, bat Addai Aggai, der ungern auf die Gesellschaft des Manichäers verzichten wollte.

»Ich wüsste nicht, was dagegen spräche. Auf diese Weise bleibt ihm genügend Zeit, um den Baumeister einzustellen, um den er mich gebeten hat.«

Nachdem der Nestorianer und der Manichäer alleine in dem eleganten Pavillon zurückgeblieben waren, in dem auch schon Umara und Fünffache Gewissheit mit den Himmlischen Zwillingen gewohnt hatten, bewunderten sie verblüfft die prunkvolle Ausstattung. Die achteckige Form des Gebäudes fügte sich perfekt in die Anordnung der Gärten ein, auf die die Zimmer hinausgingen, in denen einst der große Kaiser Taizong in Gesellschaft von Musikerinnen, welche nicht nur seine Ohren betörten, sondern vor allem seine Männlichkeit wiederbelebten, der Kalligraphie und der Malerei frönte. Und draußen im Garten wuchsen seltene Bäume in Krügen, an denen sich dreimal am Tag emsige Gärtner zu schaffen machten.

»Die Kaiserin ist ja noch raffinierter, als überall behauptet wird: Jetzt hat sie es tatsächlich geschafft, uns zwei Vögel zusammen in einen Käfig zu sperren, und dich außerdem noch hinter dem Rücken des Zensorats!«, rief Hort der Seelenruhe, beeindruckt von Wu Zhaos diabolischem Geschick.

»Lass uns hoffen, dass es den Vögeln nicht allzu sehr zum Nachteil gereicht, dass sie nicht mehr davonfliegen können! Was sollen wir denn jetzt tun? Ich kann mir schwer vorstellen, untätig hier herumzusitzen und auf Neuigkeiten zu warten«, seufzte der Bischof von Dunhuang.

»Ich bin mir sicher, dass Umara bald hier sein wird. Die Wünsche von Kaiserin Wu Zhao erinnern doch recht stark an Befehle«, versicherte ihm der Große Vollkommene.

»Unser Schicksal liegt in der Hand Gottes und Manis!«,

murmelte darauf der nestorianische Bischof zur Überraschung seines Kollegen, der nicht an diesen Einen Gott glaubte, der allen Göttern, allen Lebewesen und allen sichtbaren und unsichtbaren Dingen vorausgegangen sein sollte.

10

Westliches Stadttor von Chang'an, Hauptstadt der Tang

Zehn Tage waren seit dem Neujahrsfest vergangen. Noch hingen die großen Papierlaternen an den Bäumen auf beiden Seiten der breiten Straße, die auf die Stadtzollpforte zuführte.

»Ihr seid der Gesandte Firuz, und sie muss die hochgeborene chinesische Prinzessin sein, die ihr herbegleitet habt«, stellte der diensthabende Zöllner fest, als er sieben mit Paketen beladene Kamele herankommen sah und ein achtes, das eine mit Zelttuch abgedeckte Sänfte auf dem Rücken trug.

»Das ist richtig. Ich höre mit Freude, dass wir erwartet werden«, antwortete der Abgesandte des Sultans von Palmyra übertrieben ehrerbietig.

»Im Namen der Obrigkeiten dieses Landes bin ich beauftragt, Euch in den Palast der Durchreisenden Gäste zu geleiten. Bitte folgt mir«, sagte darauf ein höherrangiger Soldat, der eigens aus dem Schilderhaus neben der Zollpforte getreten war.

Als Jademond das Zelttuch, das sie während der gesamten Reise vor der Sonne geschützt hatte, einen Spalt auseinanderschob, erkannte sie bewegt das Große Westtor von Chang'an wieder, das sie und Speer des Lichts drei Jahre zuvor in umgekehrter Richtung passiert hatten, sie als chinesischer Soldat verkleidet und ihr Geliebter im Gewand eines daoistischen Priesters.

Unwillkürlich vergoss sie ein paar heimliche Tränen.

Es war ungefähr fünfeinhalb Monate her, seit sie zusammen mit dem wandernden Botschafter Firuz und seiner kleinen Karawane in Palmyra aufgebrochen war. Eines der Tiere trug die Fässchen mit Pfeffer und Weihrauch, die die Einreise des persönlichen Abgesandten von Sultan Raschid nach Zentralchina erleichtern sollten.

Diese Vorsichtsmaßnahme, die den Vorrat des kleinen Sultanats nahezu erschöpft hatte, erwies sich als ausgesprochen wirkungsvoll. Ein paar Körner der kostbaren Waren genügten, um ihnen die Türen der bequemsten Herbergen zu öffnen. Meist hatten Firuz und Jademond dort ein Zimmer für sich alleine, was ihnen Gelegenheit gab, sich ungestört zu lieben.

Die Lust, die es Firuz bereitete, mit Jademond zu schlafen, und die ungezügelte Sinnlichkeit, mit der sie sich ihm hingab, machten das Verschmelzen ihrer Körper zu einem Vergnügen, dem der Bagdader frönte, sooft er die Möglichkeit dazu hatte.

Die junge Chinesin ließ es mit sich geschehen. Sich dem Umayyaden zu widersetzen hätte lediglich seinen Verdacht geweckt. Außerdem war ihr sein kultiviertes Auftreten durchaus angenehm, auch wenn sie ihr Herz bereits Speer des Lichts geschenkt hatte.

Die kunstvolle Mischung manchmal akrobatischer, aber immer erregenderer Stellungen, deren Geheimnisse Firuz sie lehrte, steigerte die Intensität ihrer gemeinsam zelebrierten Lust mit jedem Mal.

Dann durchbohrte Firuz' »zärtlicher Dolch« das, was der wandernde Gesandte mit dem hübschen Namen »seidenes Liebeskissen« bezeichnete, nämlich Jademonds flachen, makellosen Bauch, dessen Zuckungen verrieten, wie sehr sie seine Zuwendung genoss. Und ihm blieb nur noch, seinen kostbaren Nektar in sie zu ergießen, den sie bis zum letzten Tropfen auftrank, wenn er sie anflehte, ihm die Aufwartung ihrer Zunge und ihrer Lippen zu erweisen.

Die körperliche Liebe war ihr ständiger Begleiter auf dieser Reise, die dem Umayyaden daher kurz und unbeschwert erschienen war.

Kein einziges größeres Hindernis war ihnen auf dem langen Weg begegnet. Die kleine Gesandtschaft von Sultan Raschid hatte das Jadetor in der Großen Mauer ohne eine einzige unbequeme Frage passiert. Die chinesischen Zöllner, die normalerweise begierig nach Reisenden Ausschau hielten, die ihnen die Taschen füllen könnten, hatten nicht mit der Wimper gezuckt, als Jademond ihnen erklärt hatte, dass der bevollmächtigte Gesandte Firuz Überbringer einer persönlichen Nachricht für Kaiser Gaozong sei, »dazu bestimmt, diplomatische Beziehungen zwischen dem Reich der Mitte und dem Sultanat Palmyra aufzunehmen«. Sie hatten diesen Sondergesandten eines »westlichen Königs«, der gekommen war, dem Herrscher der Mitte seine Ergebenheit zu bezeugen, sogar unterwürfig gegrüßt, ehe sie hastig einen berittenen Boten nach Chang'an schickten, um die kaiserlichen Dienste über das Eintreffen von Firuz und einer hochgeborenen chinesischen Prinzessin zu informieren. So wurden sie bereits erwartet, als sie das Große Westliche Stadttor erreichten.

Nun, da sich ihre Reise dem Ende zuneigte, begann Firuz – auch wenn er sich dies nicht einzugestehen wagte – zu bedauern, im Zentrum der chinesischen Macht, in der schönsten und reichsten Stadt der Welt, angekommen zu sein. Denn am nächsten Tag würde er den Obrigkeiten dieses Landes die Frau zurückgeben müssen, in die er sich über alle Maßen verliebt hatte.

Jademond hingegen ahnte, dass sie die Geschichte von ihrer vermeintlich adligen Herkunft nicht mehr lange würde aufrechterhalten können, und sah ihrer Zukunft beklommen entgegen.

Der Palast der Durchreisenden Gäste, auch Pavillon der Freundschaft genannt, war ein Gebäude aus grauem Marmor, in dessen Frontgiebel die Worte »Willkommen seien unsere befreundeten Gäste aus der Fremde« eingemeißelt worden waren.

»Der Herr Gesandte möge mir bitte folgen«, erklärte der Direktor des Pavillons der Freundschaft ehrerbietig, während Jademond zu Firuz' Leidwesen in einen angrenzenden Flügel gebracht wurde, der den Frauen vorbehalten war.

Man führte ihn in ein riesiges Zimmer, das auf einen Park hinausging, in dem hundertjährige Magnolien wuchsen. Kaum hatte er sein Gepäck abgestellt, da brachte ihm ein Kämmerer auch schon das Antragsformular für eine Audienz.

»Ihr müsst Euren Namen und vor allem den Grund für Euren Besuch beim Herrscher der Mitte angeben«, erklärte der Beamte Firuz und reichte ihm einen Griffel.

»Ich beherrsche die chinesischen Schriftzeichen nicht, ich spreche lediglich Eure Sprache. Wäre es zu viel von Euch verlangt, meine Angaben zu notieren?«

»Dazu bin ich hier. Den meisten Fremden, die nach Chang'an kommen, geht es so wie Euch.«

»Bitte schreibt Folgendes von mir an den erhabenen Herrscher der Mitte, der über das größte Volk der Erde regiert: *Sultan Raschid von Palmyra entbietet seiner Exzellenz, dem Herrscher des Reichs der Seide, seinen ergebensten Gruß. Hiermit ermächtigt er Firuz den Umayyaden, seinen Außerordentlichen Gesandten, Bande des Vertrauens zwischen dem kleinen Sultanat Palmyra und dem gewaltigen Reich der Seide zu knüpfen. Als Beweis seines uneingeschränkten Vertrauens und seines unverbrüchlichen guten Willens übergibt er den chinesischen Behörden Prinzessin Jademond, mit dem Wunsch, dass die Großzügigkeit dieser Geste ihrem Wert entsprechend gewürdigt werden möge!*«

»Ist das alles?«, fragte der Kämmerer, nachdem er Firuz' Worte gewissenhaft notiert hatte.

»Reicht das nicht? Erfordert die Etikette Eures Landes etwa respektvollere Formulierungen?«, erkundigte sich der Diplomat.

»Nicht im Geringsten. Jetzt brauche ich Euren Antrag nur noch in die Kaiserliche Kanzlei zu bringen. Sie setzt nach Absprache mit Kaiser Gaozong den Tag und die Uhrzeit der Audienz fest«, erklärte der Beamte, ehe er das Zimmer wieder verließ.

»Besteht die Möglichkeit, die chinesische Prinzessin zu sehen, die vor Kurzem hier eingetroffen ist?«, bat der Umayyade einen Diener, der ihm auf einem Tablett aus lackiertem Holz Obst und einen leichten Imbiss brachte, der auf zarten Celadon-Tellern angerichtet war.

»Ich fürchte, das ist nicht möglich, Botschafter«, entgegnete der Mann ehrerbietig.

»Jetzt bring mich schon zu ihr!«, beharrte er, mit einem Mal besorgt.

»Die junge Frau hält sich nicht mehr im Palast der Freundschaft auf«, erklärte der Diener schließlich mit ausdrucksloser Miene.

»Das ist ja unerhört! Es hat Monate gedauert, diese Prinzessin hierherzubringen, und sie darf nur dem Kaiser des Reichs der Seide persönlich übergeben werden, bei dem ich gerade um eine Audienz ersucht habe!«, rief Firuz, bevor er bemerkte, dass der Diener schon wieder verschwunden war und ihn mit seiner Bestürzung alleine gelassen hatte.

Der Diplomat aus dem Westen konnte es nicht fassen. Seine Gastgeber hatten ihm seine geliebte Jademond geraubt!

Während sich Firuz fassungslos auf sein Bett fallen ließ, versuchte die junge Chinesin, die ohne viel Federlesens in eine geschlossene Sänfte verfrachtet worden war, vergeblich herauszufinden, wohin sie von den gemächlich trabenden Dienern gebracht wurde, deren gelbe Armbinde sie als Angehörige des kaiserlichen Haushalts auswies.

Jademond wurde in ihrem tragbaren Kasten herumgeschüttelt wie eine Stiege Wassermelonen, und ihre Sorge ließ ihr den Weg ganz besonders lang erscheinen.

Nachdem der Lärm draußen auf der Straße mit einem Mal verstummt war, erkannte sie erschrocken, dass man sie in ein Gebäude mit endlosen Gängen und Treppen gebracht hatte; ihre Träger schienen weite Umwege zu machen, als wollten sie vermeiden, Orte zu passieren, wo sie Aufmerksamkeit erregt hätten.

Als sie schließlich aus ihrem engen Transportmittel gezogen wurde, fand sie sich, geblendet von Kerzenlicht, in einem prächtigen achteckigen Boudoir wieder, dessen Wände mit rosafarbener Seide bespannt waren und dessen Boden herrliche hochflorige Perserteppiche bedeckten, die sich überlappten und so eine durchgehende farbenfrohe, weiche Fläche bildeten.

Instinktiv strich sie über die Wandbehänge, die sich so zart anfühlten wie Kinderhaut.

Auf einem niedrigen Tisch aus Trompetenbaumholz stand ein schwarz lackiertes Toilettennecessaire, in dem sie eine Pinzette und ein kleines spitz zulaufendes Messer mit Perlmuttgriff bemerkte, das dazu diente, sich die Finger- und Fußnägel und die Ohren zu reinigen; daneben waren vier kleine gläserne Fläschchen aufgereiht, bei denen es sich bestimmt um Parfüm handelte. Der Kaiser von China stellte gewiss ganz besondere Anforderungen an die Sauberkeit und die Behaarung der intimen Körperstellen seiner Konkubinen.

Ein leichter Duft von Weihrauch und Jasmin, der vorzüglich mit diesem kleinen Zimmer harmonierte, hing in der Luft.

Über eine große Veranda gelangte man in einen kiesbedeckten Hof, der von einer efeubewachsenen Mauer umschlossen war. Der Ort war still und vor neugierigen Blicken geschützt.

»Hier gebietet es sich, die Schuhe auszuziehen! Seine Majestät betrachtet gerne die Füße und Knöchel hübscher Frauen«, befahl ihr ein groß gewachsener Mann mit nacktem muskulösem, eingeöltem Oberkörper und sorgfältig rasiertem Haupt, dessen Gesichtszüge und hängender Schnurrbart seine mongolische Herkunft verrieten.

Folgsam gehorchte sie. Der Boden des Boudoirs fühlte sich genauso zart und weich an wie die Seide, mit der die Wände bespannt waren.

»Seine Erhabene Majestät wird übrigens gleich hier sein!«, fügte der Mann mit dem nackten Oberkörper hinzu, der, wie Jademond flüchtig bemerkte, schwere goldene Reife an den Oberarmen trug.

Ein Herold in einer prächtigen eng anliegenden Uniform aus mit silbernen Rosen bestickter schwarzer Seide trat in die gedämpfte Atmosphäre des »Gemachs der körperlichen Freuden des Kaisers von China«, ehe er in makelloser Habachtstellung erstarrte und mit lauter Stimme verkündete: »Seine Majestät Gaozong, der Kaiser der Mitte!«

Lauernd heftete die junge Chinesin den Blick auf den schweren seidenen Vorhang, der die Tür des Boudoirs verdeckte, als dieser plötzlich zur Seite geschoben wurde, um den Herrscher der Mitte einzulassen.

Neben seinem äußerst schlichten weißen Baumwollgewand, an dem sie nicht das schmalste seidene Band erkennen konnte, war es vor allem der Bauch von Kaiser Gaozong, der Jademond in Erstaunen versetzte.

Durch seine Krankheit war die Leibesfülle des Herrschers so weit angewachsen, dass er seine eigenen Füße nicht mehr sehen konnte.

Außerdem bemerkte sie, dass man ihm beim Hinsetzen behilflich sein musste, was der Mann mit dem nackten Oberkörper übernahm, nachdem Gaozong auf eines der breiten Sofas im »Gemach der körperlichen Freuden« gedeutet hatte.

Zwischen seidenen Nackenrollen und Kissen eingezwängt, die es seinem beinahe schon fettleibigen Körper mit den schlaffen Muskeln und schwachen Knochen ermöglichten, halbwegs aufrecht zu sitzen, begann Gaozong die junge Frau, die der Mongole mit sanfter Gewalt vor ihn geschoben hatte, von ihren nackten Füßen und Knöcheln ausgehend, langsam und ausgiebig zu betrachten.

Sie waren nur noch zu dritt in diesem Boudoir, in dem der Kaiser seine jungen Geliebten und künftigen Konkubinen ausprobierte. Jademond schluckte und warf sich instinktiv in Pose, bemüht, gute Miene zum bösen Spiel zu machen, indem sie ihre vorteilhafteste Haltung einnahm.

»Hübsches Ding!«, murmelte Gaozong lediglich in wissendem Ton, während er den Blick noch einmal vom Kopf der jungen Frau hinab zu ihren Füßen gleiten ließ.

Das Gesicht des Kaisers, dessen kleine Augen in einer unförmigen Masse aus Fett verschwanden, erinnerte an ein Schwein. Jademond versuchte, an etwas anderes zu denken, und fixierte die Decke aus vergoldeten hölzernen Kassetten, in die ein Kunstschreiner jeweils zwei Biyiniao-Vögel geschnitzt hatte, die wegen ihres einen Flügels nur vereint fliegen konnten und deshalb ein Symbol für die Liebe darstellten.

»Soll ich sie jetzt entkleiden, Majestät?«, fragte da der Mann mit den goldenen Armreifen, als sei Jademond lediglich ein eingepackter Gegenstand.

»Auf jeden Fall, Gomul. Was ich da sehe, reizt mich, mehr von ihr zu entdecken«, antwortete der Herrscher, dessen Augen bereits lüstern funkelten.

Der armen Jademond blieb nichts anderes übrig, als sich zu fügen, als der Mann, den der Kaiser Gomul nannte, sie unter dem starren Blick seines Herrn mit behutsamen Gesten auszuziehen begann, bis sie völlig nackt vor ihnen stand. Goazong schien fest entschlossen zu sein, sich nichts von ihren Reizen entgehen zu lassen.

Er schluckte, als er ihre spitzen Brüste und ihre schlanken Schenkel sah, die in einer sorgfältig enthaarten geheimen Pforte zusammenliefen.

Wie ein Feinschmecker im Angesicht eines köstlichen Mahls fuhr sich der Herrscher von China unwillkürlich mit der Zunge über die Lippen.

Rasch erkannte Jademond, dass Gomul Gaozong auch bei allem Weiteren als Gehilfe diente, da die Gicht dem Kaiser bei der kleinsten Krümmung seiner Glieder unerträgliche Schmerzen bereitete und es ihm so unmöglich machte, die Gesten der Liebe alleine auszuführen.

Nachdem der Mann mit den Armreifen sie entblößt hatte, trat er von hinten auf sie zu, legte die Arme um sie und hob sie hoch, wobei er ihre Beine spreizte, sodass der Bauch von Jademond unmittelbar vor dem Mund des Kaisers der Mitte schwebte, der genüsslich an ihrem entzückenden Nabel zu lecken begann.

Zu Jademonds Verblüffung spürte sie plötzlich, wie Gaozongs Gehilfe geschickt an ihrem Nacken knabberte, was in ihr wohlige Schauer auslöste, die sie nur mit größter Mühe verbergen konnte. Danach ging Gomul, der wahrscheinlich erraten hatte, welchen Widerwillen der Kaiser ihr einflößte, dazu über, sanft mit seinem eingeölten Oberkörper über die seidige Haut ihres Rückens zu reiben.

Gefangen zwischen Gomuls köstlichem Hin und Her und der klebrigen, aber immer geschäftigeren Zunge des Herrschers, kam Jademond, fest entschlossen, dem Kaiser der Mitte zu gefallen und nichts zu tun, was den Verdacht erregen könnte, dass sie nicht die war, die sie zu sein vorgab, zu dem Schluss, dass es das Sicherste wäre, Leidenschaft vorzutäuschen und so zu tun, als gäbe sie sich Gaozong vollkommen hin.

Während Gomul an ihr herumküsste, spreizte er ihre Schenkel noch ein Stück weiter und hielt sie näher an den Herrscher – der inzwischen schnaufte wie ein brünstiger Yak – heran, um ihm zu ermöglichen, auch noch die letzten intimen Winkel der jungen Frau zu erkunden.

»Ist es so für Eure Majestät bequem, oder soll ich ihre Position verändern?«, fragte der Mann mit den goldenen Armreifen, der offensichtlich gewohnt war, Gaozongs sexuelle Launen zu befriedigen.

»Dreh sie um, damit ich ihre Rückseite sehen kann; sie hat ein Gesäß, das sein Gewicht in Jade wert sein muss«, flüsterte der Kaiser der Mitte gierig.

Gehorsam drehte sein Handlanger Jademond um und packte sie an der Taille, bevor er ihren festen, runden Hintern direkt vor die kaiserlichen Hände hielt. Dazu musste er die junge Frau eng an sich drücken, sodass sich ihre Brüste an seinen muskulösen Oberkörper pressten. Sie roch seinen leichten Moschusduft, und diese bizarre Situation erfüllte sie unwillkürlich mit äußerst angenehmen Empfindungen; fast fühlte sie sich zu diesem Mann hingezogen, dessen athletischer, wohlgeformter Körper dem der Anhänger der äußeren Kampfkünste* glich, die stundenlang gusseiserne Hanteln zu heben oder mit der Handkante oder dem Arm hölzerne Bretter durchzuschlagen vermochten.

* Die äußeren Kampfkünste üben den Angriff, während sich die inneren Kampfkünste mit der Verteidigung befassen.

»Was für ein fantastischer Hintern!«, seufzte Gaozong, dessen Wurstfinger inzwischen fiebrig um Jademonds Köröffnungen herumwanderten.

Angewidert von diesem Mann, der sie kostete, als wäre sie ein gewöhnliches Gericht, hätte Jademond den fetten, kurzatmigen Kaiser um ein Haar geohrfeigt, als er plötzlich einen lächerlich kleinen Jadestab aus seiner Hose zog, der eher einer Seegurke glich als der Lanze von Firuz.

»Erweist ihm die Aufwartung Eures Mundes, dann habt Ihr Eure Ruhe«, flüsterte Gomul ihr leise ins Ohr.

Sie schloss die Augen und konzentrierte sich mit aller Kraft auf Gomuls nackten Oberkörper, der sich immer noch gegen sie drängte, während sie sich zu dem schlaffen Glied vorbeugte, um flüchtig mit ihren Lippen darüberzustreichen, was seinem Besitzer ein lustvolles Stöhnen entlockte.

Noch nie hatte sie ein Mann mit solchem Ekel erfüllt.

Trotz ihrer elenden Lage als Arbeiterin in der kaiserlichen Manufaktur vom Tempel des Unendlichen Fadens in Chang'an hatte sie sich ihre Liebhaber immer selbst ausgesucht; sie kannte den ganz eigenen Geschmack der Lust, und ihre Begegnung mit Speer des Lichts hatte ihr gezeigt, wie Liebe und körperliches Begehren sich gegenseitig verstärkten.

Aber was blieb ihr angesichts des Kaisers der Mitte anderes übrig, als sich den Wünschen dieses mächtigen Herrschers zu fügen wie eine gewöhnliche Prostituierte?

Sie hatte keine Wahl: Für sie ging es hier zweifellos um Leben und Tod. Und sie wollte so gerne leben, um eines Tages ihren Speer des Lichts wiederzufinden!

Nachdem sie vor dem Kaiser der Mitte niedergekniet

war, spürte sie plötzlich die sanfte, warme Berührung des Jadestabs des Mongolen, der von hinten in sie eindrang, während er zärtlich ihren Nacken streichelte. Halbtot vor Scham bemerkte sie, dass er dabei so geschickt vorging, dass sich am Saum ihrer inneren Pforte der Tau des Verlangens sammelte; Gomul, der die Frauen gut kennen musste, um so erfahren und voller Tatendrang zu sein, würde sie danach sicher für die liederlichste Kurtisane halten.

Seltsamerweise weckte das Vorgehen des Mongolen nicht nur ihre Leidenschaft, sondern auch ihren Mut, denn inzwischen ließ sie sich widerstandslos von Gaozongs Fingern befummeln, während sie selbst seine Seegurke massierte, woraufhin diese nach einer Weile schließlich einen schwachen weißlichen Strahl in ihre Hand ergoss.

»Ich will diese Prinzessin morgen zur gleichen Zeit wiedersehen!«, erklärte der Kaiser, nachdem er das einzige Maß an Lust genossen hatte, das er sich in Anbetracht seines Gesundheitszustands noch erlauben konnte.

»Ihr habt ihm gefallen. Und mir auch, muss ich gestehen!«, flüsterte der Mann mit den goldenen Armreifen Jademond zu, während er lächelnd seine Beinkleider zurechtrückte.

»Warum habt Ihr das getan?«, wisperte sie mit feuerroten Wangen zurück.

»Ihr schient doch recht zufrieden damit zu sein, oder nicht?«, entgegnete er und führte sie zur Tür von Gaozongs Gemach der körperlichen Freuden, wo der Kaiser, von seinen Heldentaten erschöpft, bereits eingeschlafen war.

»Ihr müsst mich für eine vollkommen schamlose Person halten!«

»Ich würde sagen, Ihr seid ein schönes Musikinstrument, und ich verstehe mich ein wenig auf die Kunst, angemessen darauf zu spielen!«, antwortete er, wobei er eine Hand auf ihren immer noch nackten Busen legte.

»Das ist ein recht schmeichelhafter Vergleich. Ich muss mich jetzt anziehen. Meine Kleider sind im Boudoir des Kaisers geblieben.«

»Aber vorher möchte ich Euch noch für mich alleine ausprobieren«, sagte er leise und zog sie auf eine Tür zu, die er mit einem leichten Hüftstoß öffnete.

Dahinter befand sich ein Zimmer mit einem großen Bett.

»Ihr seid ziemlich kühn, Gomul!«, bemerkte sie, völlig verstört von dem unerwarteten Erlebnis, das hinter ihr lag.

»Ich habe selten einen so vollkommenen Körper wie den Euren gesehen, Prinzessin Jademond, und einen, der so empfänglich auf Liebkosungen reagiert. Die meisten Frauen sperren sich dagegen. Ich sage Euch, Ihr seid das fleischgewordene Instrument der Lust!«, murmelte er fröhlich, als er sie auf das Bett legte, ihre Schenkel auseinanderschob und sich rittlings auf ihren Bauch setzte.

Es dauerte nicht lange, bis sie erschauerte, als er sanft erst ihre Schenkel und dann ihre Brüste zu massieren begann, wobei er sich auf die Knospen konzentrierte, die die in ihr aufbrandende Lust bereits versteift hatte. Sie stützte sich auf die Ellbogen und schlang ihre Beine um Gomuls Hals, sodass ihr innerer Spalt dicht vor seinen Lippen schwebte.

»Steck deine Zunge in mich! Schnell! Ich will es so sehr!«, flehte sie, schon im Voraus berauscht von der Lust, die er ihr schenken würde.

Und natürlich ließ er sich das nicht zweimal sagen. Behutsam schob er Jademonds Rosenblätter auseinander und berührte mit der Zungenspitze ihre winzige Knospe. Im gleichen Moment begann sie zu stöhnen, und ihr Leib bäumte sich auf.

»O ja! Das ist gut! So gut! Wer hat dir das alles beigebracht? Woher kannst du so gut im Körper einer Frau lesen?«, stieß sie schamerfüllt hervor, auch wenn sie vor lauter Leidenschaft nicht mehr deutlich sprechen konnte.

»Während ich dem Kaiser von China dabei geholfen habe, seine Lust auszuleben, habe ich viele Kurtisanen vorbeiziehen sehen, deren Gewerbe darin besteht, alle Launen ihrer Liebhaber zu befriedigen. Sie waren meine Lehrerinnen.«

Da kam ihr plötzlich Speer des Lichts in den Sinn, und nachdem sich ihr Blick auf die Zimmerdecke gerichtet hatte, wäre sie mit einem Mal am liebsten im Erdboden versunken.

Wo war er, der Vater des Kindes, das sie verloren hatte, die einzig wahre Liebe ihres Lebens, der Mann, für den sie mehr empfunden hatte als simple Leidenschaft oder Anziehung?

Verwundert erkannte sie, dass das, was sie mit Firuz und nun mit Gomul erlebt hatte, weit davon entfernt war, die Erinnerung an den jungen Manichäer aus Kucha auszulöschen, sondern, ganz im Gegenteil, die Bande zwischen ihnen noch verstärkte.

Wenn es einen Mann gab, mit dem sie Kinder haben und glücklich und in Frieden leben wollte, dessen Freuden, aber auch Leiden sie teilen wollte, dann war es Speer des Lichts und niemand sonst.

Jademonds Gedanken waren so sehr damit beschäftigt,

von diesem gemeinsamen Leben mit ihrem Geliebten zu träumen, dass sie gar nicht mehr auf die immer kunstvolleren und drängenderen Liebkosungen achtete, die Gomul ihr zukommen ließ.

»Ich bin mir sicher, dass der Kaiser nicht mehr auf dich verzichten können wird!«, erklärte dieser, als er nach ihrer stürmischen Vereinigung seinen Gürtel zurechtrückte.

»Ich will aber keine Kurtisane sein«, seufzte sie.

Ohne ein weiteres Wort brachte der Gehilfe des Kaisers die vermeintliche Prinzessin in die Gemächer, die Gaozong für sie hatte bereiten lassen.

In diesem Pavillon, der fast unmittelbar an das kaiserliche Lustgemach angrenzte, brachte der Kaiser der Mitte alle seine flüchtigen Geliebten unter, sodass er ganz nach Belieben über seine aktuelle Entdeckung verfügen konnte und dabei so wenig Zeit wie möglich verlor, denn wenn Gaozongs »Seegurke« auch nur das geringste Anzeichen der Disponiertheit zeigte, musste Gomul sich beeilen und ihm das Objekt seiner Begierde schnellstens zuführen.

»Welcher Luxus!«, seufzte sie, als er sie in ein wunderbares Zimmer brachte, das wie ein Gewächshaus anmutete, so echt wirkten die Pfingstrosen, Orchideen und Schmetterlinge, die die Wände vom Boden bis hinauf zur Decke zierten.

In einem Teil des Raums war ein großes rundes Marmorbecken in den Boden eingelassen, das seinen Insassen umso genüsslichere Waschungen ermöglichte, als sich ein Schwall warmen Wassers aus dem Maul eines Vielfraß-Drachen Taotie hineinergoss.

»Gaozong liebt zarte, parfümierte Haut«, sagte Gomul

und verneigte sich vor ihr, ehe er sich verabschiedete und sich zurückzog.

Jademond war völlig benommen von den Ereignissen und darüber hinaus wie erschlagen von dem Raum, der sie an eine prächtige Schmuckschatulle erinnerte. Doch nachdem sie alleine zurückgeblieben war, hatte sie nicht einmal genug Zeit, ihn genauer zu erkunden, als auch schon eine Frau eintrat, die sich ihr als eine kaiserliche Schönheitspflegerin vorstellte.

»Ich bin für die Waschung und die Salben zuständig. Welches ätherische Öl soll ich für Euch in die Wanne gießen? Ihr habt die Wahl zwischen Rose, Jasmin, Moschus, Geranie und Zitronenkraut. Prinzessinnen sind im Allgemeinen ganz verrückt nach Jasmin. Edle Kurtisanen bevorzugen Moschus.«

»Es liegt mir fern, von den Gewohnheiten Eurer Kundinnen abzuweichen«, antwortete Jademond leise.

»Dann also Zitronenkraut. Ihr werdet sehen, es ist herrlich, vor allem wenn man zum ersten Mal darin badet«, entschied die Schönheitspflegerin, während sie den Inhalt eines kleinen Fläschchens, das sie aus einem eleganten Rosenholzschrank geholt hatte, in den warmen Wasserstrahl mischte, der aus dem Maul der Taotie-Maske floss.

Sie hatte nicht zu viel versprochen.

In dem sprudelnden Bad, aus dem der Duft von Zitronenkraut aufstieg, wäre Jademond beinahe eingeschlafen. Sie spürte, wie sich ihre Muskeln nach den Verrenkungen, denen Gaozong und danach Gomul sie unterworfen hatten, allmählich entspannten.

Nachdem sie sich eine Stunde lang erholt hatte, machte sich eine ganze Schar von Masseusen über die junge Frau her und cremte sie mit allen möglichen Salben ein, während sie über ihren Körper in Verzückung gerieten und ihr einen langen Aufenthalt in diesen Gemächern verhießen. So erfuhr Jademond, dass sie die einhundertundzweite Frau war, die dort untergebracht worden war, seit Gaozong das Mandat des Himmels erhalten hatte.

»Wie lange bleibt eine Favoritin denn im Durchschnitt hier?«, erkundigte sie sich.

»Das reicht von einigen Stunden bis hin zu mehreren Monaten. Seine Majestät vernarrt sich in immer jüngere Mädchen. Die Letzte war bestimmt nicht älter als vierzehn«, antwortete die Masseuse.

»Ich bin schon fünfundzwanzig«, murmelte Jademond erschöpft.

»Das ist doch der beste Beweis dafür, dass er bei Euch angebissen hat«, prustete eine der Schönheitspflegerinnen.

»Außerdem bringt Seine Majestät seine Favoritin nie gleich nach dem ersten Mal hier unter. Ihr müsst Euch gut angestellt haben, um die Aufnahmeprüfung gleich im ersten Anlauf zu bestehen. Glückwunsch!«, fügte eine andere kichernd hinzu.

»Es könnte bloß sein, dass Kaiserin Wu Zhao fuchsteufelswild wird, wenn sie davon erfährt«, übertrumpfte sie eine dritte.

»Normalerweise führen wir nach dem Bad und der Massage die Enthaarung der intimen Körperstellen durch. Gaozong liebt die Haut dort vollkommen glatt«, sagte eine weitere, ehe sie entzückt feststellte, dass die neue Favoritin des Kaisers in dieser Hinsicht seinen Wünschen bereits zuvorgekommen war.

Während sich die junge Chinesin den Händen, den Pinzetten, den duftenden Ölen und den Salben der kaiserlichen Schönheitspflegerinnen überließ, blies Firuz immer noch Trübsal in seinem Zimmer im Pavillon der Freundschaft.

Seine Sorge legte sich erst drei Tage später ein wenig, als ein Kämmerer ihn aufsuchte und ihm verkündete, dass der Kaiser von China bereit sei, ihn in zehn Tagen im Rahmen der wöchentlichen Audienz zu empfangen, die er in Gegenwart seiner wichtigsten Minister im kaiserlichen Palast abhielt.

Nachdem der Gesandte aus Palmyra festgestellt hatte, dass er sich nicht frei bewegen konnte, bemühte er sich, die Eintönigkeit dieses Daseins zu vertreiben, indem er sich im Park des Pavillons der Freundschaft zusammen mit den Wachsoldaten im Bogenschießen übte.

Endlich holte man ihn ab und brachte ihn zum Kaiser. Da er nicht die geringste Nachricht von Jademond hatte, war er etwas nervös, als er, feierlich gewandet und mit einem schwarzen, von einem weißen Federbusch gekrönten Turban auf dem Kopf, den riesigen Saal der Kaiserlichen Audienzen betrat. Sogleich rief ein Herold die rituelle Begrüßungsformel aus, mit der am Hof der Tang die Vertreter fremder Mächte empfangen wurden, die nach Chang'an gekommen waren, um dem größten Reich der Erde ihre Aufwartung zu machen: »Seine Majestät der Herrscher der Mitte ruft Seine Exzellenz den Botschafter Firuz den Umayyaden, seines Zeichens Sondergesandter des Königs von Palmyra, auf, vor ihn zu treten und ihm den ehrbietigen Gruß seines Herrn zu übermitteln!«

Wer den Audienzsaal zum ersten Mal betrat, war unweigerlich beeindruckt, sowohl von seiner Länge – die kein Ende zu nehmen schien – als auch von dem Dämmerlicht, das darin herrschte. Ganz am Ende des Saals, dessen Säulen im Halbdunkel der Decke verschwanden, konnte Firuz gerade noch auf einem Podest den Herrscher der Mitte erkennen, von Kopf bis Fuß in Gelb gekleidet wie ein Stern, der am nächtlichen Himmel erstrahlte.

Am Hof von Chang'an unterlag der Empfang eines offiziellen Vertreters einer fremden Monarchie durch den Kaiser einem strengen Zeremoniell.

Die gesamte chinesische Regierung war anwesend, ebenso wie Wu Zhaos Feinde, angefangen bei Lin Shi, dem Leiter des Kaiserlichen Sekretariats, und Han Yuan, dem Kaiserlichen Kanzler, aber auch die Minister ersten Ranges, die das Recht hatten, diesen Audienzen beizuwohnen, während ihren Kollegen der niedrigeren Ränge dies nicht gestattet war. Sie alle hatten ihre prunkvollen Zeremonialgewänder angelegt – die bei den Älteren mit dem Weißen Kranich und bei den Jüngeren mit dem Goldenen Fasan geschmückt waren – und trugen ihre schwarzen Satinkappen mit aufwärts gebogenem Rand, über denen der lustige rote Fransenbusch schwebte, an dem man die Kopfbedeckung eines Mandarins erkannte.

Nur Präfekt Li hatte in Anbetracht seines Ranges und der Tatsache, dass er unmittelbar dem Kaiser unterstand, das Recht, eine kleine Korallenkugel zu tragen, die in einer winzigen Fassung aus vergoldetem Metall an seiner Kappe befestigt war.

Der ein wenig abseits sitzende Großzensor wirkte geknickt.

»Seid willkommen am Hof von China, Botschafter Firuz,

wo Euch die höchste Ehre zuteilwerden wird, dem Herrscher über die Mitte der Erde zu huldigen. Tretet nun näher!«, verkündete der Zeremonienmeister.

Gehorsam folgte der Umayyade der Anweisung und machte sich daran, alleine die lange Allee hinaufzuschreiten, die ihn vor Gaozongs Thron führte und zu deren beiden Seiten in dicht gedrängten Reihen sämtliche bedeutenden Persönlichkeiten des Hofes standen, sowohl Offiziere als auch Beamte, Minister und Gelehrte.

»Nun solltet Ihr den hier Versammelten die Gründe für Euren Besuch nennen«, flüsterte ein Mann Firuz zu, der sich ihm als der Minister für Äußere Angelegenheiten vorstellte.

»Das Sultanat Palmyra wünscht diplomatische Beziehungen mit dem Reich der Seide aufzunehmen, dessen Erhabenem Herrscher es seine untertänigsten Grüße entbietet. Als Zeichen seiner Aufrichtigkeit und seiner Bereitschaft, einen Bund der Freundschaft mit den Obrigkeiten Eures Landes einzugehen, hat Sultan Raschid beschlossen, dem Reich der Mitte eine seiner Prinzessinnen mit Namen Jademond zurückzugeben, die als Geisel in einer Oase an der Seidenstraße gefangen gehalten wurde«, erklärte Firuz gemessen.

Gaozong nickte, bedeutete seinem persönlichen Schreiber, der gleich hinter seinem Thron stand, sich zu ihm vorzubeugen, und flüsterte ihm ein paar Worte ins Ohr.

»Die chinesische Prinzessin hat großen Anklang beim Herrscher der Mitte gefunden. Er sendet Sultan Raschid seinen tief empfundenen Dank«, erklärte der Privatsekretär des Kaisers von China ungerührt.

»Ich werde diesen übermitteln«, antwortete Firuz betrübt, denn er konnte nicht umhin, daran zu denken, dass Gaozongs Zufriedenheit letztlich darauf hinauslief, dass er seine schöne Geliebte nicht mehr wiedersehen würde.

»Majestät, wärt Ihr bereit, einen Brief zu unterzeichnen, in dem Ihr Sultan Raschid Eure Dankbarkeit bekundet?«, fragte daraufhin der Minister für Äußere Angelegenheiten, ein hoher Beamter, der geradezu krankhaft darauf bedacht war, sich in den Vordergrund zu spielen.

»Warum nicht?«, versetzte Gaozong, der in Gedanken sichtlich anderswo war.

»Dann könnten wir im Anschluss einen unserer Gesandten dorthin schicken«, beharrte der Leiter der chinesischen Diplomatie ungeschickt, ehe er von einem überraschten Gemurmel unterbrochen wurde.

Zur Verblüffung ihrer Feinde war Wu Zhao, die nie an diesen kaiserlichen Audienzen teilnahm, weil sie der Ansicht war, sie habe Besseres zu tun, hinter einem der schweren roten Vorhänge hervorgetreten, vor denen der kaiserliche Thron aufgestellt war.

Sie ging drei Schritte auf ihren Gemahl zu, der ein Stück in seinem geschnitzten Thronsessel zusammensank, ehe sie unter den gebannten Blicken eines Publikums, in dem sie nicht einen Unterstützer zählte, die Haltung einer Schauspielerin einnahm, die sich anschickte, einen Monolog zu halten.

»Welch glücklichem Umstand verdanke ich Euren Besuch, meine Liebe?«, fragte Gaozong erstaunt.

»Majestät, ich bin gekommen, um die Interessen des Reichs der Mitte zu schützen«, erklärte Wu Zhao, die sich der Wirkung ihres Auftritts sicher war.

Bei diesen Worten durchlief ein Raunen die Versammlung, und alle hielten den Atem an.

»Ich habe gehört, was gerade über die Beziehungen zwischen dem Reich der Mitte und dem Sultanat Palmyra gesagt wurde. Zu meinem Bedauern muss ich Euch mitteilen, dass Prinzessin Jademond nicht mehr ist als eine gemeine Abenteurerin!«

»Meine Liebste, Ihr scheint mir höchst erregt zu sein«, stammelte Gaozong.

»Meine Empörung entspricht dem Betrug, mit dem dieser Botschafter Euch zu täuschen versucht hat!«, entgegnete sie mit einem Wink zu Firuz, der mit einem Mal leichenblass geworden war.

»Eure Hoheit irren sich; diese junge Frau stammt aus einer edlen chinesischen Familie! Allein der Gedanke, das Reich der Seide zu betrügen, läge mir fern!«, protestierte er vehement.

»Ich habe den Namen dieser jungen Frau in allen Adelsregistern des Kaiserreichs suchen lassen und nicht eine Jademond unter den Erbinnen derjenigen gefunden, die Ihr hier die ›Dreihundert Familien‹ nennt!«, rief sie verächtlich.

Sie hasste diesen Ausdruck »Dreihundert Familien«, den die Adligen bis zum Überdruss verwendeten, um in Gegenwart aller anderen die vermeintliche Überlegenheit ihrer Kaste herauszustreichen.

»Ich verstehe nicht, was das alles soll! Ihr bringt den ganzen Ablauf dieser Audienz durcheinander«, versetzte Gaozong leicht gereizt, und die Feinde der Kaiserin bemerkten entzückt, dass er ausnahmsweise nicht jedes Wort der Thronräuberin für bare Münze nahm.

Dem Kaiser von China war es vollkommen gleichgültig, ob Jademond eine Abenteurerin war oder nicht. Seit zwei Wochen verbrachte er mit ihr herrliche Stunden, die sich darüber hinaus in einer ungewohnt kraftvollen Verfassung seines Jadestabs äußerten, der wie der Phönix aus seiner Asche wiederaufzuerstehen schien.

»Ich habe den obersten Archivar gebeten, sich zu uns zu gesellen. Dieser Mann hat die entsprechenden Nachforschungen angestellt«, fuhr sie triumphierend fort, während sie einen ebenso großen wie mageren Mann nach vorne winkte.

»Es gibt tatsächlich nicht den geringsten Hinweis auf die Geburt eines Mädchens namens Jademond in den Geburtsregistern der dreihundert edelsten Familien des Reichs der Mitte!«, erklärte der oberste Archivar mit einem Blick auf den schriftlichen Bericht, den er auf Anweisung der Kaiserin verfasst hatte.

Wu Zhao hatte die einzelnen Schritte ihrer Offensive perfekt geplant. Sie wollte ihre Feinde in Bedrängnis bringen, indem sie sie in die Falle des Gesetzes tappen ließ, das sie eigentlich vertreten sollten.

»Welche Strafe wird für das Verbrechen des Treuebruchs verhängt, verehrter Kanzler?«, erkundigte sie sich bei Han Yuan.

»Der Tod, Eure Majestät! Nicht mehr und nicht weniger als die Todesstrafe!«, erklärte dieser, ohne ihr dabei in die Augen zu sehen.

»Und wie lautet die Definition eines Treuebruchs, verehrter Leiter des Kaiserlichen Sekretariats?«, fragte sie den heftig schwitzenden Lin Shi.

»Dem Treuebruch liegt ein Betrug am Kaiserreich zugrunde. Er verstößt somit gegen die Gesetze des Reichs der Mitte und gilt als Verbrechen«, antwortete dieser.

Im Kaiserlichen Audienzsaal, wo Gaozong verdrossen wie ein ertapptes Kind in sich zusammengesunken auf seinem Thron saß, herrschte Totenstille.

Es war Kaiserin Wu Zhao, die beschloss, sie zu brechen.

»Wenn ein fremder Gesandter den Kaiser der Mitte glauben macht, er biete ihm eine Prinzessin, während es sich in Wahrheit nur um eine Herumtreiberin handelt, erfüllt das nicht den Tatbestand eines Treuebruchs?«, formulierte sie bedächtig.

»Ich schwöre Eurer Erhabenen Hoheit, dass der Sultan von Palmyra nichts von alldem wusste. Der Tujue Kaled Khan hat meinem Herrn diese junge Frau zum Preis einer Prinzessin verkauft, nicht zu dem einer Abenteurerin! Sultan Raschid trifft keine Schuld an diesem entsetzlichen Missverständnis«, ächzte Firuz und schlug sich verzweifelt gegen die Brust.

Wu Zhao bemerkte nicht, dass einige der Anwesenden bei der Erwähnung des Namens Kaled Khan den Kopf noch tiefer hängen ließen.

»Dennoch schickte man sich hier an, den guten Glauben des Herrschers der Mitte zu täuschen, und wenn ich nicht gewesen wäre, hätte niemand diesen Betrug bemerkt!«, schleuderte sie den Ministern entgegen, in deren betretenen Mienen sich Zorn und Bestürzung spiegelten.

Präfekt Li, der mit ansehen musste, wie nach und nach all seine Pläne scheiterten, war noch verstimmter als die anderen.

»Wachen, ergreift diesen Botschafter!«, erklärte Gaozong,

dessen einziges Streben darauf gerichtet war, sich das Vergnügen von Jademonds Gegenwart zu sichern.

Sofort klirrten Schwerter und Lanzen, und schwere bronzene Ketten legten sich um die Knöchel des umayyadischen Botschafters.

Das aus Höflingen zusammengesetzte Publikum fühlte sich bemüßigt, angesichts dieser geistesgegenwärtigen Reaktion des Erhabenen Kaisers von China bewundernd aufzuseufzen und ein anerkennendes Gemurmel von sich zu geben.

Vor allem aber fragte sich jeder in dem riesigen Saal mit den aus den Stämmen von dreihundertjährigen Zedern geschnitzten Säulen, wie Wu Zhao es geschafft hatte, diesen Täuschungsversuch aufzudecken! Diese Frau tauchte immer dort auf, wo man sie nicht erwartete, und verfügte über gefährliche Informationsnetze!

In den Köpfen ihrer verbitterten Feinde überstürzten sich die Fragen.

Wie war es der Thronräuberin bloß gelungen, einem so schweren Vergehen wie dem unberechtigten Führen eines Adelstitels auf die Spur zu kommen? Warum beugte sich der Kaiser von China stets den Wünschen seiner Gemahlin, obwohl ihre Eskapaden mit Weiße Wolke, diesem indischen Magier, allseits bekannt waren? Wie konnte Gaozong nur verborgen bleiben, dass die Thronräuberin ihn auf schamloseste Weise betrog?

»Majestät, das Zensorat würde den umayyadischen Botschafter gerne befragen, um Licht in diese Angelegenheit zu bringen. Dazu wäre es auch hilfreich, wenn ich die Aussage dieser Frau aufnehmen könnte«, erklärte Präfekt Li, der sich bemühte, vor den anderen Haltung zu bewahren.

»Sie ist nicht verfügbar! Zumindest nicht im Moment!«, beschied ihn Gaozong kurz angebunden, denn um nichts in der Welt hätte er auf die Reize der jungen Chinesin verzichten wollen.

»Kein Wunder, der Kaiser hat sie in sein Gemach der körperlichen Freuden gesperrt!«, flüsterte eine Stimme laut genug, dass der verzweifelte Firuz sie hören konnte.

Und man brauchte keine große Leuchte zu sein, um daraus zu schließen, was mit Jademond geschehen war. Wu Zhao hingegen tat so, als hätte sie nichts verstanden. Die flüchtigen Liebschaften ihres Gemahls bedrückten sie schon lange nicht mehr. Sie stand ihm darin in nichts nach.

Unerschütterlich stand sie da, in einem blutroten, von jadegrünen Troddeln gesäumten Seidenkleid, und musterte herausfordernd die erste Reihe der Anwesenden, wo die Rangordnung innerhalb der Regierung mehr oder weniger dem Maß an Hass entsprach, das die Betreffenden ihr entgegenbrachten.

In der Schar der Diplomaten, die davon überzeugt waren, eine Wissenschaft zu beherrschen, während die Beziehungen zwischen den verschiedenen Reichen damals und noch für lange Zeit in Wirklichkeit durch brutalste Machtverhältnisse bestimmt waren, herrschte eine Mischung aus Bestürzung und Ärger. Das Ministerium für Äußere Angelegenheiten hatte sich auf die Übergabe dieser chinesischen Prinzessin durch Firuz verlassen, um diplomatische Beziehungen mit dem Sultanat Palmyra aufnehmen zu können. Wochenlang hatten sie Beglaubigungsschreiben verfasst und endlose Versammlungen abgehalten, und nun waren all diese Bemühungen zu ihrem großen Leidwesen mit einem Schlag zunichtegemacht.

Wie immer war Tugend des Äußeren der Einzige unter den Mitgliedern der Regierung, der eine zufriedene Miene zur Schau trug. Der Seidenminister, der dank des unverhofften Versiegens des Seidenschmuggels im letzten Moment seinen Kopf gerettet hatte, hatte wie gewöhnlich einige Schwierigkeiten, das ganze Ausmaß der kritischen Situation zu begreifen, in der sich die gesamte Regierung nach Wu Zhaos aufsehenerregender Enthüllung befand.

»Das ist doch nicht so schlimm! Ihre Majestät scheint ja trotzdem zufrieden zu sein!«, wagte er zu bemerken und zog damit die finsteren Blicke seiner Kollegen auf sich.

Erneut hatte sich betretenes Schweigen auf den Audienzsaal herabgesenkt. Der Kaiser machte nicht länger einen Hehl aus seiner Ungeduld, doch niemand wusste, wie man eine so unglücklich verlaufene Sitzung am besten beenden sollte.

»Wenn Jademond gar keine Prinzessin ist, muss sie es ja wohl am ehesten selbst wissen«, bemerkte die Kaiserin, deren Worte Firuz vollends niederschmetterten, denn schlagartig wurde ihm bewusst, dass seine junge Geliebte ihn getäuscht hatte.

»Wir werden ein anderes Mal weiter darüber reden! Firuz soll in die Hundefestung gebracht werden!«, schloss daraufhin der Herrscher mit fester Stimme, ehe er die Sitzung aufhob und sich ein schweres Halseisen um den Hals und die Handgelenke des unglücklichen Abgesandten von Sultan Raschid von Palmyra schloss.

Nachdem Gaozong mit knappen Worten seine Minister entlassen hatte, deren zerknirschte Mienen einen mitleiderregenden Anblick boten, und es sich nicht hatte nehmen lassen, vor aller Augen seiner Gemahlin die Hand zu küssen, ließ er sich hastig von Gomul in sein Liebesgemach bringen.

Seit fast zwei Stunden verspürte er jenes Kribbeln, das einen zumindest akzeptablen Zustand seines Jadestabs ankündigte.

»Wie es scheint, bist du bloß eine einfache Abenteurerin«, verkündete er Jademond, während Gomul ihr das zarte, durchscheinende Seidenkleid abstreifte, mit dem ihr herrlicher Körper bedeckt war.

»Der Mann, der mich an den Sultan von Palmyra verkaufte, bezeichnete mich als Prinzessin. Was blieb mir anderes übrig, als diesen Titel anzunehmen? Die Wahrheit zu sagen hätte für mich den Tod bedeutet. Ich hatte gar keine andere Wahl«, erklärte sie dem Herrscher, der ihr schon nicht mehr zuhörte, weil er vollauf damit beschäftigt war, an ihren Brustwarzen zu knabbern.

Gomul hatte mit feinfühligen, präzisen Gesten ihren Hintern zu streicheln begonnen.

Sie wölbte ihren Rücken wie den Leib eines Ritualgefäßes, das wohlige Schauer immer mehr versteiften, und spreizte leicht die Beine, um Gomul zu ermöglichen, seine Finger in ihren innersten Spalt eindringen zu lassen, der glatt war wie eine Blütenkrone, an der sich schon bald die zarte Feuchtigkeit des Frühlingstaus sammeln würde.

Nun, da ihre wahre Identität bekannt geworden war, gab sie sich keinen Illusionen mehr über ihr weiteres Schicksal hin, genauso wenig übrigens wie über das, welches die chinesischen Behörden für den Umayyaden Firuz bereithielten.

Doch am traurigsten machte sie der Gedanke, dass sie ihren geliebten Speer des Lichts nie wiedersehen würde, da sie der Tod sicherlich bald zu sich holen würde.

Jademonds zunehmende Niedergeschlagenheit schwächte die Wirkung von Gomuls erfahrenen Händen, sodass sie sich gezwungen sah, Leidenschaft vorzutäuschen, die sie nicht empfand, denn Gaozong, der hochzufrieden auf dem Sofa seines Liebesgemachs lag, war immer noch davon überzeugt, dass ihr lustvolles Stöhnen auf die Behandlung zurückzuführen sei, die er ihr angedeihen ließ.

Dem Kaiser von China kam es so vor, als sei er endlich wiedergeboren, nachdem seine Manneskraft jahrelang so spärlich gewesen war, dass er zu unzähligen Hilfsmitteln – bei Gomuls unersetzlicher Unterstützung angefangen – hatte greifen müssen, um die Kurtisanen zu täuschen, die er in sein Bett legen ließ.

»Mach dir keine Sorgen, Jademond, du wirst noch lange hierbleiben! Mir ist vollkommen gleichgültig, dass du nur eine einfache Abenteurerin bist«, murmelte er der jungen Frau zu, nachdem es ihm wie durch ein Wunder gelungen war, seinen kostbaren Nektar in ihren Mund zu ergießen.

»Glaubt mir, nach dem, was der Kaiser gesagt hat, habt Ihr trotz des Skandals um Eure falsche Identität nichts zu befürchten«, flüsterte Gomul Jademond ins Ohr und deutete auf Gaozong, der mit halb geschlossenen Augen stolz auf dem Sofa lag.

Tatsächlich war diese Sitzung noch ergiebiger gewesen als die vorhergehende. Um Jademond zu belohnen, ließ der Herrscher einen riesigen Strauß eigens für sie gepflückter roter, rosafarbener und weißer Päonien in ihr

Zimmer bringen, die eine Dienerin sorgfältig in einer auf dem Boden stehenden Keramikvase arrangierte.

Die Blumen waren herrlich, und ihr Anblick schenkte ihr Trost, nachdem sie sich schläfrig und etwas benommen von all dem, was sie in Gaozongs Gemach der körperlichen Freuden über sich hatte ergehen lassen müssen, aufs Bett gelegt hatte. Sie war kurz davor, einzuschlafen, als sie spürte, wie jemand eilig ins Zimmer kam.

»Jademond, draußen im Flur ist Kaiserin Wu Zhao und will Euch kennenlernen!«, rief eine völlig verängstigte junge Kammerfrau, die sie noch nie gesehen hatte.

»Dann lass sie herein, beeil dich«, stammelte sie und richtete sich auf, nachdem sie hastig ihr weit ausgeschnittenes Oberteil zurechtgezupft hatte.

Kurz darauf platzte ein Koloss mit hängendem Schnurrbart und bis auf einen sorgfältig geflochtenen Zopf vollkommen kahl rasiertem Haupt in den Raum. Seine muskulösen, über und über mit Tätowierungen bedeckten Arme glichen dem Körper eines schuppigen Drachen.

Es war Stummer Krieger, der den kleinen runden Käfig mit der kaiserlichen Grille in der Hand hielt.

Jademond sah eine sehr schöne, stolz schreitende Frau in einem atemberaubenden, mit Blumen und Schmetterlingen bestickten Seidenkleid eintreten. Neben der Überraschung über diesen unerwarteten Besuch verspürte sie plötzlich ein merkwürdiges Gefühl.

Sie hatte schon so viel von Wu Zhao gehört, dass sie, als sie ihr nun so unvermittelt gegenüberstand, eine seltsame Freude durchströmte, auch wenn es sich bei dieser Frau zweifellos um ihre Rivalin handelte.

»Ich bin gekommen, um herauszufinden, wie man eine

einfache Arbeiterin aus dem Tempel des Unendlichen Fadens mit einer Prinzessin aus einer der edelsten Familien des Reichs verwechseln kann«, erklärte Wu Zhao lächelnd.

Zu ihrer Verblüffung bemerkte Jademond, dass in den Worten der Kaiserin nicht der leiseste Hauch von Verbitterung oder Feindseligkeit mitschwang.

»Ich sehe, dass Eure Majestät bereits das Wesentliche über mich wissen«, antwortete die junge Chinesin zögernd. Sie schwankte noch, welche Haltung in dieser Situation angemessen sei, doch sie hatte erkannt, dass es sinnlos wäre, zu versuchen, diese Frau zu belügen.

»Du hast sie alle hinters Licht geführt. Das ist gut! Sei unbesorgt, an deiner Stelle hätte ich genau das Gleiche getan«, bemerkte die Kaiserin in verschwörerischem Ton.

»Ich hatte keine andere Wahl.«

»Fünffache Gewissheit und Umara haben mir von dir erzählt.«

»Mein geliebter Speer des Lichts und ich haben diese beiden in der Nähe der Großen Mauer auf der Seidenstraße kennengelernt«, murmelte Jademond versonnen, und bei der Erinnerung an diese Begegnung beschlich sie eine leise Wehmut.

»Du bist auf der Suche nach deinem Gemahl.«

»Woher wisst Ihr das?«

»Ich sehe es in deinen Augen: Sie scheinen sich so sehr danach zu sehnen, ihre zweite Hälfte anzuschauen!«, antwortete die Kaiserin mit offenkundigem Wohlwollen.

»Meine Hoffnung, Speer des Lichts wiederzufinden, schwindet mit jedem Tag!«, seufzte die junge Frau, die inzwischen nicht mehr länger darauf bedacht war, sich vor der Herrscherin keine Blöße zu geben.

»Hast du das Mitgefühl des Erhabenen Buddha erfleht?«, fragte die Frömmlerin, die sich immer noch hinter den Zügen der unerbittlichen Kaiserin verbarg.

»Ich glaube nicht an göttliche Wesen. Meiner Ansicht nach sind sie eine Erfindung der Menschen, die ihnen helfen soll zu überleben. Wenn es Güte tatsächlich gibt, dann nur in den Herzen einiger außergewöhnlicher Menschen und nirgendwo sonst, das habe ich am eigenen Leib erfahren müssen!«, entgegnete Jademond trübsinnig und desillusioniert.

»Die Welt ist Leiden; und die Edlen Wahrheiten des Erhabenen helfen den Menschen, diesem zu entfliehen.«

»Ich habe das Glück kennengelernt, Majestät. Was berechtigt einen dazu, zu behaupten, in der Welt gäbe es nur Leid?«, erwiderte sie zweifelnd.

»Die Edlen Wahrheiten ermöglichen es dem Menschen, Frieden mit sich selbst zu schließen.«

»Ich werde keinen Frieden finden, solange ich nicht mit Speer des Lichts vereint bin«, antwortete Jademond entschieden.

Obwohl sie Wu Zhao zum ersten Mal gegenüberstand, scheute sie sich nicht, ihr ihre tiefsten Überzeugungen anzuvertrauen.

»Eines Tages, Jademond, wirst du erleben, dass die Umstände dir gar keine andere Wahl mehr lassen, als an die Mächte des Geistes zu glauben! Auch wenn du nicht zu den Anhängern seiner Edlen Wahrheit gehörst, musst du wissen, dass der Erhabene Buddha über dich wacht!«

»Und bis dahin bin ich hier gefangen und den sexuellen Gelüsten Eures Gemahls ausgeliefert.«

»Hier bist du besser aufgehoben als im Gefängnis. Stell

dir nur einmal vor, welches Schicksal dir drohte, wenn der Kaiser dich nicht unter seine Fittiche genommen hätte. Du kannst nur hoffen, dass er dich lange genug bei sich behält, bis ich eine Möglichkeit gefunden habe, dir aus der Klemme zu helfen«, erklärte Wu Zhao, während sie sich bemühte, den Ärger, mit dem Gaozongs Verhalten sie erfüllte, aus ihrer Miene zu verscheuchen.

»Warum tut Ihr das für mich?«, flüsterte Jademond, die das alles gar nicht fassen konnte.

Statt einer Antwort küsste Wu Zhao sie lediglich flüchtig auf die Stirn. Als Jademond die Augen, die sie vor Rührung geschlossen hatte, wieder öffnete, stellte sie fest, dass die Kaiserin verschwunden war.

Sie hörte nur noch, wie das Zirpen der kaiserlichen Grille allmählich in der Ferne verklang.

Die schöne Jademond beschloss, diesen Besuch als ein positives Zeichen des Schicksals zu werten.

Ein Zeichen, an dem der Buddha – vielleicht – nicht ganz unbeteiligt war.

11

Hundefestung bei Chang'an

Zum ungezählten Mal, seit er in dieses feuchte, dunkle Verlies in der Hundefestung eingesperrt worden war, presste Fünffache Gewissheit ein Ohr an die steinerne Mauer.

Tatsächlich, da war ein deutliches Kratzen zu hören, begleitet von leisen Schlägen, die aus der Nachbarzelle herüberdrangen.

Mit Hilfe des Bronzekamms, den sein Bewacher ihm gelassen hatte, klopfte er zehnmal gegen den Stein, genau an der Stelle, von der die Geräusche kamen. Als er fertig war, hörte er erneut eine Reihe leiser Schläge.

Es waren zehn, und voller Freude erkannte Umaras Geliebter, dass er Kontakt zu seinem Nachbarn aufgenommen hatte!

Das war ihm ein ungeheurer Trost bei diesen harten Haftbedingungen und der düsteren Atmosphäre in der Hundefestung, vor allem in den Zellen auf der untersten Ebene, in die niemals auch nur ein Sonnenstrahl drang.

Nachdem er wieder ein Ohr gegen den Stein gepresst hatte und angespannt lauschte, hörte er schließlich den Widerhall einer gedämpften, fernen Stimme. Es gab keinen Zweifel: Der Ruf dieser Stimme klang auffallend nach »*Om!*« War der *ma-ni-pa* etwa in der Nebenzelle untergebracht worden? Fünffache Gewissheit rief durch den

Stein: »Ma-ni-pa!«, und erneut antwortete sein Nachbar: »*Om!*«

Nach der wochenlangen Einsamkeit schenkte ihm dieser schlichte Wortwechsel wieder ein wenig Hoffnung. Die Mauer war zu dick, als dass sie sich wirklich miteinander hätten unterhalten können, aber allein die Gegenwart des *ma-ni-pa* half dem jungen Mann, seine Schwermut und die körperlichen und seelischen Folgen der verschwommenen Abfolge der Tage und Nächte zu überwinden, die lediglich durch den schwachen Lichtstrahl erkennbar war, der das schmale, kaum zwei Finger breite Oberlicht streifte.

Speer des Lichts hingegen, von dem ihm der Wächter hin und wieder Neuigkeiten brachte, musste in einer weiter entfernten Zelle sitzen.

Die Regenzeit verhieß in diesem Spätsommer ganz besonders lang und heftig zu werden, wodurch die Gefahr von Überschwemmungen am Gelben Fluss und seinen Nebenflüssen stieg. Seit nunmehr zwei Wochen regnete es ununterbrochen, und die Feuchtigkeit drang inzwischen aus allen Mauern der Hundefestung und machte sie glitschig und klebrig wie Butter. Da er vollkommen isoliert war, wusste Fünffache Gewissheit nicht, dass das feuchte Wetter sogar schon zu ersten tödlichen Lungenentzündungen unter den Gefangenen geführt hatte, deren geschwächter Organismus der Krankheit nichts entgegenzusetzen hatte. Und in Anbetracht des Wassers, das er unaufhörlich gegen die Mauern seines Gefängnisses schwappen hörte, wurde eine Überflutung der unterirdischen Bereiche der Hundefestung immer wahrscheinlicher.

»Es wurde beschlossen, alle Gefangenen aus dem Untergeschoss in einem Raum zu sammeln, damit ihr nicht hier drin ertrinkt«, erklärte ihm dann auch am nächsten Morgen der Wärter, während er ihn aus seinem Verließ stieß. »Der Regen hat den unterirdischen Fluss, auf dem die Festung erbaut wurde, gefährlich ansteigen lassen! Ich habe Befehl, dich in eine Gemeinschaftszelle im ersten Stock zu bringen.«

Vom unteren Geschoss des Gefängnisses, in dem die gefährlichsten Gefangenen schmachteten, erreichte man die Gemeinschaftszelle über eine schmale Wendeltreppe. Sie war recht geräumig und öffnete sich zu einer Art natürlichem Balkon über dem unterirdischen Fluss, der schon über den Rand des Grabens zu treten begann, an dem die Zellen von Fünffache Gewissheit und dem *ma-ni-pa* lagen.

Als sein Kerkermeister ihn grob in den hinteren Teil der Zelle schubste, erkannte der Neuankömmling drei Gestalten, Gefangene, die wegen des steigenden Wasserpegels dort zusammengelegt worden waren.

»*Ma-ni-pa*! Ich bin ja so froh, dich wiederzusehen!«, rief er und fiel dem Tibeter, seinem Gefährten in guten und in schlechten Tagen, glücklich um den Hals.

Von Speer des Lichts jedoch war nichts zu sehen.

»Ich bin der Botschafter Firuz, auch genannt der Umayyade, geboren in Bagdad, einer Stadt, die beinahe ebenso schön ist wie Chang'an, und hier eingesperrt, weil die junge Chinesin, die ich hierher begleitet habe, um sie Kaiser Gaozong zu übergeben, nicht von adligem Geblüt war, wie ich behauptete! Ich bin das Opfer meines blinden Vertrauens geworden«, erklärte der zweite Anwesende, dem ganz offensichtlich sehr daran gelegen war, sich mit diesem freundlich wirkenden Chinesen bekannt zu machen.

»Willkommen, Firuz aus Bagdad. Ich heiße Fünffache Gewissheit und wurde vom Leiter des Zensorats persönlich eingesperrt. Es steht Euch frei, mir nicht zu glauben, aber ich kann Euch versichern, dass ich nichts Unrechtes getan habe!«, entgegnete der Angesprochene.

»Das will ich dir gerne glauben! Es freut mich, dich kennenzulernen, Fünffache Gewissheit. Ohne den Regen wäre uns dieses Glück nicht beschieden gewesen!«, antwortete der Mann aus Bagdad liebenswürdig.

»Dieses Kompliment gebe ich dir gerne zurück!«, entgegnete der ehemalige Mönch, von dem höflichen Auftreten des Diplomaten eingenommen.

»Das Wasser hat sich mittlerweile in einen reißenden Strom verwandelt!«, rief der *ma-ni-pa*.

Er saß am Rand des natürlichen Balkons, ließ die Beine baumeln und deutete auf den Fluss, dessen tosende Fluten in dem zuvor nur halb mit Wasser gefüllten Graben beeindruckende Strudel bildeten.

Ein verschlagen aussehender Wächter kam mit einem Tablett herein, auf dem vier winzige Reisschalen standen, mit denen sie sich bis zum nächsten Morgen begnügen mussten.

»*Om!* Warum lasst ihr uns nicht gleich verhungern?«, ächzte der *ma-ni-pa*, an den Wächter gewandt.

Der Wandermönch litt immer mehr unter der Verpflegung in der Hundefestung, wo die Rationen so bemessen waren, dass die kräftigsten Gefangenen gerade so davon überleben konnten, ohne jemals wirklich satt zu werden.

»Weil der Leiter des Gefängnisses keine Lust hat, sich den Kopf abschlagen zu lassen! Er haftet dem Kaiserlichen Großzensor gegenüber persönlich für die körperliche Unversehrtheit seiner Gefangenen«, versetzte der Wächter scharf, ehe er ihm mit dem Absatz einen gemeinen Tritt in die Seite verpasste, woraufhin sein Opfer vor Schmerz aufschrie und Fünffache Gewissheit zu ihm hinübereilte, um ihn zu trösten.

Die freimütige Antwort des Wächters entsprach jedoch der Wahrheit, denn die Behörde von Präfekt Li kannte keine Gnade mit den armen Leitern der Hundefestung, die unerbittlich ihre Stellung verloren, sobald sie den Tod eines Gefangenen zu verantworten hatten.

»Und was ist mit dir? Du sagst ja gar nichts! Wie heißt du?«, fragte Fünffache Gewissheit die dritte Gestalt, deren Anwesenheit er beinahe vergessen hätte, nachdem der Wächter wieder fort war.

»Ich habe mir den Kopf angeschlagen, als sie mich aus meiner Zelle geholt haben! Darum wirke ich ein bisschen benommen!«, antwortete der Unbekannte, dem der Schweiß übers Gesicht lief, entschuldigend.

»Warum hat man dich denn ins Gefängnis geworfen?«, fragte Fünffache Gewissheit, während er ihm einen Lumpen reichte, mit dem er sich das Gesicht abtrocknen konnte.

»Ich werde in Einzelhaft gehalten, weil ich etwas beobachtet habe, was ich niemals hätte sehen dürfen!«

»Das muss ja ein wahrhaft schändliches Verbrechen gewesen sein, wenn es dir ein solches Los eingetragen hat!«

»In Wahrheit weniger ein schändliches Verbrechen als ein gewaltiger Schwindel. Aber er wurde zugunsten der Kaiserin und auf ihre ausdrückliche Anweisung hin durchgeführt. Daher hat sie sich beeilt, mich wegen Hausfriedensbruchs an die Gesetzeshüter zu übergeben, sobald sie mich bemerkte. Sie hatte sicher keine Möglichkeit, mich sofort zu töten, sonst hätte sie bestimmt nicht gezögert, mich umzubringen«, stöhnte daraufhin sein Gegenüber.

»Was ist das für eine Geschichte? Warum ziehst du die Kaiserin von China mit hinein?«, fragte Fünffache Gewissheit mit leisem Zweifel, dennoch brannte er darauf, Näheres über die Umstände zu erfahren, die diesen aufrichtig klingenden Mann in die Hundefestung geführt hatten.

»Ich bin bloß ein armer Froschsammler. Seit meiner Kindheit lebe ich mehr schlecht als recht von den Froschschenkeln, die ich für einen Hungerlohn an einen Garküchenbetreiber in Luoyang verkaufe.«

»Komm zur Sache! Was hat deine Froschjagd damit zu tun, dass man dich hierhergebracht hat?«, bohrte der ehemalige Mönch des Großen Fahrzeugs nach.

»Dazu komme ich ja gleich! Vor genau zehn Tagen geriet ich bei der Arbeit versehentlich in den Park des Sommerpalasts der Kaiserin in Luoyang, nicht weit vom Ufer des Flusses Le entfernt, wo es zu manchen Zeiten des Jahres von Fröschen nur so wimmelt. Wenn man diese hüpfenden Tiere zu fangen versucht, hat man den Blick immer auf den Boden gerichtet, das kann ich euch versichern.«

»Wir haben keinen Anlass, dir nicht zu glauben«, sagte Firuz, amüsiert über die pittoreske Wendung, die die Schilderung des Unbekannten nahm.

»Als ich den Kopf wieder hob, fand ich mich plötzlich Auge in Auge mit einer prächtig gekleideten Frau wieder, die von einem Riesen begleitet wurde, der einen Steinmetzmeißel in der Hand hielt. Neben ihnen spielten zwei entzückende kleine Kinder, ein Junge und ein Mädchen, mit Stöckchen.«

»Bis hierher klingt das alles entsetzlich banal. Du hast im Ziergarten von Kaiserin Wu nach Fröschen gesucht! Soweit ich weiß, zählt das nicht gerade zu den so genannten Verbrechen wider das Kaiserreich«, entgegnete Fünffache Gewissheit, der sich allmählich zu fragen begann, ob der Fremde nicht bloß ein Aufschneider war, der wegen kleinerer Diebereien ins Gefängnis gekommen war, die er ihnen nicht eingestehen mochte.

»Was jetzt kommt, ist es umso weniger, ihr werdet schon sehen. Angefangen damit, dass das kleine Mädchen einer jener flüchtigen göttlichen Kreaturen glich, die in den Wäldern hausen.«

»Die Himmlischen Zwillinge! Dieser Mann hat die Himmlischen Zwillinge gesehen«, flüsterte der *ma-ni-pa*.

»Vor dem Mann und der Frau, deren Worten ich sehr schnell entnahm, dass es sich um die Kaiserin und ihren Diener handelte, lagen acht riesige Steine im Gras. Wie Wu Zhao sagte, waren sie von einem weißen Elefanten dorthin geschleppt worden, der sie zuvor aus dem Fluss gezogen hatte.«

»Das ist ja kaum zu glauben! Erzähl weiter!«, rief Fünffache Gewissheit gebannt.

»Also hob ich den Kopf und schaute nicht länger nach den Fröschen, die im Gras herumhüpften.«

»Deine Frösche interessieren mich nicht! Was passierte

danach?«, fiel ihm Fünffache Gewissheit, der immer aufgeregter wurde, ins Wort.

»Die Kaiserin zeigte ihrem riesigen Diener chinesische Schriftzeichen, die er mit seinem Meißel in die glatteste Seite eines jeden Steins schreiben sollte.«

»Sie ließ ihn auf Steine schreiben?«, fragte der ehemalige Mönch verblüfft.

»Sie hat sogar getobt, weil sie fand, er käme nicht schnell genug voran. Glaubt mir, wenn die Kaiserin die Geduld verliert, lässt sie einen das wissen.«

»Welche Worte ließ sie ihn denn in die Steine gravieren?«

»Das kann ich dir nicht genau sagen, weil ich nicht lesen kann. Aber ich habe immerhin so viel verstanden, dass es um einen weiblichen Kaiser ging, der den chinesischen Thron besteigen soll. Ihr Diener – ein armer Riese mit herausgeschnittener Zunge! – gab sich irrsinnige Mühe, um die Zeichen in den Stein zu gravieren, aber die Felsen waren sehr hart, und der Ärmste musste ständig seinen Meißel nachschärfen. Ihr hättet hören sollen, wie sie ihn ausgeschimpft hat«, erklärte der Gefangene verlegen.

»Was hatten denn die Himmlischen Zwillinge dort zu suchen?«, fragte daraufhin der *ma-ni-pa*.

»Kaiserin Wu Zhao hat sich diesen Kindern gegenüber ziemlich eigenartig verhalten«, antwortete der Froschsammler.

»Was meinst du denn damit?«

»Na, die Herrscherin schien sie eine Lektion aufsagen zu lassen, genau wie ein Lehrer.«

»Eine Lektion, bei so kleinen Kindern! Du machst mir

Spaß!«, rief Fünffache Gewissheit, der vor seinem inneren Auge immer noch die beiden Kleinen sah, die gerade erst ihre ersten Wörter lernten, als Umara und er Chang'an verlassen mussten und sich auf den Weg nach Samye gemacht hatten.

»Obwohl sie noch so klein sind, sprechen sie schon ein sehr gelehrtes Chinesisch, vor allem das kleine Mädchen«, versicherte ihm der Froschsammler.

»Um was für eine Lektion handelte es sich?«

»Die Kaiserin von China ließ sie immer wieder von Neuem aufsagen, dass die Felsen ›mitsamt ihren Inschriften, die ein außergewöhnliches Ereignis verhießen, wie durch ein Wunder auf dem Grund des Flusses Le gefunden worden seien‹! Obwohl es noch so jung war, hat das kleine Mädchen ganz genau verstanden, dass Wu Zhao von ihm verlangte zu lügen, und es hat protestiert, dass der riesenhafte Diener doch gerade erst dabei sei, die Worte in die Steine zu gravieren, und diese zuvor nicht die geringste Inschrift getragen hätten. Daraufhin warf sich die Kaiserin der Kleinen mit dem halben Affengesicht zu Füßen und flehte sie im Namen der zukünftigen Geschicke des Reiches an, zu tun, worum sie sie bat! Es war wirklich ein sehr eigenartiges Schauspiel, zu sehen, wie die Kaiserin von China ein so kleines Kind beschwor.«

»Und wie hat die kleine Juwel reagiert?«, fragte Fünffache Gewissheit neugierig.

»Sie wirkte völlig zerknirscht, als sie die Kaiserin von China vor sich knien sah, und versprach ihr schließlich zu sagen, diese Felsen seien ›so, wie sie sind, mit göttlichen Worten bedeckt‹, aus dem Fluss gezogen worden«, antwortete der Gefangene, dessen Stimme fast im anhaltenden Lärm des Regens unterging, der auf die Hundefestung herabprasselte.

»Das heißt, mit der eingravierten Weissagung, dass eine Frau anstelle eines Mannes den Thron von China besteigen wird«, rief Fünffache Gewissheit, der ihm nicht die Zeit ließ, seine Erklärung zu beenden.

»Woher wisst Ihr das?«, fragte der Froschsammler verwundert.

»Diese Frau ist so gerissen, dass man sich vor ihr in Acht nehmen muss. Jetzt hat sie sogar selbst Prophezeiungen formuliert, die sie der Verwirklichung ihrer ehrgeizigen Pläne näher bringen sollen! Ich war immer schon davon überzeugt, dass sie eines Tages ihr Ziel erreichen wird«, murmelte Fünffache Gewissheit nachdenklich.

»Glaubst du tatsächlich, dass sie irgendwann den Thron besteigen wird?«, wollte der *ma-ni-pa* von ihm wissen.

»Daran habe ich nicht den geringsten Zweifel. Auch wenn es außerordentlich schwierig scheint, da die uralten Riten einfach nicht vorsehen, dass der Sohn des Himmels auch weiblich sein könnte. Aber sie wird Mittel und Wege dazu finden.«

»Ich kann nicht in die Zukunft schauen!«, rief der Froschsammler. »Alles, was ich weiß, ist, dass Wu Zhao eine unbarmherzige Frau ist. Als sie mich dort völlig benommen von dem, was ich gerade beobachtet hatte, im Gras hocken sah, bekam sie einen Wutanfall und forderte mich auf, ihr zu sagen, ob ich ein Spion in Diensten des Zensorats sei. Ich versicherte ihr meine Unschuld und versuchte mich dumm zu stellen, als hätte ich nichts von dem verstanden, was ich gesehen und gehört hatte. Aber vergeblich. Sie glaubte mir nicht und rief sofort ihre Wachen, denen sie befahl, mich festzunehmen, weil ich angeblich ohne Erlaubnis in den kaiserlichen Park von Luoyang eingedrungen sei. In meiner Naivität glaubte ich noch, mit einer Nacht auf dem Polizeiposten davonzukommen. Aber nichts dergleichen, stattdessen wurde ich zusammen mit Männern, die sich schwerer Verbrechen wider das Reich schuldig gemacht hatten, auf einem vergitterten Karren hierhergebracht. Ich kam mir vor wie ein zur Schau gestellter Bär.«

»Sie hat Angst, du könntest weitererzählen, was du versehentlich beobachtet hast. Falls jemand ihre List aufdecken sollte, wäre es um sie geschehen!«, sagte Fünffache Gewissheit.

»Und die Hundefestung ist ein Gefängnis, das leider nur die wenigsten seiner Gäste lebend wieder verlassen«, fügte Firuz, der sich bis dahin im Hintergrund gehalten hatte, leise hinzu.

»Dann ist es also um mich geschehen!«, stöhnte der Froschsammler.

»Du musst hier raus, genau wie wir alle. Unser Los ist kaum beneidenswerter als das deine«, bemerkte Firuz, dessen Miene sich immer mehr verdüsterte.

»Dieser Moment wird kommen, und zwar schneller, als ihr glaubt! Der Regen ist unsere Chance«, flüsterte Fünffache Gewissheit geheimnisvoll.

Seine Gefährten fragten sich, worauf der junge Mann hinauswollte. Aber er schien es ernst zu meinen.

»Wie könnte der Regen uns schon helfen?«, fragte der *ma-ni-pa* ungläubig, während der Froschsammler und der Umayyade den Anhänger des Mahayana ebenso verwundert musterten.

»Wartet nur bis heute Abend, dann werdet ihr es verstehen«, antwortete dieser leise und lächelte seinen Gefährten zu.

Kaum hatte er seinen Satz beendet, als er zu seiner großen Freude das bleiche Gesicht von Speer des Lichts erblickte, den der Wächter nun ebenfalls in die Gemeinschaftszelle stieß.

»Mein Freund! Ich bin so glücklich, dich wieder an meiner Seite zu haben!«, rief Fünffache Gewissheit und fiel dem Manichäer um den Hals.

»Ich dachte tatsächlich, ich müsste ertrinken. Das Kellergeschoss ist schon halb überflutet. Als sie endlich gekommen sind, um mich aus meiner Zelle zu holen, stand mir das Wasser schon bis zur Taille!«, flüsterte Jademonds Gemahl, der sich allmählich wieder von seinem Schrecken erholte.

»Jetzt sind wir alle wieder beisammen. Das ist das Wichtigste, und das haben wir dem Erhabenen Buddha – er sei gelobt – zu verdanken!«, entgegnete Fünffache Gewissheit, ehe er den Manichäer dem Umayyaden Firuz vorstellte.

»Was sollen wir jetzt tun?«, fragte Speer des Lichts.

»Vertrau mir. Ich habe einen Plan, der uns allen ermöglichen sollte, hier herauszukommen!«, flüsterte Fünffache Gewissheit.

Abends war das Wasser um mehrere Fuß gestiegen, und die Zellen im Erdgeschoss der Hundefestung waren bis an die Decke vollgelaufen, nachdem der Pegel des unterirdischen Flusses deutlich höher als ihre Türen gestiegen war.

Da versammelte Fünffache Gewissheit seine vier Gefährten auf dem natürlichen Balkon über dem Wasserlauf, der sich inzwischen in einen wütenden Sturzbach verwandelt hatte, dessen schlammige Fluten quer durch das ganze Gefängnis hindurchschossen.

»Ihr seht diesen Fluss«, erklärte er ihnen, »er fließt in das Gefängnis hinein und tritt in den Wassergräben wieder aus. Seine Strömung ist inzwischen stark genug, um einen Gegenstand von der Größe eines Männerkörpers mitzureißen.«

»Du willst, dass wir in dieses tosende Wasser springen, das uns durch das Maul des Hundes nach draußen tragen soll«, rief Firuz, der gleich verstanden hatte, worauf Fünffache Gewissheit hinauswollte.

»Ich habe nie schwimmen gelernt, in meiner Heimat gibt es keine Seen. Rings um die Oasen der Seidenstraße erstrecken sich nur Meere aus Sand«, bemerkte Speer des Lichts, der damit bewies, dass nicht einmal die widrigsten Umstände ihm seinen Humor rauben konnten.

»Die Wassergräben der Hundefestung werden von dem unterirdischen Fluss gespeist. Das hat mir der junge Wächter verraten, der mich hier in Empfang genommen hat! Habt ihr, als ihr über die Zugbrücke vor dem Eingang der Festung gekommen seid, nicht die vielen Angler bemerkt? Manche glauben, dass es in den Gräben sogar Karpfen gibt, die Menschen fressen! Es gäbe dort keine Fische, wenn es kein fließendes Gewässer wäre. Die reißende Strömung wird uns in die Freiheit bringen«, fügte Fünffache Gewissheit hinzu, der sich seiner Sache sicherer war als je zuvor.

»Ich springe gleich nach dir hinein! Ich habe keine Angst und vertraue dir«, rief Speer des Lichts, der seinem Freund bis ans Ende der Welt gefolgt wäre.

»Aber ich habe Angst zu ertrinken«, stöhnte der *ma-ni-pa*, dem das gurgelnde Wasser, das in hohem Tempo unter ihm hindurchfloss, nicht sonderlich vertrauenerweckend erschien.

»Ich fürchte, wir haben keine andere Wahl. Wenn wir lebend hier herauskommen wollen, bleibt uns gar nichts anderes übrig, als die Augen zu schließen, uns die Nase zuzuhalten, in den Fluss zu springen und uns von der Strömung mitreißen zu lassen. Jedem steht es frei, ob er mitkommen will oder nicht! Aber ich werde es wagen. Ich gebe mein Heil in die Hände des Erhabenen Buddha und hoffe, dass ich in einem meiner früheren Leben einmal als Fisch geboren wurde!«, erklärte der Anhänger des Mahayana.

»Glaubst du, das wird dir beim Schwimmen helfen?«, fragte der Wandermönch mit zitternder Stimme.

»Ich hoffe es. Und ich möchte euch einladen, das Gleiche zu tun: Betet zum Erhabenen Buddha und folgt mir!«

Nach diesen Worten atmete Fünffache Gewissheit vor den entsetzten Augen seiner Gefährten tief ein, um so viel Luft wie möglich in seinem Brustkorb zu speichern, und sprang ohne zu zögern kopfüber in das Wildwasser.

Als er in das flüssige Element eintauchte, erzeugten die Millionen von Bläschen in den brodelnden Strudeln des Hochwasser führenden Flusses ein herrlich frisches, prickelndes Gefühl auf seinem Gesicht. Über seinem Kopf spürte er den Aufprall eines Hechtsprungs. Das war Speer des Lichts, der, obwohl er nicht schwimmen konnte, seinen Worten Taten folgen ließ.

Der einstige Mönch schloss die Augen und hielt sich die

Nase zu. Um nicht in Panik zu geraten, bemühte er sich, eine Methode anzuwenden, die bei manchen Übungen der transzendentalen Meditation verwendet wurde, nämlich sich mit einem Gegenstand außerhalb seiner selbst zu identifizieren. Auf diesen sollte sich der Geist richten, um so die entsprechende »Bewusstseinsebene« zu erreichen, auf der die eigentliche Meditation beginnen konnte.

Und so stellte er sich vor, er sei ein Stück Holz, das dazu bestimmt war, von der Strömung mitgerissen zu werden.

Als ihn der Sog des Wassers auf den Grund des Grabens zerrte, durch den der unterirdische Fluss normalerweise strömte, fand er sich in einer Art flüssigem Nichts wieder, das ihm wie eine enge, dunkle Rutsche erschien, auf der er in schwindelerregendem Tempo abwärts sauste.

Ganz allmählich gelang es seinem Geist, sich von seinem Körper zu lösen.

Er sah sich als Treibholz im Wasser, jenem Element, das seine Han-Vorfahren seit ewigen Zeiten zum Winter in Bezug setzten, zur Farbe Schwarz, der Muschel, dem Norden, den Nieren, fauligem Geruch, salzigem Geschmack und der Note Yu.* Durch Konzentration und Selbstbeherrschung wollte er sich diesen grundlegenden Zusammenhängen perfekt anpassen. Dann würde es ihm gelingen, das Wasser zu beherrschen, das ihn, statt seine Lungen zu überfluten, in die Freiheit tragen würde! Er verspürte in

* Im Rahmen der Entsprechungen zwischen den einzelnen Bestandteilen des Universums setzt dieses daoistisch beeinflusste System beispielsweise auch das Feuer in Bezug zur Farbe Rot, dem Sommer, dem Herzen, dem Geruch nach Verbranntem, bitterem Geschmack und dem Süden, das Holz zum Frühling, der Farbe Blaugrün, der Leber, ranzigem Geruch, saurem Geschmack und dem Osten usw.

diesen wirbelnden Fluten nicht einmal mehr das Bedürfnis zu schwimmen. Alles erschien ihm fließend und wogend, wundervoll sprudelnd sogar, als gäbe es irgendwo das Andenken an ein früheres Leben im Wasser!

Nach zwei Minuten wurde ihm bewusst, dass er seit seinem Sprung in den unterirdischen Fluss nicht einmal hatte Luft holen können. Auch wenn er es sich nicht eingestehen wollte, begann er die Auswirkungen des Sauerstoffmangels auf seinen Organismus zu spüren. Bald würde er widerstrebend in die Bewusstlosigkeit abgleiten, und sein Überlebensinstinkt würde ihn nicht mehr davon abhalten, den Mund zu öffnen und tief einzuatmen. Wasser würde in seine Lungen strömen, und dann würde er unweigerlich in dem sprudelnden Wildwasser umkommen. Sein menschlicher Körper aus Fleisch und Blut schaffte es nicht, zu einem einfachen Stück Holz zu werden.

Da erkannte er die Wahrheit: Er war kurz davor, im unterirdischen Fluss der Hundefestung zu ertrinken.

Aber wie jeder aufrechte Buddhist, der auf das Mitgefühl des Erhabenen vertraute, ergab sich Fünffache Gewissheit völlig gelassen in die Folgen seiner Handlung, auch wenn er inzwischen bitter bereute, den Manichäer zu dieser verrückten Tat verleitet zu haben.

War es nicht besser, endgültig Schluss zu machen, den Mund zu öffnen und das Wasser seine Bronchien ausfüllen zu lassen, während er dem Erhabenen Buddha das Schicksal von Speer des Lichts anbefahl, den er unablässig um Verzeihung bat? Gleichzeitig hoffte er aus tiefstem Herzen, dass seine Gefährten vorsichtiger gewesen waren als er selbst und im letzten Moment doch davon abgesehen hatten, sich in den Fluss zu stürzen.

Was war denn auch natürlicher, als zu ertrinken, wenn der Kreislauf des Samsara einen in eine menschliche Existenz geführt hatte, für die das nasse Element nicht die gewohnte Umgebung war?

Der religiösen Logik eines Buddhisten entsprach die Tatsache, unter solchen Umständen zu sterben, durchaus der Vorstellung, die man sich vom Dasein machte.

Wäre da nicht sein leidenschaftlicher Wunsch gewesen, Umara wiederzufinden, hätte sich Fünffache Gewissheit in sein Schicksal ergeben. Aber der Gedanke, die Welt zu verlassen, ohne seine Geliebte noch einmal wiedergesehen zu haben, wirkte auf den Anhänger des Mahayana wie ein Peitschenhieb, und so schlug er so kräftig wie möglich mit den Beinen, um wieder an die Luft zu gelangen. Er brach durch die Wasseroberfläche und atmete tief ein, ehe er erneut in die Fluten eintauchte, diesmal fest entschlossen, nicht bloß ein Stück Treibholz zu sein, sondern der Gefangene Fünffache Gewissheit, der mit allen Mitteln aus der Hundefestung zu fliehen versuchte.

Gleich hinter ihm hatte Speer des Lichts das Gefühl, von einer gewaltigen Kraft nach vorne geschossen zu werden wie die Kugel aus einer Pulverkanone.

Da er nicht schwimmen konnte, war er ein wenig besorgt, aber er vertraute immer noch der Geistesgegenwart und Entschlusskraft seines Freundes, dem er nicht einen Moment lang zutraute, ihn zu einem selbstmörderischen Akt verleitet zu haben.

Weit davon entfernt, sich zu fügen und aufzugeben, drängte es ihn im Gegenteil immer weiter durch jene Wasserwand, hinter der er die Freiheit ahnte, von der Fünffache Gewissheit gesprochen hatte.

Plötzlich fühlte Jademonds Gemahl, der vollkommen klar und bei Bewusstsein war, wie sein Körper nach oben stieg, ehe er wieder auf den Grund gesogen wurde, um schließlich ein Stück weiter wieder aufzusteigen, als flösse das Wasser an dieser Stelle durch eine Art Siphon.

Selbst für einen jungen, kräftigen Mann war es vollkommen unmöglich geworden, sich der gewaltigen Kraft der Strömung zu widersetzen. Fünffache Gewissheit glitt sacht in die Bewusstlosigkeit ab, die er in sich aufsteigen fühlte, während der Manichäer mit aller Kraft kämpfte und mit Händen und Füßen paddelte, als kletterte er einen flüssigen Abhang hinauf oder hinunter.

Gerade als Fünffache Gewissheit schweren Herzens glaubte, sich im nassen Element aufzulösen, fand er sich Auge in Auge mit einer bizarren Gestalt wieder, bei der es sich, wie ihm rasch klar wurde, um einen Karpfen handelte.

Davon überzeugt, dass der Erhabene ihm die unermessliche Gnade erwiesen hatte, als ein Fisch wiedergeboren zu werden, öffnete er beruhigt die Augen. Er hegte keine Zweifel daran, dass Speer des Lichts das gleiche Los beschieden sein würde, und hoffte aus tiefstem Herzen, dass er eines Tages die Gelegenheit haben würde, in einem Zierbecken zu schwimmen, über das sich seine Umara beugen würde.

Er schaute auf seine Arme, um zu sehen, ob sie schon von Schuppen bedeckt waren. Zu seiner Verblüffung stellte er fest, dass seine Arme immer noch seine Arme waren, er betastete seine Nase, und sie war immer noch seine Nase, vor allem aber konnte er atmen: Er war noch am Leben!

Tatsächlich trieb er keuchend an der Oberfläche der Wassergräben vor der Hundefestung, während Speer des Lichts, der vor ihm wieder Boden unter den Füßen gefunden hatte, ihn an den Schultern hinter sich herzog. Karpfen schwammen um sie herum und fragten sich neugierig, was das für riesige, seltsame Fische sein mochten, die sich zu ihnen gesellt hatten und von denen der eine bereits das Wasser verlassen hatte, während der andere sich anschickte, ihm zu folgen.

Außer Atem und erschöpft hob Fünffache Gewissheit den Kopf.

Es nieselte immer noch, aber die Wolken verzogen sich allmählich und machten einem funkelnden Sternenhimmel Platz. Der Wind war schwächer geworden, und die Umgebung des Gefängnisses wirkte verlassen: Nicht ein Fischer mit seiner Angel oder seinem Netz war am Ufer der Wassergräben zu sehen. In der seltsam stillen Atmosphäre über dem dunklen Wasser der Gräben, die die Festung umschlossen, hörten die beiden Männer nur das Rascheln der Blätter an den Bäumen.

»Was für ein Abenteuer, ich dachte schon, ich wäre tot!«, gestand Fünffache Gewissheit seinem Gefährten, der, von dem Erlebten weniger gezeichnet als er selbst, rasch wieder zu Atem kam.

»Was sollen wir jetzt tun?«, fragte dieser.

»Wir warten auf die anderen!«

»Ist das nicht zu gefährlich?«

»Lass uns aus dem Graben klettern und dort oben auf sie warten. Was hältst du davon?«

Sie wollten gerade die Mauer aus großen, geneigten Bruchsteinen hinaufklettern, als von der Stelle her, wo die hohen

Mauern der Festung in das dunkle Wasser eintauchten, ein merkwürdiges Gurgeln erklang. Sie schauten in die Richtung der immer dickeren Blasen, die sich an der Wasseroberfläche bildeten.

»Das muss dieser riesige Karpfen sein, der mir eben direkt ins Gesicht gesehen hat!«, sagte der Anhänger des Mahayana.

»Bist du sicher?«, fragte der Manichäer ängstlich.

»Aber vielleicht ist es ja auch der Schutzdrache dieses Ortes, den wir in seinem Schlaf gestört haben und der jetzt nachschauen will, was los ist!«

»Meinst du das ernst?«

»Ich versuche bloß, die Stimmung ein wenig aufzulockern! Am liebsten wäre es mir, wenn ich bald die Köpfe unserer Freunde sähe.«

»Da ist ja schon einer!«, rief Speer des Lichts, als das Gesicht von Firuz aus den gurgelnden Blasen auftauchte.

Der Botschafter war halb ohnmächtig, nachdem er durch den Wasserdruck ebenfalls an die Oberfläche geschleudert worden war.

»Ich dachte wirklich, mein letztes Stündlein hätte geschlagen!«, stieß der Mann aus Bagdad hervor, nachdem er das ganze Wasser wieder ausgehustet hatte, das er zuvor geschluckt hatte.

»Der Erhabene wollte dich anscheinend nicht haben! Speer des Lichts und ich waren uns sicher, dass du dein Werk hier unten noch nicht vollendet hast!«, antwortete Fünffache Gewissheit freundschaftlich, um ihn wieder aufzumuntern.

»Jetzt hoffe ich bloß, dass der *ma-ni-pa* auch nachkommt! Er ist der Einzige, der noch fehlt! Als ich gesprungen bin, hockte er immer noch zusammengekauert da und versicherte immer wieder, dass er nie den Mut aufbringen würde, sich ins Wasser zu stürzen«, fügte der Botschafter des Sultans von Palmyra hinzu, als er allmählich wieder zu Atem kam.

»Ich hoffe so sehr, dass er sich getraut hat! Dieser Wandermönch ist selbst in den schlimmsten Situationen immer an meiner Seite geblieben. Er verdient es nicht, im Maul des Hundes zu versauern!«, seufzte Fünffache Gewissheit erschauernd.

Lange Minuten verstrichen, und den drei wie durch ein Wunder Geretteten gelang es trotz ihrer Erschöpfung, aus dem Graben zu klettern, indem sie sich mühsam an den glitschigen Wänden festklammerten, bis ihre Handflächen bluteten, und sich Stück für Stück den steilen Abhang hinaufzogen.

Oben ließen sie sich kraftlos auf den Boden fallen, unfähig, auch nur ein Wort zu sprechen. Sie hörten nur noch das Quaken der Frösche, ein Zeichen dafür, dass nach den sintflutartigen Regenfällen das Leben in den Wassergräben allmählich wieder seinen gewohnten Gang aufnahm.

Fünffache Gewissheit richtete sich als Erster vorsichtig wieder auf, um sich zu vergewissern, dass kein Wächter auf der Schwelle des Schilderhäuschens postiert war, das den Zugang zur Zugbrücke versperrte, die man überqueren musste, um über die Wassergräben in die Festung zu gelangen.

Die Festung selbst, deren wassertriefende Mauern im fahlen Licht des Mondes wie ein großer funkelnder Edelstein wirkten, schien völlig verlassen zu sein.

Weit und breit war kein Wächter zu sehen.

Das war der Moment, um sich aus dem Staub zu machen und in der Dunkelheit zu verschwinden. Das Einzige, was den ehemaligen Mönch zurückhielt, war das Schicksal des *ma-ni-pa,* den er auf keinen Fall so feige im Stich lassen wollte.

Als er die Tür des Schilderhäuschens genauer musterte, stellte er fest, dass sie weit offen stand. Die Wachsoldaten mussten ihren Posten wegen der heftigen Regengüsse, die über der Hundefestung niedergegangen waren, verlassen haben. Sie brauchten nur den Vorbau zu durchqueren, um in die Festung einzudringen, und dort zu der Gemeinschaftszelle zu rennen, wo sich der Wandermönch sicher immer noch befand.

Er wollte sich gerade in dieses wahnwitzige Abenteuer stürzen, als vom Grund der Gräben, deren dunkles Wasser der Mond mit silbrigen Striemen überzog, erneut ein Gurgeln hörbar wurde.

Er sprang vor, um nachzuschauen, was das Geräusch verursacht hatte, und erkannte voller Freude, dass der Erhabene Buddha das Schicksal seiner Freunde auch weiterhin segnete: Es war der *ma-ni-pa,* den die Hundefestung jetzt ebenfalls ausgestoßen hatte wie ein großes Säugetier, das in Chaos und Schmerz sein Junges gebar.

»*Om!* Große Angst! *Om!* Sehr glücklich, draußen zu sein! *Om! Mani padme hum!*«, keuchte der triefende Wandermönch, als Fünffache Gewissheit ihm aus dem Graben heraushalf.

»Dein Schutzpatron, der mitfühlende Avalokiteshvara, wollte nicht, dass du noch länger da drinnen verfaulst.«

»*Om! Mani padme hum!*«, wiederholte sein Gegenüber lediglich.

»Und der Froschsammler?«, fragte Speer des Lichts unvermittelt.

»Er wollte nicht! Er hatte zu viel Angst! Er hat es vorgezogen, da unten zu bleiben!«, erklärte der *ma-ni-pa*.

»Sollen wir nicht doch auf ihn warten?«, grübelte Speer des Lichts.

»Nach allem, was er sagt, sicherlich nicht!«, entgegnete Firuz in so entschiedenem Ton, dass es Fünffache Gewissheit für einen kurzen Moment die Sprache verschlug.

»Er wird nicht kommen!«, bestätigte der Wandermönch.

»Dann sollten wir lieber zusehen, dass wir hier fortkommen!«, sagte der Anhänger des Mahayana und brachte seine Gefährten auf die Straße, die von der Zugbrücke wegführte.

In der Ferne konnten sie auf der linken Seite einige dicht zusammenstehende Bäume erkennen.

»Lasst uns dahin gehen, dort sind wir geschützt!«, fügte er hinzu und deutete auf den Waldrand.

Und so rannten Speer des Lichts, Firuz und der *ma-ni-pa* ohne schlechtes Gewissen hinter Fünffache Gewissheit auf den rettenden Wald zu.

»Was sollen wir denn jetzt machen?«, fragte Firuz Fünffache Gewissheit, als sie das schützende Unterholz erreicht hatten.

»Ich wollte dich gerade genau das Gleiche fragen!«, ergänzte Speer des Lichts lächelnd.

»Uns so unauffällig wie möglich verhalten. In ein paar Stunden werden zweifellos alle Ordnungshüter des Reichs der Mitte hinter uns herjagen«, antwortete der Anhänger des Mahayana.

»Es ist schwer, in Zentralchina unbemerkt zu bleiben,

wenn die Häscher des Zensorats einem auf den Fersen sind!«, flüsterte Speer des Lichts, der davon ein Lied singen konnte.

»In unserer Situation gibt es nur noch einen einzigen Menschen, der uns aus der Klemme helfen kann!«, entgegnete der frühere Gehilfe von Vollendete Leere unter den verwunderten Blicken seiner Gefährten, die sich voller Aufmerksamkeit und Respekt um ihn geschart hatten.

»Wen meinst du damit?«, wollte Speer des Lichts wissen.

»Wu Zhao, die Kaiserin von China. Sie kann unsere Haut retten. Ich muss unbedingt Kontakt zu ihr aufnehmen!«, erklärte Fünffache Gewissheit entschieden.

»An deiner Stelle würde ich mich vor ihr in Acht nehmen!«, entgegnete Firuz darauf mit zornbebender Stimme.

»Ich kenne Kaiserin Wu Zhao gut genug, um euch zu versichern, dass sie uns unter den gegebenen Umständen helfen wird!«

»Diese Frau ist grausam und gefährlich. Sie war es, die in die Audienz geplatzt ist, die der Kaiser des Reichs der Seide mir gerade gewährte, um Gaozong darüber zu informieren, dass die junge Chinesin Jademond, die mein Herr, der Sultan von Palmyra, als Unterpfand an den Kaiserhof geschickt hatte, nur eine gewöhnliche Abenteurerin war. Wenn sie sich nicht eingemischt hätte, wäre ich nie ins Gefängnis gekommen!«, widersprach der Botschafter ungestüm.

»Jademond? Habe ich den Namen gerade richtig verstanden? Du weißt, wo meine Gemahlin ist?«, schrie Speer des Lichts und packte den umayyadischen Botschafter am Arm.

Der Manichäer war so aufgeregt, dass seine sonst so klare Stimme zitterte wie die der alten tibetischen Lamas, wenn sie ihre Mantras psalmodierten.

»Du bist Jademonds Ehemann?«, flüsterte Firuz erschüttert.

»Ganz genau! Wir haben in Turfan gemäß dem manichäischen Ritus im Schein Hunderter Wachskerzen in der Kirche des Lichts geheiratet. Der Große Vollkommene Hort der Seelenruhe hat die Zeremonie geleitet. Es war einfach märchenhaft. Ein paar Wochen später erwarteten wir bereits ein Kind. Wo ist sie?«, fügte Speer des Lichts ängstlich hinzu, der die junge Arbeiterin aus dem Tempel des Unendlichen Fadens noch immer genauso leidenschaftlich liebte wie am ersten Tag.

»In Chang'an! Während der gesamten Reise von Palmyra, wo sie an den Sultan verkauft wurde, in die Hauptstadt des Reichs der Seide, wohin ich sie im Auftrag des Sultans geleitet habe, war ich bemüht, so gut wie möglich für sie zu sorgen. Was jedoch das Kind angeht, von dem du gesprochen hast, so schien sie keines zu haben, und sie hat mir auch nie von einem erzählt!«, antwortete Firuz verkniffen.

Voller Zorn darüber, dass seine junge Geliebte nicht nur mit Speer des Lichts verheiratet, sondern darüber hinaus auch noch von ihm schwanger gewesen war – lauter Einzelheiten, die sie ihm wohlweislich verschwiegen hatte –, zögerte Firuz, dem Manichäer zu erzählen, dass Jademond zweifellos irgendwo in Reichweite von Kaiser Gaozong untergebracht sein musste. Und natürlich konnte er ihm auch unmöglich gestehen, dass er selbst von den unbeschreiblichen Reizen der schönen Chinesin gekostet hatte.

»Mani gewährt mir also die unbeschreibliche Gnade, meine Liebste wiederzufinden«, murmelte Speer des Lichts.

Er schien auf Wolken zu schweben, als hätten sein Aufenthalt im Gefängnis und seine abenteuerliche Flucht durch den unterirdischen Fluss nicht die geringsten Auswirkungen auf ihn gehabt.

»Was für ein unglaublicher Zufall! Das kann nur das Werk des Erhabenen gewesen sein!«, seufzte Fünffache Gewissheit, während er dem Erwachten mit halb geschlossenen Augen dankte.

Sein Gesicht war im Gegensatz zu dem von Speer des Lichts immer noch von der Anstrengung und seinen Gefühlen gezeichnet.

»Wenn ich Jademond wiederfinde, heißt das, dass du auch Umara wiedersehen wirst! Unsere Wege verliefen schon immer parallel«, bemerkte der junge Manichäer, dem nicht entging, wie mitgenommen sein Freund aussah.

»Hoffentlich hast du recht, mein lieber Speer des Lichts! Bis dahin wäre es das Sicherste, wenn ihr irgendwo auf dem Land Unterschlupf fändet, während ich wieder in die Hauptstadt zurückkehre, um dort Kontakt zur Kaiserin aufzunehmen. Ich sehe dahinten etwas, das wie eine kleine Pagode aussieht. Wenn das stimmt, werden die Mönche euch ihre Gastfreundschaft nicht verweigern!«, rief der Anhänger des Mahayana und deutete auf ein mehrstöckiges, von einer Stampflehmmauer umschlossenes Gebäude in der Ferne.

Eine safrangelb gekleidete Gestalt kam aus dem Tor, gefolgt von einer zweiten: Das war mit Sicherheit eines der unzähligen winzigen Klöster des Großen Fahrzeugs, die auf dem Land inmitten riesiger Weizen- und Hirsefelder lagen, häufig von frommen, reichen Grundbesitzern den religiösen Gemeinschaften vermacht, damit sie im Gegenzug ihre Gräber mit Blumen schmückten und für ihr Heil beteten.

Als Fünffache Gewissheit an die wurmstichige Tür aus rohen Brettern klopfte, öffnete ihnen ein kleiner, völlig verdreckter, aber fröhlich dreinschauender Novize.

»Könntest du den Abt deines Klosters aufsuchen und ihm ausrichten, dass einige Reisende für ein paar Tage bei euch um Obdach bitten? Wir wissen um die Großzügigkeit der Anhänger des Gautama!«, erklärte der ehemalige Mönch.

»Alles in Ordnung! Unser Abt Ruhevoller Sitz lässt euch sagen, dass ihr hier willkommen seid. Ihr könnt so lange in dem Raum bleiben, in dem wir Besucher und die Armen unterbringen, wie ihr mögt«, kehrte der Kindermönch kurz darauf zurück, nachdem er sein geistiges Oberhaupt gefragt hatte. Dessen Beiname war der sitzenden Position geschuldet, in der er seine Tage mit Meditation und dem Lesen heiliger Sutras vor einem Fenster verbrachte, das den Blick auf die weiten Getreidefelder freigab.

Die kleine, von Ruhevoller Sitz geleitete Gemeinschaft zählte höchstens zwanzig Mönche und Novizen, von denen die Jüngeren bei den Bauern in der Umgebung die Nahrung für die Älteren zusammenbettelten.

Das ländliche Kloster war weit entfernt von der Pracht der großen Kultbauten mit Tausenden von Mönchen, die in Chang'an und Luoyang eine herausgehobene Stellung einnahmen, wo sie vor den Augen der Gläubigen demonstrativen Luxus zur Schau stellten, obwohl der Erhabene selbst diesen in seinen Lehren verurteilt hatte. Seine Mauern bestanden aus getrocknetem Lehm, und nur die Pagode mit ihrem Dachstuhl aus Zedernholz, deren ovale Fenster von Apsaras aus Stuck eingerahmt wurden, verriet dem Besucher, dass es sich um ein Kloster des Großen Fahrzeugs handelte und nicht um einen einfachen Gemeinschaftsbauernhof.

In dem kleinen Raum, der für die durchreisenden Besucher vorgesehen war, erwarteten sie vier Etagenbetten, auf die sie sich gleich fallen ließen, nachdem sie hungrig eine Schale Reis mit Gemüsesuppe hinuntergeschlungen hatten, die ihnen ein hagerer Novize gebracht hatte.

»Meine Freunde, versprecht mir, euch nicht von hier wegzubewegen. Ich werde mich in die Hauptstadt schleichen und versuchen, zu der Frau durchzudringen, die uns retten kann!«, beschwor Fünffache Gewissheit seine drei Gefährten am nächsten Morgen.

Voller Ungeduld, seine Geliebte wiederzufinden, wollte er keine Minute mehr verlieren.

»Ich komme mit dir! *Om!* Bitte! Geh nicht alleine dorthin!«

Immer noch unter dem Eindruck ihrer gefährlichen Flucht, wollte der *ma-ni-pa* ganz offensichtlich nicht das Risiko eingehen, ihn nicht mehr wiederzusehen.

»Einverstanden! Du kannst mitkommen! Aber versteck deinen Ritualdolch und die Schädelschale. Ich will sie nicht an deinem Gürtel sehen. Diese Gegenstände sind viel zu auffällig«, seufzte Umaras Geliebter und deutete auf den Phurbu und die Kapala-Schale, von denen sich der Mönch niemals trennte und die trotz ihres noch nicht lange zurückliegenden Bades blitzend an seiner Hüfte hingen.

Sie drangen über die östlichen Vororte in die chinesische Hauptstadt ein, wo sie keine Stadtzollpforte passieren mussten, da die Seidenstraße im Westen der Kaiserstadt endete.

Im Zentrum lenkten sie ihre Schritte zum Palast, auf den wie an jedem Morgen Bettler und Bittsteller aller Art und nicht zu vergessen eine beträchtliche Zahl von Kaufleuten und Bauern aus dem Umland zuströmten, um dem kaiserlichen Haushalt ihre Waren und Lebensmittel anzubieten.

Als sie in Sichtweite der vorderen Palastpforte kamen, stellten sie fest, dass sie durch eng nebeneinanderstehende Ordnungshüter versperrt war. In beeindruckende Kettenhemden gekleidet kontrollierten sie jeden und fragten nach seinem Ausweis.

»Welchen Ausweis wollen sie denn sehen?«, erkundigte sich Fünffache Gewissheit bei einem Mann, der zwei riesige rote Papierlaternen trug.

»Die kleine Kupferplakette, auf der dein Name sowie der Tag und der Ort deiner Geburt eingraviert sind. Du weißt doch, dass man sie seit letztem Jahr immer bei sich tragen muss, falls man in eine Kontrolle gerät!«, antwortete dieser. Sein misstrauischer Gesichtsausdruck bewog den Anhänger des Mahayana dazu, sich rasch zurückzuziehen und mit dem Wandermönch unter einem weitläufigen, von steinernen Säulen getragenen Portikus Zuflucht zu suchen, wo fahrende Händler zu Wucherpreisen Obst und Gemüse verkauften.

»Schwierig, Wu Zhao zu benachrichtigen! *Om!*«, stellte der *ma-ni-pa* fest.

»Warte hier einen Moment auf mich. Ich bin mir sicher, dass der Erhabene uns helfen wird, eine Lösung zu finden!«, sagte Fünffache Gewissheit leise. Solche Hindernisse stachelten seinen Kampfgeist stets an.

Und noch bevor der *ma-ni-pa* etwas erwidern konnte, verschwand der ehemalige Mönch des Großen Fahrzeugs in der dicht gedrängten Menge.

12

Kaiserlicher Palast von Chang'an, 20. Februar 659

Der dritte Ehrensalon des kaiserlichen Palasts von Chang'an, in dem Wu Zhao an diesem Tag Vollendete Leere empfing, war eigentlich ausschließlich dem Kaiser vorbehalten.

Die Wände des großen Raums waren mit kreisrunden, in lackierte Tafeln eingelassenen Spiegeln verziert, die das Zimmer wie das Innere eines Schiffes anmuten ließen. Der Boden war mit zweifarbigem Marmor aus den Steinbrüchen von Longmen ausgelegt, auf dem sich prächtige persische Teppiche ausbreiteten.

Auf ihrem unerbittlichen Weg hin zur Macht war es der Kaiserin gelungen, diesen Raum für sich zu beanspruchen, in dem sie zum ersten Mal Taizong dem Großen vorgestellt worden war. Die blutjunge Reiterin war dem alten Kaiser bei einer denkwürdigen Polopartie aufgefallen, bei der sie, rittlings auf einem feurigen Pferd mit glänzendem schwarzem Fell sitzend, wahre Wunder vollbracht und allgemeines Aufsehen erregt hatte.

Besser als jeder andere wusste Wu Zhao, dass Macht nur eine Sache von Symbolen war und der Einfluss, der den Mächtigen zugeschrieben wurde, häufig nur mit den örtlichen Gegebenheiten zusammenhing. Die kaiserlichen Paläste waren eine perfekte Illustration dieses so menschlichen Phänomens: Die privaten Bereiche des Kaisers waren die luxuriösesten und weitläufigsten, aber auch die für gewöhnliche Sterbliche unzugänglichsten. Dass die Kaiserin durchgesetzt hatte, einen Ort, der bis dahin zur alleinigen Verfügung ihres Gemahls stand, für ihre ganz persönlichen Zwecke zu nutzen, war ein weiteres an ihre Feinde gerichtetes Zeichen, dass sie ihr Ziel, die höchste Macht zu erobern, unbeirrbar weiterverfolgte.

Trotzdem hatte Vollendete Leere dort äußerst heftig reagiert und nach Wu Zhaos Maßregelung jegliche Selbstbeherrschung verloren. Denn zum ersten Mal, seit sie sich kannten, hatte die Kaiserin gleich zu Beginn ihrer Unterredung ihm gegenüber äußerst harsche Worte gefunden; sie hatte Ausdrücke wie »gesetzwidrige Freiheitsberaubung« oder »ein ganz gewöhnliches, schäbiges Verhalten, das einem Abt des Mahayana in keiner Weise würdig ist« gebraucht, um zum Ausdruck zu bringen, wie sehr sie die Behandlung missbilligte, die der große Meister des Dhyana der jungen Christin angedeihen ließ.

Ihr Zornesausbruch hatte auf den Abt aus Luoyang wie eine kalte Dusche gewirkt, als hätte es erst dieser deutlichen Worte bedurft, damit er sich überhaupt der Tragweite seiner Tat bewusst wurde. Daraufhin war ihm diese mehr als ungeschickte Bemerkung entfahren: »Majestät, was in meinem Kloster vor sich geht, betrifft das Große Fahrzeug und nicht das Reich der Mitte. Muss ich Euch daran erinnern, dass Eure Autorität an meiner Klosterpforte endet?«, und das Zittern in seiner Stimme verriet, wie verletzt er war.

Eigentlich war dieser wie eine Warnung klingende Satz Vollendete Leere einfach entschlüpft, doch wie ein Schwall

Öl auf glühende Kohlen fachte er den Zorn der Herrscherin weiter an, und ihre Augen schleuderten Blitze.

»Wenn Ihr diese junge Christin nicht unverzüglich gehen lasst, wird das gesamte Große Fahrzeug teuer dafür bezahlen!«, drohte sie ihm ungeachtet der engen Beziehungen, die sie dank des Abtes zum Mahayana aufgebaut hatte, und vor allem ungeachtet der Unterstützung der Millionen von Anhängern dieses buddhistischen Lehrpfads, auf die sie zählte, um ihre Ziele zu erreichen.

Denn sie wusste auch, dass der einzige Weg, Vollendete Leere in dieser Kraftprobe zwischen ihnen zum Nachgeben zu zwingen, darin bestand, ihm zu zeigen, dass sie notfalls bereit war, vieles zu opfern.

»Aber ich handle damit nur zum Wohl des Großen Fahrzeugs, Majestät, das, wie Ihr wisst, in unverbrüchlicher Treue zu Euch steht!«, entgegnete schließlich der große Meister des Dhyana, der ihrem Sturmangriff mühsam standzuhalten versuchte.

»Ich sage es Euch noch einmal, Meister Vollendete Leere, diese Freiheitsberaubung verstößt gegen das Gesetz. Die Interessen des Großen Fahrzeugs dürfen niemals als Rechtfertigung für das schäbige Verhalten desjenigen herhalten, der behauptet, sein spiritueller Führer zu sein!«, versetzte sie mit schneidender Stimme.

»Und was, wenn ich mich weigern sollte?«, protestierte ihr Besucher mit letzter Kraft.

In seinem Blick lag Zorn, aber auch ein herausforderndes Funkeln. Sie hatte ihn an seinem wunden Punkt, dem Stolz, getroffen, und außerdem konnte er sich nicht erklären, warum Wu Zhao ihn mit einem Mal so schroff anging.

»In dem Fall würde ich mich gezwungen sehen, von heute an jegliche Verbindung zu Euch abzubrechen«, entgegnete die Kaiserin mit tonloser Stimme. Empört über seine heftige Gegenwehr, hatte sie beschlossen, den Abt ein für alle Mal zum Einlenken zu zwingen.

»Nach allem, was ich Euch über diese Jademond verraten habe, eine Information, durch die Ihr überhaupt erst in die Lage versetzt wurdet, diesen allseits bekannten Eklat während der kaiserlichen Audienz herbeizuführen und Eure ahnungslosen Feinde bloßzustellen, betrübt mich Eure Undankbarkeit ungemein.«

»Es handelt sich mitnichten um Undankbarkeit, Meister Vollendete Leere. Hier geht es nicht um Jademond, sondern um Umara! Diese junge Frau noch länger wie eine gewöhnliche Gefangene einzusperren wird Euch kein Stück weiterbringen. Gebt es wenigstens zu!«

»Sie wird im Kloster der Dankbarkeit für Erwiesene Kaiserliche Wohltaten sehr gut behandelt. Ich versichere Euch, Majestät, sobald sie uns ihre Geheimnisse verraten hat, ist sie frei, zu gehen, wohin es ihr beliebt!«

»Wenn Umara Euch bisher nichts gesagt hat, dann nur deshalb, weil sie gar kein Geheimnis kennt. Der Vater dieser jungen Frau sucht nach ihr. Ihr werdet sie mir so bald wie möglich herschicken, ansonsten werdet Ihr ernsthafte Schwierigkeiten bekommen!«

Und da verstand Vollendete Leere plötzlich den Grund für den Zorn der Kaiserin: Sie musste ein Abkommen mit dem nestorianischen Bischof geschlossen haben, bei dem seine Tochter eine der Gegenleistungen darstellte.

Der völlig aufgewühlte Vollendete Leere bereute inzwischen bitterlich, der Kaiserin von China zu sehr vertraut zu haben. Hatte er auf die richtige Person gesetzt? War diese Frau nicht dabei, ihn zu manipulieren? Warum sprang sie so hart mit ihm um? Er war ihr unablässig zu Diensten gewesen und hatte ihr zahlreiche wertvolle Hinweise gegeben, wie sie sich gegen ihre Feinde zur Wehr setzen konnte, von denen es innerhalb der adligen Familien des Hofes und in den hohen Verwaltungskreisen nur so wimmelte.

Im Kopf des Asketen, der über die Geschicke des Mahayana in China wachte, überschlugen sich die Fragen.

Zu gerne wollte er den Dialog fortsetzen, der für die Zukunft des Großen Fahrzeugs und des chinesischen Kaiserreichs gleichermaßen entscheidend war, und darum suchte er nach einem Weg, ihr zu zeigen, dass er ihr immer noch treu ergeben war. Denn er war nicht der einzige Abt des Mahayana, mit dem die Herrscherin eine Allianz schmieden könnte. Viele seiner Standesgenossen an der Spitze von Klöstern, die fast genauso bedeutend waren wie das seine, warteten sicherlich nur auf eine solche Gelegenheit.

In dieser verzwickten Situation war Vollendete Leere auf einen Menschen ganz besonders wütend. Denn war an diesem ganzen Ärger nicht der junge Ulik schuld, dieser persische Übersetzer, der so gerne die chinesische Nationalität annehmen wollte?

Der große Meister des Dhyana bereute es zutiefst, den jungen Mann empfangen und danach voll guten Willens seine Worte an Wu Zhao weitergeleitet zu haben.

Dank seines unfehlbaren Gedächtnisses erinnerte sich Vollendete Leere noch ganz genau an den Abend, als er Ulik begegnet war, nachdem dieser an die Pforte des einzigen Klosters des Großen Fahrzeugs geklopft hatte, dessen Namen er kannte.

Der große Meister des Dhyana war in trübsinniger Verfassung. Der Gedanke, sein gutes Einvernehmen mit Wu Zhao durch die Enthüllung von Umaras Entführung gefährdet zu haben, quälte ihn. Denn seit jenem Gespräch am Flussufer hatte Wu Zhao nichts mehr von sich hören lassen. Der große Meister des Dhyana, der eine solche Behandlung nicht gewohnt war, fragte sich bereits, ob er ihre vertrauensvolle Beziehung nicht endgültig zerstört hatte.

Da hatte Ruhende Mitte an die Tür seines Arbeitszimmers geklopft.

»Der Erhabene hat dem Mahayana eine große Gunst erwiesen. Es gibt einen Weg, Druck auf Kaiser Gaozong auszuüben, sodass Ihr nicht mehr ausschließlich auf die Unterstützung der Kaiserin angewiesen seid. Wu Zhaos Glaube steht außer Frage, aber sie hat viele Feinde bei Hof. Nach allem, was man hört, besteht die Gefahr, dass sie irgendwann von ihrem Gemahl verstoßen wird«, hatte ihm der frühere Abt vom Kloster des Heils und des Mitgefühls in Dunhuang verschwörerisch zugeraunt.

»Ich habe vollstes Vertrauen zu Wu Zhao! Viel mehr als zu ihrem Gemahl, dessen Kräfte und intellektuelle Fähigkeiten mit jedem Tag schwinden«, hatte der große Meister des Dhyana entgegnet, denn er hielt es für klüger, niemandem gegenüber zu erwähnen, dass seine Beziehung zur Herrscherin in letzter Zeit abgekühlt war.

»Es wäre das Beste, wenn Ihr einverstanden wärt, einen sehr sympathischen jungen Mann zu empfangen, der viele interessante Dinge zu berichten hat!«, erklärte daraufhin der Mönch, den Umara drei Jahre zuvor unvorsichtigerweise aufgesucht hatte, um ihm die Schatulle aus Sandelholz zu zeigen, die sie in der verfallenen Pagode gefunden hatte, wo Verrückte Wolke Buddhabadra umgebracht hatte.

»Um wen handelt es sich?«

»Um einen jungen persischen Übersetzer. Sein Name ist Ulik. Er ist von sehr weit her über die Seidenstraße gekommen.«

»Was will er hier? Ich kenne nur zwei, drei Perser in Luoyang, Kaufleute, die mit kostbaren Teppichen handeln.«

»Dieser Junge hat von sich aus ans Tor des Klosters der Dankbarkeit für Erwiesene Kaiserliche Wohltaten geklopft!«

»Warum weiß ich davon nichts?«, fragte Vollendete Leere verärgert.

»Ulik ist gestern Abend an die Pforte gekommen. Nachdem er sich letzte Nacht ausgeruht hat, was angesichts seiner Erschöpfung auch notwendig war, hat er sich mir gleich heute Morgen anvertraut. Er möchte gerne die chinesischen Bürgerrechte erlangen. Dieser Junge redet bereitwillig über seine Vergangenheit und seine Erwartungen. Er kannte den Namen unseres Klosters dank Eures früheren Gehilfen Fünffache Gewissheit.«

»Fünffache Gewissheit? Er ist Fünffache Gewissheit begegnet?«, rief der Abt des Mahayana, der alleine schon bei der Erwähnung des Namens seines geistigen Erben das Gesicht verzog.

»Ulik hat Fünffache Gewissheit in der Nähe von Samye kennengelernt und ihn bis in die Oase Dunhuang begleitet. Er hatte sogar Gelegenheit, die Himmlischen Zwillinge auf den Arm zu nehmen, als diese noch winzige Säuglinge waren. Wie in manchen Sutras geschrieben steht: Die Welt ist klein, verglichen mit dem grenzenlosen Mitgefühl des Erhabenen!«

»Hol mir diesen Jungen sofort her!«, wies Vollendete Leere ihn an, denn er sah in der Ankunft dieses Persers eine Chance, etwas mehr über das Verhalten von Fünffache Gewissheit herauszufinden, seit dieser vor Jahren aus Luoyang fortgegangen war; eine Gelegenheit, die er vor allem auch im Hinblick auf den Moment nicht versäumen durfte, wenn er über seinen ehemaligen Gehilfen befinden müsste, denn er spürte, dass die Kaiserin ihn früher oder später dazu drängen würde.

Als Ruhende Mitte den Besucher zum Abt führte, sah sich dieser einem durchaus sympathisch wirkenden jungen Mann gegenüber.

»Ich irre seit mehreren Monaten in Begleitung eines guten und großzügigen Mannes namens Addai Aggai über die Seidenstraße! In Chang'an mussten wir uns trennen, weil es zu gefährlich für uns wurde. Die Beamten des Zensorats suchen nach uns!«, erklärte Ulik gleich zum Einstieg.

»Addai Aggai? Der nestorianische Bischof von Dunhuang?«, rief Vollendete Leere, der bei der Erwähnung dieses Namens zusammengezuckt war.

»Genau der, ehrwürdiger Abt.«

»Und wo hält er sich jetzt auf? Ich muss so schnell wie möglich mit ihm reden!«

»Leider haben sich unsere Wege gleich nach unserer Ankunft in Chang'an getrennt, daher kann ich Euch nicht das Geringste dazu sagen. Außerdem wollte ich ohnehin nach Luoyang kommen. Ich bin nämlich ein Freund Eures früheren Gehilfen, des Mönchs Fünffache Gewissheit.«

»Ich kann mir vorstellen, dass du nicht nur hergekommen bist, um mit mir zu plaudern.«

»Das stimmt. Ich bin hergekommen, um Euch eine Information zu liefern, die Euch womöglich interessieren könnte!«

»Ich höre!«

»Ich beherrsche nahezu alle Sprachen, die entlang der Seidenstraße gesprochen werden. Dank dieser Kenntnisse habe ich erfahren, dass eine westliche Gesandtschaft unter der Leitung eines gewissen Firuz in Zentralchina eingetroffen ist. Er hat eine junge Chinesin namens Jademond bei sich, die Kaiser Gaozong als Geschenk überreicht werden soll. Überall, wo dieser großzügige Mann vorbeikam, verteilte er Pfefferkörner und Weihrauchkrumen, sodass noch der kleinste Weiler ungeduldig auf seine Ankunft wartete«, hatte Ulik geflüstert, als handelte es sich dabei um ein wohlgehütetes Geheimnis.

»Der Kaiser der Mitte braucht keine Geschenke dieser Art. Sein Harem ist randvoll mit verführerischen jungen Frauen! Und was den Pfeffer angeht, so lagern ganze Fässchen davon in den Speichern der kaiserlichen Paläste. Wenn das alles ist, was du mir zu sagen hast, dann hast du dich umsonst bemüht, fürchte ich!«, entgegnete der Abt gereizt, denn er wusste ja nicht, dass Gaozong von Jademond so begeistert war, dass er seine anderen Konkubinen gar nicht mehr anrührte.

»Dieser Botschafter behauptet aber, die junge Chinesin sei eine adlige Prinzessin. Sie wäre also von hohem Wert.«

»Du scheinst daran zu zweifeln.«

»Das westliche Königreich, in dessen Auftrag dieser Botschafter reist, ist von dem Tujue getäuscht worden, der die junge Frau an den Sultan verkauft hat. Jademond ist genauso wenig eine Prinzessin wie ich ein Bischof. Sie ist bloß eine Abenteurerin von niederer Geburt!«, hatte Ulik daraufhin gewispert.

»Woher weißt du das?«

»Auf der Seidenstraße kommt früher oder später alles ans Licht«, hatte Ulik lediglich geantwortet. Er war offensichtlich fest entschlossen, dem Abt aus Luoyang nichts über seine Quellen zu verraten, um ihn dadurch stärker zu beeindrucken.

»Warum kommst du mit dieser Information zu mir?«, fragte dieser daraufhin.

»Ist sie denn nicht interessant? Ich würde sie gerne an höchste Stellen weiterleiten.«

»Doch, das ist sie durchaus! Immerhin bedient sich diese Frau einer falschen Identität, und das in einer diplomatischen Angelegenheit. Bei solchen Albernheiten verstehen die Gesetze dieses Landes keinen Spaß! Aber ich frage dich noch einmal: Was erhoffst du dir als Gegenleistung dafür?«, versetzte der Abt in leicht ironischem Ton.

»Dank Eurer herausgehobenen Stellung könntet Ihr mir zu einem Termin bei der Behörde verhelfen, die für die Verleihung der chinesischen Bürgerrechte zuständig ist. Ich kenne hier niemanden. Ich habe gehört, die Obrigkeiten Eures Landes würden gelegentlich Fremden, deren Verhalten ein solches Privileg verdient, einen Ausweis geben, mit denen sie zum Bürger des Kaiserreichs werden.«

»Soweit ich weiß, genießt das persische Volk hier Aufenthaltsrecht! Warum möchtest du denn ein chinesischer Bürger werden?«, erkundigte sich Vollendete Leere.

»Diesen Wunsch hat Euer Gehilfe Fünffache Gewissheit in mir geweckt, sowohl durch sein Auftreten als auch durch sein Verhalten. Für mich wird er immer ein Vorbild bleiben.«

»Ich habe ihn ausgebildet!«, entfuhr es dem großen Meister des Dhyana, den die Worte des Persers mit leisem Stolz erfüllten.

»Aber ich will Euch alles gestehen: Das Leben als Flüchtling quält mich sehr. China ist das mächtigste Reich der Erde. Die Chinesen werden niemals gezwungen sein, wie Diebe aus ihrem Land zu fliehen und in der Fremde Zuflucht zu suchen, wie es mir angesichts der Angriffe der muslimischen Eroberer widerfuhr!«

»Wenn ich dich recht verstehe, soll ich dich im Gegenzug für diesen Fingerzeig dabei unterstützen!«

»Der Wert einer Abenteurerin kann niemals so hoch sein wie der einer Prinzessin. Ich dachte mir, dass dieser Täuschungsversuch für manche am kaiserlichen Hof interessant sein könnte«, fügte Ulik, der sich völlig mühelos in die Rolle des Denunzianten einfand, unbefangen hinzu.

Es war das erste Mal, dass er zum Verräter wurde, denn normalerweise war er stets bereit, anderen einen Gefallen zu tun und sich auf die Seite derjenigen zu schlagen, die in Not waren. Aber er wollte seinem traurigen Schicksal so gerne entfliehen, dass er alles für die Anerkennung der chinesischen Behörden tun würde. Daher plagte ihn auch kein schlechtes Gewissen, als er Vollendete Leere den Betrug enthüllte, der den armen Firuz geradewegs in ein Verlies der Hundefestung führen sollte.

Diese Unterredung hatte dazu geführt, dass Vollendete Leere sich nun dem Zorn von Wu Zhao ausgesetzt sah, der sich deutlich sichtbar in ihren Zügen spiegelte. Nachdem er Ruhende Mitte zu ihr geschickt hatte, damit er ihr von dem Gespräch mit dem jungen Übersetzer berichtete, hatte ihn als einzige Antwort der Befehl erreicht, unverzüglich vor ihr zu erscheinen. Er war ihm gefolgt, und nun verlief die Begegnung so unglücklich.

Bekümmert über diese Wendung ließ Vollendete Leere den Kopf hängen. Wu Zhao, die seine Haltung als passiven Widerstand interpretierte, schäumte vor Wut. Bereit, ihm nun endgültig den Todesstoß zu versetzen, lief sie unter dem betretenen Blick des großen Meisters des Dhyana mit großen Schritten vor ihm auf und ab.

»Da Ihr an meiner Entschlossenheit zu zweifeln scheint, soll Addai Aggai selbst von Euch die Freilassung seiner Tochter verlangen! Wer hätte dazu eher das Recht als ein Vater?«, erklärte sie schließlich mit schneidender Stimme.

Noch ehe er sich gegen diesen Angriff wappnen konnte, sah der große Meister des Dhyana einen wild dreinblickenden Mann hereinstürmen, der sich wie ein wütender Tiger auf ihn stürzte und ihn beim Kragen packte.

»Meine Tochter! Ich will meine Tochter zurück! Ich habe erfahren, dass Ihr sie gefangen haltet! Das widerspricht allen guten Sitten! Ihr beraubt eine Unschuldige ihrer Freiheit? Was habt Ihr bloß für moralische Prinzipien?«, brüllte der Nestorianer, der sich auf den Abt aus Luoyang geworfen hatte und ihn zu Boden zu reißen versuchte.

»Lasst mich los! Ihr erwürgt mich ja!«, protestierte Vollendete Leere, als Addai Aggai schließlich rittlings auf seinem Oberkörper hockte.

Doch der alte Mönch, der sehr viel magerer und schwächer war als sein Gegner, wehrte sich vergebens.

Denn Addai Aggais Kräfte verzehnfachten sich durch seine rasende Wut, und während er Vollendete Leere mit seinem ganzen Gewicht auf den Boden presste, machte er sich daran, ihm den Hals zuzudrücken. Das Gesicht des Abtes wurde immer bleicher, und seine Augen begannen sich zu verdrehen.

Wu Zhao betrachtete die beiden kämpfenden Kirchenmänner belustigt.

Es bereitete ihr ein gewisses Vergnügen, zu sehen, wie das geistige Oberhaupt des Großen Fahrzeugs, dessen Sturheit sie fast wahnsinnig gemacht hatte, von einem nestorianischen Bischof verprügelt wurde, dessen Religion im Reich der Mitte verboten war.

War das nicht eine heilsame Lektion für den Abt aus Luoyang, dessen Unnachgiebigkeit gegenüber Fünffache Gewissheit und Umara ihre Geduld schließlich erschöpft hatte?

»Du kannst sie jetzt voneinander trennen, Stummer Krieger! Ich will keinen Toten hier!«, entschied die Kaiserin von China schließlich, als ihr bewusst wurde, dass Vollendete Leere es womöglich nicht überleben würde, wenn sie zuließ, dass Addai Aggai seinen Hals noch länger zudrückte.

Der turko-mongolische Riese brauchte nur seinen gewaltigen tätowierten Arm auszustrecken, um den Bischof von Dunhuang wie einen Strohhalm zurückzuziehen.

»Umara steht ihrem Vater zur Verfügung, Majestät! Gleich nach meiner Rückkehr ins Kloster werde ich sie hierherbringen lassen«, verkündete Vollendete Leere halb erstickt, nachdem er sich mühevoll aufgerappelt und seine Robe zurechtgezogen hatte, die bei dem Handgemenge verrutscht war.

»Majestät, ich werde Euch nie genug für alles danken können, was Ihr für mich tut!«, rief der nestorianische Bischof und fiel vor der Herrscherin auf die Knie, um den Saum ihres Kleides zu küssen.

»Jetzt braucht Ihr nur noch Fünffache Gewissheit von seinen Gelübden zu entbinden, auch wenn Ihr ihm nicht vergebt. Dann sind wir quitt! Ich verlasse mich auf Euch, Meister Vollendete Leere«, flüsterte sie dem Abt vom Kloster der Dankbarkeit für Erwiesene Kaiserliche Wohltaten ins Ohr, während sie ihn zur Tür des Salons führte.

Nachdem Vollendete Leere, der immer noch unter Schock stand, den Palast verlassen hatte, wäre er beinahe von einem Gemüsekarren umgeworfen worden, den drei ausgelassene Träger in rasendem Tempo hinter sich herzogen. Ihr ordinäres Grinsen passte zu dem rüpelhaften Ton, mit dem sie dem großen Meister des Dhyana ein lautstarkes: »Mach schon, alter Bonze, sieh zu, dass du da wegkommst!« zuriefen, was ein paar in der Nähe stehende alte Frauen mit Entsetzen erfüllte, während der Angesprochene zusammenzuckte.

Unter anderen Umständen hätte der Abt aus Luoyang diese ungehobelten Kerle aufgefordert, sich zu entschuldigen, denn er verabscheute jegliche Respektlosigkeit und ließ keine Gelegenheit aus, jungen Leuten den Kopf zu waschen, wenn sie Mönche oder ältere Leute zur Seite stießen. Notfalls hätte er sich zu erkennen gegeben und die Anhänger des Mahayana zu Hilfe gerufen, die stets in großer Zahl in den Straßen der Stadt anzutreffen waren, da sich das Große Fahrzeug mit Abstand zur ersten Religion der Chinesen entwickelt hatte.

Aber diesmal fehlte ihm seltsamerweise der Mut, und er zog es vor, sich einer deutlichen Reaktion zu enthalten. Sein Hals schmerzte so sehr, dass er nicht laut reden konnte, doch vor allem hatten die Standpauke der Kaiserin und der Angriff von Addai Aggai seine Willenskraft gebrochen.

Und so ließ er den Karren vorbei und setzte sich niedergeschlagen auf den Rand der Mauer, die den gewaltigen Palast der Tang umschloss. Dabei zürnte er über die Respektlosigkeit, die trotz der Ermahnungen seiner Mönche nach und nach in die sozialen Beziehungen Einzug hielt und ihn manchmal zu der Bemerkung verleitete, dass Barbarei und das Gesetz des Dschungels allmählich wieder zur Leitlinie seiner Zeitgenossen wurden.

Auf der anderen Seite der Straße öffnete sich eine lange überdachte Galerie, wo neben den öffentlichen Schreibern, welche die Bittschriften der Bürger an den Kaiser der Mitte verfassten, Händler Acht-Kostbarkeiten-Tee und kleine Kuchen der zehntausend Wohltaten verkauften.

Ein heißer Tee wäre sicherlich das Beste, um ihn wieder aufzurichten.

Nachdem er die Straße überquert hatte, wollte er gerade einer zahnlosen alten Frau, die sich beim Anblick seiner Mönchsrobe zum Zeichen des Respekts verneigt hatte, seine Almosenschale hinhalten, als er hörte, wie jemand seinen Namen rief.

»Meister Vollendete Leere! Meister Vollendete Leere!«

Es war eine vertraute Stimme; eine Stimme, die er unter tausend anderen wiedererkannt hätte. Es war die Stimme eines Schülers, den er geliebt und geformt hatte, den er sogar als seinen Nachfolger gesehen hatte und der ihn schmählich für eine Frau verraten hatte; die Stimme desjenigen, für den sich Wu Zhao seit langen Monaten unermüdlich bei ihm verwandte, wie er erst kurz zuvor wieder festgestellt hatte; die Stimme desjenigen, der niemals sein würdiger Erbe werden sollte, da er zum großen Leidwesen seines Abtes und spirituellen Lehrers vom rechten Weg abgekommen war, was diesem das Gefühl gegeben hatte, seinen eigenen Sohn zu verlieren.

Fünffache Gewissheit!

Es konnte nur er sein.

Und so war der große Meister des Dhyana, eine der höchsten Autoritäten auf dem Gebiet des Chan, der ungegenständlichen Sitzmeditation, von der der chinesische Buddhismus seinen Namen hatte, dieser erleuchtete, scharfsinnige Geist, der fähig war, vollkommene Leere in sich zu schaffen, nicht überrascht, als er sich zitternd umdrehte und seinen ehemaligen Gehilfen erkannte, der ihn lächelnd ansah.

Er bemerkte, dass Fünffache Gewissheit sich seit seinem Aufbruch nach Samye, wo er in seinem Auftrag das *Sutra über die Logik der Vollkommenen Leerheit* zurückholen sollte, kaum verändert hatte, und das beruhigte ihn.

»Meister Vollendete Leere, braucht Ihr Hilfe? Ihr seht aus, als ginge es Euch nicht gut!«, rief sein früherer Gehilfe und griff nach seinem Arm.

»Es könnte besser gehen, Fünffache Gewissheit! Was machst du denn hier?«, entgegnete sein einstiger spiritueller Lehrer leise. Er war von dieser unerwarteten Begegnung völlig aufgewühlt.

»Ich versuche in den kaiserlichen Palast zu gelangen, aber vergeblich. Man muss einen Ausweis vorzeigen, und den habe ich nicht.«

»Der Kaiserpalast ist für gewöhnliche Bürger inzwischen vollkommen unzugänglich!«, erklärte der große Meister des Dhyana spitz, ehe er über eine Wassermelone stolperte und der Länge nach hinfiel.

»Ihr müsst Euch irgendwo hinsetzen, Meister Vollendete Leere. Es wäre nicht vernünftig, in Eurem Zustand noch länger hierzubleiben«, drängte ihn Fünffache Gewissheit, während er sich bemühte, den groß gewachsenen Körper seines einstigen Lehrers wieder hochzuheben.

Es war das erste Mal, dass er sich in einem so vertrauten, direkten Ton an seinen Abt wandte und sich ihm gegenüber nicht in einer untergeordneten Position fühlte.

Wie fern erschien dem früheren Mönch, der diesen Weg aus Liebe zu Umara aufgegeben hatte, die Zeit, in der er vor Schüchternheit in Gegenwart seines großen Meisters jedes Mal völlig die Fassung verlor, wenn er ihn in sein Arbeitszimmer rief, um ihn Sutra-Verse rezitieren zu lassen!

»Mehrere Jahre sind vergangen, seit du fortgegangen bist. Inzwischen bin ich ein alter Mann! An manchen Tagen fehlt mir ein wenig die Kraft. Und außerdem vertrage ich diese Betriebsamkeit in den Straßen der Hauptstadt immer schlechter«, antwortete der alte Abt mit einem Wink auf das dichte Gewühl ringsum. Er erschien seinem zunehmend verdutzten früheren Gehilfen ungewohnt menschlich und freimütig.

»Stützt Euch auf meiner Schulter ab. Dann kommen wir leichter voran«, bot Fünffache Gewissheit ihm an.

Das geistige Oberhaupt des chinesischen Großen Fahrzeugs gehorchte wie ein fügsames Kind. Der einstige Lehrer folgte seinem Schüler, und so bahnten sie sich einen Weg durch die dicht gedrängte Menge unter der überdachten Galerie.

»Ich bin so furchtbar erschöpft!«, murmelte der große Meister des Dhyana, der sich kaum noch auf den Beinen halten konnte.

»Sollen wir zur Wildganspagode gehen und dort um Obdach bitten?«, fragte Fünffache Gewissheit respektvoll, nachdem er hinter dem Stand eines Zitrusfruchthändlers einen kleinen Schemel für Vollendete Leere hervorgeholt hatte.

»Das ist eine gute Idee. Der Abt dieser Einrichtung ist ein freundlicher, verständnisvoller Mann.«

»Und kein Kloster des Großen Fahrzeugs würde Meister Vollendete Leere die Gastfreundschaft verwehren! Gebt mir nur ein paar Augenblicke, ich muss einem Freund Bescheid sagen, der auf mich wartet und allmählich sicher ungeduldig wird«, sagte Fünffache Gewissheit. »Dieser Wandermönch aus dem Reich Bod folgt mir seit meinem ersten Aufenthalt in Samye wie ein Schatten. Wir sind einander sehr ans Herz gewachsen«, erklärte er dem großen Meister des Dhyana, ehe er zu der Stelle rannte, wo der *ma-ni-pa* auf ihn wartete.

»*Om!* Sehr erfreut, deine Bekanntschaft zu machen, *ma-ni-pa*!«

»*Om!* Ich habe schon viel von Euch gehört!«, entgegnete dieser voller Eifer, eine Unterhaltung mit dem Abt aus Luoyang zu beginnen.

»Ich schlage vor, wir gehen jetzt gleich zur Wildganspagode! Meister Vollendete Leere muss sich ausruhen. Wenn wir dort sind, hast du alle Zeit der Welt, mit ihm zu plaudern!«, bremste der ehemalige Mönch seinen treuen Weggefährten.

»Das ist keine schlechte Idee. Meine Beine tragen mich kaum noch«, seufzte der alte Mann, der an die Grenzen seiner körperlichen Kräfte stieß.

»Von hier aus ist es nicht mehr weit bis zum Tempel! Wenn meine Erinnerung mich nicht trügt, liegt er bloß drei Straßen weiter«, erklärte sein früherer Schüler.

Tatsächlich erhob sich die Pagode nur wenige Schritte entfernt am Ende einer breiten, von Karren und Rikschas verstopften Straße. Sie war unter der Dynastie der Sui erbaut worden, deren Kaiser sich zum Buddhismus bekehrt hatten, und erinnerte an eine hübsche indische Legende: Ein großzügiger Bodhisattva hatte sich in Gestalt einer Wildgans freiwillig in den Hof eines Klosters gestürzt, um sein Fleisch einer Mönchsgemeinschaft zu schenken, die seit mehreren Tagen nichts mehr gegessen hatte.

Im Kloster brauchten die drei Männer nicht einmal ihre Identität nachzuweisen, denn kaum hatten sie an der Pforte ihren Namen genannt, als auch schon der Abt der Wildganspagode herbeieilte, um den Abt vom Kloster der Dankbarkeit für Erwiesene Kaiserliche Wohltaten aus Luoyang, dessen hohes Ansehen ihm den Respekt aller religiösen Einrichtungen des Großen Fahrzeugs in China verschafft hatte, zu begrüßen.

»Meister Vollendete Leere! Was verschafft mir die Ehre deines Besuchs?«, erkundigte sich der bis zum Boden verneigte schlaksige Mönch, der die Geschicke der Wildganspagode lenkte.

»Kannst du mir ein Bett zur Verfügung stellen, und sei

es auch nur für ein paar Stunden, ehe ich mich auf den Rückweg nach Luoyang mache? Der Tag war sehr ermüdend, und meine alten Beine sind schwach. Nach einem Mittagsschlaf wird es mir sicher wieder besser gehen«, bat der große Meister des Dhyana, der sein übliches hochmütiges Auftreten völlig verloren hatte.

Ein Novize führte sie in ein kühles Zimmer, das auf den Innenhof hinausging, in dessen Mitte sich der hohe Turm der Pagode erhob. Fünffache Gewissheit half seinem früheren Lehrer, sich auf eine der Bänke entlang der Wände zu legen, während der *ma-ni-pa* sich auf eine der Schalen mit Tee stürzte, die ein Novize ihnen freundlicherweise gebracht hatte.

Da bemerkte der ehemalige Schüler, dass sein früherer Meister am ganzen Körper zitterte.

»Meister Vollendete Leere, ich sehe Würgemale an Eurem Hals! Ich kann nicht glauben, dass jemand die Hand gegen Euch erhoben hat! Was ist passiert?«, fragte er, nachdem er die blau unterlaufenen Male entdeckt hatte, die der Griff des nestorianischen Bischofs auf der Haut des Abtes zurückgelassen hatte.

Wortlos sah Vollendete Leere zu, wie Fünffache Gewissheit Wasser holte und sich daran machte, behutsam die Blutergüsse am mageren Halsansatz seines ehemaligen Meisters abzutupfen.

»Du bist sehr freundlich!«, entgegnete das geistige Oberhaupt des Großen Fahrzeugs lediglich.

Da sprach nicht mehr der unnahbare große Meister des Dhyana, der furchtlose, strenge Abt, der in seiner safranfarbenen Robe stets einen makellosen Anblick bot und seine Schäfchen nicht einmal zu schelten brauchte, so sehr fürchteten und respektierten sie ihn, sondern ein einfacher alter Mann mit fragendem Blick, in dem die ersten Anzeichen von Güte aufschienen.

Auf seiner schmalen Bank wirkte er sogar wie ein ganz gewöhnlicher von Leid und Krankheit geplagter Greis, von denen es in Chang'an, Luoyang und in allen anderen Städten und Dörfern Chinas Zehntausende gab.

»Warum tust du das für mich? Ich verdiene es nicht«, fügte der alte Asket den Tränen nahe hinzu.

Es war das erste Mal, dass Fünffache Gewissheit ihn so erlebte.

»Ich verstehe nicht, was Ihr damit meint«, antwortete Umaras Geliebter wachsam, denn er kannte seinen früheren Meister gut genug, um zu wissen, dass sich hinter einer solchen Bemerkung auch genauso gut eine Falle verbergen konnte.

»Dabei drücke ich mich doch recht klar aus. So, wie ich mich dir gegenüber verhalten habe, verdiene ich deine Fürsorge nicht.«

»Ich tue nur meine Pflicht als Buddhist. Außerdem seid Ihr älter als ich. Schon alleine aus diesen beiden Gründen schulde ich Euch Respekt, Meister Vollendete Leere.«

»Das hast du gut gesagt. Und du hast nichts von meinen Unterweisungen vergessen«, entgegnete der alte Mann mit matter Stimme, eher er die tränenfeuchten Augen schloss.

Verblüfft von diesem in Form eines Geständnisses gekleideten Kompliment, beugte sich der ehemalige Mönch, der nun nicht mehr daran zweifelte, dass die Worte seines alten Lehrers ernst gemeint waren, über sein Gesicht und erkannte, dass er eingeschlafen war.

Als der große Meister des Dhyana einige Stunden später endlich wieder die Augen öffnete, war der Raum vom angenehmen Duft des Weihrauchs erfüllt, den Fünffache Gewissheit hatte verbrennen lassen.

»Ich habe viel zu lange geschlafen. Wir müssen uns gleich auf den Weg nach Luoyang machen, sonst verpassen wir womöglich noch das letzte Boot für heute!«

»Ihr wollt, dass ich Euch begleite?«, fragte der ehemalige Mönch mit klopfendem Herzen.

Er war ganz aufgewühlt bei dem Gedanken, das Kloster wiederzusehen, in dem er den größten Teil seiner Jugend verbracht hatte.

»Ich habe mit Absicht ›wir‹ gesagt. Ich wäre sehr glücklich, wenn du bereit wärst, mit mir zu kommen. Und der *ma-ni-pa* natürlich auch!«, fügte Vollendete Leere hinzu.

Es dauerte nicht lange, bis sie den kaiserlichen Kanal erreichten, wo die Passagiere, die auf ein Boot nach Luoyang warteten, den Ehrfurcht gebietenden alten buddhistischen Mönch und seine beiden Begleiter bereitwillig vorließen. Ein Trommelwirbel gab das Signal zum Ablegen. Einige Männer zogen von beiden Kanalufern aus die Barke ein Stück voran, ehe sie von den Ruderern abgelöst wurden.

Vollendete Leere, Fünffache Gewissheit und der *ma-ni-pa* hatten sich auf eine Bank auf dem oberen Deck gesetzt, von wo aus sie die Vielfalt der Landschaften beobachten konnten, durch die diese acht Jahrhunderte zuvor zu Zeiten des Ersten Kaisers von Hunderttausenden von Kriegsgefangenen zwischen den beiden Hauptstädten Zentralchinas gegrabene Wasserstraße verlief.

Während vor ihren Augen das reglose offene Land mit seinen Bauern dahinzog, die gebückt auf den von Landschaftsbaumeistern schnurgerade angelegten Terrassenfeldern standen, ergriff der große Meister des Dhyana das Wort.

»Du bist sicher der Ansicht, dass ich dir einige Erklärungen schulde, Fünffache Gewissheit!«

»Ich glaube vor allem, dass Ihr das Gleiche auch von mir denkt!«, entgegnete Fünffache Gewissheit gewandt.

»Ich habe es bereut, dir nicht mehr über den Grund gesagt zu haben, aus dem ich dich nach Samye geschickt habe, um das *Sutra über die Logik der Vollkommenen Leerheit* zurückzuholen.«

»Es war tatsächlich ein sehr merkwürdiges Gefühl, als ich dort eintraf. Ich hatte keine Ahnung, wie ich vorgehen sollte, um das Sutra zurückzubekommen, das in der Bibliothek dieses Klosters untergebracht war. Ich sah mich schon dort einbrechen, als ein Lama es mir überreichte, ohne dass ich ihn überhaupt darum gebeten hatte, und mir dazu das Versprechen abnahm, neugeborene Zwillinge, einen Jungen und ein Mädchen, mit nach China zurückzunehmen. Das Gesicht dieses kleinen Mädchens war zur Hälfte mit Haaren bedeckt, sodass es wie das eines kleinen Affen aussah! Ihr werdet zugeben, dass ich durchaus Anlass hatte, mich zu wundern!«

»Du brauchst sie mir nicht zu beschreiben. Kaiserin Wu Zhao hat die kleine Juwel und ihren Bruder in meine Obhut gegeben. Die Himmlischen Zwillinge sind im Kloster der Dankbarkeit für Erwiesene Kaiserliche Wohltaten zum Gegenstand einer bedeutenden Wallfahrt geworden. Und das haben wir dir zu verdanken, Fünffache Gewissheit!«

Verblüfft über diese Neuigkeit, achtete Fünffache Gewissheit nicht mehr auf die herrliche Landschaft zu beiden Seiten des kaiserlichen Kanals, wo sich inzwischen

Bambuswälder mit riesigen Felsen abwechselten, die die Erosion in bizarr geformte, häufig an Tiergestalten erinnernde Skulpturen verwandelt hatte. Majestätische pyramidenförmige Getreidespeicher schienen die Reisenden nicht weit von den Anlegestellen entfernt zu erwarten, denn über diesen Kanal wurden auch die landwirtschaftlichen Erzeugnisse der gemäßigteren Regionen in die trockensten Gebiete des Landes transportiert.

Wenn er es sich recht überlegte, war er mit dieser Entwicklung gar nicht unzufrieden. Nach so vielen Irrwegen hatte die Reise der Kinder dank Kaiserin Wu Zhao also doch dort geendet, wo er es vorgesehen hatte.

»Genau dorthin wollte ich diese Kinder auch mitbringen. Schlussendlich ist nun doch alles so gekommen, wie ich es wollte. Ich brauche mir keine Vorwürfe zu machen«, sagte er leise und zu Tränen gerührt.

»Du hast dich in dieser Angelegenheit, auch in Anbetracht all ihrer unerwarteten Wendungen, als ein beherzter, mutiger Mönch erwiesen.«

»Dieses Urteil überrascht und freut mich, Meister Vollendete Leere. Nach meinem Schweigen und der Entscheidung, die ich getroffen habe, fürchtete ich Euren Zorn. Mehr als einmal hat Wu Zhao mir erzählt, wie sie vergeblich versuchte, Euch dazu zu bringen, mir zu vergeben. Ich weiß, dass ich gesündigt habe, indem ich aus Liebe zu einer Frau die Mönchsregeln verletzte«, flüsterte der ehemalige Gehilfe des Abtes mit zugeschnürter Kehle.

»Seine Fehler einzugestehen ist ein erster Schritt hin zur Vergebung, Fünffache Gewissheit.«

»Meister Vollendete Leere, Ihr müsst wissen, dass ich ein noch schändlicherer Sünder bin, als Ihr ahnt: Ich verspüre keinerlei Reue! Schlimmer noch, ich habe gar nicht den Eindruck, unrecht getan zu haben, indem ich mein Schicksal mit dem der Frau verknüpfte, die ich liebe! Außerdem wäre ich ihr niemals begegnet, wenn Ihr mich nicht nach Samye geschickt hättet.«

Nun war es der junge Anhänger des Mahayana, der neben dem Älteren saß und bittere Tränen vergoss.

»Bald wirst du mir wohl noch erklären, ich sei schuld daran, dass du ihr begegnet bist!«

»Das ist gar nicht so verkehrt. Dieser Gedanke ist mir schon häufiger gekommen.«

»Wer ist sie? Beschreib mir diese junge Frau«, bat ihn daraufhin der große Meister des Dhyana.

»Umara glaubt an den Einen Gott der Christen. Sie praktiziert das, was die Anhänger Christi ›Nächstenliebe‹ nennen, etwas, das mir sehr nahe bei jenem auf Respekt, Güte und vor allem Toleranz beruhenden Mitgefühl zu liegen scheint, zu dem uns der Erhabene stets aufgefordert hat.«

»Du liebst sie also sehr?«

»Viel mehr als das: Ich liebe sie, Punkt! Vor einem Jahr ist sie spurlos verschwunden, und seitdem suche ich nach ihr. Ich würde mehrere Jahre meines Lebens geben, um sie wiederzufinden. Ohne sie kann ich nicht sein.«

Tränenüberströmt schaute der ehemalige Mönch seinen erschütterten Lehrer an.

Zum ersten Mal seit der Entführung der jungen Frau ließ Fünffache Gewissheit seinen Gefühlen ungehemmt freien Lauf. Bislang war er immer darauf bedacht gewesen, vor den anderen Haltung zu bewahren, und es war ihm stets gelungen, die Verzweiflung zu beherrschen, die ihm die Luft abschnürte, wenn er an das Verschwinden seiner Geliebten dachte. Doch jetzt, in Gegenwart seines früheren spirituellen Lehrers, waren seine Gefühle einfach zu stark, und ihr Wiedersehen hatte die Deiche, die ihn all die Monate davon abgehalten hatten, seine Trauer anderen zu offenbaren, vollends eingerissen.

»Der Vater dieser jungen Frau wohnt gegenwärtig in Chang'an bei Kaiserin Wu Zhao. Ich hatte ihn gerade verlassen, als du mich auf der Straße angesprochen hast«, sagte der große Meister des Dhyana nach längerem Schweigen leise.

»Kaiserin Wu Zhao gleicht einer rettenden Tausendarmigen Guanyin! Sie ist überall gleichzeitig und schenkt allen freigebig ihre Hilfe!«, rief Umaras Geliebter, dessen Bewunderung für die Herrscherin nicht nachgelassen hatte.

»Man sollte sich vor dieser Frau in Acht nehmen. Womöglich hat sie ihr Ziel schon erreicht«, entgegnete der große Meister des Dhyana wie zu sich selbst.

Denn er fühlte sich bereit dazu, Fünffache Gewissheit zu vergeben. Der hinter ihm liegende Tag, an dem ihm Wu Zhao gehörig die Meinung gesagt hatte, er um ein Haar von Addai Aggai erwürgt worden wäre und schließlich Fünffache Gewissheit entgegen aller Erwartung seinem ehemaligen Lehrer gegenüber nicht die geringste Verbitterung gezeigt hatte, sondern ihm trotz allem, was er durch die Schuld von Vollendete Leere erlitten hatte, mit unverändertem Respekt, ja beinahe Zuneigung begegnet war, hatte den großen Meister des Dhyana davon überzeugt, dass es Zeit wurde, seinem früheren Lieblingsschüler weniger streng und vor allem menschlicher entgegenzutreten.

Zum ersten Mal seit seiner Kindheit spürte er, wie eine

überwältigende Zärtlichkeit seinen gesamten Körper durchströmte und seine Muskeln entspannte.

Er versuchte gar nicht erst, seine Tränen zurückzuhalten. Es kümmerte ihn nicht mehr, welches Bild er vor den anderen abgab. Mit einem Mal erfüllte ihn der wilde Drang, die Gewänder des strengen, unbarmherzigen und autoritären Abtes abzustreifen, der seine Schäfchen zwang, sich strikt an die Regeln des Sangha zu halten, und noch einmal zu dem kleinen Kind zu werden, das sich nach der Geborgenheit der mütterlichen Brust sehnte.

Er hatte genug davon, das Oberhaupt zu sein, der Lenker, der bis zum Schluss für alle Entscheidungen und jede Wahl, die er traf, verantwortlich war; derjenige, von dem man stets die richtigen Worte erwartete und auf den gehört wurde; derjenige, dessen einziges Ziel darin bestand, die Macht seines Lehrpfads zu stärken; derjenige, der zum Wohl dieses Lehrpfads sein Herz zum Schweigen brachte und nur noch auf seinen Verstand hörte.

Und derjenige, der dies alles bitter bereute.

Vollendete Leere, der Philosoph, der unübertroffene Exeget und Theoretiker, der Intellektuelle, der in der Lage war, Tausende von Sutraversen zu kommentieren, deren Bedeutung den gewöhnlichen Sterblichen verborgen blieb, das unangefochtene Oberhaupt des chinesischen Großen Fahrzeugs, war dabei, sich zu bekehren.

Und dem großen Meister des Dhyana wurde bewusst, dass man dafür nie zu alt war und er bis dahin kein heiliges Leben geführt hatte. Er segnete den Erhabenen Buddha für diese wenn auch späte Erkenntnis, und die Vorstellung, dass er durchaus auch achtlos an einem so unbeschreiblichen Geschenk hätte vorbeigehen können, erfüllte ihn plötzlich mit großem Schrecken und dem Wunsch, Vergangenes wiedergutzumachen.

»Ich bereue es unendlich, dir nicht genug vertraut zu haben. Als Wu Zhao mir berichtete, dass du mit diesem jungen Mädchen aus Samye zurückgekommen bist, hat mich diese Neuigkeit sehr verärgert. Jedes Mal, wenn sie versuchte, bei mir ein gutes Wort für dich einzulegen, weigerte ich mich hartnäckig, auf sie zu hören. Ich hätte besser daran getan, dich aufzufordern, zu mir zu kommen, dann hätten wir beide miteinander reden können, so wie jetzt.«

»Ich weiß, dass ich einen neuen Weg gewählt und mich dazu über die Verbote hinweggesetzt habe, denen die Mönche des Großen Fahrzeugs unterworfen sind. Aber abgesehen davon bin ich überzeugt, dass ich immer noch derselbe bin wie früher, auch wenn mein Verhalten Euch möglicherweise verletzt hat und Euch dazu verleitet haben mag, an mir zu zweifeln.«

»Du hast gerade einen wahren Satz gesprochen, Fünffache Gewissheit. Ohne dich hätte ich eine solche Aussage immer mit der allergrößten Vehemenz zurückgewiesen! Bis heute war meine Sichtweise eng und eingeschränkt. Die Wege des Heils sind ebenso unergründlich wie vielfältig. Ich habe tatsächlich warten müssen, bis ich ein alter Mann geworden bin, um das zu erkennen. Dank dir, mein Kind!«, flüsterte der alte Anhänger des Mahayana.

»Ich bin glücklich, mit Euch darüber sprechen zu können, Meister Vollendete Leere! Ich hegte nicht die Hoffnung, jemals die Gelegenheit dazu zu haben. Das bedeutet für mich einen gewaltigen Trost«, entgegnete der frühere Schüler des Abtes dankbar.

»Ich bin bereit, dich von deinem Mönchsgelübde zu entbinden. Auf diese Weise kannst du Umara heiraten, ohne den Zorn des Großen Fahrzeugs fürchten zu müssen. Der Weg, den du gewählt hast, scheint mir der richtige zu sein, und ich respektiere ihn«, schloss Vollendete Leere und legte wohlwollend eine Hand auf die Schulter des Mannes, dem er noch tags zuvor die entsetzlichen Qualen des kältesten Hölle verheißen hätte.

»Ich danke Euch aus tiefstem Herzen für Euer Verständnis. Aber bevor ich Umara heiraten kann, muss ich sie erst einmal wiederfinden! Die Erwählte meines Herzens ist vor einem Jahr auf rätselhafte Weise aus Samye verschwunden«, stöhnte Fünffache Gewissheit.

»Dieser Moment wird schneller kommen, als du glaubst«, murmelte der alte Abt, dessen Stimme wieder erschöpfter klang.

»Es wäre so schön, wenn Eure Worte wahr wären und nicht bloß ein Versuch, mir Hoffnung zu machen!«

»*Om!* Fünffache Gewissheit! Du musst Vollendete Leere glauben! Er spricht sehr aufrichtig!«, mischte sich da der *ma-ni-pa* ein.

»Danke, *ma-ni-pa,* dass du mir zu Hilfe eilst!«, entgegnete der große Meister des Dhyana.

»Darf ich wirklich auf Eure Vergebung zählen?«, fragte Fünffache Gewissheit seinen ehemaligen Abt mit zitternder Stimme und warf sich ihm zu Füßen.

»Ich dachte, ich hätte mich klar ausgedrückt. Die Antwort darauf lautet zehntausendmal ja! Aber gewährst auch du mir die deine? Das ist für mich ebenso wichtig.«

»Ich soll Euch vergeben? Aber was denn, Meister Vollendete Leere?«, fragte Umaras Geliebter verdutzt.

»Da gibt es vielerlei. Meine Beweggründe waren nicht immer rühmlich. Ich war besessen vom Triumph des Großen Fahrzeugs, und dieses Ziel hat mich geblendet wie einen General, der seine Truppen zum Sieg führen will. Aber das Große Fahrzeug ist keine Armee! Ich habe aus kindischem Antrieb und mangelnder Distanz heraus gesündigt. Du warst eines der Opfer dieses Verhaltens, und das bereue ich zutiefst«, erklärte Vollendete Leere lediglich, ehe er sich in ein Schweigen zurückzog, das er bis zu ihrer Ankunft in Luoyang drei Tage darauf nicht mehr brach.

Als Fünffache Gewissheit Umara auf der Schwelle der Zelle erblickte, vor die Vollendete Leere ihn geführt hatte, ehe er sich wortlos zurückzog, stieß er einen wilden Schrei aus und stürzte sich auf sie, um sie in die Arme zu schließen. Er kümmerte sich nicht im Geringsten um die missbilligenden Blicke des alten Kehrmönchs, der sie beide beobachtete und seinen jüngeren Bruder sofort wiedererkannt hatte.

»Meine Liebste!«, rief er, ehe er seinen Mund auf Umaras Lippen legte, um sie zärtlich zu küssen.

Die verschiedenfarbigen Augen der jungen Christin erschienen ihm noch seltsamer und schöner als beim letzten Mal, als er sie gesehen hatte, bevor Erste der vier Sonnen, die die Welt Erleuchten sie im Auftrag von Vollendete Leere in ihrer Schäferhütte im Reich Bod aufgestöbert und von dort verschleppt hatte.

»Mein Geliebter! Mein Einziger!«, flüsterte Addai Aggais Tochter, völlig benommen vor Glück. Nicht im Traum hätte sie damit gerechnet, ihren Geliebten plötzlich wie aus dem Nichts vor sich zu sehen.

Hastig zog sie ihn in ihre Kammer, wo schon bald ihre Zungen erneut miteinander verschmolzen und ihre Finger über Schultern, Brust, Bauch und Geschlecht des anderen strichen.

Überglücklich und wie berauscht voneinander, brauchten sie keine Worte, es genügte ihnen, sich gegenseitig zu spüren, um sich davon zu überzeugen, dass sie nicht träumten. Wenn sie so weitermachten, würde es gewiss nicht mehr lange dauern, bis die Stürme der Leidenschaft losbrachen. Doch die Schar Novizen, die sich mittlerweile vor der Tür zu Umaras Zelle drängte, verwehrte ihnen die dazu nötige Einsamkeit.

»Lass uns heute Abend damit fortfahren, wenn wir mehr Ruhe haben. Nachts schlafen hier alle. Dann wird uns niemand stören«, murmelte die junge nestorianische Christin ihrem Geliebten zu, nachdem sie über sein schwellendes Glied gestrichen hatte, das sich unter seinen Beinkleidern abzeichnete.

An seine Schulter geschmiegt, erzählte sie ihm in wenigen Worten, wie Vollendete Leere sie aus Samye hatte entführen lassen, weil er davon überzeugt war, dass sich die Augen des Buddha in ihrem Besitz befanden.

»Jetzt verstehe ich, warum er vorhin so verlegen und voller Reue war«, entgegnete er, als sie ihren Bericht beendete.

»Aber jetzt bist du ja da, und Gott sei Dank ist endlich alles wieder gut. Die Vergangenheit zählt nicht mehr. Du und ich, wir werden uns nie mehr trennen«, sagte sie lächelnd.

»Ich verspreche dir, dass ich dich nie wieder auch nur eine Sekunde alleine lassen werde. Wenn du wüsstest, welche Vorwürfe ich mir gemacht habe, weil ich an jenem Nachmittag mit Lapika spazieren gegangen bin«, erklärte er, während er ihr Haar streichelte.

»Jetzt brauche ich nur noch meinen Vater wiederzufinden, dann ist mein Glück vollkommen.«

»Addai Aggai befindet sich zur Stunde bei Kaiserin Wu im kaiserlichen Palast von Chang'an! Vollendete Leere hat mir erzählt, dass er ihm vor drei Tagen dort begegnet ist!«, verkündete Fünffache Gewissheit triumphierend, woraufhin Umara vor Freude und Überraschung aufschrie.

»Das kann ich bestätigen! Wu Zhao hat Euren Vater heimlich im kaiserlichen Palast untergebracht!«

Es war die unnachahmliche Stimme des großen Meisters des Dhyana, der im Türrahmen von Umaras Zelle stand. Da er in Ruhe mit ihnen über ihre Zukunft reden wollte, hatte er beschlossen, sie nach dem letzen Gebet des Tages aufzusuchen.

»Wann kann ich zu ihm? Er muss vor Sorge völlig verzweifelt sein. Er ist schon so lange ohne Nachricht von mir. Neben Gott bin ich für ihn das Wichtigste auf der Welt«, rief die junge Frau, deren Herz von dieser Flut schöner Überraschungen überfloss, mit vor Freude brüchiger Stimme.

»Euer Vater wurde über Eure Anwesenheit hier informiert. Er weiß, dass Ihr gesund seid. Ich denke, er ist sehr erleichtert«, murmelte der Abt verlegen, an dessen Hals immer noch die Male zu erkennen waren, die die wütenden Finger des nestorianischen Bischofs dort hinterlassen hatten.

»Kaiserin Wu Zhao hat also wieder einmal im Hintergrund die Fäden gezogen«, flüsterte Umara nachdenklich.

»Nichts entgeht dem Scharfsinn der Herrscherin. Um ihre Schützlinge bei sich aufzunehmen und vor den Häschern des Zensorats zu retten, ist diese Frau zu jedem Risiko bereit und umgeht dabei spielend die zahllosen Fallen ihrer Feinde. Sie hat nicht nur Euren Vater bei sich versteckt, sondern auch Hort der Seelenruhe, den manichäischen Großen Vollkommenen aus Turfan«, fügte Vollendete Leere hinzu.

»Wusste sie, dass Ihr mich gefangen haltet?«

»Ja.«

»Und dabei hatte ich immer den Eindruck, dass die Kaiserin große Zuneigung für mich empfindet«, entgegnete die junge Frau enttäuscht.

»Sie ist eine mächtige Frau. Und ihre Ziele sind nicht die gleichen wie die deinen. Unter diesen Umständen ist es schwer, sich an ihre Stelle zu versetzen!«, bemerkte Fünffache Gewissheit.

»Dazu habe ich auch nicht die geringste Lust. Ich würde niemals mit ihr tauschen wollen«, rief Umara.

»Umara, es ist mir eine Freude, dir mitzuteilen, dass du frei bist, zu gehen, wohin es dir beliebt. Das Kloster der Dankbarkeit für Erwiesene Kaiserliche Wohltaten hat keinen Grund mehr, dich festzuhalten«, verkündete daraufhin Vollendete Leere mit einer gewissen Feierlichkeit, um der sich anspinnenden Diskussion über das Verhalten der Kaiserin ein Ende zu machen.

Verblüfft und ein wenig ungläubig musterte Umara den Abt und fragte sich, was wohl zu diesem Sinneswandel geführt haben mochte.

»Dann haben sich Eure Anschuldigungen gegen mich also erledigt?«, erkundigte sie sich verwundert.

»Man ist nie zu alt, um seine Meinung zu ändern. Es tut mir leid, wie ich dich behandelt habe. Mir hat es nicht nur an Weitsicht, sondern auch an Mitgefühl gemangelt. Ich bin inzwischen ein alter Mönch, und mir ist bewusst, dass ich erst sehr spät zur Weisheit gefunden habe! Man könnte fast sagen, es war eine Bekehrung, und die verdanke ich Fünffache Gewissheit«, gestand der spirituelle Vater zehntausender Mönche, die er in der transzendentalen Meditation unterwiesen hatte, nachdenklich und mit fast schon verzweifelter Stimme.

Der sonst so unnahbare, strenge und von allen gefürchtete Meister des Dhyana bemühte sich nach Kräften, seine Tränen zurückzuhalten, was ihn dazu zwang, sich vor den beiden Liebenden, die einander bei der Hand gefasst hatten, in eisernes Schweigen zu hüllen.

»Lasst uns doch die kleinen Himmlischen Zwillinge besuchen. Ich vermisse sie so sehr, Meister Vollendete Leere!«, bat Fünffache Gewissheit seinen ehemaligen Abt, um die grenzenlose Schwermut einzudämmen, die diesen zu überwältigen schien.

»Kommt mit! Die Kinder sind ganz in der Nähe untergebracht. Sie haben einen Pavillon ganz für sich alleine«, antwortete Vollendete Leere, nachdem er einmal kräftig geschluckt hatte.

Dann reichte er Fünffache Gewissheit den linken Arm und gab ihm so zu verstehen, dass er sich auf ihn stützen musste, um sie dorthin zu bringen, da ihn seine Beine alleine nicht mehr trugen.

Als sie das Zimmer der Himmlischen Zwillinge betraten,

deren Tag sich allmählich dem Ende zuneigte, war eine Nonne gerade dabei, sie auszuziehen. Jeden Tag wurden sie in eine andere Farbe gekleidet, um vor den Pilgern zu erscheinen. An diesem Tag trugen sie rote Hemden über eng geschnittenen schwarzen Hosen mit einer goldenen Paspel an der Seite.

Wie eine Mutter stürzte Umara auf sie zu und überhäufte sie mit Küssen.

»Ich weiß nicht, ob ihr mich wiedererkennt. Ich bin es, Umara! Sie sind ja so süß!«, rief sie, nachdem sie vor ihnen auf die Knie gefallen war und abwechselnd dem Jungen und dem Mädchen übers Haar streichelte.

»Ja! Ich erkenne dich!«, sagte Juwel mit ihrer leisen Kinderstimme.

»Ich auch!«, rief Lotos, der sich an seine Schwester schmiegte.

»Als ich sie verlassen habe, konnten sie kaum ein Wort sagen. Und jetzt sprechen sie schon so gut«, flüsterte sie.

»Ein Mönch erteilt ihnen Chinesischunterricht. Und ihre Intelligenz tut ein Übriges«, erklärte Vollendete Leere.

»*Om!* Sie sind schön wie zwei Sterne!«, fügte der *ma-ni-pa* mit unverhohlener Freude hinzu.

Der Wandermönch, dessen Zuneigung zu den Himmlischen Zwillingen ungebrochen war, hatte Umara und Fünffache Gewissheit natürlich begleitet, als Vollendete Leere ihnen angeboten hatte, sie zu den Kindern zu führen.

»Juwel wird immer noch schöner!«, stellte Addai Aggais Tochter leise fest, während sie Vollendete Leere ein paar Schritte zur Seite führte. »Weiß sie, dass sie anders ist?«, fügte sie ein wenig besorgt hinzu.

»Wu Zhao hat uns ausdrücklich gebeten, Juwel niemals an den Rand eines Zierbeckens zu lassen; außerdem sind in den Räumen, in denen sie ihre Tage verbringt, Spiegel strengstens untersagt. Die Herrscherin hat darauf bestanden, selbst diejenige zu sein, die dem kleinen Mädchen zu gegebener Zeit sein wahres Äußeres offenbart. Noch glaubt die Kleine, sie sei genau wie alle anderen«, wisperte der Abt den beiden Liebenden zu.

»Das ist auch besser so! Es wäre sicher ein furchtbarer Schock für sie, wenn sie es selbst herausfinden würde«, flüsterte Umara.

Sie hatte das kleine Mädchen in die Arme genommen und streichelte sein Gesicht, als fürchtete sie jenen entsetzlichen Moment, in dem Juwel endlich entdecken würde, was alle anderen bereits in ihr sahen. Wie gerne wäre sie dabei, wenn es so weit wäre! Es könnte sicherlich nicht schaden, wenn neben Wu Zhao auch sie da wäre, um dem Kind zu helfen, diesen furchtbaren Schlag zu verarbeiten.

»Ich werde bei Tante Wu Bogenschießen lernen!«, kreischte Lotos unter lautem Freudengeschrei.

»Wer ist Tante Wu?«, fragte Umara, zu Tränen gerührt von den beiden Kindern, um die sie sich so liebevoll gekümmert hatte, als sie noch ganz klein gewesen waren.

»Kaiserin Wu Zhao«, flüsterte Vollendete Leere. »Die Herrscherin hegt eine große Zuneigung zu den beiden und verlangt sie jedes Mal zu sehen, wenn sie sich in der Sommerhauptstadt aufhält, was immer häufiger der Fall ist.«

»Wir sollten die Kinder jetzt schlafen lassen; morgen früh müssen sie bestimmt zu den Pilgern, die in langen Schlangen darauf warten, sich vor ihnen zu verneigen«, sagte Fünffache Gewissheit, dem bewusst war, wie die Zeit voranschritt.

Wieder zurück in ihrem Zimmer, vor dessen Tür sich der *ma-ni-pa* niedergelassen hatte, um zu verhindern, dass irgendjemand zu ihnen hereinkam, konnten die wiedervereinten Liebenden einander endlich erkunden und sich dem anderen hingeben. Ihre Liebkosungen kamen so selbstverständlich, als wären sie erst am Vorabend auseinandergegangen.

Nach der endlosen Trennung war ihre erste Liebesnacht lang und wunderschön.

Bei Fünffache Gewissheit löschte der Körper der jungen Christin bereits alle Erinnerungen und Spuren aus, die die Rundungen der schönen, wilden Yarpa, der tibetischen Bön-Priesterin, auf seiner Haut zurückgelassen hatten; und seiner Geliebten erschien der Jadestab des einstigen Mönchs des Großen Fahrzeugs noch begehrenswerter als früher, als sie, kaum dass Fünffache Gewissheit sich ausgezogen hatte, damit begann, ihm die Aufwartung ihrer Lippen zu schenken.

Das Liebesritual, das sie in jener Nacht zelebrierten, würde ihnen dank ihrer Kreativität und ihres Einfallsreichtums noch lange in Erinnerung bleiben.

»Nach diesem Moment habe ich mich schon seit Ewigkeiten gesehnt, mein Liebster! Mein Leib ist ausgedörrt wie die Wüste Gobi am Ende des Winters«, gurrte sie erschauernd.

»Ich bin bereit, ihn mit meinem Nektar zu tränken, wie es ihm gebührt«, lachte er und legte die Beine seiner Geliebten um seinen Hals, sodass er mühelos ihre Rosenknospe lecken konnte, während sie zärtlich seinen Jadestab massierte, der so stark angeschwollen war, dass er zu platzen schien.

»Ich will dich auf alle Arten in mir spüren«, murmelte sie und gab ihm damit zu verstehen, dass ihr Hinterhof bereit war, ihn mit der gleichen Begeisterung und Leidenschaft zu empfangen wie die vordere Pforte.

»Aber diesen Weg haben wir noch nie ausprobiert«, wandte der ehemalige Mönch des Mahayana ein.

»Jetzt will ich dir alles von mir schenken. Zwischen uns darf es keine Grenzen mehr geben«, entgegnete sie und nahm, um noch deutlicher zu werden, eine entsprechende Stellung ein, der er nicht mehr widerstehen konnte.

Umara durchströmte eine solche Lust, dass ihr lautes Stöhnen die Novizen zu wecken drohte, die nicht weit von ihnen entfernt schliefen. Da band Fünffache Gewissheit seiner Geliebten behutsam einen seidenen Schal um den Mund, was sie mitnichten verstummen ließ, sondern ihr Seufzen noch verstärkte, als verzehnfachte dieses zarte Band die Leidenschaft, die sie kaum beherrschen konnte.

Bis in die frühen Morgenstunden fügten sich ihre ausgehungerten Körper perfekt ineinander wie der Schlüssel, der eigens für ein bestimmtes Schloss geschmiedet worden war und auf wundersame Weise die Tür zu einem Versteck öffnete, in dem sich Schätze auftürmten, von deren Existenz sie bis dahin nichts geahnt hatten.

Auf diesem schmalen Lager in der kahlen Zelle eines Mönchs, wo nicht der kleinste Schmuck die spirituellen Übungen ihres Bewohners störte, schworen sie einander Treue bis an ihr Lebensende.

Am nächsten Morgen ließ Vollendete Leere die beiden Liebenden in sein Arbeitszimmer kommen.

»Fünffache Gewissheit, heute Nacht habe ich das Ritual vollzogen, das es mir erlaubt, dich von deinem Gelübde zu entbinden, indem ich dir meine Hände auflege! Ich habe es eigens für dich erfunden!«, erklärte er seinem ehemaligen Gehilfen, während er ihm die Arme öffnete wie ein Vater seinem Sohn.

»Ich dachte, die Mönchsgelübde seien unauflöslich«, entgegnete sein ehemaliger Gehilfe verblüfft und erfreut zugleich.

»Was ein Ritual vollzogen hat, kann ein anderes auch wieder auflösen. Ist es nicht das Wichtigste, dem Pfad zu folgen, den der Erhabene für jeden Menschen vorgezeichnet hat?«

»Dann können wir also ganz offiziell Mann und Frau werden, ohne dass Fünffache Gewissheit als früherer Mönch des Großen Fahrzeugs das Feuer oder die eisige Kälte der Avici-Hölle zu befürchten hätte?«, murmelte Umara aufgewühlt.

Die Worte des großen Meisters des Dhyana machten das Glück der jungen nestorianischen Christin vollkommen.

»Ganz genau, meine Kinder!«, antwortete der Abt.

»Wenn das so ist, wird mein Vater uns bestimmt nach dem Ritus der Kirche des Nestorius durch das Sakrament der Ehe miteinander verbinden!«

»Das wird er sicherlich mit Freuden tun«, sagte der ehemalige Gehilfe von Vollendete Leere, nachdem dieser ihn von seinem Gelübde entbunden hatte.

»Und doch wird das weder etwas an unserer Liebe zueinander ändern noch an der Tatsache, dass mein Einer Gott unsere Verbindung gewollt hat. Denn er hat dafür gesorgt, dass wir nun wieder zusammen sind, ihm haben wir nicht nur zu verdanken, was geschehen ist, sondern auch alles, was noch kommt!«, ergänzte die Tochter von Addai Aggai, deren Glaube an ihren Gott sich nicht mit Ritualen belastete.

»Dein Glaube ist unversehrt. Das ist gut. Aber vergiss nicht, dass der Buddha auch über diejenigen wacht, die ihn nicht kennen. Daher nimm dies, du wirst es nicht bereuen«, sagte der große Meister des Dhyana und reichte der jungen Christin ein Kettchen, an dem eines jener winzigen silbernen Reliquiare hing, in die man ein Stück von einem Sutra legte und sie dann Einsiedlern um den Hals hängte, ehe man sie fortschickte, damit sie monatelang alleine in abgeschiedenen Höhlen meditierten.

»Ihr verwöhnt mich, Meister Vollendete Leere!«, entgegnete sie lächelnd.

»Ich möchte, dass du mir meine haltlosen Verdächtigungen verzeihst, die der Grund für mein Fehlverhalten waren, und auch alles, was ich dir angetan habe. Obwohl ich ein Meister des Dhyana bin, Umara, habe ich dir gegenüber sehr leichtfertig gehandelt«, seufzte der Abt.

Addai Aggais Tochter fiel es schwer, in diesem alten, aufrichtig bekümmert wirkenden Mann den strengen Meister wiederzuerkennen, der die Tausende von Mönchen und Novizen des größten Mahayana-Klosters in ganz China mit eiserner Hand lenkte.

Aber man war nie zu alt, um sich zu bekehren.

Und die Demütigen, die Schlichten und die Arglosen waren der Heiligkeit schon immer näher als alle anderen.

13

Kaiserlicher Sommerpalast des Rosengartens. Luoyang, 5. März 659

Die kleine Juwel war alleine im riesigen Sommerpalast in Luoyang, wo sie aus dem Zimmer ihrer lieben Tante Wu so merkwürdige Geräusche hörte, und sie langweilte sich fürchterlich.

Nach der lang anhaltenden Kälte schien sich die Natur in diesen letzten Wintertagen endlich zu schütteln, und die Kaiserin von China war am Vortag in der Sommerhauptstadt der Tang eingetroffen, wo sie unter dem Vorwand, die Luft sei dort reiner als in Chang'an, immer häufiger hinreiste.

Das kleine Mädchen war zum ersten Mal von seinem Bruder getrennt, mit dem es bislang alles gemeinsam unternommen hatte.

Vollendete Leere, der Lotos in die Kunst des Bogenschießens einführen lassen wollte, hatte die Anwesenheit der Kaiserin genutzt und die Kinder in den Sommerpalast bringen lassen, wo der kleine Junge Unterricht von Wu Zhaos persönlichem Bogenschützen erhielt. Trotz allen Flehens hatte der große Meister des Dhyana den Wunsch des kleinen Mädchens, das es seinem Bruder unbedingt gleichtun wollte, nicht erfüllt, denn er wusste, dass das Bogenschießen seit Jahrtausenden allein den Männern vorbehalten war.

Nach dem, was bei ihrer letzten Unterhaltung in Chang'an vorgefallen war, hatte der große Meister des Dhyana sicherheitshalber davon abgesehen, persönlich in den Palast zu kommen, denn er wollte die Kaiserin erst auf geeignetem Wege darüber in Kenntnis setzen, dass er sowohl für sein Verhalten Umara gegenüber als auch für seine Weigerung, Fünffache Gewissheit zu vergeben, Abbitte geleistet hatte. Daher hatte er Erste der vier Sonnen, die die Welt Erleuchten gebeten, den kleinen offenen Wagen mit den beiden Kindern zu lenken, die die dicht gedrängte Menge entlang der Straße, die vom Kloster zum Sommerpalast führte, ehrfürchtig gegrüßt hatte.

Und nun hatte der kleine Junge also seinen ersten Unterricht auf dem Übungsgelände im hinteren Teil des Päoniengartens. Trotz aller Proteste hatte seine Schwester ihn ziehen lassen müssen. Vor Enttäuschung schmollte sie so hartnäckig, dass es den Kammerfrauen der Kaiserin nicht mehr gelang, sie wieder aufzuheitern.

»Wo ist Tante Wu?«, hatte sie eine der Frauen gefragt, die ihre Tage in einem dem Park zugewandten Zimmer verbrachten, wo sie darauf warteten, dass die Kaiserin nach ihnen läutete, um ihnen ihre Anweisungen zu erteilen.

»Kaiserin Wu Zhao ist in ihrem Zimmer und ruht sich aus. Sobald sie aufgestanden ist, kannst du zu ihr. Bis dahin brauchst du nur zu sagen, wenn du ein Spielzeug möchtest, meine kleine Juwel!«, hatte die Zofe geantwortet, ohne den Abscheu und die Furcht verhehlen zu können, die ihr das halb behaarte rote Gesicht des kleinen Mädchens einflößte.

»Ich brauche nichts. Danke! Ich will lieber alleine spielen!«, hatte sie in einem merkwürdig entschiedenen Ton geantwortet, der überhaupt nicht zu ihr passte und verriet, wie verärgert sie war.

Daraufhin hatte die Kammerfrau sie in einem riesigen Salon alleine gelassen, wo Juwel, nachdem sie den ersten Kummer überwunden hatte, ungestört die prunkvollen Möbel bestaunte, die niemand außer dem Kaiserpaar benutzen durfte.

Vor allem ein aus Rosenholz gefertigter *shanghuqizhuo*-Spieltisch, auf dem ein Schachbrett mit eindrucksvollen Elfenbeinfiguren stand, zog den Blick des kleinen Mädchens an, das allmählich die Welt entdeckte. Rings um den Tisch, dessen Platte mit Einlegearbeiten aus rotem Sandelholz und gelbem Birnbaum verziert war, schenkten *chanyi*-Stühle denjenigen, denen das Glück beschieden war, sich darauf niederlassen zu dürfen, außergewöhnliche Bequemlichkeit. Zu jener Zeit machte dieses Modell bereits überall Furore, und man fand solche Stühle in den Gebetssälen der reichsten buddhistischen Tempel.

An der Wand stand eine lackierte Kommode, auf die ein Maler Jagd- und Fischerszenen inmitten von Bäumen, Wasserfällen, Seen, Berggipfeln und Wolken gezeichnet hatte. Die warmen Töne, die durch die zarten schwarzen und roten Pinselstriche des Künstlers noch betont wurden, schufen das vollkommene Abbild der Harmonie zwischen Mensch und Natur – ein typisch daoistisches Konzept, das sich der kleinen Juwel dort eröffnete.

So etwas hatte sie noch nie gesehen!

Das Kind setzte die Besichtigung des Zimmers fort. Und als es den Blick zur hölzernen Kassettendecke hob, die mit blattgoldüberzogenen Vögeln verziert war, entdeckte es plötzlich auf einem Regal aus Ebenholz, das glänzte wie das Wasser eines Sees, einen herrlichen bronzenen Spiegel.

Mit zunehmendem Alter war dem kleinen Mädchen bewusst geworden, dass man es von allen spiegelnden Oberflächen fernhielt, und schon seit Wochen suchte sie vergeblich nach einer Möglichkeit, dieses für sie unverständliche Verbot zu umgehen.

Und nun winkte ihr in diesem Zimmer endlich ein schöner runder Spiegel!

Hastig schob sie einen der *chanyi*-Stühle an die Wand und schaffte es so, sich mit ihren kurzen Ärmchen auf die lackierte Kommode zu ziehen, von wo aus sie den Spiegel auf dem Regal erreichen konnte. Danach kletterte sie vorsichtig wieder hinunter, wobei sie darauf achtete, nicht auszurutschen.

Es war ein herrlicher, mit zwei von Ranken eingefassten Löwen geschmückter Spiegel, der an einer dünnen Kordel aus scharlachroter Seide hing. Nachdem sie über seine kunstvoll verzierte Rückseite gestrichen hatte, drehte sie ihn um und schaute hinein.

Als sie in dem polierten, glänzenden Kreis ihr Gesicht entdeckte, entfuhr ihr unwillkürlich ein qualvolles Stöhnen, in dem sich Furcht und Überraschung mit Verzweiflung mischten.

Sie sah ein Gesicht, das durch den Nasenrücken zweigeteilt war. Ein Gesicht, das keinem anderen glich, das sie bis zu diesem Tag gesehen hatte.

Sie strich mit der Hand über ihre Wange und verstand mit einem Mal, warum sie dabei stets eine Art Flaum auf dieser Seite ihres Gesichts gespürt hatte.

Mutterseelenallein im kaiserlichen Salon mit den prunkvollen Möbeln entdeckte die kleine Juwel jenes schreckliche Geheimnis, das ihr als Einziger bislang verborgen geblieben war. Das also trug ihr die teils mitleidigen, teils von inbrünstiger Verehrung erfüllten Blicke Tausender Pilger ein, die jeden Tag Schlange standen, um sich zu ihren Füßen zu verneigen. Vor lauter Anspannung umklammerte sie mit aller Kraft den wie ein Drachenschwanz geformten Griff des verräterischen Spiegels. Noch einmal hielt sie ihr Gesicht dicht an die spiegelnde Oberfläche, dann brach sie von Gefühlen überwältigt in lautes Schluchzen aus und rannte zu einem der großen Sofas hinüber, wo sie sich daumenlutschend zusammenrollte.

Die Finger immer noch krampfhaft um den Spiegel geschlossen, untersuchte sie immer wieder ihr kleines Gesicht in dem Kreis aus polierter Bronze.

Nach einer Weile bemerkte sie, dass es ihr immer weniger Angst machte, je länger sie sich betrachtete. Das tröstete sie ein wenig, und plötzlich hörte sie auch wieder die seltsamen Geräusche aus dem Schlafzimmer der Kaiserin, in das man durch ein angrenzendes Ankleidezimmer gelangte.

Sie verlor das Interesse an dem Spiegel und spitzte die Ohren.

Es war das gleiche Röcheln, das sie bereits bemerkt hatte, als sie in den Salon gekommen war, diesmal aber lauter und beinahe singend: ein leises Grollen, als habe Wu Zhao ein Haustier in ihrem Zimmer.

Neugierig geworden rutschte das kleine Mädchen schließlich vom Sofa, um nachzusehen, was dort vor sich ging. Die Tür zum Zimmer von Tante Wu war geschlossen. Also presste Juwel ein Ohr gegen das Holz und hörte daraufhin einen Dialog, von dem sie nicht das Geringste verstand. »O ja! Fester! Nein, das ist zu viel! Oh, ist das gut!«, hauchte die Herrscherin, deren Stimme sie deutlich erkannte, unterbrochen von weiterem, immer lauter anschwellendem Stöhnen, auf das ein Mann mit starkem fremdem Akzent in gebieterischem Ton mit »Dahin! Stillhalten! Genau da! Beweg dich nicht mehr! Du wirst sehen, dann wird es fester!«, antwortete.

Immer noch benommen von ihrer Entdeckung, fragte sich Juwel, ob Wu Zhao, deren Stöhnen mittlerweile an Schmerzenslaute erinnerte, etwa misshandelt wurde.

Fest entschlossen, ihre geliebte Tante Wu gegen den bösen Mann, der ihr wehtat, zu verteidigen, entschied das kleine Mädchen, das Schlafgemach zu betreten. Ihr kleines Herz klopfte wie wild, als sie lautlos die Tür öffnete und ins Zimmer schlich.

Und der Anblick, der sich ihr dort bot, verschlug ihr regelrecht die Sprache.

Sie sah den Rücken ihrer Tante Wu, die auf ihrem großen Prunkbett splitterfasernackt rittlings auf einem dunkelhäutigen Mann hockte, dessen Oberkörper von Ringen durchstochen war. Im Rhythmus ihres Stöhnen und Klagens bewegte sie sich auf dem von seltsamen Narben gezeichneten flachen Bauch des Mannes hin und her.

»Tante Wu! Tante Wu! Tut dir etwas weh?«, entfuhr es Juwel mit zitternder Stimme, aber laut genug, um gehört zu werden.

Sie ahnte ja nicht, dass sie gerade die Kaiserin von China beim Liebesspiel mit ihrem Vater überrascht hatte!

»Tante Wu! Tante Wu! Ich bin es, Juwel! Du hörst dich

an, als tut dir etwas weh!«, wiederholte sie, den Tränen nahe.

Bei diesen Worten fuhr die Kaiserin herum, und als ihr entsetzt klar wurde, dass ihre geliebte kleine Juwel vor ihr stand, warf sie sich hastig ein Laken um die Schultern und bedeutete dem Mann, aus ihrem Bett zu verschwinden.

»Mein Liebes! Ich hatte ganz vergessen, dass du hiergeblieben bist, während dein Bruder im Bogenschießen unterwiesen wird!«, flüsterte sie verlegen und nahm sie in die Arme.

»Ich hatte solche Angst, dass der Mann dir wehtut, Tante Wu!«, stöhnte das Mädchen und brach in Tränen aus.

Die Kleine zitterte am ganzen Leib, was dem ansonsten so ruhigen und ausgeglichenen Kind gar nicht ähnlich sah. Da bemerkte Wu Zhao die dünne Schlaufe aus roter Seide an Juwels Handgelenk und den Bronzespiegel mit dem luristanischen* Dekor aus Löwen und Ranken, der auf dem Regal im Salon neben ihrem Zimmer gelegen hatte.

»Was machst du denn mit dem Spiegel, meine kleine Juwel?«, fragte die Herrscherin das kleine Mädchen, das daraufhin noch lauter weinte. »Hast du darin dein Gesicht gesehen? Sprich mit mir!«, fügte sie aufgewühlt hinzu.

»Ja! Und ich hatte große Angst«, flüsterte Juwel und schmiegte sich an die nackte Brust der Kaiserin.

»Du brauchst doch keine Angst vor dir zu haben, mein Liebes.«

»Mein Gesicht sieht nicht aus wie die anderen. Tante Wu hat keine Haare«, schluchzte die Kleine.

* Die zentralasiatische Region Luristan war für ihre Bronzearbeiten berühmt.

»Und trotzdem preisen alle, die dich sehen, deine Schönheit, meine Kleine. Deine Züge sind so zart wie die der schönsten Statue der Guanyin hinten im großen Gebetssaal des Klosters der Dankbarkeit für Erwiesene Kaiserliche Wohltaten. Du bist einfach nur anders als die anderen!«, entgegnete Wu Zhao leise, während sie das hübsche lockige Haar streichelte.

Unter diesen Liebkosungen versiegten allmählich die Tränen des kleinen Mädchens, und es wusste nicht mehr, ob es lachen oder weinen sollte.

»Du bist wunderschön!«, versicherte die Kaiserin Juwel erneut, deren kleines Händchen ihre Hand umklammerte.

»Aber als ich mich zum ersten Mal im Spiegel gesehen habe, hatte ich Angst!«

»Wie kann man vor einem so hübschen Gesichtchen Angst haben? Sag mir, Juwel: Ein für alle Mal, akzeptierst du die Tatsache, dass eine Hälfte deines hübschen kleinen Gesichts von Haaren bedeckt ist?«

»Ja, Tante Wu, ich akzeptiere es!«, murmelte das kleine Mädchen.

»Das Wichtigste ist, sich so anzunehmen, wie man ist; und dann kann man den anderen, falls sie es verdienen, durch sein Verhalten zeigen, was in einem steckt. Genau wie Diamanten von einer steinernen Kruste umschlossen sind, die nichts von ihrem Glanz nach außen dringen lässt, hängen auch bei einem Menschen die Qualitäten nicht von seinem Äußeren ab«, erklärte ihr die Kaiserin mit sanfter Stimme.

»Jetzt verstehe ich, was mit mir passiert und warum man mich den Pilgern vorführt. Tante Wu, ich will mich so gerne im Fluss anschauen! Die Bäume spiegeln sich viel klarer darin als mein Gesicht in diesem Spiegel!«, antwortete sie jammernd. »Ich will ans Ufer des Le! An die Stelle, wo Tante Wu die magischen Steine herausgeholt hat! Ich will wissen, ob mein Gesicht im Wasser genauso aussieht!«

Überglücklich erkannte die Kaiserin nebenbei, dass Juwel ihre Lektion behalten hatte, nachdem sie sie angefleht hatte, niemals jemandem zu verraten, dass Stummer Krieger selbst die prophetischen Inschriften in die Felsen gemeißelt hatte, die die baldige Thronbesteigung einer Frau verhießen, welche ihr bis aufs Haar glich.

»Genau diese Worte habe ich mir von dir gewünscht. Ich hätte mir von meiner kleinen Prinzessin nichts Besseres erträumen können!«, rief die Herrscherin voller Dankbarkeit. »Wir werden sofort hingehen!«

Da vergaß das kleine Mädchen seine Tränen. Sie liebte diesen Spaziergang, den die viel beschäftigte Herrscherin ihr nur selten gewährte.

»Stummer Krieger, ich gehe mit Juwel zum Fluss hinunter!«, rief Wu Zhao ihrem Leibdiener zu.

»Ich hänge den Käfig der Grille zurück und komme dann nach, Majestät!«, antwortete seine gedämpfte Stimme, während das kleine Mädchen selig die Treppe vor der eindrucksvollen Teakholz-Veranda hinuntersauste, von der aus man auf den Rasen des Päoniengartens gelangte.

Sie brauchten nicht lange, bis sie das Ufer des tosenden Flusses erreichten, wo sie sich auf eine Bank setzten.

»Das ist schön!«, sagte Juwel leise, und ihr kleines, seidenweiches Händchen drückte Wu Zhaos Hand ein wenig fester. Die mit kostbaren Ringen geschmückten Finger und vor allem die langen, wie Raubvogelklauen gekrümmten Nägel faszinierten das kleine Mädchen sehr.

»Seit ich dich zum ersten Mal mit hierher genommen habe, liebst du das Wasser. Erinnerst du dich noch an die Stelle, an der du beinahe ertrunken wärst?«

»Das war noch ein Stück weiter. Da, wo die großen Felsen mit den prophetischen Inschriften im Wasser lagen, die der Elefant herausgeholt hat, der so groß war wie ein weißer Berg«, antwortete Juwel und deutete auf das kleine Wäldchen flussabwärts.

»Juwel, eines darfst du nie vergessen: Ich liebe dich wie eine Mutter«, flüsterte Wu Zhao daraufhin und nahm das Mädchen auf den Schoß.

»Ich habe keine Mutter«, entgegnete die Kleine und zog einen hinreißenden Schmollmund.

»Aber es gibt viele Menschen, die dich sehr lieb haben!«

»Sogar Meister Vollendete Leere?«

»Wieso fragst du mich das?«

Die Kaiserin wirkte betroffen.

»Er ist so streng zu uns. Er lässt uns nie lange spielen. Wir müssen immer bereit sein, um uns den Gläubigen zu zeigen, die ins Kloster kommen!«

»Ist das denn nicht auch ein bisschen verständlich? Schließlich sind manche von ihnen eine ganze Woche lang Tag und Nacht gelaufen, um sich zu deinen Füßen zu verneigen.«

»Was finden sie denn an uns? Warum sind sie so neugierig auf uns?«

»Sie sind nicht bloß neugierig, meine kleine Juwel, sie verehren euch!«

»Ich mache ihnen also keine Angst«, erkannte das kleine

Mädchen nachdenklich, während die Herrscherin sie mit den zärtlichsten Küssen zu überhäufen begann.

»Weißt du, mein Liebling, ich hätte dir so gerne selbst erklärt, wie dein Gesicht aussieht. Ich hatte angewiesen, dafür zu sorgen, dass nicht die geringste spiegelnde Oberfläche in deine Reichweite gelangt. Aber die Umstände haben anders entschieden.«

»Als ich zu dir ins Zimmer gekommen bin, Tante Wu, da auf dem Bett, da hörte es sich an, als hättest du Schmerzen. Ich hatte große Angst«, sagte Juwel und schlang die Arme um ihren Hals, um sich an ihre Brust zu kuscheln.

»Wenn du in ein paar Jahren alt genug bist, um solche Dinge zu verstehen, wirst du entdecken, dass Lust und Schmerz eine gemeinsame Seite haben«, antwortete Wu Zhao ohne die geringste Scham, ehe sie bemerkte, dass das kleine Mädchen in ihren Armen eingeschlafen war.

Die Zeit schritt voran, und die Kaiserin, die sich kaum vorstellen konnte, Juwel den ganzen Weg zurück in den Palast zu tragen, brauchte Stummer Krieger. Plötzlich wurde ihr bewusst, dass ihr allgegenwärtiger Leibdiener nirgends zu sehen war.

»Stummer Krieger! Komm her und hilf mir, die Kleine zu tragen!«, rief sie, davon überzeugt, dass er gleich hinter einem Baum hervorkommen würde, da er ihr überallhin folgte wie ein Schatten. Aber entgegen seiner Gewohnheit hatte der turko-mongolische Riese sie wohl nicht gehört.

Ein wenig verärgert wiederholte sie ihren Befehl mit lauterer Stimme, ohne die geringste Wirkung zu erzielen. Sie schaute sich um und fragte sich, warum ihr Diener nicht antwortete. Auf den Gedanken, dass Stummer Krieger gar nicht da sein könnte, kam sie überhaupt nicht, weil ihr diese Vorstellung so unmöglich erschien.

Wie hätte sie auch ahnen sollen, dass Stummer Krieger nicht in ihrer Nähe war, weil er beschlossen hatte, endlich einen Plan in die Tat umzusetzen, den er schon seit Monaten ausheckte, während er stumm das Liebesspiel der Herrscherin mit diesem seltsamen indischen Yogi belauschte, der ihr als »Arznei« gegen ihre Kopfschmerzen diente: Sie hatte nie bemerkt, wie sehr sich ihr Leibdiener in sie verliebt hatte!

Und aus Liebe zur Kaiserin hatte Stummer Krieger Weiße Wolke umgebracht.

Es war saubere Arbeit gewesen, im Handumdrehen erledigt, dank der Bärenkräfte seiner muskulösen tätowierten Arme.

Während das einsame kleine Mädchen im prunkvollen Salon der Kaiserin ihr unglaubliches Gesicht im Spiegel entdeckte, hatte Stummer Krieger, der in einem Winkel des Zimmers seiner Herrin postiert war, ihr lustvolles Stöhnen einfach nicht mehr ertragen können.

Als er zu Beginn dieser seltsamen Beziehung den Mann, in dessen Bauch das Wort »Tantra« eingeritzt war, ins Gemach der Herrscherin hatte treten sehen, hatte er noch geglaubt, es handele sich lediglich um eine der üblichen vorübergehenden Launen dieser Frau mit unstillbarem sexuellem Appetit. Sie wechselte häufig ihre Liebhaber und holte ihn nur in ihr Bett, wenn sie nichts anderes zu vernaschen hatte. Mit dieser Situation konnte er sich jedoch abfinden, war er doch ihr einziger regelmäßiger Liebhaber inmitten flüchtiger Abenteuer, und er war sich sicher, dass die Zeit für ihn spielte, was auch die wachsende Lust zu bestätigen schien, die Wu Zhaos »Geliebter für alle Fälle«, wie sie ihn nannte, der Kaiserin zu schenken vermochte.

Aber im Laufe der Zeit hatte er erkennen müssen, dass er sich getäuscht hatte. Alles deutete darauf hin, dass Wu Zhao sich an diesen Tantriker klammerte wie ein Pilz an einen Baum.

Eines schönen Tages schließlich hatte der Turko-Mongole allen Mut zusammengenommen und der Herrscherin gesagt, was er von seinem Rivalen mit den blutunterlaufenen Augen hielt, der ohne seine seltsamen Pillen nicht leben konnte. Entgegen aller Erwartung hatte Wu Zhao trotz dieser unglaublichen Anmaßung von Seiten eines Sklaven eingeräumt, dass sie die Beziehung zu Weiße Wolke beenden müsse, da diese ansonsten böse enden könnte. Aber sie hatte nichts dergleichen getan, und Stummer Krieger wurde immer trauriger und zorniger. Wieder und wieder schwor sie ihm, den Inder ein für alle Mal fortzuschicken, um die Gefahr zu bannen, und dann tat sie es doch nicht. Sobald sie von ihrer Migräne geplagt wurde, rief sie Weiße Wolke wieder zu sich, um sich mit ihm einem immer komplexeren und ekstatischeren Liebesspiel hinzugeben, das ihr Leibdiener in allen Einzelheiten miterlebte, da Wu Zhao ihm sicherheitshalber befahl, immer in Hörweite zu bleiben.

So war er Zeuge hemmungslosester Kopulationen geworden, bei denen die Gelenkigkeit der beiden Beteiligten auf eine harte, aber lustvolle Probe gestellt wurde, während sie mit verstörender Selbstverständlichkeit die subtilen Variationen der Stellungen aus dem *Sutra der Liebe* durchexerzierten, die Verrückte Wolke seiner Partnerin nach und nach mit Hilfe ausführlicher Demonstrationen beigebracht hatte.

An jenem Nachmittag war Wu Zhaos Orgasmus von so lautem Schreien und Stöhnen begleitet gewesen, dass sie schließlich das kleine Mädchen mit dem halben Affengesicht in ihr Schlafgemach gelockt hatte.

Wie üblich hatte Stummer Krieger, hinter einem der Vorhänge des Zimmers versteckt, alles mit angesehen.

Gleich nachdem sie Juwel bemerkt hatte, hatte Wu Zhao Weiße Wolke mit einem Wink von ihrem Lager gescheucht. Dieser hatte widerwillig gehorcht, denn er hasste es, sein Liebesspiel unterbrechen zu müssen. Zum ungezählten Mal an diesem Tag schluckte er eine seiner Pillen und zog sich in die weiten Falten des tiefroten seidenen Vorhangs zurück, wo sich auch bereits Stummer Krieger verborgen hielt. Dieser musste bloß noch die Arme ausstrecken, um den mageren Hals des Inders mit den durchstochenen Brustwarzen zu packen.

Während die Kaiserin Juwel tröstete, zog der turko-mongolische Riese sein Opfer nach hinten und drückte dann seinen verfluchten Hals mit aller Kraft zusammen, bis seine Finger knackten. Dem Ersticken nahe hatte Weiße Wolke noch das Wort »Manakunda« geflüstert, aber dieser erschütternde Appell, mit dem Manakundas Vergewaltiger in einem letzten klaren Moment sein Opfer um Verzeihung bat, verklang zu einem unhörbaren Murmeln.

Stummer Krieger hatte dem Tantriker keine Zeit gelassen, sich noch länger zu wehren oder die Vergebung dieser »Manakunda« zu erflehen, sondern ihm mit seinen mächtigen Händen die Halswirbel zerquetscht.

Innerhalb eines Augenblicks war alles vorbei, und der turko-mongolische Riese hatte sein Opfer, bloß ein paar Schritte von der ahnungslosen Wu Zhao entfernt, in die karminroten Falten des schweren Vorhangs aus Seidenbrokat gewickelt. Die Kaiserin hatte nichts davon bemerkt, weil sie vollauf damit beschäftigt war, das kleine Mädchen zu trösten, das immer noch bitterlich weinte, während sein Vater sein Leben aushauchte.

Nachdem die Herrscherin zum Fluss hinuntergegangen war, hatte Stummer Krieger den leblosen Körper des Tantrikers aus dem Raum geschleift und hastig die Flecken aus dem roten Vorhang gewaschen.

Nachdem er damit fertig war, stellte sich die Frage, was er mit dem Leichnam machen sollte.

Wo konnte er ihn verschwinden lassen, damit ihn nie wieder jemand aufstöberte? Der Päoniengarten kam nicht in Frage, denn in diesem riesigen Park, wo jeder Setzling sorgsam gehegt wurde, arbeiteten ununterbrochen zahllose Gärtner. Der Geruch des verwesenden Körpers hätte schon bald ihre Aufmerksamkeit erregt. Er musste sich beeilen. Wu Zhao war mit Juwel ans Flussufer gegangen, und ein längeres Ausbleiben ihres Leibdieners würde der wachsamen Kaiserin verdächtig vorkommen.

Da kam dem Tuko-Mongolen durch simple Assoziation eine Idee, die ihm in jeder Hinsicht ideal erschien.

Er würde den Leichnam zum Fluss hinunterbringen und ihn an der Stelle ins Wasser werfen, an der die mythischen Felsbrocken gelegen hatten, die der weiße Elefant seines Opfers vor einigen Monaten aus dem Schlamm gezogen hatte. Da er selbst schon dort getaucht war, wusste er, wie tief das Flussbett an dieser Stelle war, und er zweifelte nicht daran, dass Weiße Wolke von den Fischen gefressen werden würde, ehe überhaupt jemandem auffiel, dass er verschwunden war.

So hob er die in ein Laken gewickelte Leiche auf seine Schulter und eilte pfeilschnell ans Flussufer. Nachdem er seine makabre Fracht mit zwei großen Steinen beschwert und ins Wasser geworfen hatte, wartete er, bis keine Strudel und Bläschen mehr zu sehen waren, und rannte dann hastig zu der steinernen Bank, auf der sich die Kaiserin gewöhnlich niederließ, wenn sie mit den Himmlischen Zwillingen an den Fluss ging.

Die Bank war leer. Wu Zhao musste sich bereits wieder auf den Rückweg gemacht haben. Er lief los, um sie einzuholen, und als er am Ende des Weges die vertraute Gestalt erblickte, die sich mit der kleinen Juwel abmühte, beeilte er sich, sie auf sich aufmerksam zu machen.

»Majestät! Habt Ihr mich gerufen?«, rief er der Herrscherin aufs Geratewohl hinterher.

»Ich habe dich gesucht! Ich dachte schon, du wärst nicht da!«, erwiderte die Kaiserin zornig und deutete auf das Kind, das tief und fest schlief wie ein Säugling in den Armen seiner Mutter.

Da nahm ihr Stummer Krieger das kleine Mädchen so behutsam und zärtlich ab, dass Juwel nicht einmal ein Auge öffnete. Diese gewaltigen, über und über mit Tätowierungen bedeckten muskulösen Arme, die eben noch das Genick von Weiße Wolke zerbrochen hatten, als wäre es bloß ein dürrer Zweig, konnten genauso gut vorsichtig ein schlafendes Kind packen, ohne dass es aufwachte.

»Wo warst du?«, wollte die Herrscherin wissen.

»Majestät, Weiße Wolke fort! Hat versucht, Juwelen zu stehlen, ich ihn daran gehindert! Er nicht froh und große Angst! Darum er verschwunden!«, sagte ihr Leibdiener, der sich diese Antwort zuvor zurechtgelegt hatte.

»Mit dem weißen Elefanten?«

»Nein, zu Fuß gegangen, alleine!«

»Merkwürdig. Weiße Wolke geht niemals zu Fuß!«, murmelte die Herrscherin nachdenklich.

»Sogar gelaufen. Er große Angst vor mir!«

»Nachdem du schon so lange willst, dass ich ihn loswerde, bist du ja jetzt bestimmt zufrieden!«, murmelte sie gallig.

»Ich nicht böse! Mann mit weißem Elefanten nicht gut für Euch!«, bestätigte ihr Leibdiener, während er vorsichtig einen Fuß vor den anderen setzte.

Als sie am Ende der herrlichen Päonienhecke die Veranda des Sommerpalasts erreichten, entdeckte Wu Zhao zu ihrer großen Freude zwei vertraute Gestalten, die ihr eifrig zuwinkten.

Es waren Umara und Fünffache Gewissheit, die sie zusammen mit dem *ma-ni-pa* und einem vierten Mann auf der Treppe zur Veranda vor ihrem Schlafgemach erwarteten.

»Umara und Fünffache Gewissheit! Ihr wisst gar nicht, wie froh ich bin, euch beide gesund wiederzusehen!«, rief ihnen die Herrscherin entgegen und breitete die Arme nach der jungen Christin aus, die auf sie zurannte und sich an sie schmiegte.

»Das Schicksal hat uns wieder zusammengeführt. Dem Erhabenen sei Dank! Möge er die große Kaiserin Wu Zhao beschützen, wie er Umara und mich beschützt hat!«, entgegnete der ehemalige Mönch des Großen Fahrzeugs mit vor Rührung zitternder Stimme.

»Und du, *ma-ni-pa,* ich hoffe, du rezitierst immer noch dein heiliges Mantra! Es bewirkt so viel Gutes für all jene, die es hören!«, begrüßte die fröhlich gestimmte Herrscherin den Wandermönch.

»Ohne Euch wären Umara und ich jetzt nicht wieder vereint«, rief Fünffache Gewissheit, dessen Stimme von Dankbarkeit überfloss.

»Jeden Tag habe ich an euch gedacht. Ich wusste, dass dieser Moment irgendwann kommen würde«, sagte Wu Zhao leise, während sie die üppigen Locken des jungen Mädchens streichelte.

»Wir auch!«, entgegnete Addai Aggais Tochter.

»Eure Liebe hat also alle Hindernisse überwunden!«, stellte die Herrscherin lächelnd fest.

»Majestät, darf ich Euch den jungen Perser Ulik vorstellen, der davon träumt, die chinesischen Bürgerrechte zu erlangen? Seine hervorragenden Kenntnisse unserer Sprache haben ihn zu einem Übersetzer gemacht. Dieser Junge war stets bereit, mir zu helfen. Ohne seine Unterstützung wären die Himmlischen Zwillinge heute nicht hier.«

»Wie ist es Ulik denn gelungen, euch wiederzufinden?«, wollte die Herrscherin wissen.

»Er irrte durch die Straßen in der Nähe des Klosters der Dankbarkeit für Erwiesene Kaiserliche Wohltaten, wo er Meister Vollendete Leere aufgesucht hatte, um ihn über Jademonds wahre Identität aufzuklären. Er hat es nur gut gemeint, nicht wahr, Ulik?«

»Wenn ich gewusst hätte, was ich damit anrichte, hätte ich es gelassen. Ich hatte keine Ahnung, dass diese Information einen umayyadischen Botschafter ins Gefängnis bringen würde«, erklärte dieser betreten.

»Auf jeden Fall hat mir dein Hinweis zu einem hübschen kleinen Skandal während der kaiserlichen Audienz verholfen!«, lachte Wu Zhao, sichtlich zufrieden mit ihrem gelungenen Streich.

Sie wurden durch die lärmende Ankunft des kleinen Lotos und seines Waffenmeisters unterbrochen, die von ihrem Unterricht zurückkehrten. Als Juwel ihren Bruder hörte, schlug sie die Augen auf und wand sich wie ein Aal in den Armen von Stummer Krieger, bis dieser sie auf den Boden hinunterließ. Daraufhin stürzte sie sich auf ihren Zwillingsbruder und überhäufte ihn mit Küssen, während er seiner Schwester stolz den kleinen Bogen zeigte, mit dem er seine ersten Übungen gemacht hatte.

Die Himmlischen Zwillinge, deren freudige Rufe den heiteren Rahmen dieses Wiedersehens abrundeten, boten einen entzückenden Anblick.

Nachdem die Herrscherin sie dem Mönch übergeben hatte, der gekommen war, um die Kinder wieder abzuholen, und sie sich anschließend vergewissert hatte, dass die Amme den kleinen Li Xian hingelegt hatte, um den sie selbst sich nur selten kümmerte, führte sie ihre Gäste ins Speisezimmer, wo das Abendessen vorbereitet worden war.

Als Fünffache Gewissheit sich hinsetzen wollte, hielt er plötzlich verblüfft inne und starrte die riesige weiße Gestalt an, die er von seinem Platz aus durch das Fenster erkennen konnte.

»Ist das nicht ein weißer Elefant?«, fragte er die Kaiserin von China.

»Ja, das ist richtig«, antwortete Wu Zhao beiläufig, da sie nicht näher auf die Gründe für die Anwesenheit des Tiers im Päoniengarten eingehen wollte.

»Solch einem Tier bin ich noch nie begegnet. Er sieht genauso aus, wie mir Dolch der ewigen Wahrheit den heiligen Elefanten seines Klosters vom Einen Dharma in Peshawar beschrieben hat«, fuhr der ehemalige Mönch des Mahayana fort, der ans Fenster getreten war, um den Dickhäuter genauer in Augenschein zu nehmen.

»Was für ein herrlicher Elefant!«, fügte Umara hinzu, die genauso hingerissen war wie ihr Geliebter.

»Das ist das Geschenk eines Untertanen, der mir zu Dank verpflichtet war. Ich habe vor, ihn beim Frühlingsfest am Ende dieses Mondzyklus dem Volk zu zeigen. Danach wird er in den Besitz des Kaiserreichs übergehen«, erklärte Wu Zhao, deren Geistesgegenwart sie in solchen Situationen nie im Stich ließ.

Als sie sich endlich hinsetzten, um die mit Ingwer frittierten Fische zu kosten, zu denen in Teig ausgebackene Süßwasserkrabben gereicht wurden – zwei Gerichte, die die Kaiserin für ihr Leben gerne aß und die ihr Leibkoch jeden zweiten Tag für sie zubereitete –, plauderten sie darüber, was Fünffache Gewissheit erlebt hatte, seit Umara von Vollendete Leere entführt worden war. Nach einer Weile wandte sich die Unterhaltung Hort der Seelenruhe und Addai Aggai zu, den beiden fremden Kirchenmännern, die die Kaiserin in Chang'an im Pavillon der Lustbarkeiten untergebracht hatte.

»Es ist ein wahres Wunder, dass wir jetzt alle hier in Zentralchina sind! Wenn Ihr wüsstet, wie sehr ich mich danach sehne, meinen Vater nach all der Zeit wiederzusehen, in der ich ihm nicht eine einzige Nachricht geschickt habe«, seufzte die junge Christin.

»Dazu brauchst du nur in den Pavillon der Lustbarkeiten zu gehen, in dem auch ihr beide gewohnt habt, bevor ihr fliehen musstet!«, entgegnete Wu Zhao.

»Majestät, vor ein paar Tagen habe ich vergeblich versucht, in die Nähe des Tors zum kaiserlichen Palast zu kommen. Ordnungshüter verlangen von allen Personen, die um eine Audienz beim Herrscher ersuchen, einen Ausweis! Ich wüsste nicht, wie wir unter diesen Umständen dort Einlass finden sollten!«, erwiderte Fünffache Gewissheit.

»Du hast recht, die Bürokratie dieser vermeintlichen Gesetzeshüter scheint keine Grenzen mehr zu kennen! Glaub mir, Fünffache Gewissheit, sobald ich in der Lage dazu bin, werde ich diese Vorschrift aufheben, die unserem Volk den ungehinderten Zugang zu seinem Kaiser verwehrt. Das ist der Reflex eines schwachen Reichs. Denn eine Obrigkeit, die den Menschen, die sie schützen soll, solches Misstrauen entgegenbringt, ist ganz ohne Zweifel sehr viel schwächer, als es den Anschein hat!«, entgegnete die Kaiserin.

»Aber da Umara über keinen ordnungsgemäßen Ausweis verfügt, wird es für sie wohl unmöglich sein, zu ihrem Vater durchzudringen, fürchte ich.«

»In weniger als drei Wochen wird der Hof den Palast der Hauptstadt des Westens verlassen und auf den Berg Taishan reisen, um den Feiern anlässlich des Frühlingsfests beizuwohnen. Mit diesem Passierschein könnt ihr den Palast dann genauso leicht betreten wie jedes andere Haus. Aber vergesst nicht, Jademond zu befreien, wenn ihr dort seid. Gaozong ergötzt sich immer noch an ihren Reizen, weshalb sie von allen abgeschottet im Gemach der körperlichen Freuden des Kaisers festgehalten wird. Dieses Los hat die Ärmste wirklich nicht verdient«, schärfte Wu Zhao ihnen ein.

Es waren keine leeren Worte gewesen, als die Kaiserin der jungen Frau versprochen hatte, zu versuchen, sie aus ihrem ekelerregenden goldenen Käfig zu befreien.

»Der Kaiser der Mitte hat Jademond eingesperrt, um sich ungehindert an ihr zu vergreifen?«, fragte der ehemalige Gehilfe von Vollendete Leere ungläubig.

»Sie ist seine neueste Laune! Aber leider scheint sie dieses Mal länger anzuhalten als üblich«, seufzte die Kaiserin.

»Ihr Gemahl, der aus Kucha stammende Manichäer Speer des Lichts, hat in einem Kloster unweit der Hundefestung Zuflucht gesucht, wo er mit mir zusammen eingesperrt war! Ich habe ihn schwören lassen, sich nicht von dort fortzubewegen, bis er von mir hört. Wenn er meinen Rat beherzigt hat, wird es nicht schwer sein, ihn wiederzufinden«, rief der frühere Mönch.

»Als Erstes müsst ihr Jademond aus den Klauen meines Gemahls befreien. Dann werde ich dafür sorgen, dass man den beiden jungen Leuten eine Bescheinigung aushändigt, mit der ihre Ehe offiziell anerkannt wird. Das Amt für bürgerliche Angelegenheiten wird sich nicht dagegen sperren, denn die Manichäer genießen hier die gleichen Rechte wie die normalen chinesischen Bürger«, schloss Wu Zhao.

»Im Gegensatz zu den Nestorianern«, murrte die Tochter von Bischof Addai Aggai.

»Sobald ich die Macht dazu habe, werde ich dafür sorgen, dass die Nestorianer von den chinesischen Behörden ganz genauso behandelt werden wie die Manichäer«, versicherte ihr die Kaiserin, ehe sie der jungen Frau eine der herrlich knusprigen, in Teig ausgebackenen Süßwasserkrabben reichte, die der kaiserliche Küchenmeister wie

Bonbons karamellisierte und auf einem Bronzetablett zu einer Pyramide auftürmte.

»Von dem Tag an werde ich Euch ewig dankbar sein, Majestät!«, beteuerte Umara.

Sie hatte ihr schönstes Lächeln wiedergefunden, und ihre verschiedenfarbigen Augen funkelten in unvergesslichem Glanz.

»Glaub mir, wenn ich mein Ziel erreiche, wird sich unter dem Himmel des großen chinesischen Reichs so manches ändern. Gleich nach meiner Rückkehr vom nächsten Frühlingsfest werden wir uns wiedersehen, und dann können wir noch einmal in aller Ruhe über alles reden«, sagte sie leise.

»Ihr seid für mich wie eine Mutter«, entgegnete die junge Christin und fiel der Herrscherin um den Hals.

Die beiden Frauen, die sich auch ohne Worte so gut verstanden, umarmten sich voller Zuneigung. Wu Zhao wandte unter den verstörten Blicken der anderen das Gesicht ab, um ihre Tränen zu verbergen, während sie das lange lockige Haar der jungen Frau streichelte, die sie als ihre wahre geistige Tochter betrachtete.

Sie schloss die Augen und stellte sich vor, sie sei ein kräftiger Baum, der Trockenheit und Frost widerstand und dem entgegen aller Erwartung das Glück beschieden war, eines Tages einem zweiten Baum zu begegnen, der aus dem gleichen Holz bestand.

14

Kaiserlicher Palast von Chang'an

Firuz ahnte, dass er sich seinem Ziel näherte.

Der Umayyade schlich auf Zehenspitzen vorwärts. Wachsam achtete er darauf, dass der Kies in dem kleinen Hof, den er nun unbemerkt durchqueren musste, nicht unter seinen Füßen knirschte.

Zu seiner Linken fiel Licht von einer Veranda herab, zu der sich große Fenstertüren öffneten. Zweifellos hielt sich dort jemand auf, nur wenige Schritte von ihm entfernt. Also musste er doppelt vorsichtig sein, wenn er nicht auf frischer Tat dabei erwischt werden wollte, wie er in den privaten Bereich des Kaisers der Mitte eindrang: ein Verbrechen, dass ganz sicher mit dem Tod bestraft werden würde.

Er hatte bereits drei Mauern überwunden, ohne von den kaiserlichen Wachen bemerkt zu werden.

Wenn die Informationen zutrafen, die er dank der Goldstücke erhalten hatte, die er vor seiner Abreise aus Palmyra in sein Mantelfutter eingenäht hatte, blieb ihm nur noch eine einzige Mauer bis zu dem kleinen Garten vor dem Gemach der körperlichen Freuden von Kaiser Gaozong.

Er betrachtete seine Fingerspitzen. Er hatte sich so fest an die Steine gekrallt, dass sie bluteten. Doch seltsamerweise verspürte er nicht den geringsten Schmerz. In seinem rasenden Drang, Jademond wiederzufinden, um sich an ihr zu rächen, hätte er notfalls einen ganzen Ozean durchschwommen!

Nachdem sich der Diplomat aus Bagdad aus dem kleinen Kloster auf dem Land fortgeschlichen und Speer des Lichts alleine zurückgelassen hatte, war er als Erstes zum nächsten Polizeiposten geeilt, um seine Gefährten zu verraten. Es war das erste Mal, dass er so etwas tat. Unschuldige zu denunzieren, die ihm nichts getan hatten, nur weil einer von ihnen mit Jademond verheiratet war: Wie weit Hass einen Menschen doch treiben konnte!

Dann hatte der umayyadische Botschafter, das Gesicht hinter einem riesigen Turban verborgen, trotz einer gewissen Scham die Sperren passiert, die alle Bürger ohne entsprechenden Ausweis daran hinderten, den kaiserlichen Palast zu betreten. Drinnen hatte er einen der unzähligen fußamputierten Pförtner bestochen, ihm den Weg zu dem mit seidenen Wandbehängen geschmückten Gemach zu verraten, in dem der Kaiser von China seine aktuelle Favoritin festhielt.

Danach musste er sich nur noch hinter einer der riesigen Säulen im Audienzsaal verstecken, der an diesem Tag für das Volk geöffnet war, und warten, bis er am Abend wieder verschlossen wurde. Nach Einbruch der Dunkelheit war er durch eines der Fenster hinausgesprungen und hatte angefangen, Mauer für Mauer zu erklimmen. Dabei achtete er darauf, immer dicht an ihnen entlangzuhuschen und niemals in einen erleuchteten Bereich dieser seltsamen Geisterstadt zu geraten, in die sich der gewaltige Komplex, von dem aus der Kaiser der Mitte über das größte Land der Erde herrschte, nachts verwandelte.

Endlich hatte er das Ziel vor Augen.

Bald würden sich seine blutigen Finger so fest um Jademonds Hals schließen, dass sie sich vor Anspannung wie Bleiweiß verfärben würden.

Um diese unheilvolle Tat zu vollbringen, die er seit seinem Ausbruch aus der Hundefestung plante, brauchte er nur noch über diese letzte Ziegelwand zu klettern, an der sich eine wahre Flut von Efeu emporrankte.

Ohne Vorwarnung hatte er sich, einen Tag nachdem Fünffache Gewissheit und der *ma-ni-pa* aus dem kleinen Kloster aufgebrochen waren, aus dem Staub gemacht.

Seine Eifersucht und enttäuschte Liebe waren stärker gewesen als die Angst, erwischt zu werden; er musste seine Rache vollenden. Speer des Lichts sollte erneut von den chinesischen Behörden verhaftet werden, und zu seinen Füßen wollte er den leblosen Körper dieser perversen, verlogenen Intrigantin sehen. Sie hatte ihm ihre Ehe und ihre wahre Herkunft verschwiegen, sodass er, Firuz aus Bagdad, der nach Zentralchina entsandt worden war, um das Reich der Seide und das Sultanat Palmyra einander anzunähern, der naive Geliebte, der ihr so viel gegeben hatte und mit dem sie bloß ihr Spiel getrieben hatte, wie ein gewöhnlicher Verbrecher ins Gefängnis geworfen worden war!

Es hatte ihn mitten ins Herz getroffen, zu erfahren, dass die junge Frau mit Speer des Lichts verheiratet war und mit ihm ein Kind gezeugt hatte. Zudem hatten ihm die Worte des Manichäers mehr als deutlich verraten, wie sehr dieser an Jademond hing und welch große Liebe sie beide verbunden hatte. Und Firuz wusste ganz genau, dass bei einem Paar nur die vollkommene Übereinstimmung der

Gefühle zur »großen Liebe« führen konnte. Ganz offensichtlich liebte also auch Jademond Speer des Lichts immer noch wie am ersten Tag.

Es gab nur zwei Möglichkeiten: Entweder fand die junge Chinesin nichts dabei, zwischen Liebe und körperlicher Lust zu trennen, denn wie oft er sich ihre Liebesspiele auch in Erinnerung rief, er konnte bei dieser außergewöhnlichen Geliebten nicht die geringste Zurückhaltung entdecken; oder aber sie war eine unglaubliche Heuchlerin.

Was auch immer es gewesen sein mochte, diese Verlogenheit konnte der leidenschaftliche, aufrichtige Liebhaber einfach nicht ertragen. Und so hatte sich seine Liebe zu ihr in unerbittlichen Hass gewandelt. Nachdem er sie in den Himmel gehoben hatte, verspürte er jetzt nur noch den brennenden Wunsch, die Verräterin zu vernichten. Er packte eine dicke Efeuranke und schloss die Augen: War es nicht der Hals seiner Geliebten, den er da umklammerte?

Vielleicht lag es an den glatt zusammengefügten Ziegeln, vielleicht aber auch am Efeu, an dem man sich kaum festhalten konnte, auf jeden Fall erschien ihm diese letzte Mauer schwieriger zu überklettern als die vorherigen.

Am besten wäre es wahrscheinlich, sich am Efeu hochzuziehen wie an einer Art Tauwerk. Auf der Höhe seines ausgestreckten Arms fühlte er einen langen Zweig. Er nahm Anlauf und packte ihn mit einer Hand. Er wollte sich gerade hochstemmen, um die andere Hand auf die Mauerkrone legen zu können, als der Efeu nachgab und er schwerfällig zu Boden stürzte.

Um ein Haar hätte er aufgeschrien, doch er verbiss sich jeden Schmerzenslaut. Als er sich hastig wieder aufrichtete, bemerkte er entsetzt, dass sich der Efeu auf einem ganzen Mauerstück gelöst und ein klaffendes Loch in das Grün gerissen hatte, durch das die Ziegel zu erkennen waren.

Hastig stürzte er in eine Ecke der Veranda hinüber, die er gesehen hatte, als er über den kleinen kiesbedeckten Hof geschlichen war. Er beglückwünschte sich zu diesem Reflex, denn kaum war er hinter eine Säule geschlüpft, als auch schon zwei Gestalten ins Freie traten.

»Sieh dir mal die Mauer an! Der ganze Efeu liegt auf dem Boden. Unglaublich, so etwas habe ich noch nie gesehen!«, bemerkte einer der beiden Männer, der nur mit Mühe laufen konnte und eine merkwürdige seidene Nachtmütze auf dem Kopf hatte.

Der andere trug lediglich einen Lendenschurz, sein Kopf war kahl rasiert, und an seinen muskulösen Oberarmen blitzten goldene Armreife.

»Soll ich die Soldaten rufen, Majestät? Das ist wirklich sehr merkwürdig. Der Efeu ist bestimmt nicht von allein heruntergefallen!«, rief der zweite.

Entsetzt erkannte Firuz Kaiser Gaozong.

»Was meinst du, Gomul, war das ein Mensch oder eher ein Tier?«, entgegnete dieser, ohne auf die Frage zu antworten.

»Ich wüsste nicht, welches Tier so viel Efeu abreißen könnte, nachdem es in einen abgeschlossenen Hof eingedrungen ist, Majestät«, entgegnete sein Diener.

»Lass uns wieder hineingehen. Es ist feucht hier draußen, das ist nicht gut für mein Rheuma. Außerdem habe ich drinnen Besseres zu tun!«, schloss Gaozong.

Gomul musste ihm die Treppe zur Veranda hinaufhelfen, deren Stufen er nur mit Mühe erklomm. Panische

Angst schnürte den Magen des umayyadischen Botschafters zusammen. Er saß in der Falle und sah keine Möglichkeit, lebend wieder herauszukommen. Es sei denn, es gelänge ihm, einen Weg zu finden, durch das Innere des Palasts zu entkommen, was bedeutete, dass er den Raum betreten musste, der an die Veranda grenzte.

Er hielt den Atem an und schlich an der Wand entlang bis an die Tür, durch die der Kaiser von China und sein Diener verschwunden waren. Als er den Türrahmen erreichte, warf er vorsichtig einen Blick hinein, um zu sehen, was im Inneren vor sich ging.

Bei dem Anblick, der sich ihm bot, wäre er vor Überraschung beinahe hintenübergefallen: Er stand vor der Tür zu Gaozongs Gemach der körperlichen Freuden.

Und dort ließ sich der auf einem Sofa liegende Gaozong gerade von Gomul Jademond präsentieren. Der Diener hielt die Chinesin unter den Knien und Achselhöhlen gepackt, und ihre weit gespreizten Schenkel gewährten freie Sicht auf ihre weichen, zarten, rosig und glatt wie Blütenblätter anmutenden Öffnungen.

Als die weißliche Zunge des erbärmlich grunzenden Kaisers gierig an dieser unbeschreiblichen Pforte zu lecken begann, die Firuz selbst so oft genossen hatte, kostete es den Botschafter aus Bagdad größte Mühe, seine Erregung zu unterdrücken.

Gomul bewegte sich von links nach rechts, um dem impotenten Kaiser die Aufgabe zu erleichtern, sodass dieser nur noch die Zunge herauszustrecken brauchte, um seine Fantasien zu befriedigen.

»Du bist genauso köstlich wie schön!«, flüsterte Gaozong der jungen Frau zu.

»Ihr gefallt mir ja auch!«, presste diese hervor, während ihre fest geschlossenen Augen verrieten, welchen Abscheu ihr der schwammige Körper und die belegte Zunge des Kaisers einflößten.

Als Firuz das hörte, glaubte er, in Ohnmacht zu fallen.

»Wu Zhao ist wieder nach Luoyang gereist. Umso besser! Dann besteht wenigstens keine Gefahr, dass wir von der Kaiserin unterbrochen werden, nicht wahr, Gomul?«

»Bestimmt, mein Herrscher. Vor Euch liegt eine ungestörte Liebesnacht!«, antwortete sein Gehilfe, der nun mit noch größerem Eifer zu Werke ging und Jademonds Körperöffnungen auf Gaozongs dürstende Lippen presste.

»Das müssen wir ausnutzen. In ein paar Tagen muss ich zum Frühlingsfest auf den Berg Taishan! Was für eine Idee, es in diesem Jahr so weit weg zu veranstalten!«, stöhnte der Kaiser.

»Alle sind davon überzeugt, dass das Eure Entscheidung war, Majestät!«, gluckste Gomul.

»Unsinn! Wenn es nach mir gegangen wäre, hätte ich es wie jedes Jahr in der Mingtang von Chang'an gefeiert. Dann hätte ich auch weiterhin Jademonds Gegenwart genießen können«, erwiderte der Kaiser der Mitte, während er den Busen seiner Gespielin massierte.

Nachdem er dies eine Weile getan hatte, hörte Firuz entsetzt, wie die junge Chinesin leise zu schreien und zu stöhnen begann, ein Zeichen, dass ihr explosionsartiger Höhepunkt kurz bevorstand. War dies echt oder nur vorgetäuscht? Als Gaozongs Gehilfe behutsam nach der schlaffen Seegurke griff, die dem Kaiser als Jadestab diente, und diesem kraftlosen Organ ein wenig Leben einzuhauchen versuchte, indem er es zwischen die weit gespreizten

Schenkel der jungen Chinesin legte, stöhnte diese so überzeugend auf, dass den Botschafter unwillkürlich ein lang gezogener Schauer des Ekels, aber gleichzeitig auch tiefster Wollust durchfuhr.

Trunken von Eifersucht wünschte er sich nichts sehnlicher, als die Gedanken seiner früheren Geliebten lesen zu können, die entweder eine verdammt gute Schauspielerin oder aber ein verdammtes Luder war.

Für Firuz, dessen Mund und Glied trotz allem liebend gerne an der Stelle des Kaisers der Mitte gewesen wären, wurde Jademond zu einem unerträglichen Rätsel.

War die Lust, die er der jungen chinesischen Abenteurerin zu bereiten geglaubt hatte, tatsächlich echt gewesen, oder hatte Jademond, deren geschmeidiger Körper mit seinen straffen, prallen Rundungen eigens für die Liebe geschaffen worden zu sein schien, ihm bloß etwas vorgespielt? Jademond, die sich ihrer Reize und ihrer Anziehungskraft so sehr bewusst war und die alle Männer mit begehrlichen Blicken verfolgten; Jademond, deren Liebe immer noch allein und ausschließlich Speer des Lichts galt.

Firuz ballte die Fäuste.

Der Anblick seiner früheren Geliebten erregte ihn so sehr, dass er nicht einmal sicher war, das Sprudeln seines eigenen Jadestabs unterdrücken zu können, der inzwischen so steif geworden war, dass es schmerzte.

Mitleidig und neidisch zugleich beobachtete er, wie Gaozong mehrmals Anlauf nehmen musste, bis er es schaffte, sich rittlings auf den Körper der Schönen zu setzen, die Gomul splitterfasernackt auf den Rand des Sofas gelegt hatte.

Schluckend betrachtete er den flachen Bauch der jungen

Frau und ihr halb geöffnetes, wie ein zum Kuss bereiter Mund anmutendes Geschlecht. Als Gaozongs Seegurke ein paar weißliche Tropfen auf diese herrlichen Gefilde verteilte, wäre der Botschafter aus Bagdad beinahe auf das kaiserliche Lager zugestürmt, aber sein Überlebensinstinkt hielt ihn im letzten Moment zurück.

»Ich habe draußen wieder etwas gehört! Geh hinaus und sieh nach, ob nicht doch jemand in den Hof eingedrungen ist!«, befahl Gaozong Gomul unvermittelt, nachdem dieser Jademond behutsam vom massigen Körper des Kaisers befreit hatte.

Firuz hatte gerade noch Zeit, sich hinter einer Säule zu verstecken. Der Mann mit den goldenen Armreifen kam heraus und blickte sich suchend um, ehe er einmal um die Säulen herumging, um sich zu vergewissern, dass sich dort niemand verborgen hielt. Als er Firuz' Säule erreichte, blieb dem Eindringling nichts anderes übrig, als sie mit angehaltenem Atem im gleichen Tempo zu umkreisen wie der Gehilfe des Kaisers, ehe er ein erleichtertes Seufzen ausstieß, als dieser in das Gemach der körperlichen Freuden zurückkehrte.

»Majestät, ich habe überall nachgesehen, aber ich habe niemanden entdeckt.«

»Dann sag dem Soldaten vor der Tür, er soll einen Trupp Wachen rufen. Ich bin mir sicher, dass ich draußen Geräusche gehört habe, und zusammen mit dem abgerissenen Efeu deutet das doch darauf hin, dass sich ein Eindringling hier eingeschlichen hat!«, entgegnete Gaozong misstrauisch, während er Jademonds Hintern streichelte.

»Majestät, braucht Ihr mich heute Abend noch? Ich habe solche Kopfschmerzen! Das einzige Heilmittel, das mir Erleichterung verschaffen kann, liegt in meinem Gemach!«, fragte daraufhin die junge Chinesin.

Da sie wusste, dass der Kaiser von China immer noch unter ihrem Bann stand, erlaubte sie sich inzwischen eine gewisse Vertrautheit. Außerdem widerte Gaozong sie so sehr an, dass sie seine Gegenwart nach Beendigung dieser mühseligen, kräftezehrenden Sitzungen, bei denen sie sich, wohl wissend, dass ihr Leben davon abhing, stets bemühte, Leidenschaft vorzutäuschen, einfach nicht länger ertragen konnte.

»Du benutzt schon die gleichen Ausreden wie Kaiserin Wu Zhao!«, entgegnete der Kaiser eher amüsiert.

»Eine Haube aus Schmerz umschließt meinen Kopf!«

»Gomul, du kannst diese junge Person in ihre Gemächer zurückbringen. Ich habe ihr alles gegeben, was ich hatte. Meine Vorräte sind erschöpft«, scherzte, wenn auch mit matter Stimme, der Kaiser der Mitte, der die wenige Energie, die ihm noch geblieben war, in Jademonds Armen und ihrem Körper aufzehrte.

Firuz wusste nicht, was er tun sollte. Wenn er blieb, wo er war, lief er Gefahr, von den Wachen entdeckt zu werden, die den Hof durchsuchen würden. Voller Angst nutzte er die Tatsache, dass Gaozong immer noch auf seinem Sofa lag, von dem er sich ohne Hilfe nicht wegrühren konnte, und begann die Veranda und den Hof zu erkunden, um doch noch irgendwo einen Winkel aufzustöbern, in dem er sich zu gegebener Zeit verstecken konnte.

Doch leider fand sich nichts Passendes.

Inzwischen waren die Kämmerer gekommen, um Gaozong zu holen und in seine Gemächer zurückzubringen.

Der Mann aus Bagdad wollte gerade ein letztes Mal den

kiesbedeckten Hof durchsuchen, als er das rhythmische Geräusch von Stiefeln hörte. Das mussten die Soldaten sein, die im Gleichschritt durch den Korridor herankamen, der von den privaten Räumen des Kaisers zu Gaozongs Liebesgemach führte.

Halb ohnmächtig vor Angst blieb ihm keine andere Wahl, als vorzustürzen und sich hastig unter das niedrige Sofa zu quetschen, auf dem Jademond und der Kaiser ihrem Liebesspiel gefrönt hatten.

Wenige Sekunden darauf stürmten bewaffnete Männer in den kleinen achteckigen Raum.

Aus seinem Versteck sah der Sondergesandte des Sultans von Palmyra auf Höhe seiner Augen Füße hin und her eilen.

Offensichtlich waren die kaiserlichen Palastwachen dabei, den kiesbedeckten Hof und das Gemach der körperlichen Freuden des Herrschers von China gründlich zu durchsuchen.

Plötzlich erstarb die Hektik, als seien alle Soldaten beim Eintritt einer weiteren Person gleichzeitig in Habachtstellung gefallen.

»Sucht weiter! Wir sind hier nicht bei einer Parade!«, befahl eine wütende Stimme.

»Zu Befehl, Präfekt Li!«

»Durchsucht das Zimmer von oben bis unten! Wenn uns Kaiser Gaozong schon einmal Zugang zu seinem Gemach der körperlichen Freuden gewährt, hoffe ich, dass ihr euch seines erhabenen Vertrauens auch würdig erweist!«

»Es scheint alles leer zu sein, Kaiserlicher Großzensor!«, entgegnete eine Stimme, die dem Hauptmann der Wachen gehören musste.

»Ich will, dass ihr alles sorgfältig durchkämmt. Vergesst nicht, dass die Gefangenen, die das Zensorat in die Hundefestung hat sperren lassen, geflohen sind! Wenn sie ungehindert aus diesem ausbruchsicheren Gefängnis hinausspazieren konnten, müssen sie Komplizen gehabt haben, die es dringend aufzuspüren gilt.«

»Wie sollten die Flüchtigen denn gerade hier Zuflucht gefunden haben?«, wunderte sich Präfekt Lis Gegenüber, ohne sich darüber im Klaren zu sein, dass er durch seine Zweifel dessen Zorn heraufbeschwören würde.

»Kümmere dich um Dinge, die dich etwas angehen«, versetzte der Präfekt, ehe er in vertraulichem Ton hinzufügte: »Die Gefangenen genießen Schutz auf höchster Ebene, wenn du verstehst, was ich meine!«

»Nein, Herr Präfekt. Das verstehe ich nicht! Es sei denn, Seine Majestät selbst ...«

»Du hirnloser Schwachkopf! Wenn ich einen Namen im Sinn habe, dann nur den der Thronräuberin Wu Zhao! Doch nicht ihr Gemahl, meine Güte!«, versetzte Präfekt Li unbeherrscht, ehe er dem Sofa einen kräftigen Fußtritt versetzte, der um ein Haar Firuz' Kiefer getroffen hätte.

Der Botschafter keuchte vor Angst, und er spürte, wie sich sein Magen hob und senkte wie bei jenen Reisenden, die zum ersten Mal auf dem Rücken eines Kamels saßen. Er presste die Kiefer zusammen, um nicht mit den Zähnen zu klappern. Die Zeit erschien ihm endlos. Jedes Mal, wenn Füße näher kamen, rechnete er damit, gleich ein Augenpaar zu sehen, das ihn anstarrte, während der dazugehörige Mund einen triumphierenden Schrei ausstieß, mit dem er die anderen herbeirief, um sich den Eindringling anzuschauen, der sich unter dem Sofa versteckt hatte.

Doch plötzlich herrschte Stille, und er erkannte, dass die Wachen den Raum verlassen hatten. Er war gerettet. Nachdem er mehrere Minuten gewartet hatte, um sicher zu sein, dass er auch wirklich alleine war, zwängte sich Firuz aus seinem Versteck und eilte hinaus in den Hof, um sich zu erleichtern.

Ihm wurde klar, dass er nicht die geringste Ahnung hatte, wo Jademond jetzt war.

Woher hätte er auch wissen sollen, dass die Gemächer der Konkubine und aktuellen Favoritin des Kaisers gleich hinter jener efeubewachsenen Mauer lagen, an der er gescheitert war? Zu genau diesen Räumen jedoch war Präfekt Li gestürmt, nachdem er das Gemach der körperlichen Freuden verlassen hatte.

Erschöpft von ihrer anstrengenden Begegnung mit dem Kaiser der Mitte ließ sich Jademond gerade mit Ingwer-Yakbutter massieren, als ein Diener mit einem Turban auf dem Kopf hereinkam und verkündete, dass Präfekt Li, der Kaiserliche Großzensor höchstpersönlich, sie unverzüglich zu sehen wünsche.

»Und was ist, wenn ich mich weigere? Ich bin müde! Ich habe mit diesem Menschen nichts zu schaffen«, stöhnte sie.

Sie legte keinen Wert darauf, vor dem Mann zu erscheinen, der sie und Speer des Lichts drei Jahre zuvor nach dem Mord an Leuchtendes Rot verfolgt hatte, sodass sie gezwungen gewesen waren, Hals über Kopf aus Chang'an zu fliehen.

»An Eurer Stelle würde ich einwilligen. Präfekt Li ist einer der mächtigsten Beamten des chinesischen Hofs. Wenn Ihr Euch weigert, könnte er Euch das sehr übel nehmen und Euch keine Ruhe mehr lassen«, sagte die Masseuse, die sie gerade von Kopf bis Fuß mit einer weißen Paste eingerieben hatte.

»Dann richtet ihm aus, dass ich ihm zur Verfügung stehe, sobald die Massage beendet ist. Es wird nicht mehr lange dauern.«

Der Gemahlin von Speer des Lichts war ein wenig mulmig zumute, als sie, so züchtig gekleidet wie möglich, vor dem Leiter des Zensorats erschien, der seine kleine Eskorte angewiesen hatte, vor der Tür zu den Gemächern der Favoritin auf ihn zu warten.

Mit strenger Miene sah er ihr entgegen. Er hatte sich eigenmächtig in einem der Sessel des Empfangszimmers niedergelassen, das an das Schlafgemach der jungen Chinesin grenzte, die ihm, um die Wartezeit zu verkürzen, einen Teller mit kandierten Orangenschalen hatte bringen lassen.

»Jademond! Wisst Ihr, dass mir dieser Name bekannt vorkommt?«, erklärte er ohne Umschweife.

»Es ist einer der häufigsten Namen, die ich kenne, Präfekt Li. Im Stickunterricht gab es nicht weniger als drei Mädchen, die so hießen«, stammelte die junge Frau und bemühte sich, die Nervosität zu verbergen, die von ihr Besitz ergriffen hatte.

»Im Tempel des Unendlichen Fadens, der kaiserlichen Seidenmanufaktur, gab es eine hübsche Färberin mit diesem Namen. Alle Arbeiter sollen verrückt nach ihr gewesen sein. Ich hatte nie die Gelegenheit, ihr zu begegnen, doch nach allem, was mir über sie berichtet wurde, neige ich zu der Annahme, dass diese junge Frau Euch glich wie ein Ei dem anderen«, versetzte der Großzensor und sah der jungen Frau mit kühlem, hartem Blick direkt in die Augen.

»Ich habe nie auch nur einen Fuß in eine Seidenmanufaktur gesetzt«, stotterte diese.

»Und was könnt Ihr mir zu dem Namen Speer des Lichts sagen?«

»Auch nicht mehr«, entgegnete sie, während sie alle Kraft zusammennahm, um ihrem Gegenüber möglichst ungerührt die Stirn zu bieten.

»Er war in der Hundefestung eingesperrt. Aber von dort ist er auf unerklärliche Weise zusammen mit einem ehemaligen Mönch des Großen Fahrzeugs namens Fünffache Gewissheit geflohen.«

»Diese Namen sagen mir nicht das Geringste, verehrter Präfekt!«

»Ihr lügt!«, schrie der Großzensor drohend.

Jademond blieb nur wenig Zeit, um einen Weg aus dieser misslichen Lage zu finden.

»Lass uns alleine! Ich habe dem Kaiserlichen Großzensor etwas Wichtiges zu sagen. Und zwar unter vier Augen!«, wies sie ihre Kammerfrau an, die sich gehorsam zurückzog.

Kaum hatte sie das Empfangszimmer verlassen, als Jademond auch schon die drei Knöpfe öffnete, die ihr schlichtes blaues Baumwollgewand zusammenhielten. Unvermittelt erstrahlte ihr splitternackter Körper vor Präfekt Li, dessen strenge Miene augenblicklich unverhohlener Verblüffung wich.

Es war lange her, seit Wu Zhaos Todfeind zum letzten Mal einen so vollkommenen, muskulösen, aber nicht harten Frauenkörper hatte bewundern können. Eine Frau, deren schlanke, seidenweiche Beine sich so gut darauf verstanden, den Hals der Männer zu umfangen, die sich wollüstig über ihren intimen Spalt beugten, um ihre herrlich duftenden Säfte in sich aufzunehmen. Und wäre Präfekt Li vor Überraschung nicht so gelähmt gewesen, dass er wie angenagelt in seinem Sessel sitzen blieb, hätte er sich ohne Zweifel auf ihre spitzen, festen Brüste gestürzt, um leidenschaftlich daran zu knabbern.

Wohl wissend, dass sie schon halb gewonnen hatte, fühlte sich Jademond sicher genug, um die Initiative zu ergreifen.

Nach allem, was geschehen war, hatte sie keine Hemmungen, ihren Körper einmal mehr einzusetzen, um dem Schlimmsten zu entgehen, denn ihr einziges Ziel bestand darin, für ihren Speer des Lichts zu überleben und noch da zu sein, wenn sich ihre Wege endlich wieder kreuzen würden. Daher verspürte sie keinerlei Schuldgefühle, als sie Präfekt Li bedeutete, zu ihr zu kommen.

Dieser löste hastig seinen Gürtel, während er den Blick unverwandt auf ihren flachen, milchweißen Unterleib gerichtet hielt. Verwundert über den Anblick eines so mächtigen Mannes, der vor Begierde hektisch wurde wie ein halbwüchsiger Junge, bemerkte Jademond die eigenartige Beule, in der sein aufgerichtetes Glied endete, welches er ohne Vorwarnung aus seiner Hose befreit hatte.

Ein fleischerner Knopf wuchs gleich unterhalb seiner Eichel und verlieh dem Jadestab des Kaiserlichen Großzensors eine ungewöhnliche Form.

Als er sich auf sie warf und in sie eindrang, stellte sie fest, dass dieser kleine Höcker eine ganz und gar nicht unangenehme Wirkung erzeugte. Trotzdem achtete sie darauf, sich nichts davon anmerken zu lassen und den Eindruck kühlen Abscheus zu erwecken, um ihrem Gegenüber zu verstehen zu geben, dass er seine Grenzen überschritt. Unwirsch befahl sie ihm, sich zurückzuziehen. Aber es war bereits zu spät. Der Jadestab ihres Angreifers war in sie gefahren wie ein bis zum Heft ins Fleisch gestoßenes Schwert, und der Saft, den er nicht hatte zurückhalten können, überschwemmte bereits ihre kostbare Höhle.

»Wenn Ihr einen Skandal vermeiden wollt, solltet Ihr jetzt so schnell wie möglich verschwinden und so tun, als hättet Ihr mich nie gesehen!«, erklärte sie, während der Präfekt notdürftig seine zerwühlte Kleidung zurechtrückte.

»Für das, was zwischen uns geschehen ist, gibt es keine Zeugen. Wenn Ihr mich beschuldigt, steht Euer Wort gegen meins!«, versetzte der Kaiserliche Großzensor aufgeschreckt.

»Ich werde die Wucherung an Eurer Jadelanze beschreiben können, an der Ihr leicht zu erkennen seid. Ich bin mir sicher, dass dem Kaiser persönlich daran gelegen sein wird, diese Angelegenheit aufzuklären, falls ich mich bei ihm beschweren sollte! Und niemand wird behaupten können, die Einsiedlerin aus dem kaiserlichen Palast habe Euch aufgefordert, sie zu besuchen! Dann werdet Ihr Euch verantworten müssen«, entgegnete sie kühl und blickte ihm direkt in die Augen.

Präfekt Li erkannte, dass er es mit einer jener gefährlichen Kämpferinnen zu tun hatte, deren wesentliches Merkmal darin lag, dass sie ihre Drohungen auch in die Tat umsetzten.

»Und wenn ich jetzt einfach wieder gehe, wärt Ihr dann bereit, so zu tun, als wären wir einander niemals begegnet?«, flüsterte er mit tonloser Stimme.

»Unter diesen Umständen würde ich mich bereit erklären, Euch zu vergessen, sobald Ihr die Schwelle dieses Zimmers hinter Euch gelassen habt!«, verkündete sie ernst und deutete auf die Tür.

Kaum hatte sie ihren Satz beendet, als Präfekt Li sich auch schon wortlos umdrehte und sie von diesem letzten Opfer erschöpft zurückließ.

Als er in unausstehlicher Laune in sein Büro zurückkam, nachdem er mit knappen Worten den kleinen Wachtrupp fortgeschickt hatte, der ihn vor Jademonds Tür erwartete, tobte der Kaiserliche Großzensor vor Wut darüber, dass er sich wie ein Halbwüchsiger hatte in die Falle locken lassen. Er war sich darüber im Klaren, welches Risiko es für ihn bedeutete, dass er den Reizen dieser jungen Chinesin erlegen war, deren wichtigste Waffe ihr wunderbarer Körper war. Mittlerweile war es ihm vollkommen gleichgültig, ob sie tatsächlich die flüchtige Färberin war, die seine Männer damals, zu Hochzeiten des Seidenschmuggels, gesucht hatten, oder nicht. In unmittelbarer Nähe zu Kaiser Gaozong gab es nun eine junge Frau, die ihn mit einem Wort vernichten konnte.

Denn was würde der Herrscher wohl sagen, wenn er erführe, was zwischen ihm und Jademond vorgefallen war? Der Großzensor würde nicht nur sein Amt verlieren und in die Verbannung geschickt werden, auch sein Kopf wäre in höchster Gefahr!

Präfekt Li begann nachzudenken. Um diesem Schicksal zu entgehen, sah er keinen anderen Ausweg, als die störende Zeugin aus dem Weg zu räumen – und das so schnell wie möglich.

Doch unter den gegebenen Umständen würde er diese Aufgabe selbst erledigen müssen. Er sah sich schlecht seinen Männern den Befehl erteilen, mitten im kaiserlichen Palast Gaozongs Favoritin umzubringen: Noch bevor sie zur Tat geschritten wären, hätte der Hof davon erfahren.

Vielleicht wäre es das Beste, Nachforschungen über die Vergangenheit dieser jungen Frau anzustellen. Dann könnte er alarmierende Informationen über sie verbreiten, die ein anonymer Informant dann seinen Beamten zutragen und damit eine offizielle Untersuchung durch das Zensorat in Gang setzen würde.

Und wie sehr der Kaiser der Mitte auch an der schönen Jademond hängen mochte, dann würde er unmöglich an einer Kurtisane festhalten können, die verdächtigt wurde, eine Spionin in Diensten einer fremden Macht zu sein.

Während er hinter seinem Schreibtisch saß und Pläne schmiedete, kam sein persönlicher Sekretär mit einem seligen Lächeln auf den Lippen und einem Stück Papier in der Hand herein, das er ihm unverzüglich reichte.

»Eine gute Nachricht, Herr Präfekt. Durch einen anonymen Hinweis haben wir erfahren, dass die Gefangenen, die aus der Hundefestung ausgebrochen sind, Zuflucht auf einem Bauernhof gefunden haben, den ein reicher Bauer dem Mahayana vermacht hat. Hier steht alles!«

»Was verlangt der Informant als Gegenleistung?«

»Nichts Besonderes! Es scheint sich eher um einen Racheakt zu handeln! Als er sich mit diesem Hinweis bei den

Ordnungshütern des zweiten Viertels gemeldet hat, soll sein Gesicht teilweise hinter einem Turban verborgen gewesen sein, wie sie die Reisenden in der Wüste tragen, um sich vor einem Sandsturm zu schützen. Ausnahmsweise haben die Stadtbüttel die Information diesmal gleich an uns weitergeleitet«, verkündete der Sekretär, womit er auf die heftigen Auseinandersetzungen zwischen den verschiedenen Diensten anspielte, die mit der Auswertung von Denunziationen, der Aufrechterhaltung der öffentlichen Ordnung und der Suche nach Verbrechern betraut waren.

»Merkwürdig. In diesem Land gibt es nur selten etwas umsonst«, seufzte Präfekt Li, dessen Gedanken immer noch bei der Suche nach einer Möglichkeit waren, Jademond zum Schweigen zu bringen.

»Soll ich das Kloster unter Bewachung stellen lassen, Präfekt Li?«

»Natürlich!«

»Ich schicke gleich zehn kräftige Männer hin.«

»Bist du sicher, dass es sich nicht schon wieder um einen falschen Hinweis handelt?«

»Ihr scheint an meinen Worten zu zweifeln, Herr Präfekt!«

»Wie oft sind unsere Leute bei diesen Verschwörern, die mit der Kaiserin unter einer Decke stecken, nicht schon zu spät gekommen. Gebranntes Kind scheut das Feuer«, entgegnete der Kaiserliche Großzensor, ehe er seinen Sekretär mit einem gleichzeitig verächtlichen und matten Wink aus dem Raum scheuchte.

Er hatte einen schrecklichen Fehler gemacht, als er auf die Avancen der Favoritin des Kaisers eingegangen war, vor allem da diese eine so intelligente, um nicht zu sagen gerissene Frau war! Man hätte fast meinen können, Wu Zhao und Jademond machten gemeinsame Sache.

Präfekt Li wusste, dass ihm nur noch eine kurze Gnadenfrist blieb.

Er hatte keine andere Wahl, entweder er oder sie!

15

Auf dem Berg Taishan, Halbinsel Shandong, 1. April 659

»Ehre und Ruhm sei dem göttlichen Paar: Kaiser Gaozong und Kaiserin Wu Zhao!«, wiederholte die tobende Menge unablässig, während die Herrscher des Reichs der Mitte als Antwort auf den ehrerbietigen Gruß der Zehntausende von Männern und Frauen, die sich am Fuß des Taishan versammelt hatten, die Arme gen Himmel hoben.

An diesem ersten Tag des Monats April würden alle Annalenschreiber des Reichs der Mitte auf ihren Bambustäfelchen verzeichnen müssen, dass das Frühlingsfest in diesem Jahr einen ganz besonderen Glanz verstrahlte.

Es war Wu Zhao gewesen, die ihren Gemahl dazu überredet hatte, die Zeremonie auf dem Taishan stattfinden zu lassen. Er war der bedeutendste der fünf daoistischen Berge Chinas, weil ihn die Göttin Bixia, die Herrscherin der Azurblauen Wolken, zum Wohnsitz erkoren haben sollte.

Deshalb hatte die Kaiserin auch persönlich die Organisation der Feierlichkeiten überwacht, die allen Anwesenden noch lange in Erinnerung bleiben sollten.

Um den Vertretern der einzelnen Provinzen des Kaiserreichs zu ermöglichen, den Feiern zu Ehren der neuen Jahreszeit beizuwohnen, war das Gelände unterhalb des heiligen Berges eingeebnet und zu einem gewaltigen Festplatz umgestaltet worden. Zehntausende Kriegsgefangene hatten hier zehn Monate lang Tag und Nacht unter der Anleitung des Obersten Architekten der Großen Kaiserlichen Baustellen geschuftet.

Am Rand einer riesigen Terrasse erhob sich ein elegantes mehrstöckiges Holzgebäude, dessen Form an eine Pagode erinnerte und auf dessen Balkon Gaozong und Wu Zhao Platz genommen hatten. Den im *Klassiker der Baukunst* festgeschriebenen Regeln folgend, wandte die Terrasse dem Berg den Rücken zu, was sie vor den schädlichen Einflüssen des Nordens schützte, die von der schwarzen Schildkröte verkörpert wurden. Im Osten der Terrasse war ein von fließendem Wasser gespeistes Becken gegraben worden, um den Grünen Drachen zufriedenzustellen, und ein im Westen angelegter Weg stellte sie unter den Schutz des Weißen Tigers, während die Öffnung nach Süden hin es ihr ermöglichte, von den Strahlen des Roten Vogels der Sonne überflutet zu werden.

Das Zeremonialgelände war in vier gleich große Flächen eingeteilt worden.

Der erste Bereich war für die hohen Würdenträger der buddhistischen Geistlichkeit vorgesehen. Dort erblickte Wu Zhao, gleich vor dem riesigen safranfarbenen Fleck der dicht gedrängt sitzenden Mönche, die hochgewachsene Gestalt von Vollendete Leere. Verstohlen nickte sie ihm zu. Die anderen Bereiche waren den hohen Verwaltungsbeamten und Gelehrten, den Offizieren der Armee und »verdienstvollen Bürgern« vorbehalten, die sich in den Augen der Obrigkeit durch ihren Bürgersinn ausgezeichnet hatten, was im Allgemeinen bedeutete, dass sie Verbrecher denunziert hatten.

Ohne sie auch nur eines Blickes zu würdigen, wusste die Kaiserin, dass all ihre Feinde versammelt waren, angefangen bei General Zhang über den Leiter des Kaiserlichen Sekretariats Lin Shi, den dicken Kanzler Han Yuan und die meisten konfuzianischen Minister, darunter auch der Seidenminister Tugend des Äußeren, bis hin zum unvermeidlichen Großzensor Präfekt Li.

»Ehre sei Gaozong und Wu Zhao!«, skandierten die Soldaten der kaiserlichen Truppen, die in Habachtstellung eine Kette zwischen den Versammelten und den beiden Herrschern bildeten, denen sie ihre Säbel und Bogen präsentierten.

Mit halb geschlossenen Augen spürte Wu Zhao, wie nach und nach der Rausch der Macht von ihr Besitz ergriff. Die Verleihung des Himmlischen Mandats an den Kaiser der Mitte in der Mingtang, der eigens zu diesem Zweck errichteten Halle des Lichts, musste einem – zumindest vermutete sie das – genau das gleiche Gefühl von Stolz und unaussprechlichem Glück bescheren.

Für sie war das hier also in gewisser Weise eine Generalprobe.

Denn es war das erste Mal, dass ihr an der Seite ihres Gemahls die höchste Ehre zuteilwurde, diesem gewaltigen Menschenmeer gegenüberzustehen.

Die kaiserliche Etikette verlangte, dass die offizielle Gemahlin des Kaisers an seiner Seite blieb, ohne ihr jedoch zu gestatten, neben dem Sohn des Himmels vor die Menge zu treten. Sie hatte erbittert gekämpft, um dem Kaiserlichen Protokolldienst die notwendige Änderung des Rituals abzuringen und zusammen mit Gaozong auf diesen Balkon steigen zu dürfen. Es hatte nicht weniger als drei Monate ununterbrochener Auseinandersetzungen bedurft, ehe sie, zum größten Leidwesen ihrer Feinde, die diese ungerechtfertigte Vorzugsbehandlung sofort aufs Schärfste verurteilten, ihr Ziel erreicht hatte.

Den endgültigen Ausschlag hatte gegeben, dass sie dem Leiter des Amtes für Protokollwesen, einem theatralischen, aufgeblasenen Einfaltspinsel, der lediglich den Rang eines Unterministers bekleidete, Hoffnungen auf ein vollwertiges Ministeramt gemacht hatte.

Die kaiserlichen Geomanten mit ihren seltsamen spitzen Hüten bildeten einen Kreis. Sie hielten ihren Zirkel, ihren Luopan-Kompass, ihren magnetischen Stein und ihren Brennspiegel in der Hand, um die unheilvollen Sha-Ströme zu vertreiben und die heilsamen Qi-Energien auf die »Höhle des Drachen« zu lenken, die das Zeremonialgelände des kaiserlichen Frühlingsfestes bildete.

Zu acht, wie die Trigramme aus dem *Buch der Wandlungen*, dem *Yijing*, drehten sie sich langsam im Kreis von links nach rechts, um den Himmelsraum und seine acht Häuser darzustellen, in denen sich die günstigen schwarzen Elemente mit den ungünstigen roten abwechselten – Retter der Menschen, Strafe des Himmels, himmlische Segnungen, verheerende Katastrophe, Ehre und Geld, Witwe und Waisenkind, der Himmel versagt seine Unterstützung und schließlich Ehrung und Beförderung –, damit kein schädliches Element die vollkommene Ordnung der Zeremonie beeinträchtigen konnte.

Schließlich gab der älteste der acht Geomanten mit lauter Stimme kund: »Ich kann den Anwesenden versichern, dass der Frühling tatsächlich da ist, bereit, die Pflanzen erblühen zu lassen und den Liebenden Lebenskraft zu schenken!«

Bei der Verkündung dieses rituellen Satzes, auf den alle gewartet hatten, begann das Publikum zu applaudieren, sodass Wu Zhao die Freude beschieden war, zu sehen, wie ihre Feinde ihr zujubelten, da ihnen nichts anderes übrig blieb, als das Protokoll des Frühlingsfests zu befolgen, das bereits zweitausend Jahre zuvor zu Zeiten der Dynastie der Zhou festgelegt worden war.

Nach alter Tradition folgte auf die Verkündigung ein entfesselter Tanz von zwanzig fünfzehnjährigen Burschen mit efeuumkränztem Haupt und ebenso vielen unberührten Mädchen gleichen Alters mit Blumen im Haar.

Als der Zeremonienmeister nach dem Ende des Tanzes zum Zeichen, dass die Feier vorbei war und alle nach Hause gehen sollten, die Hörner erschallen lassen wollte, sprang Wu Zhao plötzlich auf.

»Die Zeremonie ist noch nicht beendet. Wenn ihr euch bitte noch ein paar Augenblicke gedulden wollt, das Himmlische Zwillingsmädchen Juwel hat eine wichtige Neuigkeit, die sie euch gerne verkünden möchte!«, rief sie mit lauter Stimme den Tausenden verwirrten Augenpaaren zu.

Denn niemand hatte damit gerechnet, dass Wu Zhao in Gegenwart ihres Gemahls das Wort ergreifen würde, und schon gar nicht, um ein Ereignis anzukündigen, das nicht das Geringste mit dem streng festgelegten Ritual des Frühlingsfests zu tun hatte!

Hörnerklang begleitete das Eintreffen von Juwel, die auf einem von vier Männern getragenen Stuhl saß.

Das kleine Mädchen war von Kopf bis Fuß in ultramarinblaue Seide gekleidet, welche mit goldenen Drachen bestickt war.

»Bringt die göttlichen Felsen!«, rief sie zur Verblüffung der Anwesenden.

»Das ist die kleine Göttin!«, hörte man hier und da murmeln.

Daraufhin fuhren acht Karren auf das Frühlingsfestgelände, von Ochsen gezogen, deren Hörner mit Girlanden geschmückt waren.

»Diese acht Felsen lagen verborgen im Schlamm des Le-Flusses! Die Tradition besagt, dass sie mit Inschriften versehen wurden, die dem chinesischen Volk die Zukunft seines Reichs verheißen! Nun, jetzt liegen sie vor euch!«, rief die Kaiserin in feierlichem Ton.

Nachdem die Karren sich entsprechend aufgestellt hatten, lagen die Felsen nun in einer Reihe, ihre gravierte Seite dem Publikum zugewandt, sodass man sie von links nach rechts lesen konnte wie den ersten Satz eines Buchs.

»Ich bin Experte für alte Inschriften! Ich werde sicher in der Lage sein, diese Texte zu lesen und dem Volk ihren Inhalt zu verkünden!«, rief daraufhin ein Mann und trat aus dem Bereich vor, der für die hohen Beamten und die Gelehrten reserviert war.

Dieser bedeutende Kalligraph und Fachmann für die Entzifferung altertümlicher Schriften war von Wu Zhao für seinen Auftritt vor dem versammelten Volk bezahlt worden. Mit federndem Schritt ging er auf die Steine zu.

»Was ich hier lese, ist geradezu unglaublich!«

Er wirkte aufrichtig überrascht: Wu Zhao hatte ihm

nicht verraten, welcher Art der Text sein würde, den er vorfinden sollte.

»Lies es uns vor! Lies es uns vor! Lies es uns vor!«, begann die Menge zu skandieren.

»Sag ihnen, was da steht!«, befahl Wu Zhao dem Kalligraphen.

»*Zu gegebener Zeit wird das Reich eine Frau an seiner Spitze haben. Der Name dieser Frau mit ruhmreichem Schicksal wird Wu, Kaiser von China, lauten!* Das lese ich auf diesen prophetischen Felsen, als handelte es sich um ein Buch mit Weissagungen! Falls irgendjemand an meinen Worten zweifelt, möge er herkommen und die Inschriften selbst entziffern«, rief er und fiel vor Wu Zhao auf die Knie, nachdem er vor den kaiserlichen Balkon getreten war.

Die verdutzten Geomanten traten ebenfalls an die Felsen heran und umrundeten sie argwöhnisch. Schließlich nickte der älteste von ihnen, nachdem er die acht Steine ausgiebig betastet hatte, und löste damit inbrünstige Begeisterung in der Menge aus.

Die überglückliche Wu Zhao hatte allen Grund zur Annahme, dass sie die Partie gewonnen hatte. Sie fing den Blick der kleinen Juwel auf, die das alles erst möglich gemacht hatte. Juwel lächelte ihr zu, glücklich, weil ihre Tante Wu es auch war.

Da erhob sich eine zittrige Stimme aus den ersten Reihen, die die Kaiserin bald als die von General Zhang erkannte.

»Majestät, ich bin nicht überzeugt von dem, was ich sehe!«

Sogleich wandte sich die Menge in die Richtung, aus der der Widerspruch kam. Der Mann, der sich von seinem

Faltstuhl erhoben hatte, trug das jadene Abzeichen eines ehemaligen Ersten Ministers.

»Dann redet, General!«, rief Gaozongs Gemahlin.

In diesen Worten lag der ganze Hass, den sie ihrem ärgsten Feind entgegenbrachte, von dem sie wusste, mit welcher Hartnäckigkeit er ihren Sturz betrieb.

»Zu meinem Bedauern muss ich dem chinesischen Volk, dessen Vertreter hier versammelt sind, mitteilen, dass ich große Zweifel an dem habe, was dort vorgelesen wurde! Majestät, wie ist es Euch gelungen, die genaue Stelle zu finden, an der diese Felsen im Wasser versenkt wurden? Dieses Ereignis, wenn es denn überhaupt jemals stattgefunden hat, reicht in die unvordenklichen Zeiten der Zhou zurück!«

»Nun, General, das wird Euch Juwel erklären! Sie war es, die mich zu der Stelle genau über den heiligen Felsen führte. Ich glaube nicht, dass Ihr so vermessen sein werdet, an den Worten eines so unschuldigen Kindes zu zweifeln!«

Die Stimme der Kaiserin war scharf wie eine Schwertklinge. Tiefes Schweigen lag über der Menge, und die Spannung zwischen dem alten, vergangenen Zeiten nachtrauernden General und der Frau, die in seinen Augen nichts anderes war als eine gewöhnliche Abenteurerin, war mit Händen greifbar.

Der Kaiser machte große Augen. Er war in Gedanken bei Jademonds hübschem Hintern, und ihm schien gar nicht bewusst zu sein, was gerade vor sich ging.

»Ja! Ich war am Ufer des Le-Flusses, als Tante Wu, die Kaiserin, sie aus dem Wasser ziehen ließ«, sagte Juwel, ganz darauf konzentriert, Wort für Wort wiederzugeben, was die Kaiserin ihr beigebracht hatte, falls sie gefragt werden sollte.

»Kannst du mir sagen, affengesichtiges Mädchen, ob diese Steine Inschriften trugen, als Wu Zhao sie aus dem Le-Fluss ziehen ließ?«, wollte der alte Konfuzianer daraufhin wissen.

»Ich verbiete Euch, Juwel zu beleidigen! Tausende Pilger kommen jeden Tag ins Kloster nach Luoyang, um sich vor ihr zu verneigen«, schrie die Kaiserin zornig, während Gaozong, der endlich aus seiner verliebten Lethargie erwachte, beschwichtigend die Hand hob.

»Diese Steine sahen ganz genauso aus, mein Herr!«, erklärte Juwel, auch wenn sie bei dieser frommen Lüge unwillkürlich blinzelte.

Die Kaiserin warf dem ganz in Ultramarinblau gekleideten Mädchen einen vor Dankbarkeit überfließenden Blick zu.

Da hob plötzlich auch der asketische Vollendete Leere den Arm und kam ein paar Schritte nach vorne, ehe er seinerseits mit lauter Stimme das Wort ergriff.

»Ihr alle müsst wissen, dass diese Steine die verhüllten Aussagen des *Sutra der Bedeutenden Wolke* erhärten, eines heiligen Textes, den ich bereits mehrmals entziffert und kommentiert habe. Darin wird angedeutet, dass der Buddha der Zukunft, der Erhabene Maitreya, eines Tages in der körperlichen Hülle jener Frau geboren wird, von der auf diesen Steinen die Rede ist«, rief er und löste damit in der Menge, wo viele bereits den Namen »Wu Zhao« zu skandieren begannen, donnernden Applaus aus.

Der große Meister des Dhyana hatte aus eigenem Antrieb beschlossen, im vollen Glanz seines hohen Ansehens als geistiges Oberhaupt des chinesischen Großen Fahrzeugs einzuschreiten, um Vergebung für sein früheres Verhalten zu erlangen.

Wu Zhao, die fest davon überzeugt war, dass ihm diese Geste nur vom Erhabenen Buddha höchstselbst eingegeben worden sein konnte, schloss dankbar die Augen. War das nicht ein weiteres Zeichen dafür, dass sie auf dem richtigen Weg war und ihr Traum mit den Zielen des Erwachten übereinstimmte?

Der Lärm der Menge schwoll an, und von allen Seiten erschallten Huldigungen für Wu Zhao, während viele der Versammelten ihren Platz verließen. Die einen verneigten sich tief vor der Kaiserin, um ihr die Ehre zu erweisen, während sich die anderen halb außer sich der kleinen Juwel näherten, in der Hoffnung, ihr blaues Gewand berühren zu können. Und die Kühnsten trotzten selbst den Stockhieben der Ordnungshüter, die sie notdürftig im Zaum zu halten versuchten, und liefen zu den heiligen Steinen. Sie strichen mit der Hand darüber, manche küssten sie sogar, weil sie fest daran glaubten, dass diese Geste ihnen und ihren Angehörigen Glück bringen würde.

In dem für die Gelehrten und Beamten reservierten Abschnitt herrschte tiefste Bestürzung.

Wu Zhaos Gegner schäumten vor Wut, und der alte General, der es gewagt hatte, der Thronräuberin die Stirn zu bieten, war bedrückt auf seinem Stuhl zusammengesunken wie ein halbvoller Reissack. Nach dem Skandal, den Wu Zhao mitten in einer offiziellen Audienz provoziert hatte, indem sie Jademonds falsche Identität aufgedeckt hatte, konnte diese Prophezeiung, die ihren baldigen Aufstieg auf den Kaiserthron verhieß, nicht ungelegener kommen. Man brauchte nur die aufgelösten Mienen der Minister und hohen Verwaltungsbeamten zu sehen. Sie alle erkannten entsetzt, wie ungeheuer beliebt die Herrscherin beim einfachen Volk war, und das war für sie das Beunruhigendste.

Im abgetrennten Bereich der buddhistischen Mönche hingegen herrschte leise Euphorie.

Denn wenn ihre Beschützerin erst einmal den chinesischen Thron bestiegen hatte, würde der Buddhismus zur offiziellen Religion des Reichs erhoben und nie wieder in Frage gestellt werden. Die Schenkungen der reichen Gläubigen würden den gewaltigen Besitz des Großen Fahrzeugs weiter mehren. Und noch später würde das geistige Oberhaupt des Mahayana – auch wenn die Äbte der großen Klöster diese Möglichkeit angesichts ihres revolutionären Charakters nur in kleinstem Kreis erörterten – schließlich die Geschicke des chinesischen Reichs lenken, das dann endlich zu einem Religionsstaat geworden wäre.

»Ruhm und Ehre der Kaiserin Wu Zhao! Ruhm und Ehre der Kaiserin Wu Zhao!«, schrien die entfesselten Massen.

Auf der dem Volk zugewiesenen Fläche waren die zunächst noch vereinzelten Jubelrufe rasch vom Rest der Menge aufgenommen worden.

Die göttlichen Felsen zeigten die erhoffte Wirkung. Der Plan der Kaiserin war aufgegangen.

Der Zeremonienmeister hatte endlich die Hörner erschallen lassen, um das Fest zu beenden, als erneut Lärm hörbar wurde, diesmal aus den hinteren Reihen der Mönche des Großen Fahrzeugs.

Von all den unerwarteten Wendungen erschöpft, verzog Gaozong, der nur noch zurück nach Chang'an wollte, um sich dort weiter mit Jademond zu vergnügen, unwillig das Gesicht.

In der Grabesstille, in der sich die Menge, dem Ritual entsprechend, nach Beendigung des Frühlingsfests zerstreuen sollte, erklang das Gebrüll eines einzelnen Mannes.

»Will Kaiser sprechen! Will Kaiser sprechen! Wichtig! Wichtig!«, schrie er in schlechtem Chinesisch.

Rasch hatten die Ordnungshüter den Eindringling gepackt und schickten sich an, den Unruhestifter hinauszuschaffen, der es wagte, die uralte, seit den Zeiten der Zhou unveränderte Ordnung des Abschlusses des Frühlingsfests zu stören.

»Lasst diesen Mann reden, vielleicht hat er dem Kaiser von China etwas Wichtiges mitzuteilen«, wies Kaiserin Wu Zhao die Wachen an.

Hauptmann Majib, denn er war der tobende Eindringling, stand nun vor dem hölzernen Bauwerk, von dessen Balkon aus Gaozong und Wu Zhao die Zeremonie geleitet hatten.

Als der Perser gerade den Mund öffnen wollte, um dem chinesischen Hof naiv sein Geschäft vorzuschlagen, löste sich ein Mönch des Großen Fahrzeugs aus dem orangefarbenen Viereck seiner Tausende von Brüdern und stellte sich direkt vor das Herrscherpaar hin, wodurch er dem verblüfften Perser das Wort abschnitt. Der Mönch hielt einen dunkelhäutigen Mann an der Hand, dessen Äußeres seine indische Herkunft verriet.

»Ich bin Heilsame Medizin, Mönch des Mahayana aus

dem Kloster vom Kahlen Berg, und ich bitte Eure Majestäten um die Erlaubnis, das Wort ergreifen zu dürfen.«

»Was willst du, Heilsame Medizin?«, fragte Wu Zhao, von diesem unerwarteten Vorfall in keiner Weise aus der Fassung gebracht.

»Ich bin gekommen, um eine üble Schandtat zu verhindern, Eure Majestät. Dieser Mann ist ein persischer Räuber, der ungeachtet der traditionellen Gastfreundschaft zwischen den buddhistischen Lehrpfaden die Absicht hat, unseren geschätzten Bruder Dolch der ewigen Wahrheit, den Mönch des Hinayana, der hier neben mir steht, sowie seinen Gehilfen, den Tripitaka Heiliger Achtfacher Pfad, der hinten zurückgeblieben ist, an die chinesischen Behörden zu verkaufen!«, antwortete Heilsame Medizin und deutete dabei auf Hauptmann Majib.

»Die Worte dieses Mönchs des Mahayana entsprechen voll und ganz der Wahrheit!«, rief Heiliger Achtfacher Pfad, der sich durch die Reihen der Mönche nach vorne gedrängelt hatte.

»Meine Liebste, seid Ihr nicht der Ansicht, dass es höchste Zeit wird, die Feierlichkeiten zu beschließen und nach Chang'an zurückzukehren? Diese Zeremonie findet ja gar kein Ende mehr!«, flüsterte der über diese neuerliche Unterbrechung verärgerte Gaozong seiner Gemahlin zu.

»Bestätigst du die Aussagen von Heilsame Medizin, Majib?«, fragte die Herrscherin ungerührt.

»Meine Beute ist mit Sicherheit viel Geld wert. Ein Fässchen mit Goldtael, und sie gehören Euch, Majestät! Ich habe hier zwei Anhänger des Hinayana! Und die Anhänger des Mahayana, die sich ebenfalls in meiner Gewalt befinden, sind bei bester Gesundheit und in der Lage, alle Arten von Arbeit zu leisten. Ich gebe sie Euch obendrauf!«, bestätigte dieser großspurig. Und da er keine Ahnung hatte, was eigentlich vor sich ging, strahlte er vor Zufriedenheit, was seine Lage nur noch verschlimmerte.

»Dieser Mann hat wohl den Verstand verloren! Er will buddhistische Mönche arbeiten lassen! Bestimmt weiß er nicht einmal, dass es Almosen gibt!«, bemerkte Gaozong leise.

Nur zu glücklich über dieses Geschenk des Himmels, wiederholte Kaiserin Wu mit lauterer Stimme und in energischem Ton die Worte ihres erhabenen Gemahls für das Volk. Die von der Kaiserin wiedergegebene Bemerkung des Herrschers entlockte dem Publikum alle möglichen sarkastischen Kommentare über diesen Eindringling, der etwas zu verkaufen versuchte, was gar nicht verkäuflich war.

Die Kaiserin erkannte, dass sie freie Hand hatte, um vor den Augen des Volkes erneut ihre ganze Autorität auszuüben.

»Wachen, ergreift diesen Perser!«, befahl sie, während Hauptmann Majib sich fluchend auf den chinesischen Mönch stürzte und ihm wünschte, er solle bei lebendigem Leib in Ahrimans dunkler Hölle braten, denn jetzt erkannte er, wie geschickt Heilsame Medizin ihn manipuliert hatte, indem er ihm vorgaukelte, der chinesische Kaiserhof sei bereit, für seine Geiseln ungeheure Summen zu bezahlen.

Sofort umzingelten Soldaten in bunten Uniformen den Perser, der sich nach Leibeskräften wehrte, bis sie ihn schließlich niederrangen und ordnungsgemäß fesselten, um ihn in den nächsten Kerker zu werfen. Kurz darauf war Hauptmann Majib verschwunden.

Da trat Vollendete Leere aus seiner Reihe vor und rief der Herrscherin mit lauter Stimme zu: »Eure Majestät, zu diesem Mönch mit Namen Dolch der ewigen Wahrheit habe ich eine wichtige Information hinzuzufügen.«

Er deutete auf den Inder, der zusammen mit Heilsame Medizin nach vorne gekommen war. Ein großer Hund mit gelbem Fell war zu ihm gelaufen und hielt sich dicht neben ihm.

Auf dem weitläufigen Festgelände herrschte nun wieder tiefe Stille, denn alle wussten, dass der große Meister des Dhyana nicht ohne Grund das Wort ergriff. Nur Kaiser Gaozong, der immer ungeduldiger das Ende der Veranstaltung herbeisehnte, um nach Chang'an zurückzukehren, wo Jademonds feuchter Spalt auf ihn wartete, schien es kaum erwarten zu können, den Platz zu verlassen.

»Eure Majestät, dieser Mann ist der Gehilfe von Meister Buddhabadra, meinem geschätzten Standesbruder, dem Abt des Hinayana-Klosters vom Einen Dharma in Peshawar. Ich verbürge mich für ihn und erbiete mich, falls Ihr einverstanden seid, ihn so lange wie nötig im Kloster der Dankbarkeit für Erwiesene Kaiserliche Wohltaten aufzunehmen.«

»Ich bin einverstanden, Meister Vollendete Leere! Eure Gastfreundschaft ist allseits bekannt«, rief Wu Zhao.

»Könnten wir denn jetzt nicht endlich die Feier beschließen, meine Liebe?«, stöhnte Gaozong matt.

»Das Frühlingsfest ist beendet!«, rief Wu Zhao, wobei sie dem großen Meister des Dhyana nachdrücklich zuzwinkerte.

Nachdem die Zeremonie beendet und der Palankin des Kaiserpaars fortgetragen worden war, verließ die Menge langsam das aufgeschüttete Festgelände, sodass Vollendete Leere, Heilsame Medizin, Dolch der ewigen Wahrheit und Heiliger Achtfacher Pfad alleine vor dem hölzernen Bauwerk zurückblieben, auf dem Gaozong und Wu Zhao das Frühlingsfest geleitet hatten.

Dolch der ewigen Wahrheit, dem Lapika nicht von der Seite wich, als wüsste das Tier, in welcher Gefahr sein Herr geschwebt hatte, musterte den Abt aus Luoyang, von dem er in den vergangenen Monaten so viel gehört hatte, argwöhnisch. Tatsächlich erschien ihm die Falschheit dieses Mannes offensichtlich. Während er sein ungerührtes asketisches Gesicht betrachtete, dachte er bei sich, dass sein Gegenüber gewiss zu den Menschen gehörte, die ihre wahren Gedanken perfekt verbergen konnten.

»Meister Buddhabadra ist tot. Der Tantriker Verrückte Wolke hat ihm kurz nach Eurer Zusammenkunft in Samye den Bauch aufgeschlitzt. Diese grausame Tat geschah ungefähr zu der Zeit, als Ihr Fünffache Gewissheit nach Samye geschickt habt, um das Sutra über die *Logik der Vollkommenen Leerheit* zurückzuholen!«, erklärte er dem Abt ohne jede Einleitung, in der Hoffnung, damit seine gleichmütige Haltung zu erschüttern.

Bei diesen Worten kniff der Abt vom Kloster der Dankbarkeit für Erwiesene Kaiserliche Wohltaten kurz die Augen zusammen, während sich eine fahle Blässe auf seinem Gesicht ausbreitete.

»Ich war mir sicher, dass ihm etwas zugestoßen sein musste. Wir hatten verabredet, dass er mich in Luoyang besuchen sollte, aber er ist nie aufgetaucht. Dabei sah es

Buddhabadra gar nicht ähnlich, seinen Verpflichtungen nicht nachzukommen. Darum beschloss ich, Fünffache Gewissheit nach Samye zu schicken, um das Sutra zu holen, das mir eigentlich Buddhabadra bringen wollte!«, flüsterte er und wurde noch einen Hauch blasser.

»Hätte er Euch nicht auch noch etwas anderes mitbringen sollen?«

»Deine Frage lässt mich vermuten, dass du die Antwort darauf bereits kennst«, entgegnete Vollendete Leere mit matter, trauriger Stimme.

»Ist Euch nie der Gedanke gekommen, dass mein Unschätzbarer Abt Euch reingelegt haben könnte?«, versetzte der Mönch aus Peshawar, fest entschlossen, den großen Meister des Dhyana in die Defensive zu drängen.

»Warum fragst du mich das? Du scheinst an meiner Aufrichtigkeit zu zweifeln. Ich habe absolut nichts mit diesem widerwärtigen Mord zu tun, den ich genauso sehr beklage wie du«, protestierte Vollendete Leere.

»Ich versuche lediglich, den Ablauf der Geschehnisse zu rekonstruieren, und ich bin zu der Überzeugung gelangt, dass zwischen Buddhabadra und Euch einiges vorgefallen sein muss, Meister Vollendete Leere.«

»Ich will gar nicht bestreiten, dass wir nach dem katastrophalen Scheitern der Zusammenkunft in Samye ausgiebig miteinander verhandelt haben!«

»Und zwar hinter dem Rücken von Meister Ramahe sGampo.«

»Das gebe ich zu, und ich bedaure es zutiefst. Wenn ich die Zeit zurückdrehen könnte, würde ich alles anders machen, das musst du mir glauben.«

»Ihr werdet bald Gelegenheit haben, dem Abt von Samye

Euer Verhalten zu erklären!«, ließ Dolch der ewigen Wahrheit wie beiläufig fallen.

»Ich wünschte so sehr, dass das möglich wäre!«, seufzte der große Meister des Dhyana.

»Meister Ramahe sGampo wird in Kürze bei uns sein! Auch ich kann es kaum erwarten, an dieser Zusammenkunft teilzunehmen, bei der endlich alles auf den Tisch kommen muss! Zu viele Geheimnisse und Missverständnisse haben die bis dahin beispielhafte Beziehung zwischen Euch dreien verdorben!«

Bei diesen Worten riss Vollendete Leere verdutzt die Augen auf.

»Der blinde Greis ist auf dem Weg nach China? Das hätte ich mir niemals träumen lassen!«, rief er aufgewühlt.

»Ohne seine Absichten zu verraten, kann ich Euch versichern, dass Meister Ramahe sGampo sich nichts sehnlicher wünscht, als dass die Konzile von Lhasa nicht wirkungslos geblieben sein mögen. Er ist sich darüber im Klaren, dass viele der gegenwärtigen Probleme auf das Verhalten von Verrückte Wolke zurückzuführen sind, und er ist zu allem bereit, um das Vertrauen und die friedlichen Beziehungen zwischen den drei buddhistischen Lehrpfaden wiederherzustellen«, erklärte Dolch der ewigen Wahrheit, ehe er geheimnisvoll hinzufügte: »Ich selbst habe einiges vorzubringen, was dazu beitragen könnte, den Groll in manchen Herzen zu beschwichtigen!«

»Könntest du mir vielleicht einen Hinweis darauf geben? Ich habe den Eindruck, dass ich hier einiges nicht recht verstehe«, stöhnte der Abt schwer atmend.

»Noch nicht! Ich bewahre meine Enthüllungen für die Stunde der Wahrheit auf, wenn auch Ramahe sGampo in

Luoyang eingetroffen ist!«, schloss der Mönch aus Peshawar in einem Ton, der keinerlei Zweifel an seiner ebenso ruhigen wie festen Entschlossenheit ließ.

»Ich kann Euch versichern, dass dieser Mönch ein Ehrenmann von hoher moralischer Integrität ist«, fügte Heilsame Medizin hinzu, um Vollendete Leere zu zeigen, wie sehr er seinen Bruder aus dem Kleinen Fahrzeug schätzte.

»Daran zweifle ich nicht.«

»Seid Ihr bereit, die zerrissenen Fäden der Konzile von Lhasa neu zu knüpfen?«, fragte Dolch der ewigen Wahrheit daraufhin.

»Ich halte es in der Tat für sinnvoll, zu jener Geisteshaltung zurückzukehren, die die Konzile von Lhasa lenkte. Buddhabadra und ich sind in Versuchung geraten, uns eigenmächtig aus diesem Abkommen zurückzuziehen, weil wir glaubten, damit den Interessen unseres jeweiligen Lehrpfads am besten zu dienen. Er hat dabei das Leben verloren, und mich hätte es um ein Haar meine Seele gekostet!«, entgegnete Vollendete Leere leise, an dessen Aufrichtigkeit Dolch der ewigen Wahrheit mittlerweile keinerlei Zweifel mehr hegte.

Vor ihren Augen hüllte sich der Taishan in das Licht der untergehenden Sonne. Bald würden sich die Kiefern, die sich mühsam in dem steinernen Chaos festkrallten, das wie eine gewaltige Rauchsäule bis zum Gipfel des heiligsten Berges Chinas aufstieg, golden färben. Dann wäre der Moment gekommen, in dem die Farben und Formen an Leuchtkraft gewannen und diese unvergessliche Landschaft, in der die göttliche Herrscherin der Azurblauen Wolken leben sollte, erscheinen ließen, als sei das Ende der Welt gekommen.

Lapika, die spürte, dass sie bald wieder losmarschieren würden, wedelte bereits mit dem Schwanz.

»Sieh nur, wie glücklich deine gelbe Hündin wirkt!«, bemerkte Heiliger Achtfacher Pfad.

»Sie hat sicher verstanden, dass wir jetzt wieder frei sind! Und bald wird sie ihren Kreis vollenden! Als Lama sTod Gling sie Fünffache Gewissheit mitgab, um die Himmlischen Zwillinge mit ihrer täglichen Ration Milch zu versorgen, konnte er nicht ahnen, welch weiter Weg vor ihr lag, bis sie in Luoyang endlich wieder mit den Kindern vereint sein würde!«, antwortete sein treuer Weggefährte lächelnd.

Die Reise vom Taishan nach Luoyang verlief ohne Überraschungen. Die Mönche gingen schnell, da Vollendete Leere beschlossen hatte, auf dem Karren mitzufahren, auf dem sich die Almosenschalen der Mönche aus dem Kloster der Dankbarkeit für Erwiesene Kaiserliche Wohltaten stapelten, die ihn zum Frühlingsfest begleitet hatten.

Fünfmal überquerten sie den Gelben Fluss, der nach dem Frühlingsregen ungewöhnlich viel Wasser führte, auf mit Menschen und Tieren voll beladenen Booten, die jedes Mal zu kentern drohten, wenn sich Strudel in der Wasseroberfläche auftaten.

Berge folgten auf Ebenen und liebliche Täler auf steinernes Geröll, auf dem sich nur kümmerliche Wacholdersträucher mit letzter Kraft festkrallten. Der Frühling ließ prächtige Farben leuchten, und überall auf den Bäumen zeigten sich die ersten Knospen und neuen Triebe.

Nach dem Chaos des Winters nahm nach und nach die sommerliche Ordnung Gestalt an.

Nach all den Unruhen, die auf die Zusammenkunft von Samye gefolgt waren, kehrte allmählich die Harmonie wieder zurück.

Nun brauchten sie nur noch die große Aussprache abzuwarten.

16

Kaiserlicher Palast von Chang'an

Während auf dem Berg Taishan das Frühlingsfest gefeiert wurde, hatten sich Fünffache Gewissheit, Umara, der *mani-pa* und Ulik in Chang'an dank des Passierscheins, den sie von Wu Zhao erhalten hatten, mühelos in den kaiserlichen Palast schleichen können, in dem nur noch alte Bedienstete und fußamputierte Pförtner herumirrten.

Die Kaiserin hatte wieder einmal recht gehabt. Nachdem der gesamte Hof im Gefolge des Kaiserpaars mit Sack und Pack nach Shandong gereist war, glich der Palast einem verlassenen, beinahe frei zugänglichen Ort.

Es war immer das Gleiche in Systemen, die auf der strikten Personalisierung der Macht beruhten: Wenn die Herrscher weiterzogen, verließen auch Furcht und Zwang einen Ort, um sich anderswo einzurichten, und zurück ließen sie ein Chaos, in dem keinerlei Ordnung mehr herrschte. Genügend Diktatoren wurden Opfer einer solchen Situation, wenn ihre Rivalen ihre Abwesenheit nutzten, um selbst die Macht zu ergreifen.

Die kleinen und großen Verschwörungen, die Intrigen und das ununterbrochene Kräftemessen, bei dem jeder versuchte, den anderen zu stürzen, hatten sich auf den heiligen Berg der Daoisten verlagert und jener seltsam unbekümmerten Atmosphäre Platz gemacht – einer Art Frieden nach dem Ende so vieler innerer Kämpfe –, die nun das riesige Gebäude erfüllte, von dem aus Gaozong und Wu Zhao das Reich der Mitte regierten.

Ohne eine Minute zu verlieren, eilten Umara und Fünffache Gewissheit zum Pavillon der Lustbarkeiten. Als Umara ihren Vater zusammen mit Hort der Seelenruhe in dem hübschen Garten, in dem die Himmlischen Zwillinge ihre ersten Schritte getan hatten, in der Sonne sitzen sah, rannte sie außer sich vor Freude und Zärtlichkeit auf ihn zu.

»Vater, ich flehe dich an, verzeih mir!«, rief sie und küsste ihm die Hände, nachdem sie vor ihm auf die Knie gefallen war.

»Meine geliebte Tochter! Ich habe dich wiedergefunden, das ist für mich das Allerwichtigste. Unser allmächtiger und barmherziger Gott hat meine Gebete erhört. So viel hatte ich nicht mehr zu hoffen gewagt«, flüsterte Addai Aggai aufgewühlt und den Tränen nahe mit vor Rührung brechender Stimme.

»Es ist alles meine Schuld. Ich habe Eure Tochter verführt! Wenn Ihr jemandem Vorwürfe machen müsst, dann mir«, erklärte daraufhin Fünffache Gewissheit, der, fest entschlossen, Umara zu verteidigen, ebenfalls näher kam.

»Der Eine Gott ist Liebe. Und eure Liebe zueinander hat euch zu eurem Verhalten bewogen, also kann ich daran nichts auszusetzen haben. Ich bin mit eurem Entschluss einverstanden, meine lieben Kinder!«, antwortete der Bischof von Dunhuang und breitete die Arme nach ihnen aus.

»Danke, Vater. Ich war mir sicher, dass du es verstehen würdest«, sagte seine Tochter leise.

»Und möge Gott eure Verbindung segnen! Ich wünsche euch alles Glück auf Erden. Ihr habt es verdient. Euch beide zusammen zu sehen ist für mich ein großer Trost. Ich habe so lange auf diesen Tag gewartet!«, entgegnete Addai Aggai und schloss die Augen, nachdem er beiden das Kreuz auf die Stirn gezeichnet hatte.

»Ihr erlaubt, dass ich Eurem Segenswunsch einen ebensolchen an den Erhabenen Buddha hinzufüge, den heiligen Erwachten, der uns seit unserer ersten Begegnung unter seine mitfühlenden Fittiche genommen hat«, sagte Fünffache Gewissheit leise, woraufhin er beide Handflächen aneinanderlegte und die Daumen an seine Stirn führte, bevor er sich dreimal verneigte.

»Von mir aus auch der Erhabene Buddha! Was ich über ihn weiß, lässt mich ohnehin vermuten, dass es zwischen dem Erhabenen und Jesus Christus viele Gemeinsamkeiten gibt.«

»Das Gleiche gilt auch für Mani, den Propheten und Fürsprecher der Kirche des Lichts. Er war ein aufrechter Mensch, der sich weigerte, seiner Religion abzuschwören, und wegen seines heldenhaften Verhaltens eine ähnliche Passion durchlitt wie Jesus Christus«, fügte Hort der Seelenruhe hinzu, der über dieses Wiedersehen fast genauso gerührt war wie sein nestorianischer Kollege.

Zwischen Pfingstrosenkübeln und hundertjährigen Sträuchern, die nicht größer waren als eine Dolchklinge und jeden Tag sorgfältig von Gärtnern gepflegt wurden, nahm der Bischof, der seine Tränen nun nicht länger zurückhielt, Umara und Fünffache Gewissheit in die Arme und drückte sie fest an sich.

»Mögen wir drei mit Gottes Hilfe jetzt für alle Zeit vereint sein! Das wünsche ich mir mehr als alles andere auf der Welt«, flüsterte der nestorianische Geistliche dem jungen Paar zu.

»Mehr noch, als die Kirche des heiligen Patriarchen Nestorius nach Zentralchina zu bringen?«, wollte Umara wissen.

»Ich habe unsere spirituellen Anliegen lange über alles andere gestellt. Aber mir ist klar geworden, dass ich darüber nicht nur manchmal meinen Nächsten vergessen, sondern mich auch des Öfteren eher wie ein Sünder denn wie ein Seelenhirte verhalten habe!«, entgegnete Addai Aggai seiner Tochter, die ihn verblüfft anstarrte. Nie hätte sie ihrem Vater eine solche Einsicht zugetraut.

»Wenn ich bis an mein Lebensende mit Fünffache Gewissheit zusammen sein und dazu noch eine enge, vertrauensvolle Beziehung zu meinem Vater pflegen könnte, wäre ich die glücklichste Frau auf Erden«, sagte Umara leise, ehe sie Addai Aggai um den Hals fiel und ihn zärtlich küsste.

»Du hast mir so sehr gefehlt, dass ich schließlich eingesehen habe, dass du der einzige Grund für mich bist, überhaupt zu leben!«, flüsterte dieser seiner Tochter ins Ohr.

»Jetzt müssen wir nur noch Jademond erlösen. Wartet hier auf uns, wir werden nicht lange brauchen!«, verkündete Fünffache Gewissheit, nachdem er Vater und Tochter ausreichend Zeit für ihre Gefühlsbekundungen gelassen hatte.

»Ich komme mit dir!«, erklärte Umara ihrem Geliebten.

»Mein Liebes, sei vorsichtig! Warum bleibst du nicht hier bei mir und wartest, bis Fünffache Gewissheit zurückkommt?«, ächzte ihr Vater.

»Nichts wird mich jemals wieder von Fünffache Gewissheit trennen! Wo er hingeht, werde ich ihm folgen!«, erwiderte seine Tochter.

Hand in Hand rannten sie zusammen mit Ulik und dem *ma-ni-pa* in die privaten Gemächer des Herrschers der Mitte.

Dort fanden sie Jademond, eingesperrt im Gemach der Favoritin, in Gesellschaft einer Schönheitspflegerin, die gerade ihr Haar glättete, nachdem sie es mit Palmöl eingerieben hatte.

»Umara, Fünffache Gewissheit! Was für eine himmlische Überraschung! Ich bin so froh, euch wiederzusehen!«, rief die junge Chinesin und fiel dem jungen Paar, dem sie und Speer des Lichts bei ihrer Flucht aus Chang'an in der Nähe des Jadetors begegnet waren, um den Hals.

»Wir haben gehört, dass der Kaiser von China dich hier gefangen hält, und sind gekommen, um dich zu befreien«, verkündete Umara stolz. Auch sie freute sich sehr, die junge Frau wiederzusehen, die ihr bei ihrer ersten Begegnung auf Anhieb so sympathisch gewesen war.

»Seit ich in Chang'an angekommen bin, behandelt mich Kaiser Gaozong wie eine Sklavin seiner Lüste. Ich würde nie wagen, dir zu erzählen, was er mir alles zumutet! Ständig ruft er mich in sein Gemach der körperlichen Freuden, einen achteckigen Raum mit rosafarbenen Wandbehängen, der gleich hinter diesem Hof dort liegt! Schon beim Gedanken an seine Wurstfinger und seinen riesigen, schwabbeligen Bauch wird mir ganz übel«, stöhnte Jademond, ehe sie zu schluchzen begann wie ein kleines Mädchen.

In Gegenwart von Umara und Fünffache Gewissheit

war sie nicht länger die gerissene Kurtisane, die jederzeit in der Lage war, Leidenschaft vorzutäuschen, sondern nur noch eine junge Frau, die ihnen vertraute und ihren Gefühlen endlich einmal freien Lauf lassen konnte.

»Zum Glück kann ich ein wenig verschnaufen, seit er auf den Taishan gereist ist«, erklärte sie mit kaum hörbarer Stimme.

»Speer des Lichts wartet ganz in der Nähe in einem kleinen buddhistischen Tempel auf dich!«, verriet ihr Fünffache Gewissheit, um mit dieser guten Nachricht ihre bösen Erinnerungen zu verscheuchen.

»Was für eine wundervolle Neuigkeit! Nichts könnte mich mehr freuen, als das zu hören, Fünffache Gewissheit. Soll ich dafür dem Erhabenen Buddha danken oder doch eher Mani, dem Propheten der Kirche des Lichts?«, rief die junge Chinesin.

Sie war bereits wie verwandelt: Auf ihrem schönen Gesicht mit den feuchten Augen erstrahlte reinstes Glück und verdrängte ihre Niedergeschlagenheit.

»Wenn du deinen Ehemann erst einmal in den Armen hältst, kannst du dir immer noch überlegen, wem du dafür danken willst!«, scherzte der ehemalige Mönch des Mahayana.

»Mag er mich denn immer noch? Hat er sich nicht in eine andere verliebt? Ich wäre ihm deswegen nicht böse.«

»Er liebt dich wie am ersten Tag! Die Flamme seines Herzens ist nie verloschen. Seit er in Turfan deine Spur verloren hat, kannte er kein anderes Ziel, als dich mit allen Mitteln wiederzufinden. Er weiß nicht, dass du hier bist! Und er wird überglücklich sein, wenn er dich heil und gesund wiedersieht!«, entgegnete Fünffache Gewissheit.

»Wir holen Speer des Lichts, sobald wir hier raus sind! Und je eher es so weit ist, desto besser geht es dir! Genau wie mir, als Fünffache Gewissheit zu mir ins Kloster der Dankbarkeit für Erwiesene Kaiserliche Wohltaten kam, wo der Abt Vollendete Leere mich gefangen hielt«, fügte Umara hinzu.

»Unsere Schicksale scheinen sich auf erstaunliche Weise zu gleichen«, bemerkte die ehemalige Arbeiterin aus dem Tempel des Unendlichen Fadens lächelnd.

»Das glaube ich auch! Bestimmt weil die Liebe die Menschen immer auf die gleichen Wege führt«, entgegnete die junge nestorianische Christin leise, während sie Jademonds Hand hielt.

»Ich habe das Gefühl, als würde uns hinter dieser Mauer jemand belauschen!«, flüsterte Fünffache Gewissheit, nachdem er ihnen unvermittelt mit einem Wink bedeutet hatte, nicht weiterzureden.

Um der Sache auf den Grund zu gehen, trat er an die Ziegelmauer, die den kleinen Innenhof umschloss, von dem Jademond gerade gesprochen hatte.

»Soll ich rüberklettern und nachsehen? Bei diesem Mäuerchen dürfte das nicht allzu schwer sein!«, erbot sich Ulik.

»Wenn ihr dort hineinwollt, bleibt euch gar kein anderer Weg als über den Hof. Selbst wenn der Kaiser fort ist, sind vor der Tür seines Liebesgemachs Tag und Nacht zwei Wachen postiert«, ergänzte Jademond.

»Dann lass uns beide über die Mauer klettern, für den Fall, dass es ein Problem geben sollte«, entschied Fünffache Gewissheit, ehe er sich als Erster an den Aufstieg machte.

Behände kletterten sie über die Mauer, gefolgt von Umara,

die keine Mühe hatte, es ihnen gleichzutun. Als sie auf der anderen Seite angekommen waren, sahen sie, dass der kleine kiesbedeckte Hof leer war.

»Lasst uns drinnen nachschauen!«, schlug der ehemalige Mönch des Mahayana vor und deutete auf die Veranda vor dem Liebesgemach des Kaisers.

Er war überrascht von der erlesenen Ausstattung des Raums, die durch die rosafarbene Seide an den Wänden noch betont wurde; die Farbe der Wandbehänge harmonierte perfekt mit den zahllosen dicken seidenen Quastenkissen, die sich auf dem eindrucksvollen Sofa in der Mitte des Zimmers stapelten.

Als Fünffache Gewissheit sich bäuchlings daraufwarf, um zu prüfen, ob es auch tatsächlich so weich war, wie es aussah, entdeckte er zu seiner Überraschung Füße, die unter dem Sofa hervorschauten.

Umara, die in der Zwischenzeit auch bemerkt hatte, dass außer ihnen noch jemand im Raum war, bedeutete ihm wild gestikulierend, er solle vorsichtig sein.

»Wer ist da?«, rief Fünffache Gewissheit und warf sich auf die Füße, um sie zu packen.

Ulik half ihm, den Mann an den Beinen unter dem Sofa vorzuziehen.

»Firuz? Was machst du denn hier? Ich hatte dir doch gesagt, du sollst auf dem Klosterhof bleiben!«, rief Fünffache Gewissheit, nachdem er den Botschafter aus Bagdad erkannt hatte.

Der umayyadische Gesandte trug einen mehrere Tage alten Bart. Die Haut in seinem abgemagerten Gesicht war faltig wie die einer getrockneten Frucht. Äußerst verlegen suchte er nach einer Antwort.

»Ich verstecke mich seit über zwei Wochen unter diesem Sofa. Zum Glück rührt der Kaiser die Mahlzeiten kaum an, die man ihm bringt, wenn er hier ist. Wenn ich alleine bin, lege ich mich manchmal aufs Sofa, um bequemer zu schlafen. Und meinen natürlichen Bedürfnissen komme ich im Hof nach«, stammelte er schließlich.

»Ist dir klar, dass du deinen Kopf riskierst, wenn du in die privaten Gemächer des Kaisers der Mitte eindringst? So etwas macht man nicht einfach zum Spaß«, versetzte Fünffache Gewissheit, dem nicht entgangen war, dass der umayyadische Gesandte seiner Frage ausgewichen war.

»Ich werde dir alles erklären, wenn wir in Sicherheit sind«, entgegnete Firuz, dessen Geistesgegenwart allmählich zurückkehrte.

Die allgemeine Nervosität nutzend, nahm er heimlich das kleine, spitze Messer aus dem Nagelnecessaire, mit dem der Handpfleger des Kaisers dessen Nägel reinigte. Nachdem er sich vergewissert hatte, dass weder Umara noch Ulik oder Fünffache Gewissheit etwas bemerkt hatten, steckte er es hastig in seinen Gürtel.

»Dann ist es sicher das Beste, wieder zurück über die Mauer zu klettern. Dahinter haben wir auf jeden Fall mehr Ruhe, um deine Erklärungen anzuhören«, erwiderte der ehemalige Mönch streng.

Auf der anderen Seite erwartete sie Jademond voller Angst.

»Jademond, ich wusste doch, dass ich deine Stimme gehört hatte«, rief der Botschafter unbefangen, ohne sich vor der Frau, die er so sehr geliebt hatte, auch nur den leisesten Groll anmerken zu lassen.

»Ich hatte keine Ahnung, dass du hier warst!«

»Ich habe mich tagelang unter dem kaiserlichen Sofa versteckt. Wenn man dich so hört, scheint es dir ja nicht gerade unangenehm zu sein, vom Kaiser der Mitte gekitzelt zu werden«, konnte sich Firuz dann doch nicht verkneifen, aber er flüsterte es ihr so leise ins Ohr, dass die anderen nichts davon mitbekamen.

»Ich kann mit meinem Körper machen, was ich will. Nirgendwo steht geschrieben, dass ich dir gehöre!«, versetzte sie trocken.

Der Schlag hatte gesessen. Ihre scharfe Erwiderung ließ ihn die ganze Selbstbeherrschung verlieren, die er erst wenige Augenblicke zuvor mühsam wiedergewonnen hatte.

Eifersucht und Hass krampften seinen Magen zusammen und rissen ihn in jenen entsetzlichen Strudel, der Menschen, die bis dahin für ihre Ruhe und Freundlichkeit bekannt waren, die schlimmsten Wahnsinnstaten begehen lässt.

»Dieser Gedanke lag mir auch völlig fern!«, entgegnete er und garnierte diese offensichtliche Lüge mit einem gezwungenen Lächeln.

»Ich verlange eine Erklärung von dir: Warum hast du das Kloster verlassen?«, fragte Fünffache Gewissheit erneut den Gesandten, dessen Verhalten ihm größte Rätsel aufgab.

Firuz blieb eine Antwort darauf erspart.

Beunruhigende Geräusche aus dem Korridor ließen darauf schließen, dass gleich ein Trupp Soldaten, wahrscheinlich angelockt von dem Lärm aus dem Zimmer der kaiserlichen Favoritin, in den Raum stürmen würde.

»Meine Güte, sie werden uns noch hier finden«, rief Ulik.

»Dann wäre es um uns geschehen!«, stieß Fünffache Gewissheit hervor.

»Wäre es nicht besser, Jademond zu ihrem Gemahl zu bringen, statt hier noch länger sinnlos herumzustreiten? Sie sehnen sich so sehr nacheinander!«, drängte Umara.

»Er müsste eigentlich immer noch in dem kleinen Kloster warten. Zumindest hoffe ich, dass er nicht deinem Beispiel gefolgt ist und sich aus einer plötzlichen Anwandlung heraus aus dem Staub gemacht hat!«, entgegnete Fünffache Gewissheit, an Firuz gewandt, der sich in undurchdringliches Schweigen hüllte.

»Ich brauche einen Schleier, um nicht aufzufallen! Wenn wir irgendwelchen Dienern begegnen und sie mich erkennen, sind wir verloren!«, flüsterte Jademond.

Nachdem sie in einem der Schränke herumgekramt hatte, zog sie einen langen Umhang aus grüner Seide hervor, in den sie sich von Kopf bis Fuß einwickelte.

»Wenn du noch einen zweiten Umhang hast, würde ich ihn mir gerne über den Kopf ziehen. Bei meinem lockigen Haar drehen sich alle Leute nach mir um, als wäre ich ein fremdartiges Tier!«, bat Umara.

Lächelnd reichte Jademond Addai Aggais Tochter das Gewünschte.

»Was soll ich denn sagen, wenn man mich fragt?«, stöhnte daraufhin die Schönheitspflegerin der kaiserlichen Favoritin mit tränenerstickter Stimme.

»Dass du im Nebenzimmer geschlafen hast! Dass du nichts gesehen hast. Und dass ich davongeflogen bin wie ein Vogel! Mehr nicht!«

Nachdem sie Hort der Seelenruhe und Addai Aggai abgeholt hatten, die im Pavillon der Lustbarkeiten ungeduldig auf sie warteten, verließen sie mit Hilfe von Wu Zhaos Passierschein ungehindert den Palast. Sie durchquerten die letzten Tore und waren endlich draußen, in Freiheit.

Beim Anblick der von Menschen wimmelnden Straßen der Hauptstadt des Reichs der Tang war Jademond sichtlich bewegt. Die zahllosen Gerüche weckten in ihr die unvergessliche Erinnerung daran, wie sie einige Jahre zuvor mit Speer des Lichts durch die Stadt geschlendert war, nachdem er zu ihr in den Tempel des Unendlichen Fadens zurückgekehrt war.

Sie war so gefesselt von diesem Anblick, dass sie weder Firuz' finstere, verschlossene Miene noch seine geballten Fäuste bemerkte, als bereite er sich auf den Kampf gegen einen schrecklichen Feind vor.

Wie im Traum durchquerte sie die Stadt, und als sie die Vororte erreichten, wo zwischen den letzten Strohlehmhäuschen, neben denen halbnackte Kinder spielten, die ersten Äcker auftauchten, spürte sie einen Anflug von Bedauern.

Als sie auf halber Höhe eines kleinen Hügels schließlich den Klosterhof mit seinen grauen Dächern erblickte, wo ihr Gemahl auf sie wartete, schluchzte die junge Chinesin vor Glück unwillkürlich auf.

Dem Ziel so nahe ging sie schneller, ohne auf die kleine Gruppe von Schäfern zu achten, denen sie und ihre Gefährten unterhalb eines Trompetenbaumwäldchens begegneten. Einer von ihnen zog ein kleines Tuch aus der Tasche und winkte damit in Richtung des Bauernhofs.

Ohne es zu ahnen, waren sie von den Schergen des Zensorats umzingelt, die der persönliche Sekretär des Präfekten Li rings um das Gebäude hatte postieren lassen.

Als Jademond Speer des Lichts auf der Schwelle des Innenhofs erblickte, unterdrückte sie ein Schluchzen und stürzte sich, seinen Namen rufend, in seine Arme.

»Speer des Lichts! Mein Geliebter! Mein Herz! Ich bin wieder da. Von jetzt an werde ich immer bei dir bleiben! Speer des Lichts.«

Bei jedem dieser leidenschaftlichen Aufschreie bohrte sich ein Schwert immer tiefer in Firuz' schmerzendes, keuchendes Herz.

Voller Bitterkeit, die nun zu unerbittlichem Hass gerann, sah er, dass die junge Frau hemmungslos ihren Gemahl küsste und nicht einen Blick mehr für ihn übrig hatte. Sie hatte ihn völlig vergessen, als hätte er ihr niemals etwas bedeutet.

Er war auf der Schwelle zum Hof stehen geblieben und zögerte, hineinzugehen, denn er kam sich inmitten dieses glücklichen Wiedersehens, wo sich alle freudig begrüßten und ihre Erinnerungen und Erlebnisse austauschten, überflüssig vor. Nachdem Speer des Lichts auch Addai Aggai begrüßt hatte, ließ er alle Zurückhaltung fahren und fiel Hort der Seelenruhe um den Hals.

Da Firuz außerdem befürchtete, dass das kleine Kloster nach seiner Denunziation überwacht wurde, drehte er sich auf dem Absatz um und stieg schmollend auf die Kuppe des Hügels.

Während er einen schmalen, recht steilen Weg hinaufkletterte, berührte seine Hand versehentlich den Griff des kleinen Messers aus dem Nagelnecessaire von Kaiser Gaozong, das er in seinen Gürtel geschoben hatte. Und plötzlich hatte er das Instrument seiner Rache gefunden.

Er würde Speer des Lichts töten, indem er ihm die Klinge

mitten ins Herz stieß, sobald er – mit einem strahlenden Lächeln im Gesicht, um keinen Verdacht zu erregen – auf den Klosterhof zurückkehrte.

Es war ihm gleichgültig, ob er danach von den chinesischen Ordnungshütern verhaftet wurde. Er wollte nur noch Rache.

Nachdem er ein paar Mal tief durchgeatmet hatte, um seine Nerven zu beruhigen, machte er sich langsam wieder an den Abstieg und sah sich zu seiner Überraschung plötzlich Ulik gegenüber!

»Fünffache Gewissheit hat mich gebeten, dich zu suchen! Er fragt sich, ob dir nach diesen ganzen Aufregungen vielleicht nicht gut ist. Außerdem würde er gerne von dir hören, was du im Zimmer des Kaisers zu suchen hattest. Dein Verhalten hat ihn schockiert!«, erklärte der Perser argwöhnisch, nachdem er einen verstohlenen Blick auf das Messer des Umayyaden geworfen hatte, das dieser fest in der Hand gehalten hatte, ehe er es hastig zurück in seinen Gürtel steckte.

»Ich musste kurz ein dringendes Bedürfnis erledigen. Jetzt geht es mir schon viel besser! Ich bin bereit, ihm Rede und Antwort zu stehen, wann immer er möchte!«, grummelte Firuz.

Speer des Lichts und Fünffache Gewissheit erwarteten sie am Hoftor. Als der Mann aus Bagdad seinen Rivalen erreicht hatte, riss er das Messer hoch und sprang wie ein Tiger vor. Doch Ulik, der bereits geahnt hatte, dass er etwas im Schilde führte, war auf der Hut.

Daher gelang es ihm, Firuz in dem Moment bei den Schultern zu packen und zu Boden zu reißen, als die Klinge gerade den Brustkorb von Speer des Lichts ritzte.

Zwischen den beiden Männern entbrannte ein wilder, brutaler Kampf, aus dem der Perser als Sieger hervorging, ehe er mit blutender rechter Hand wieder aufstand.

Als Fünffache Gewissheit und Speer des Lichts den bäuchlings auf dem Boden liegenden Botschafter umdrehten, stellten sie fest, dass das kleine Messer bis zum Heft in seiner Brust steckte.

»Es ist meine Schuld!«, stöhnte Ulik. »Ich habe nicht aufgepasst! Dabei habe ich noch gesehen, wie sich die Klinge in seine Richtung gedreht hat, als ich ihn außer Gefecht setzte! Aber mir blieb doch nichts anderes übrig, er war ja wie von Sinnen!«

»Bist du verletzt?«, sorgte sich Fünffache Gewissheit, der Uliks vom Blut rot gefärbte Hand bemerkt hatte.

»Das ist Firuz' Blut!«, seufzte er und wischte sich den Arm ab.

»Um ein Haar hätte er Speer des Lichts umgebracht! Wahrscheinlich war er blind vor Eifersucht!«, sagte der Anhänger des Mahayana leise, nachdem er mit dem Finger über das zerrissene Hemd von Jademonds Ehemann gestrichen hatte.

»Mir ist nichts passiert! Nur ein kleiner Kratzer«, murmelte dieser erschüttert.

Da fielen Speer des Lichts und Fünffache Gewissheit einander in die Arme, während ihre beiden jungen Frauen im kleinen Speiseraum des Klosters saßen, in das sie der alte Abt geführt hatte, und so sehr in ihre Plaudereien vertieft waren, dass sie von dem ganzen Vorfall überhaupt nichts bemerkt hatten.

Schreie, die von außerhalb der Klostermauern hereindrangen, ließen die Freunde aufschrecken.

»Ein knappes Dutzend bewaffneter Männer stürmt von der Hügelkuppe her auf uns zu!«, rief Ulik, der draußen nachgesehen hatte, ehe er hastig das Tor zuschlug, das von außen in den kleinen Hof führte, um den herum die Gebäude des Bauernhofs angeordnet waren.

»Wir werden von einem Trupp Soldaten angegriffen! Sie tragen die Armbinde des Zensorats! Überall, wo diese Männer hinkommen, verbreiten sie Tod und Schrecken!«, schrie ein verängstigter junger Novize, der wie eine Katze aufs Dach geklettert war.

»Was können wir gegen sie ausrichten?«, fragte Speer des Lichts leise.

»Ich wüsste nichts. Wir haben ihren Schwertern nur unsere bloßen Hände entgegenzusetzen!«, antwortete Fünffache Gewissheit mit düsterer Miene.

»Wir müssten ihnen eine Falle stellen! Sie irgendwo hineinlocken zum Beispiel, und dann das Gebäude in Brand stecken«, schlug Ulik vor.

»Wir haben einen Kornspeicher, der dafür in Frage käme. Er ist bis obenhin voll mit Heu«, sagte da der Novize, der wieder vom Dach heruntergekommen war.

»Wo ist er?«

»Gleich dahinten.«

Hinter einer hohen zweiflügeligen Tür auf der dem Eingang gegenüberliegenden Seite des Hofs entdeckten sie eine bis unters Dach mit trockenem Viehfutter gefüllte Scheune.

»Wir müssten sie hier hineinlocken, die Tür hinter ihnen schließen und Feuer legen! Dann würden sie alle bei lebendigem Leib verbrennen wie im Maul eines Vielfraß-Drachen Taotie«, rief der junge Mönch eifrig.

»Was ist denn hier los?«

Aufgeschreckt von den wütenden Schreien der wild gegen das Hoftor trommelnden Angreifer, waren die beiden Frauen herausgekommen und hatten den Leichnam von Firuz entdeckt.

»Der Umayyade hat versucht, deinen Gemahl umzubringen! Ulik konnte ihn überwältigen, doch Firuz' eigene Waffe hat sich gegen ihn gewendet!«, erklärte Fünffache Gewissheit Jademond, die sich in die Arme von Speer des Lichts geschmiegt hatte.

»Aber wir dürfen jetzt nicht untätig bleiben: Wir werden von den Schergen des Zensorats angegriffen«, fügte dieser hinzu.

»Ich werde den Soldaten öffnen. Dann renne ich in die Scheune und rufe ihnen zu, dass ihr euch unter dem Heu versteckt habt. Fünffache Gewissheit und Speer des Lichts, ihr schließt hinter dem letzten Soldaten die Tür und werft eine brennende Strohfackel hinein!«, wisperte der Perser seinen Gefährten zu.

»Aber dann würdest du da drinnen mit ihnen verbrennen!«, widersprach Speer des Lichts.

»Keine Angst, ich bin flink wie ein Zicklein und werde mühelos entwischen«, entgegnete Ulik.

Als die anderen nicht mehr zu sehen waren, eilte er zum Tor, das die Soldaten inzwischen mit einer Axt bearbeiteten, und riss es auf.

»Folgt mir, die Leute, die ihr sucht, haben sich in der Scheune im Heu versteckt!«, rief er und deutete auf das weit offen stehende Tor auf der gegenüberliegenden Seite des Hofs.

»Dann warst du also derjenige, der sie bei den Ordnungshütern des zweiten Viertels denunziert hat?«, erkundigte sich der Anführer der Soldaten.

»Genau, das war ich!«, stammelte Ulik, dankbar für das Stichwort.

Durch dieses Geständnis bestärkt, eilten die Soldaten hinter dem persischen Übersetzer in die Scheune, woraufhin ihr Führer sorgfältig das Tor hinter sich schloss.

Fünffache Gewissheit hielt eine brennende Strohfackel in der Hand, die der Novize aus dem Herd in der Küche geholt hatte. Er zögerte.

Sollte er sie hineinwerfen, wie Ulik ihn angewiesen hatte? Aber wenn er das tat, würde der junge Perser womöglich nicht mehr lebend herauskommen.

»Ich kann das nicht!«, rief er mit tränennassen Augen.

»Wenn du die Scheune nicht anzündest, sind wir verloren! Und unsere Frauen genauso«, entgegnete Speer des Lichts mit angsterfüllter Stimme.

Aus der Scheune drang der Lärm der Soldaten, die alles durchsuchten und dabei das Unterste zuoberst kehrten. Es konnte nicht mehr lange dauern, bis sie merkten, dass sie hereingelegt worden waren.

Da unterdrückte Fünffache Gewissheit ein Schluchzen und warf die brennende Strohfackel durch das Oberlicht über dem Scheunentor.

Sofort fing das Heu Feuer, und der dadurch entstehende Luftstoß war so stark, dass es für einen Moment den Anschein hatte, als würden die Mauern der Scheune bersten.

Nach einigen Augenblicken, die den draußen Wartenden wie eine Ewigkeit vorkamen, wurden markerschütternde Schreie laut, während gleichzeitig der grauenvolle Geruch von verbranntem Fleisch die Luft erfüllte.

»Wie schrecklich!«, murmelte Umara, an das Herz ihres Geliebten geschmiegt.

»Armer Ulik! Er wird es niemals da rausschaffen!«, stöhnte Jademond, die sich in die Arme ihres Mannes geflüchtet hatte.

»Ulik hat sich für euch geopfert! Das war eine sehr noble Tat und eines von tiefem Glauben erfüllten Buddhisten würdig«, sagte eine sanfte Stimme.

Sie drehten sich um. Begleitet von Addai Aggai und Hort der Seelenruhe war der alte Abt des Klosters zu ihnen hinaus in den Hof gekommen, wo noch immer Firuz' Leiche lag. Vor ihnen stand das Dach der Scheune, aus der eine riesige schwarze Rauchwolke aufstieg, in Flammen.

»Das Feuer reinigt alles!«, flüsterte der manichäische Vollkommene gleichermaßen entsetzt wie gebannt.

»*Om!*«, rief da auch der *ma-ni-pa*, der aus dem Gästeraum des Klosters eilte, wo er tief und fest geschlafen hatte, bis ihn der Lärm draußen hatte hochschrecken lassen.

»Für uns besteht die Hölle aus Feuer!«, fügte der nestorianische Bischof entsetzt hinzu.

»Dieser Perser, dem wir unser Leben verdanken, war nicht einmal ein Anhänger des Siddharta Gautama!«, erklärte Fünffache Gewissheit, der größte Mühe hatte, seine Tränen zurückzuhalten.

»Er hätte es aber sein können. Und ich bin mir sicher, dass der Erhabene Buddha ihn bei seiner nächsten Inkarnation nicht im Stich lassen wird. Dieser Mann hat sich verhalten wie ein Bodhisattva«, entgegnete der alte Abt, der den größten Teil seiner Zeit damit verbrachte, reglos in seiner winzigen Zelle zu sitzen und über das grenzenlose Leid in der Welt zu meditieren.

»Vielleicht war er ja einer!«, murmelte Fünffache Gewissheit aufgewühlt.

Alles recht bedacht, hatte der alte Mönch womöglich gar nicht unrecht. War Uliks Verhalten seit ihrer ersten Begegnung im Reich Bod nicht stets von Mitgefühl bestimmt gewesen?

In seinen zahlreichen früheren Existenzen hatte der Buddha in der Gestalt von Bodhisattvas gelebt, die überraschende körperliche Hüllen einnehmen konnten, die manchmal weit von dem Bild entfernt waren, das man sich von der Heiligkeit machte.

Dass ein zukünftiger Buddha beschlossen haben sollte, im Körper eines Persers wie Ulik zu leben, schockierte ihn also in keiner Weise. Vielleicht würde in Tausenden von Jahren die Geschichte einer der früheren Existenzen eines Buddha davon erzählen, wie er die Gestalt eines jungen persischen Übersetzers angenommen hatte, der die Himmlischen Zwillinge vor dem finsteren Schicksal bewahrte, das ein Räuber ihnen zugedacht hatte.

»Ihr müsst alle fort von hier, bevor die Ordnungshüter kommen, um nach dem Rechten zu sehen. Die Rauchsäule, die über uns aufsteigt, ist sicher bis Chang'an zu sehen. Flieht, solange es noch nicht zu spät ist! Das ist der Wille des Erhabenen! Sonst hätte er euch nicht die Hilfe von Ulik geschickt!«, fügte der alte Mann leise hinzu.

»Aber dann werden sie womöglich an Euch Vergeltung üben!«, entgegnete Fünffache Gewissheit.

»Unser Platz ist hier! Wenn die Ordnungshüter feststellen, dass sich niemand bei uns versteckt, werden sie uns in Frieden lassen.«

»*Om! Mani padme hum! Om!*«, rief der *ma-ni-pa*, erschüttert von dem, was er gerade erlebt hatte, ehe er unter den verblüfften Blicken der anderen einen Salto rückwärts schlug.

»Avalokiteshvara wird zweifellos die Gebete dieses *mani-pa* erhören«, schloss der alte Abt des kleinen Klosters und segnete seine Gäste, die sich nacheinander von ihm verabschiedeten.

Dann verließen sie hastig und unter Tränen diesen Ort, wo sie ohne Uliks Hilfe in der Falle gesessen hätten, und liefen durch die Felder, bis sie an ein Dorf kamen, wo sie Halt machten, um ihren Durst zu stillen.

»Wo wollt ihr denn jetzt hin, um ein Heim zu gründen?«, fragte Umara Speer des Lichts und Jademond.

»Als Erstes würde ich zu gerne die Himmlischen Zwillinge wiedersehen. Ich habe ja nur einen kurzen Blick auf sie werfen können, als wir euch in jener Nacht in der Nähe des Jadetors kennenlernten, weil ein gütiges Schicksal es so beschlossen hatte! Aber ich bin mir sicher, dass sie einen Anteil an unserem Wiedersehen haben!«, rief die junge Chinesin zu Umaras Verwunderung.

»Und ich dachte immer, du glaubst nur an dich selbst«, scherzte ihr manichäischer Ehemann, was ihm einen schockierten Blick von Großer Vollkommener Hort der Seelenruhe eintrug.

»Es wäre uns auf jeden Fall eine große Freude, euch nach Luoyang mitzunehmen, denn dort leben Juwel und Lotos inzwischen im Kloster der Dankbarkeit für Erwiesene Kaiserliche Wohltaten!«, erklärte Fünffache Gewissheit.

Fünffache Gewissheit und Umara wanderten Hand in Hand. In spätestens drei Tagen würden sie in Luoyang sein.

»Und was ist, wenn du auch die Reinkarnation eines Bodhisattva bist? Nachdem ich die Worte des alten Mönchs gehört habe, geht mir dieser Gedanke nicht mehr aus dem Kopf«, flüsterte Umara dem Mann, den sie nun endlich heiraten konnte, zu, nachdem sie den kaiserlichen Kanal erreicht und ein Boot bestiegen hatten, das sie in die Sommerhauptstadt bringen sollte.

Fünffache Gewissheit wandte sich seiner Geliebten zu, um zu sehen, ob sie scherzte. Umara schaute ihn ernst an. Ihre verschiedenfarbigen Augen funkelten wie Edelsteine. Er lächelte sie an.

Hinter ihnen lagen der *ma-ni-pa*, Addai Aggai und Hort der Seelenruhe eng aneinandergedrängt auf den Bänken und schliefen. Jademond und Speer des Lichts saßen ein Stück abseits auf einer einzelnen Bank und küssten sich ungeniert und leidenschaftlich unter den verwunderten Blicken eines Händlers und seiner Familie, die nach Luoyang reisten, um Angelhaken auf dem Markt zu verkaufen.

Sie erwiderte sein Lächeln und legte den Kopf an seine Schulter.

Die Luft war von seltenen Düften erfüllt.

Dem Duft der Natur, wenn der Frühling endlich gekommen ist.

Da schloss Umara erschöpft die Augen.

Alles war gut.

17

Chang'an, Hauptstadt der Tang-Dynastie

Im verrauchten Büro des alten General Zhang war die Luft zum Schneiden dick.

»Man sollte das Flussbett des Le an der Stelle absuchen, wo die Thronräuberin die Steine gefunden haben will, die sie uns beim Frühlingsfest präsentiert hat. Es ist unmöglich, solch riesige Felsen ohne schweres Gerät aus dem Wasser zu ziehen. Ich bin sicher, dass die echten prophetischen Felsen noch immer da unten liegen«, blaffte der ehemalige Erste Minister von Kaiser Taizong dem Großen.

»Aber was ist mit der Aussage des kleinen affengesichtigen Mädchens, das die Worte von Wu Zhao zu bestätigen scheint?«, wandte Han Yuan, der fette Kaiserliche Kanzler, ein, der an einer langen Pfeife zog.

»So, wie ich die Kaiserin kenne, traue ich ihr durchaus zu, dass sie die Kleine für alle Fälle ein paar nützliche Sätze hat auswendig lernen lassen. Das muss dringend aufgeklärt werden«, schnaubte der verbitterte alte Konfuzianer hasserfüllt.

»Gebt mir ein paar Tage, dann werde ich Euch die Antwort darauf liefern!«, flüsterte Präfekt Li, bei dem der Zwischenfall mit Jademond einen bitteren Nachgeschmack hinterlassen hatte.

Aber ein Ärgernis kam niemals alleine, und so hatte Wu Zhaos Präsentation der berühmten Felsen aus dem Le-Fluss den Kaiserlichen Großzensor, der eigentlich über alles auf dem Laufenden sein sollte, was sich im Reich der Mitte zusammenbraute, bei seinen Freunden in eine äußerst unangenehme Lage gebracht. Sie überschütteten ihn mit Vorwürfen, weil er diesen verheerenden Schlag nicht hatte kommen sehen!

Und die Worte von General Zhang bestätigten lediglich, welch schweren Schaden dieser Vorfall dem bereits angeschlagenen Ruf von Präfekt Li zugefügt hatte.

»Vielleicht wäre es sinnvoll, das affengesichtige Mädchen zu befragen. Sie hat sicherlich einiges Interessantes zu erzählen«, gluckste der Seidenminister Tugend des Äußeren, der wie durch ein Wunder allen Sturmböen standgehalten hatte, die über seinen Posten hinwegfegten.

»Das ist keine schlechte Idee, denn genau das habe ich auch vor. Ich plane übrigens, selbst nach Luoyang zu reisen.«

»Ihr wollt die Ermittlungen persönlich durchführen?«, fragte der Seidenminister verblüfft.

»Manche Aufgaben kann man einfach nicht anderen überlassen. Und diese hier ist dazu viel zu heikel«, erklärte der Kaiserliche Großzensor.

Er war zu allem bereit, um seinen Kollegen zu beweisen, dass er in der Lage war, das Heft wieder in die Hand zu nehmen, was auch dringend nötig war, wenn er nicht in Ungnade fallen und seine Laufbahn in einem unterirdischen Kerker beschließen wollte.

»Eines ist sicher: Die Prophezeiungen nutzen den Interessen der Thronräuberin viel zu sehr. Der Zeitpunkt für das Auftauchen der Steine konnte für sie gar nicht günstiger sein! Ich kann einfach nicht glauben, dass das Zensorat von alldem nichts gewusst haben soll«, schimpfte General Zhang vor sich hin.

Der unerbittliche alte Konfuzianer hatte sich an diesem Tag geradezu in Präfekt Li verbissen.

»Auch auf die Gefahr hin, wie ein unfähiger Trottel dazustehen, muss ich zugeben, dass es so war. Genau wie Ihr habe ich die Felsen aus dem Le-Fluss auf dem Festgelände am Taishan zum ersten Mal gesehen! Als Reaktion darauf habe ich übrigens ein knappes Dutzend meiner Untergebenen unter Arrest gestellt«, protestierte dieser matt.

»Die Thronräuberin hat das alles meisterlich geplant! Beim nächsten Mal wird uns wohl nichts anderes mehr übrig bleiben, als vor Kaiserin Wu Zhao niederzuknien und zu hoffen, dass nicht noch eine Belohnung auf unseren Kopf ausgesetzt wird!«, schloss Han Yuan verbittert.

»Der Großzensor muss jetzt alle Hebel in Bewegung setzen, um die verhängnisvollen Auswirkungen des neuen Schachzugs der Thronräuberin abzuwenden! Ich hoffe sehr, dass seine Ermittlungen ausnahmsweise auch einmal zu einem Ergebnis führen und nicht wieder im Sand der Wüste Gobi verlaufen!«, fügte der alte General verdrießlich hinzu.

»Seid versichert, meine geschätzten Freunde, dass ich alles in meiner Macht Stehende tun werde, um das Rätsel zu lösen!«, stöhnte der Angesprochene.

»Das wäre auch besser für alle, bei Euch angefangen!«, entgegnete der ehemalige Erste Minister von Kaiser Taizong, aus dessen Stimme eine kaum verhüllte Drohung herauszuhören war.

Präfekt Li war angst und bange, als er kurz darauf den Kreis der alten Konfuzianer verließ.

Mit diesem letzten Vorfall, und nicht zu vergessen dem schrecklichen Fiasko, in dem die Erstürmung des kleinen Klosters geendet hatte, wo die aus der Hundefestung entflohenen Gefangenen Unterschlupf gefunden haben sollten, stand seine Behörde kurz davor, komplett ihre Glaubwürdigkeit zu verlieren – und er mit ihr.

Die Lage war ernst.

Er musste unverzüglich reagieren, notfalls auch indem er Gegenfeuer entzündete, um diesen gekränkten Mandarinen zu beweisen, dass das Kaiserliche Zensorat sein letztes Wort noch nicht gesprochen hatte.

Kaum war Präfekt Li an der Spitze von rund zwanzig Männern, die alle die Unheil verkündende Armbinde trugen, in Luoyang eingetroffen, als er auch schon zum Kloster der Dankbarkeit für Erwiesene Kaiserliche Wohltaten eilte.

»Meister Vollendete Leere leitet die Mittagszeremonie im großen Gebetssaal. Ich kann ihn unter gar keinen Umständen stören«, antwortete der Mönch an der Pforte, dem der Kaiserliche Großzensor erklärt hatte, dass er den großen Meister des Dhyana unverzüglich zu sprechen wünsche, und zwar, hatte er hinzugefügt, »in einer höchst wichtigen Angelegenheit«.

»Entweder kommt er auf der Stelle her, oder ich bin gezwungen, ihn mit Gewalt zu holen, wenn es sein muss auch aus dem Gebetssaal!«, versetzte Präfekt Li, fest entschlossen, alles auf eine Karte zu setzen.

»Ich werde es ihm ausrichten!«, ächzte der Mönch, nachdem ihn der Anblick der Armbinden vollends überzeugt hatte.

So war der Präfekt nicht überrascht, als er wenig später am Ende des Gangs, der zur Klosterpforte führte, die groß gewachsene Gestalt von Vollendete Leere auftauchen sah, in dessen Miene sich sein Erstaunen über den unerwarteten Besuch eines so bedeutenden und gefürchteten Mannes wie des Leiters des Kaiserlichen Zensorats spiegelte.

»Bringt mich zu der kleinen Juwel! Ich muss ihr ein paar Fragen zu den Steinen aus dem Le-Fluss stellen.«

»Die Kleine ist im Moment nicht abkömmlich: Sie nimmt gerade die Huldigungen der Pilger entgegen.«

»Wann wird sie denn abkömmlich sein? Die Angelegenheit ist äußerst dringend. Es handelt sich um eine offizielle Ermittlung, die von höchster Stelle vorangetrieben wird, wenn Ihr versteht, was ich meine!«, entgegnete der Präfekt nervös.

»Heute Abend, wenn die Tore des Klosters geschlossen werden und die Gläubigen, die gekommen sind, um sie anzubeten, nach Hause zurückkehren«, antwortete der große Meister des Dhyana beunruhigt.

Da der Nachmittag bereits weit vorangeschritten war, willigte Präfekt Li ein, sich bis dahin zu gedulden. Als man das kleine Mädchen, dessen Gesicht zur Hälfte mit Haaren bedeckt war, zu ihm brachte, erfüllte ihr Anblick den Großzensor, der sie noch nie aus der Nähe gesehen hatte, mit dem gleichen Abscheu wie all die anderen, die ihr mit Argwohn begegneten, weil sie wegen ihrer eigenen Schlechtigkeit überall Böses vermuteten.

»Juwel, du musst mir die Stelle am Ufer des Le-Flusses zeigen, wo die prophetischen Felsen unter einer dicken Schlammschicht gelegen haben sollen, zu denen du die

Kaiserin geführt hast!«, forderte er das kleinen Mädchen ohne weitere Einleitung barsch auf.

»Ich will mit meiner Schwester gehen!«, rief Lotos.

»Meinetwegen. Wenn du willst, kannst du uns begleiten! Du störst nicht!«, willigte Präfekt Li ein.

»Ich kann diese Kinder nicht alleine mit Euch an den Fluss gehen lassen. Sie können nicht schwimmen. Beim kleinsten falschen Tritt könnten sie ins Wasser fallen und von den Strudeln in die Tiefe gezogen werden. An dieser Stelle ist die Strömung sehr stark, und in den letzten Tagen hat es so viel geregnet, dass sich der Le-Fluss in einen reißenden Strom verwandelt hat! Wenn ihnen auch nur das Geringste zustoßen sollte, würde mich Kaiserin Wu Zhao mit bloßen Händen umbringen«, erklärte Vollendete Leere dem Kaiserlichen Großzensor, der bei der Erwähnung des verhassten Namens unwillkürlich das Gesicht verzog.

Und so machte sich am nächsten Morgen eine regelrechte Karawane, der sich auch Dolch der ewigen Wahrheit und Heiliger Achtfacher Pfad angeschlossen hatten, vom Kloster aus auf den Weg zu der verhängnisvollen Stelle am Flussufer.

Vollendete Leere, der mit zunehmendem Alter immer schwächer und müder wurde, bildete, die Hand auf die Schulter von Erste der vier Sonnen, die die Welt Erleuchten gestützt, den Abschluss, während die Sänfte der Himmlischen Zwillinge im Schatten eines riesigen, von zwei Novizen gehaltenen Sonnenschirms vorneweg getragen wurde. Die Menge der Gläubigen, die davon überzeugt waren, dass es sich um eine rituelle Prozession handelte, schwoll unaufhörlich an, sodass sie sich beinahe mit Gewalt einen Weg zum Fluss bahnen mussten. Bald kamen sie dorthin, wo sich seine Ufer weiteten, um jenen kleinen See zu bilden, dem der weiße Elefant die prophetischen Steine entrissen hatte.

»Geht vom Wasser zurück, der Drache, den wir jetzt anrufen werden, könnte auftauchen und euch die Füße abfressen!«, rief Präfekt Li den kühnsten Zuschauern zu, die sich, von religiöser Inbrunst, aber mehr noch von Neugier getrieben, am Ufer versammelt hatten.

Sofort sprangen alle wie ein Schwarm aufgeschreckter Spatzen zurück. Der Fluss führte viel Wasser, das sich während der Nacht abgekühlt hatte, und seine Oberfläche war von unzähligen Strudeln durchbrochen, die sich ebenso schnell auflösten, wie sie sich gebildet hatten.

»Mein Vorgänger, der dieses Wissen aus dem Mund desjenigen empfing, dem er selbst nachgefolgt war, hat mir versichert, dass die prophetischen Steine genau an dieser Stelle ins Wasser geworfen wurden«, bestätigte Vollendete Leere, an den Großzensor gewandt.

»Wie kann ich sicher sein, dass sie nicht noch immer dort unten liegen? Und falls sie tatsächlich fort sind, durch welch wundersame Kraft wurden sie aus diesem reißenden Strom geborgen, Vollendete Leere?«, erkundigte sich Präfekt Li in feierlichem Ton.

»Der weiße Elefant hat die riesigen Felsen an Seilen aus dem Wasser gezogen. Es ging ganz leicht, so als wären es bloß kleine Steine!«, ertönte daraufhin Juwels Kinderstimme.

»Ja, das war der weiße Elefant! Er ist so hoch wie ein Berg aus Schnee. Mit seinem Rüssel kann er einen Baumstamm ausreißen!«, bestätigte Lotos.

»Ein weißer Elefant! Das ist ja eigenartig! Wo ist dieses

Tier jetzt?«, flüsterte Dolch der ewigen Wahrheit, den diese Beschreibung sofort an den heiligen Elefanten des Klosters vom Einen Dharma denken ließ, Heiliger Achtfacher Pfad zu.

»Vor ein paar Tagen konnte man ihn noch im Päoniengarten des Sommerpalasts herumwandern und die Früchte und jungen Triebe der Bäume fressen sehen. Der Park liegt von hier aus ein Stück flussaufwärts! Wenn ihr wollt, zeige ich ihn euch nachher«, antwortete Vollendete Leere.

»Wo kommt er denn her?«, fuhr der indische Mönch mit wild klopfendem Herzen fort.

»Das weiß niemand so genau. Es heißt, der Kornak des Tieres sei ein seltsamer Mensch, der um die Kaiserin herumstreift. Aber ich selbst habe ihn noch nie gesehen!«, entgegnete der große Meister des Dhyana lediglich, denn er hatte es sich zum Prinzip gemacht, nie etwas zu sagen, was Wu Zhaos Ruf schaden könnte.

»Die Kinder wirken tatsächlich aufrichtig. Ich kann mir auch kaum vorstellen, wie so junge Wesen bereits lügen sollten. Trotzdem habe ich immer noch nicht den geringsten Beweis für ihre Behauptungen«, erklärte der Kaiserliche Großzensor zweifelnd, nachdem er von einer raschen Inspektion des Ufers zurückgekehrt war.

Sein Misstrauen war nicht ausgeräumt.

»Ich bin keine Lügnerin! Ich habe die Wahrheit gesagt!«, rief Juwel und brach in Tränen aus.

»Böser Mann! Ihr bringt meine Schwester zum Weinen! Das ist nicht nett!«, schimpfte Lotos und trommelte vor Zorn mit seinen kleinen geballten Fäusten auf dem vorgewölbten Bauch des Präfekten herum.

»Das Ganze bedarf einer Überprüfung! Wenn die Felsen

nicht mehr auf dem Grund des Flusses liegen, ist bewiesen, dass der Elefant sie tatsächlich herausgezogen hat!«, schlug Vollendete Leere vor, um den Streit zwischen den Himmlischen Zwillingen und einer so hoch stehenden offiziellen Persönlichkeit wie dem Großzensor des Reichs der Mitte zu beenden.

»Wer von euch kann schwimmen?«, brüllte Präfekt Li daraufhin seine Männer an, deren angsterfüllte Blicke einiges über ihre diesbezüglichen Fähigkeiten verrieten.

»Sie scheinen ja nicht gerade versessen darauf zu sein, in den Fluss zu springen«, bemerkte der Abt belustigt.

»Manchmal frage ich mich, nach welchen Kriterien meine Eliteeinheiten eigentlich ausgewählt werden! Ich komme eigens hierher und muss feststellen, dass keiner meiner Männer schwimmen kann! Das ist doch wohl die Höhe! Soll ich etwa noch selbst nachschauen?«

»Ich könnte es versuchen, Präfekt Li«, stammelte daraufhin einer seiner jüngsten Untergebenen zitternd.

»Lass mich das machen, Schwachkopf. Dann wirst du sehen, wozu Präfekt Li fähig ist! Seht alle her und nehmt euch ein Beispiel daran!«

Als sich der Kaiserliche Großzensor wutentbrannt auszuziehen begann, wurde allen Anwesenden klar, dass dies keine leere Ankündigung gewesen war.

Dass einer der höchsten Vertreter des Reichs gezwungen sein sollte, persönlich in einen Fluss zu springen, um seine Ermittlungen durchzuführen, erschien diesen einfachen Menschen, in deren Augen das Kaiserliche Zensorat einer der effizientesten und gefürchtetsten Polizeidienste des Reichs der Mitte war, einfach unvorstellbar.

Doch genau das geschah gerade.

Präfekt Li war so sehr von dem Wunsch getrieben, seine Nachforschungen zum Abschluss zu bringen, weil er ahnte, dass es Wu Zhao irgendwie gelungen war, sie alle zu täuschen, dass er, sobald er seinen Oberkörper entkleidet hatte, geradewegs ins Wasser sprang, ohne auch nur einen Zeh ins Wasser zu stecken, um die Temperatur zu prüfen.

»Es ist ein wenig kälter, als ich gedacht habe!«, rief er, bevor er auf den Grund des Flusses gezogen wurde.

An der Stelle, an der die Füße des Präfekten mit einem kräftigen Schlag verschwunden waren, stiegen langsam Bläschen an die Oberfläche. Kurz darauf tauchte sein mit Algen bedeckter Kopf wieder auf.

»Seht nur, was ich genau hier drunter entdeckt habe!«, rief er keuchend.

Hinter sich zog er die unförmige Masse eines menschlichen Leichnams her, der bloß noch an seinem Skelett zu erkennen war, da das Fleisch bereits zur Hälfte von den Fischen abgefressen worden war. In einer seiner Brustwarzen, die wie durch ein Wunder unversehrt geblieben war, steckte ein bronzener Ring. Zwei große Steine, die mit einem Gewirr von Stricken an seinen Hals gebunden waren, deuteten darauf hin, dass der Leichnam von jemandem ins Wasser geworfen worden war, der nicht wollte, dass er jemals wieder an die Oberfläche kam.

Zwei seiner Männer beeilten sich, die Leiche ans Ufer zu ziehen, begleitet von den Aufschreien der Menge, in denen sich Überraschung, Bewunderung und Entsetzen mischten.

Das war alles, was von Verrückte Wolke noch übrig war, nachdem Stummer Krieger ihn einige Wochen zuvor erwürgt und mit zwei Steinen beschwert an dieser Stelle ins Wasser geworfen hatte.

»Eine Leiche! Das ist ja unglaublich.«

»Es ist kaum noch etwas da.«

»Sieh nur diesen Ring in seiner Brustwarze!«

Die Kommentare erschallten von allen Seiten.

»Ich hatte also recht mit meiner Überzeugung, dass hier irgendetwas faul sein muss!«, fügte der Großzensor genüsslich hinzu, der im Wasser geblieben war, während er allmählich wieder zu Atem kam.

»Sollen wir den Leichnam in die Leichenhalle bringen, Präfekt Li?«, wollte einer seiner Männer wissen, wobei er auf den unförmigen Haufen aus Knochen und Seilen deutete, der am Ufer im Gras lag.

Aber bestrebt, weiter die Schlammschicht zu erkunden, in der er bereits eine so interessante Entdeckung gemacht hatte, war der Kaiserliche Großzensor ohne abzuwarten wieder in die wogenden Fluten des Le hinabgetaucht.

Alle hielten gespannt den Atem an, bis auf die Himmlischen Zwillinge, die vor Entsetzen über den Anblick des halbverwesten Leichnams in lautes Schluchzen ausgebrochen waren. Sie fürchteten sich so sehr, dass sie die beruhigenden Worte von Dolch der ewigen Wahrheit und Heiliger Achtfacher Pfad kaum hörten.

Die beiden Kleinen hatten mit angesehen, wie die Leiche ihres eigenen Vaters aus dem Fluss gezogen wurde. Doch das würden sie nie erfahren.

Und es hatte ohnehin keine Bedeutung mehr: Ihr Status als lebende Götter in Luoyang entband sie von dem Drang, jemals nach ihren Wurzeln zu forschen.

Vollendete Leere hingegen war verblüfft: Wie war dieser Leichnam in den Le-Fluss gelangt?

Es wurde immer rätselhafter.

Und was den Kaiserlichen Großzensor betraf, so ahnte niemand, dass er wie ein Stein untergegangen war, nachdem sein Herz in dem eiskalten Wasser zu schlagen aufgehört hatte.

Lange Minuten verstrichen, ohne dass der Großzensor wieder auftauchte, und allmählich machte sich Unruhe in der Menge breit. Immer mehr Menschen rannten herbei, weil sich die Nachricht vom Fund einer Leiche wie ein Lauffeuer verbreitet hatte, und alle drängten nach vorne, um einen Blick auf den in Fetzen daliegenden Leichnam zu erhaschen.

»Wie eigenartig, dass der Kaiserliche Großzensor immer noch nicht an die Oberfläche zurückgekehrt ist!«, bemerkte Dolch der ewigen Wahrheit nach einer Weile.

Aus den Tiefen des Flusses schien nichts mehr aufzusteigen.

»Das macht mir Sorgen. Er hätte schon längst den Kopf wieder aus dem Wasser stecken müssen, um Luft zu holen. Es sei denn, er ist in einem früheren Leben einmal ein Fisch gewesen«, entgegnete Vollendete Leere mit matter Stimme.

Die Zuschauer waren inzwischen davon überzeugt, dass der Drache des Le-Flusses den unvorsichtigen Präfekten Li zu sich geholt hatte, und auch wenn er nicht gerade ein Mensch war, der bei anderen Sympathie oder Mitleid weckte, löste diese Vermutung allgemeine Bestürzung aus.

Nur seine Männer, die bestimmt keinen Zweifel daran hegten, dass ihr Vorgesetzter unsinkbar war, zeigten keine

Anzeichen von Sorge, bis der Jüngste von ihnen plötzlich aufschrie: »Ihr Dummköpfe! Seht ihr nicht, dass irgendetwas Unvorhergesehenes den Präfekten daran hindern muss, wieder an die Oberfläche zu kommen!«, ehe er selbst in den Fluss sprang und genauso schnell darin verschwand wie der Großzensor.

Nach einer Weile blieb den oben Wartenden nichts anderes übrig, als den Tatsachen ins Auge zu sehen: Genau wie der Kaiserliche Großzensor war auch sein junger Untergebener im grünlichen Wasser des Le-Flusses ertrunken; keiner von beiden würde jemals wieder an die Oberfläche kommen, und damit wurde es unmöglich, herauszufinden, ob die heiligen Steine immer noch dort unten lagen oder ob der Elefant sie tatsächlich herausgezogen hatte, wie das kleine Mädchen behauptete.

»Geht nach Hause! Hier gibt es nichts mehr zu sehen! Der Fluss hat die beiden Männer geholt!«, rief Vollendete Leere mit lauter Stimme, was die meisten der Schaulustigen dazu bewog, das Flussufer zu verlassen.

»Das gilt auch für euch. An eurer Stelle würde ich schleunigst eure Vorgesetzten informieren, ehe ihr noch größeren Ärger bekommt!«, fügte der große Meister des Dhyana an die Männer des Zensorats gewandt hinzu, denen allmählich das ganze Ausmaß der Katastrophe bewusst wurde, die mit dem Tod ihres obersten Herrn über sie hereingebrochen war.

Wortlos machten sie auf dem Absatz kehrt und verschwanden.

»Sollte man diesen halb aufgefressenen Leichnam nicht verbrennen? Das ist zumindest bei uns in Indien so üblich, wenn im Dschungel von Tigern zerrissene Leichen gefunden werden«, schlug der oberste Gehilfe des verstorbenen Buddhabadra vor, als er sich über den Leichnam von dessen Mörder beugte.

»Das ist eine ausgezeichnete Idee. Ich werde gleich die entsprechenden Anweisungen erteilen!«, entgegnete der große Meister des Dhyana.

»Es war falsch von dem Mann, uns nicht zu glauben! Die Felsen lagen genau hier im Wasser, als der weiße Elefant sie herausgeholt hat! Das ist doch die Wahrheit!«, rief Juwel, die immer noch Tränen in den Augen hatte.

»Meine Kinder«, sagte Vollendete Leere, »im Gegensatz zum Tod des jungen Mannes, den Großzügigkeit und Unbedachtheit seine unwiderrufliche Tat begehen ließen, ist der des Großzensors kein Verlust! Er hat sein Leben lang nur Böses getan und überall Angst und Schrecken verbreitet. Ich bin mir sicher, dass er als eine Kreatur wiedergeboren wird, die unweigerlich friedvoller sein muss! Das zumindest ist die Strafe, die ich ihm wünsche.«

Als sie, immer noch unter dem Eindruck des Erlebten, auf dem Rückweg ins Kloster der Dankbarkeit für Erwiesene Kaiserliche Wohltaten den Päoniengarten betraten, erstarrte Dolch der ewigen Wahrheit beim Anblick des weißen Elefanten, der genau so aussah, wie ihn die Himmlischen Zwillinge Präfekt Li beschrieben hatten. Friedlich stand er mit einer dicken goldenen Kette an einen Pfahl gebunden da, während Stallburschen geschäftig um ihn herumwuselten.

Um ihn vor der Sonne zu schützen, war der weiße Elefant unter einem Schutzdach untergebracht worden, und ein junger Diener des kaiserlichen Haushalts stand mit einem Tablett voller Bananen und Mangos neben ihm.

»Das ist mit Sicherheit der heilige Elefant meines Klosters. Es gibt keine zwei gleichen. Ich würde ihn unter Tausenden wiedererkennen! Dass ich ihn jetzt hier am chinesischen Hof wiederfinde, ist ein wahres Wunder«, rief Buddhabadras einstiger Gehilfe, der an das Tier herangetreten war, um aufmerksam seine Stoßzähne und seinen Rüssel zu untersuchen.

»Es stimmt! Ich kenne dieses unvergleichliche Tier sehr gut! Seine kleinen roten Augen schienen immer zu lachen, wenn ich zu ihm in den Elefantenstall im Kloster vom Einen Dharma kam, um ihm Bananen zu bringen«, fügte Heiliger Achtfacher Pfad hinzu, den der Elefant freudig begrüßte, indem er seinen riesigen buckligen Kopf vor ihm auf und ab schwang.

»Wenn er doch bloß reden könnte, er hätte uns sicher eine Menge zu erzählen! Auf welch wundersame Weise ist er hierhergekommen? Das weiß niemand außer ihm!«

»Dieser schneeweiße Elefant hat die Steine aus dem Wasser geholt! Herr Li hätte mir glauben sollen! Herr Li ist nicht nett!«, erklärte die hinreißende kleine Juwel.

»Juwel hat immer die Wahrheit gesagt!«, fügte ihr Bruder Lotos hinzu, während Dolch der ewigen Wahrheit und Heiliger Achtfacher Pfad die beiden Kleinen gerührt betrachteten.

Die Himmlischen Zwillinge waren ebenfalls auf das Tier zugerannt, das durch seine unglaubliche Farbe wie eine Gottheit anmutete, und es war eine Freude zu sehen, mit welchem Genuss sich der heilige Elefant aus Peshawar die Liebkosungen der beiden Kinder von Manakunda und Verrückte Wolke gefallen ließ, die voller Begeisterung den »Elefanten von Tante Wu« herzten.

»Es wird höchste Zeit, ins Kloster zurückzukehren, meine Kinder! Bald gibt es Abendessen«, verkündete Vollendete Leere.

Und so befanden sie sich schon wieder auf dem Rückweg ins Kloster, als vor ihnen die Umrisse von zwei Männern auftauchten, von denen der eine die Hand auf die Schulter des anderen gelegt hatte.

»Ramahe sGampo und Lama sTod Gling!«, rief Dolch der ewigen Wahrheit, der sie sofort wiedererkannt hatte, und lief ihnen entgegen.

»Das ist doch nicht möglich! Dem heiligen Buddha sei Dank! Der Lama ist wohlbehalten eingetroffen!«, flüsterte der große Meister des Dhyana mit vor Rührung brüchiger Stimme.

»Wir sind gerade erst angekommen. Es ist ein weiter Weg aus dem Reich Bod! Und du bist auch da zur Stunde der Wahrheit. Du hast Wort gehalten, das ist gut«, antwortete der blinde alte Lama, der die Stimme des Mönchs aus Peshawar wiedererkannt hatte. »Wie ist die Reise in deine Heimat verlaufen, Dolch der ewigen Wahrheit?«

»Sehr schlecht. Kaum dass ich im Kloster des Einen Dharma eingetroffen war, hätte man mich um ein Haar umgebracht! Einer meiner früheren Brüder hat Buddhabadras Platz eingenommen. Er beabsichtigt, das Kloster von nun an nach seinem Gutdünken zu leiten! Ich habe dort kein Zuhause mehr!«, entgegnete dieser mit leiser Stimme.

»Davon hast du mir ja gar nichts erzählt!«, warf Vollendete Leere bestürzt ein.

»Ich hatte Euch doch gesagt, dass ich erst zu gegebener Zeit alles enthüllen würde!«

»Du musst auf dein Recht bestehen! Kein Mönch darf anstelle des geistigen Erben des Abtes die Macht an sich reißen, wenn dieser stirbt«, fuhr der große Meister des Dhyana fort.

»Die Mönche des Klosters vom Einen Dharma sind ratlos und wissen nicht mehr ein noch aus. Buddhabadra ist eines schönen Tages ohne jede Erklärung fortgegangen und hat die Gemeinschaft in Angst und Verzweiflung zurückgelassen! Der Usurpator Juwel der reinen Lehre hat nicht lange gebraucht, um ihre Sorge für seine Zwecke auszunutzen«, erklärte Dolch der ewigen Wahrheit.

»Juwel der reinen Lehre hat sich skrupellos des Unglücks und Chaos bedient, in dem der Sangha des Einen Dharma nach dem Verschwinden von Meister Buddhabadra versunken ist!«, stöhnte Heiliger Achtfacher Pfad.

Vollendete Leere war entsetzt über diese Neuigkeit. Wenn er das doch bloß gewusst hätte! Dann hätte er sich ohne Zweifel sehr viel verantwortungsvoller und seiner Stellung würdiger verhalten!

Unter dem unseligen geheimen Abkommen, das er hinter dem Rücken von Ramahe sGampo mit Buddhabadra geschlossen hatte, litten also immer noch zahlreiche Unschuldige.

Inzwischen hatten sie das Kloster der Dankbarkeit für Erwiesene Kaiserliche Wohltaten erreicht, wo Vollendete Leere sie in den Speisesaal führte. Dort saßen Mönche und Novizen über der Schale mit Suppe, die ihnen als Abendessen diente. Der große Meister des Dhyana ließ seine Gäste Platz nehmen und bat den Koch, ihnen aromatisierten Klebreis zu bringen, das einzige ein wenig raffiniertere Gericht, das er sich zugestand.

»Was brauchst du, um nach Hause zurückkehren und diesen unredlichen Mönch in die Schranken weisen zu können? Ich wäre bereit, zehntausend Wachskerzen brennen zu lassen, damit dir Gerechtigkeit widerfahren möge, Dolch der ewigen Wahrheit«, erklärte Vollendete Leere mit ungeheuchelter Entrüstung.

»Das ist ganz einfach: Ein neues Konzil von Lhasa würde genügen, dann käme alles wieder in Ordnung!«, antwortete der erste Gehilfe des Abts vom Kloster des Einen Dharma leise und sah Vollendete Leere dabei direkt in die Augen.

»Das wird sich leider noch lange nicht verwirklichen lassen!«, seufzte der Abt aus Luoyang mit matter, beinahe verzweifelter Stimme.

»Vielleicht ja doch«, entgegnete der Mönch aus Peshawar geheimnisvoll.

»Möge der Erhabene dich erhören. Wie sehne ich mich nach den Zeiten dieser Konzile zurück. Zumindest waren wir damals vereint! Ich würde so gerne die Wolken vertreiben, die unsere gegenseitigen Beziehungen verdunkelt haben«, antwortete Vollendete Leere.

Trotz seiner Blindheit wischte sich Ramahe sGampo eine Träne aus dem Augenwinkel. Noch nie hatte Vollendete Leere in diesem Ton über die Konzile von Lhasa gesprochen. Das war nicht länger der große, von seinem Verstand gelenkte Abt, der so sehr auf die Interessen seines Lehrpfads bedacht war, dass er darüber allzu kleinlich wurde. Es war ein Mensch mit einem Herzen. Ramahe sGampo hatte erkannt, dass sich sein Standesbruder ebenfalls bekehrt hatte.

18

Kloster der Dankbarkeit für Erwiesene Kaiserliche Wohltaten, Luoyang

Es kam einem Wunder gleich, dass sie nun, zur Stunde der Aufklärung und der Beseitigung aller Zweifel, alle beisammen waren.

Manche waren nur zufällig in Luoyang, andere, weil sie es so gewollt hatten.

Einige hatten aus Misstrauen und der Versuchung, nur den eigenen Interessen zu dienen, die Wahrheit verschwiegen.

Aber es gab auch andere, die unschuldig an dem Geschehenen waren und dennoch – manchmal auch zu ihrem großen Leidwesen – die Folgen zu spüren bekommen hatten.

Im großen Gebetssaal des Klosters der Dankbarkeit für Erwiesene Kaiserliche Wohltaten hatten sie sich zu einer letzten Aussprache versammelt, jener so sehnlich erwarteten Auflösung aller Rätsel, zu der sie nur gemeinsam kommen konnten, da jeder von ihnen im Besitz einer dafür notwendigen Information war.

Auf dem von den Novizen polierten Podest aus Zedernholz, dessen Boden glänzte, als wäre er mit Lack überzogen, saßen Dolch der ewigen Wahrheit und Heiliger Achtfacher Pfad sowie Ramahe sGampo und Lama sTod Gling Vollendete Leere gegenüber.

Zu Füßen des Podests, auf einer schmalen Bank aus Teakholz, auf der sonst die Nonnen und Novizen Platz nahmen, saßen Jademond, Speer des Lichts, Umara und Fünffache Gewissheit. Gleich hinter ihnen passte der *mani-pa* auf Lapika auf, die gelbe Hündin, die sich an seine Beine schmiegte, als wüsste sie, dass es sich um einen ganz besonders feierlichen und wichtigen Moment handelte. Und Addai Aggai und Hort der Seelenruhe hatte sich diskret auf einer Bank im Hintergrund niedergelassen.

Die tiefe Stimme des blinden Lama hallte wie eine Regentrommel in dem riesigen Gebetssaal wider, wo der asketische Chinese und der nicht minder hagere Tibeter sich im Lotossitz gegenübersaßen.

»Ich hoffe, du hast gut geschlafen, Ramahe sGampo«, hieß Vollendete Leere den blinden alten Lama willkommen.

»Nach einer so anstrengenden Reise muss man sich ausruhen, vor allem in unserem Alter. Die Nacht war friedlich und erholsam!«

»Ich kann dich nur für deinen Mut preisen, die weite Reise hierher auf dich genommen zu haben.«

»Ich musste von Angesicht zu Angesicht mit dir reden. Wir schulden einander Erklärungen! Zwischen uns steht inzwischen der Tod unseres Bruders Buddhabadra. Ich für meinen Teil finde, das ist zu viel!«, murmelte der alte Lama aus Samye bedächtig.

»Ich hoffe von ganzem Herzen, dass der Erhabene ihm

trotz seiner Fehler erlaubt hat, in eine körperliche Hülle einzugehen, die ihn dem Nirwana näher bringen wird!«

»Ich bin genau der gleichen Ansicht. Friede seiner Asche und seiner Seele eine gute Reise! Aber heute geht es nicht um Buddhabadras Tod, sondern um dich und mich; um unsere Beziehung, die nicht mehr in vollem Glanz erstrahlt; darum, was wir gesagt und was wir verschwiegen haben! Heute müssen wir klären, wo wir stehen, und einander die Wahrheit offenbaren!«, forderte der alte Tibeter Vollendete Leere auf.

»Das erscheint auch mir das Beste. Ansonsten werden Zweifel und Verdächtigungen noch lange Schaden zwischen uns anrichten! Ich werde dir niemals genug dafür danken können, dass du den ersten Schritt getan hast«, antwortete der große Meister des Dhyana sanft.

»Jetzt liegt es bei dir, das Vertrauen wiederherzustellen, das durch unrechtes Tun zerstört wurde! Und du weißt sehr gut, wovon ich rede!«, erwiderte Ramahe sGampo mit tonloser Stimme, die wie aus dem Jenseits klang.

Vollendete Leere schwieg verlegen. Der Abt aus Luoyang machte sich schon genug Vorwürfe, und sein Gegenüber verstand sich darauf, den Finger genau auf die schmerzende Stelle zu legen.

»Wenn ich dich verstehen soll, Ramahe sGampo, müsstest du etwas deutlicher werden!«, murmelte er schließlich.

»Schon als ich zum ersten Mal hierherkam, um mit dir zu reden, dauerte es lange, bis ich dich davon überzeugen konnte, dass die Konzile von Lhasa uns allen nutzen würden. Zweifellos fürchtetest du, dein Lehrpfad, der größte und mächtigste von allen dreien, könnte dadurch uns anderen gegenüber Vorteile einbüßen. Dabei ist es stets Aufgabe der Stärkeren, auf die Schwächeren zuzugehen. Hochmut ist ein schlechter Ratgeber. Wer heute groß ist, kann morgen klein sein und umgekehrt!«

»Ich würde lügen, wenn ich deine Worte zurückwiese, Ramahe. Zu jener Zeit befand sich das Große Fahrzeug bereits mitten im Aufschwung. Aber trotz meiner Vorbehalte habe ich in das Spiel eingewilligt, das du mir vorschlugst!«, protestierte das Oberhaupt des chinesischen Mahayana. »Deine Worte und dein Auftreten haben mich davon überzeugt, wie sinnvoll diese alle zehn Jahre stattfindenden Zusammenkünfte sein würden.«

»Wenn du es willst, können erneut Frieden und Eintracht zwischen den drei Strömungen des Buddhismus gesichert werden. Was uns eint, ist sehr viel stärker als das, was uns trennt«, sagte der alte Lama, um endlich zum Kern der Sache zu kommen.

»Deine Sicht der Dinge deckt sich mit meiner. Aber ohne die ›kostbaren Pfänder‹ ist das unmöglich! Und das liegt bestimmt nicht daran, dass ich nicht versucht hätte, sie wiederzubekommen. Ich bin sogar so weit gegangen, die Tochter von Addai Aggai gegen ihren Willen hierherbringen zu lassen, was ich inzwischen aus tiefstem Herzen bereue. Aber alles vergebens!«, versetzte der große Meister des Dhyana.

Er deutete auf Umara, die so glücklich darüber war, Fünffache Gewissheit wiedergefunden zu haben, dass trotz der ernsten Umstände ein hinreißendes Lächeln ihr schönes Gesicht leuchten ließ.

»Ich habe Euch vergeben, Meister Vollendete Leere. Ihr glaubtet, recht zu handeln, auch wenn Ihr damit Fünffache

Gewissheit und mir geschadet habt«, antwortete die nestorianische Christin.

»Was mich betrifft, so kann ich Euch keine Vorwürfe machen. Ich war es schließlich, der die Mönchsregeln gebrochen hat! Außerdem werde ich Euch nie genug dafür danken können, dass Ihr mich von meinen Gelübden entbunden habt!«, rief Fünffache Gewissheit, der die Hand der jungen Frau fest in seiner hielt.

»Sie sind alle hier im Reisebündel von Lama sTod Gling«, erklärte daraufhin Ramahe sGampo betont gleichmütig.

Sein Gehilfe trat mit seinem großen Beutel aus Yakfell über der Schulter auf den Abt aus Luoyang zu.

»Sprichst du etwa von den ›kostbaren Pfändern‹ der Konzile von Lhasa?«, fragte Vollendete Leere mit zitternder Stimme.

»Wenn ich es dir doch sage! Sie waren der wichtigste Grund, warum ich es trotz meines vorgerückten Alters für sinnvoll befunden habe, dich aufzusuchen und gleichzeitig Dolch der ewigen Wahrheit zu bitten, nach Buddhabadras tragischem Tod als Vertreter des Kleinen Fahrzeugs anwesend zu sein.«

»Das ist ein Wunder!«, rief Vollendete Leere, dessen Gesicht eine seltsame Blässe angenommen hatte, aufgewühlt.

»Allerdings. Der Erhabene Buddha wacht über uns.«

»Dann hast du also das Pfand des tibetischen Lamaismus wiederbekommen, das dieser Schuft Verrückte Wolke behalten hatte?«, flüsterte der große Meister des Dhyana zunehmend verdutzt.

»... und dessen Fehlen unsere letzte Zusammenkunft in Samye scheitern ließ«, vervollständigte der blinde Greis.

»Wie hast du das gemacht?«

»Ich habe nicht danach gesucht! Die drei ›kostbaren Pfänder‹ sind letzten Endes von ganz alleine nach Samye zurückgekehrt!«

»Auch das *Sutra über die Logik der Vollkommenen Leerheit?*«

»Die Reliquien wurden alle gleichzeitig zurückgebracht, als habe der Erhabene höchstselbst es denjenigen befohlen, in deren Obhut sie sich befanden.«

»Von wem sprichst du?«

»Fünffache Gewissheit brachte uns das Sutra, das er in deinem Auftrag aus Samye fortgeholt hatte, und ein junger Chinese namens Staubnebel die Augen des Buddha und das Mandala des Vajrayana.«

»Ich bin so glücklich! Und du musst wissen, Ramahe, dass sich meine Sichtweise inzwischen geändert hat.«

Der berühmteste Meister des Dhyana in ganz China lächelte wie ein Kind.

»Daran hege ich leise Zweifel! Nachdem ich lange über Buddhabadras unerklärliches Verhalten nachgedacht habe, bin ich zu dem Schluss gekommen, dass ihr beide hinter meinem Rücken einen Pakt geschlossen habt«, entgegnete der blinde alte Lama traurig.

»Ich hatte das seltsame Gefühl, dass Buddhabadra uns etwas verheimlichte, sodass ich schließlich zu der Überzeugung kam, dass er uns beide über den Tisch zu ziehen versuchte!«, stammelte Vollendete Leere.

»Hör auf, Salz in die Wunde zu streuen.«

»Wenn mein Verhalten nicht in allen Punkten vorbildlich war, dann nur, weil ich die Interessen des Großen Fahrzeugs schützen wollte, die ich bedroht glaubte!«, rechtfertigte sich der große Meister des Dhyana, von Reue überwältigt.

»Mangelndes Vertrauen ist eine Sünde, Vollendete Leere, denn es zerstört jegliches Mitgefühl dem anderen gegenüber! Aber das Mitgefühl des Erhabenen Buddha bringt ihn dazu, all denen zu vergeben, die aufrichtig bereuen.«

»Wenn du damit meinst, dass ich nur ein ganz gewöhnlicher Sünder bin, werde ich dir darin nicht widersprechen!«, murmelte Vollendete Leere, und Tränen strömten aus seinen Augen.

Niemand von den verblüfften Anwesenden hatte ihn jemals in einem solchen Zustand erlebt.

»Deine Tränen sind ein erster Schritt auf dem Weg des Heils, Vollendete Leere!«, räumte der blinde Tibeter ein.

»Bist du denn nicht auch der Ansicht, dass Buddhabadra ein seltsames Spiel mit uns gespielt hat?«

»Das bin ich durchaus.«

»Denk nur daran, welche Mühe es uns gekostet hat, ihn dazu zu bewegen, uns die Augen des Buddha mitzubringen, während er bis dahin immer nur die Heilige Wimper des Erhabenen hergegeben hatte.«

»Ja, du hast recht, nachdem die Losziehung dazu geführt hatte, dass jedem Lehrpfad seine eigene Reliquie zufiel, waren die Pfänder mit einem Schlag keine mehr«, antwortete Ramahe sGampo.

Die Stimme des alten Lama zitterte unmerklich, als ob er noch etwas hinzufügen wollte.

»Damit hat alles angefangen, und mit dem unerklärlichen Fortbleiben von Verrückte Wolke«, sagte Vollendete Leere nachdenklich, ehe er fortfuhr: »Nachdem unsere Zusammenkunft wegen des Ausbleibens des Losziehers mit dem heiligen Mandala gescheitert war, saßen Buddhabadra und ich abends auf einer der steinernen Bänke im

Haupthof deines Klosters. Dort schlug er mir ein Geschäft vor: Er würde mir die Augen des Buddha überlassen, was es mir ermöglichen würde, sie genau hier, auf dem Hauptaltar dieses Gebetssaals, in einem Reliquienschrein auszustellen. Bist du dir darüber im Klaren, dass ich mit dieser einzigartigen Reliquie, die bereits Millionen indische Gläubige verehrt hatten, mein Kloster zum größten Zentrum buddhistischen Glaubens in der Welt hätte machen können? Wie hättest du an meiner Stelle entschieden, Ramahe sGampo?«

»Jedes Geschäft verlangt eine Gegenleistung. Was solltest du Buddhabadra im Gegenzug aushändigen? Das *Sutra über die Logik der Vollkommenen Leerheit*?«, erkundigte sich der blinde alte Lama, ohne auf die Frage zu antworten.

»Er hatte mich gebeten, ihm Maulbeerbaumsetzlinge und die Eier von Seidenraupen zu besorgen. Er wollte in Peshawar eine Seidenmanufaktur aufbauen. Er behauptete, dadurch könne das Kloster des Einen Dharma genug Geld verdienen, um damit Unmengen von heiligen Reliquien zu kaufen!«

»Ich erinnere mich daran, dass ich in Eurem Arbeitszimmer einen Maulbeerbaumsetzling gesehen habe, als Ihr mich nach Samye schicktet, Meister Vollendete Leere!«, warf Fünffache Gewissheit ein.

»Du verfügst über ein gutes Gedächtnis und eine große Beobachtungsgabe, mein Junge!«

»Aber warum wollte er eine so kostbare Reliquie wie die Augen des Buddha gegen die Möglichkeit eintauschen, sich andere, unweigerlich weniger glanzvolle Reliquien zu beschaffen?«, entfuhr es dem ehemaligen Gehilfen von

Vollendete Leere, in dessen Augen Buddhabadras Verhalten immer noch keinen Sinn ergab.

»Das wirst du gleich verstehen«, wisperte ihm Dolch der ewigen Wahrheit zu, der eigens vom Podium herabgestiegen war.

»Und du bist auf diesen unglaublichen Vorschlag eingegangen! Wie naiv von dir!«, sagte Ramahe sGampo.

»Mittlerweile hege ich tatsächlich einige Zweifel an der Aufrichtigkeit unseres verstorbenen Bruders. Vor allem weil er, nachdem ich eingewilligt hatte, sein Versprechen zurückzunehmen versuchte, indem er mir die Heilige Wimper des Erhabenen anbot.«

»Es war wohl eindeutig eine Angewohnheit von ihm, seine göttlichen Augen durch die göttliche Wimper zu ersetzen!«, bemerkte Fünffache Gewissheit.

»Du hast natürlich auf eurer ursprünglichen Vereinbarung bestanden«, fuhr Ramahe sGampo fort.

»Auf jeden Fall! Wie kann man die einzigartigen Augen des Buddha mit einer seiner unzähligen Wimpern vergleichen, mit denen sich Tausende von Reliquienschreinen in den buddhistischen Klöstern entlang der ganzen Seidenstraße schmücken!«, entgegnete der große Meister des Dhyana, als verstünde sich dies von selbst.

Alle Anwesenden lauschten gespannt den Worten der beiden Äbte.

»Und nachdem ich seinen zweiten Vorschlag zurückgewiesen hatte«, fuhr der große Meister fort, »versprach Buddhabadra, dass er mir die Augen des Buddha höchstpersönlich drei Monate später nach Luoyang bringen würde. Damit hätte ich genügend Zeit, um die Eier und die Maulbeersetzlinge zu besorgen. Um ganz sicher zu sein, dass er auch kommen würde, habe ich mein kostbares Sutra zur Aufbewahrung in Samye gelassen und ihm zur Auflage gemacht, es mir drei Monate später nach Luoyang zu bringen.«

»Das war der Preis für Buddhabadras Vertrauen«, sagte Ramahe sGampo.

»Vergiss nicht, dass das Mandala, das ›kostbare Pfand‹ deines Lehrpfads, sich nicht mehr im Dreifachen Korb befand. Denk nur daran, wie jeder von uns nach und nach die anderen zu verdächtigen begann, mit Verrückte Wolke unter einer Decke zu stecken!«, stöhnte Vollendete Leere in dem Versuch, sich zu rechtfertigen.

»Es gab ja auch genügend Anlass für alle möglichen Verdächtigungen!«, stimmte ihm Ramahe sGampo traurig zu.

»Ich für meinen Teil habe es dir gegenüber in meinem Bestreben, die Interessen des Großen Fahrzeugs zu wahren, an Loyalität und Offenheit mangeln lassen. Aber glaube mir, inzwischen bereue ich mein Verhalten zutiefst!«

»Dann haben die Augen des Buddha, die wir so nachdrücklich von ihm einforderten, schlussendlich nur Zwietracht zwischen uns gesät! Wenn ich das bloß gewusst hätte«, sagte Ramahe sGampo. Und die leise Bitterkeit in seiner Stimme verriet, dass auch sein eigenes Verhalten in dieser Angelegenheit nicht über jeden Vorwurf erhaben war.

»Ich gebe zu, dass diese beiden unbeschreiblichen Diamanten mich in ihren Bann geschlagen haben! Als Buddhabadra sie zum ersten Mal in meine Hand legte, funkelten sie wie Feuer, sodass ich Angst hatte, sie könnten meine Handfläche verbrennen!«, murmelte der große Meister des Dhyana.

Er bereute so sehr, was er getan hatte, dass er das Stichwort gar nicht bemerkt hatte, das ihm sein Standesbruder gegeben hatte, der ebenso begierig darauf war, sein Gewissen zu erleichtern, wie er.

»Und dabei sind sie nichts als Tand!«, erklärte Dolch der ewigen Wahrheit, der immer noch neben Fünffache Gewissheit vor dem Podest stand, vollkommen gleichmütig.

»Was sagst du da, Dolch der ewigen Wahrheit?«, fragte Vollendete Leere verdutzt.

»Das überrascht mich nicht sonderlich! Ich habe so etwas bereits geahnt«, fügte der blinde alte Lama mit seiner tiefen Stimme hinzu.

»Ich habe das durch eine höchst aufschlussreiche Unterhaltung mit einem Juwelier erfahren, den Buddhabadra in der Altstadt von Peshawar aufgesucht hatte, um die beiden Edelsteine von ihm begutachten zu lassen.«

»Meinst du etwa den Mann, der zu dir ins Kloster vom Einen Dharma gekommen ist?«, fragte Heiliger Achtfacher Pfad.

»Genau den! Dieser Mann wollte mich dringend sprechen und hat mir alles erzählt«, erklärte Dolch der ewigen Wahrheit.

»Dann war unsere Reise nach Peshawar also doch nicht umsonst, auch wenn uns dort ein so übler Empfang bereitet wurde!«, bemerkte sein treuer Weggefährte.

Alle hielten den Atem an, denn sie waren sich darüber im Klaren, dass sie gleich die ganze Wahrheit erfahren würden.

»Ich hatte bereits versucht, diesen Mann im Juweliersviertel ausfindig zu machen, nachdem ich von meiner ersten Suche nach Buddhabadra zurückgekehrt war. Ich hatte den Maurer aufgesucht, der alle fünf Jahre die zugemauerte Nische des großen Reliquienturms aufbricht, in der die Schatulle mit den Augen des Buddha aufbewahrt wurde, um mich zu vergewissern, dass er nicht kürzlich wieder ins Kloster gekommen war. Nachdem er mir geschworen hatte, dass er seit der letzten Großen Wallfahrt nicht wieder auf den Turm des Kanishka gestiegen war, erklärte er mir, dass er gesehen habe, wie Buddhabadra die Werkstatt eines Juweliers auf der anderen Straßenseite betreten habe. Aber leider konnte ich nicht mit ihm sprechen, weil er in der Zwischenzeit fortgezogen war.«

»Und nachdem ihm der Maurer von deinem Besuch erzählt hatte, kam er von sich aus zu dir, um sein Gewissen zu erleichtern!«, ergänzte Ramahe sGampo, als wüsste er bereits, was Dolch der ewigen Wahrheit ihnen enthüllen würde.

»Die schlanken Hände und das Werkzeug am Gürtel dieses Mannes wiesen ihn zweifelsfrei als einen Edelsteinschleifer aus. Er erzählte mir, was beim Besuch von Meister Buddhabadra vorgefallen war, und erklärte sogar, dass er seit jenem Tag solche Angst gehabt habe, dass er völlig zurückgezogen in seinem Heimatdorf lebe und nur dieser eine Maurer aus Peshawar wisse, wo er zu finden sei.«

»Und er wollte dieses belastende Geheimnis loswerden, das er niemals jemandem zu verraten gewagt hatte, weil Buddhabadra es ihm so befohlen hatte!«

»Genau! Dieser Juwelier erzählte mir, dass eines Abends, als er gerade den Schliff eines ›taubenblutfarbenen‹ Rubins fertig stellte, Meister Buddhabadra in seine Werkstatt gekommen sei. Der Abt unseres Klosters trug eine Kapuze, die er erst abstreifte, als der Edelsteinschleifer die Tür hinter ihm schloss. Er erklärte ihm, dass er nicht erkannt werden wolle.«

»Dein verstorbener Abt hatte diesen Handwerker aufgesucht, um seine Meinung über die beiden ›Augen des Buddha‹ einzuholen!«, ergänzte Ramahe sGampo mit leiser, matter Stimme.

»Er holte sie mit verschwörerischen Gesten aus einem kleinen Beutel und ließ den Edelsteinschleifer beim Leben seiner Kinder schwören, niemals jemandem etwas von seinem Besuch zu verraten. Dann fragte er ihn, wie viel die beiden Diamanten seiner Ansicht nach wert seien. Der Handwerker erklärte mir, dass er auf den ersten Blick erkannt habe, dass es sich bei den Augen des Buddha in Wirklichkeit nur um gewöhnlichen Bergkristall handelte! Aber dieses Wissen war ihm so unangenehm, dass er Buddhabadra nichts von dem Betrug verraten wollte. Der jedoch bemerkte, wie verstört er war, und verlangte den Grund dafür zu erfahren!«

»Die Erkenntnis muss niederschmetternd gewesen sein!«, sagte Vollendete Leere leise, der wie vor den Kopf geschlagen war.

»Dem Edelsteinschleifer zufolge wurde Buddhabadra zornig und hielt ihm entgegen, das sei bei so bedeutenden Reliquien vollkommen unmöglich. Daraufhin zeigte ihm der Handwerker zum Beweis, dass die Spitze seines Messers ausreichte, um die beiden Steine einzuritzen.«

»Und ein reiner Diamant kann, genau wie Jade, nur durch das gleiche Material eingeritzt werden!«, rief Vollendete Leere.

»Ihr könnt Euch gleich hier selbst davon überzeugen.«

Lama sTod Gling zog das Sandelholzherz aus seinem Reisebündel und nahm die Edelsteine heraus. Dann reichte er sie herum. Beide wiesen auf der gleichen Facette den dünnen, beinahe unsichtbaren Kratzer auf, den die Messerspitze des Edelsteinschleifers aus Peshawar dort zurückgelassen hatte.

»Es gibt keinen Zweifel. Diese beiden Steine wurden an genau der gleichen Stelle eingeritzt!«, stellten Fünffache Gewissheit und Umara wie aus einem Mund fest.

»Dieser Buddhabadra war also ein schamloser Betrüger!«, empörte sich Lama sTod Gling, der sich bis dahin noch gar nicht geäußert hatte.

»Man könnte auch sagen, er hat großen Einfallsreichtum und Mut bewiesen. Es war ja schließlich nicht seine Schuld, dass die Steine falsch sind! Ich kann mir vorstellen, wie verzweifelt er gewesen sein muss, als er die Wahrheit herausfand, nachdem Ihr ihn geradezu gezwungen hattet, die Augen des Buddha nach Samye mitzubringen! Es tut mir so leid, dass er die ganze Tragödie für sich behalten hat! Nachdem ich ihn der übelsten Schändlichkeiten verdächtigt habe, denke ich jetzt, dass mein früherer Abt angesichts einer so unvorhergesehenen Situation auch bloß versucht hat, so gut es ging die Interessen seines Klosters zu wahren!«, rief sein treuer erster Gehilfe.

»Du sprichst als Anwalt deines Meisters! Loyalität ist eine gute Sache. Trotzdem bin ich mir nicht sicher, dass es irgendetwas gibt, was das Verhalten dieses Mannes rechtfertigt!«, entgegnete ihm der Tibeter verärgert.

»Aber eine Frage bleibt immer noch unbeantwortet: Warum hat Buddhabadra die Steine überhaupt von einem Fachmann in Augenschein nehmen lassen?«, fragte daraufhin Fünffache Gewissheit.

»Ja, wenn er das nicht getan hätte, wäre nie herausgekommen, dass die Augen des Buddha nur aus gewöhnlichem Bergkristall sind«, stimmte Umara ihm zu.

Im Gebetssaal herrschte Totenstille.

»Dafür bin ich verantwortlich. Jetzt ist es an mir, euch zu sagen, was ihr noch nicht wisst. Heute müssen wir einander alles gestehen!«, erklärte der blinde alte Tibeter schließlich mit leiser Stimme.

»Was meint Ihr damit, Meister Ramahe sGampo?«, fragte Fünffache Gewissheit.

»Um sicher zu sein, dass er uns die Augen des Buddha auch wirklich bringen würde, hatte ich Buddhabadra vorgegaukelt, dass ich sie ihm gegebenenfalls für teures Geld abkaufen könnte! So, das ist meine Wahrheit, und sie ist nicht sehr glanzvoll! Glaubt mir, ich bedaure mein Verhalten genauso sehr wie Vollendete Leere das seine«, erklärte der Abt aus Samye, dessen Stimme vor Reue ebenso brüchig klang wie die seines Bruders aus Luoyang.

»Das ist ja nicht zu fassen, Meister Ramahe sGampo. Ihr habt Buddhabadra ebenfalls manipuliert!«, entgegnete Dolch der ewigen Wahrheit aufgebracht.

»Mein Angebot war nichts als Taktik! Das schwöre ich euch im Namen des Erhabenen!«

»Aber es muss sein Interesse geweckt haben, daher auch sein Entschluss, die Steine schätzen zu lassen«, schloss Dolch der ewigen Wahrheit.

»Wenn ich es nicht getan hätte, hätte er die Augen des Buddha bestimmt nicht nach Samye mitgebracht.«

»Dann ist Euer Plan ja aufgegangen!«

»Ich hatte ein schlechtes Gewissen und wollte ihm gestehen, dass mein Angebot nicht ernst gemeint war, aber er kam nicht mehr zu dem Treffen, das ich nach dem Scheitern unserer Zusammenkunft mit ihm vereinbart hatte. Er verließ Samye, ohne dass wir Gelegenheit hatten, uns auszusprechen!«, sagte der blinde alte Lama traurig.

»Ich erinnere mich noch genau daran, dass Meister Ramahe sGampo sich gerade ausruhte, als Buddhabadra um ein Gespräch unter vier Augen mit ihm bat und ich ihn auf den nächsten Morgen vertröstete. Aber da hatte er Samye bereits verlassen!«, eilte Lama sTod Gling seinem Abt zu Hilfe.

»Denn in der Zwischenzeit hatten wir ja bereits unser eigenes Abkommen geschlossen!«, warf Vollendete Leere ein.

»Ich kann mir vorstellen, wie verängstigt der arme Mann gewesen sein muss, nachdem er in seine eigene Falle getappt war«, rief Fünffache Gewissheit. »Buddhabadra hatte ganz offensichtlich nicht die geringste Ahnung, dass die Augen des Buddha vollkommen wertlos waren. Erst als er sie Ramahe sGampo zu einem möglichst hohen Preis verkaufen wollte, entdeckte er, dass es sich bloß um Bergkristall handelte!«

»Und damit begann der ganze Ärger!«, fügte Umara hinzu.

»Zweifellos war er der Ansicht, dass es zu spät sei, um noch einen Rückzieher zu machen!«, nahm Dolch der ewigen Wahrheit seinen früheren Abt in Schutz.

»Er hätte genauso gut die Wahrheit sagen können! Ihn traf doch keine Schuld!«, entgegnete die junge Christin.

»Er hatte sicher Angst davor, Meister Vollendete Leere zu gestehen, dass er auf das Angebot von Meister Ramahe sGampo eingegangen war!«, erwiderte Buddhabadras ehemaliger Gehilfe, fest entschlossen, das Andenken seines Abtes mit Zähnen und Klauen zu verteidigen.

»Und da beging er den tragischen Fehler, zu versuchen, den größtmöglichen Profit aus der Katastrophe zu ziehen, die über sein Kloster hereingebrochen war. Daher nahm er auch den weißen Elefanten mit nach Samye, der als Einziger die heiligen Reliquien tragen durfte! Der arme Buddhabadra wollte nicht den geringsten Verdacht erregen, weder bei Ramahe sGampo in Samye noch in Peshawar, wo die Gemeinschaft des Einen Dharma völlig verloren gewesen wäre, wenn sie erfahren hätte, dass die Augen des Buddha nur ganz gewöhnliche, wertlose Steine waren!«, spann Fünffache Gewissheit den Faden weiter.

»Mein Abt wurde also zum Opfer des Übereifers seiner Standesbrüder, die die Interessen ihres jeweiligen Lehrpfads über den Pakt des Konzils von Lhasa stellten!«, rief Dolch der ewigen Wahrheit, dem es eine gewisse Befriedigung bereitete, den beiden Äbten ins Gesicht zu sagen, was er von ihrem Verhalten hielt.

»Wäre es nicht an der Zeit, zu dem Geist zurückzukehren, der diese Konzile beherrschte? Zwischen all jenen, die an die Edle Wahrheit des heiligen Buddha glauben, muss Vertrauen herrschen!«, schlug Fünffache Gewissheit mit fester Stimme vor.

»Ich weiß aus eigener Erfahrung, welche verheerenden Folgen Spaltungen und innere Kämpfe zwischen Religionen haben, die eigentlich den gleichen Gott verehren!«, murmelte Addai Aggai laut genug, dass alle ihn hören konnten.

»Im Namen des Andenkens meines verstorbenen Meisters schließe ich mich den Worten meines Freundes Fünffache Gewissheit an. Wir müssen zum Geist der Toleranz und des gegenseitigen Vertrauens zurückfinden, der bei den Konzilen von Lhasa herrschte!«, fügte der ehemalige Gehilfe des ermordeten Abtes hinzu.

»Ich für meinen Teil bin dazu bereit. Sonst wäre ich gar nicht erst von Samye hierhergekommen!«, entgegnete Ramahe sGampo.

»Ich bin ebenfalls bereit!«, erklang die Stimme von Vollendete Leere wie ein Echo.

»Aber wer soll den Platz von Buddhabadra einnehmen?«, fragte Heiliger Achtfacher Pfad gewohnt naiv.

Daraufhin beugten sich die beiden Äbte vor und flüsterten kurz miteinander.

»Durch all diese Prüfungen bist du zu einem unumgänglichen Verhandlungspartner geworden, Dolch der ewigen Wahrheit! Ramahe sGampo und ich selbst sind der Ansicht, dass es von nun an dir gebührt, das Kleine Fahrzeug beim Konzil von Lhasa zu vertreten!«, erklärte Vollendete Leere.

»Das finde ich richtig!«, sagte Fünffache Gewissheit.

»*Om!* Ich auch!«, schloss sich der *ma-ni-pa* ihm an.

»Wenn du nach Peshawar zurückkehrst und deinen Brüdern diese Neuigkeit verkündest, werden sie dich wie einen Helden feiern! Dann wird deinem Rivalen gar nichts anderes mehr übrig bleiben, als sich zurückzuziehen«, fügte Lama sTod Gling hinzu.

»Ihr würdet mich tatsächlich als ebenbürtiges Mitglied in Eurem Bund akzeptieren?«, fragte Dolch der ewigen Wahrheit mit vor Rührung zugeschnürter Kehle die beiden reuigen Äbte.

»Das wäre nur gerecht!«, entgegnete Ramahe sGampo.

»Aber ich weiß gar nichts über das Ritual von Lhasa! Buddhabadra, dieser Geheimniskrämer, hat diese geheimen Zusammenkünfte nie auch nur mit einem Wort erwähnt.«

»Was würdest du davon halten, wenn wir es gleich hier vollziehen?«, schlug daraufhin Vollendete Leere vor.

Lama sTod Gling legte die Augen des Buddha des Kleinen Fahrzeugs, das *Sutra über die Logik der Vollkommenen Leerheit* des Großen Fahrzeugs und das heilige Mandala des Vajrasattva des tibetischen Lamaismus auf einen Tisch. Dann breitete der Lama sorgsam das seidene Tuch aus, ehe er das *Sutra über die Logik der Vollkommenen Leerheit* genau in dessen Mitte legte, sodass die Schriftrolle das Mandala in zwei genau gleich große Bereiche teilte. Schließlich platzierte er rechts und links neben der Rolle in gleicher Entfernung jeweils einen der heiligen Edelsteine.

Das Ganze ähnelte nun einer Maske mit der Schriftrolle als Nase und den Edelsteinen als Augen.

»Behält diese Reliquie denn trotzdem ihren Wert, auch wenn sie nur aus Bergkristall besteht?«, wollte Heiliger Achtfacher Pfad wissen.

»Bei einer Reliquie zählt lediglich der symbolische Wert!«

»Buddhabadra muss da anderer Ansicht gewesen sein, Meister Vollendete Leere!«, wandte Fünffache Gewissheit ein.

»Ganz sicher sogar. Aber was mich betrifft, so bleiben die Augen des Buddha, auch wenn sie aus Bergkristall sind, nichtsdestotrotz die Augen des Buddha!«

»Dann hättet Ihr also das Ritual mit Buddhabadra vollzogen, auch wenn er Euch offenbart hätte, dass es keine reinen Diamanten sind?«, fragte Umara.

»Ohne den Hauch eines Zögerns!«

»Dann war es wirklich nur Vertrauen, an dem es Euch allen dreien mangelte!«, stellte Dolch der ewigen Wahrheit fest.

»Aber dank dir wird dieses Vertrauen jetzt wiederhergestellt, und zwar noch viel stärker als beim ersten Konzil!«, fügte Vollendete Leere hinzu.

Dolch der ewigen Wahrheit, den die Worte des großen Meisters des Dhyana mitten ins Herz getroffen hatten, betrachtete ergriffen die sorgfältig angeordneten ›kostbaren Pfänder‹. Die Augen des Buddha funkelten auf der schimmernden Oberfläche des heiligen Mandala, nur die Schriftrolle des Mahayana wirkte ein wenig schlicht, da sie ihren Inhalt nicht auf den ersten Blick offenbarte.

Doch das war nur angemessen, denn das Mahayana hatte schon immer das Primat des Spirituellen und des Symbolischen über offene Zurschaustellung gepredigt.

»Das Ritual verlangt, dass wir uns nun die Hand reichen!«, fuhr der große Meister des Dhyana fort.

Die drei Mönche kamen der Aufforderung nach.

»Unser Kreis versinnbildlicht die Einheit unserer Lehrpfade, die wir anstreben. Das Ritual des Konzils von Lhasa muss immer auf diese Weise mit der Vereinigung unserer Energien beginnen«, erklärte Vollendete Leere dem Jüngeren.

»Tatsächlich, ich spüre, wie sich Eure Energien mit der meinen verbinden!«, rief Dolch der ewigen Wahrheit verwundert.

»Genau das ist unser Ziel«, entgegnete Ramahe sGampo, der seine gewohnte Gelassenheit wiedergefunden hatte.

Aufgewühlt drückte Dolch der ewigen Wahrheit, der

sich keinen Millimeter zu bewegen wagte, mit ausgebreiteten Armen die Hände seiner beiden Gefährten. Als er die Augen schloss, verspürte er ein merkwürdiges Gefühl: Er war Teil einer riesigen Kette aus Liebe und Mitgefühl, die die Millionen von Anhängern der drei buddhistischen Strömungen miteinander verband.

Und er war eines der großen Glieder!

Eine sanfte Wärme ging von den Händen seiner alten Gefährten aus und stieg seine Arme hinauf. Sie erinnerte ihn an ein kleines Tier, das seine Arme hinaufhuschte, um sich tief drinnen im Bau seines Herzens zu verkriechen.

»Welche über jeden Zweifel erhabene Hand soll die Ziehung der ›kostbaren Pfänder‹ durchführen?«, fragte da Ramahe sGampo.

»Ich schlage vor, diese Aufgabe Fünffache Gewissheit zu übertragen! Seine Seele ist rein, und er wird niemanden bevorzugen«, antwortete Vollendete Leere, ohne zu zögern.

»Wärst du bereit, uns diesen Dienst zu erweisen?«, fragte der blinde Tibeter den ehemaligen Mönch.

»Das wäre mir eine außerordentliche Ehre, auch wenn ich mir nicht sicher bin, ihrer tatsächlich würdig zu sein!«

»Wir brauchen lediglich den drei Pfändern in deiner Abwesenheit eine Zahl zuzuweisen. Dann geben wir jedem dieser kleinen Kiesel aus dem Bett des Le-Flusses eine Nummer, und dir obliegt es dann, einen davon auszuwählen und ihn einem der drei Lehrpfade zuzuordnen. Das Gleiche machst du noch ein zweites Mal, und der dritte Lehrpfad bekommt den letzten Stein. Die Vorgehensweise ist ebenso simpel wie wirkungsvoll!«, erklärte Vollendete Leere, nachdem er drei polierte Kiesel auf den Tisch gelegt hatte.

Die Ziehung verlief ohne Zwischenfälle.

»Kiesel Nummer eins für das Kleine Fahrzeug!«, verkündete Fünffache Gewissheit, nachdem zuvor alle notwendigen Vorbereitungen getroffen worden waren.

»Das ist das *Sutra über die Logik der Vollkommenen Leerheit*! Du wirst es nach Peshawar mitnehmen, Dolch der ewigen Wahrheit. Diesmal hat die Hand des Buddha alles gut werden lassen. Stellt euch nur vor, das Los hätte die Augen des Buddha erneut dem Kleinen Fahrzeug zugesprochen!«, rief der große Meister des Dhyana.

»Dann hätte ich gute Miene zum bösen Spiel gemacht. Ich teile Eure Ansicht, was den unversehrten symbolischen Wert dieser beiden Edelsteine angeht«, entgegnete der Mönch aus Peshawar.

»Kiesel Nummer zwei für den Lamaismus aus dem Reich Bod!«

»Somit werden die Augen des Buddha wieder nach Samye zurückkehren, während das heilige Mandala des Vajrasattva in meine Obhut übergeht!«, vervollständigte Vollendete Leere zufrieden.

»Die Verteilung ist hervorragend verlaufen! Dank der Hand von Fünffache Gewissheit können die drei Lehrpfade des Buddhismus erneut in Frieden nebeneinander existieren, und jedem wird in fünf Jahren daran gelegen sein, den Beweis dafür zu erbringen, dass sich das ›kostbare Pfand‹ immer noch in seiner Obhut befindet«, bemerkte Ramahe sGampo.

»Ich habe überhaupt nicht nachgedacht, sondern bloß die Zahlen genannt, wie sie mir in den Sinn kamen«, erklärte der ehemalige Gehilfe von Vollendete Leere.

»Das war auch das Beste. Bei diesem Ritual sind Berechnung und Hintergedanken nicht angebracht«, antwortete dieser.

»Wenn wir das Ritual der Konzile von Lhasa vollkommen identisch wiederholen wollen, müssen wir drei uns jetzt umarmen«, fügte Ramahe sGampo hinzu.

Als Dolch der ewigen Wahrheit den blinden Greis in die Arme nahm und den unvergleichlichen Duft des Reichs Bod einsog, jenen leicht ranzigen Geruch nach Yakbutter und würzigen Pflanzen, unterdrückte er ein Schluchzen. Er dachte bei sich, dass Buddhabadra ganz gewiss das Gleiche empfunden haben musste, als er an seinem ersten Konzil teilnahm.

Für die einen wäre es Zufall, für andere Schicksal, aber Dolch der ewigen Wahrheit hegte keinen Zweifel daran, dass es der Buddha gewesen war, der dafür gesorgt hatte, dass er zum Erben seines Abtes wurde, den Verrückte Wolke ermordet hatte.

Der Mönch aus Peshawar war so tief in Gedanken versunken, dass er gar nicht bemerkt hatte, dass sich die anderen Teilnehmer der Zusammenkunft zur Tür des Gebetssaals begeben hatten.

Denn dort war eine hohe Besucherin erschienen. Kaiserin Wu Zhao persönlich hatte mit den Himmlischen Zwillingen an der Hand den Gebetssaal betreten.

»Ich bin gekommen, um mich zu vergewissern, dass auch alles gut geht und, wie es das Sprichwort besagt, ›jede Pflanze unter der Sonne an ihrem Platz ist‹!«, erklärte sie.

»Ohne Euch, Majestät, wären die meisten von uns heute nicht hier«, rief Umara, ihre treueste Unterstützerin.

»Den Himmlischen Zwillingen ist es zu verdanken, dass sich der Kreis nun schließt. Wenn Lama sTod Gling mir diese Kinder nicht anvertraut hätte, hätte die Geschichte zweifellos einen ganz anderen Verlauf genommen.«

»Dann hat das schändliche Vergehen von Verrückte Wolke letztlich doch noch etwas Gutes bewirkt«, bemerkte Ramahe sGampo leise.

»Das kann man tatsächlich sagen!«, stimmte ihm Dolch der ewigen Wahrheit zu.

»Ich kann euch nicht ganz folgen. Was hat denn Verrückte Wolke mit alldem zu tun?«, wollte Vollendete Leere wissen.

Mit leiser Stimme, damit die Himmlischen Zwillinge ihn nicht hören konnten, erklärte Ramahe sGampo dem Abt aus Luoyang in wenigen Worten die Zusammenhänge, während Vollendete Leere ihm verblüfft und mit wachsendem Entsetzen lauschte.

Die Kaiserin von China hingegen war mit den beiden Kindern auf das Podest gestiegen und betrachtete die drei ›kostbaren Pfänder‹, die immer noch auf dem Tisch ausgebreitet waren.

»Was für hübsche Gegenstände!«, bemerkte sie, nicht ahnend, dass Weiße Wolke und Verrückte Wolke ein und dieselbe Person waren.

Aber so ist das Leben nun einmal, oft genügt es, etwas nicht zu wissen, und schon ist alles so, als sei es nie geschehen. Auf diese Weise können wir weiterhin ruhig schlafen!

»In der Tat, Majestät! Zu beiden Seiten des Sutra seht Ihr die Augen des Buddha, von denen ich Euch bereits erzählt habe!«, erklärte Vollendete Leere.

»Ich finde sie nicht sonderlich beeindruckend!«, versetzte die Kaiserin von China mit lauter Stimme.

Unterdessen küssten sich Jademond und Speer des Lichts

ungeniert in einer Ecke des Saals, ohne sich darum zu kümmern, was um sie herum vor sich ging, so wie alle Liebenden, die sich stets alleine auf der Welt wähnen.

Lapika hingegen, die gelbe Hündin, die einen Bären töten und ein ganzes Wolfsrudel vertreiben konnte, leckte hingebungsvoll die Himmlischen Zwillinge ab, deren Lachen wie eine strahlende, melodische Funkengarbe im Halbdunkel des großen Gebetssaals des Klosters der Dankbarkeit für Erwiesene Kaiserliche Wohltaten aufstieg, in dem gerade das Erste Konzil von Luoyang abgehalten worden war.

Epilog

Außer ihren unerträglichen Kopfschmerzen, die sie seit dem Vortag quälen, verspürt Wu Zetian an diesem 24. September 690 ein eigenartiges Gefühl.

Es ist eine Mischung aus Freude, Erschöpfung und ein wenig Traurigkeit, als hätten sie nun mit einem Mal alle Kräfte verlassen. Endlich ist sie am Ziel. Der Traum, den sie seit Jahrzehnten gehegt hat, ist wahr geworden.

Sind es die Jahre, die sie zu ihrer größten Verzweiflung in eine alte Frau verwandelt haben, die ihren Anblick in dem polierten Bronzespiegel, den die Zofe ihr jeden Morgen reicht, nicht mehr ertragen kann? Oder sind es Müdigkeit und Angst, gegen die sie seit Ewigkeiten unablässig ankämpft und die sich unvermittelt in dem Moment rächen, in dem sie sie am wenigsten erwartet hat?

Dabei hat sie noch heute Morgen Stunden auf ihr Gesicht verwandt und von der Schönheitspflegerin, die inzwischen jede Falte darin kennt, verlangt, diese allesamt unsichtbar zu machen. Dann hat sie ein Kleid aus gelber Seide, der Farbe des Kaisers, angezogen, das mit silbernen Phönixen bestickt ist; sie hat es eigens aus einem der Stoffe schneidern lassen, die der Nestorianer Addai Aggai vor ungefähr dreißig Jahren aus dem Seidenfaden des Manichäers Hort der Seelenruhe gewebt hat.

Das ist ihre Art, die Vergangenheit in Ehren zu halten.

Jetzt setzt man ihr ein goldenes Diadem aufs Haupt, auf

dem der beste Juwelier von Chang'an ein ganzes Bestiarium aus Drachen und Phönixen angebracht hat. Ihre Augen bestehen aus winzigen Smaragden, dem Geschenk einer umayyadischen Gesandschaft, die nach Chang'an gekommen ist, um dem Reich der Mitte die Ehre zu erweisen.

Ihre Hofdame zwingt sie, sich im Spiegel zu betrachten: Sie möchte wissen, ob es Wu Zhao gefällt, wie sie das prunkvolle Diadem auf ihrem Kopf befestigt hat. Jetzt kann sie sich ihrem Anblick nicht länger entziehen.

Ihr weiß geschminktes Gesicht mit den lächerlich stark betonten karminroten Lippen jagt ihr einen Schreck ein. Zum Glück sind da noch ihre Augen. Denn die Augen sind der einzige Teil des menschlichen Körpers, die nicht altern. Die von Wu Zhao sind immer noch genauso schön wie früher, klar und hell wie die unzähligen Bergseen im Reich Bod, nahe beim Dach der Welt, gleich neben jenem Nirwana, in das sie nun einzugehen hofft.

Es sind die Augen einer Frau, die einst sehr schön war und in deren außergewöhnlichem Leben alles enthalten ist, was ein Mensch an Gutem und Schlechtem vollbringen kann.

Jetzt steht der Zeremonienmeister vor ihr.

»Majestät, Ihr braucht immer nur das zu tun, was ich Euch sage!«, sagt dieser Mann, dessen makellos geölter Zopf fast bis zu seinem Gesäß herabhängt.

Sie bemerkt auch seine Fingernägel, die länger und gekrümmter sind als die Krallen eines Raubvogels und es ihm unmöglich machen, seine Hände zu benutzen.

»Ich werde mich bemühen, eine gute Figur abzugeben!«

Wu Zhaos Scherz lässt eine plötzliche Panik im Blick des Zeremonienmeisters aufblitzen, weil er glaubt, einen

Fauxpas begangen zu haben. Doch Wu Zhao achtet gar nicht auf ihn. Sie ist in Gedanken. Sie träumt.

Und dazu hat sie auch allen Grund. Die gleich stattfindende Krönung ist einzigartig in den Annalen der Geschichte des chinesischen Kaiserreichs.

Zum ersten Mal wird eine Frau zum vollwertigen »Kaiser«, zum Herrscher und Inhaber der höchsten Macht, während Frauen sich bis dahin als Gemahlin oder Mutter des Himmelssohns mit dem Rang einer Kaiserin oder Kaiserinwitwe begnügen mussten.

Sie hat bis ins hohe Alter darauf warten müssen, endlich den Thron zu besteigen, und diese Erkenntnis verstärkt ihre missmutige Stimmung noch. Aber sie muss Haltung bewahren und der Welt ein strahlendes Lächeln zeigen. Alles andere würde das Volk nicht verstehen, das hier seit Sonnenaufgang zusammengeströmt ist, und zwar umso begeisterter, als sie zur Feier ihrer Thronbesteigung eine Generalamnestie aller Gefangenen hat verkünden lassen. Diese Maßnahme hat so großen Anklang gefunden, dass sie sich vornimmt, sie jedes Jahr anlässlich des Jahrestages ihrer Krönung zu wiederholen.

Bald wird Wu Zhao jene unbeschreibliche himmlische Gnade empfangen, die sie zum Kaiser von China machen wird. Sie hat alle ihr zur Verfügung stehenden Mittel aufgeboten, um das Ereignis zu einem Erfolg zu machen. Darauf bedacht, ihrer unglaublichen Herrschaft den größtmöglichen Bestand zu sichern, hat sie sich zu diesem Anlass den Titel »Heiliger und Göttlicher Kaiser« zugelegt und nicht nur den Namen ihres Vaters, sondern auch den einer der ruhmreichsten Dynastien der chinesischen Geschichte, den der Tang, in Zhou umgewandelt.

Aber warum ist sie jetzt so müde und lustlos? Es hat sie größte Mühe gekostet, in den mit getriebenem Silber verzierten Palankin zu steigen, den zehn Soldaten in Paradeuniform gerade auf ihre Schultern heben.

Haltung bewahren, niemanden merken lassen, dass ihre Kräfte schwinden: An diesem Gedanken hält sie sich fest, während sich die kaiserliche Prozession, Musiker und Tänzer vorneweg, auf den Weg zum heiligen Gelände macht. Sie darf vor allem nicht der Kritik derjenigen Nahrung geben, für die ihre Erschöpfung ein Zeichen jener Schwäche wäre, die ihrem Geschlecht angeblich zu eigen ist.

Plötzlich, dem Triumph so nahe, denkt sie an den Tod. Sie ist achtundsechzig Jahre alt, zwangsläufig rückt das Ende näher. Wenn das Mandat des Himmels sich wie ein Sternenregen über sie ergossen hat, wird sie immer noch die Gleiche sein; sie wird lediglich einen weiteren Schritt auf diesen unausweichlichen Ausklang zu getan haben. Alle Menschen gehen, ohne es zu wissen, dem Staub entgegen, zu dem sie irgendwann zurückkehren werden.

Dreißig Jahre sind seit dem Konzil von Luoyang vergangen!

Sie hat also sehr viel länger warten müssen, als sie zu Beginn gedacht hat!

Gaozong, der von Tag zu Tag schwächer wurde und den seine Ärzte seit über zehn Jahren aufgegeben hatten, schien sich einfach nicht damit abfinden zu wollen, ihr seinen Platz zu überlassen. Erst nachdem er vor sieben Jahren an Diabetes gestorben war, konnte sie ihre letzten Schritte hin zur absoluten Macht ins Auge fassen.

Und wie immer auf gewundenen, schwierigen Wegen

war es das Ende, das am längsten und beschwerlichsten zu sein schien.

Nach dem Tod des Vaters musste Wu Zhao sich über die Söhne hinwegsetzen. Ihre legitimen Nachkommen waren ein Hindernis. Die Thronerben strebten nach der Herrschaft. Sie waren zu dumm, die ehrgeizigen Ziele ihrer Mutter zu erkennen, sodass ihr nichts anderes übrig blieb, als zu brutalen Mitteln zu greifen.

So hat sie drei Söhne geopfert.

Der Älteste, Li Hong, war der gefährlichste von ihnen. Er war als Einziger wirklich fähig dazu, die Führung des Reichs in die Hand zu nehmen und sich im Vorzimmer von Gaozongs Privatgemächern, die dieser, endgültig ans Bett gefesselt, nicht mehr verließ, gegen seine Mutter zu stellen. Mit gerade einmal zweiundzwanzig Jahren wurde Kronprinz Li Hong, dessen Aura unaufhörlich anwuchs, auf rätselhafte Weise vergiftet, und man fand seinen von Krämpfen gekrümmten Leichnam am 25. Mai 675 im Palast der Neun Vollkommenheiten.

Wu Zhao belastet sich nicht mit Skrupeln. Wenn es sein muss, wappnet sie ihren Geist gegen alle Gewissensbisse. Töten für die gerechte Sache. Töten zum Ruhm des Erhabenen Buddha.

Nach dem Tod seines älteren Bruders war der zweite Erbe, Li Xian, ganz selbstverständlich dazu berufen gewesen, mit neunzehn Jahren den Platz als Kronprinz einzunehmen. Aber in Wu Zhaos Augen hatte er eine viel zu enge Beziehung zu Gaozong. Der Kaiser vergötterte den Jungen, dessen unglaubliches Gedächtnis es ihm erlaubte, ohne den Hauch eines Zögerns fünftausend chinesische Schriftzeichen zu schreiben.

Nach Gaozongs Tod bestieg Li Xian unter dem Namen Zhongzong für kurze Zeit den chinesischen Thron, doch fast unmittelbar nach seiner Krönung wurde er abgesetzt und durch seinen zweiundzwanzigjährigen Bruder Li Tan ersetzt.

Li Tan, der in der Thronfolge an letzter Stelle steht, ist der Liebling der Kaiserin. Nachdem er unter dem Namen Ruizong den Thron bestiegen hat, willigt er schließlich ein, zugunsten seiner Mutter abzudanken. Und das war sein Glück: Wu Zhao hat ihm nur widerwillig den Titel Thronerbe zugestanden und ihm nicht einmal das Recht eingeräumt, die kaiserlichen Gemächer zu benutzen. Li Tan war klug genug, zu erkennen, dass es besser war, aufzugeben, ehe er ebenfalls aus dem Weg geräumt würde.

Jetzt hat Wu Zhao die Mingtang betreten, jenes kreisrunde Gebäude, das die Erde symbolisiert und in dessen Mitte der Kandidat aus den Händen des Himmels jenes Mandat erhalten muss, das ihn zum Kaiser der Mitte macht.

Die Türen der Halle des Lichts sind geschlossen worden, sie ist alleine im Inneren zurückgeblieben. Die Verleihung des himmlischen Mandats muss ohne Zeugen vonstattengehen.

Sie hebt den Blick, um die Decke der Halle zu betrachten. Sie ist von einer kreisrunden Öffnung durchbrochen. Durch dieses Loch soll die kosmische Energie des himmlischen Mandats eintreten. In wenigen Augenblicken, so haben es ihr die Geomanten ausführlich erklärt, wird sie spüren, wie sich diese Kraft aus dem Himmelsblau auf ihre Schultern herabsenkt. Draußen auf der heiligen Terrasse erklingen die Regentrommeln unter den hämmernden Schlägen der Trommler.

Das Mandat des Himmels wird sich bemerkbar machen, ganz bestimmt.

Lange Minuten verstreichen, aber es scheint nichts zu kommen.

Da denkt sie zwangsläufig an alles zurück, was sie erlebt hat, alles, was sie ertragen musste, um hierherzukommen.

Angefangen bei den acht göttlichen Felsen, die sie ihre »Acht Verbündeten« nennt. Seit sie sie dem Volk bei jenem Frühlingsfest auf dem Taishan präsentieren ließ, hat sich alles beschleunigt. Denn viele haben seitdem auf den weiblichen Kaiser gewartet, den die heiligen Steine vorausgesagt haben.

Doch das war nicht genug. Wu Zhao musste ihre eigenen Söhne zu Fall bringen und vor allem die Gunst des Volkes erringen. Das war das Entscheidende. Und ohne die diskrete, aber wirkungsvolle Unterstützung des Großen Fahrzeugs, das sie geschickt unter Kontrolle zu halten wusste, wäre nichts von alldem möglich gewesen. Die buddhistische Geistlichkeit, an vorderster Stelle ihr geistiges Oberhaupt Vollendete Leere, ist ihr eine große Hilfe gewesen. Dank ihr haben die Armen und Bedürftigen im ganzen Land ihren Heldentaten auf dem Weg an die Macht applaudiert.

Im richtigen Augenblick haben der große Meister des Dhyana und der gesamte geistliche Stand des Mahayana das *Sutra des Klassikers der Bedeutenden Wolke* verbreitet, dessen zentrale Aussage darin besteht, dass Wu Zhao eine Inkarnation Maitreyas, des Buddhas der Zukunft, sei, die Yama auf die Erde gesandt habe, um dort eine göttliche Ordnung zu errichten.

Dieser heilige Text war ihr, in Verbindung mit den prophetischen Felsen, eine unschätzbare Hilfe. Die Gläubigen haben angefangen, für ihre ruhmreiche Thronbesteigung zu beten, und sie hat sich »Ihre Heiligkeit die Kaiserin« nennen lassen. Gleichzeitig hat sie beschlossen, den chinesischen Hof von Chang'an nach Luoyang zu verlegen, nicht ohne nebenbei jene hohen Beamten abzustrafen, die den adligen Familien des Nordwestens zu eng verbunden waren, gegen die sie bis heute ankämpft.

Seit jenem Tag weiß sie, dass sie freie Hand hat.

Und so hat sie in dem für sie typischen, geradezu manischen Bedürfnis, alle Trümpfe auf ihre Seite zu bringen, ihren Namen geändert und ein neues Schriftzeichen angenommen, das Zetian ausgesprochen wird, was keine besondere Bedeutung hat, während ihr eigentlicher Name, Zhao, »klare Helligkeit« bedeutet. Auf diese Weise vermeidet sie Unannehmlichkeiten für ihr Volk, dem es von dem Moment an, in dem der Kaiser den Thron besteigt, strengstens verboten ist, dessen Namen auszusprechen.

Danach wurde auf ihre Anweisung hin die Mingtang, in der zuvor auch Taizong der Große und Gaozong das Mandat des Himmels empfangen hatten, ausgeschmückt und vergrößert, und sie hat von den besten Handwerkern prächtige *gui*-Zepter aus Jade und Gold anfertigen lassen.

Den Ablauf dieser Zeremonie hat sie in allen Einzelheiten vorgezeichnet. Sie hat im Voraus das kaiserliche Protokoll festgelegt und die Empfänge der Abgesandten der Völker unter chinesischem Protektorat organisiert, deren Kommen vor den Augen aller Skeptiker einen Treueeid gegenüber dem neuen Kaiser Wu Zetian bedeutet.

Leider spürt sie immer noch nichts Besonderes.

Dabei läuft das Zeremoniell wie vorgesehen ab, unverändert seit Jahrtausenden, mit der Präzision eines Metronoms. Die riesigen Trommeln haben rhythmisch zu schlagen begonnen, um anzuzeigen, dass die Gestirne und die Sonne sich genau an dem Platz befinden, den die Astrologen und Geomanten des kaiserlichen Hofs nach langen Berechnungen festgelegt haben. Als gewissenhafte Buddhistin glaubt sie weder an die Sterne noch an Weissagungen und genauso wenig an die Geomantie. Trotzdem ist sie verpflichtet, auf der durch eine rote Markierung auf den Fliesen bezeichneten Stelle zu stehen. Diese verkörpert den zentralen Punkt, in dem sich die negativen und die positiven Energien kreuzen und sich gegenseitig aufheben, genau auf der Spitze des Kamms des Großen Drachen, der im Inneren des Hügels schläft, auf dem die Halle des Lichts errichtet wurde.

Der Oberste Zeremonienmeister, der hin und wieder den Kopf in das heilige Gebäude steckt, das abgesehen vom Sohn des Himmels niemand betreten darf, achtet darauf, dass sie sich nicht einen Zoll von diesem Punkt wegbewegt. Sie rührt sich nicht. Sie weiß ganz genau, wenn die Geomanten bemerken, dass sie auch nur einen Zeh bewegt hat, während sich die Energie des Himmels über sie ergießt, werden sie sie womöglich in ihrem gewohnten Übereifer zwingen, die gesamte Zeremonie noch einmal von vorne zu beginnen. Und dann werden ihnen die kaiserlichen Astronomen mit ihren Himmelskarten und Kompassen zu Hilfe eilen und behaupten, dass der Moment jetzt nicht mehr günstig sei, da die Sterne in der Zwischenzeit ihre Position verändert hätten.

Da beginnt die kluge Wu Zhao zu verstehen, was sie zuvor nur vage geahnt hat: Ein Kaiser der Mitte ist alles andere als ein freier Mensch. Doch solche Dinge erkennt man erst, wenn man sie erlebt.

Denn das ist das große Geheimnis aller hellsichtigen Herrscher und Monarchen: Sie sind sich der Nichtigkeit ihrer Funktion und ihrer, im Gegensatz zu dem Bild, das sich das Volk von ihnen macht, erstaunlichen Machtlosigkeit vollauf bewusst, aber sie sind dazu verdammt, zu schweigen.

Für den Sohn des Himmels gilt das Gleiche wie für andere Könige, aber auf eine noch paradoxere Weise, denn nachdem ihm einmal das himmlische Mandat verliehen wurde, ist der Kaiser von China nicht nur ein Gefangener der Etikette, sondern auch der durch jahrtausendealte Traditionen geschmiedeten und im unantastbaren Ritualbuch der Zhou festgeschriebenen Verfahren, denen alle Herrscher von China bis in die kleinsten Details hinein unterworfen sind.

Da drängt sich Wu Zhao, eingeschlossen in der Mingtang und vor den Blicken ihres Hofs geschützt, die Frage auf, ob die höchste Macht nicht bloß ein prunkvolles himmlisches Halseisen ist, aus dem man sich nie wieder befreien kann, nachdem es sich einmal um Hände und Hals geschlossen hat.

Doch die Thronräuberin hat keine Wahl.

Es bleibt ihr nichts anderes übrig, als gehorsam zu warten, bis der Zeremonienmeister kommt und mit dem Ruf »Ehre sei dem Sohn des Himmels!« die zweiflügelige Tür des Himmelstempels öffnet.

Denn das wird das Zeichen sein, dass sie tatsächlich das himmlische Mandat erhalten hat.

Dann werden alle, die eingeladen wurden, an dem Fest teilzunehmen, die chinesischen Soldaten, Bauern, Beamten und Händler – sie hat darum kämpfen müssen, dass diese als unehrenhaft betrachtete Zunft anwesend ist –, die sich am Fuß des Hügels der Mingtang nach sozialer Herkunft getrennt versammelt haben, aber auch die fremden Gesandtschaften, deren Gebiete den Schutz der Tang genießen, den rechten Arm heben und dreimal den Ruf des Zeremonienmeisters wiederholen.

Aber dieser Moment zögert sich hinaus, und Wu Zhao, die mit zunehmendem Alter immer mehr von Krämpfen geplagt wird, ist gezwungen, still zu leiden. Der Schmerz wird so stark, dass sie am liebsten aufschreien würde, aber das darf sie nicht.

Unvermittelt denkt sie an die Himmlischen Zwillinge. Zu einem großen Teil hat sie es ihnen zu verdanken, dass sie hier in der Mingtang steht, während endlich der mächtige Ruf der auf der heiligen Terrasse versammelten Menge ertönt, als der für die Krönungszeremonie verantwortliche Beamte mit der rechten Hand ein langes seidenes, mit den Insignien des Kaisers der Mitte verziertes Banner in die Höhe hält, das wie ein Schal im Wind flattert.

Das Mandat des Himmels wurde ihr offiziell verliehen.

Von der Kaiserin ist sie zum Kaiser geworden.

Jetzt muss sie die Mingtang verlassen, so verlangt es das Ritual, und den Menschen ihr faltiges Gesicht zeigen.

Ehre sei dem Himmel!

»Es lebe der Kaiser der Mitte! Lang lebe der Kaiser von China, Wu Zetian!«, ruft die tobende Menge, während der weibliche Kaiser den Tempel der höchsten Macht verlässt, um sein Volk zu grüßen.

Draußen spürt sie den beißenden Wind auf ihren geschminkten Wangen, und ihre Augen sind von der Sonne geblendet. Sie ist bloß eine alte Treibhauspflanze.

Jetzt verteilen Soldaten in Paradeuniform kleine, mit Fleisch gefüllte Brötchen an die Zuschauer. Das war Wu Zhaos Wunsch. Es ist ihre Art, ihnen für ihre Anwesenheit zu danken und sich ihre Zuneigung zu sichern. Danach werden sie überall von der Großzügigkeit des neuen Kaisers Wu Zetian künden.

Diese unerwartete Gabe löst einen neuerlichen Beifallssturm aus.

Aber sie stellt fest, dass diese schmeichelnden Hochrufe, die die Mächtigen normalerweise über alles lieben, weil sie sie vergessen lassen, wie klein sie in Wahrheit sind, sie vollkommen gleichgültig lassen.

Es wird Zeit, an die zu denken, denen sie wohlgesinnt ist.

Als Erstes an Umara und Fünffache Gewissheit. Sie haben sich entschieden, ans Meer zu ziehen, um ihre acht Kinder aufzuziehen, fernab vom Getöse des Hofes, obwohl Wu Zhao damit geliebäugelt hatte, den jungen Mann vor aller Augen zu ihrem persönlichen Sekretär zu machen. Er hat das Glück den Ehren vorgezogen. Ist Glück etwa schwerer zu erobern als die Macht? Jeden Tag stellt sie sich diese Frage unwillkürlich aufs Neue.

Ihre beiden Schützlinge müssen dort sein, in der ersten Reihe. Um nichts in der Welt hätten sie den Augenblick ihres Triumphs verpasst. Trotz der großen Entfernung steht Wu Zhao mit ihnen in ständigem Kontakt. Sie schreibt ihnen Briefe, in denen sie ihnen ihre Träume von der Macht zu gestehen wagt und ihnen sogar die Einzelheiten ihrer

Strategien offenbart. Sie vertraut ihnen, und sie weiß, dass sie sie nicht leichtfertig verurteilen werden. Im Gegenzug erzählen sie ihr von ihren Kindern. Bald werden sie Großeltern: Ihre älteste Tochter erwartet Nachwuchs.

Sie hat erst jetzt, nach jahrzehntelangem erbittertem Kampf, erreicht, wonach sie immer gestrebt hat, während Umara und Fünffache Gewissheit schon seit langem verwirklicht haben, was sie sich zum Ziel gesetzt hatten, nämlich zusammen glücklich zu werden.

Sie denkt an die anderen Protagonisten dieser Geschichte.

Die buddhistischen Lehrpfade leben erneut in Frieden miteinander.

Im Glanz seines neuen Mandats ist Dolch der ewigen Wahrheit gleich nach seiner Rückkehr nach Peshawar anstelle von Juwel der reinen Lehre zum Unschätzbaren Abt des Klosters vom Einen Dharma gewählt und sein Rivale wegen Amtsmissbrauchs aus der Gemeinschaft ausgeschlossen worden.

Der *ma-ni-pa* hat sein Leben als Wandermönch aufgegeben. Er hat Ramahe sGampo und Lama sTod Gling zurück nach Samye begleitet, wo dieser nach dem Tod seines Meisters dessen Platz eingenommen hat.

Addai Aggai und Hort der Seelenruhe sind ebenfalls gestorben. Ihre Nachfolger haben ihre missionarischen Bemühungen fortgesetzt. In Luoyang und Chang'an verfügen sowohl die Nestorianer als auch die Manichäer inzwischen über eine Kirche, in der die Neubekehrten, von der Obrigkeit geduldet, ihre Rituale vollziehen können. Und der neue Kaiser Wu Zetian nimmt sich fest vor, darüber zu wachen, dass es auch so bleibt.

Speer des Lichts und Jademond haben drei Kinder – zwei Söhne und eine Tochter. Sie haben sich in Luoyang niedergelassen und einen gut gehenden Seidenladen eröffnet. Sie scheinen genauso glücklich zu sein wie Fünffache Gewissheit und Umara.

Jetzt geht Wu Zetian auf die Menge zu. Ihr Blick sucht die Himmlischen Zwillinge. Sie sind da, immer noch genauso schön wie früher, obwohl sie die Dreißig schon seit einiger Zeit hinter sich gelassen haben!

Natürlich sind sie nicht unbemerkt geblieben, hoch oben auf dem Rücken des weißen Elefanten aus Peshawar, in ihrer mit geschnitzten Blättern und Ranken geschmückten vergoldeten Sänfte, die Wu Zhao eigens für sie hat anfertigen lassen. In ihren Augen war nichts jemals prächtig genug für die beiden.

Juwel ist zu einer wunderschönen Frau herangewachsen, und ihre gerötete, behaarte Gesichtshälfte hat auf wundersame Weise an dem Tag ein fast normales Äußeres wiedergewonnen, als die Kleine zum ersten Mal ihre Regelblutung bekam. Die ganzen Haare in ihrem Gesicht fielen aus, und ihre rote Haut wurde mit der Zeit immer heller, bis sie nur noch einen Hauch dunkler war als die andere Hälfte ihres Gesichts. Nun hat es den betörenden Anschein, als würde eine Seite ihres Gesichts vom Mond erhellt, während die andere ins Licht der Sonne getaucht ist.

Unzählige Männer, die kommen, um die Himmlischen Zwillinge anzubeten, verlieben sich in sie!

Mehr als je zuvor betrachten die buddhistischen Gläubigen das Zwillingspaar als zwei hilfreiche Götter. Ihnen fließen die Opfergaben und die Wünsche der einfachen

Menschen zu, die zu ihnen kommen und sie anflehen, die Leiden des Körpers ebenso zu heilen wie die des Herzens und sogar der Seele.

In dem Moment, als Juwel Wu Zetians Blick auffängt, spürt der Kaiser, wie sich endlich die himmlische Energie auf sein Haupt herabzusenken beginnt und sich in seinem ganzen Körper ausbreitet, bis sie die Spitzen seiner Extremitäten erreicht.

Es ist ein herrliches Gefühl, als würde einer ihrer unzähligen Liebhaber sie liebkosen, aber gleichzeitig auch eine todesähnliche Empfindung, als löse sich ihr Körper nach und nach von ihrem Geist.

Ist es die himmlische Macht, die genau in dem Moment, in dem sie zum vollwertigen Kaiser wird, in ihr diese eigenartige Ambivalenz von Begehren und Tod hervorruft?

Das Kribbeln der Wellen, die durch ihren ganzen Körper laufen, ganz ähnlich jenen, die dem Orgasmus vorausgehen, ist so stark, dass sie es kaum ertragen kann.

Endlich spürt sie etwas Göttliches, und das dank Juwel!

Ja, sie hat lange auf diesen Augenblick gewartet. So lange, dass sie sich fragt, ob es nicht sogar schon zu spät ist. Aber ist das der passende Moment für bedauernde Gedanken, während das chinesische Volk seinem neuen Herrscher zujubelt?

Ungläubig bemerkt Wu Zhao plötzlich, dass ihre Kopfschmerzen wie durch ein Wunder verschwunden sind.

Auch das hat sie Juwel zu verdanken und der Energie, die die Himmlischen Zwillinge auf sie übertragen.

Dessen ist sie sich ganz sicher.

Und auch sie wissen es, denn sie lächeln ihr zu.

Da schließt Wu Zhao die Augen, und in ihren Ohren erklingt das vertraute Zirpen ihrer Grille.

Und da endlich kann Wu Zetian, der Kaiser von China, zum Himmel hinauflächeln.

Hauptfiguren

Addai Aggai, *Bischof, Oberhaupt der nestorianischen Kirche von Dunhuang.*

Buddhabadra, *der Abt des Klosters vom Einen Dharma in Peshawar (Indien), Oberhaupt des buddhistischen Lehrpfads des Kleinen Fahrzeugs, brach zu einer geheimnisvollen Reise nach Samye (Tibet) auf und ist seitdem verschwunden.*

der *ma-ni-pa*, *ein Wandermönch und Freund von Fünffache Gewissheit.*

Diakonos, *der Vertraute von Addai Aggai und Leiter der geheimen nestorianischen Seidenmanufaktur.*

die Himmlischen Zwillinge, *ein Mädchen und ein Junge, die von Manakunda zur Welt gebracht wurden. Eine Gesichtshälfte des kleinen Mädchens ist vollständig mit Haaren bedeckt.*

Dolch der ewigen Wahrheit, *der oberste Gehilfe von Abt Buddhabadra, macht sich auf die Suche nach seinem Meister.*

Erste der vier Sonnen, die die Welt Erleuchten, *ein Mönch aus dem Kloster der Dankbarkeit für Erwiesene Kaiserliche Wohltaten (Luoyang).*

Fünffache Gewissheit, *ein Mönch aus dem Kloster der Dankbarkeit für Erwiesene Kaiserliche Wohltaten in Luoyang (China), verantwortlich für die Himmlischen Zwillinge und der Geliebte von Umara.*

Gaozong, *trug als Kronprinz den Namen Li Zhi, Sohn von Taizong dem Großen, Kaiser von China.*

Golea, *auch genannt »der Berg«, Umaras Kinderfrau.*

Grüne Nadel, *siehe Torlak.*

Heiliger Achtfacher Pfad, *ein buddhistischer Mönch aus dem Kloster von Peshawar, wurde in Turfan geboren.*

Heilsame Medizin, *ein chinesischer Arzt, der sich zum Mahayana bekehrt hat und Mönch geworden ist, begegnet Dolch der ewigen Wahrheit im indischen Gebirge.*

Himmlische Segnungen, *der Abt des Mahayana-Klosters in Turfan.*

Hort der Seelenruhe, *auch genannt der Große Vollkommene, das Oberhaupt der manichäischen Kirche von Turfan.*

Jademond, *eine chinesische Arbeiterin aus dem Tempel des Unendlichen Fadens und die Ehefrau von Speer des Lichts.*

Juwel der reinen Lehre, *ein Mönch aus dem Kloster des Einen Dharma (Peshawar), Rivale von Dolch der ewigen Wahrheit.*

Kaiserin Wang, *erste offizielle Gemahlin von Gaozong, wurde zugunsten von Wu Zhao verstoßen.*

Lama sTod Gling, *der Sekretär des ehrwürdigen Ramahe sGampo.*

Leuchtendes Rot, *Besitzer des Ladens Zum Seidenfalter, verkauft darin geschmuggelte Seide.*

Li Hong, *der Sohn von Wu Zhao und Gaozong, wurde anstelle von Li Zhong zum Kronprinzen bestimmt.*

Li Jingye, *Präfekt und Kaiserlicher Großzensor.*

Li Zhong, *der Sohn von Zauberhafte Blüte und Gaozong.*

Majib, *der Anführer einer persischen Räuberbande.*

Manakunda, *eine junge Nonne aus dem Kloster von Samye, starb bei der Geburt der Himmlischen Zwillinge.*

Ramahe sGampo, *der blinde Abt des buddhistischen Klosters von Samye (Tibet).*

Ruhende Mitte, *der Abt vom Kloster des Heils und des Mitgefühls (Dunhuang).*

Speer des Lichts, *ein Hörer der manichäischen Kirche von Turfan, verantwortlich für die heimliche Seidenraupenzucht, verheiratet mit Jademond.*

Staubnebel, *ein chinesischer Waisenjunge und Umaras Spielkamerad.*

Stummer Krieger, *ein turko-mongolischer Sklave in Diensten von Wu Zhao, für die er die Drecksarbeit erledigt.*

Taizong, *genannt der Große, Vater von Gaozong und Kaiser von China.*

Torlak, *auch genannt Grüne Nadel, ein junger, zum Manichäismus bekehrter Uigure, hat in Chang'an den Ring des Roten Fadens aufgebaut.*

Tugend des Äußeren, *der chinesische Seidenminister.*

Ulik, *ein persischer Übersetzer, vermittelt zwischen Fünffache Gewissheit und der persischen Räuberbande.*

Umara, *die Tochter des nestorianischen Bischofs Addai Aggai.*

Verrückte Wolke, *ein indischer Anhänger des Tantrismus und drogensüchtiger Mörder.*

Vollendete Leere, *der Abt vom Kloster der Dankbarkeit für Erwiesene Kaiserliche Wohltaten in Luoyang, Oberhaupt des buddhistischen Lehrpfads des Großen Fahrzeugs.*

Wu Zhao, *einst kaiserliche Konkubine fünften Ranges, später offizielle Gemahlin von Kaiser Gaozong.*

Yarpa, *eine Bön-Priesterin aus dem Schneeland.*

Zauberhafte Blüte, *Erste Kaiserliche Konkubine, wurde von Wu Zhao aus dem Weg geräumt.*

Zhangsun Wuji, *ein Onkel von Gaozong, General, Oberkommandierender der kaiserlichen Truppen, ehemaliger Erster Minister.*